Emily A. Duncan
Das schwarze Herz des Winters 2
Unforgiving

Emily A. Duncan

DAS SCHWARZE HERZ DES WINTERS

UNFORGIVING

Aus dem amerikanischen Englisch
von Regina Jooß

Mit einer Karte

PIPER

Entdecke die Welt der Piper Fantasy:
PiperFantasy.de

Wenn Ihnen dieser Roman gefallen hat, schreiben Sie uns unter Nennung des Titels »Das schwarze Herz des Winters – Unforgiving« an *empfehlungen@piper.de* und wir empfehlen Ihnen gerne vergleichbare Bücher.

Von Emily A. Duncan liegen im Piper Verlag vor:
Das schwarze Herz des Winters 1. Unholy
Das schwarze Herz des Winters 2. Unforgiving

Unser Versprechen für mehr Nachhaltigkeit
Klimaneutrales Produkt
FSC®-zertifiziertes Papier
Hergestellt in Europa

FSC
www.fsc.org
MIX
Papier aus verantwortungsvollen Quellen
FSC® C083411

Deutsche Erstausgabe
ISBN 978-3-492-70652-0
Titel der amerikanischen Originalausgabe:
»Ruthless Gods«, Wednesday Books, New York 2020

First published by Wednesday Books
Translation rights arranged by The Sandra Dijkstra Literary Agency

Karte: Rhys Davies
Satz auf Grundlage eines CSS-Layouts
von digital publishing competence (München)
mit abavo vlow (Buchloe)
Druck und Bindung: CPI Books GmbH, Leck
Printed in the EU

Für die Sonderlinge.
Und für meine Brüder Noah und Ian.

AECII-
REICH
Valikhor-Berge
Umkämpftes
Grenzgebiet
Seenland
Dozvlatovya Wald
Kloster
Kazatov
Kathedrale
Palast
Khavirsk
Baikkleberge
Grazyk
Rudnya
Tvir
TRANAVIA
Voldoga
Komyazalov
Ulznyachya
KALYAZIN
Rosni-
Ovorisk
Tanow
Kyętri
Salzminen
Tobalsk
Łaszczów
Tallnidesh-
Berge
Haa'ti
Farees'n
Ra'visan
Baqtu
Qoraz
AKOLA
LIDNADO
Yazin Ari
Narjeen
Irdistini
Graue Wüste
Isarin

Prolog

DAS MÄDCHEN, GEFANGEN IM INNERN

Alles war Dunkelheit. Gewaltig, kalt und doch lebendig wie ein Wesen. Sie konnte fühlen, wie dieses Wesen atmete, sich bewegte, wie es etwas von ihr *begehrte.* Nichts konnte es davon abhalten, sie zu verschlingen.

Ihre Arme waren an eine Steinplatte gefesselt – es gab kein Entkommen von diesem fremdartigen Ort. Sie konnte sich nicht erinnern, wann sie mit dem Kämpfen aufgehört hatte. Doch die echte Angst – das brandheiße Entsetzen, das sie zu zerreißen drohte – bestand darin, dass sie nicht wusste, *wer* sie war.

»Das kommt zurück.« Eine sanfte, ruhige Stimme wand sich um sie, die Hand auf ihrem Haar berührte sie sacht, nicht wie all die anderen, die hart und grausam gewesen waren. »Wisse, man wird dir eine Sache erlauben. Sie wird dir zurückgegeben, wenn die Verwandlung vollendet ist. Allerdings nicht, ehe sie den Geschmack von bitterem Wein annimmt, den du zugleich ersehnst und verabscheust. Wenn du für diese Sache töten würdest, sie aber auch dich töten wird, sobald du sie erlangst, erst dann wird sie dir wiedergegeben.«

Sie verzehrte sich nach der Stimme. Sie war ihr fürchterlich vertraut. Sie war Knochen und Gold und Blut, so viel Blut. Ein Junge mit einem Thron und ein Junge, der nach einem anderen Thron griff, und ein Mädchen mit schneeweißen Haaren, nirgendwo zugehörig.

Doch nichts von all dem war hier wichtig.

Die Dunkelheit kroch ihr unter die Haut. Breitete sich in ihr aus, richtete sich in ihren Knochen ein und floss durch ihre Adern, riss sie in Stücke und formte sie zu etwas Neuem, etwas *Anderem.*

Hätte sie schreien können, so hätte sie geschrien. Hätte sie kämpfen können, so hätte sie gekämpft.

Doch sie vermochte nichts davon.

Sie konnte nur ihr Schicksal erleiden.

Es gab nur die Dunkelheit, die sich so weit erstreckte, dass sie sich fragte, ob sie sich das alles eingebildet hatte. Es hatte niemals eine Stimme gegeben. Es hatte niemals eine sanfte Hand auf ihrem Haar gegeben. Es gab nichts, *nichts* außer dieser Dunkelheit.

1

SEREFIN MELESKI

Eine Viper, eine Gruft, eine Täuschung des Lichts: Velyos greift immer nach allem, was ihm nicht gehört.

Die Briefe des Włodzimierz

Serefin Meleski hauste in dem Streifen der Nacht, der reif war für Verrat. Es war eine Zeit, in der Dolche gezückt, in der Pläne geschmiedet und ausgeführt wurden. Es war eine Zeit für Monster.

Er war mit diesen Stunden sehr vertraut, aber selbst die Kenntnis des Unvermeidlichen genügte nicht, um es weniger schmerzhaft zu machen. Es war nicht so, dass er die Nächte wach blieb, weil er eine weitere Tragödie erwartete.

Nein, er blieb wach, weil es einfacher war, bis zur Bewusstlosigkeit zu trinken, als sich den Albträumen zu stellen.

Also war er wach, als sich Kacper in seine Räumlichkeiten schlich. Offenbar wollte er ihn wecken, war aber wohl auch nicht sonderlich überrascht, als er Serefin auf der Polsterbank im großen Gemach vorfand: liegend, mit einem Bein auf dem Boden und dem anderen über der Rückenlehne. Ein leeres Glas stand am Boden in Reichweite und ein Buch lag mit den Seiten nach unten über der Armlehne, während er über dieselben Bilder nachgrübelte wie schon in den letzten vier Monaten: Träume von Motten, Blut und Monstern.

Schrecken an den Rändern seines Bewusstseins und diese *Stimme.* Die dünne Stimme – wie ein Pfeifen im Schilf –, die von einem Ort hinter dem Tod auf ihn einstach. Ihr sirrender Gesang verstummte nie. Die fremdartigen Melodien summten unablässig in seinen Adern.

»Jeglichen Ärger hast du dir selbst eingebrockt«, zischte die Stimme.

Er versuchte, sie zu überhören.

»Wer ist es?«, fragte er Kacper. Die Krone aus gehämmertem Eisen war ihm schon längst auf den Kopf gesetzt, eine seiner Handfläche aufgeschnitten und sein Blut auf einem Altar verteilt worden, als er zum König von Tranavia ausgerufen worden war: Sein Niedergang nahte. Die Adeligen hatten ihn noch nie gemocht, nicht als Kronprinz und erst recht nicht nach seiner Krönung. Das *Was* oder *Wie* hatte nie infrage gestanden, sondern nur *wer* als Erster so viel Mut aufbrächte, zuzuschlagen.

Er hatte das böswillige Geflüster weiter geduldet und immer wieder aufgeschoben, schlüssig zu erklären, wie sein Vater gestorben war. Er forderte das Schicksal heraus. Tranavische Staatsgeschäfte waren schmutzig. Sehr schmutzig.

»Es findet gerade ein Geheimtreffen statt«, antwortete Kacper mit leiser Stimme.

Serefin nickte, ohne sich aufzusetzen. Er hätte das von den *slavhki,* die seinen Vater unterstützt hatten, auch kaum anders erwartet.

»*Księszi* Ruminski ist beteiligt«, fuhr Kacper fort.

Serefin zuckte zusammen und stand schließlich auf. Er schnitt sich in den Finger, um einige Kerzen mit der Magie zu entzünden, die sein Blut versprühte, und wischte sich dann vorsichtig die Hand ab.

Żanetas Familie forderte schon seit Monaten Antworten von ihm. Serefin wusste nicht, was er sagen sollte. *»Oh, es tut mir schrecklich leid, sie hat ein bisschen Hochverrat verübt, und der Schwarze Geier befand, sie sei bei seinesgleichen besser* *aufgehoben. Eine fürchterlich heikle Angelegenheit, aber so ist es nun einmal! Dagegen können wir nichts ausrichten.«*

Dies war ein ständiger, eitriger Unruheherd, der unter seiner Haut schwelte. Ja, Żaneta hatte ihn verraten, und ja, er war deshalb gestorben. Aber verdiente sie das furchterregende Schicksal, das Malachiasz ihr bestimmt hatte?

»Du bleibst ungewöhnlich ruhig angesichts dieser Gefahr«, bemerkte Kacper.

»Was werden sie tun, frage ich mich. Mich hängen? Im Kerker verrotten lassen?«

Kacper schnaubte und ließ die Schultern sinken. »Ich hasse es, wenn du so pessimistisch bist«, murmelte er, während er sich an Serefin vorbeischob, um ins Schlafzimmer zu gelangen.

»Wohin willst du?«, fragte Serefin. Er betrachtete die Flaschen in seinem Schrank und zog dann eine Flasche Wodka, die wundersamerweise voll war, aus einem Fach. »Ich bin nicht pessimistisch«, grummelte er. »Ich bin nur abgeklärt und sehe die Dinge nüchtern. Diese Entwicklung war nicht zu vermeiden.«

»Ein Staatsstreich ist nie unvermeidlich«, schimpfte Kacper von nebenan. Packte er? »Nichts von alldem wäre passiert, wenn du diese verfluchte Klerikerin gehängt hättest, statt sie in denselben seltsamen Schwebezustand zu versetzen wie das ganze restliche Land. Aber das hast du nicht getan. Und jetzt haben wir es mit einem Staatsstreich zu tun, weil wir leider niemanden haben, dem wir die Schuld zuschieben können. Willst du so enden wie dein Vater?«

Serefin schrak zusammen. Er nahm einen tiefen Schluck. Träume von Motten und Blut und der Leiche seines Vaters, hingestreckt zu seinen Füßen. Er hatte den tödlichen Schlag nicht geführt, aber es war trotzdem seine Schuld.

»Nein«, flüsterte er und fegte eine bleiche Motte aus der Kerzenflamme.

»Nein. Das willst du nicht.«

Doch auch das ist wahrscheinlich unvermeidlich, dachte Serefin verdrießlich. Kacper hätte es ihm verübelt, wenn er diesen Gedanken laut ausgesprochen hätte.

»Die Hälfte deiner Gewänder ist von den Motten gefressen worden.« Kacper klang verzweifelt.

Die Tür wurde aufgestoßen. Serefins Hand wanderte zu seinem Zauberbuch, sein ganzer Körper spannte sich an. Ihn schauderte, dann seufzte er. Es war nur Ostyia.

»Oh, du bist schon auf«, stellte sie trocken fest.

»Schließ die Tür hinter dir ab.«

Sie tat es.

»Ich habe ihm berichtet, was vor sich geht, und er steht nur da und trinkt«, beschwerte sich Kacper.

Serefin bot Ostyia die Wodkaflasche an.

Ächzend streckte Kacper seinen Kopf aus dem Zimmer, als sie die Flasche nahm und daraus trank.

Sie blinzelte Serefin an – ein übertriebenes Zusammenkneifen ihres einzigen Auges.

»Komm wieder zu uns, Kacper«, verlangte Serefin.

Kacper brummte laut und beugte sich über die Türschwelle.

»Wie lange treffen sie sich schon?«

»Ich bin mir ziemlich sicher, dass es ihr erstes Treffen ist«, erwiderte Kacper.

»Sie werden nicht heute Nacht zuschlagen.«

»Aber …«

»Sie werden nicht heute Nacht zuschlagen«, wiederholte Serefin entschieden.

Er unterdrückte seine aufsteigende Panik und nahm Ostyia die Flasche wieder ab. Angst hatte schon seit Monaten jeden seiner Schritte beschwert und nur darauf gewartet, dass er ins Wanken geriet. Hätte er innegehalten und genau über die Bedrohung nachgedacht, dann wäre er bei lebendigem Leib verschlungen worden. Er hatte sich vormachen müssen, dies alles sei unwirklich.

Kacper ließ sich gegen den Türrahmen fallen.

»Dass du so eifrig für meine Sicherheit sorgen möchtest, freut mich natürlich«, sagte Serefin und übersah dabei den kühlen Blick, mit dem Kacper ihn bedachte. »Du bist ein echter Meisterspion, aber ein bisschen voreilig.«

Kacper glitt am Türrahmen nach unten und ließ sich auf dem Boden nieder.

»Lasst uns jetzt erst einmal herausfinden, was sie wollen«, beschwichtigte Serefin. Er stellte die Flasche auf dem Tisch ab und wischte dabei eine weitere Motte weg.

Ostyia runzelte die Stirn, ging zu dem Sessel und hockte sich auf die Armlehne. Sie gähnte.

»Wir wussten, dass Ruminski irgendwann Antworten verlangen würde«, räumte er dann ein.

»Er fragt schon seit Monaten, Serefin. Er will einfach nicht länger warten«, stöhnte Kacper.

Serefin hob erschöpft die Schultern. »Vielleicht können wir mit ihnen verhandeln. Es muss doch irgendetwas geben, worauf sie versessen sind und das ich ihnen verschaffen kann.«

»Bei geheimen Zusammenkünften deiner Feinde wird keine Liste mit Forderungen mehr erstellt, die du erfüllen kannst«, sagte Ostyia.

»Alle am Hof sind meine Feinde«, murmelte Serefin und warf sich auf einen gepolsterten Stuhl. »Das macht es so schwierig.«

Sie nickte nachdenklich.

Er hatte versucht, den Hofstaat für sich zu gewinnen, aber nichts hatte Erfolg gezeigt. Es gab zu viele Gerüchte zu bekämpfen, für die er keine Erklärungen bereithatte. Er konnte nicht verraten, wer seinen Vater tatsächlich getötet hatte, und das durch die Tiefen des Hofstaates wirbelnde Geflüster näherte sich schon gefährlich der Wahrheit.

Eine kalyasische Attentäterin. Der Schwarze Geier. Verrat. Katastrophe. Eine vermisste Adlige. Ein toter König. Das gemeine Volk gab ihm Titel, die er nicht abschütteln konnte: Mottenkönig. Blutkönig. Serefin, gesegnet durch etwas Unerklärliches. Was hätte das Blut, das in dieser Nacht vom Himmel gefallen war, anderes sein können als ein Segen?

Serefin schlug nichts außer Verdächtigungen und Widerstand vonseiten seiner Adligen entgegen. Die Kalyaziner drängten die tranavischen Kräfte zurück, und selbst wenn Tranavia nicht wusste, dass die einzige Klerikerin Kalyazins den König getötet hatte, die Kalyaziner wussten es sicher.

Wiederaufkeimende Hoffnung bei den Kalyazinern war das Letzte, was Serefin brauchte.

Er konnte den Krieg nicht beenden. Er konnte die Fragen der Adeligen nicht beantworten, solange er Nadya nicht hängen lassen wollte, und er hatte festgestellt, dass er das nicht wollte. Sie hatte das zu Ende geführt, was er nicht vermocht hatte. Doch obwohl sie aus einem feindlichen Land stammte und einer Macht geweiht war, an die er nicht glaubte und auf die er nicht vertraute: Er würde sie nicht hinrichten lassen.

»Was tun wir?«, fragte Ostyia.

Serefin fuhr sich mit der Hand durch die Haare. »Ich weiß es nicht.«

Es gab eine offensichtliche Lösung, mit der sie Ruminski besänftigen konnten, doch Serefin war sich unsicher, auf welchem Wege sie Żaneta befreien konnten. Soweit zu erkennen war, hatten sich die Geier aufgesplittert. Er hatte nicht viele durch den Palast schleichen sehen, war aber auch nicht erpicht darauf, an die Tür der Kathedrale zu klopfen, um herauszufinden, wer ihm öffnen würde.

Müde rieb er sich die Augen. Er wollte die Nacht durchschlafen, nur einmal. Stattdessen suchte er die Klerikerin auf, die sich wie immer in der Bibliothek eingenistet hatte, denn, so drückte sie es aus, wo sollte sie auch sonst hin?

»Also lässt sich seine Majestät dazu herab, die arme *boyar* zu beehren, die in ihrem Turm weggesperrt wurde, um zu verrotten«, spottete sie, als er sie gefunden hatte. Sie saß in einer hohen Fensternische und hatte ein Bein ins Freie hinausgestreckt. Das weißblonde Haar hing ihr lose um die Schultern. Serefin konnte sich an keine Gelegenheit erinnern, bei der es nicht sorgfältig geflochten gewesen war.

Angespannt linste er durch die Spalten zwischen den Bücherstapeln, um zu überprüfen, ob sie jemand belauschte. Doch es war so früh, dass noch kein *slavhki* wach war.

»Du scheinst es darauf anzulegen, gehängt zu werden«, murmelte er.

Sie schnaubte leise, und ihre dunkelbraunen Augen blickten kurz abschätzig zu ihm herüber. Sie hatte die Rolle der ahnungslosen *slavhka* aus einer entlegenen Kleinstadt abgelegt, und das Mädchen, das Józefinas Platz eingenommen hatte, war klug, geistreich und brachte Serefin mühelos zur Weißglut. Rashid, der hübsche akolanische Junge, mit dem sie ständig zusammen war, hatte Serefin klammheimlich neue Papiere übergeben, die dieses Mädchen vor der Welt erklären sollten – helle Sommersprossen, helle Haut, helles Haar, aber wundersam dunkle Augen und Augenbrauen, ein himmelweiter Unterschied zu dem Rotschopf Józefina. Die Papiere waren gefälscht, die Erklärungen überraschend stichhaltig. Überschwemmte Straßen bei den Seen hatten leider ihre Reise erschwert, sodass sie zu spät zur *Rawalyk* eintrafen, aber noch nicht nach Hause zurückkehren konnten. Das würde genügen. Ihr richtiger Name klang tranavisch genug, um keinen Argwohn zu erwecken, wenn er nur etwas anders ausgesprochen wurde.

Mit einem Seufzer rutschte sie in die Ecke der Fensternische und gab ihm ein Zeichen, er möge hochklettern. Er machte es sich neben ihr bequem und sah sich den Bücherstapel an, den sie angehäuft hatte. Tranavische Texte über die alten Religionen, die so zerfleddert und abgenutzt waren, dass sie ihr in den Händen zu zerfallen drohten.

»Wo um alles in der Welt hast du die gefunden?«, fragte er.

»Du willst die Antwort gar nicht hören«, erwiderte sie geistesabwesend, während sie sich wieder ihrem Buch zuwandte. »Aber warne den Bibliothekar. Ich will doch nicht, dass der alte Blutmagier vor Schreck den Geist aufgibt, wenn er entdeckt, dass seine Sammlung verbotener Bücher geplündert wurde.«

»Ich wusste nicht, dass wir verbotene Bücher haben.«

Sie gab ein Brummen von sich. »Sicher weißt du das. Du musst sie doch verstecken, damit eure ganze Häresie in deinem Reich im Vordergrund leuchtet, oder?«

»Nadya ...«

»Ich muss schon sagen«, fuhr sie fort, »ich bin doch überrascht, dass diese Bücher nicht verbrannt wurden. Kerle wie du sind doch versessen darauf, Bücher zu verbrennen.«

Er schaffte es gerade noch, diesen ausgesucht gemeinen Köder nicht zu schlucken.

Sie schwiegen, während Nadya las und Serefin ein weiteres Buch durchblätterte. Er konnte nicht wirklich herausfinden, was sie da studierte.

»Hast du in letzter Zeit irgendwelche Geier in der Nähe gesehen?«, fragte Serefin schließlich.

Sie senkte ihr Buch und schaute ihn ungläubig an. »Ob ich *was* habe?«

Er hatte wohl heimlich gehofft, die Antwort wäre Ja, und damit wäre alles einfacher für ihn; ein klarer Missstand, der leicht zu beseitigen wäre.

»Ich sollte meinen, der König von Tranavia hätte mehr mit diesem Kult zu schaffen als ein armes, gefangenes Bauernmädchen«, sagte sie geziert.

»Ich hoffe, noch jemand hört, in welchem Ton du hier sprichst, und nötigt mich, endlich zu handeln«, erwiderte er.

Dafür erntete er ein kurzes Lachen von ihr. Sie lehnte sich zurück und ließ nun beide Beine draußen in der Luft baumeln. Er wusste nicht einmal, warum er sie ausfragte. Immerhin war sie zur gleichen Zeit in Grazyk aufgetaucht wie Malachiasz und hatte ihn eindeutig von früher gekannt. Allerdings wusste er nicht, was genau zwischen ihnen gelaufen war. Er hatte auch nie gefragt. Doch aus kleinen Andeutungen Nadyas hatte er schließen können, sie und der Schwarze Geier wären einander mehr gewesen als nur ungleiche Verbündete und dass das Vergehen des Geiers aus mehr bestanden hatte als bloßem Verrat.

Warum nahm er überhaupt an, dass sie mehr über die Geier wusste als er? Sie, die Klerikerin aus Kalyazin. Es war lächerlich; das würde ihn nicht weiterbringen.

Er lehnte seinen Kopf nach hinten an die Wand.

»Warum fragst du?«, wollte sie wissen.

»Ich muss dir meine Beweggründe nicht erklären«, erinnerte er sie.

»Serefin, du lässt es mich täglich ein bisschen mehr bereuen, dass ich dich nicht umgebracht habe.« Doch es schwang kein Zorn in ihren Worten. Zwischen ihnen herrschte ein beklommener Waffenstillstand. Und obwohl Nadya wütend war, weil er sie mehr oder weniger in Tranavia gefangen hielt, schien sie auch nicht besonders erpicht darauf zu sein, Abschied zu nehmen.

»Żaneta«, sagte er leise.

Nadya wurde bleich.

Er nickte knapp.

»Was ist mit ihr geschehen?«, fragte sie vorsichtig.

»Malachiasz hat sie mitgenommen.«

Sie verkrampfte sich, als dieser Name fiel, zupfte unruhig an einem abgebrochenen Fingernagel und sah ihn nicht an.

»Sie hat dich verraten«, erklärte sie. Es klang, als wollte sie sich selbst davon überzeugen, dass Malachiasz richtig gehandelt hatte.

»Und ich bin gestorben.«

»Und du bist gestorben.«

»Vermutlich.«

»Sie tuscheln bereits, weißt du«, sagte Nadya. Ihre Hand wanderte zum Nacken und fiel wieder zurück, als ihre Finger dort nichts fanden. Ein unbewusster Tick, den Serefin schon unzählige Male bei ihr beobachtet hatte. Eine Weile hatte sie um den Hals ein kleines silbernes Amulett getragen, aber das war verschwunden. »Wir waren nicht die Einzigen in der Kathedrale in dieser Nacht. Sie sagen: ›*Nicht einmal der Tod kann diesem neuen jungen König Befehle erteilen.*‹«

Serefin schauderte es.

»Meine Göttin ist der Tod«, fuhr Nadya fort. »Niemand betritt ihr Reich und kehrt zurück.«

Blut und Sterne und Motten. Und diese Stimme, *diese Stimme.*

Serefin schob sie innerlich beiseite, bevor sie zu ihm sprechen konnte.

»Und was denkt die Göttin?«

Nadya hob lustlos die Schultern und ließ ihren leeren Blick schweifen. »Sie spricht nicht mehr zu mir.«

Das war nicht das Gespräch, für das Serefin hergekommen war. Doch die Traurigkeit in Nadyas Stimme berührte sogar ihn.

»Was wird Tranavia über einen König denken, der vom Tod zurückgekehrt ist?«, fragte er nach einer langen Stille. Sie zog eine Braue hoch und musterte ihn. Er dachte an den Heiligenschein, der ihren Kopf umgeben hatte: zittrig, gebrochen und fleckig. Sie hob eine Hand, und eine der blassgrauen Motten, die Serefin ständig umflatterten, landete auf ihrem Zeigefinger.

»Serefin Meleski«, sagte sie nachdenklich. »Da lag ein Zeichen auf dir, das mit jedem Tag dunkler wurde. Ich dachte ...« Sie brach ab, wies mit der Hand auf die Bücherstapel. »Ich weiß nicht, was ich dachte ... dass ich helfen könnte? Dass ich vielleicht helfen wollte? Es spielt keine Rolle.«

»Mir helfen? Oder ihm helfen?«

»Es spielt keine Rolle«, wiederholte sie mit einem spitzen Unterton.

»Wenn der Argwohn wächst, wird am Ende keiner von uns ungeschoren davonkommen«, sagte er.

Sie nickte. Es war hier bereits gefährlich für sie. Wenn sich sein Hof gegen sie wandte, konnte er nichts für sie tun. Er war sich auch noch immer nicht sicher, warum er sie überhaupt schützen wollte.

»Ich sollte nicht so hilfsbereit sein. Du hast mein Zuhause zerstört«, warf sie ihm vor.

Serefin hatte vermieden, das Thema anzusprechen, sich aber gefragt, wann sie es tun würde. Er schloss das Buch und legte es auf den Stapel. Serefin hatte nie die Absicht gehabt, das Kloster niederzubrennen, und was Teodore getan hatte, nachdem er gegangen war, lag nicht mehr in seiner Verantwortung. Er hatte gefunden, wonach er dort gesucht hatte: sie. Und der Druck, den sein Vater auf ihn ausgeübt hatte, die Klerikerin aufzuspüren und herauszufinden, wie ihre Macht vielleicht die eines Blutmagiers verstärken konnte, war verschwunden. Die Antwort auf diese Frage zu finden hatte Serefin mehr oder weniger aufgegeben. Er wollte einen Krieg beenden, und das würde mit diesem Mädchen als Geisel einfacher sein.

»Ich habe es zerstört. Zu behaupten, ich hätte mich nicht auf irgendeine Art von Rache gefasst gemacht, wäre gelogen.«

»Ich dagegen würde lügen mit der Behauptung, dass ich niemals Rache wollte.«

»Wer hätte das gedacht? Wir sind ehrlich zueinander.«

Sie verdrehte die Augen. »Bereust du es?«

»Es ist Krieg«, sagte er. Sie durchbohrte ihn mit Blicken und er seufzte. »Nadya, wenn ich alles bereuen wollte, was ich je getan habe, könnte ich morgens nicht mehr aufstehen.«

Sie gab ein nachdenkliches Grummeln von sich.

»Ist das dein Entschluss: Rache?«

»Dafür ist mir meine Zeit zu schade. Serefin, ich habe deinen Hofstaat beobachtet. Ich glaube, ich kann relativ sicher sagen, dass jedes Chaos, das dein Tod hervorrufen würde, kaum ausreichen dürfte, um an der Front auch nur das Geringste zu verändern.«

»Ah, gerettet durch meinen eigenen, dysfunktionalen Hofstaat!«

Nadya starrte ihn an. »Was hat das alles mit Żaneta zu tun?«

»Ihr Vater wird einen Staatsstreich anzetteln, wenn ich sie nicht bald herbringe.«

»Und du glaubst, dass er es nicht sowieso tun würde, egal was du machst?«

»Ah, zugrunde gerichtet durch meinen eigenen, dysfunktionalen Hofstaat!«

Sie hatte recht. Er konnte nicht aufhalten, was da in Gang gesetzt worden war. Das Mystische, das ihn umgab, machte alles noch schlimmer. Wie konnte Tranavia von jemandem regiert werden, der von etwas völlig Unverständlichem ergriffen war?

Und diese *Stimme*. Sie flüsterte ihm ständig etwas zu, aber solange er nicht antwortete, war sie nicht real.

Oder vielleicht war er einfach der Sohn seines Vaters und verlor ebenfalls den Verstand?

Sie saßen schweigend da. Er wusste nicht, was er tun sollte, und sie konnte nicht wirklich helfen – würde er gestürzt, so würde sie gehängt.

»Wir können sie nicht zurückführen ohne einen Geier«, sagte Nadya und fügte leiser hinzu: »Hast du irgendetwas gehört von …?«

Er unterbrach sie, indem er den Kopf schüttelte. Alle paar Wochen pflegte sie nach Malachiasz zu fragen und er gab ihr immer dieselbe Antwort, eine Lüge.

Aber bestimmt wollte sie nicht hören, was man ihm berichtete. Die Gerüchte über Todesfälle und dunkle Magie, wie sie nur sein Cousin verursacht haben konnte.

»Du wirst eine Lösung finden«, sagte sie. »Du musst.«

Von dem Wir war also neuerdings nur noch er übrig geblieben, der die Dinge allein in Ordnung bringen musste. Das war der springende Punkt: Er hatte keine Wahl. Es würde sich nichts ändern, wenn er nichts unternahm.

2

NADEZHDA LAPTEVA

Eine Göttin des Winters kennt den Geschmack von bitterer Kälte und gebrochenen Knochen, von gefrorenen Böden, die alles Leben ausgehaucht haben. Eine Göttin des Todes kennt die Vergeltung und den brennenden Hass, der die Kriege der Menschen anheizt. Marzenya ist gütig – wenn sie es will –, aber die Grausamkeit geht ihr leichter von der Hand.

Kodex des Göttlichen, 399:30

Es gab eine überraschend große Menge an tranavischen heiligen Texten für die letzte Klerikerin zu lesen, während sie als Gefangene in Tranavia ihre Zeit absaß. (Die vielleicht letzte? Hoffentlich nicht die letzte, da sie so komplett versagt hatte.)

Nicht wirklich als Gefangene, würde Serefin zudem einwerfen, *du solltest nur einfach nicht weggehen.*

Was eben die Definition von Gefangenschaft ist, würde sie entgegnen, aber sie verstand ihn. Solange sie in Grazyk blieb, schwebte Nadya ständig in Gefahr, aber im Palast stand sie unter Serefins mühsam erhaltenem Schutz. Den er ihr zwar gewährte, der ihn aber selbst zu verwirren schien. Sie hatte keine Magie und würde den Weg durch Tranavia nicht überleben, wenn sie nach Hause gelangen wollte. Die Machtquelle, die sie berührt hatte, war entweder versiegt oder hatte nie wirklich ihr gehört. Und sosehr sie es auch hasste: Sie verharrte in der Hoffnung, dass der traurige, gebrochene Junge zurückkehren würde, der sie hierhergebracht hatte. Sie ärgerte sich darüber, wie viel Hoffnung sie jedes Mal empfand, wenn sie Serefin fragte, ob er Neuigkeiten hatte, und darüber, wie schnell diese Hoffnung in sich zusammenfiel, wenn er Nein sagte.

Warum sollte sie auf den Jungen hoffen, der sie so vollständig betrogen hatte? Ihre rasende Wut war zu einem dumpfen Schmerz abgeklungen, als es monatelang still geblieben war. Sie hatte keinen Zorn mehr in sich, um Serefin zu bekämpfen, und noch weniger den Geist von Malachiasz.

Also schlich sie im Palast umher und schleppte alle religiösen Texte, die sie finden konnte, in die kleine Fensternische. Nichts davon war besonders hilfreich. Ihre Götter waren nun einmal ihre Götter und es gab wenig Neues, das ihr ein kleines, von einem tranavischen Priester vor Jahrhunderten geschriebenes Buch bieten konnte.

Doch zwischen den Seiten schimmerte gelegentlich etwas von dem auf, was sie übersehen hatte, Hinweise darauf, warum sie so sehr versagt hatte. Warum die Götter nicht mehr zu ihr sprachen und wie ein Junge, der zu einem Monster geformt worden war, sich selbst in Stücke reißen und in der Gestalt von etwas vermeintlich Göttlichem wieder auftauchen konnte.

Manchmal erzählten die Bücher, die Nadya fand, von alten religiösen Sekten und Heiligen, die sie nicht kannte. Wie viele Kleriker waren schon im Stich gelassen worden, genau wie Nadya? Es würde ihr das Herz brechen, dachte sie sich, wenn da noch irgendetwas zu brechen übrig wäre.

Nachdem Serefin weitergezogen war – einer Entscheidung eindeutig nicht nähergekommen als zuvor –, verließ sie die Bibliothek. Den Stapel mit obskuren, streng verbotenen Büchern ließ sie in der Nische zurück. Die Leiter versteckte sie jeden Tag an einem zufällig ausgesuchten Platz im Raum. Bis jetzt hatte zwar noch niemand ihre stetig wachsenden Stapel angetastet, aber sie befand sich in einem stummen Kleinkrieg mit dem alten Bibliothekar, der sich immer so benahm, als wäre das Schlimmste, was ihm passieren konnte, dass jemand die Bibliothek nutzte.

»Da bist du!« Parijahan erwischte Nadya auf dem Weg zur Küche, wo sie geplant hatte, ein bisschen Brot und Käse zu stibitzen, und zerrte sie in Richtung ihrer Zimmer. »Heute Abend findet ein Essen mit dem Hofstaat statt und du musst teilnehmen.«

Nadya stöhnte. »Das hat Serefin nicht erwähnt.«

»Er meinte, wenn er es erwähnt hätte, wärst du so spektakulär abgetaucht, dass sogar ich dich nicht wiederfinden könnte. Damit hatte er eindeutig recht.«

»Ich bringe ihn um«, murmelte Nadya, während sie sich von Parijahan zu den Räumen zurückziehen ließ, die sie sich teilten.

»Das hättest du inzwischen schon längst getan, wenn es dir ernst wäre«, entgegnete Parijahan trocken.

Die akolanische junge Frau trug eine einfache, lockere Hose und eine Bluse in aufeinander abgestimmten Goldtönen. Ihre schwarzen Haare waren eng geflochten und der goldene Ring in ihrer Nase blitzte jedes Mal im Licht, wenn sie an einem Fenster vorbeikamen. Sie waren davon abgekommen, Parijahan als Nadyas Bedienstete auszugeben. Dennoch lehnte Parijahan Serefins Angebot, ihr eigene Gemächer zuzuweisen und sie wie die Adlige zu behandeln, die sie in Wirklichkeit war, weiter beharrlich ab. Das wäre zu verdächtig, sagte sie. Und Nadya hatte schon festgestellt, dass es eine Handvoll *slavhki* gab, denen Parijahan immer aus dem Weg ging.

Obwohl der König von Tranavia endlich tot war, war Parijahan sogar noch vorsichtiger als jemals zuvor und verbarg ihre Geheimnisse hartnäckig vor Nadya.

Malachiasz' Verrat hatte Parijahan genauso brutal und unerwartet erwischt wie sie selbst, doch sie darüber auszufragen hatte Nadya nichts eingebracht außer ein paar kryptischen Antworten, die wenig zu bedeuten hatten. Rashid zu fragen war noch schlimmer. Der Akolaner ging so geschickt mit Worten um, dass er absolut nichts sagte, dafür aber eine gute Weile brauchte.

»Hat Serefin dir noch irgendetwas anderes gesagt?«, fragte Nadya.

Parijahan schüttelte den Kopf. »Bilde ich mir das ein oder sieht er so aus, als hätte er nicht geschlafen?«

»Das bildest du dir nicht ein.« Dunkle Flecken waren unter seinen hellblauen Augen zu sehen gewesen und Bartstoppeln hatten sein blasses Kinn und die Wangen gesprenkelt. Und er hatte nach Alkohol gerochen. »Ehrlich gesagt, mache ich ihm da keine Vorwürfe.«

Nadya konnte auch nicht behaupten, dass sie gut geschlafen hatte. Die Monate seit dieser Nacht in der Kathedrale waren hart gewesen, und wenn sie schlief, sah sie Bilder, über die sie lieber nicht näher nachdenken wollte. Doch immerhin musste sie, während sie schlief, nicht die Stille in ihrem Kopf aushalten. Sie war es nicht gewohnt, mit ihren Gedanken allein zu sein, und hatte festgestellt, dass sie es hasste.

»Irgendetwas Aufregendes beim Lesen gefunden?«, fragte Parijahan. Das war ihr übliches Verhör nach Nadyas Besuchen in der Bibliothek.

Nadya zuckte stets unverbindlich mit den Schultern. Sie wusste nicht einmal, wonach sie suchte. Vor allem versteckte sie sich. Vor sich selbst, vor Serefin, vor Parijahan.

»Es gab eine tranavische Heilige, deren Kopf abgeschlagen wurde. Aber sie hob ihn auf und setzte ihren Weg fort.«

Parijahan sah sie von der Seite an. »Ich bin nicht sicher, ob du dir das nur ausdenkst.«

Nadya legte sich eine Hand aufs Herz. »Das ist meine Religion, Parj, würde ich da lügen?«

Parijahan schnaubte.

»Ernsthaft! Sie hat danach einen Personenkult begründet mit allem, was dazugehört. Das ist dann wieder abgeklungen, so hundertdreißig Jahre bevor sich Tranavia von den Göttern losgesagt hat.«

Parijahan brummte nachdenklich, als sie ihre Räume erreichten. Nadya ließ sich in einen Sessel im großen Gemach sacken.

»Du sperrst dich doch nicht jeden Tag in dieser Bücherei ein, um Geschichten über Heilige zu lesen, die du schon kennst.«

Entmutigt ließ Nadya die Finger zu ihren Gebetsperlen wandern, erschrak aber von Neuem, als sie merkte, dass ihr Hals nackt war. Das geschah täglich, und sie wartete immer noch darauf, dass der Schmerz über den Verlust aufhörte. Sie nahm stattdessen ihr Haar hinten zusammen und begann es zu flechten.

»Wie hat er sich für den Weg entschieden, den er genommen hat?«, fragte sie schließlich. »Woher hatte er den Einfall, ausgerechnet er sei ausersehen, die Götter zu entmachten? Er muss darüber gelesen haben. Etwas hat ihn auf diese Spur gesetzt. Ich muss es finden.«

Parijahan durchquerte den Raum und setzte sich neben Nadya. »Oder er ist einfach ein weltfremder Junge, der etwas gefunden hat, dem er die Schuld zuschieben kann. In alten Büchern wirst du keine Antworten auf deine Fragen finden.«

»Dann weiß ich nicht, was ich sonst tun sollte«, sagte Nadya leise.

Parijahan fasste Nadya unter das Kinn und drehte ihr Gesicht zu sich. »Wag es ja nicht. Er hat *dich* verletzt. Du vergeudest deine Kraft nicht damit, ihn zu retten, wenn er eindeutig nicht gerettet werden wollte.«

»Ich weiß.« Niemand wusste, dass die Götter nicht mehr zu Nadya sprachen. Sie war nichts weiter als ein kalyasisches Bauernmädchen. Für kaum etwas zu gebrauchen. Sie versuchte nicht, ihn zu retten; sie wollte verstehen. Das war ihre fatale Schwäche, ihr Wunsch zu verstehen. Genau das hatte er so mutwillig genutzt, um sie mit seinem Lügengespinst einzuhüllen.

»Außerdem ...«, sagte Parijahan und ihre Stimme klang auf einmal berechnend und listig, »falls er seine großartige Idee aus einem Buch hatte, solltest du dann nicht eher in der Kathedrale suchen?«

Nadya schauderte es. Sie hatte diesen Ort seit Monaten gemieden. Bei dem Gedanken, zurückzugehen, fröstelte es sie bis in ihr Innerstes. Und doch ...

Parijahan sah ihr Zögern. »Er ist nicht dort«, betonte sie. »Du bist sicher.«

Eine unmögliche Sache, dieser Hass und das gleichzeitige Vermissen.

»Schimpfst du mit mir oder ermutigst du mich? Das ist sehr unklar.«

Parijahan lächelte reumütig. »Vielleicht von beidem ein bisschen?«

»Wie viel Zeit haben wir bis zu dem Abendessen?«

Parijahan besah sich den Stand der Sonne durchs Fenster und zuckte mit den Achseln. »Wir haben Zeit.«

Nadya starrte zu den zerbrochenen Statuen hoch, die den Eingang der gewaltigen schwarzen Kathedrale säumten, und fragte sich, ob sie jetzt mehr Angst hatte, da sie wusste, was darin lauerte. Ob der Schrecken, der ihr in den Gliedern saß, daher kam, dass sie den Bau diesmal schutzlos betrat.

Parijahan bedachte die bröckelnde Fassade der Kathedrale im Vorbeigehen mit einem wenig beeindruckten Blick. Nadya hatte gelernt, die Gleichgültigkeit des akolanischen Mädchens als etwas Tröstliches zu empfinden. Parijahan zerrte die riesigen Holztüren auf.

Es war totenstill. Nadya schluckte schwer. Sie wollte sich nicht an das letzte Mal erinnern, als sie hier gewesen war, ihre Finger mit Malachiasz' Fingern verschränkt, ihm entgegen aller Vernunft vertrauend. Und sie wollte bestimmt nicht in das Zuhause irgendwelcher Geier eindringen.

Doch es war nicht immer ihr Zuhause, dachte sie. Sie fuhr mit einer Hand über das Mauerwerk und fragte sich, welchem Gott diese Kirche geweiht gewesen war, als Tranavia die alte Ordnung noch geachtet hatte. Panik wollte ihr die Brust zuschnüren wegen der Stille in ihrem Kopf, also schob sie alle Fragen beiseite und folgte Parijahan, die – unglücklicherweise – unbeirrt ihr Ziel verfolgte.

»Oh, Parj, müssen wir das hier tun?«

»Wo sonst?«, erwiderte Parijahan.

Da hatte sie nicht unrecht. Es hatte gerade einmal ein Wispern gegeben darüber, was wohl dem Schwarzen Geier widerfahren war. Und obwohl Nadya danach gefragt hatte, wollte sie es in Wirklichkeit nicht wissen.

Es zu wissen hieße, sich der schwarz verfärbten Narbe auf ihrer Handfläche jedes Mal zuzuwenden, wenn sie heiß wurde: ein brennendes Jucken, das stundenlang andauerte, bevor es wieder verschwand. Den Drang ihres Herzens zu irgendetwas weit Entferntem zu beachten, als wäre es mit irgendjemandem verbunden. Sie wusste nicht, was in der Nacht geschehen war, als sie Velyos' Symbol erst in ihre eigene Handfläche geschnitten hatte und dann in Malachiasz'. Etwas hatte sich verändert, als sie seine Macht gestohlen hatte, um sie mit ihrer vereint zu nutzen. Als sie das Unmögliche gewagt hatte.

Sie war immer noch spürbar. Die schlammige, tintenschwarze Dunkelheit von Malachiasz' Magie schlummerte irgendwo tief in ihrem Innern.

Parijahan versuchte, die Tür zu Malachiasz' Zimmern zu öffnen, und ihre Lippen umspielte ein kleines Lächeln, als sie sie unversperrt fand.

Nadya zögerte. Es hatte sich nichts verändert, seit sie das letzte Mal dort gewesen war. Malachiasz' geflickte Militärjacke hing über der Stuhllehne, über die er sie zuletzt geworfen hatte. Gemälde waren in jeder Ecke des Raums übereinandergestapelt und rund um die Bücherregale türmten sich zusätzlich Bücher auf. Stapelweise Bücher. Parijahan pfiff leise. »Da haben wir es.« Sie nahm die Jacke, betrachtete sie stirnrunzelnd und gab sie Nadya.

Nadya wartete, bis sich Parijahan wegdrehte, ehe sie die Jacke über ihr Kleid zog und ihr Gesicht im Kragen verbarg. Sie roch immer noch nach ihm, nach Eisen und Erde und Junge auf eine tröstliche und so schmerzhafte Art, dass sich Nadyas Brust mit einem heftigen Stich zusammenzog.

Ihren Gefühlen in Bezug auf Malachiasz' Betrug auf den Grund zu gehen war schwierig. Sie hatte gehofft, im Lauf der Zeit das Durcheinander ihrer Emotionen entwirren zu können. Sie wusste, was sie fühlen sollte, was alle von ihr erwarteten. Doch sie konnte nicht herausfinden, ob das auch wirklich zutraf.

Ja, sie war wütend und verletzt, aber sie ertappte sich auch bei der Erwartung, dass er in ihre Räume stürmte: ein Wirbelwind aus dunklen Haaren und schlechten Witzen mit schmerzlich blendendem Lächeln. Sie vermisste ihn.

Doch so war Malachiasz nicht mehr. Idealistisch weiterhin, aber auch mächtig und grausam, sein Körper entstellt und sein Geist zersplittert.

Nadya wünschte sich verzweifelt, nicht mehr über ihn nachdenken zu müssen. Er hatte sie monatelang angelogen, hatte sich selbst als ängstlichen Jungen dargestellt, der einen Fehler begangen hatte und Hilfe brauchte, um ihn wieder auszubügeln. Stattdessen hatte er sie benutzt, um eine so fürchterliche Macht zu erlangen, dass sie ihm den letzten Rest Menschlichkeit ausgetrieben hatte.

Der dumme, herablassende Junge mit dem verschlagenen Lächeln, der nervös auf seinen Fingernägeln herumkaute, war fort. Vielleicht für immer. Und sie war so tieftraurig, dass darüber die Hitze ihrer Wut erloschen war. Er verdiente ihre Trauer nicht, aber das machte keinen Unterschied für ihr Herz.

»Meinst du, er hat das alles von Anfang an geplant?«, fragte Nadya leise.

Parijahan sah von dem Stapel Gemälde auf, den sie gerade durchging. »Bist du endlich bereit, darüber zu sprechen?«

Nadya zuckte mit den Schultern.

»Ich habe Monate mit ihm verbracht, und er hat nie besonderen Eifer darin gezeigt, dich zu finden«, sagte Parijahan. »Ich musste ihn erst überzeugen, mit uns zu kommen, als wir uns anschickten, Gerüchten über eine Klerikerin nachzugehen. Am Ende hat ihn etwas Unbekanntes gezwungen, nach Kalyazin zu fliehen, und später dazu, hierher zurückzukehren. Er hat nie gesagt, was.«

»Nun, er ist ein Lügner.«

»Er ist sehr gut im Lügen«, stimmte Parijahan zu. »Allein schon, weil er dabei eigentlich die Wahrheit sagt.«

Die Tür zu Malachiasz' Studierzimmer hing wie ein schwarzer Fleck an der Wand. Was erhoffte sie sich, dahinter zu finden? Den Anstoß, der ihn zu seiner waghalsigen Unternehmung verleitet hatte, ihre Götter zerstören zu wollen? Etwas anderes?

Gleichgültig blätterte sie die Bücher durch. Die Stapel enthielten vielerlei: Geschichte, Romane, Magische Theorie. Allerdings verstand sie nicht genug von Blutmagie, um Letzteres zu begreifen. Sie verschwendete ihre Zeit.

Parijahan öffnete die Tür zum Studierzimmer. Als sie den Raum betrat, hustete sie. Nadya folgte ihr nicht sofort, doch irgendetwas zog sie zur Türschwelle hin. Sie hörte, wie Parijahan die Papiere auf dem Schreibtisch herumschob, und erbebte, ein Schauder rann ihr plötzlich über den Rücken.

Magie.

Etwas, mit dem sie schon seit geraumer Zeit keine Berührung gehabt hatte.

»Was hast du gefunden?«, rief sie. Ihr Magen verkrampfte sich. Da war etwas Vertrautes und Fürchterliches, das an ihr zerrte, ein Ruf, der eine gewaltige Welle über ihr zusammenschlagen ließ.

»Einige seiner Zaubersprüche, glaube ich«, antwortete Parijahan, ohne etwas von Nadyas plötzlicher Angst zu bemerken.

Nadya zuckte zusammen, als sie ins Arbeitszimmer trat. Ihre linke Handfläche tat weh, ein dumpfer Schmerz kroch stetig ihren Arm hinauf. Schweiß trat ihr auf die Stirn. Ihr war zu heiß und zu kalt und sie fühlte ... sie konnte fühlen ...

Sie riss Parijahan die Papiere aus der Hand und zerknitterte sie mit ihrem festen Griff. Sie atmete schwer und konnte das Gefühl nicht abschütteln, dass etwas zutiefst Verstörendes geschah. Da rührte sich etwas, etwas Hungriges mit einer so tiefen, mächtigen und schmerzhaften Unersättlichkeit, dass es schlicht alles verschlingen würde, wenn es nicht aufgehalten wurde.

»Nadya?«

Sie knallte eine Hand auf den Tisch. »Nein«, sagte sie schlicht. »So funktioniert Magie nicht.«

Sie breitete die Zaubersprüche vor sich aus. Als sie das unsaubere, beinahe unleserliche Gekrakel von Malachiasz sah, stockte ihr das Herz. Sie sollte gar nicht dazu in der Lage sein, seine Macht zu fühlen oder sein Wesen. Nicht jetzt, nicht, nachdem so viel Zeit vergangen war.

Sie konnte das Tranavische lesen, aber die Wörter verschwammen ihr vor den Augen. Fieberhaft blätterte sie noch weitere Seiten durch, grub hastig hingekritzelte Notizen und Diagramme unter den Zaubersprüchen aus. Endlose Zeichenfolgen, die Nadya nicht verstand.

»Ich sollte nicht hier sein«, flüsterte sie, als das Entsetzen weiter ihr Herz umfasste. Sie hob eine Seite hoch, die eindeutig in Blut getaucht worden war und die unten ganz steif und dunkel war. Das Obere konnte sie lesen, aber sie wünschte sich, sie könnte es nicht.

Notizen über kalyasische Magie, über göttliche Magie, über ihre Magie. Notizen darüber, wie ihre Magie und Blutmagie sich vielleicht überschnitten, obwohl sie es nicht sollten, dies aber möglich war, und darüber, dass es noch *etwas anderes* gab, das sich sehr langsam veränderte, und dass es sich um etwas Neues handeln konnte oder um eine Vermengung der beiden anderen Formen.

Serefin hatte einmal erwähnt, dass er auf dem Schlachtfeld tranavische Zauberbücher gefunden hatte, in die kalyasische Gebete hineingekritzelt waren. Eine eigentlich unmögliche Kombination. Warum hatte Malachiasz das untersucht?

Sie erstarrte: Das Etwas am anderen Ende dieses Verbindungsstrangs war gewachsen und fast greifbar geworden. Ein Blick aus weiter Ferne hatte sich ihr zugewandt, wo vor Kurzem noch niemand gewesen war. Es war eine Macht, so viel größer als ihre eigene, unendlich dunkel. Eine Magie, die nicht zu ihr gehörte, summte in Nadyas Adern und zog sie schmerzlich zu demjenigen hin, der sie in Wirklichkeit besaß.

Sie hätte niemals seine Macht stehlen sollen.

Sicherlich hatte er ihre Absichten durchschaut, als sie ihm jene Klinge über die Handfläche gezogen hatte. Oder nicht? Einst war es doch seine Eingebung gewesen – eine listige Überlegung, dass sie stärker wäre, wenn sie sein Blut nutzte. Abscheulich, fürchterlich, und doch hatte sie am Ende genau das getan, was er gewollt hatte. Nur ein weiteres Verdrehen der Wahrheit, und er hatte sie dazu gebracht, ihm arglos bei seinen rätselhaften Plänen zu helfen.

Nadya war allzu tief gesunken, hatte alles, an das sie geglaubt hatte, geopfert für einen Versuch, die Welt zu verändern, und sie wurde mit Schweigen gestraft.

Sie keuchte und ballte ihre brennende Hand vor dem Herzen zusammen. Die schlammige Macht hatte sich verwandelt. Ein Strick, eine Leine zog sich schnell stramm.

Ich hätte nicht hierherkommen sollen.

Das Monster. *Malachiasz.* Sie wich vor der Macht zurück, die plötzlich zu stark war, zu überwältigend, zu böse.

Nadya atmete ein paarmal stockend ein – das gedämpfte Geräusch von Parijahan, die ihren Namen rief, perlte von ihren Ohren ab – und gab zu erkennen, dass sie sich seiner Gegenwart bewusst war, indem sie mit den Fingerspitzen vorsichtig über die schwarze Glasscheibe rieb, die Malachiasz von ihr trennte und sie zugleich miteinander verband.

Das hier ist mein Fehler. Sie hatte etwas erschaffen, als sie seine Magie gestohlen und sie an ihre gebunden hatte. Natürlich bestand das fort, natürlich hatte das Folgen. Götter, sie konnte ihn *fühlen.* Er bröckelte, erodierte, wie die Oberfläche einer Felsklippe, die von den Wellen eines Ozeans umspült wurde.

Dann hörte sie – so deutlich, als würde es direkt vor ihr geschehen – das Geräusch einer eisernen Klaue, die an Glas kratzte. Ein schmerzhaftes, ätzendes Kreischen, das Nadeln in Nadyas Ohren trieb. Immer tiefer und tiefer. Eine Hand schlug gegen das Glas, schlanke Finger mit Eisenkrallen, die vor Blut tropften.

Nadya riss sich los.

Sie wich schwankend vom Schreibtisch zurück. Nadya bekämpfte den Drang, sich zu übergeben. Das konnte nicht geschehen. *Wie* war das möglich?

Es verstrichen ein paar qualvolle Momente, ohne dass die abgründige Verbindung wiederauflebte. Ohne dass sie das beunruhigende Chaos seines Wahnsinns streifte.

Doch es hatte sich wie Malachiasz angefühlt. Das Monster war immer noch Malachiasz.

Würde es am Ende Hoffnung sein, was sie umbrachte?

Nadya sah zu Parijahan auf, die sie entgeistert anstarrte.

»Nun«, sagte Nadya mit kratziger Stimme. »Ich nehme an, er ist nicht tot.«

Zwischenspiel I

DER SCHWARZE GEIER

Der Hunger wollte nicht nachlassen. Das Nagen an den Rändern seines Wesens war unerträglich stark und doch niemals genug. Er konnte nur hungern, *verlangen,* bis er schließlich in vollkommenes Vergessen entlassen wurde und nichts mehr fühlte. Keinen Hunger, keine niemals endende Leere, die an seinem Wesenskern zerrte, die immer gegenwärtige Drohung der völligen Zertrümmerung.

Die Dunkelheit war ein Trost. Fackeln gab es hier wenige und sie standen in großen Abständen, waren leicht zu umgehen. Es war ihm eine Erleichterung, sich weit vom Schimmern der Lichter entfernt halten zu können, die ihn an das Vermissen erinnerten. An diese Sache, die außerhalb seines Bewusstseins flackerte, gerade so weit entfernt, dass er sie nicht zu fassen bekam. Die unerbittlich flatternden Flügel eines kleinen Vogels, der sich weigerte, von der Dunkelheit geschluckt zu werden.

Es war ein so süßer Reiz, dass er seinen Wahnsinn noch ein bisschen weitertrieb, noch ein bisschen vertiefte. Aber das Nichtwissen war süßer. Er kam nie über dieses rudimentäre Verständnis hinaus.

Da waren Funken, die nicht zu ihm gehörten, die zu niemandem gehörten, ärgerlich weit in der Ferne. Ein Mädchen mit schneeweißem Haar, ernstem Blick, die Haut von zarten Sommersprossen gesprenkelt. Ein Mädchen, das sich stritt, in sich ruhend und stur und leidenschaftlich. Wunderschön, brillant, qualvoll abwesend. Er hatte keine Ahnung, wer sie war, und das machte alles nur noch sinnloser.

Ewig und augenblicklich: Die Zeit wurde belanglos. Die Funken – die Ablenkungen – verblassten. Nur der Hunger blieb, immer der Hunger. Nur das Gefühl, noch einmal auseinandergenommen, wieder zusammengesetzt und in Stücke gerissen zu werden.

(Ungeschehen gemacht zu werden war offenbar ein laufender Prozess.)

Da war eine undeutliche Ahnung, dass etwas erledigt werden musste. Doch nichts war etwas war alles und konnte das nicht warten? Alles konnte warten. Bis die Dunkelheit weniger erstickend war. Der Hunger weniger brüllend. Bis seine Gedanken in einer Linie aufgereiht waren statt unzusammenhängende, verstreute Stückchen, die hüpften und flatterten und ...

Flatterten.

Flügel.

Wieder.

Dort.

Der kleine Vogel.

Er streckte sich und griff vorbei. Seine Hand schlug in etwas Kaltes und er zog seine Klauen daran hinunter, langsam, vorsichtig. Das Geräusch war beruhigend, klar.

Seine Hände bluteten. Seine Hände bluteten immer.

Da war etwas. Die Flügel flatterten wieder weg, zu schnell, zu scharf, zu bald, zu real.

Da war

etwas

anderes.

Eine Erinnerung, zerstört,

verstreut,

flüchtig.

Verschwunden.

3

SEREFIN MELESKI

Svoyatova Elżbieta Pienta: eine Tranavierin, die anstelle der Klerikerin Evdokiya Solodnikova verbrannt wurde. Dort, wo ihre Leiche beerdigt wurde, sollen die Toten mit den Lebenden sprechen.

Vasilievs Buch der Heiligen

Serefin hatte schon die Hälfte der Stufen im Hexenturm erklommen, bevor er sich besann. Er blieb stehen, umklammerte mit einer Hand fest das Geländer und fragte sich, ob er vielleicht doch nicht allein hätte kommen sollen. Doch es war zu spät zum Umkehren. Pelageya wusste, dass er da war, seit sich die Tür ihres Turmes geöffnet hatte.

Er nahm immer zwei Stufen auf einmal. Serefin war nicht gerade begeistert, dass er sich an die Hexe wenden musste, aber es war sonderbarerweise unvermeidlich. Sie hatte ihn schließlich auf diesen Weg geführt, oder nicht? Sicherlich würde sie ihn mit einem fürchterlich mystischen Ratschlag bedenken, der ebenso unverständlich wie entsetzlich wäre in seiner umfassenden Vorhersage des kommenden Untergangs.

Er erreichte die Spitze des Turmes und fand die Tür angelehnt vor, sodass sie bei dem leichten Klopfen seiner Fingerknöchel aufschwang.

Nun, das ist ja nicht gerade beruhigend, dachte er und runzelte die Stirn. Eine Wolke aus Motten stieg in die Luft. Er wedelte sie weg.

»Pelageya?«, rief er und schob sich hinein.

Serefin erstarrte. Der Raum war leer geräumt.

Es war, als wäre die Hexe überhaupt nie dort gewesen. In allen Ecken hingen Spinnweben. Auf der Feuerstelle lagen zwar Aschereste, aber sie war größtenteils sauber gekehrt worden. Ein Hexenkreis hob sich in der Mitte des Bodens deutlich hervor. Er seufzte erleichtert – es war nur Holzkohle, kein Blut.

Er ging um den Kreis herum, dabei trommelten seine Finger gegen den Rücken seines Zauberbuchs.

Das war nicht, worauf er gehofft hatte.

Er kniete sich hin, krümmte die Außenseite eines Fingers an einer Rasierklinge in seinem Ärmel und blätterte sein Zauberbuch durch. Pelageya hätte den magischen Kreis nicht ohne Grund zurückgelassen, und obwohl Serefin die Signa nicht lesen konnte, die in den Kreis gekritzelt waren – Signa waren Sache der Geier –, konnte er den Zauber aktivieren.

Er zögerte. Was er tat, war ganz und gar dämlich. Wenn Kacper oder Ostyia hier wären, hätten sie ihm eher eine Klinge an die Kehle gepresst, als zuzulassen, dass er mit unsicherer Magie hantierte.

Nur waren seine Stimmen der Vernunft aber nicht hier. Schnell drückte er seine blutige Handfläche nach unten. Seine Aufmerksamkeit richtete sich auf eine einzelne Stelle unter seiner Hand. Dort entbrannte Feuer, wie bei dem Pulver, das die magischen Kanonen entzündete, und füllte langsam den Kreis aus. Die Flammen erfassten jedes Signum, bis über dem Boden ein seltsames, beißendes grünes Feuer flackerte.

Doch das war alles.

Leicht enttäuscht und doch gleichzeitig erleichtert entzog er sich der magischen Kraft. Es war nur ein leerer Zauber, den die Hexe zurückgelassen hatte, um mit Serefin zu spielen. Er stupste den Kreis mit seiner Stiefelspitze an, durchbrach damit vorsichtig den Machtfluss und hoffte, dass der Zauber ihm nicht um die Ohren fliegen würde. Die Flammen erloschen.

»Weißt du, ich habe mit mir selbst gewettet, wer von euch zuerst kommen würde.«

Serefin erschrak beinahe zu Tode.

»Das Mädchen, das eine Klerikerin ist und doch keine Klerikerin, eine Hexe und doch keine Hexe.« Pelageya saß in der Mitte ihres zerstörten Kreises und zählte an ihren knochigen Fingern die Möglichkeiten ab. »Das Monster, das auf einem Thron aus vergoldeten Knochen sitzt und nach den Himmeln greift, die es nicht versteht, oder das Prinzlein, das von einer Macht berührt wurde, an die es nicht glaubt.«

Serefin legte eine Hand an das Zauberbuch und wartete darauf, dass sein Herz aufhörte, seinen Körper durchzuschütteln. »Hast du gewonnen?«

»Was gewonnen?«, fragte Pelageya, während sie immer noch zählte.

»Die Wette.«

»Nein. Wo ist die Hexe?«

»Sie ist keine Hexe, sie ist eine Klerikerin.«

»Man kann keine Klerikerin sein, wenn die Götter nicht mit einem reden«, entgegnete Pelageya und wedelte abfällig mit der Hand. »Man kann auch keine Hexe sein mit dem, was sie ist. Befleckt, aber heilig. Ein Rätsel. Sie ist eine Menge, unter anderem nicht hier. Nicht, was ich erwartet habe. Aber du bist hier. Eine Hälfte von meinem entzückend blutrünstigen und erbärmlich wahnhaften Blutmagierpaar.«

Serefin kniff die Augen zusammen und betrachtete den leeren Raum. »Was ist hier passiert?«

Ein Blinzeln. Der Raum war nicht mehr leer. Der Hexenkreis auf dem Boden war jetzt mit Kreide statt mit Holzkohle gezeichnet. Die Hirschschädel baumelten an ihren Geweihen von der Decke und Serefin stellte fest, dass er auf einem gepolsterten Stuhl saß, während sich in seinem Kopf alles drehte und die Motten nervös sein Gesicht umschwirrten.

»Was ist wo passiert?«, fragte Pelageya, die plötzlich nicht älter war als Serefin. Ihre Locken waren aus dem Gesicht nach hinten gebunden, sie waren schwarz, bis auf eine erschreckend weiße Strähne, die in der Menge der Haare in dem Knoten an ihrem Hinterkopf verschwand. »Du willst etwas«, zwitscherte sie, während sie einen Schädel – menschlich – von einem Beistelltisch nahm, sich Serefin gegenüber auf einen Stuhl setzte und ihn, mit dem Schädel auf dem Schoß, ansah.

»Ich sollte wirklich gehen«, sagte Serefin und wollte aufstehen.

Er blieb auf seinem Stuhl gefangen. Panik flackerte in ihm auf.

»Oh«, sagte Pelageya und tippte sich ans Kinn. »O nein. Ich habe den einen und der andere wird irgendwann kommen. Meleski und Czechowicz, doch enger verbunden, als ihr wisst, enger, als die Lügner es gesagt haben. Er wird kommen, schon bald, und dann – endlich – kann ich mich um die Hexe kümmern, die eine Klerikerin ist, die keine Hexe ist und keine Klerikerin.«

»Was hat Malachiasz mit dieser Sache zu tun?«

Pelageya lehnte sich über dem Schädel vor. »Alles, liebes Prinzlein.«

»König«, murmelte Serefin.

»Wie bitte?«

»Ich bin jetzt der König«, sagte er und strich mit den Fingern über das gehämmerte Eisen seiner Krone, die auf seinen Haaren saß. Es fühlte sich immer noch so an, als wäre da ein Fehler unterlaufen und er hätte etwas bekommen, das ihm nicht zustand. Er nahm an, niemand glaubte wirklich, dass er die Krone verdient hatte. Er wollte unter allen Umständen beweisen, dass ihm der Thron von Rechts wegen gehörte –

selbst wenn er neben seinen Adligen auch sich selbst davon überzeugen musste.

Pelageya nickte, aber als sich ihr Blick auf sein linkes Auge heftete, konnte er das Gefühl nicht abschütteln, dass auch sie nicht überzeugt war. Verlegen hob er eine Hand zum Auge.

»Sie weiß es.«

Serefin kaute von innen auf seiner Wange herum, um nicht auf die dünne Stimme in seinem Geist zu reagieren.

»Schwarz und gold und rot und grau. Geier und Motten und Blut, immer Blut. Ein Junge, geboren in einem vergoldeten Saal, und ein Junge, geboren in Dunkelheit. Aufgezogen in Bitterkeit und aufgezogen in Lügen. Verändere deinen Ort; verändere deinen Namen. Es bringt nichts, weißt du, es ist ein Spiegel. Das Blut ist dasselbe, die Dunkelheit süßlicher bei dem einen, aber du siehst in einen Spiegel, um dich selbst zu finden, und findest den, der zu werden du dich fürchtest. Zwei Throne, zwei Könige, zwei Jungen, um diese Welt in Dunkelheit zu tauchen mit dem Ziel, sie zu retten.«

Ein Schauder ergriff Serefins Körper. Er bereute es, allein hergekommen zu sein. Er wünschte sich, Kacpers beruhigende Hand würde auf seiner Schulter liegen und ihn ein weiteres Mal von der wirren Raserei der Hexe wegziehen.

»Wovon sprichst du?«, fragte Serefin mit gedämpfter Stimme.

»Verstecken und vergessen. Verstecken und sich erinnern. Du versteckst dich vor der Wahrheit, aalst dich in der Lüge einer von Anfang an betrügerischen Familie. Er versteckt sich in einer Magie, die die Erinnerung an seine Vergangenheit weggebrannt hat. Eines Tages werden sich beide erinnern, doch was wird dann geschehen?«

»Sich woran erinnern?« Die Spannung wurde unerträglich.

Pelageya starrte ins Nichts, ihre bleichen Finger streichelten über den Schädel.

»Soll ich dir eine Geschichte erzählen, lieber König der Motten, König des Blutes, König der Schrecken?«

»Ja.« Das Wort kam geflüstert hervor, bevor er es aufhalten konnte, und er zuckte zusammen. Er wollte unbedingt vor der drohenden Enthüllung fliehen, was auch immer sie enthielt.

»Eine Geschichte über zwei Schwestern aus dem Seenland. Eine Geschichte über ein Mädchen, das einen Prinzen heiratete, den es nicht mochte und der ein König wurde, den es hasste. Das Mädchen wurde zur Frau und brachte einen Sohn zur Welt, den sie nicht verstand, aber dennoch liebte. Doch das genügte nicht. Und sie suchte das Vergessen, weit weg von dem verabscheuten Ehemann. Ein zweiter Sohn kam aus der Dunkelheit, versteckt und geboren aus maskierter Leidenschaft und Lügen.«

»Nein ...«, stieß Serefin kopfschüttelnd hervor. »Nein.« Die Wände wollten auf ihn einstürzen, seine Sicht wurde schwarz an den Rändern.

»Tranavier machen einem alles so leicht!«, sagte Pelageya entzückt. »O nein, nein, seht ihr, dieser Junge gehört der Schwester, nicht der Frau, sagten sie. Versteckt ihn hinter einer verdrehten Wahrheit und niemand wird Verdacht schöpfen! Schickt ihn weg zum tranavischen hohen Orden, und niemand wird sich daran erinnern, dass er je etwas anderes war als ein entbehrlicher *slavhka!* Verbrennt seine Knochen und zerschlagt seinen Körper, und es wird keine Rolle mehr spielen, von wem er kam. Erschafft eine Waffe; erschafft einen König.«

Sie lügt, dachte Serefin verzweifelt. Und doch wusste er tief in seinem Herzen, ausgehend von diesem Platz, von dem aus sich Malachiasz noch lange nach seinem Verschwinden in seinen Gedanken gehalten hatte, dass sie nicht log. Vielleicht hatte es deshalb so sehr geschmerzt, als Malachiasz die Tür zu Pelageyas Turm geöffnet hatte und sich bei Serefins Anblick in seinem Lächeln mit den spitzen Zähnen kein Wiedererkennen gezeigt hatte.

»Wo ist dein Bruder, lieber König? Wo ist der Schwarze Geier hingegangen?«

Das Wort *Bruder* traf Serefin wie ein Schlag gegen die Brust. »Woher weißt du das?«, fragte Serefin mit bebender Stimme.

Pelageya lachte höhnisch. »Du fragst, als hättest du Zweifel. Aber du weißt es, du weißt es, das Blut ist dasselbe.«

»Warum erzählst du mir das alles?« Warum jetzt? Da alles, was er hatte, ein kochender Hass war, den er für den Schwarzen Geier hegte, weil er *gestorben* war wegen ihm. Wegen Malachiasz. Seinem Bruder.

»Wer sonst sollte es dir erzählen?«, fragte sie. »Mit Sicherheit nicht deine Mutter.«

Serefin schauderte es. Wie viel wusste seine Mutter über Malachiasz' Schicksal? *Wie ist nur das Geringste von alldem möglich?*

Pelageyas tiefdunkle Augen verfolgten die Motten, die um Serefins Kopf herumflatterten. »Das«, meinte sie, »ist eine unerwartete Entwicklung. Hat er schon zu dir gesprochen? Ich bin mir sicher, das hat er. Geflüster, allerdings, nur Geflüster, denn du bist Tranavier und dir ist so schwer beizukommen. Du bist nicht der, den er zuerst wollte.«

Pelageya neigte den Kopf, stand auf und ging zu den schweren Vorhängen, die alles in Dunkelheit tauchten. Sie zog sie zurück und flutete den Raum mit einem blendenden Licht.

»Die kriechenden Schatten schlittern aus der Dunkelheit; Vergeltung fällt vom Himmel«, murmelte sie. »Du hast Zeit, aber sie vergeht schnell. Und vergehen wird sie. Die Ereignisse sind in Bewegung versetzt, und du musst zusehen, ob du stehen wirst oder fallen.«

Serefin kämpfte sich auf die Beine, seine Glieder waren endlich befreit. Das war mehr Wissen, als er wollte. Es kümmerte ihn nicht, ob es noch mehr zu sagen gab. Pelageya drehte sich vom Fenster weg und schenkte ihm ein schiefes Lächeln.

Er floh.

Serefin platzte in die Räume seiner Mutter, ohne auf die Proteste des Dienstmädchens zu achten.

»Ich bin ihr Sohn«, fauchte er, als sie ihm hinterhereilte und etwas über Anstand brummte. Er traf seine Mutter im Wohnzimmer an und knallte der Dienerin die Tür vor der Nase zu. Eine gläserne Vase neben der Tür wackelte gefährlich.

Klarysa sah von ihrem Buch auf und starrte gezielt erst auf die Tür und dann auf die Vase.

»Wann wolltest du es mir sagen?«, fragte Serefin, überrascht von seiner ruhigen Stimme.

»Du wirst dich um einiges genauer ausdrücken müssen, mein Lieber«, sagte sie, ohne seinen Kummer zu bemerken. Sie streckte eine Hand aus, winkte ihn näher heran und nahm die Stoffmaske von ihrem Gesicht ab.

Er bewegte sich nicht. Er wollte diese verfluchte Vase nehmen und gegen die Wand schleudern. Auch das unterließ er.

»Du wusstest, was mein Vater vorhatte«, sagte er vorsichtig und langsam. »Du hast mich vor ihm gewarnt, du wusstest es die ganze Zeit.«

Ihre blassblauen Augen verengten sich, und Serefin stellte fest, dass er und Malachiasz beide diese Augen geerbt hatten.

»Und du hast ihn zu Fall gebracht«, sagte sie seelenruhig, während sie sich ihre Maske wieder vors Gesicht hakte. »Die Krone ist dein.«

»Du wusstest, dass er sich mit den Geiern verschworen hat.«

»Das habe ich gewusst.«

»Du kanntest den Geier, dessen Schuld das ist.«

Sie legte die Stirn leicht in Falten. »Es war der Schwarze Geier.«

»Wieso weißt du nicht, wer er ist?«, fragte Serefin mit schließlich brechender Stimme. Er fuhr sich mit der Hand durch die Haare. Seit Monaten hatte er immer wieder alle verfügbaren Hinweise über Malachiasz zusammengetragen, denn schließlich würde er sich irgendwann um den Schwarzen Geier kümmern müssen. Er würde ihn für seinen Verrat zur Rede stellen müssen.

Aber jetzt wusste er nicht, was er tun sollte.

»Serefin, wovon redest du?«

»Die Hexe musste es mir erzählen«, sagte er, blankes Entsetzen in der Stimme. »Du hattest nicht einmal den Anstand, es mir selbst zu sagen. Wusstest du, als du ihn zu den Geiern gesandt hast, was aus ihm würde?«

Klarysa verspannte sich schließlich. »Was?«

»Du warst nie hier. Natürlich wusstest du nichts Genaues. Natürlich hast du ihn nie einfach im Vorbeigehen gesehen. Aber du hättest es mir sagen können. Er war die ganze Zeit hier, so nah, und ich wusste es nie.«

Ihr wich das Blut aus dem Gesicht.

Serefin sackte auf einen Stuhl und vergrub den Kopf in den Händen.

»Pelageya hat es dir gesagt?«, fragte Klarysa kalt, die Stimmung zwischen ihnen zum Zerreißen gespannt.

Er nickte, ohne den Kopf zu heben.

»Er hätte bei Sylwia bleiben sollen«, flüsterte sie. »Für einen Bastard gibt es keinen Platz am Hof und es schöpften schon zu viele Verdacht.«

»Er war nie mein Cousin«, stellte Serefin fest. »Und du hast ihn den Geiern ausgeliefert.«

»Werd nicht gefühlsduselig, Serefin, das steht dir ganz schlecht. Er war bereits zu mächtig, um irgendwo anders hinzugehen.«

»Nun, jetzt ist er der Schwarze Geier und hatte sich mit meinem Vater verbündet, um mich zu töten. Also gratuliere, ich nehme an, du hast recht.«

Klarysa sah benommen aus, ihre Haut war sehr blass. »Du irrst dich.«

»Mutter, ich versichere dir, dass ich mich nicht irre. Mein kleiner Bruder hat Hochverrat begangen, und ich kann ihn nicht bestrafen, weil er das einzige andere hohe Amt in Tranavia innehat. Wir haben keine passende Gesetzgebung dafür, weil kein anderer Geier es jemals gewagt hat, den Bogen so zu überspannen.«

Einige waren nahe herangekommen; nicht jedem Schwarzen Geier hatte es genügt, in der Kathedrale zu verharren und in den Minen der Geier. Doch keiner war so weit gegangen wie Malachiasz.

Ihre Hand wanderte zu ihrem Mund, und Serefin glaubte schon, sie würde wieder einen ihrer häufigen Anfälle erleiden. Um ehrlich zu sein, war er überrascht, dass sie so lange in Grazyk geblieben war; die magischen Rückstände in der Luft bekamen ihr nicht gut.

»Die Gerüchte …«

»Die Gerüchte sind falsch. Was passiert ist, war schlimmer.« Serefin seufzte und lehnte seinen Kopf an die Stuhllehne. Die Decken in den Räumen seiner Mutter waren mit bunten Blumen bemalt, ergänzt durch magische Symbole für Gesundheit. Keine Geier zu sehen. »Ich dachte jahrelang, er sei tot. Beinahe wünschte ich mir, er wäre es.«

Denn sein Schicksal liegt in meinen Händen.

»Serefin …«

»Ich will deine Entschuldigungen nicht hören, Mutter, es geschah schließlich alles, um den Anschein zu wahren. Wie hättest du wissen können, dass dein Bastard entartet und seelenlos aufwachsen würde? Ah, richtig, warte, das ist doch das Schicksal jedes Geiers, oder?«

Sie zuckte zurück, als wäre sie geschlagen worden. Serefin sackte zusammen.

Sie würde nichts ändern, diese Enthüllung. Malachiasz musste für sein Handeln geradestehen.

»Zwei Throne und zwei verdorbene Brüder, die sie einnehmen sollen«, murmelte er. »Doch bald schon, nehme ich an, nicht mehr.« Er ließ die Krone von seinem Kopf gleiten und fuhr mit dem Daumen über das kalte Eisenrund.

Seine Mutter entspannte sich, sichtlich erleichtert, ein Gesprächsthema aufgreifen zu können, das nicht Malachiasz betraf. Sie hielt ihre zitternden Hände in den Schoß gedrückt, um sie ruhig zu halten.

»Es gibt eine Bande von *slavhki,* die mich vom Thron stoßen wollen«, sagte Serefin. »Und ich weiß nicht, was ich tun soll.«

Klarysa stand auf. Sie befestigte ihr Zauberbuch an der Taille, durchquerte schnell den Raum und legte Serefin die Hände auf die Schultern.

»Du weißt genau, was du tun sollst. Du lässt sie bitter bereuen, dass dir ihr feiges Flüstern zu Ohren gekommen ist.« Sie drückte sein Kinn nach oben. »Du bist der König. Glaubst du, dein Vater hatte keine Feinde, die jede Nacht flüsternd seine Absetzung herbeigesehnt haben?«

»Ich war einer dieser Feinde«, sagte er erschöpft.

Sie küsste ihn auf den Scheitel. »Du warst gezwungen zu handeln.«

»Rechtfertigst du so auch, was Malachiasz geschehen ist?«

Sie seufzte. »Ich hätte ihn liebend gern in der Nähe behalten. Ihr zwei wart das Einzige, was diesen Palast erträglich gemacht hat.«

»Warum hast du ihn dann fortgeschickt? Warum hast du es mir nie gesagt?«

»Die Geier kamen, um ihn zu holen. Da gab es nichts, was wir tun konnten.« Sie strich Serefins Haare glatt, während sie ihn zu sich zog. »Ich habe es dir nicht erzählt, weil du versucht hättest, ihn dem Orden wieder zu entreißen. Du bist so stur, Serefin, und wir dürfen uns in die Angelegenheiten der Geier nicht einmischen.«

Ihn fröstelte, als ihre Finger ihm leicht über die Kopfhaut strichen.

»Verrat ist eine andere Sache«, fuhr sie nachdenklich fort. »So poetisch es auch ist, dass meine beiden Söhne die Throne von Tranavia innehaben, wir können keinen Verrat dulden. Aber jetzt sollten wir uns doch zuerst um diese *slavhki* kümmern, nicht wahr?«

Serefins Panik war zu Enttäuschung abgekühlt, als er Ostyia im Flur antraf. Er packte sie am Arm und schleppte sie, ungeachtet ihres überraschten Aufschreis, in seine Räumlichkeiten. Dann warf er die Tür hinter ihnen zu.

»Du wusstest von Malachiasz«, sagte er vorwurfsvoller als beabsichtigt.

»Was?«

»Du wusstest es. Du wusstest die ganze Zeit, dass er der Schwarze Geier war.«

Sie verdrehte ihr Auge. »Warum ist das jetzt wichtig für dich? Ich habe es dir nicht gesagt, weil ich annahm, es spielte keine Rolle.«

»Ich dachte, er wäre tot. Jahrelang. Du hast mich das glauben lassen.«

»Er hätte es genauso gut sein können!«, rief sie ungläubig. »Worum geht es hier, Serefin?«

Für einen kurzen Moment überlegte er, ihr die Wahrheit zu sagen. Oder wusste sie das auch? Was hatte sie sonst noch vor ihm geheim gehalten, vermeintlich zu seinem eigenen Besten?

Ostyia stöhnte. »Es war vor ein paar Jahren. Ich habe ihn ohne Maske gesehen. Ich weiß, ihr standet euch nahe, aber er wirkte ...« Sie brach den Satz ab und schüttelte den Kopf.

»Hochgiftig. Ich wollte dir nicht das Herz brechen, als du gerade endlich darüber hinweggekommen warst.«

»Es war nicht an dir, dieses Wissen von mir fernzuhalten«, sagte er.

Deutlich verblüfft zuckte sie mit den Schultern. »Warum kommst du damit an?«

Serefin schüttelte den Kopf und winkte ab. Das war ein wachsender Streitpunkt zwischen ihnen und er wollte ihn weiter schwelen lassen.

»Es spielt keine Rolle«, brummte er und hasste es, dass alle die Wahrheit vor ihm verbargen. »Nichts spielt eine Rolle. Ich muss zum Abendessen.«

»Nicht so, auf keinen Fall.« Sie packte sein Handgelenk und riss ihn zurück. »Wasch dich zumindest vorher. Liefer ihnen nicht noch mehr Munition gegen dich.«

Er knirschte mit den Zähnen und rieb sich mit der Hand über das Kinn. Er musste sich rasieren.

Wenn sich Malachiasz' Herkunft herumsprach ... Serefin bewegte sich bereits auf dünnem Eis. Er sollte dem Geier besser nicht den Tod seines Vaters anlasten, auch wenn er im Grunde davon überzeugt war, es wäre seine Schuld. Das gemeine Volk und die *slavhki* verehrten die Geier derart, dass er einen Bürgerkrieg heraufbeschwören würde, wenn er ihren Orden bedrohte.

Malachiasz musste gewusst haben, dass er bisher ungekannte Straffreiheit genießen würde, einfach, weil sein Vorgehen bisher ohne Beispiel war. Doch Hochverrat blieb Hochverrat.

Ostyia hielt einen Diener auf, beauftragte ihn, Cyryl, den vertrauten Kammerdiener, zu holen, und wartete dann, während Serefin sich bereits bemühte, sein Äußeres einigermaßen gesellschaftsfähig herzurichten.

»Wir müssen Żaneta finden«, sagte er und griff nach dem Rasiermesser. Doch Cyryl schlug ihm die Hand weg, worauf sich Serefin von ihm seufzend auf einen Hocker schieben ließ.

Ostyia hockte auf seinem Schreibtisch. Sie sah nachdenklich aus.

»Sie ist wahrscheinlich in Kyętri …«

Serefin schüttelte sich, wofür er einen finsteren Blick von Cyryl erntete. Er musste das Spiel auf eine Art spielen, die die *slavhki* verstanden: mit Macht. Żaneta war ein Unterpfand, das er besaß und das genau diejenigen begehrten, die ihn entmachten wollten. Das konnte ihm Zeit verschaffen. Die Schwierigkeit war: Seine Mutter bestand darauf, dass er sich zuerst mit den Aufrührern befasste und Malachiasz in Ruhe ließ bis die Zeit kam, um sich um ihn zu kümmern.

Für Serefin ging es also darum, zwei Fliegen mit einer Klappe zu schlagen.

»Darf ich Eure Haare schneiden, *Kowesz Tawość?*«, fragte Cyryl. »Wenn wir schon dabei sind …«

Serefin wedelte unverbindlich mit der Hand.

»Endlich«, brummte Ostyia.

Sie hatte gut reden, schließlich hackte sie sich ihre Fransen selber ab und sie waren schief.

»Es wäre gewagt, Grazyk zu verlassen«, bemerkte Ostyia. »Du musst von hier aus an Żaneta herankommen.«

Serefin runzelte die Stirn.

»Was, wenn ich das nicht kann?«, sinnierte er leise.

»Sie nehmen dir alles.«

Serefin konnte keinen Schritt gehen, ohne über eine neue *slavhka* von niedrigem Adel zu stolpern, die von irgendwo in Tranavia angekommen war und hoffte, dass der junge König an ihr Gefallen finden würde.

Es war ausgesprochen ermüdend.

Das Abendessen war eher als ruhige Veranstaltung ausgelegt, doch für Serefins Geschmack waren immer noch zu viele Gäste geladen. Hätte er doch nur zu denjenigen gehört, die in Gesellschaft aufblühten. Stattdessen weckte das Beisammensein in ihm den verzweifelten Wunsch zu fliehen.

Der Saal wurde schwach erleuchtet von zu vielen tropfenden Kerzen, die über den Tisch verteilt waren. An der Wand brannten Fackeln, die den unteren Teil der Tafel in ein flackerndes, ungleichmäßiges Licht tauchten. Die Deckengemälde kamen Serefin, in einer anderen Art als sonst, vage vertraut vor, als hätte er sie schon einmal im Traum gesehen: eine monumentale Schlacht zwischen Bären und Adlern.

Der *slavhka,* der zu seiner Rechten saß, war niemand anderer als Patryk Ruminski. Serefin unterdrückte ein Seufzen, während sein Eintreffen bekannt gegeben wurde. Das würde ein langer Abend werden.

Nadya, die angespannt und steif weiter unten saß, weckte seine Aufmerksamkeit, bevor er sich den Adligen in seiner Nähe widmete. Sie schenkte ihm einen mitfühlenden Blick und wandte sich der Person zu ihrer Rechten zu. Zu Serefins Schrecken waren Masken nicht aus der Mode gekommen, doch Nadya trug nur das absolute Minimum in Form eines Streifens weißer Spitze, der über ihre Augen gebunden war.

Serefin fiel die gelangweilte Körperhaltung der jungen Frau neben der Klerikerin auf, die Masse schwarzer Haare und die blauen Augen kamen ihm bekannt vor, besonders da sie hinter einer eisernen Maske hervorblitzten und die Gesellschaft scharf beobachteten. Die Maske verbarg drei Viertel des Gesichts.

Eine Geierfrau. Die zweite in der Befehlskette, die seit Monaten nirgendwo gesehen worden war. Serefin suchte den Raum mit den Augen ab. Keine weiteren Geier zu sehen.

Nadya hob leicht die Hand, um Serefin zu sich zu bitten.

Sollte er *Ksęszi* Ruminski kränken, indem er zuerst mit einem Mädchen niedrigen Ranges sprach und mit einem Geier? Oder aushalten, dass er während des ganzen Essens nicht wusste, was der Geier hier wollte?

Serefin entschied sich für den Mittelweg. Er musste umsichtig handeln.

Er brummte Ruminski und dem Jungen, der auf seiner anderen Seite saß und ihm völlig unbekannt war, ein paar begrüßende Worte zu. Dann begab er sich zu Nadyas Platz. Dabei war er sich sehr bewusst, dass es umgekehrt sein sollte. Nadya müsste zu ihm kommen. Er war der König. Sein Verhalten verletzte jedes Protokoll.

»Dafür werde ich ein Gespräch unangenehmster Sorte über mich ergehen lassen müssen«, sagte Serefin, während er sich mit einer Hand auf die Rückenlehne von Nadyas Stuhl stützte und sich hinunterbeugte.

»Ich dachte, mit jenen zu sprechen, die dich entmachten wollen, wäre eine Alltäglichkeit«, murmelte Nadya.

»Das ist es, aber ...« Er unterbrach sich selbst. Es führte zu nichts, mit ihr über solche Dinge zu sprechen.

Nadya deutete auf die Geierfrau, aber Serefin sprach, bevor sie etwas sagen konnte.

»Wir kennen uns«, sagte er knapp. »Richtet *Jen Eczkanję* meine Grüße aus.«

Die Geierfrau schnaubte. »Eine Vorahnung sagt mir: Er wird sich nicht darüber freuen. Mein Name ist Żywia und Ihr habt recht, wir kennen uns.«

Serefin lief es kalt den Rücken hinunter. Die Geier gaben ihre Namen nicht so einfach preis. Nadya beäugte Żywia mit vorsichtiger Neugier.

»Worum geht es Euch?«, fragte er. Sehnsüchtig blickte er auf Nadyas Weinglas. Er brauchte etwas zu trinken. »Hat er Euch geschickt?«

»Wisst Ihr, es brauchte eine gewisse Zeit, um bei uns wieder Ordnung zu schaffen. Und ich weiß noch nicht, was für ein Durcheinander während unserer Abwesenheit hier angerichtet wurde.«

Bei *unserer* zog es Serefin den Magen zusammen. Doch Malachiasz konnte unmöglich hier sein. Nadya, die zuvor mit ihrem Besteckmesser herumgespielt hatte, hielt es jetzt mit einem so geschulten Griff, als könne sie das stumpfe Messer innerhalb von Augenblicken zur tödlichen Waffe machen. Sie wirkte auf eine ruhige Art herablassend, als würde sie jeden Tag mit hochrangigen Mitgliedern von Tranavias blutigstem Kult Umgang pflegen.

Nun, dachte Serefin, *vermutlich hat sie das getan.*

»Wer hat entschieden, dass dieser oder jene die Geier anführen?«, fragte Żywia. »Nicht, dass es etwas ausmachen würde, soll die Person ruhig so tun, als hätte sie die Führung.«

Serefin hatte sich bereits mit einer Handvoll Geier getroffen, seit er gekrönt worden war. Jeder von Ihnen hatte behauptet, während der Abwesenheit des Schwarzen Geiers zu regieren, und jeder war kurz darauf spurlos verschwunden.

»Ist das der einzige Grund, weshalb Ihr hier seid?«

Sie schüttelte den Kopf. »Wir sprechen später, Eure Majestät. Ich bin bloß eine Botin.«

Serefin nickte, streckte sich und machte sich bereit, zu seinem Platz zurückzukehren. Als er ging, erhaschte er noch einen flüchtigen Blick auf Nadya.

Ihr Griff um das Messer war noch fester geworden.

4

NADEZHDA LAPTEVA

Svoyatova Lizavieta Zhilova: Als der tranavische Blutmagier Pyotr Syslo ihr Dorf niederbrannte, brachte Lizavieta – die noch ein Kind war und der die Göttin Marzenya Vergeltung gewährt hatte – ihn zur Strecke und verfütterte seine Augen an den Wolf, der ihr auf Schritt und Tritt folgte.

Vasilievs Buch der Heiligen

»Eure Geschichte ist ziemlich dürftig«, sagte die Geierfrau beiläufig, während sie nach ihrem Weinglas griff.

Nadya verspannte sich. Sie nahm ihre Gabel hoch, um einen mit Dill bestreuten Pilz aufzuspießen, und ließ sich mit der Antwort Zeit, bis sie fertig gekaut hatte. »Ich habe keine Ahnung, wovon Ihr sprecht.«

Żywia warf ihr einen schiefen Seitenblick zu, bevor sie sich die Maske vom Gesicht zog. Nadya hörte einige Höflinge unten am Tisch empört die Luft einziehen.

Die Geierfrau war unerwartet hübsch. Ihre Haut war glatt und ihre Gesichtszüge waren fein; kreisförmige Tätowierungen zogen sich, sorgfältig in einer Reihe angeordnet, über ihr Kinn und ihre Kehle hinunter. »Malachiasz hegt keine Geheimnisse vor mir, meine Liebe.«

»Das hält er mir gegenüber leider nicht so«, murmelte Nadya.

»Es hat mich beeindruckt, dass Ihr es anfangs so weit gebracht habt, ohne dass die *slavhki* Eure erste Geschichte in der Luft zerrissen haben. Es war eine gute Geschichte, wenn auch ein bisschen makaber.«

»Malachiasz hat sie sich ausgedacht«, erwiderte Nadya. Wenn die Geierfrau ohnehin wusste, dass sie Kalyazinerin war, war es zwecklos, weiter zu lügen. Nur dass sie beim Abendessen am tranavischen Hof saßen, von Dutzenden gespitzten Ohren belauscht.

»Dieser Junge überrascht mich immer wieder. Doch Eure neue Geschichte, nun ... und zu solch einem günstigen Moment ...«

Nadya kniff die Augen zusammen. »Ihr seid nicht hier, um mich zu warnen.«

Żywia zuckte mit den Schultern. »Nein. Tranavia warnen? Ja. Aber Euch? Nein.« Sie griff nach oben und wickelte sich eine schwarze Haarsträhne um den Zeigefinger. »Ihr solltet Euch dennoch Sorgen machen. Ich bin erst seit einem Tag zurück, aber die *slavhki* tuscheln. Sie reden eine ganze Menge über die *slavhka* mit der verdächtigen Geschichte, die dem König nahe ist, obwohl niemand weiß, aus welcher Familie sie stammt.«

Nadya schluckte schwer.

»Ich weiß, was passiert ist«, fuhr sie fort.

Weil Malachiasz keine Geheimnisse vor ihr hegt, dachte Nadya verbittert. *Aber mich hat er in allem angelogen.*

»Und?«

»Die Gerüchte, die von den *slavhki* verbreitet werden, nähern sich gefährlich einer bestimmten Version der Wahrheit an.«

Aus Nadyas Gesicht entwich alles Blut. Sie hatte nur so lange bestehen können, weil die Wahrheit so unerhört war, dass sie leicht in einem Strudel von banalen Gerüchten untergegangen war.

Panik presste ihr den Brustkorb zusammen. Sie sah den Tisch hinunter und warf Serefin einen Blick zu. Er sah kläglich aus, wie er da neben dem Mann saß, der nach seinem Thron trachtete.

Ihre Geschichte war nicht für eine so lange Zeit ausgelegt gewesen. Sie wies offensichtliche Lücken auf, klare Fehler, wo die Vorspiegelungen keinen Sinn ergaben, weil sie auf gefälschten Papieren beruhten und aus der Verzweiflung heraus entworfen worden waren, als sie alle zu sehr am Boden gewesen waren, um klar zu denken.

»Wenn sich sein Hof schließlich gegen Euch wendet, glaubt Ihr im Ernst, der König wird Euch weiter schützen?«, fragte Żywia.

Nadya musste hier raus.

Żywia lächelte süßlich. »Ihr habt hier keine Daseinsberechtigung mehr, meine Liebe, das ist alles. Ihr habt geleistet, was von Euch verlangt wurde, und unseren Schwarzen Geier an seinen angestammten Ort zurückgebracht. Es ist Zeit für Euch, Abschied zu nehmen. Betrachtet das als einen Gefallen von mir für Euch.«

Die Luft zwischen ihnen hatte sich abgekühlt und Boshaftigkeit durchzog die Stimme der Geierfrau. Nadya legte den Daumen auf die Spitze ihres Messers. Żywias Blick wanderte zu Nadyas Hand und ihr Lächeln wurde breiter.

»Meiner Schätzung nach bleiben Euch nur noch Tage, bevor Euch die *slavhki* bestenfalls gefangen nehmen und schlimmstenfalls aufhängen lassen. Ich würde weglaufen, *towy dżimyka.*«

»Nennt mich nicht so«, zischte Nadya, bevor sie ihren Stuhl vom Tisch wegrückte und aus dem Saal stolzierte.

Sie zerrte die Spitze von ihren Augen und wünschte sich, sie könnte auch den Schmuck abreißen. Alles abreißen und woanders sein, woandershin fliehen, in ein *Zuhause.* Aber sie hatte kein Zuhause mehr. Sie konnte nicht mehr zum Kloster zurück. Und es gab keine Götter, die ihr Handeln anleiteten.

»Es ist nicht gerecht«, murmelte sie. Sie griff in ihre Tasche und holte die Gebetsperlen hervor, die nach Monaten, in denen sie sich nach ihnen gesehnt hatte, zu ihr zurückgekehrt waren.

Sie hatten auf dem Beistelltisch neben Malachiasz' Bett gelegen. Neben seiner Eisenmaske und einem dünnen Buch, das Nadya mitgenommen hatte, über das sie aber seitdem nicht mehr nachgedacht hatte. Natürlich hatte er ihre Gebetsperlen die ganze Zeit über gehabt, das hatte es um so viel leichter gemacht, sie zu überzeugen, ihm zu vertrauen und ihm zu glauben, dass die ketzerische Art, wie sie Magie benutzt hatte, notwendig gewesen war.

Sie hängte sie sich um den Hals, rieb mit der Hand über die Perlen und ging zu ihrem Lieblingsversteck. Durch ihre Langeweile in Grazyk hatte Nadya ein paar Geheimnisse Tranavias entdeckt. Weit hinter dem Ostflügel, wo die Böden weniger stark glänzten und nicht mehr regelmäßig Diener auftauchten, gab es eine vergessene Tür. In ihr altes, staubiges Holz waren bis ganz nach unten Symbole eingeschnitzt, die Nadya nicht entschlüsseln konnte.

Sie schob die Tür auf und war sich nur zu bewusst, wie verlassen der leere Saal dalag, verlassen wie sie in ihm. Sie zitterte. Der Raum war dunkel, und sie unterdrückte die Regung, nach ihren Gebetsperlen zu greifen und um einen Lichtzauber zu bitten. Von ein paar mitternächtlichen Spaziergängen, über die Serefin nie etwas erfahren sollte, hatte sie noch eine Kerze in ihrer Tasche, also zündete sie diese an.

Nadya stand in einer alten, vergessenen Kapelle. Sie drehte sich langsam um sich selbst und betrachtete die Reihen gemalter Ikonen auf der Wand: Heilige und Symbole für Götter, die sie sehr gut kannte.

Und ein paar, die sie überhaupt nicht kannte.

Sie ging an Bänken vorbei, auf denen der Staub so dicke Schichten bildete, als wären sie gepolstert. Im vorderen Teil der Kapelle stand ein verzierter Altar, in den noch mehr Symbole eingeschnitzt waren, die Nadya nicht kannte.

Nadya hatte schon viel Zeit in dieser verlassenen Kapelle verbracht, ohne dass sie einen Grund dafür hätte angeben können, aber das hielt sie nie davon ab wiederzukehren. Sie würde weiter beten. Sie würde es versuchen, bis sie ihre Göttin wieder hören würde.

Sie wickelte sich die Gebetsperlen um die Hand, ließ den Daumen über das weiche Holz auf und nieder wandern und spürte die scharfen Konturen der geschnitzten Symbole. *Ich weiß nicht, was als Nächstes passiert,* betete sie wie schon tausendmal zuvor. Sie ließ den Daumen auf dem Schädelsymbol ruhen. Marzenyas Symbol.

Ihre Göttin von Eis und Winter und Magie.

Und Tod. Immer Tod.

Nadya war vor allem anderen zu ihrem Werkzeug erwählt worden.

Und Nadya hatte die Rufe ihrer Göttin jedes Mal missachtet, wenn diese ihr befohlen hatte, Malachiasz umzubringen. Sie war von ihrem Weg abgewichen und an ein Monster gebunden. Und das Schweigen ihrer Göttin war die Folge.

Es war die Leere, die Nadya am meisten in Angst versetzte. Das Gefühl, etwas verloren zu haben, das immer wärmespendend und *da* gewesen war.

Was ich getan habe, war falsch. Ich habe den einfachen Weg gewählt, als ich hätte kämpfen sollen. Ich hätte … Nadya schwankte. Sie hätte Malachiasz' Leben beenden sollen. Doch selbst jetzt wollte sie den tranavischen Jungen zurückbringen, nicht das Monster töten. Ketzerei.

Ich weiß, was ich hätte tun sollen. Die Fehler, die ich begangen habe, sind unverzeihlich. Bitte, lass das nicht das Ende sein.

Sie erwartete keine Antwort. Und doch schmerzte ihr das Herz von der Stille. Es war nicht das Gefühl, dass sich eine

Tür vor ihr verschloss, wie zuvor. Dies war ein Gebet, das sie in die leere Luft schickte, wo es niemand hören konnte.

Marzenya hörte nicht zu.

Sie zog sich die Gebetsperlen wieder über den Kopf und rieb sich die Augen. Was sie wirklich ersehnte, war etwas, das groß genug war, sie zu schlucken, damit sie nicht mehr denken und fühlen musste, damit sie ihre Zeit nicht mehr damit verbrachte, die Tatsache ihres Versagens zu umkreisen. Ihr Ende war gekommen. Die Magie, die sie gehabt hatte, war erloschen. Sie war nur ein Mädchen vom Land, das einen König getötet hatte und dafür hängen würde.

Was sie fühlte, war Zorn.

»Ich habe nun Monate damit verbracht«, flüsterte sie grimmig, »zu lesen und um eine neue Weisung von euch zu beten. Ich habe nichts erhalten. Doch ich brauche eure Hilfe! Ich verstehe nicht, wie ich im einen Moment Kalyazins Hoffnung sein kann und im anderen werde ich weggeworfen, als wäre ich nichts.«

Sie hatte ungenaue Hinweise auf einen einzigen Kleriker in der Geschichte gefunden, der die Götter mit Einsatz seines Körpers um Magie ersucht hatte, aber das war unmöglich. Und in Nadyas Hinterkopf spukten Träume von Monstern, die mehr waren als nur Monster.

Sie wollte Antworten und würde vielleicht nie welche bekommen.

Es gab nichts für sie hier.

Es gab ...

Sie hielt inne. Hob den Kopf. Die Luft im Raum hatte sich verdichtet, durch *seine* Macht.

Keines dieser Worte war für dich bestimmt. Sie schleuderte es heraus wie eine Klinge, auf Tranavisch. Ihr innerer Kampf war nicht für die Ohren anderer gedacht. Besonders nicht für seine.

Eine beunruhigende, schäumende Tollheit umkreiste sie wie ein Raubtier und ließ ihre Atemzüge zu schnell werden und das Herz in ihrer Brust so rasant pochen, dass sie glaubte, es könne zerspringen.

Die Kerze flackerte neben Nadya auf der Bank. Die wahnsinnige Wesenheit veränderte ihre Position. Hockte auf einer Bank, beobachtete sie aufmerksam, doch als Nadya den Kopf dorthin wandte, entdeckte sie nichts mehr. Gerade noch ein Flimmern in ihren Augenwinkeln.

Sie wollte das nicht. Es war zu früh – es war eine Ewigkeit gewesen –, sie konnte seine Nähe nicht ertragen. Sie spürte die wabernde Vielgestaltigkeit des Monsters.

Aber Nadya war neugierig, mehr als alles andere.

Kannst du reden? Vielleicht bestand er aus nichts mehr als Wahnsinn.

Verlorene Einzelstücke fügten sich zu einem wirren Gebilde, gefolgt von einem schimmernden Funken Klarheit.

»*Tak*«, antwortete er.

Ein einziges Wort – ein leises Ja –, aber seine Stimme klang wie Eissplitter.

»Du bist immer um mich, kleiner Vogel«, fuhr er langsam fort. *»Flatterst außerhalb von allem, aber du kannst nicht gefangen werden. Ich versuche dich zu vertreiben, doch du bleibst, irritierend, nutzlos, beständig, beständig flatternd.«*

Als seine Stimme leise durch ihren Hinterkopf glitt, war sie tief und sanft und klang so schmerzlich nach Malachiasz, auch wenn sie mit Chaos durchwoben war.

Natürlich gab er ein Zeichen von sich, wenn sie an ihrem Tiefpunkt war, um sie daran zu erinnern, wie gründlich sie versagt hatte. Dass sie seinen Plan sogar dann nicht durchschaut hatte, als er ihn vor ihr ausgebreitet hatte – als er sie noch gewarnt hatte, dass man ihm nicht vertrauen konnte.

Der Schnitt in ihrer Handfläche juckte und ihr Herz zog sich schmerzhaft zusammen. Nichts von alldem sollte passieren.

Dieses Flackern in seinen Augen, als er aus der Kathedrale geflohen war, die versickernden Bodensätze seines letzten

Restes an Menschlichkeit. Er kannte sie nicht. Sie kannte ihn nicht.

Vier Monate in Vergessenheit zu leben war lang. Es war eine lange Zeit gewesen, um mit den Schatten des Ungesehenen und Unaufhaltsamen zu leben, gegen das sie nichts vermocht hatte. Es war eine lange Zeit, um mit der Stille zu leben.

Nadya seufzte. *Und welchen Trost würde es bringen, mich zu fangen? Genießt du deine totale und absolute Einsamkeit so sehr?*

»Die Knochen eines Vogels sind leicht, einfach zu brechen.«

Dann ist es besser, allein im Schatten zu verkümmern und alle zu zerstören, die in die Nähe kommen. Was für ein Schicksal. Erbärmliche Kreatur.

Was für ein Schicksal für den Jungen, der ihr Herz mit einer so inbrünstigen Treue für seine Freunde erobert hatte. Das war ein Zug von ihm, den Nadya nicht für erlogen hielt. Parijahan und Rashid waren keine Spielfiguren in diesem großartigen Schachspiel gewesen, auf das er alles gesetzt hatte. Vielleicht war die Verurteilung zu abgeschottetem Wahnsinn das, was er verdiente, aber er war so einsam gewesen, dass dies eine wirklich grausame Schicksalswendung war.

Malachiasz stieß die Verbindung zwischen ihnen an, suchte nach einer Schwäche, von der sie nicht glaubte, dass er sie finden würde.

Sicherlich kannst du sie trennen. Bist du nicht so mächtig? Bist du nicht ein Wesen von dunkler Göttlichkeit?

Sie stachelte ihn an; sie wollte seine Stimme hören, mit ihrem rasselnden und verdrehten Klang.

»Wer bist du?«

Und obwohl sie diese Frage vorhergesehen hatte, traf sie Nadya wie ein Schlag gegen die Kehle.

Es spielt keine Rolle, brachte sie hervor.

Die Wesensteile fügten sich wieder zusammen, während seine Aufmerksamkeit sich zu Neugier verdichtete. Und er sie beiläufig abtat als überhaupt niemand. Sie besaß keine Magie mehr, über die er sich Gedanken machen konnte; eine ländliche Novizin aus Kalyazin konnte seine Geisteskraft nicht fesseln.

Sie wollte den schmerzhaften Stich bei dieser Erkenntnis nicht wahrhaben.

Verdammter Junge. Du wirst doch über einen störenden kleinen Vogel hinwegkommen.

Sie brach die Verbindung brüsk ab, doch die Trennung gelang nicht vollständig. Er würde wiederkommen. Vielleicht war er nicht einmal gegangen, aber die beunruhigende Wesenheit in der Luft verblasste langsam, während sie wieder durchatmete.

Und der Riss in ihrem Herzen vertiefte sich noch mehr.

Aus der Kapelle zu fliehen war das Eingeständnis einer Niederlage. Aber wem wollte sie etwas vorgaukeln? Sie konnte niemandem helfen. Im Gehen rieb sie sich die Wunde auf ihrer Handfläche. Sie wollte, dass alles aufhörte.

Zwischenspiel II

MALACHIASZ CZECHOWICZ

»Alberner Junge, so spreche ich mit dir nicht. Wach auf.«

Malachiasz keuchte, die Welt wurde sprunghaft klar, als wäre er in Eiswasser getaucht worden.

»Ah, da bist du ja. Das war nicht so schwer.«

Als er verwirrt und mit pochendem Kopf schluckte, schmeckte sein Mund nach Blut. Er wusste nicht, wo er war – Moment. Der Hexenturm. Wie konnte er hier sein?

Er blinzelte Tränen fort, während Pelageya mit einem schiefen Grinsen auf dem Gesicht in seinem Sichtfeld auftauchte.

»Du, *Chelvyanik Sterevyani,* wurdest als Erster erwartet. Wegen dir habe ich eine Wette verloren, und das gefällt mir gar nicht.«

Er versuchte, nicht in Panik zu verfallen, als ihm das Herz zu schnell in der Brust schlug, wollte nach irgendetwas greifen, das ihn erden konnte, aber da war nichts.

»Ich habe dich schon einmal gefragt, ob es das wert sein würde«, sagte sie nachdenklich. »Ich werde dich noch einmal fragen. Dann kannst du mir mitteilen, warum du hier bist.«

Warum bin ich hier?

Ein flackerndes Feuer tauchte den Raum in ein unheimliches grünes Licht. Dieser Ort war anders als zuvor. Er strotzte vor Schädeln von Kreaturen: sowohl natürlichen als auch monströsen. Ein Schädel, aus dem mehr Geweihe ragten, als irgendein Hirsch entwickeln konnte, hing von der

Decke. Er blinzelte. Der Schädel hatte auch mehr Augenhöhlen als ein gewöhnlicher Hirsch.

»Hast du mich das gefragt?« Seine Stimme war schwächer, als ihm recht war. Alles war verschwommen, als liefe er durch Nebel. Er rieb sich über die Schläfen. Warum konnte er sich nicht erinnern?

Etwas flackerte auf, Bruchstücke; er erinnerte sich an Fragmente. Alles war undeutlich und trüb. Er bemächtigte sich eines ganzen Erinnerungsmoments und hielt sich daran fest: Pelageya, wie sie ihm genau diese Frage stellte, und Nadyas verkniffene Augenbraue, als sie vergeblich versuchte, die Vatczinki-Wörter mit ihrem Verständnis für Tranavisch zu vereinbaren.

Nadya.

Verdammt.

Die weißen Locken der Hexe waren zurückgebunden, wodurch die stark eingeprägten Linien auf ihrem Gesicht deutlich herausgehoben wurden. Sie trug eine Halskette aus Zähnen, die klimperten, als sie durch den Raum ging. War das ihr Turm? Oder war das woanders?

»Das habe ich, lieber Junge, und ich muss sagen, du warst sehr überzeugt von deiner Antwort, aber ich habe dennoch ein Zweifeln gespürt. War es das wert?«

»Ja«, entgegnete er unbeirrt.

Sie starrte ihn an, ohne zu blinzeln. Er zwang sich selbst dazu, unter dem Gewicht ihres prüfenden Blickes ruhig zu bleiben.

»Du siehst anders aus«, sagte sie knapp.

Er wollte nicht wissen, was das bedeutete. Die eisernen Krallen an seinen Fingerspitzen genügten. Er hob eine Hand. Da war frisches Blut unter seinen Fingernägeln.

»Und unter welchem Namen trittst du jetzt in Erscheinung, *sterevyani bolen?*«

Er schüttelte stirnrunzelnd den Kopf. »Mein Name ist ...«

»Das wird nichts helfen«, sagte sie leise. »Du wirst ihn nur für einen Augenblick haben, flüchtig und unbedeutend.«

»Malachiasz«, sagte er entschieden. »Mein Name ist Malachiasz Czechowicz.«

Ihr Lächeln war traurig, und das entfachte einen Zorn in Malachiasz, den er nicht wirklich verstand. Wie konnte sie es wagen zu behaupten, seine Entscheidungen gingen sie etwas an?

»Alberner Junge«, murmelte sie. »Warum zu mir?«

Er schloss die Augen, ein Schauer durchrieselte ihn. Er sollte weggehen. Mitnehmen, was sie ihm gegeben hatte, und weglaufen.

»Es reicht nicht«, sagte er. »Ich dachte ... Es spielt keine Rolle. Etwas fehlt. Es hat *beinahe* funktioniert, aber es reicht nicht.«

Sie schnaubte. »Es wird niemals reichen, oder? Sie haben dich zu jung Macht kosten lassen. Diese deine Familie ist ein verfluchter Zweig; du weißt es, du weißt es. Irgendwo in diesen Tiefen deines Selbst hast du es weggesperrt. Was wird passieren, wenn du nichts mehr übrig hast? Du bist nahe am Abgrund, doch bald wirst du fallen, und es werden keine Stücke mehr da sein, die du für Fetzen von Macht weggeben kannst. Was wirst du mit dieser Magie machen, die du hortest?«

Er öffnete den Mund, um zu sprechen, doch sie schnitt ihm das Wort ab.

»O nein, nein, ich weiß, ich weiß, siehst du. Ich warte ab, ob du Erfolg haben wirst, wo alle anderen versagt haben. Hellsichtiger oder Wahnsinniger? Solche Hochherzigkeit, solch eine Dunkelheit, solch eine Grausamkeit als eine Einheit sind niemals gut. Ein schlauer Kopf – so ungemein schlau –, aber ein gefühlloses Herz, das schwarzes Blut pumpt. Aber es schlägt noch, und solange es schlägt, kann es gebrochen werden.«

Er verspannte sich.

»Es sei denn, du brichst es zuerst …« Sie senkte den Kopf, drehte sich herum und starrte ins Feuer. »Wer wird dich aufhalten? Wer nur?«

Er würde nicht aufgehalten werden. Das war das Entsetzliche; das war das Geniale.

»Das Mädchen, das Monster, der Prinz und die Königin«, murmelte sie. Sie fuhr mit der Hand durch die Flammen. Die leckten an ihrer Haut, ohne ihr Fleisch zu verbrennen. »Nur dass er der König ist und sie keine Königin. Nicht, wie ich es vorhergesehen habe – ihr habt das alles gründlich zerstört –, aber eure Handlungen ergeben ein reichhaltigeres Lied. Sie sind hinterlistiger, gerissener, eigensinniger, als ich erwartet hatte, aber sie passen immer noch zu der alten Melodie. Und die Dunkelheit, die Monster, die Schatten in der Tiefe wachen auf und sie sind hungrig.« Sie sah ihn von der Seite an. »Ebendieses Gebilde, das du zu beherrschen trachtest, wird dich zerreißen, denn, ja, du bist mächtig, aber du bist auch blind für das, was dich am Ende vernichten wird. Du solltest die Macht nehmen, die du geschluckt hast, und dich in ihre Grenzen fügen.«

»Eine Untergangsprophezeiung. Wie originell, wirklich, Hexe«, sagte er trocken.

»Nein, darauf würdest du nicht hören, oder? Anmaßender Junge, schlauer, närrischer Junge. Du wirst es eines Tages bedauern. Genau dieses, das du am meisten hasst, wird sein Recht an dir geltend machen. Warte nur ab. Aber du hast recht. Du bist nicht zu mir gekommen, um etwas über den Untergang zu hören, du bist wegen etwas anderem hier. Etwas, das nur ich geben kann, niemand sonst.«

»Oder nehmen«, warf er ein.

Sie klatschte in die Hände. »Oder nehmen! Oh, der Junge entfernt sich immer weiter vom Menschlichen und nimmt die Gestalt eines Monsters an.«

Sie war plötzlich zu nah, ihre Finger umklammerten sein Kinn und sie hob sein Gesicht an.

»Ich frage mich: Wie wird dein Bedauern wohl schmecken? Wird es süß sein oder ein bitteres, bitteres Gift? So zuversichtlich, so schlau, so selbstsicher.«

»Ich habe jeden Grund, all das zu sein.« Seine Stimme klang nicht ganz sicher.

»Natürlich.« Er bemerkte die Veränderung nicht, aber die Hexe sah auf einmal nicht älter aus als er. Die schwarzen Locken wanden sich ihr wild ums blasse Gesicht; die schwarzen Augen blickten beunruhigend scharf. Ihre glatte Haut wurde nicht mehr von Linien zerfurcht und ihre Lippen waren voll und dunkel. Sie verzogen sich zu einem angedeuteten Lächeln. »Wunderschön und hochmütig und mächtig.«

Sie strich ihm mit den Fingern über den Mund. »Was wirst du tun, *sterevyani bolen? Chelvyanik Sterevyani? Cząrnisz Swotep?* Was hast du getan?«

Er erstarrte. Er war schon zu lange wach und alles, was zerstört worden war, kam an die Oberfläche zurück. Bleiche Haare, raue Hände, ein Gesicht mit Sommersprossen, die Nase nachdenklich gerümpft.

Eine kalyasische junge Frau mit blutgetränkten Händen, die nach ihm griff, während er sie wegschob. Sie hatte ihm so viel gegeben und er hatte sie zermalmt, weil es nicht gereicht hatte.

Er hasste die Hexe dafür, dass sie ihn aufgeweckt hatte, dass sie seine Erinnerungen wachgerufen hatte.

Er lehnte sich vor. Die Hexe drückte ihren Daumen gegen seine Lippen und teilte sie, bis ihr Zeigefinger die Spitze seiner Reißzähne berührte. Er schmeckte ihr Blut, das tief in ihm etwas entzündete.

Ein Atemstoß entwich seiner Brust. Das Lächeln der Hexe wurde breiter. Sie hob die Hand, Blut tropfte ihr von den Fingern. Sie berührte die Hörner, die sich ihm nach hinten in die Haare schraubten.

»Wie betörend widersprüchlich du bist«, murmelte sie. »Noch einmal frage ich: War es das wert?«

»Ja«, sagte er und seine Stimme war kaum mehr als ein Flüstern.

Sie nickte. »Ja. Und wenn ihr auseinandergerissen werdet, wenn der Junge und das Monster nicht wieder versöhnt werden können, wenn du sehen musst, dass du zu weit gegangen bist und zu viel gefordert hast und in eine Spalte in der Erde gerutscht bist, wo nur die dunkelsten Schrecken weilen, wird es das dann wert gewesen sein? Was für bodenlose Erwägungen! Aber dich kümmern Untergangsprophezeiungen nicht.«

Sie riss sein Handgelenk hoch, zerrte seine Hand ans Licht. War die spiralförmige Narbe auf seiner Handfläche schon immer da gewesen?

»Oh«, flüsterte die Hexe.

Sie berührte die Mitte der Spirale, bevor er die Möglichkeit hatte, sie daran zu hindern. Die Verbindung zu seinem Herzen straffte sich und zitterte, als würde jemand versuchen, sie geradewegs durchzusägen.

Die Hexe fuhr die Spirale entlang, ihre Berührung war federleicht. »Markiert als deiner Zeit voraus. Wie faszinierend. Wie unerwartet. Wie ist das geschehen?«

Da war ein *voryen* gewesen. Warmer Atem an seinem Ohr. Lippen zu einem schnellen Kuss an seiner Schläfe. Seine Macht geraubt auf eine Art, zu der kein Magier fähig sein sollte. Er schüttelte den Kopf.

»Ich frage mich, was das ändert«, überlegte sie. »Wird sich das schneller in dich krallen oder dich retten? Obwohl«, sie lachte, »es keine Rettung für dich gibt. Verfluchter Junge, Kreatur der Dunkelheit, welche Schrecken wirst du auf die Welt loslassen unter dem Vorwand wohlwollenden Schutzes? Welche Zerstörung unter der Lüge der Rettung? Wie viele wirst du mit dir auf deinen fürchterlichen Weg führen?«

Er stand auf, ein ängstliches Zittern schüttelte seinen Körper. Er hatte gedacht, das würde aufhören, war enttäuscht zu merken, dass das nicht so war. *Verfluchter Junge.* Aber die

Stimme war anders und danach war ein Seufzen gekommen, wehmütig. Er wusste nicht, woran er sich da erinnerte.

»Es wäre so einfach«, sagte Pelageya, während sie ihm beim Umhergehen zusah. »Die Tür ist gleich dort. Du könntest allem Einhalt gebieten. Du könntest zu der kleinen Klerikerin zurückgehen, du könntest ein guter Monsterkönig sein und davon ablassen, die Sterne verändern zu wollen. Sie ist so, so nahe.«

Er blieb jählings stehen, das Herz klopfte ihm bis zum Hals. Er atmete stoßweise und starrte dabei die Tür an.

Er konnte das alles beenden. Die Tür öffnen und für seine tausend Lügen um Verzeihung bitten. Umkehren. Sie würde ihm vergeben. Und wenn sie es nicht tun würde? Ihr Dolch in seinem Herzen wäre vielleicht sogar noch süßer.

Aber es würde nicht reichen. Er trat von der Tür zurück.

Pelageya schenkte ihm ein kleines, wildes Lächeln. Und sie fragte ihn ein letztes Mal.

»War es das wert?«

Diesmal zögerte er. Ein einziger Augenblick, in dem er es nicht wusste, er wusste es nicht, er *wusste* es nicht.

Was hatte er Nadya angetan?

Es fehlte so viel, aber was nicht fehlte, waren Bilder der kalyasischen Klerikerin, blutige Fäuste, die sich nach dem Entsetzen entspannten, als er ihre Hand genommen und an seine Lippen geführt hatte. Das Mädchen, das ihm wieder und wieder eine Klinge an die Kehle gesetzt hatte und sie jedes Mal hatte fallen lassen, weil es etwas an ihm gefunden hatte, das es wert war, gerettet zu werden. Der wunderschöne, erzürnende Albtraum von einem Mädchen, von dem er sich nicht fernhalten konnte, obwohl jede Erinnerung an sie einen Dolch tief in sein Herz bohrte.

Er wusste nicht, wann sich seine Pläne, sie für seine Zwecke auszunutzen, in echte Gefühle verwandelt hatten.

Er hasste die Hexe dafür, dass sie ihn aufgeweckt hatte.

»Ja«, knurrte er.

Sie grinste. »Dann werde ich dir diese schwere, tödliche Bürde abnehmen. Ich werde dir geben, was du dir wünschst. Aber oh, wisse das, *Chelvyanik Sterevyani,* es gibt keine Umkehr, sobald du diesen Weg beschreitest. Ich kann dir das abnehmen und für dich halten, aufbewahren, aber wenn du es je zurückwillst, wird der Schmerz größer sein als alles, was du je empfunden hast.«

Sie ließ eine Handvoll Knochen in seine Hand fallen.

»Das hier soll nur der Anfang sein. Es wird noch mehr kommen.«

Sie gab ihm keine weitere Gelegenheit, seine Meinung zu ändern. Sie küsste ihn.

Und er zersprang.

5

SEREFIN MELESKI

Svoyatovy Aleksandr und Polina Rozovsky: Zwillinge, die unter dem Doppelmond von Myesta geboren wurden, aber nicht von ihr als Kleriker erwählt wurden. Als sie von tranavischen Blutmagiern aus grausamem Spaß auseinandergerissen wurden, spalteten ihre spiegelbildlichen Seelen den Boden und verschlangen die Magier bei lebendigem Leib.

Vasilievs Buch der Heiligen

Kszęszi Ruminski war absolut höflich, bis Nadya den Saal verließ. Seine dunklen, verschatteten Augen folgten ihr. Żywia sah Serefin über den Tisch hinweg an, lächelte schief und stand auf, um Nadya zu folgen.

»Ist sie das?«, fragte Ruminski und deutete zu der Türöffnung hin, durch die Nadya verschwunden war.

»Wie bitte?« Serefin winkte einen Diener herbei, damit dieser ihm sein Weinglas auffüllte. Er war nicht betrunken genug für diese Ränkespiele.

»Diejenige, die Ihr erwählt habt, nachdem diese *Rawalyk* im Dreck endete.« Ruminski war über die Maßen betrunken und beinahe schon streitlustig.

»Das umschreibt das Geschehen weit vorsichtiger, als ich mich ausgedrückt hätte«, entgegnete Serefin fröhlich. »Und, nein. Wolltet Ihr, dass ich Ja sage? Ich glaube nicht, dass sie umbringen zu lassen, mir hilft, Eure Tochter schneller zu finden.«

Ruminski legte die Stirn in Falten. »Ein Meuchelmord wäre zu einfach, *Kowesz Tawość.*«

Serefin versteifte sich. Er drehte sein Glas in den Fingern. Er hatte erwartet, dass sie ihn selbst bedrohen würden. Aber Nadya? Wenn ihr Vorgehen sich in diese Richtung wenden sollte, dann wusste er nicht, wie weit er gehen würde, um ein kalyasisches Mädchen zu retten, auch wenn es Nadya war.

»Oh?«

»Eure Majestät, Euch ist bewusst, dass sie nicht die ist, für die sie sich ausgibt, oder?«

Serefin hob eine Augenbraue. »Wollt Ihr damit sagen, ich dulde eine Hochstaplerin an meinem Hof?«

»Ich meine, Ihr duldet noch etwas viel Schlimmeres.«

Ruminski glaubte zumindest, Serefin hätte keine Ahnung. Das war immerhin ganz gut.

»Was soll das bedeuten?«

»Wir sind im Krieg, *Kowesz Tawość.*«

Serefin würde sich nie daran gewöhnen, mit diesem Titel angeredet zu werden. Er knirschte mit den Zähnen. Er würde sich auch nie daran gewöhnen, dass man ihn an den Krieg erinnerte, als hätte er nicht den größten Teil seines kurzen Lebens damit verbracht. Als könnte er nicht schon seit Jahren keine Nacht mehr durchschlafen, weil ihn entweder die Schrecken des Schlachtfeldes wach hielten oder das Leid, das er danach gesehen hatte. Er hatte so viele Menschen, die er als Freunde betrachtet hatte, an die Kalyaziner verloren, hatte gesehen, wie der Krieg Tranavia bloßgelegt hatte, indem er dem Land Jahr für Jahr die Lebensgrundlage entzogen hatte.

»Das sind wir in der Tat«, entgegnete er mit einer Schärfe, die Ruminski klar überraschte. »Weshalb ich wissen muss, ob mein Hof hinter mir und meinem Handeln steht. Mein Vater hat dieses Land im Verlauf dieses Krieges zugrunde gerichtet; ich habe vor, uns wieder aufzurichten. Wir müssen Tranavia wieder zu seiner einstigen Pracht und Größe verhelfen, würdet Ihr mir da nicht zustimmen?«

Ruminski neigte verhalten den Kopf. »Sicher«, sagte er, »aber es wäre nicht weise von Euch, zu bequem zu werden. Lag darin nicht letztlich das Verhängnis Eures Vaters?«

»Nicht Selbstgefälligkeit tötete meinen Vater, das versichere ich Euch.«

»Nein, das wart Ihr.«

Serefin nahm einen großen Schluck von seinem Wein, bevor er Ruminski breit angrinste. »Könnt Ihr diesen Vorwurf untermauern?«

»Mehr, als Ihr denkt.«

Das bezweifle ich. Serefin lehnte sich auf seinem Stuhl zurück und stützte den Ellbogen auf die Armlehne. »Mein Vater ist durch ein magisches Experiment gestorben, das er zu weit getrieben hat. Er ist nicht der Erste, der auf solch eine Art stirbt.«

»Die Lügen, mit denen Ihr den Hofstaat gefüttert habt, werden nicht länger genügen.«

»Ist das eine Drohung, *myj kssęzi?*«, fragte Serefin schlicht.

»Nur die Wahrheit, *Kowesz Tawość.* Ich bin nicht der Einzige hier, der so empfindet.«

»Worauf spielt Ihr an? Ihr vergesst, dass mein Vater den Thron übernommen hat, indem er seinerseits tötete, in aller Öffentlichkeit, und ich sollte vielleicht noch hinzufügen: seinen eigenen Vater.«

»Ist das ein Geständnis?«

»Nein, denn ich habe es nicht getan.«

»Es gibt andere, die mit mir einer Meinung sind.«

»Worin genau? Ihr seid nicht besonders deutlich geworden. Ich weiß nur, dass Ihr mich verdächtigt, meinen Vater ermordet zu haben, was ja schön und gut ist – absolut tranavisch, wenn man so will –, aber wir beide wissen, dass solch ein Vorwurf vor der Krone keinen Bestand hätte.«

»Wovor fürchtet Ihr Euch dann?«

Serefin schluckte. Er fürchtete sich vor der Wahrheit, denn die Wahrheit war weitaus schlimmer und würde vollkommen ausreichen, um ihn zu stürzen.

»Ihr müsst verstehen: Ich möchte nicht aktiv werden«, fuhr Ruminski fort. »Aber ich werde alles tun, um meine Tochter wiederzuerlangen und den Ansprüchen derer gerecht zu werden, die ihr Vertrauen in mich setzen. Also, wenn mir meine Tochter nicht zurückgegeben wird, werde ich tun, was ich tun muss.«

Kacper hatte eine Liste der Adligen erstellt, die sich mit Ruminski verbündet hatten. Er würde sie sich nachher anschauen müssen; ihn beschlich langsam das Gefühl, dass er vielleicht schon einige der Namen kannte.

Ruminski stand auf. »Einen schönen Abend, *Kowesz Tawość,* ich hoffe sehr, dass ich meine Haltung verdeutlichen konnte.«

»Nicht wirklich«, erwiderte Serefin.

Ruminski beugte sich näher heran und deutete nochmals auf die Tür, durch die Nadya verschwunden war. »Ihre Papiere sind gefälscht. Sie ist eine Betrügerin. Und, *Kowesz Tawość?* Ihr solltet Euch Ruhe gönnen, Ihr seht nicht gut aus.«

Der Adlige schritt steif davon. Serefin stand eilig auf und floh aus dem Saal, bevor ihn noch mehr *slavhki* in die Enge treiben konnten. Er war betrunken. Er war müde. Und er musste sich noch mit der Geierfrau auseinandersetzen.

Ruminski dachte, er hätte den Tod seines Vaters in Szene gesetzt, weil er gierig auf den Thron war. Dass Serefin immer betont hatte, dass der Thron das Letzte war, was er wollte, spielte keine Rolle. Er hatte den Verdacht, dass es hier um etwas ganz anderes ging: Serefin wollte den Krieg beenden.

Seine Bemühungen waren bisher ergebnislos geblieben. Die Kalyaziner wollten nichts von einem Waffenstillstand hören, und alle Abordnungen, die Serefin deswegen ausgesandt hatte, waren halb wahnsinnig zurückgekehrt oder überhaupt nicht.

Serefins linkes Auge trübte sich ein – schlimmer als sonst –, seine Sicht wurde so verzerrt, dass er stehen blieb, wie vorübergehend erblindet. Sein Augenlicht war nie gut gewesen; er ging durchs Leben wie durch eine ständig verschwommene Umgebung, aber diese Wahrnehmung war noch etwas anderes.

»Dem hättest du geschickter begegnen können.«

Serefin entschlüpfte ein Wimmern und er presste die Augen zu. Als er sie wieder öffnete, hatte sich eine nebelhafte Vision vor sein Sichtfeld geschoben. Als würde jedes Auge etwas anderes sehen.

Da war ein Wald, dunkel, tief und urzeitlich. Unheilvoll. Ein Ort, an dem die Bäume riesig und hoch waren, fast unpassierbar. Es war die Heimstatt von etwas Uraltem, das eine lange Zeit geschlafen hatte und nun erwachte.

»Du wirst herausfinden, dass es viele Wesen gibt, die nun aufwachen.« Und diese Stimme, diese Stimme. Serefin schwankte. Er wurde wahnsinnig, das war alles. Diese Trugbilder waren das erste Anzeichen.

»Deine ständige Halsstarrigkeit wird anstrengend. Ich wollte das Mädchen, aber unglücklicherweise hat sich die junge Frau von den anderen zu sehr um den Finger wickeln lassen.«

Serefin atmete schwer ein. Sie hatte noch nie so zusammenhängend gesprochen. Das war zu real.

Der Wald wurde dunkler, Blut quoll zwischen den Wurzeln der Bäume hervor. Panik erfasste ihn und er deckte sein schwaches Auge ab in der Hoffnung, dass der Wald sich verflüchtigte. Als er feststellte, dass der Wald in den Palastfluren verschwunden war, war er erleichtert.

»Es ist nicht ganz so einfach«, sagte die Stimme. *»Glaubst du, du kannst mit einem geschlossenen Auge leben?«*

Serefin brach endgültig zusammen. *Du hast nur über das eine Gewalt. Nicht über beide.*

»Noch nicht.«

Eine Hand über das Auge geklemmt bemühte er sich nach Kräften, ruhig zu bleiben und seinen Weg durch die Gänge fortzusetzen, als wäre nichts passiert. Aber etwas hatte sich verändert. All das, was er abgetan hatte und von dem er gehofft hatte, dass es von alleine verschwinden würde, ließ sich nicht mehr abtun. Es wurde lauter.

»Kowesz Tawość?«

Serefin wurde aus seiner Bahn geworfen und torkelte beinahe gegen einen *slavhka,* der mitten im Gang stand und ihn besorgt ansah.

»Ist bei Euch alles in Ordnung?«

Serefin tastete sich mit einer Hand nach vorne. Der Junge war etwa in seinem Alter und kam ihm entfernt vertraut vor. Dann fiel ihm sein Name ein: Paweł Moraczewski. Ein *slavhka,* der sehr wahrscheinlich mit Ruminski verbündet war und den er nicht wissen lassen wollte, dass er unter Wahnvorstellungen litt.

»Mir geht es gut«, sagte er knapp.

Er rauschte an dem Jungen vorbei und war sich bewusst, dass sich die Gerüchte innerhalb von Stunden wie ein Lauffeuer verbreiten würden. Er torkelte in seine Gemächer und senkte die Hand, um sein Auge freizugeben. Dann ging er zu seinem Schrank mit den starken Getränken.

Als die große Tür zum Gang einen Augenblick später mit einem Krachen aufflog, hätte er beinahe die Flasche in seiner Hand gegen die Wand geschmettert.

Es war nur Kacper. »Der weibliche Geier will mit dir sprechen.« Er warf einen vielsagenden Blick auf die Flasche in Serefins Hand. Ohne ein Wort bot Serefin sie ihm an. Er seufzte schwer. »Ich werde mich zurückhalten.«

»Nun tu nicht so vornehm«, erwiderte Serefin.

Kacper lachte. »Komm schon, ich habe sie mit Nadya zurückgelassen und mache mir Sorgen, dass sie sich gegenseitig umbringen, bevor wir dort sind.«

Serefin starrte ihn an.

»Blutiger Knochen, du bist betrunken. Setz dich, Serefin.«

Serefin runzelte die Stirn, ließ sich aber von Kacper in den Sessel drücken. »Ich habe gesehen …« Er verstummte.

Kacper kam näher. »Was?« Er kauerte sich vor Serefin hin, seine warme Hand auf Serefins zitternder.

Serefin wurde unvermittelt von Kacpers tiefbraunen Augen und der Narbe angezogen, die über seine Braue lief.

Doch Kacpers Aufmerksamkeit richtete sich auf Serefins schwaches Auge und Serefin wollte es am liebsten verbergen. Er wusste, dass es sich verändert hatte. Sein linkes Auge war mitternachtsblau geworden, die Pupille verschwunden, nur das Schimmern der Sterne war geblieben. Sternbilder, die kreisten und sich bewegten, die sich unablässig veränderten.

Was hatte er gesehen? Was war das für ein Ort? Kacper griff nach vorn und berührte sanft die Haut unter Serefins linkem Auge. Als er die Finger wieder zurücknahm, waren sie feucht von Blut.

»Das ist neu«, sagte Serefin mit brüchiger Stimme. Ihm war seltsam warm, die Stelle, die Kacper berührt hatte, brannte fast. Er musste betrunkener sein, als er gedacht hatte.

Kacper nickte langsam. Er wischte sich die Hand ab und legte Serefin ein gefaltetes Taschentuch in die Handfläche. »Lass es niemanden wissen.« Serefin schnaubte. Wenn er doch selbst auch nur zur Hälfte Bescheid wüsste.

»Sie denken alle sowieso, dass ich den Verstand verliere«, murmelte Serefin. »Sie werden es früh genug erfahren.« Er erzählte Kacper von Paweł.

Kacpers Blick wirkte gequält.

Serefin massierte sich vorsichtig die Haut an seinem Auge. Die Vision – und die Stimme – waren schlechte Neuigkeiten. Kacper hatte recht, niemand durfte etwas wissen. Selbst Kacper und Ostyia nicht. Niemand.

Vielleicht, wenn er aus dem Palast herauskam – fort von diesem Ort, wo er ermordet worden war –, vielleicht würde die fremde Stimme dann verstummen. Er hatte davor zurückgeschreckt, seiner Mutter davon zu berichten, aber sie hätte ihm vielleicht Ähnliches geraten. Die Luft in Grazyk war sauer – der Dunst, der widerlich und schwer über der Stadt hing. Vielleicht musste er hier wegkommen. Ihm würde es damit gut gehen.

Es wäre auch kein Weglaufen. Er tat nur das Beste für das Königreich. Ruminski hatte in einem recht, Serefin fühlte sich so schlecht, wie er aussah, und es würde mit ihm nicht besser werden. Aber es wäre ein gefährlicher Schritt, den Thron unbeaufsichtigt zu lassen.

Er glaubte nicht, dass er eine andere Wahl hatte.

»Wer sind die Adligen, die mit Ruminski zusammenarbeiten?«

»Kostek, Bogusławski, Tuszynska, Moraczewska, Maslówski und Fijalkowski«, ratterte Kacper auswendig herunter.

Serefin seufzte. Die Familie Maslówski waren Zauberbuchbinder. Die Kosteks waren Kaufleute und besaßen einen Handelsflusslauf, den das halbe Land nutzte. Sie alle waren Adlige mit einem persönlichen Interesse am Fortgang des Krieges. Ruminski selbst bereicherte sich am Krieg, und obwohl sich Serefin verzweifelt wünschte, die Adligen seines Hofes wären nicht kleinlich und gierig, wusste er zweifellos, dass sie es doch waren. Deshalb hasste er den Hof so sehr.

Er erhob sich und stand leicht schwankend auf den Beinen. »Dann lasst uns jetzt hören, was die Geierfrau zu sagen hat.«

Żywia saß ruhig da und hatte die Füße auf den Tisch gelegt, ihre eiserne Maske gleich daneben. Nadya ging aufgebracht auf und ab. Keine von ihnen beachtete Serefin, als er eintrat.

Das würde eine lange Nacht werden.

»Ruminski weiß, dass deine Papiere gefälscht sind«, sagte er und setzte sich.

Für einen Moment sah Nadya aus, als könnte sie gleich ohnmächtig werden, dann wurde ihr Gesichtsausdruck hart.

»Hab ich doch gesagt«, trällerte Żywia.

»Ruhe«, zischte Nadya.

»Er weiß nicht mit Sicherheit, dass du Kalyazinerin bist – glaube ich –, aber das wird er schon noch erfahren. Er vermutet es«, sagte Serefin. »Und wenn du untergehst, bleibt abzuwarten, ob ich der Nächste sein oder verschont werde.«

Die Stille im Raum war so dicht, dass beide Mädchen zusammenschraken, als sich die Tür öffnete. Ostyia glitt leise auf den Stuhl neben Serefin.

»Natürlich«, fuhr Serefin fort, »könnte ich das alles immer noch auf Malachiasz schieben.«

»Und einen Bürgerkrieg riskieren?«, fragte Żywia freundlich.

»Das wäre die Folge, nicht wahr?«

»Und ich fürchte, Ihr könnt Euch das nicht leisten.«

Er gestikulierte müde in der Luft herum. »Mir wird Eure Botschaft nicht gefallen, oder?«

»Absolut nicht.«

»Kommt das von Malachiasz?«

Nadya zuckte zusammen.

Żywia schüttelte den Kopf. »Er hat andere Dinge, um die er sich kümmern muss.«

»Genau das habt Ihr beim letzten Mal gesagt und diese ›anderen Dinge‹ waren die Planungen für meine Ermordung«, hob Serefin hervor. »Eine Tatsache, die ich nicht vergessen habe und auf die ich zu gegebener Zeit zurückkommen werde.«

Żywia bedachte ihn mit einem wenig mitleidigen Blick. »Die Kalyaziner haben eine Möglichkeit zur Nutzung von Magie entdeckt, über die wir wenig wissen«, sagte sie. »Sie ist unglaublich wirkungsvoll, auch wenn ihre Reichweite begrenzt zu sein scheint. Wir sprechen hier von keinem Wiederaufleben der Kleriker, sondern von etwas anderem. Die

Magie wirkt genau wie …« Sie wedelte mit der Hand, suchte nach dem richtigen Wort. »… wie göttliche Magie, aber sie ist ein bisschen anders beschaffen.«

Nadya legte die Stirn in Falten und rieb sich die Narbe auf ihrer Handfläche. Sie sah seltsam aus, so als hätte sie sich wieder entzündet.

»Beunruhigend«, murmelte Serefin. »Aber das erklärt das kalyasische Wiedererstarken.«

»Das was?«

Er hatte viel vor ihr geheim gehalten, und er war sich unsicher, was sie selbst noch herausgefunden hatte. Der Umstand, dass Kalyazin mittlerweile kriegerisch stark zurückschlug und Tranavia Schwierigkeiten hatte, den Feind aufzuhalten, war ihr offenbar entgangen.

Er konnte sich nicht erklären, wie die Tranavier den Krieg erst beinahe in ihrem Sinn beendet hätten und nun darum kämpfen mussten, die Kalyaziner vom Übertreten ihrer Grenze abzuhalten. Keiner der Berichte war im Mindesten schlüssig, und an manchen Tagen war er fast versucht, selbst an die Front zurückzukehren.

Er ging nicht weiter auf Nadya ein. »Wenn Ihr sagt, die Magie sei wirksam …?«

»Sie hat noch keinen Geier getötet, aber sie ist nahe rangekommen«, sagte Żywia. Sie sah Nadya an. »Sollten wir das vor ihr besprechen?«

»Was kann ich schon groß ausrichten?«, fragte Nadya. Sie setzte sich und stützte in einer dramatischen Geste das Kinn auf die Hand.

»Du bist der Feind.«

»Ich bin *erschöpft.*«

Żywia warf Nadya einen weiteren langen Blick zu, bevor sie sich vorlehnte und eine Handvoll Knochen auf den Tisch fallen ließ. Nadya gab einen gutturalen Laut von sich. Serefin sah die Knochen mit zusammengekniffenen Augen an, um ihren Ursprung herauszufinden.

»Das sind Reliquien«, flüsterte Nadya. Mit seltsam glasigen Augen streckte sie die Hand nach ihnen aus, bis Żywia ihr den Arm mit einem eisernen Käfig aus Krallen auf dem Tisch fixierte.

Oh. Also menschlich.

Żywia brach die Blickverbindung zu Serefin nicht ab, ihr Gesichtsausdruck war schwer zu deuten.

»Sprich weiter«, forderte Serefin.

»Die *Voldah Gorovni* sind wieder aufgetaucht«, sagte Żywia, wobei sie Nadya immer noch am Tisch fixiert hielt. »Ob aufgrund dieser Magie oder weil die Geier eigenmächtig handelten, kann ich nicht sagen.«

»Eigenmächtig, weil Euer König völlig die Kontrolle über sie verloren hat«, hob Serefin hervor.

Żywia sah aus, als wollte sie widersprechen, nickte dann aber.

»Wie viel Kontrolle hat er noch?«, fragte Nadya leise.

»Sie ist begrenzt. Seine Bewusstseinskrise hat den Orden tatsächlich gebrochen und auch mit ihm, so wie er jetzt ist …«

Ein Aufflackern von Abscheu wanderte über Nadyas Gesicht.

»… haben die Kräfte noch nicht wirklich ausgereicht, um die zerbrochenen Bande neu zu schmieden.«

»Es hat *slavhki* gegeben, die Geier für das Schlachtfeld rekrutiert haben«, sagte Serefin. Diese Berichte waren rätselhaft erschienen. Es gab Gründe, warum sie keine Geier an der Front zuließen. Sie waren unberechenbar und die Opfer auf tranavischer Seite hätten bei diesen Kämpfen leicht vermieden werden können, wenn keine Geier einbezogen gewesen wären.

»Und die Kalyaziner wehren sich gegen diese Bedrohung erstaunlicherweise, indem sie es uns in gleicher Münze heimzahlen. Wir haben einige von uns fast an die Geierjäger verloren.«

»Ist das alles, weswegen Ihr gekommen seid?«, fragte Serefin. »Das sind wertvolle Hinweise und ich danke Euch dafür, aber ich bin überrascht darüber, dass ich sie überhaupt erhalte.«

Żywia zögerte, ließ schließlich Nadya los und lehnte sich zurück. Nadyas Finger krochen wieder auf die Reliquien zu, bis sie sich schüttelte und beide Hände zu Fäusten ballte. Żywia rieb sich mit dem Daumen über die Reihe an Tätowierungen an ihrem Kinn.

»Warum haben wir diese Knochen nicht früher gesehen?«, fragte er Nadya.

»Sie haben nichts bewirkt«, entgegnete Żywia, ehe Nadya etwas sagen konnte. »Nicht so.«

»Die Magie verändert sich«, murmelte Nadya.

Serefin runzelte die Stirn.

»Tranavia wird nicht überleben, wenn mein Orden gespalten bleibt«, bemerkte Żywia mit Bedacht.

Tranavia verließ sich in allem auf Blutmagie und die Geier bildeten die höchste magische Autorität. Serefin hatte es vermieden, über die möglichen Auswirkungen des Zusammenbruchs ihrer Führung nachzudenken.

»Was soll ich unternehmen? Vermitteln? Eine Ahnung sagt mir, dass Malachiasz glaubt, er stünde weit über meiner weltlichen Herrschaft.«

»Nein, mit ihm kann man nicht vernünftig reden.«

»Was dann?«

Sie deutete auf Nadya.

Es war einen Moment still, bevor Nadya, die immer noch auf die Reliquien starrte, sagte: »Bestimmt nicht.«

Serefin kniff die Augen zusammen.

»Er hat nur in höchsten Tönen von dir gesprochen«, sagte Żywia mit einer Stimme, in der etwas anderes mitschwang. Nadya verzweifelte zunehmend.

Sie lehnte sich über den Tisch. »Das. Ist. Mir. Egal«, sagte sie durch zusammengebissene Zähne. »Er hat sich diese Hölle selbst erschaffen, soll er darin verrotten.«

»Warum bleibst du dann hier? Was für einen Sinn hat es, in der Hauptstadt deiner Feinde herumzulungern?«

»Ich verrotte auch«, antwortete Nadya rundweg.

Der Geier hielt einen Moment inne und lächelte dann ganz leicht. »Das ist wahr. Nun, es war einen Versuch wert. Dann, nehme ich an, bin ich gekommen, um euch zu warnen.«

»Wovor?«

»Er wird bald handeln.«

Nadya spannte sich an, ihre Hand wanderte zu einer Halskette mit hölzernen Perlen.

»Ich kann Euch seine genauen Pläne nicht mitteilen …«

»Unglaublich hilfreich«, merkte Kacper trocken an.

Żywia lächelte, lauter scharfe Zähne. »Ich kann sie Euch buchstäblich nicht mitteilen, weil ich ihm gegenüber loyal bin und somit gehorsam.«

»Warum dann die Warnung?«, fragte Serefin. »Eure Meute ist nicht besonders großherzig, wenn es um das Gemeinwohl des ganzen Landes geht.«

»Ihm war es immer wichtig«, sagte Żywia. »Irgendwo in seinem Innern hat sich das erhalten. Mich hat es nie gekümmert, aber ich meine, Ihr verdient diese Warnung, bevor er zuschlägt.«

Nadya erbleichte. Serefin nickte.

»Ihr könnt uns nicht sagen, gegen wen er zuerst vorgehen wird?«

Żywia öffnete den Mund, schloss ihn wieder und schüttelte den Kopf.

»Wie schade.« Serefin würde eine Entscheidung treffen müssen, und das schnell.

»Ist es kein Loyalitätsbruch, uns das mitzuteilen?«, fragte Nadya. »Außerdem hat er sich in den letzten vier Monaten nicht gegen uns gewandt, warum sollte er so lange warten?«

Żywia hob eine Augenbraue, eindeutig um Serefin antworten zu lassen.

Nadyas Gesichtsausdruck fiel in sich zusammen, als beide zögerten. »Sagt mir nicht, was er getan hat. Ich will es nicht wissen.«

»Nein. Das willst du nicht«, erwiderte Żywia trocken.

»Ich glaube, du musst nicht befürchten, dass er gegen dich vorgeht, Serefin«, sagte Nadya leise.

Serefin konnte den Bestand seines Königreiches nicht von ihrer Vermutung abhängig machen, dass sich Malachiasz gegen ihr Volk wenden würde – gegen ihre Götter –, ehe er ein zweites Mal versuchen würde, Serefins Thron zu übernehmen. Selbst wenn sich Malachiasz' nächster Vorstoß tatsächlich gegen die Kalyaziner richten würde, würde das den Krieg nicht beenden, sondern alles nur schlimmer machen.

Plötzlich rührte sich Kacper, als würde er etwas spüren. Er lehnte sich nahe an Serefin heran. »Jemand hat die Schutzzauber vor deinen Räumen entfernt.«

Verdammt.

»Wie schnell kannst du deine Sachen packen?«, fragte er Nadya.

Ihr Gesicht wurde kreidebleich. »Warum?«

»Ich würde sagen, wir haben bestenfalls wenige Minuten, bis eine Abordnung von Wachen, die Ruminski eigentlich nicht unterstehen sollten, hereinstürmt, um dich gefangen zu nehmen. Dir wird keine Verhandlung gewährt; du wirst sofort gehängt werden. Danach ist es wahrscheinlich, dass er mich beschuldigt, einer feindlichen Spionin Unterschlupf gewährt zu haben – bist du eine Spionin?«

Nadya schüttelte mit weit aufgerissenen Augen den Kopf.

»Nun, das ist immerhin gut. Trotzdem wird das Geschehen genutzt werden, um meine Macht zu beschneiden.« Er strich eine Motte beiseite. »Er will Żaneta, und er will, dass dieser Krieg weiter wütet. Und Ihr«, er richtete seinen Blick auf Żywia, »habt sie.«

»Wir lassen die unseren nicht ohne Grund gehen«, sagte Żywia.

»Hilfreich.« Serefin stand auf und bedeutete Nadya, ihm zu folgen.

»Dank Euch noch einmal für Eure Hinweise und Eure Warnung. Doch wenn Ihr die einzige Sache, die tatsächlich helfen würde, nicht übergeben könnt, nehme ich an, dass unser Gespräch beendet ist.«

Er riss die Tür auf.

»Das steht nicht in meiner Macht«, sagte Żywia schnell. »Ihr müsst Euer Ersuchen an Mal... den Schwarzen Geier persönlich herantragen.«

Serefin blieb stehen. »Ist er in Grazyk?«

»Nein. Er verlässt die Minen nicht.«

Serefin schloss die Augen. »Und er wird von den Minen aus zuschlagen?«

Żywia nickte.

Es gab etwas nicht offen Ausgesprochenes, das Serefin frösteln ließ. Worauf genau musste er sich bei seinem Bruder einstellen?

Doch er hatte keine Wahl mehr; er wurde getrieben. »Natürlich. Nun, ich nehme an, dass ich ihm einen Besuch abstatten werde.«

Zum Wohl des Königreichs. Um seinen Thron zu behalten.

6

NADEZHDA LAPTEVA

Was ist mit Milyena Shishova? Was ist mit dem Mädchen, das von der Göttin der Magie berührt wurde und sich unter ihrer Knute abplagte, bis es eines Morgens erwachte und seine Göttin verschwunden war? Das Einzige, was Götter je zurücklassen, sind gebrochene Herzen.

Die Bücher von Innokentiy

Nadya musste rennen, um Serefin einzuholen. »Das meinst du nicht ernst!«, rief sie.

»Leise«, zischte er und hielt nur kurz an, um sie aufholen zu lassen. »Folgendes werden wir tun«, raunte er. »Ich muss mit meiner Mutter sprechen. Geh zurück in deine Räume und mach dich bereit zur Flucht. Ich werde Ostyia zu dir schicken, sie bringt dich aus dem Palast heraus.«

»Warum hilfst du mir?«

»Ich weiß es nicht«, gestand er. »Aber du kommst mit mir zu den Salzminen.«

»Serefin ...«

»Wir haben keine Zeit«, fauchte er. »Geh.«

Sie wollte nicht herausfinden, was mit ihr geschähe, wenn dieser Adlige sie in die Finger bekäme. Kalyazinerin zu sein war das eine – aber wenn aufgedeckt wurde, dass sie eine Klerikerin war, so war ihr Leben verwirkt. Sie war froh aufzubrechen, gezwungen zu sein, dem Platz zu entkommen, an dem sie sich zusammen mit ihrer Schuld hatte einsperren lassen. Doch auf gar keinen Fall würde sie zu den Salzminen gehen.

Die Narbe auf ihrer Handfläche schmerzte schon seit ihrem Gespräch in der verlassenen Kapelle. Sie war seltsam dunkel geworden, als würde Blut aus den sie umgebenden Adern in ihre Handfläche sickern. Sie versteckte die Hand in ihrem Gewand.

»Wir gehen«, verkündete sie, sobald sie in ihren Räumlichkeiten war.

Parijahan saß auf dem Sessel im Wohnbereich und hatte Rashids Kopf auf dem Schoß liegen. Sie war gerade dabei, ihm träge die Haare zu flechten. Sie hob den Kopf.

»Was?«

»Sie wissen, dass meine Papiere gefälscht sind.«

Rashid setzte sich auf und fluchte laut.

Sie brauchten nicht lang, um ihre wenigen Besitztümer zusammenzuklauben. Da klopfte es an der Tür, viel zu stark, als dass es Ostyia sein konnte. Nadya erstarrte und wechselte einen panischen Blick mit Parijahan.

Parijahan streckte den Rücken durch. »Ich habe eine Idee«, sagte sie. »Das wird uns ein bisschen Zeit verschaffen.« Sie öffnete ihren Zopf, ließ sich die dunklen Haare in losen Wellen um die Schultern fallen und schleuderte die Schuhe weg. »Hinter den Sessel«, zischte sie Nadya zu. »Bleib still und halte dich versteckt.«

Sie fuhr sich mit der Hand durch die Haare und sagte laut irgendetwas in ihrer Sprache, während sie die Tür aufriss. »Ihr solltet besser einen sehr guten Grund dafür vorweisen, dass Ihr mich so spät in der Nacht stört. Nein, nein, wagt es nicht, über diese Schwelle zu treten, bevor Ihr mir gesagt habt, wer Ihr seid und was Ihr wollt.«

»Sind das die Zimmer von Nadzieja Leszczynska?«, fragte der Wächter.

»Sehe ich vielleicht aus, als würde ich Leszczynska heißen?«, schimpfte Parijahan. »Ihr bewegt Euch weiter, und ich habe Euch gesagt, Ihr sollt zurückbleiben. Bitte, bedrängt mich nur weiter, ich würde so gerne einen diplomatischen Zwischenfall mit Tranavia lostreten.«

Nadya lehnte sich ein winziges Stückchen hinter dem Sessel hervor, damit sie sehen konnte, was vor sich ging. Der Wächter wurde von einem gut gekleideten *slavhka* aus dem Weg geschoben, den Nadya nicht erkannte. Er entfaltete ein Stück Papier und hielt es Parijahan vors Gesicht.

»Kann Tranavia einen Krieg mit Akola überstehen?«, fragte Parijahan ruhig.

Der *slavhka* ließ das Papier sinken. »Ich habe einen Haftbefehl für Leszczynska, sie muss unverzüglich mit uns kommen.«

»Gut für sie. Ihr habt die falschen Räume aufgesucht.«

Der Mann sah verwirrt aus. »I...ich versichere Euch, diese Räume waren ...«

»Mein Name ist Parijahan Siroosi, Prasīt des Hauses Siroosi von Akola von den Fünf Sonnen, und wenn Ihr nicht augenblicklich von meiner Tür zurücktretet, so werde ich beschließen, dass die großherzige Beziehung, die zwischen unseren zwei Ländern aufgeblüht ist, noch in dieser Nacht endet.«

Nadya schlug sich die Hand vor den Mund. Rashid hockte ungezwungen auf der Armlehne des Sessels, hatte die langen Beine ausgestreckt und strahlte etwas aus, das Nadya daran erinnerte, wie gefährlich er sein konnte, wenn er es wirklich wollte.

Der *slavhka* stotterte und klang fürchterlich verwirrt, aber Parijahan knallte ihm einfach die Tür ins Gesicht. Sie wartete ein bisschen, bevor sie sich umdrehte, wobei sie etwas in sich zusammensank.

»Wir müssen los«, sagte sie mit schwacher Stimme.

Nadya kletterte über die Rückenlehne des Sessels. »Parj, was ...«

Parijahan unterbrach sie mit einer Handbewegung. Sie zog ihre Schuhe wieder an und nahm ihr Bündel aus dem Bücherregal, wohin sie es eilig gestopft hatte.

Nadya wusste, dass Parijahan aus einem bedeutenden Adelshaus kam, aber sie hatte keine Ahnung gehabt, wie hochstehend das akolanische Mädchen tatsächlich war.

Rashid kratzte sich am Kinn. »Deine Familie wird in spätestens drei Tagen wissen, dass du hier gewesen bist.«

»Ich weiß«, entgegnete sie knapp.

Ein viel sanfteres Klopfen an der Tür war zu hören und Ostyia trat ein.

»Prinzessin, oder?«, war alles, was sie sagte.

Parijahan schloss die Augen. »Können wir gehen?«

»Sicher doch, *Eure Hoheit.*«

Im nächsten Augenblick hatte Parijahan die andere junge Frau schon mit einem Dolch an der Kehle gegen die Wand gepresst.

»Nenn mich nicht so«, sagte sie durch zusammengebissene Zähne. »Nicht so. Niemals. Wieder.«

Ostyia grinste sie verwegen an. »Natürlich.«

Parijahan trat erschöpft zurück. Nadya tastete nach ihrem Beutel, während Ostyia bereits wieder zur Tür hinausschlüpfte und ihnen bedeutete, ihr zu folgen.

Das adlige Mädchen führte sie durch dieselben geheimen Gänge, die Nadya schon während ihrer mitternächtlichen Wanderungen entdeckt hatte. Sie hätte schon vor langer Zeit entkommen können, wenn sie es nur gewollt hätte. Aber nein, sie hatte wie eine kleine Närrin abgewartet.

Bei den Ställen am nördlichen Ende des Palastes trafen sie Serefin und Kacper an.

»Was wirst du gegen Ruminski unternehmen?«, fragte Nadya.

»Meine Mutter wird während meiner Abwesenheit den Thron einnehmen«, erwiderte Serefin. »Ruminski würde es nicht wagen, einen Staatsstreich gegen sie zu führen.«

Kacper wirkte nicht so sicher. »Falls du bald wiederkommst«, murmelte er.

Serefin sah aus, als wollte er etwas Scharfes erwidern, seufzte aber nur. »Falls ich bald wiederkomme«, wiederholte er ergeben.

Sie sattelten schnell die Pferde und ritten nach Südwesten. Die Stadt blieb hinter ihnen zurück und der Anblick der Dörfer der Umgebung wich dem einer Straße, die auf beiden Seiten nur von einem finsteren, dichten Wald gesäumt war. Ostyia beklagte sich in einem fort, dass es viel zu leicht gewesen war, aus der Stadt zu kommen. Serefin starrte nur finster vor sich hin. Und Nadya wäre auf ihrem Pferd fast eingeschlafen und einfach heruntergefallen; sie war noch nie besonders gut im Reiten gewesen.

Ihre Hand schmerzte, und sie widerstand dem Verlangen, sich den Handschuh auszuziehen und die Narbe anzuschauen. Es war klirrend kalt, ungewöhnlich für diese Jahreszeit, als wäre der Winter im Land angebrochen und hätte sowohl den Frühling als auch den Sommer besiegt.

Sie war erleichtert, als Serefin schließlich von der Straße abbog, damit sie sich ein paar Stunden Schlaf gönnen konnten, ehe sie wieder aufbrechen mussten. Sie hielt die halsbrecherische Hast, mit der sie sich bewegten, für unnötig, bis Rashid betonte, Serefin könnte bestenfalls hoffen, dass Ruminski die Regentschaft seiner Mutter anerkennen würde.

»Eigentlich hast du den Thron diesen adligen Geiern überlassen«, sagte Rashid.

»Andernfalls hätte ich ihn den tatsächlichen Geiern überlassen müssen«, erwiderte Serefin. »Und da bin ich wirklich neugierig. Ob Malachiasz wohl einen vernünftigen König abgäbe?« Er richtete die Frage an Nadya, eine mutwillige Stichelei.

Sie beachtete ihn nicht, zog endlich ihren Handschuh aus und rieb sich über die Handfläche. Entzündete Malachiasz' Macht die Narbe? War er es, der unter der Oberfläche schwelte?

Nadya hatte einen fürchterlichen Fehler begangen, indem sie ihn am Leben gelassen hatte.

Serefin zog ein silbernes Fläschchen aus seiner Manteltasche und nahm einen Schluck. »Wenn ich da so schnell wie möglich Ordnung schaffe, muss man sich über gar nichts mehr Sorgen machen«, verkündete er ein bisschen zu überzeugt.

Vielleicht war Nadya auch ein Fehler unterlaufen, als sie Serefin am Leben gelassen hatte.

Rashid nickte langsam, er schien Serefins Verstand ebenfalls klar infrage zu stellen. »Nun, dann sollten wir unsere kleine Reise besser schnell zu Ende bringen.«

»Das ist der Plan.«

»Werden sie uns verfolgen, was meint ihr?«, fragte Nadya.

»Dich? Wahrscheinlich. Mich? Unwahrscheinlich.«

»Nein, Serefin, sie werden Meuchelmörder anheuern, damit sie dich verfolgen«, brummelte Kacper, sah dabei aber auch besorgt aus.

Serefin starrte Kacper an, riss ihm das Zelt aus den Händen und ging auf die andere Seite der Lichtung, um es aufzustellen.

Nadya ging zu Serefin hinüber, als die anderen den Rest des Lagers aufbauten. Er arbeitete mit der geübten Leichtigkeit von jemandem, der das schon tausendmal gemacht hatte. Sie war überrascht, denn sie hatte zwar gewusst, dass er Soldat gewesen war – hatte das selbst erlebt –, aber angenommen, dass ihn die Armee trotzdem wie einen Prinzen behandelt und ihn von hinten und vorne hatte bedienen lassen.

Nach einer langen Stille sprach er. »Ich kann dich nicht wirklich deiner Wege gehen lassen.«

»Kannst du mich denn davon abhalten wegzugehen?«, fragte sie und setzte sich neben ihn, als er hölzerne Zeltpfosten auf einen Haufen legte und begann, das Zelt zu errichten. »Warum hast du mich diesem *slavhka* nicht ausgehändigt?«

Er hob die Schultern. »Es wäre falsch, dich für etwas hängen zu lassen, das kaum deine Schuld war.«

»Ich habe mich bei der *Rawalyk* eingeschlichen, nur um den König zu töten«, erinnerte sie ihn. »Und ich hatte Erfolg.«

Er lehnte sich auf den Fersen zurück. »Das hattest du in der Tat.«

»Ich wollte auch dich töten.«

Mit einem leisen Lachen rollte er sich die Ärmel hoch. Seine Unterarme waren von Narben überzogen, eine Folge von Hieben inmitten der Schlacht und sorglosen Schnitten zu magischen Zwecken, ungeachtet des Schadens, den sie anrichten konnten. Anders als das hingebungsvolle Kreuzmuster der selbst zugefügten Schmerzen, das Malachiasz' bleiche Unterarme zeichnete.

»Ich bin froh, dass du es nicht getan hast, auch wenn mein gesamter Hofstaat da sicherlich widersprechen würde.« Serefin wurde mit dem Zelt fertig und setzte sich neben sie. »Ich spiele ihre Spiele nicht so, wie sie es von mir wollen«, sagte er. Er fuhr sich mit der Hand durch die Haare, wobei seine Finger an der Krone aus gehämmertem Eisen hängen blieben, die immer noch über seiner Stirn saß. Er zog sie mit einem Seufzer ab. »Ich hatte gehofft, die Adligen am Hof – zumindest die meisten – wünschten ein Ende des Krieges herbei. Ich schäme mich für die *slavhki,* weil ich erfahren musste: Dem ist nicht so.« Er rieb sich, sichtlich unangenehm berührt, übers Kinn. »Und die Gerüchte ließen sich nicht so einfach wegwischen.«

»Und du glaubst, es würde sie besänftigen, wenn du Żaneta zu ihrem Vater zurückbringst?«

»Ich habe keine andere Möglichkeit.«

»Warum werde ich das Gefühl nicht los, dass du davonläufst?«

Er schenkte ihr ein verhaltenes Lächeln. »Weil ich glaube, dass es schon so sein könnte.« Er klang ernüchtert. »Ich habe andere Gründe, Grazyk zu verlassen. Die magischen Rückstände in der Luft bekommen mir nicht. Ich hatte ...« Er wedelte abschätzig mit der Hand. »... Wahnvorstellungen.«

Nadya erstarrte. »Du hattest was?«

Er beschwichtigte sie. »Nichts weiter als alte Magie. Ich bin es nicht gewohnt, so lange in Grazyk zu sein. Die magischen Rückstände in der Luft waren eben schädlich für mich. Jetzt wird es mir wieder besser gehen, da wir aus der Stadt herausgekommen sind. Wie auch immer, ich weiß, dass du mich nicht zu den Minen begleiten willst, aber ich brauche deine Hilfe.«

»Du weißt nicht, was du von mir verlangst«, sagte sie leise. Ihr Mund fühlte sich feucht an, als müsse sie sich gleich übergeben. Was meinte er mit Wahnvorstellungen? Sie hatte sich ein bisschen merkwürdig gefühlt, als sie zum ersten Mal nach Grazyk gekommen war, aber die schlechte Luft hatte sie nach einer Weile nicht mehr gestört.

»Verrat es mir«, bat er sanft.

Sie schüttelte den Kopf.

Er runzelte die Stirn. »Nadya ...«

»Komm mit mir«, forderte ihn Parijahan auf, die neben ihnen aufgetaucht war. »Ich werde dir erzählen, was du wissen musst.«

Nadya ließ Parijahan Serefin von ihr wegführen. Er musste nicht wissen, wie sehr Malachiasz sie betrogen hatte. Nicht von ihr.

Über die Lichtung hallten der Klang von Parijahans weicher Stimme, die das Geschehene erklärte, und das Geschimpfe von Ostyia und Kacper, die sich darüber stritten, ob sie ein Feuer machen sollten. Rashid setzte sich neben Nadya.

Sie lehnte den Kopf an seine Schulter. »Ist es schlimm, dass ich ihn vermisse?«

»Nein«, erwiderte Rashid. »Ich vermisse ihn auch. Wir müssen nicht weiter mit ihnen gehen, weißt du?«

»Ich weiß aber nicht, wo ich sonst hingehen soll, Rashid«, sagte sie mit leiser Stimme.

»Geh zurück nach Kalyazin. Such die Armee auf. Such Anna.«

Ihr Herz machte einen Sprung. Die Armee konnte sie nicht brauchen. Und sie wusste nicht, was sie zu Anna sagen sollte, falls sie die Priesterin jemals wiederfand.

»Ich bin einfach müde. Ich denke ständig, dass vielleicht genug Zeit vergangen ist und ich mein Leben neu beginnen kann, aber ...« Sie schüttelte den Kopf. Sie konnte nicht wirklich zugeben, dass sie Malachiasz' Anwesenheit ständig spürte, doch genau dies war ihre Empfindung.

»Warum seid du und Parijahan noch hier?« Sie wechselte das Thema. Beim Gedanken, von ihnen verlassen zu werden, wurde Nadya so ängstlich und verzweifelt, dass sie sich noch nie getraut hatte zu fragen.

Rashids dunkler Blick wanderte dorthin, wo Parijahan mit Serefin sprach. Sie war angespannt, ihre Hand lag auf dem Dolch an ihrer Hüfte.

»Ich glaube nicht, dass sie hier schon alles zu Ende gebracht hat«, sagte er. »Und sie ist auch noch nicht bereit dazu, heimzugehen. Also bleibe ich auch.«

Leicht verwirrt folgte Nadya seinen Augen. »Bist du mit ihr ...« Sie verstummte, war sich unsicher, was sie fragen wollte.

Er lachte. »Nein. Das ist nicht wirklich, was ich suche. Außerdem bin ich nicht Parijahans Typ. Meine Familie stand bei ihrer in der Schuld, aber die habe ich schon lange abgearbeitet. Sie ist ein kalter Stern, den alle umkreisen, aber ich liebe sie trotzdem.«

Serefin warf einen strengen Blick in Nadyas Richtung, und sie fragte sich, was Parijahan ihm wohl erzählt hatte.

»Hat sie ihre Rache nicht bekommen?«

Rashid zuckte mit den Schultern. »Ich weiß es wirklich nicht. Ich möchte es hoffen. Für dieses verfluchte, abscheuliche Land will ich es bestimmt hoffen.«

Nadya hielt als Erste Wache, ließ das Feuer bis auf die Glut herunterbrennen und wandte ihm im Sitzen den Rücken zu, dabei wickelte sie die Jacke, die sie trug, noch fester um sich.

Sie sollte seine verfluchte Jacke nicht anziehen. Nadya grub ihr Gesicht in den Kragen, wo die Jacke am stärksten nach Malachiasz roch, und fragte sich, wann sein Geruch sich wohl verflüchtigen würde. Sie sollte nicht an ihn denken, das würde ihn nur wieder herbeirufen, das würde ... Sie seufzte.

Und da hast du es.

»Du bist woanders.« Er klang neugierig. Es hatte diesmal bei Weitem nicht so lange gedauert, bis sie eine Verbindung hergestellt hatten. Sie fragte sich, was das wohl bedeutete. Was war Malachiasz und was war das Monster?

Und du bist an genau demselben Ort. Wie langweilig. Das war einfach geraten. Żywia hatte gesagt, er würde die Minen nicht verlassen; es war herzzerreißend. Eine der wenigen Wahrheiten, die er ihr anvertraut hatte, war das Bekenntnis, wie sehr er diesen dunklen und schrecklichen Ort fürchtete.

Ärger schimmerte auf.

Ich habe nicht damit gerechnet, dass du zurückkehrst, sagte sie. *Immerhin bin ich sorgfältig abgewogen und ausgemessen worden und wurde als ungenügend befunden. Ihr Götter, wie bitter enttäuschend muss es für ein Wesen mit etwas göttlicher Macht sein, sich an eine Sterbliche ohne Magie gebunden wiederzufinden.*

Was sie – neben allem anderen – an dieser Verbindung am meisten verabscheute, war ein Gefühl der Nähe. Als ob er direkt neben ihr säße mit seiner dürren, hingekauerten Gestalt und den lang ausgestreckten Beinen.

Doch das tat er nicht. Da war nur sie, allein in der Dunkelheit mit einem verglühenden Feuer im Rücken.

»Ohne Magie?« Er war verwirrt.

Hast du nicht gesagt, ich würde keine Rolle spielen?

»Eine Fehleinschätzung.«

Unterläuft dir so etwas?

Dieser leicht flackernde Zorn wurde zu einer Flamme. Sie verstummte. Sie sollte ihn besser nicht reizen. Aber es war so einfach. Und es verwandelte dieses verderbte, albtraumhafte Dunstgebilde zwischen ihnen in etwas beinahe Vertrautes. Allerdings sollte sie das eigentlich nicht anstreben. Sie musste eine Grenze bei sich selbst ziehen, die sie nicht übertreten würde.

Die Lichtung, auf der sie ihre Zelte aufgeschlagen hatten, lag nicht weit von der Straße entfernt, doch plötzlich wirkte es so, als wäre sie meilenweit weg. Die Bäume waren zu hoch, spindeldürre Äste streckten ihre Finger aus, um einen Käfig zu formen und sie darin einzusperren. Die Dunkelheit war nicht mehr natürlich, sondern dick, extrem und tödlich kalt.

Warum bist du zurück?, fragte sie, nachdem die Stille zwischen ihnen gefährlich heimelig geworden war, obwohl die Welt ringsumher immer bedrohlicher wurde.

Sie war sich bewusst, dass er sie beobachtete, oder wie auch immer man es nennen konnte, durch dieses Quäntchen Magie, das sie verband.

»Ich weiß es nicht«, sagte er, und sie schämte sich fast dafür, dass ihre Entschlossenheit bröckelte.

In Malachiasz' Stimme bebten Chaos und Dunkelheit, aber auch der einsame Junge rührte sich, der sich selbst für ein gescheitertes Unterfangen von allen abgeschnitten hatte. Sie wollte den Sieg der Gerechtigkeit spüren. Er hatte, was er wollte, und fühlte sich elend damit. Sehr gut. Doch stattdessen sehnte sie sich danach, ihm in einem Ausmaß Trost zu spenden, wie er es nicht verdiente.

Unter diesen Bedingungen – ohne ihn sehen zu können, nur mit der Stimme, die sie hörte – war es zu einfach, sich vorzustellen, er hätte sich nicht in etwas Entsetzliches verwandelt. Sie würde weiter nach dem Ort suchen müssen, an dem sie sich über das empören konnte, was er geworden war.

Nun, das hier können wir nicht wirklich weiterführen, oder?, fragte sie. *Sicher hast du weit Wichtigeres, dem du dich widmen solltest.*

Stille. Es war, als wäre er damit zufrieden, einfach nur zuzuschauen. Nadya fand das beunruhigend. Sie wusste nicht, wie viel er sah, wie viel von ihr er sah.

Plötzlich spannte er sich an, ein Raubtier, bereit zum Sprung. *»Du bist nicht allein.«*

Nadya verdrehte die Augen. *Natürlich bin ich das nicht …*

»Sie ist hier.«

Sie? Nadya fand die Hoffnung beunruhigend, die das Wort in ihr weckte. Er stand in einer Verbindung mit den Göttern, die sie verloren hatte, wie verdreht und entsetzlich diese Verbindung auch immer war.

»Es gibt Hexen, und es gibt sie. *Ich werde sie nicht noch einmal erdulden«*, sagte er.

Einen Augenblick später war er verschwunden. Nadya legte verwirrt die Stirn in Falten und sah auf, genau in Pelageyas junges, bleiches Gesicht.

Sie unterdrückte einen Aufschrei. Pelageya hielt einen Finger vor die Lippen und grinste verschmitzt.

»Hallo, Kind«, sagte sie. Sie streckte die Hand aus. »Komm mit mir, es gibt etwas, das ich dir zeigen muss. Du bist die Letzte, weißt du, und es wird Zeit. Die Zeit ist schon vorbei. Es ist die rechte Zeit.«

Nadya warf einen kurzen Blick auf die Schlafstellen ihrer Begleiter. Sie würde sie nicht schutzlos alleinlassen, nicht, wenn die sie umgebende Luft so trügerisch geworden war, während sie geschlafen hatten. Und Parijahan hatte sich bereit erklärt, die nächste Wache zu übernehmen. Ihr würde es auffallen, wenn sie von alleine erwachte, statt dass Nadya kam, um sie zu wecken.

»O nein, du hast hier keine Wahl.« Pelageya packte Nadyas Handgelenk.

Und sie waren *woanders.*

Nadya kam taumelnd auf die Beine und sah sich in dem schwach erleuchteten Raum um. Sie standen im Turm des Palastes von Grazyk, doch war nun durch das Fenster ein finsterer Wald zu sehen.

Der Bau bebte. Nadya legte eine Hand an die Wand, um ihr Gleichgewicht zu halten.

»Oh, lass dich davon nicht stören. Es wird unruhig, das Haus, meine ich«, sagte Pelageya.

»Ich muss zurück«, erklärte Nadya.

»Warum? Zurück in eine selbst geschaffene Ödnis, um dem armseligen Jungen nachzuschmachten, der dir das Herz gebrochen hat?« Pelageya tippte sich mit einem Finger an die Nase. »Du hast es nicht gespürt, oder? Was er getan hat?«

Nadya hatte in letzter Zeit überhaupt nicht viel gespürt. Sie schüttelte den Kopf. Nadya war sich nicht sicher, ob sie erfahren wollte, worauf dieses Gespräch hinauslief.

Die Hexe sah Nadya voller Mitleid an, was sie in Wut versetzte.

»Hör damit auf. Bring mich zurück. Ich will das hier nicht.«

»O Kind, ich habe dich für den Schluss aufgespart, denn dein Weg wird hart und lang sein. Leidenschaftlich und eifrig und verlassen am Ende. Vielleicht auch nicht? Oder vielleicht doch. Es ist so schwer zu sagen mit diesen göttlichen Monstern, die wir Götter nennen. Es ist so schwer zu sehen, was sie dir antun.«

Nadya packte ihre Gebetsperlen, Tränen brannten ihr in den Augen.

»Was hat er getan?«, fragte sie in einem heiseren Flüstern.

Es war beunruhigend, wie viel verständlicher Pelageya sprach als bei ihrer letzten Begegnung. Sie wusste nicht, woher Pelageyas Macht kam, diese Gewalt des Windes und der Natur und der seltsamen Magie. Sie wusste nicht, ob sie diese Magie selbst erlangen konnte. Sie hatte Zauberkraft außerhalb des Willens ihrer Götter angewandt, doch wenn sie jetzt danach griff, war nichts da.

»Es wachen Dinge auf. Alte Dinge, dunkle Dinge. Die Alten, die so lange geschlafen haben. Du hast das in Gang gesetzt. Du und der Geier.«

Nadya öffnete den Mund, um zu widersprechen, aber Pelageya klatschte vor ihrem Gesicht in die Hände.

»Deine Absichten spielen keine Rolle. Du und der Junge – auch wenn mir ein dumpfes Gefühl sagt, dass er nicht ganz freiwillig beteiligt war –, ihr habt Velyos aus seinem Gefängnis befreit. Velyos hat einen neuen Sterblichen gefunden, den er für sich beanspruchen kann. Er wird diejenigen aufwecken, die mit ihm verbündet waren bei seinem langen Kampf gegen den Anführer deines Pantheons.«

Nadya runzelte die Stirn. Ihr Pantheon hatte keinen Anführer. Sie hatten keinen einzelnen Gott, der über den anderen stand. Und auch keine einzelne Göttin. Es war vielfältiger, weiter gefasst als das. Und was meinte sie damit, dass Velyos jemanden beanspruchen würde? Wen?

Pelageya legte ihren Kopf schief. »Das weiß die kleine Klerikerin nicht? Ja, eine Klerikerin, schüttle nicht den Kopf darüber, du magst eine sonderbare sein – du magst in Blut baden und von Dunkelheit berührt sein –, aber du kannst dich nicht vor deinem Schicksal verstecken, indem du deine Berufung so einfach abstreitest. Setz dich, Kind, wir haben eine Menge zu besprechen.«

Nadya setzte sich vorsichtig.

»Tee? Diesen Jungen habe ich keinen Tee angeboten. Was für ein seltsames, brutales Paar sie sind. Sie wollten Geheimwissen oder Magie und nichts anderes. So unhöflich. Ihre Mutter hat ihnen eindeutig keinerlei Manieren beigebracht.«

Ihre Mutter? Sie wusste nicht, was sie damit anfangen sollte, also schob sie es beiseite.

Pelageya machte sich an einem Samowar zu schaffen. »Deine Tranavier. Der Geier und das Prinzlein, oh, der König, schätze ich. Der Junge aus Schatten und der Junge aus Gold.«

»Du hast sie gesehen?«, flüsterte Nadya.

Pelageya sah auf.

»Sag nichts. Es ...«

»Es ist dir nicht egal, kleine Kalyazinerin, und das ist deine Schwäche. Es könnte deine Stärke sein, in einer anderen Zeit, in einem anderen Leben. Aber hier? In dieser Welt der Monster und des Krieges? Dafür empfindest du zu viel.«

Nadya kaute auf ihrer Unterlippe und versuchte, die drohenden Tränen zu unterdrücken. Sie nahm den Becher mit warmem Tee, den Pelageya ihr gab, und trank ihn langsam.

»Ich weiß nicht, was ich tun soll«, sagte sie.

»Du hast wenig Zeit, weißt du«, erwiderte Pelageya. »So wenig Zeit, bis die Himmel entzweigerissen werden und all das Feuer und die Verdammnis herabregnen. Denkst du, dies wird nur über Tranavia kommen? Denkst du, dein wertvolles Kalyazin wird verschont werden?«

»Es spielt keine Rolle«, sagte Nadya erschöpft. Sie zog die Beine auf den Stuhl hoch.

»So leicht gebrochen durch göttlichen Übermut.« Pelageya schnalzte missbilligend mit der Zunge über Nadya. »Wie schade, wie schade. Ich hatte so viel Hoffnung in dich gesetzt, Kind. Erlösung oder Vernichtung, fähig zu beidem, aber aufgeben bedeutet Niederlage ohne Kampf.«

Nadya umklammerte ihren Becher fester. Sie würde nicht hier sitzen bleiben, um sich verhöhnen zu lassen.

Pelageya nahm Nadyas Hand, als sie an ihrem Stuhl vorbeiging. Nadya protestierte, versuchte ihre Hand wegzuziehen, doch da drehte Pelageya sie um.

»Du auch«, sagte sie, »aber dein Mal ist anders.«

»Ich habe seine Magie gestohlen«, erklärte Nadya.

»Kluges Mädchen. Ich bin mir sicher, dem Geier hat das nicht gefallen.«

Nadya zuckte mit den Schultern.

»Ein Ding der Unmöglichkeit. Aber ich hätte mit unmöglichen Dingen bei dir rechnen müssen, wenn man es sich genau überlegt.«

Was sollte das bedeuten? »Erwarte ab jetzt vielleicht weniger Unmögliches.«

Pelageyas Finger fuhren die geschwärzte Narbe auf Nadyas Handfläche nach. Sie wand sich. »Unberührte Macht, die geeitert ist, oder etwas Dunkleres, das schon lange darauf wartet, an die Oberfläche zu kommen?«

Nadya riss ihre Hand weg.

»Du hast das Höllenfeuer nicht bekommen, das dir versprochen wurde. Was jetzt?«

»Ich wollte kein Höllenfeuer ...«

»Oh, das ist gelogen. Du sagst dir selbst, dass deine Überzeugungen wegen ein paar hübschen Tranaviern ins Wanken geraten sind, aber ich kenne die Wahrheit über deine verkommene Seele.«

Nadya bewegte sich verlegen auf ihrem Stuhl.

»Ich kenne die Wahrheit über die Dunkelheit, die du in dir birgst.«

»Ich weiß nicht, wovon du redest«, fauchte Nadya.

Ihre Worte bedeuteten gar nichts. Die Frau war verrückt.

»Das wird nur schlimmer werden«, sagte Pelageya und deutete auf ihre Hand. »Das und die Stille. Schau mich nicht so an, Mädchen, glaubst du, ich weiß es nicht?«

»Hast du mich aus einem bestimmten Grund hierhergeholt? Oder wolltest du mich nur verhöhnen?«

Pelageya lachte. »So eine spitze Zunge! Falls du Antworten suchst, gibt es einen Ort, wohin du gehen kannst. Du wirst aber auf diese Hand aufpassen müssen.«

»Wo?«

»Du bist ein schlaues Mädchen. Ich bin mir sicher, du hast schon von Bolagvoy gehört.«

Der Name kam ihr bekannt vor, aber sie konnte ihn nicht zuordnen.

»In den Valikhor-Bergen?«

Nadya lächelte spöttisch. Die kannte sie natürlich.

»So ein Argwohn! Du vergisst, dass wir aus demselben Land kommen. Ich kenne meine Kodizes und meine Verse. Ich kenne meine Heiligen. Ich kenne meine Geschichten über Valikhor.«

Nadya stöhnte. »Ich kann keine Vergebung erflehen.« Der Sitz der Götter war eine alte Legende, und obwohl Nadya glaubte, dass sie etwas Wahres enthalten mochte, würde sie die Reise dorthin niemals überleben. Während ihrer einsamen Studien in Grazyk war Valikhor oft Thema gewesen, doch sie hatte irgendwann beschlossen, ihre Hoffnung nicht auf solche Mythen zu setzen.

Pelageya zog an einer schwarzen Locke. »Ach, kannst du nicht?«

»Nur die Göttlichen sind in der Lage, zum Berg zu gelangen. Bolagvoy ist verschlossen.«

»Wie unglücklich, dass du niemanden kennst, der Göttlichkeit gekostet hat.«

Ihr schlug das Herz wie wild. »Das kannst du nicht ernst meinen. Er kann nicht gerettet werden.«

»Gerettet? Nein. Zurückgeholt? Mhm, wohl auch nein. Aber verfügst du über den Schlüssel, mit dem du in die Festung aus Wahnsinn eindringen kannst, die er um sich selbst errichtet hat? Möglich.«

»Und was käme Großartiges dabei heraus?«, schrie Nadya, stand auf und schüttete sich den lauwarmen Tee über die

Hand. »Ich habe den verfluchten König getötet, aber ich konnte den Krieg nicht beenden. Was auch immer Malachiasz losbricht, ich kann ihn nicht aufhalten. Ich kann gar nichts tun. Ich habe nichts. Was willst du von mir?«

Pelageya lachte, ein seltsames, schallendes Geräusch. »Es geht nicht darum, was ich will, Kind. Was willst du? Du, die sich ihr ganzes Leben nach der Lust und Laune anderer gerichtet hast. Ist die Freiheit wirklich so hinderlich?«

Ja. »Ich will ...« Nadya leckte sich die trockenen Lippen. Sie wollte Marzenyas Stimme hören. Sie wollte Malachiasz' Lächeln sehen und hören, wie er über seine eigenen schlechten Witze lachte. Sie wollte so unbedingt den Willen der Götter erfüllen. Sie wollte zu viel.

Sie rieb sich die Augen mit den Handballen. Pelageya spann ein Netz um sie herum.

»Ich weiß es nicht«, flüsterte sie. Sie hatte sich losgemacht und konnte den Rückweg nicht mehr finden. »Würde es Rettung bringen? In die Berge zu gehen?« Sie ärgerte sich darüber, wie hoffnungsvoll sie klang.

Pelageya zuckte mit den Schultern. »Könnte sein, könnte auch nicht sein.«

Rätselhafte Antworten, die gar keine waren, würden sie nicht weiterbringen.

»Der Wald nimmt. Opfer, immer Opfer, und ist es ein Opfer, das du bereit bist zu erbringen? Er brennt, er verändert, er isst. Er ist hungrig, alte Dinge sind so hungrig. Und der Hunger, das Nagende, er wird dich zerstören und verschlingen und bei lebendigem Leib aufessen.«

Nadya schloss die Augen.

»Er wird das Göttliche genauso verwüsten wie die Menschheit.«

»Sogar wenn ich ihn dazu bringen kann, mir zu helfen ...«

»Es wird seinen Geist sogar noch heftiger zerreißen und seinen Körper noch mehr verdrehen. Auslöschung für ein Wesen wie ihn. Ist es das wert, was glaubst du? Ist deine Rettung seine Zerstörung wert? Was für eine Entscheidung. Kann man jemanden lieben und ihn darum bitten, sich selbst für einen in Stücke zu schlagen?«

»Ich muss es tun«, flüsterte Nadya.

Pelageya lächelte. »Sollte ein Junge aus Tranavia die Geschichten kennen? Würde er wissen, dass der Wald immer hungert? Dass er sein Auge auf ihn richten würde, göttlich und verrückt und gebrochen, und ihn *wollen?*«

Sie würde ihn anlügen müssen. So wie er sie angelogen hatte.

»Würde ein Junge, der sein eigenes Land zu sehr liebt, etwas über Nastasya Usoyeva mit ihrem goldenen Herzen und ihrer silbernen Zunge wissen, die die Urteile des Waldes über sich hat ergehen lassen und den Göttern ins Gesicht geschaut hat?« Pelageya fuhr fort. »Der die Rede der Götter nur durch ihre Bitte und ihren Willen gewährt wurde?«

»Niemand kann es überleben, den Göttern ins Gesicht zu blicken«, sagte Nadya erschöpft.

»Du hast es überlebt.«

Nadya verstummte. Das hatte sie nicht. Sie hatte Visionen von Monstern gesehen. Gräuelbilder, Albträume, nichts weiter.

»Die Kostprobe von Göttlichkeit ist ein süßes Gift, aber trotzdem ein Gift. Sie ist ansteckend, saugt Blut, zerstört, sie … nun, sie verzehrt. So wie der Wald verzehren wird. Wie die Hand von dir zehren wird.«

Nadya ballte ihre Hände zu Fäusten. Nichts von all dem ergab einen Sinn.

»Warum hilfst du mir? Warum jetzt?« Sie hatte seit der Zeit vor dem Königsmord nichts mehr von der Hexe gehört.

»Weil sich etwas verändert hat«, entgegnete Pelageya. Sie warf Nadya einen Gegenstand zu.

Nadya fing ihn gerade noch auf. Ein *voryen* in einer schwarzen Lederscheide mit einem bleichen weißen Griff. Sie zog es aus der Scheide. Die Klinge hatte denselben Elfenbeinton. Ihr stockte der Atem. Das *voryen* war aus einem Knochen geschnitzt.

Ihre Handfläche schmerzte. Sie runzelte die Stirn. Als sie die Finger um den Griff schloss, fühlte sie ein seltsames Pulsieren in dem Knochendolch.

»Das wird dich bei lebendigem Leib auffressen, wenn du es lässt«, sagte Pelageya und deutete mit dem Kinn auf Nadyas Hand.

»Was ist es?«

»Was meinst du? Macht. Monster haben schon immer an den Rändern deiner Welt geschlafen. Dein Geier erschuf den Vorhang, der die Götter von der Welt abgeschnitten hat, was, glaubst du, hat er jetzt mit seiner Macht getan?«

Nadyas Blickfeld verengte sich. »Was?«, flüsterte sie.

Pelageyas Kopf schnellte hoch. »Ah, unsere Zeit läuft ab. Viel Glück, *koshto dyzenbeek, koshto belsminik.*«

Als Nadya blinzelte, saß sie mit dem Knochendolch vor einem heruntergebrannten Feuer und die Sonne stieg über den Horizont.

»Verdammt«, fluchte sie.

7

SEREFIN MELESKI

Die Wasser singen. Omunitsa heult.

Kodex des Göttlichen, 188:20

»Ich mache mir Sorgen.«

»Du und buchstäblich alle anderen.« Serefin sah von seinem Sitzplatz auf. Sie hatten ihre Pferde gegen ein Boot getauscht – das erste einer wohl langen Reihe und viel besser geeignet, um Meuchelmördern zu entkommen, nahm er an – und er ließ seine Beine über den Rand des Decks baumeln, während sie über einen von Tranavias mehreren Hundert Seen schipperten. Kacper stand neben ihm; Qual zeigte sich in den scharfen Linien seines Körpers. Als wäre er bereit zum Sprung. Die anderen waren unter Deck. Es war noch früh, das Morgenlicht lag grau und voller Schatten auf dem Wasser. Nur der Kapitän des Bootes und seine Notbesatzung waren in der Nähe.

Kacper seufzte und setzte sich neben Serefin, lehnte sich wegen der Kälte beinahe bei ihm an. Serefin bot ihm seine Feldflasche an und war überrascht, als Kacper sie nahm. Das war kein gutes Zeichen.

»Was, wenn das alles eine List war, um dich aus Grazyk herauszubekommen? Was, wenn es nichts mit Żaneta zu tun hat? Was, wenn ...«

»Kacper.«

»Deine Mutter ist hart wie Stahl, aber ihre Nerven sind es nicht. Und was ist, wenn …«

»Kacper.«

»Dich wird wieder der Mut verlassen, ich weiß es einfach«, jammerte Kacper.

»Das wird nicht geschehen. Doch deine anderen Sorgen sind berechtigt.«

»Und warum sind wir dann hier?«

Weil Serefin Dinge sah, die nicht da waren, und das vielleicht aufhören würde, wenn er sich von all dieser Magie in Grazyk entfernte. Weil Serefin den Verstand verlor und keine bessere Möglichkeit sah, als zu fliehen und zu hoffen, dass er Żaneta herbeibringen und die Ordnung an seinem Hof wiederaufrichten konnte.

»Ich … zerbreche«, sagte er sehr leise. »Vielleicht ist es auch nichts, aber ich glaube, es ist etwas mit mir geschehen, als ich gestorben bin.«

»Etwas anderes als das Auftauchen der Motten, die sich durch deine Gewänder fressen«, antwortete Kacper mit angespannter Stimme.

»Etwas anderes.«

»Und auch nichts, was mit deinem Auge zu tun hat?«

»Das Auge ist ganz sicher ein Teil des Problems.«

Noch während Serefin sprach, verformte sich alles rund um ihn.

»Etwas rührt sich. Etwas Hungriges.«

Es war diesmal schlimmer. Sein ganzer Körper wurde steif, so als wäre er geschlagen worden – eine Vision, die keine Vision war, denn sie war mehr, wirklich und greifbar nah. Er befand sich nicht auf diesem Boot, nicht einmal in Tranavia. Er war woanders, an einem Ort, der ihn nicht dahaben wollte und der ihn zerstören würde, wenn er die Möglichkeit dazu bekam. Blut rann von der Rinde der Bäume, die so massiv waren, dass er nicht zwischen ihnen hindurchkonnte. Das plötzliche Krachen von Wurzeln dröhnte unheilvoll, es war so sehr erfüllt von der Ankündigung kommender Schrecken, dass Serefin das Herz bis zum Hals schlug.

Dieser Ort wollte etwas: seinen Tod, sein Leben, er wusste es nicht.

Irgendetwas schlich zwischen den Bäumen umher, nahe am Erdboden. Serefin sah das Aufblitzen von Zähnen, die vor Blut trieften: Es waren zu viele für ein einziges Maul.

»Je näher du mir kommst, desto einfacher wird es werden. Du kannst es nicht bekämpfen, Junge, du kannst dich nur unterwerfen oder besiegt werden.«

Die Vision erlosch und Serefin blieb zurück, schwer atmend auf dem Bootsdeck. Kacper hatte ihn vom Rand weggezerrt, dabei hielt er Serefins Jacke so fest mit den Fingern umklammert, dass dieser meinte, der Stoff würde reißen.

»Alles in Ordnung bei euch, Jungs?«, rief der Kapitän des Kahns.

»Uns geht es gut«, antwortete Kacper. Dabei schwang etwas in seiner Stimme mit, das Serefin nicht gleich zuordnen konnte. Es war Angst.

»Serefin«, murmelte Kacper. Er fuhr Serefin mit kalten Fingern durch die Haare und legte seine Hand an Serefins Wange. »Du hast dich fast selbst von Bord gestürzt. Was war das?«

Serefin widerstand der Versuchung, sich an Kacpers Hand zu lehnen, wich ein wenig zurück und kämpfte sich auf die Beine. Es führte zu nichts, wenn Kacper sich Sorgen machte. Er konnte nichts tun, um zu helfen.

»Das«, sagte er mit brüchiger Stimme, »ist der Grund dafür, dass ich weggehen musste.«

Doch der Gedanke erschütterte ihn, dass genau das Gegenteil der Fall sein konnte. Was würde geschehen, wenn die Stimme immer stärker wurde, je weiter er sich von Grazyk entfernte?

»Du hast einen Plan, oder?«, fragte Nadya mit deutlicher Unzufriedenheit, als sie von der Seite an ihn herantrat.

Serefin stand an der Reling eines anderen Bootes – er hatte den Überblick verloren, das wievielte es war, seit er Kacper einen solchen Schrecken eingejagt hatte, hauptsächlich wegen des Albtraums am hellllichten Tag, in den sich sein Leben verwandelt hatte. Er massierte sein krankes Auge, mit dem er gerade jemanden gesehen hatte, der am Geweih eines nicht identifizierbaren Monsters aufgespießt hing. Die Visionen hatten sich mit der Zeit immer öfter über sein Sichtfeld gelegt, bis sie nervtötend dauerhaft geworden waren. Er fürchtete inzwischen das Wachsein, weil er nie wusste, wann die Visionen ihn wieder überkommen würden, allerdings fürchtete er den Schlaf sogar noch mehr.

»Pläne sind alles, was ich habe«, entgegnete er. »Ob dieser gelingt, bleibt abzuwarten.«

Sie zog die Ärmel ihrer Jacke bis über ihre Hände hinunter. Es handelte sich um eine tranavische Militärjacke, die viel zu groß für sie war. Serefin hatte eine leise Ahnung, woher Nadya sie hatte – nur ein Zweig des Militärs trug silberne Schulterstücke, und die Angehörigen dieser Einheit nahmen eigentlich nie an Schlachten teil –, aber es stand ihm nicht zu, nachzufragen.

Nadya blinzelte in den Schnee hoch, der um sie herum fiel. Sie streckte ihre Handfläche aus und sah zu, wie die Flocken auf ihrer Haut schmolzen.

Ein schauriges Geräusch schraubte sich vom Wasser hoch, gefolgt von einem dumpfen Schlag gegen die Flanke des Bootes, so fest, dass es gefährlich nach einer Seite kippte.

Serefin und Nadya starrten sich aus weit aufgerissenen Augen an. Sie beugten sich über die Reling, ohne auf Hanna, die Kapitänin des Bootes, zu achten, die ihnen zurief, sie sollten von der Kante weggehen.

Das Wetter änderte sich schlagartig von freundlich zu grimmig. Das Wasser wurde aufgewühlt; das Boot schaukelte so heftig, dass Serefin fürchtete, er würde heruntergeworfen werden.

Eine starke Hand packte ihn an der Schulter und riss ihn weg.

»Geh zurück, Junge«, mahnte Hanna scharf. »Du fällst hinein, und sie ziehen dich unter Wasser, und dann gibt es keine Rettung mehr für dich.«

»Sie?«, fragte Nadya.

»Rusałki«, antwortete die Frau. »Sie sind heute wütend.«

Das Boot schaukelte, eisiges Wasser spritzte eimerweise aufs Deck. Hanna fluchte. Serefin griff nach seinem Zauberbuch, doch Nadya packte ihn an der Hand und schüttelte den Kopf.

»Falsche Methode, glaube ich«, sagte sie.

Kacper lehnte sich über die Reling, als ein weiterer heftiger Schlag zu hören war. Hanna schleppte ihn schnell weg und befahl ihm mit eisigem Blick, unter Deck zu gehen.

Mitten im dunklen, tosenden Wasser blitzte bleiche Haut auf.

»Sind wir in Gefahr?«, fragte Serefin.

Hanna sah unsicher aus. »Falls dort unten genug von ihnen sind und sie etwas auf diesem Boot unbedingt wollen, ja. Aber das ist nicht anzunehmen. Gemeinhin lassen sie uns ziemlich in Ruhe.«

Serefin konnte sich nicht vorstellen, was auf diesem Boot sie wollten. Nadyas Gesicht war totenbleich. Sie schrak zusammen und rieb sich die Narbe an ihrer Hand, bevor sie nach der Kette an ihrem Hals griff.

Direkt über dem Wasser schlug eine Hand gegen die Seite des Bootes. Die Haut war ekelhaft durchscheinend und über den Fingerspitzen bogen sich lange schwarze Krallen. Diese Krallen gruben sich in den Schiffsrumpf, sodass das Holz splitterte. Ein durchdringender einzelner Ton erschallte über dem Wasser und verwandelte sich in eine quälende, fremdartige Melodie.

Serefin linste vorsichtig über die Reling. Das Gesicht einer jungen Frau erschien unter dem Wasserspiegel. Ihre Augen waren tiefschwarz und ein bisschen zu groß, um natürlich zu sein, gerade so, dass es ihm falsch vorkam, aber es waren die schönsten Augen, die Serefin je gesehen hatte.

Ihr Kopf durchdrang die Oberfläche und ihr Gesicht veränderte sich zutiefst. Strähniges schwarzes Haar klebte ihr an der Stirn, ihr Mund riss die Backen zu weit auf, und als sie grinste, sah Serefin Reihen über Reihen aus kleinen, scharfen Zähnen.

Sie sprang heraus. Er wurde zurückgezerrt, ihre Zähne schnappten nur eine Handbreit vor seinem Gesicht zu.

»Dummer Junge«, murmelte Nadya und schob ihn weg.

Wieder gruben sich Krallen in das Holz, als die *rusałka* an der Seite des Bootes hochzuklettern begann. Dutzende von bleichen, schlaksigen Armen folgten, klammerten sich an allen Seiten des Bootes fest. Sie waren umzingelt.

»Ich habe mein ganzes Leben auf dem Wasser verbracht und noch nie gesehen, dass sie sich so verhalten«, schrie Hanna, während sie darum kämpfte, das Boot ruhig zu halten.

Serefin lehnte wieder an der Reling, und er wusste nicht, wie er dort gelandet war. Krallen sausten nur knapp an seinem Körper vorbei. Er war sich vage bewusst, dass er alsbald unter Wasser gezogen und ertränkt werden würde, aber er war nicht beunruhigt.

»Nein!« Nadya riss ihn weg und schleuderte ihre entzündete Hand gegen die *rusałki*.

Die *rusałki* erstarrten.

Langsam, in einer Bewegung, drehten sie sich um und starrten Nadya unverwandt an. Ihr Gesicht war blass, der Mund geöffnet. Ihr Blick kreuzte den von Serefin, und in ihren Augen stand Entsetzen.

Welche Art Magie besaß dieses Mädchen?

Die Narbe schmerzte, in ihrer Mitte pochte Dunkelheit. Nadya klopfte das Herz in der Brust. Das sollte nicht passieren. Irgendetwas war falsch.

Parijahan entwand sich mit Leichtigkeit dem Griff einer *rusałka,* deren Aufmerksamkeit von Nadyas Hand gefesselt war.

Nadya ließ ihre Hand langsam sinken und sie sahen alle dabei zu. Da war ein Machtstrang – einer, den Nadya nicht kannte –, der sie mit den *rusałki* verband. Sie verstand nicht, was er bedeutete, aber sie spürte, wie wichtig es war, dass er nicht abriss. In dem Moment, in dem die – wie auch immer geartete – Herrschaft, die sie über die Monster ausübte, wegbrach, gingen sie sofort wieder dazu über, das Schiff in die Tiefe zu ziehen.

Sie bewegte ihre Hand und schloss die Augen, dabei bohrte sich ihr Serefins staunender Blick in den Rücken. Was war diese Magie? Die Krallen einer *rusałka* umfassten ihren Unterarm, fest und schmerzhaft. Der Schnee war zu Eisregen geworden und traf ihre Haut mit tausend kalten Stichen. Nadyas Hüfte krachte gegen die Bootsreling.

Nicht Hexenmagie, nicht Blutmagie, nicht göttliche Magie.

Es gab nichts anderes. Es gab *nichts anderes.*

Was hatte sie dann gerade getan? Und konnte sie es wiederholen?

Das Band, das sie mit Malachiasz verknüpfte, veränderte sich – seine Aufmerksamkeit war auf sie gerichtet, aber das spielte keine Rolle, nicht, wenn diese Monster sie alle ertränken würden. Und wofür? Hanna hatte gesagt, sie würden etwas wollen, aber was?

Eilig zog sie an diesem Machtstrang, suchte hinter der Dunkelheit. Eine *rusałka* vergrub ihre Krallen noch tiefer in Nadyas Arm, und wenn sie nicht herausfand, wie sie diese

Macht nutzen konnte, so würde sie sterben. Sie alle würden sterben.

Auf einmal.

Die Verbindung straffte sich und mit ihr kam ein berauschender Machtschub. Eine Macht, die sie bislang nicht erlebt hatte: In ihrer Form völlig verschieden von der Magie, die sie kannte.

Nadya setzte ihren Willen in diese Macht. Sie würden weggehen. Sie würden dieses Boot nicht weiter angreifen. Sie würden niemanden verletzen.

Verschwindet jetzt.

Alles rund um sie erzitterte und Nadya stieß keuchend die Luft aus, ihre Knie gaben unter ihr nach und sie schlug auf das Deck.

Die Stille, die folgte, währte so lange, dass Nadya dachte, sie würden den Angriff fortsetzen. Doch mit einem Mal flohen alle *rusałki.*

Serefin stieß sich an der Reling ab, über die er beinahe hinabgezogen worden wäre, und ging neben ihr in die Hocke, Motten flatterten rund um ihn in die Luft.

»Was war das?«, wollte er wissen.

»Mir geht es gut, danke der Nachfrage«, brachte sie keuchend hervor und richtete sich auf die Ellenbogen auf.

Er starrte sie an, nicht belustigt. Die einzigen Geräusche kamen vom Regen, der auf das Deck trommelte, zwar mit weniger Gewalt als zuvor, aber umso eisiger.

Blutiger Knochen. Der tranavische Fluch kam ungewollt. Nadya hatte gerade eine unmöglich in Begriffe zu fassende Magie vor den Augen der Bootskapitänin angewandt. Sie sah zu der Frau auf, die in der Nähe stand und sie misstrauisch beobachtete.

»Ich werde keine Fragen stellen«, sagte Hanna. Sie nahm ihre Mütze ab und wrang sie aus – obwohl es immer noch regnete –, bevor sie sie wieder über ihre dunklen Haare stülpte. »Ich will es nicht wissen. Das war zu absonderlich für mich. Die *rusałki* sind ruhige Kreaturen, sie holen sich ihren gerechten Anteil an Leben, aber sie haben sich nie um mich gekümmert.« Sie schüttelte den Kopf. »Irgendetwas Fürchterliches liegt heute in der Luft.«

Nicht nur heute. Nadya rieb sich mit dem Daumen über die Narbe. Die Dunkelheit antwortete auf ihre Berührung und sie erzitterte. Parijahan sackte an der Reling zusammen und vergrub den Kopf in den Händen.

»Bist du in Ordnung?«, fragte Nadya besorgt.

Parijahan schnappte schnell und panisch nach Luft. »Ich hätte ertrinken können«, sagte sie mit bebender Stimme.

Wie ihre Schwester. Sie bewegte sich vorsichtig auf Parijahan zu, sorgfältig darauf bedacht, ihr nicht zu nahe zu kommen. Doch Parijahan legte sofort den Kopf auf Nadyas Schulter. Serefin sah ihnen stumm zu.

»Es ist alles gut«, murmelte Nadya, aber die Lüge wollte ihr die Zunge verbrennen. Sie konnte nicht aufhören, sich über die Narbe zu reiben.

Sie blieben eine Weile im Regen sitzen. Da sie bereits bis auf die Haut durchnässt waren, erschien es nicht dringend, unter Deck zu gehen. Parijahan brauchte lange, um sich zu beruhigen.

»Was ist das?«, fragte sie, nachdem sie Nadya zugesehen hatte, wie sie zum tausendsten Mal die Spirale auf ihrer Handfläche mit dem Finger nachfuhr.

Nadya trug noch immer Velyos' Amulett bei sich. Sie holte es aus der Tasche und gab es Parijahan.

»Das war der einzige Weg, um genug Macht anzusammeln für das, was notwendig war«, sagte sie langsam. »Indem ich einen alten Gott hinzuzog, der Blutopfer fordert. Nun, ich glaube, Velyos ist ein Gott. Ich weiß es nicht wirklich. Das klingt schlimm. Und was noch schlimmer ist, ich habe damit etwas von Malachiasz' Macht gestohlen.«

Es war immer noch zu nah: das Gewicht seines Handgelenks, beschwert von seinem Zutrauen, der Schnitt ihrer

Klinge über seine Handfläche. Dieser Schnitt hatte dort einen Anspruch auf ihn eingeschrieben, gegen den er sogar jetzt noch ankämpfen musste. Warum hatte er das geduldet?

Parijahan warf Nadya einen verstohlenen Blick zu. Serefin nahm ihr das Amulett ab und drehte es zwischen den Fingern. Seine Augenbrauen senkten sich fast unmerklich.

Nadya dachte darüber nach, was sie eben gesagt hatte, und lachte dumpf und entsetzt auf. »O nein«, flüsterte sie.

»Du kannst dir seine Magie gar nicht nehmen«, sagte Serefin sanft.

»Das hat Pelageya auch gesagt«, flüsterte Nadya. »Aber ich habe es getan.«

Serefin schüttelte den Kopf. »So verhalten sich magische Kräfte nicht. Es gibt Regeln ...«

»Oh, du klingst wie er.«

Das ließ ihn schnell verstummen, aber nicht für lange.

»Kannst du es fühlen?«, fragte Serefin, sein Schreck hatte sich in Neugier verwandelt, auch das war wie bei Malachiasz. Ihr schauderte. Tranavier und ihre zerstörerische Faszination für Magie.

»Ich fühle es immer«, sagte sie leise. »Ihn«, verdeutlichte sie mit noch leiserer Stimme.

Serefin blinzelte überrascht, während Parijahan besorgt wirkte.

Nadya sah zwischen ihnen hin und her und drückte den Daumen in ihre Handfläche. »Es hat nicht – das hat sich nicht angefühlt wie seine Magie. Ich weiß nicht, was es war.« *Ich weiß nicht, was mit mir passiert.*

»Ich mache mir ein bisschen mehr Sorgen darüber, dass du dir ständig der Gegenwart des Schwarzen Geiers bewusst bist.«

Nadya zuckte hilflos mit den Schultern. »Parj, ich habe getan, was ich tun musste. Das sind nun die Folgen davon.«

»Heißt das, es wirkt auch auf der anderen Seite?«

Nadya kaute auf ihrer Unterlippe. Sie konnte sich nicht dazu überwinden, ihnen von ihren Gesprächen mit Malachiasz zu erzählen.

»Ich habe keine Ahnung«, sagte sie schließlich. »Ich weiß, dass er mit mir in Verbindung steht, sich meiner bewusst ist. Doch er weiß nicht, wer ich bin, nur, dass ich da bin.«

Parijahan atmete leise aus. Serefin machte den Eindruck, als wäre ihm übel. Er rieb sich über das kranke Auge. Nadya fragte sich, wie sehr es ihm zu schaffen machte. Sie sah nicht zum ersten Mal, wie er es berührte.

»Nun«, sagte er ruhig, »das verändert die Lage.«

»Immer noch wild entschlossen, Żaneta aus den Salzminen zu befreien?«, fragte Nadya trocken.

»Es bleibt uns doch nichts anderes übrig«, erwiderte er und klang dabei genauso hilflos, wie sie sich fühlte.

»Du könntest einen Anfang wagen, indem du mir berichtest, was mit dir in dieser Nacht passiert ist. Ich meine, was wirklich geschah«, sagte Nadya. Sie erzählte ihm nicht die ganze Wahrheit und sie erwartete diese Höflichkeit auch nicht von ihm, aber vielleicht würde ein Austausch helfen, die Ereignisse von damals besser zu verstehen. »Ich weiß, dass du gestorben bist, Serefin. Ich kann es dir ansehen.«

»Ist das der richtige Moment für ein solches Gespräch?«

»Wann sonst?«

Er seufzte. Kacper und Ostyia waren unter Deck, überraschenderweise getrennt von ihrem König. Hanna war schon vor einiger Zeit unter Gemurmel, dass ihre »netten Damen so etwas sonst nie tun«, ans Heck des Bootes abgezogen. Endlich setzte er sich mit überkreuzten Beinen hin. Er öffnete die Hand, das Amulett fiel ihm aus den Fingern und schnellte noch einmal hoch, als die Kette an seinen Fingerknöcheln hängen blieb.

Er warf es ihr zu. »Ich habe nicht die leiseste Ahnung, was mir widerfahren ist.« Er rieb sich das Auge, diesmal fester.

Nadya streichelte die Spirale mit dem Daumen. Wie hatte Kostya – ihr ebenso schelmischer wie frommer alter Freund – den Anhänger ursprünglich erlangt? Warum hatte er seinen Weg zu ihr gefunden?

Als sie zu Serefin aufsah, bemerkte sie mit Schrecken, wie sich seine Hand blutrot färbte. Sie packte sein Handgelenk und schob seinen Arm weg. Serefin gab einen leisen Protestlaut von sich, aber sie brachte ihn zum Schweigen.

In seinem Auge zeigte sich eine Iris von dunklem Nachtblau ohne die Spur einer Pupille, mit Sternen übersät, die ständig ihre Anordnung änderten, doch das Weiße außen herum war purpurrot verfärbt, so als wäre jede Ader geplatzt. Blut tröpfelte aus dem Augenwinkel.

Sein Puls raste unter ihrem Daumen. Undeutlich nahm sie wahr, dass Parijahan wegging – möglicherweise, um die Tranavier zu holen, aber die konnten hier nicht helfen. Daran war keine Blutmagie schuld; die schlechte Luft in Grazyk machte ihn nicht krank.

»Nadya?«, fragte er. Er klang schwach und verloren, wie ein kleiner Junge, der sich plötzlich allein im Wald wiederfindet. Das löste eine tiefe Angst in ihrem Herzen aus. Die Motten, die ihm gefolgt waren, bildeten eine wirbelnde Wolke um seinen Kopf.

Sie gab ein leises, beruhigendes Geräusch von sich und drückte ihre Finger auf die Haut unter seinem Auge. Sie war so dunkel, als hätte er dort einen blauen Fleck, richtiggehend blutunterlaufen.

»Ich kann es nicht schließen«, sagte er mit Panik in der Stimme. »Es hat es sich geholt und ich habe keine Kontrolle mehr.«

»Es?«

Serefin antwortete nicht. Die Pupille seines gesunden Auges war weit aufgerissen, der Ring aus blauem Eis nur noch ein dünnes Band, flimmernd vor feinen Wahrnehmungen.

Schweißtropfen standen auf seinen Schläfen, er atmete hastig.

»Serefin, was ist mit dir?«, fragte Nadya. Sie schluckte ihre Panik hinunter.

Eine schwarze Augenklappe fiel über Serefins Auge. Als er erstarrte und ohnmächtig zusammenbrach, fing Kacper ihn auf. Kacpers Gesicht war angespannt, verschlossen und so besorgt, dass sich Nadyas Herz zusammenkrampfte. Er band die Klappe fest und strich über Serefins Haare, bevor er das Blut wegwischte, das bereits wieder hervorzusickern begann. Durch die Sanftmut seiner Berührungen fühlte sich Nadya wie ein Eindringling.

»Was passiert mit ihm?«, fragte er sie, außer sich.

Nadya schüttelte den Kopf. »Ich weiß es nicht.«

»Nun, dann solltest du es besser herausfinden und es in Ordnung bringen, Kalyazinerin. Oder sein ganzes Gerede davon, dich am Leben zu lassen, erweist sich als wertlos. Weil ich dich dann nämlich eigenhändig umbringe.«

8

SEREFIN MELESKI

Svoyatovi Zakhar Astakhov: Astakhov sprach mit den Stimmen des Waldes – manche sagen, mit Vaclav – manche sagen, mit etwas viel Älterem – manche schließlich sagen, er sprach mit nichts weiter als den leshy, die ihm am Ende den Verstand raubten und ihn in den Wald Tachilvnik zerrten, um sich an seinen Gebeinen gütlich zu tun.

Vasilievs Buch der Heiligen

Er hatte das Symbol auf Nadyas Anhänger wiedererkannt. War es ein kalyasischer Gott, der von seinem Auge Besitz ergriffen hatte? Serefin hatte gedacht, die Götter würden Blutmagie verabscheuen – das war es doch, worum es bei diesem ganzen verfluchten Krieg ging, oder? –, und seine Vision hatte sich nach Blutmagie angefühlt.

Serefin hatte die Augenklappe Ostyia zurückgegeben – ein bisschen abgenutzter als zuvor –, nachdem ihr letztes Boot angelegt hatte und sie neue Pferde aufgetrieben hatten. Nadya hatte sein Auge untersucht und es für gut befunden, unter den gegebenen Umständen, wie sie meinte. Das deutete er so, dass sie wohl auch keine Ahnung hatte, was genau vor sich ging.

Das Erschreckende war nicht sosehr die Vision selbst gewesen, sondern vielmehr die Kraftlosigkeit, die ihn ergriffen hatte. Er konnte sein Auge nicht schließen, konnte die Bilder nicht aufhalten, die er sah. Er konnte sich kaum noch bewegen.

Er war dabei, sich selbst an diese Macht zu verlieren, wenn er nichts dagegen unternahm. Und nun musste er sich zusätzlich auch noch Sorgen darüber machen, dass Nadyas bizarre Verbindung zu Malachiasz Żanetas Befreiung gefährden würde.

Żywia war aus eigenen Stücken gekommen, was bedeutete, dass Malachiasz bereits plante, Serefins Herrschaft an sich zu reißen, oder Schlimmeres. Unglücklicherweise konnte Serefin Malachiasz in den Salzminen auch letztlich nicht umbringen – obwohl er es gewollt hätte. Er wusste nämlich nicht mit Sicherheit, wie ein Geier zu töten war; sie starben nur unter außergewöhnlichen Umständen. Und er würde genau diese Bedingungen schaffen müssen. Die *Voldah Gorovni* mochten wieder aufgetaucht sein, aber er konnte nur schwerlich eine Rotte kalyasischer Geierjäger aufsuchen und sie nach den besten Methoden zum Töten von Monstern befragen.

Es war schon lange her, dass sie durch das letzte Dorf gekommen waren, das in der Nähe von Kyętri und der dort verborgenen dunklen Magie überdauerte. Der Boden hier war flach, die Bäume waren verkrüppelt, wenn überhaupt noch lebendig. Der Schnee, der vom dauerhaft grauen Himmel fiel, machte alles noch öder. Serefin war es gewohnt, in der Kälte zu reiten, aber nun war es schon so lange ohne Unterlass kalt gewesen, dass es unerträglich wurde.

»Er weiß, dass ich in der Nähe bin.« Nadyas Stimme erschreckte Serefin, als sie ihr Pferd neben seines lenkte. Sie trug immer noch diese Jacke, beinahe verdeckt von dem zweiten Mantel, den sie anhatte. Über ihr Haar hatte sie eine Kapuze gestülpt, der Fellkragen um ihre Schultern glänzte vor Eis. Ihre Hände zupften im Nacken an ihrer hölzernen Kette mit den Gebetsperlen herum.

Die anderen waren weiter zurückgefallen. Serefin schaute über die Schulter. Kacper sah gelangweilt aus; Ostyia sprach mit Rashid, so angeregt wie immer.

»Nimmt er nur dich wahr?« Er wandte sich wieder Nadya zu.

»Ja. Er weiß nicht, wer ich bin.«

»Unangenehm.«

Nadya rümpfte die Nase. »Er kann sich nicht mal wirklich ausdrücken.«

Serefin hob eine Augenbraue.

»Ich vergaß: Du warst bewusstlos, als es passiert ist.«

»Ich weiß, was er getan hat.«

»Ja, aber es ist schwerer zu verstehen, weil du es nicht gesehen hast. Wie lautet dein Plan?«

»Er muss meine Herrschaft anerkennen, ungeachtet ...« Bei dem Ausdruck auf Nadyas Gesicht unterbrach er sich selbst. Er seufzte und zog sich seine Mütze fester über die Ohren.

»Wie ich dir gesagt habe, er kann sich kaum verständlich machen. Ihm Bedingungen zu stellen wird dir nichts nutzen.«

»Nadya, ich würde ihm nur allzu gerne ein Messer in die Brust stoßen, Żaneta befreien und es damit erledigt haben.«

Sie schrak zusammen.

»Würde es das in Ordnung bringen ...?« Sie drückte sich die Finger aufs Auge.

Er stöhnte. »Ich verliere meinen Verstand.«

Sie wurde nachdenklich. »Möglicherweise, ja.«

Er runzelte die Stirn. Was hatte er sich erhofft, dass sie widersprechen würde? Dieses Mädchen, das regelmäßig mit den Göttern sprach? Töricht.

Ein dunkler Wald schimmerte auf, der Geruch nach alten Blättern und feuchtem Moos kroch in Serefins Nase. Er schüttelte den Kopf, versuchte die Bilder zu vertreiben, bevor sie sich weiter verdichteten.

»Hast du einen besseren Plan?«

»Ich gehe allein zu ihm.«

Er kniff die Augen zusammen. »Ich dachte, du wolltest überhaupt nicht gehen?«

Sie blickte still über das kahle Feld, auf dem vereinzelt tote Bäume standen und das irgendwann zum Eingang der Hölle führen würde. Auf einem Baum in der Nähe hockte ein Geier, und Serefin konnte sich des Gefühls nicht erwehren, dass er sie beobachtete und darauf wartete, Bericht erstatten zu können.

»Es hätte keinen Sinn, dass wir alle dort unten sterben«, sagte sie.

»Wie edel«, entgegnete Serefin matt.

»Ich bin unglaublich edel.«

»Erklär mir deine Beweggründe, Nadya.«

»Das muss ich nicht.«

Er legte den Kopf zurück und wandte ihn zur Seite, um sie anzuschauen. Sie riss die Augen weit auf.

»Was?« Er richtete sich im Sattel auf.

»N...nichts«, sagte sie. »Malachiasz soll mir bei einer Aufgabe helfen.«

»Du hast mir gerade erst erzählt, dass man kaum mit ihm reden kann und es in einem Unglück enden würde, wenn ich dort hinunterginge.«

»Das habe ich so nicht gesagt.«

»Du hast es angedeutet. Vielleicht sollten wir versuchen, einander zu vertrauen«, schlug er vor. Nachdem sie ungläubig gestöhnt hatte, fuhr er fort: »Nur ein bisschen?«

Das brachte sie zum Lächeln.

»Wofür brauchen wir ihn?«

»Das hat komplizierte und religiöse Gründe.«

Es gelang ihm nicht, seinen Widerwillen zu verbergen. Sie lachte.

»Es gibt kein Wir. Du willst Żaneta nur als Faustpfand, damit du deinen Thron zurückgewinnst.«

»Oh, sag das nicht so unschön.«

»Du hast sie über Monate hinweg den Geiern überlassen und willst sie jetzt nur finden, weil sie von Nutzen für dich ist.«

Er schluckte. Er konnte ihr nicht wirklich widersprechen.

»Tranavier sind grausam«, stellte sie fest.

Wenn er ihren Köder schluckte und zu streiten begann, würde sie ihm nie erzählen, was sie vorhatte. Er kämpfte gegen seinen wachsenden Ärger an.

»Wofür?« Er drang vorsichtig weiter in sie. »Er hat Verrat begangen, Nadya, und du gehörst immer noch zum Feind. Ich muss wissen, was du planst.«

Nach einigen Augenblicken angespannten Schweigens seufzte sie.

»Es gibt einen Ort in Kalyazin, von dem es in den Legenden heißt, er wäre der Sitz der Götter. Ich gehe dorthin. Schau mich nicht so verständnislos an, ich weiß, was Malachiasz im Schilde führt. Der geheiligte Ort ist umgeben von einem Wald, durch den nur die Göttlichen gelangen können.«

Als Serefin verwirrt schwieg, fuhr sie fort.

»Die Götter sprechen nicht mehr mit mir. Und das kümmert dich nicht, gut. Aber was ist damit?« Sie wies mit einer Handbewegung auf den Schnee, der den Boden bedeckte. »Und mit dem Angriff der *rusałki,* den Gerüchten über andere Schrecken, die aus der tiefen Dunkelheit auftauchen, wo sie geschlafen haben. Es zieht etwas herauf, Serefin.«

Etwas rührt sich. Etwas Hungriges.

Ihn schauderte fürchterlich.

»Das setzt voraus, dass ich dich gehen lasse«, sagte er.

»Was auch immer du über die Götter denkst, ist mir egal. Aber irgendetwas liegt in der Luft, und ich beabsichtige herauszufinden, was es ist und wie es aufgehalten werden kann.

Du musst nicht mit mir kommen. Ich werde Żaneta für dich holen; du nimmst dir deinen Thron zurück und vielleicht beendest du auch gleich diesen verfluchten Krieg, wenn du schon dabei bist. Und du wirst mich gehen lassen. Ich muss in meine Heimat zurück. Und dafür brauche ich Malachiasz.«

»Also denkst du, er ist göttlich?«

»Ich denke, er ist ein Idiot. Aber dieses Ritual deines Vaters war dazu gedacht … ein Gott zu werden oder zumindest so etwas Ähnliches wie ein Gott. Und ich glaube, Malachiasz ist etwas in dieser Art geglückt. Er kann mich dorthin bringen, wo ich hinmuss.«

»Hast du es den anderen erzählt?« Serefins Stimme klang angespannt.

Nadya schüttelte den Kopf. »Ich werde wahrscheinlich dort unten sterben.«

Serefin wollte nicht, dass sie allein dort hinunterging, aber die Aussicht auf Verhandlungen mit seinem Bruder – das Wort kam ihm immer noch seltsam und ungewohnt, aber unbequem *richtig* vor – gefiel ihm beileibe nicht. Er wollte sich genauso wenig eingestehen, wie sehr ihm der Gedanke gefiel, Nadya könnte ihm diese Bürde abnehmen.

»Weihe mich wenigstens in deinen Plan ein.«

»Wir haben miteinander gesprochen, er und ich. Und da gibt es einen Riss in seinem Schutzschild.«

»Ich höre nichts von einem Plan.«

»Weil deine Pläne ja so ausgetüftelt waren?« Sie verdrehte die Augen. »Was auch immer er versucht hat … Ich glaube nicht, dass es ihn so weit gebracht hat, wie es seinen Erwartungen entsprach.«

»Da komme ich nicht mit.«

Sie lachte, was Serefin überraschte, der ihr Lachen noch nie so gehört hatte. Es war nicht verächtlich, sondern ein sanfter, leichter Laut. »Er hat sich selbst zersplittert, richtig. Aber wenn er die Macht erlangt hätte, die Götter zu entthronen, hätten wir die Folgen davon jetzt nicht schon längst zu spüren bekommen?«

Nicht, wenn die Götter nicht existieren, dachte Serefin gereizt.

»Oh, was für ein Wunschdenken«, mischte sich die näselnde Stimme in seinem Kopf ein.

Er hielt eine Hand hoch und eine große, staubgraue Motte landete auf seinem Zeigefinger, ihre flatternden Flügel fingen das Dämmerlicht ein.

»Du glaubst, er kann gerettet werden?«, fragte Serefin. Er war bereit, auf längere Sicht hin zu planen. Das würde es einfacher machen, Malachiasz umzubringen.

»Kaum. Aber vielleicht kann man ihn wieder in eine zusammenhängende Form bringen.«

»Und falls nicht?«

»Falls nicht ...« Nadya hielt inne. Sie musterte den Geier, der sie immer noch beobachtete. »Dann werden die Geier schließlich vollbringen, wofür sie geschaffen wurden, und das wird das Ende der kalyasischen Kleriker sein.«

»Ich dachte, du wolltest ihn verrotten lassen.«

»Das tue ich«, sagte Nadya inbrünstig. »In welchem Albtraum er auch umherirrt, er verdient dieses Schicksal. Aber er ist der Einzige, der mich an diesen abgeschotteten Ort bringen kann, zu dem es mich drängt.«

Sie ritten eine Weile schweigend dahin, bis die Pferde, eines nach dem anderen, zu scheuen begannen, ihre Beine fest in den Boden stemmten und sich weigerten weiterzugehen. Serefin konnte es ihnen nicht verübeln – er wollte genauso wenig weitergehen – und traf widerwillig die Entscheidung, sie zurückzulassen.

»Hier draußen?«, protestierte Rashid. Sie waren weit von jedem Lebenszeichen entfernt und die umliegenden Felder lagen kahl und leer.

»Ich bin doch kein Monster«, sagte Serefin.

»Darüber könnte man diskutieren.«

Serefin beachtete ihn nicht weiter, schnitt sich den Unterarm an der Rasierklinge in seinem Ärmel auf und blätterte sein Zauberbuch durch. Er riss eine Seite heraus, schmierte in groben Strichen Blut darüber und blies die entstehende Asche zu den Pferden. Er tauchte seine Finger in sein Blut und berührte jedes Pferd an der Flanke – nur leicht, denn es war nicht nötig, die Tiere wild zu beschmieren.

»Es wird ihnen gut gehen. Sie werden den Weg nach Hause schaffen.«

»Das ist zu anstrengend für dich«, murmelte Kacper missbilligend. »Lass sie einfach hier zurück.«

»Du bist das Monster!«, rief Rashid aus.

Kacper verdrehte die Augen.

Serefin wandte sich Nadya zu. Sie blickte starr zum Horizont, in Richtung der Salzminen. Er wünschte sich, kein so großes Vertrauen in sie setzen zu müssen – er brauchte Żaneta, und wenn Nadya versagte, würde er bei dieser Unternehmung viel mehr verlieren als sie.

Eine kalyasische Klerikerin und der König von Tranavia. Todfeinde, die zu erschöpften Verbündeten geworden waren. Es gab keinen guten Grund für ihr Bündnis außer der bloßen Verzweiflung in diesem Augenblick.

Serefin würde sie es versuchen lassen. Es bedurfte einer Menge, um einen Geier umzubringen. Es würde sogar noch mehr brauchen, um Malachiasz umzubringen, aber Serefin hatte das Gefühl, dass es schwieriger wäre, wenn er es jetzt gleich versuchte, als wenn Nadya Erfolg hätte.

»Lass mich das nicht bereuen«, warnte er sie.

Sie schenkte ihm ein wehmütiges Lächeln. »Ich bereue es jetzt schon, gefragt zu haben.«

9

NADEZHDA LAPTEVA

Der Geschmack nach Blut zwischen abgebrochenen Zähnen und ein Versprechen, dass nichts für immer währt. Hunger ist ewig.

Das Volokhtaznikon

Als sie sich aus dem Lager schlich, wirkten die kahlen Felder vor ihr in der Dunkelheit unheimlich. So frohgemut sie sich Serefin gegenüber auch gegeben hatte: Sie verfügte über keinerlei Plan. Sie hatte ihre Hoffnung und ein Gebet, das war alles. Mit jedem Schritt näherte sie sich dem Tod.

Es war verstörend, wie unscheinbar der Eingang zu den Salzminen gehalten war. Verglichen mit der Extravaganz der Kathedrale in Grazyk erschien dies hier unheilvoll ruhig. Wie leicht stießen Ahnungslose auf die unscheinbare Scheune und übertraten die Schwelle zu etwas Entsetzlichem.

Wie einfach es für sie war, die Schwelle zu etwas Entsetzlichem zu übertreten.

»Und so läuft der kleine Vogel Gefahr, in Vergessenheit zu geraten«, sagte er plötzlich neben ihr.

Nadya versuchte, bei dem Klang seiner Stimme nicht zusammenzuzucken. Doch ganz gelang es ihr nicht. Sie hielt ihre Augen fest auf die mit geschnitzten Symbolen verzierte

Tür und die blutigen Markierungen an den Holzwänden geheftet.

»Ich habe nicht bemerkt, dass du deine heiligen Hallen verlassen hast.«

Nicht hinschauen.

Er schnaubte leise und schritt an ihr vorbei. Sie senkte den Blick, um ihn nicht anzusehen.

»Du wirst folgen«, sagte er.

Sie schritt mit gesenktem Blick hinter ihm her und folgte den blutigen Federn seiner schweren schwarzen Flügel, die hinter ihm über den Boden schleiften.

Nicht hinschauen.

An der Türöffnung zögerte sie. Die Dunkelheit hinter der Türschwelle war erstickend. Das hier war wirklich ein Eintreten in die Hölle. Das hier bedeutete, ihm an einen Ort zu folgen, von wo sie vielleicht niemals entkommen konnte.

»Du bist weit gekommen.« Nadya fuhr vor Schreck über die Stimme genau an ihrem Ohr beinahe aus der Haut. Eine Hand umklammerte ihren Arm und schubste sie in die gewünschte Richtung, während die sie umgebende Welt immer tiefer in Schwarz getaucht wurde.

Żywia.

»Wo ist der König – war dieses ganze wahnsinnige Unterfangen nicht sein Einfall?« Es entstand eine Pause. Żywia steckte Nadya eine lose Locke hinters Ohr, dabei schürfte die sanfte Berührung der eisernen Krallen Nadya die Wange auf. Als Nadya nicht antwortete, lachte Żywia. »Oh, das hier ist etwas anderes, oder? Es ist wegen *ihm.*«

So hatte sich die Geierfrau im Palast nicht gegeben. War es dieser Ort, der sie auf ihre finstersten Bestandteile zurücksstutzte, sie mehr Monster als Mensch sein ließ?

»Schätzchen, ich bin so froh, dass ich zu dir durchgedrungen bin, allerdings wird das alles schlimm enden. Ich freue mich aber auf deinen Auftritt. Nun komm und stolpere nicht. Es ist ein langer Weg hinunter.«

Mit einer ungelenken Bewegung verschränkte Żywia ihre Finger mit Nadyas.

»Werd es ihm nicht sagen, werd ich nicht«, erklärte sie. »Er ist durch dich so verwirrt. So durcheinander, und ich werde ihm nicht sagen, was du alles weißt. Du versuchst es, *towy Kalyazi,* unsicher ist nur, ob du Erfolg haben wirst.«

Die Geierfrau führte Nadya die Stufen hinunter.

Es wurde kälter, je weiter sie hinuntergingen, und Nadya dachte, der Abstieg würde nie enden. Sie würde gefangen gesetzt auf diesen Stufen, in der Dunkelheit, und so würde sie sterben. Ohne Żywia hätte sie es nie hinunter geschafft, aber sie verabscheute es, sich von der Geierfrau führen zu lassen.

Es gab keinerlei Lichtschein, und so konnte sie auch nichts sehen. Die Luft schmeckte nach Eisen, ein Hauch von Metall haftete ihr an. Die Dunkelheit war unerträglich. In den Tiefen des Dunkels schienen sich irgendwelche Wesen zu rühren. Sie konnte nicht mit Sicherheit sagen, ob die menschenähnlichen Kreaturen mit ihren mehreren Reihen spitzer Zähne, die in den Nischen dieses Labyrinths hockten, nicht einfach nur ihrer Fantasie entsprangen.

Sie hatte keine Ahnung, ob Malachiasz – nicht Malachiasz, sondern der Schwarze Geier – in der Nähe war oder ob er sie ihrem Schicksal überlassen hatte.

Etwas schrie in der Dunkelheit und Nadya erstarrte, nach Luft schnappend. Der Schrei hatte sich nicht menschlich angehört, oder gerade noch menschlich; die letzten Fetzen baumelten noch daran, während eiserne Nägel alles andere herausrissen.

Żywia blieb stehen und wartete darauf, dass sich Nadya weiterbewegte.

»Was war das?«, zischte Nadya.

»Du willst nicht, dass ich dir das erzähle«, sagte Żywia. Nadya konnte das Grinsen in ihrer Stimme hören.

Das wollte sie nicht. Sie wollte es nicht wissen.

Ihr Herz pochte zu schnell, bis zu ihrem Hals, und egal wie schwer sie schluckte, sie konnte es nicht beruhigen. Sie bekam keine Luft in ihre Lungen. Es war, als gäbe es hier unten keine Luft und sie würde einfach ersticken, während die umgebenden Wände sie einschlossen. Żywia wurde langsamer, um zu verhindern, dass Nadya gegen die grobe Steinmauer lief, als der Durchgang enger wurde und nur noch ein schmaler Streifen zum Durchkommen blieb. Nadya hatte zuvor nie gedacht, dass sie Angst vor engen Räumen hatte. Aber als sie sich durch diese Öffnung zwängte, konnte sie den Gedanken nicht unterdrücken, dass sie geradewegs in eine Falle bugsiert wurde und dass die Wände sie lebendig verschlucken würden.

Sie richtete ihre Gedanken auf Żywias Hand in der ihren – die war Wirklichkeit. Den Atem in ihren Lungen – wirklich. Die nahen Schreie – nicht wirklich. Selbst wenn sie es sehr wohl waren.

Sie begann tastend weiterzugehen und endlich, endlich mündete der Gang in einem riesigen Thronsaal. Fackeln tauchten den Raum in ein krankhaft blasses Licht. Blutige Symbole waren in Streifen an den Wänden angebracht, Knochen in den Boden eingelassen – ähnlich wie in der Kathedrale, nur viel weniger kunstvoll. Die Formen hier erzählten viel mehr von etwas Ursprünglichem. Der Thron an diesem widerlichen Ort war aus Knochen geschnitzt, mit Gold getäfelt und mit eingelegten Amethysten verziert. Er war ein wunderschönes, entsetzliches Machwerk, das im flackernden Licht glänzte – beinahe ein Ebenbild des Throns, der in der Kathedrale in Grazyk stand.

Schau nicht hin, schau nicht hin, schau nicht hin.

Doch ihre Augen fanden ihn ohnehin.

Er lümmelte quer über dem Thron mit einem Bein über der Armlehne. Diese Haltung war ihr schmerzhaft vertraut. Unter seiner blassen Haut zeichneten sich schwarze Adern ab. Vor Blut triefende Eisenspitzen ragten ihm aus dem Körper.

Schwere schwarze Flügel hingen über die andere Armlehne des Throns herunter. Er kaute mit rasiermesserscharfen, glänzenden Eisenzähnen gelangweilt an der Spitze einer Kralle herum.

Das war noch nicht das Schlimmste. Das war es nicht, was ihr den Magen umdrehte und die Galle hochkommen ließ. Da war etwas Zitterndes an den Rändern seiner Gestalt, das sie nicht wirklich benennen konnte. Als wäre alles, worin er sich verwandelt hatte, sogar noch dunkler geworden, während er im Schatten lauerte. Da waren Risse in seiner Haut, doch mit einem Zittern veränderte sich sein ganzes Äußeres. Jedes Mal, wenn ihm ihre scharfen Augen auf die Spur kamen, veränderten sich seine monströsen Merkmale. Ein Zittern. An seinen Wangen und am Kinn trieften neue Augen, öffneten und schlossen sich. Ein Zittern. Scharfe Zähne schnitten die Haut an seiner Wange auf. Vor ihren Augen verschwamm alles. Augen auf seiner Stirn, blutig und blass statt tiefschwarz. Ein stets wechselndes, chaotisches Grauen.

Verzweiflung drohte sie zu ersticken. Das war so viel schlimmer, als sie es sich vorgestellt hatte.

Seine pechschwarzen Augen musterten sie beiläufig, während sie verzweifelt zu vermeiden versuchte, seinem Blick zu begegnen. Seine tintenschwarzen Haare waren lang und verworren, durchsetzt mit goldenen Perlen und Knochenstücken. Das Schlimmste aber – das ihren schwachen Schutzschild in Stücke hieb – geschah, als die sich verändernden Züge flüchtig bei seinem absolut menschlichen, schmerzhaft schönen Gesicht verharrten. Vorübergehend, ruhig, im nächsten Augenblick verschwunden.

Nur ein Monster.

Als er sie auf eine vorsichtige, zurückhaltende Art betrachtete, breitete sich langsam ein Lächeln auf seinen Lippen aus und offenbarte Eisenzähne und ein Schimmern von Reißzähnen.

Sie musste irgendetwas unternehmen. Sie verbeugte sich. »*Kowej Eczkanję*, ich bin hier, um Euer Leben noch erbärmlicher zu machen.«

Sie hatte keine Zeit, sich aus ihrer unehrlichen Ehrerbietung wieder aufzurichten. Er war schon an ihrer Seite, umklammerte mit der Hand ihren Kopf und bog ihn zurück.

»Leichter, dich jetzt umzubringen«, sagte er nachdenklich. »Hier.«

»Statt über eine magische Verbindung? Ich denke schon. Leichter für mich, zurückzuschlagen«, hob sie hervor.

Seine Eisenkrallen kratzten sie am Kopf. Es wäre so leicht. Ein bisschen mehr Druck und sie wäre tot. Sie sollte sich ihren Tod vielleicht weniger überzeugend ausmalen.

»Aber ...«, warf sie ein und machte sich über seinen nachdenklichen Tonfall lustig, »das wäre ein klägliches Ende deiner Neugierde.«

Er gewährte es ihr, sich aufzurichten, verlagerte seine Hand, um ihr Kinn mit einer eisernen Kralle anzuheben, sodass er ihr Gesicht zu seinem hinzwang. Sie hatte vergessen, wie groß er war. »Ich schätze, das werden wir sehen, mein Schätzchen.«

Und in dem sich beständig wandelnden Schrecken, als der er erschien, entdeckte sie eine Spur des verängstigten, einsamen Jungen, der in Stücke gerissen worden war und der nach etwas suchte – wonach auch immer –, das die Trümmer vielleicht retten konnte.

Ein Riss in seinem Schutzschild.

Eine Schwäche, die Nadya nutzen konnte.

Der Schwarze Geier ließ sie los. Sie ging einen Schritt zurück. Er beobachtete sie, nicht unähnlich einem Raubtier, mit scharfem Blick, den Kopf zur Seite gelegt.

»Warum bist du hierhergekommen?«, fragte er.

»Es gibt eine *slavhka,* die vor ein paar Monaten in deine Ränge eingeführt wurde«, sagte Nadya. »Ich will sie zurück.«

Żywia sah den Schwarzen Geier neugierig an, als hätte sie keine Ahnung, warum Nadya gekommen war. Nadya konnte ihr nicht vertrauen, aber sie wunderte sich doch, warum die Geierfrau ihm nicht enthüllt hatte, wer sie war. Er runzelte leicht die Stirn und erwiderte Żywias Blick. In seinen onyxfarbenen Augen leuchtete so etwas wie Erinnerung auf.

»Oh, der *Fehler,* natürlich. Hol sie, Żywia. Aber vorsichtig, denn es ist lange her, dass sie Licht gesehen hat.«

Ein entsetzliches Grauen erfasste Nadya. Sie hatte Żaneta nicht wirklich gekannt, aber die *slavhka* hatte sie nicht unfreundlich behandelt, als Nadya vorgetäuscht hatte, sie wäre eine Mitbewerberin im Wettstreit um Serefins Hand.

Genau genommen war Nadya froh gewesen, dass die *Rawalyk* in einer Katastrophe geendet hatte. Jetzt, da sie Serefin kannte, konnte sie sich kein schlimmeres Schicksal vorstellen, als mit ihm verheiratet zu sein, und sie war auf dem besten Weg gewesen, diesen ganzen Albtraum einer Brautsuche für sich zu gewinnen.

»Und wofür brauchst du meinen Geier?«

»Wenn du sie einen Fehler nennst, klingt das zumindest nicht so, als könntest du sie für viel gebrauchen«, erwiderte Nadya.

Er war nah, hob ihre Gebetsperlen mit seiner Kralle an. Die Zeit drehte sich im Kreis, und Nadya musste ihre Vergangenheit von einer neuen, verdrehten Gegenwart aus wiedererleben. Ein Junge im Schnee, neugieriger, als ihm guttat. Ein Monster im Dunkeln, das über ein Rätsel nachdenkt. Seine pechschwarzen Augen zuckten über die Symbole auf den Perlen, seine Mundwinkel verzogen sich leicht nach unten.

»Hexenmagie und Göttlichkeit«, murmelte er. »Du hast mir immer noch nicht gesagt, wer du bist, *towy dżimyka.*«

Den Kosenamen zu hören ohne eine Spur der Wärme, die Malachiasz einst hineingelegt hatte, schmerzte stärker, als Nadya zugeben wollte.

»Das hast du auch nicht, ich vermute, damit sind wir quitt«, entgegnete sie.

Ein Flackern. »Kalyasisch, eindeutig.«

»Oh? Ich dachte, mein Tranavisch wäre nahezu fehlerfrei.« Nadya wusste, dass es das nicht war, aber ihr Verständnis der Sprache hatte sich deutlich verbessert, seit er anfangs mit ihr daran gearbeitet hatte.

»Tapfer von dir, zu glauben, du würdest diesen Ort unbeschadet verlassen. Oder närrisch. Wir sind im Krieg, kleine Kalyazinerin.«

Nadya zuckte mit den Schultern. »Ich dachte, die Geier wären nicht mit der Kriegführung befasst. Was habt ihr zu bekämpfen? Es gibt keine Kleriker mehr.«

»Es gibt noch eine«, sagte er nachdenklich.

»Ja«, erwiderte Nadya leise, »die gibt es.«

Er wusste doch, dass sie es war. Sogar in seinem zerstreuten, kaum zusammenhängenden, seelenlosen Zustand. Sein Geist war zersplittert, aber nicht umnebelt.

»Wirst du mich umbringen?«

Er sah sie stirnrunzelnd an, dachte nach. Nein. Noch nicht.

Noch nicht. »Von mir hast du nichts zu befürchten«, hatte er gesagt, doch in dem Satz hatte ein »noch nicht« mitgeschwungen, dachte sie kläglich. *Und ich habe es nicht hören wollen.*

Nadya versteifte sich, als er hinter sie trat. Das Dunkel seiner Anwesenheit strich an ihr vorbei, und ihre Angst wuchs derartig, dass ihr schwindelte.

Ich hätte nicht allein hierherkommen sollen. Blankes Entsetzen kroch ihr über den Rücken.

»Wirst du mir deinen Namen verraten?«, fragte er.

»Wirst du mir deinen verraten?«

Sein Lachen war tief und kratzig, ein schmerzhaftes Geräusch.

»Ich habe keinen Namen.« Er sprach sanft, mit dem Gesicht nahe an ihrem. »Ich bin mehr als das. Mehr als alles.

Die Dunkelheit, die man anbetet, das Gift in den Herzen der Menschen, Ketzerei, Schatten.«

»Klingt anstrengend.«

»Warum bist du hier?«, fuhr er fort und zog eine Klaue über ihre Wange nach unten, gerade so leicht kratzend, dass sich ihr Fleisch unter dem rasiermesserscharfen Eisen nicht öffnete. Sein Atem war heiß an ihrem Ohr. »Warum bist du gekommen, nach Hexenmagie und Heiligkeit stinkend? Welchem Zweck dienst du, außer um von mir zermalmt zu werden? Was sind deine Knochen wert, wenn sie nicht zerbrochen werden?«

»Oh, bitte stell die Frage, auf die du wirklich eine Antwort willst.« Sie war nichts als ein kleiner Vogel und er war der abscheuliche Geier, der Knochen zu Mehl zerkaute und die Sonne verschluckte. Ihn zu fürchten war natürlich, es war, was er erwartete, doch sie wollte ihm diese Genugtuung nicht geben.

Mit grobem Griff an ihrer Schulter drehte er sie zu sich. Sie musste den Blick senken, das sich wandelnde Grauen seiner Erscheinung überwältigte sie.

»Ist die Magie die deine?«, fragte er.

Sie hob seine rechte Hand von ihrer Schulter und drehte die Handfläche nach oben. Sie runzelte die Stirn: Seine Narbe war verheilt. Ohne ein Wort zog sie ihren Handschuh aus und drehte ihre eigene Handfläche nach oben. Ihre Narbe war schwarz, dunkle Adern sprossen davon weg über ihre Handfläche. Eine Ader zog sich bereits den Ringfinger hoch.

Warum war seine Narbe verödet, ihre hingegen wucherte?

Er schaute verwirrt. Er schloss die Hand um seine eigene Narbe, während ein Finger der anderen Hand Nadyas Narbe in einer beinahe sanften Bewegung nachzeichnete.

»Diese Magie ist nicht die meine«, sagte sie.

Sein Blick bohrte sich von oben in sie hinein. »Aber du weißt, von wem sie kommt.«

Sie hatte vermutet, es wäre Velyos' Magie, aber was, wenn das nicht stimmte? Was wusste er? »Ich weiß nicht, wie ich sie brechen kann.« Sie berührte ein Knochenstück, das in seine wilden, verworrenen Locken geflochten war. Das ging zu weit, aber er zuckte nicht zurück.

Sie musste die Finger in den Riss in seinem Schutzpanzer graben und ihn aufreißen. Sie hatte seinen Namen – wusste, wie viel von seinem Selbst er da hineingelegt hatte –, aber würde das reichen? Er musste wollen, dass der Name ihn wieder verankerte. Er musste Malachiasz Czechowicz sein wollen.

Irgendwie musste sie ihn finden. Sie musste den Jungen finden, während sie zugleich das Monster überzeugte, sie Żaneta mitnehmen zu lassen. Es war eine unmöglich zu lösende Aufgabe.

Anspannung hing zwischen ihnen. Es war eine beunruhigende Entdeckung, dass sie nicht den Wunsch verspürte, ihr *voryen* zu ziehen und es ihm ins Herz zu stoßen.

»Hier ist sie!«, trällerte Żywia und brach damit das Schweigen, als sie eine gekrümmte, zarte Gestalt in den Thronsaal schob.

Nadya stieß zischend Luft aus. Der Schwarze Geier rauschte von ihr weg und zurück zum Thron. Der besondere Augenblick zwischen ihnen war zerstört.

Żywia sprang die Stufen zum Thron hinauf und machte es sich davor bequem. »Was hast du mit ihr vor?«, fragte sie. Als hätte Serefin es ihr damals nicht gesagt.

Nadya starrte sie an. Żywia schüttelte ganz leicht den Kopf.

Konnte sie ihr noch helfen?

Nadya ging näher an die eingefallene Gestalt heran, die von Żaneta übrig geblieben war. Sie verspürte eine heillose Angst vor dem Anblick, der sie unter dem Vorhang aus schlaffen Locken erwartete.

»Mir wurde gesagt, sie hätte Verrat begangen«, sagte der Schwarze Geier.

»Dir wurde gesagt?«, fragte Nadya. »Du warst dabei.«

Żywia sah sie mit weit aufgerissenen Augen an, während der Gesichtsausdruck des Schwarzen Geiers abwesend und verwirrt wurde.

»Was?« Seine Stimme brach bei dem einen Wort: ein verirrter Junge, verloren in der Dunkelheit, bis er wieder ins Vergessen hinuntergezogen wurde.

Hör auf damit. Sie sollte die beiden gedanklich nicht so stark trennen. Malachiasz war all dies.

Nadya zuckte mit den Schultern. Er wollte sie eindeutig noch mehr fragen, doch stattdessen rekelte er sich wieder auf seinem Thron und legte beinahe launenhaft die Stirn in Falten. Nadya wandte sich ab.

»Żaneta?«, fragte sie, zu ängstlich, um sie zu berühren.

»Es ist fraglich, ob sie sich an ihren Namen erinnert«, erklärte der Schwarze Geier. Er stützte das Kinn auf die Hand, während er ihnen zusah. »Es ist fraglich, ob sie ... versteht, was Wirklichkeit ist.«

»Da sprichst du wohl von dir selbst«, murmelte Nadya.

Sie sah die verzerrte Miene des Schwarzen Geiers und die zusammengekniffenen Augen von Żywia. Sie hatte sich zu vertraulich gegeben.

Nadya streckte die Hand vor und schrak zusammen, als raue Finger mit schartigen, abgebrochenen Fingernägeln ihr Handgelenk umklammerten. Der Vorhang aus Haaren teilte sich.

»Oh, was haben sie dir angetan?«, flüsterte sie.

10

SEREFIN MELESKI

Trennt das Fleisch ab, zerschlagt die Knochen und schaut, was das pochende Herz eines Wesens ausmacht, das einmal war und nicht mehr ist. Velyos ist Täuschung. Velyos ist Geduld.

Die Briefe des Włodzimierz

Serefin hatte schon sehr früh in seinem Leben gelernt, wie sehr Ostyia aufzubringen auch ihn in Mitleidenschaft zog. Also bemühte er sich, es unter allen Umständen zu unterlassen. Je mehr sie aber mit Malachiasz zu tun bekamen, desto weniger ließ sich Streit abwenden.

»Was meinst du damit, du hast sie gehen lassen?«, fragte Ostyia gedehnt.

»Wir hätten die Salzminen wohl kaum erstürmen können, oder?«, erwiderte er.

Als sie aufgewacht waren und bemerkt hatten, dass Nadya fortgegangen war, hatte Serefin Erleichterung überkommen. Er war nicht bereit dazu, Żaneta gegenüberzutreten, und Nadya hatte ihm diese Last von den Schultern genommen.

»Du hast sie gehen lassen, damit sie was genau erreicht? Damit sie Żaneta zurückholt?«

Serefin nickte.

Ostyias Auge starrte ihn an. »Und das ist alles?«

»Was sie dort unten sonst noch unternimmt, ist ihre Sache.« Er ging an ihr vorbei und schürte das Feuer, dann durchsuchte er seinen Rucksack nach Essen. Die Akolaner waren losgezogen, um einen näheren Blick auf den Mineneingang zu werfen, was ihnen vielleicht nicht gut bekommen würde. »Hör auf, meine Entscheidungen zu hinterfragen.«

Sie ballte die Fäuste. »Das kannst du nicht ernst meinen, Serefin!«

»Hast du einen besseren Plan?«, fragte er gereizt.

»Sie wird die Verschwörerin zurückholen, die dich ermordet hat, während wir noch ganz ohne Einmischung des Geiers das Schlimmste abwehren durften. Also ja, ich habe einen besseren Plan. Aber das spielt keine Rolle, denn du würdest ja ohnehin niemals auf mich hören!«

»Warum sollte ich auf jemanden hören, der mich jahrelang angelogen hat?«

Ihr fiel die Kinnlade herunter. »Ich habe nie gelogen«, sagte sie kühl. »Du hast nie wirklich nach ihm gefragt.«

Kacper sah ihrem Streit zu, als befürchtete er, dass sie sich als Nächstes auf ihn stürzen würden. Serefin konnte sich an keine einzige Gelegenheit erinnern, bei der er derartig heftig mit Ostyia gestritten hatte, aber er ertrug einfach nicht länger, dass jede seiner Entscheidungen hinterfragt wurde, während ihm die Herrschaft über das Land entglitt.

Kein Wunder, dass ihn niemand in Tranavia ernst nahm. Er konnte kein Wort aussprechen, ohne dass es gleich jemand infrage stellte. »Bist du dir sicher, dass du so vorgehen willst, Serefin?« – »Gibt es keinen besseren Weg, damit umzugehen, Serefin?« – »Sicherlich könntest du hier ein bisschen mehr Fingerspitzengefühl zeigen, Serefin?«

»Du verhältst dich, als hätte ich dir unrecht getan, während du doch derjenige bist, der unsere Feindin losschickt, um die Verräterin zurückzuführen, die dich umgebracht hat. Ich kann gar nicht glauben, dass ich das auch noch wiederholen muss.«

»Das spielt keine Rolle«, entgegnete Serefin. »Es spielt keine Rolle. Die Entscheidung ist gefällt, und damit Schluss.«

»Wenn du eine dumme Entscheidung triffst, die mit deinem Tod enden wird, glaubst du wirklich, dass ich dann nicht versuche, dich aufzuhalten?«

»So ist es aber bei jeder verfluchten Entscheidung, die ich treffe, Ostyia. Nicht nur bei den dummen. Bei allem. Ich kann überhaupt nichts anordnen, ohne dass du mir widersprichst.«

Sie runzelte die Stirn.

»Ihr beiden«, fuhr Serefin fort.

Kacper setzte sich gerader auf und warf Serefin einen verletzten Blick zu.

»Wie kann man regieren, wenn die Untergebenen ständig über einen hinweggehen?«, fragte die Stimme hinten in Serefins Kopf.

Er brauchte etwas zu trinken. Doch die Stimme hatte nicht wirklich unrecht.

»Blutiger Knochen, deshalb denkt doch der ganze Hofstaat, ich wäre ein schwacher Säufer, gegen den man sich leicht verschwören kann, oder? Weil ihr zwei überall, wo ich hingehe, meine Entscheidungen untergrabt.«

»Serefin ...«, begann Kacper.

»Oder vielleicht, weil du ein Säufer bist«, warf Ostyia ein.

Serefin schloss wutentbrannt die Augen.

»Ostyia!«, rief Kacper scharf, in dem verzweifelten Versuch, zu verhindern, dass sich der Streit weiter hochschaukelte.

»Wir hätten Grazyk nie verlassen dürfen«, fuhr sie unbeirrt fort. »Deine Mutter wird nicht in der Lage sein, gegen Ruminski zu bestehen, und niemand wird glauben, dass du wegen deiner Gesundheit fortgegangen bist – zufälligerweise noch etwas, worüber die *slavhki* gerne tratschen. Und jeder Einzelne von ihnen ist zu dem Schluss gekommen, dass du genauso wahnsinnig bist wie dein Vater, doch zumindest wusste der gerade noch, was er tat, während das bei dir nicht mehr der Fall ist. Du hast recht, Serefin: Ich sage es dir, wenn du leichtsinnig bist, denn das wird kein anderer tun. Alle warten fröhlich darauf, dass du stürzt, und …«

»Hör auf«, sagte Serefin mit tonloser Stimme.

»Warten, dass der junge König stürzt. Warten, dass er verschlungen wird vom Feind aus dem Westen. Ein Tier, das hungrig darauf wartet, dich mit seinem mächtigen Maul zu schnappen, damit alles wieder genau den Gang gehen kann, den es ein Jahrhundert lang gegangen ist. Alles wird sich weiter und weiter und weiter drehen und du kannst es nur geschehen lassen.«

»Warum sollte ich?«, fragte Ostyia. »Was ändert es noch? Bei diesem schleppenden Vorwärtskommen werden wir bei unserer Rückkehr nichts mehr vorfinden. Und der Schwarze Geier wird dich umbringen, weil du ihm nichts entgegensetzt.«

»Glaubst du wirklich, du kannst frei von mir sein, Kind? Bist du wirklich so naiv?«

»Hör auf.« Serefin wusste nicht, ob er mit der Stimme sprach oder mit Ostyia, aber die Worte kamen angespannt und bissig hervor und so nachdrücklich, dass die Kämpferin verstummte. »Er ist mein Bruder«, sagte er schließlich.

Kacper keuchte leise. Ostyias Auge war vor Schreck geweitet.

»Nein«, flüsterte sie. »Nein, er ist dein Cousin.«

Serefin schüttelte den Kopf. »Er sieht Sylwia und Lew überhaupt nicht ähnlich, wie du wohl weißt. Hingegen sieht er genauso aus wie Klarysa, verdammt.« Malachiasz war größer als Serefin, schlanker, mit hellerer Haut und schärferen Gesichtszügen. Doch beide hatten diese eisig blassen Augen.

Sie schüttelte langsam den Kopf. »Das ändert nichts.« Doch sie war verunsichert.

»Nun ja, zumindest darin hast du wohl recht.« Serefin stand auf. Ostyia machte einen Schritt zurück. »Nichts kann mehr ändern, was er angerichtet hat. Ich werde einfach mit der quälenden Frage leben müssen, ob ich ihn irgendwie hätte aufhalten können, wenn ich die letzten acht Jahre lang gewusst hätte, dass er am Leben ist.«

Ostyia schrak zusammen.

»Wie lange hast du es gewusst?«

Sie atmete scharf ein, antwortete aber nicht.

Ein Gedanke kam ihm in den Sinn und setzte sich fest. Er war schrecklich, und er war sich nicht sicher, warum er ihn überhaupt aussprach. Doch er hatte gar nicht mehr das Gefühl, noch selbst zu sprechen.

»Du warst eifersüchtig.«

Sie schüttelte heftig den Kopf, aber es hatte sich etwas an ihrer Haltung verändert. Der Schlag hatte getroffen.

»Du warst mein einziger Freund«, sagte sie mit einer weichen Stimme, die zu versagen drohte. »Nach dem Angriff ... nach ...« Ihre Hand suchte ihre vernarbte Augenhöhle.

Viele adlige Kinder waren bei diesem Überfall gestorben. Serefin und Ostyia hatten überlebt. Niemand hätte es dem Thronerben je vorgeworfen, doch Ostyia hatte die Verbitterung der Hinterbliebenen voll zu spüren bekommen.

»Ich habe meine Entscheidung gefällt. Du wirst nicht mehr auf diese Weise mit mir sprechen«, sagte er langsam, immer noch unsicher, an wen er sich genau wandte. »Wenn du mich nochmals infrage stellst, werde ich dich an die Front zurückschicken mit einem Auftrag, der nie zu Ende gehen wird.«

Und er wusste nicht, ob es der eiserne Wille in seiner Stimme war, die Art, wie sie zu einem tonlosen, toten Summen geworden war, oder die Worte selbst, aber in ihrem einen blauen Auge standen Tränen. Sie ballte zornentbrannt die Fäuste und stürmte davon.

Eine gespannte Stille erfüllte das Lager, bis Kacper langsam die Luft ausstieß.

»Was auch immer du sagen willst, lass es«, fauchte Serefin.

Kacper hob die Hände. Er sah noch immer auf die Stelle, von der Ostyia verschwunden war.

»Ist es sicher, sie allein gehen zu lassen?«

»Willst du ihr hinterherlaufen? *Nur zu.*« Das kam boshafter heraus, als Serefin gewollt hatte. Seine Haut war erhitzt, Schweiß bedeckte seine Schläfen. Er wühlte in seinem Rucksack auf der Suche nach seiner Flasche.

Kacper wich zurück, aber sein Blick suchte den Serefins. »Ist alles in Ordnung bei dir, Serefin?«

»Hör auf, mich das zu fragen.« Er suchte mit den Augen die Felder ab. Ostyia war so weit draußen, dass seine erbärmliche Sehkraft sie nicht ausmachen konnte. »Willst du auch entscheiden, was das Beste für mich ist? Denn ich brauche dich auch nicht.«

»Weißt du was? Ich gehe Ostyia nach. Ich habe nicht vor, den Boxsack für dich zu abzugeben. Mach schon, sauf dich zu Tode.«

Serefin sackte mit der Flasche auf den Boden und blickte Kacper hinterher.

Der Wald war dunkel. Die Blätter waren so dick und schwer, dass sich kein Mondlicht zwischen den Zweigen verfing, stattdessen tauchten sie das Unterholz in völlige Dunkelheit. Ein Schatten huschte zwischen den Bäumen umher – zu schnell, um ihn richtig zu sehen. Da war ein Stöhnen in der Erde, als würde etwas Uraltes und Riesiges erwachen und sich von tief unten seinen Weg an die Oberfläche bahnen. Es blies ein kalter Wind, eisige Reißzähne bissen in Serefins Fleisch, als er unter Stöhnen die Augen öffnete.

Er wusste nicht, wie er an diesen Ort gelangt war.

Er wusste nicht einmal, wo *hier* war.

Serefin wandte sich um und suchte nach einem Pfad, dem er nach Hause folgen konnte, aber da waren nur Gebüsch und totes Laub.

»Nun, du bist unerwartet begabt darin, an zwei Orten gleichzeitig zu sein.«

Serefin wirbelte herum, er hatte die Stimme erkannt. Hoch, melodisch, näselnd. Er sah jedoch niemanden in der Nähe.

»Was meinst du?«, fragte Serefin laut. Zumindest glaubte er, dass er es tat. Ihn schauderte.

»Ich meine, was ich meine. Du bist hier, gleichzeitig aber auch nicht. Dort nützt du mir nicht viel, aber du wirst zur rechten Zeit kommen.«

Serefin gefiel nicht, wie zuversichtlich die Stimme klang.

»Was willst du von mir?«

»Oh, deine Macht, deine Stellung, deinen schlauen, schlauen Verstand. Das Reich der Göttlichen ist gewaltig und reicht weit, doch es sind die Sterblichen, die diese Welt verändern, und Sterbliche werden unsere Launen in der Wirklichkeit ausformen.«

»Ihr braucht uns?«, fragte Serefin. Er verabscheute, dieses Wesen überhaupt zur Kenntnis nehmen zu müssen. Er war Tranavier. Die Götter waren nutzlos. Darum handelte es sich hier doch wohl. Um irgendeinen Gott.

»Unglücklicherweise muss ich mich um meine eigenen Angelegenheiten kümmern, und dabei ist es nicht vorgesehen … hierherzukommen …« Serefin verstummte. Wo auch immer hier war.

»Wie lange glaubst du, weglaufen zu können, Junge? Wie lange wirst du wohl überleben, wenn ich dich mitnehme, Stück für Stück?«

Der Ton der Stimme ließ ihn bis in sein Innerstes erzittern. Serefin berührte sein krankes Auge. Die Angst davor, sein Auge nicht mehr zu beherrschen, war zu bedrängend. Er musste aus diesem Wald entfliehen.

»So lange wie es eben dauert«, sagte er schließlich.

»Es war eine so lange Zeit«, erzählte die Stimme. *»Für so lange in einem Gefängnis eingesperrt, das von sterblichen Priestern geschaffen wurde. Im Rund deiner Welt sehen Wesen mei-*

ner Art aus den Schatten zu, wie ihr eure Mauern baut und eure Schleier und ein Gleichgewicht zerstört, das euch seit Anbruch der Zeit beschützt hat. Euer Hochmut ist köstlich. Ihr denkt, ihr könntet die Sterne tanzen lassen, den Himmel verwandeln. Kleine Narren. Du kannst nicht weglaufen, kleiner Narr, du kannst dich nicht verstecken vor dem, was kommt.«

Serefin hielt sich die Augen zu. Wenn er den Wald nicht mehr sah, wäre er auch nicht mehr dort. Das hier war kein wirklicher Ort. Er befand sich in seinem Lager vor dem Geiernest. Das hier war eine Täuschung, und nichts weiter.

Er würde aufwachen und Ostyia und Kacper wären zurückgekehrt, ihr Zorn verraucht. Ostyia würde aufhören, ihn herauszufordern. Alles war gut; alles musste gut sein.

Serefin erwachte keuchend.

Er lag immer noch im Wald.

11

NADEZHDA LAPTEVA

Sofka Greshneva war wunderschön, nicht von dieser Welt. Sie war erwählt von Marzenya. Bis sie es nicht mehr war. Bis es nichts mehr gab. Nur noch Stille.

Die Bücher von Innokentiy

Nadya wusste nicht, welcher Eindruck sie am längsten verfolgen würde: Żanetas pechschwarze, hervortretende Augen, bei denen selbst das Weiße von der Dunkelheit verschlungen war, ihre dunkle, wächsern blässliche Haut, ihr krampfhaftes Schluchzen oder die Reihen an Eisennägeln und Reißzähnen, die sich gezeigt hatten, als sie den Mund geöffnet hatte.

Żaneta hatte nach Nadyas Hand gegriffen, als sie wieder fortgezogen worden war, verzweifelt und angsterfüllt. Ihre Stimme hatte verzerrt und blechern geklungen, aber sie hatte Nadya angefleht, zu verhindern, dass sie sie mitnahmen. Das adlige Mädchen war immer noch irgendwo in ihr, genau wie Malachiasz noch in dem Monster war.

Żywia wollte auch Nadya aus dem Raum führen, aber der Schwarze Geier hielt sie auf.

»Nein«, sagte er leise, »lass sie.«

Nadya sog die Luft ein, um sich zu beruhigen, da veränderte sich unmerklich die unterschwellige, gefährliche Stimmung.

»Sie hat keine Angst, ist das nicht seltsam?« Er schlenderte zum Thron zurück und streckte sich wieder darauf aus. »Da ist kein Angstgeruch an ihr. Angespanntheit vielleicht, aber keine Furcht. Lass sie hierbleiben, lass sie zuschauen.« Er grinste. »Lass sie sich fürchten.«

Żywia ließ Nadya los und scheuchte sie nach hinten in eine Ecke. Erleichtert flüchtete Nadya dorthin.

»Ich habe sowieso Besseres zu tun, als mich um eine kalyasische Hexe zu kümmern«, murmelte er und schob sich vom Thron herunter. »Sag Tomasz, er soll einen Neuen bringen.«

Nadya zitterten die Hände. Sie sank langsam zu Boden, dabei begegnete sie Żywias Blick. Das Mädchen nickte, als Nadya in den Schatten glitt.

Wie es aussah, war der Neue ein Mann, dessen Geist umnebelt war. Seine Kleidung war zerfetzt, und Nadya konnte nicht sagen, ob er Tranavier oder Kalyaziner war, aber sie wollte es auch nicht wissen. Was auch immer ihm jetzt zustoßen würde, wäre nicht weniger entsetzlich durch dieses Wissen.

Żywia kauerte sich neben Nadya hin.

»Was tut er?«, flüsterte Nadya.

»Sich immer vorwärtsbewegen«, entgegnete Żywia und sah dem Schwarzen Geier hingerissen und aufmerksam zu. »Sich immer nach der nächsten Stufe strecken, dem nächsten Splitter Magie, durch den er etwas Größeres werden kann, besser auf seine Art und so wenig menschlich wie möglich.«

Nadya drehte es den Magen um. Der Schwarze Geier hob mit einer eisernen Kralle dem Mann das Kinn hoch. Dieser starrte regungslos ins Leere.

»Es wäre besser, wenn er klarer bei Bewusstsein wäre«, murmelte der Schwarze Geier. »Aber ich bin mir nicht sicher, ob er dann so viel Magie, wie ihm zugeführt wurde, überlebt hätte. Was meinst du, Żywia?«

»Das zum einen, und er würde kämpfen, wenn du sie ihm wieder entziehst.«

»Oh, aber der Kampf gehört doch zum Vergnügen«, sagte er gedankenverloren.

Nadya hielt sich die Hand vor den Mund und keuchte, als er dem Mann seine klauenbewehrte Hand in die Brust schlug, ihm die Rippen aufriss und das immer noch schlagende Herz herauszerrte.

Gelähmt vor Entsetzen barg sie das Gesicht an den Knien, während das Gesehene sich wieder und wieder hinter ihren Augenlidern abspielte. Und die Geräusche, die Geräusche – war es schlimmer, dass der Mann nicht geschrien hatte? Dass da nichts zu hören gewesen war außer dem Knacken und Brechen der Knochen und dem schmatzenden Laut, bevor das Blut überall hinspritzte.

Sie konnte hören, wie das Blut auf den kalten Steinboden tropfte. Konnte den dumpfen Aufschlag des Mannes hören, als sein Körper fiel. Sie hob nur leicht den Kopf und musste mitansehen, wie der Schwarze Geier das Herz betrachtete: leidenschaftslos sinnierend.

Er lächelte, schwach und grausam. »Ah, da ist ja die Angst.« Er warf Żywia das Herz zu, die es so knapp auffing, dass Blut auf Nadya spritzte.

Es war noch warm.

Er leckte sich Blut von den schlanken Fingern. »Es ist nicht vollkommen«, sagte er. »Aber wenigstens etwas.«

Żywia, weniger begeistert, aber ebenso neugierig, kostete vom Blut, das ihre Hände besudelte. Sie gab ein leises, bestätigendes Geräusch von sich.

»Man könnte auch ... alles nehmen, würde ich meinen.«

»Ich hatte aber gerade erst Abendessen«, erwiderte er bedauernd, und dabei klang seine Stimme so sehr nach Malachiasz, dass es Nadya schüttelte.

Żywia sah sie von der Seite an, bevor sie das Herz zu ihm zurückwarf. Er führte es sich an den Mund und biss hinein.

Nadya wurde ohnmächtig.

Nadya ließ sich von Żywia durch Gänge ziehen, die zu dunkel waren, als dass Nadya je hätte entkommen können. Sie versuchte, das Geschrei nicht zu beachten, aber es ertönte unaufhörlich.

»Wie hältst du das aus?«, fragte sie.

»Es genügt mir zu wissen, dass ich es diesmal nicht bin, die da schreit«, erwiderte Żywia düster.

Nadya war beinahe sofort wieder erwacht, nachdem sie ohnmächtig geworden war, aber der Schwarze Geier war verschwunden gewesen. Nur Żywia war noch bei ihr gewesen. In ihrem Kopf pochte es und sie hatte eine schmerzhaft trockene Kehle. Sie glaubte, sie müsste sich übergeben, und schluckte schwer, als ihr Galle in den Mund stieg.

»Du darfst nicht zurückgehen«, hatte Żywia ihr mitgeteilt. »Er lässt dich nicht. Aber du kannst mit mir kommen.«

»Wohin?«

»Natürlich dorthin, wo wir unsere Gäste unterbringen.«

»Hilfst du mir oder versuchst du, mich zu hintergehen?«

Żywia lachte. »Ich kann mir vorstellen, dass es sich wie beides anfühlt.«

Die Geierfrau nahm Nadya in ein schwach erleuchtetes Gelass mit, das spärlich eingerichtet war. Nicht unbequem, sondern eigentlich asketisch auf eine Art, an die Nadya gewohnt war. Żywia entzündete eine Fackel und steckte sie in eine Halterung an der Wand. Sie schloss die Tür.

»Ich dachte, der alte König würde sich der Angelegenheit annehmen«, sagte sie. »Ich dachte, Malachiasz würde seine Strafe bekommen.«

Nadya seufzte. Plötzlich erschöpft setzte sie sich auf das Bett. Nicht, dass sie hier schlafen könnte. »Die Lage hat sich geändert.«

Żywia verschränkte die Arme vor der Brust und lehnte sich an die geschlossene Tür. Sie trug eine purpurrote Tunika mit langen, zerfledderten Ärmeln über schwarzen Hosen.

Nadyas Hand tastete nach dem Griff des Knochendolchs an ihrem Gürtel.

Żywia verdrehte die Augen. »Es fällt mir schwer zu glauben, dass dich ein plötzlicher Sinneswandel ereilte.«

Hier ging es nicht um Nadyas Gefühle. Hier ging es darum, am Wesentlichen festzuhalten. Wenn sie herausfinden wollte, was an ihrer Hand nagte – wenn sie irgendetwas in Ordnung bringen wollte –, dann brauchte sie Malachiasz.

»Das ist genau das, was geschehen ist.«

Die Geierfrau sah sie stirnrunzelnd an und rieb sich mit dem Daumen über die Tätowierungen am Kinn.

»Es führt am Ende alles zum selben Ergebnis«, hob Nadya hervor.

Żywias Blick schweifte in die Ferne. »Sein jetziges Dasein entspricht unserer Bestimmung als Geier. Doch er ist so zerstreut, sein Scharfsinn wird gedämpft durch das Chaos, in dem er gefangen ist. Und ich bin zudem so selbstsüchtig, ihn als Freund zu vermissen.«

»Ein Monster ist zu so etwas fähig?«

»Wir Monster sind zu sehr vielem fähig.«

»Doch du glaubst nicht, dass ich erfolgreich sein werde.« Nadya glaubte das auch nicht, um ehrlich zu sein, aber sie musste es versuchen.

»Ich weiß es nicht. Er wusste, was er damals auslöste. Ich bin froh, dass du dich ihm stellen willst. Und ich werde schauen, was ich wegen Żaneta ausrichten kann, auch wenn ich nichts versprechen möchte. Es ist seine Entscheidung, ob sie bleibt oder geht.«

»Danke, das ist unerwartet nett.«

»Das ist keine Nettigkeit«, sagte Żywia. »Du bist Kalyazinerin, Liebes, und das wird mit Sicherheit Unglück über dich bringen. Aber ich werde losgehen und dir etwas zu essen besorgen. Das wird dann nett gemeint sein.«

»Dann danke ich dir eben dafür.«

Am nächsten Tag ertappte sie sich dabei, wie sie alleine durch die dunklen Flure wanderte. Sie war sich bewusst, dass diese Entscheidung sehr leicht mit ihrem Tod enden konnte, hatte es aber nicht ertragen, abzuwarten bis Żywia sie holte.

»Sag mir ...« Er tauchte aus dem Dunkel auf und erschreckte Nadya so gewaltig, dass sie ihr *voryen* zog. Er warf einen amüsierten, abschätzigen Blick darauf, wobei seine Züge für einen winzigen Moment bei Malachiasz' Ausdruck verharrten, als er die Klinge leicht zur Seite stupste.

Langsam steckte sie den Dolch in die Scheide und wartete darauf, dass er weitersprach. Stattdessen begann er einen angrenzenden Tunnel hinunterzuschreiten.

Nadya seufzte erschöpft. »Was soll ich dir sagen?«, fragte sie und lief ihm hinterher.

»Warum sollte sich eine Klerikerin sicher fühlen, wenn sie diese Gänge entlanggeht?«

Plötzlich knallte ihr Rücken gegen die Wand, ihre Hand zitterte bei dem Versuch, ihr *voryen* zu ergreifen, auch wenn sie wusste, dass es nutzlos wäre, falls er zuschlug. Ihr Herz pochte wild, der Atem stockte ihr.

Er spreizte eine Hand neben ihrem Kopf. Sie konnte das Kratzen seiner eisernen Krallen auf dem Stein hören. Mit der anderen Hand stieß er ihr das Kinn hoch.

»Ich bin hier nicht sicher«, flüsterte sie. »Daran musst du mich nicht erinnern.«

Die Hitze seines Körpers umgab sie. Sie hätte sich nur ganz leicht zur Seite neigen müssen, dann hätten sich ihre Körper berührt. Sie starrte auf seinen Mund, auf die schwarzen Giftadern unter seiner Haut. Seine Stimmung konnte sich in kürzester Zeit verändern, und dann würde sie aufgespießt. Doch als er sie an die Wand drückte, lag ein neugieriges Glitzern in seinen Augen.

»Wenn ich dich töte«, sann er nach, »bricht dann alles entzwei? Wäre es das Ende?« Er fuhr ihr mit einer seiner Krallen die Wange hinunter.

»Für mich, ja«, sagte sie, unfähig, sich den trockenen Witz zu verkneifen.

Sie hatte nicht mit dem Aufflackern eines Lächelns auf seinen Lippen gerechnet oder mit dem amüsiert verwirrten Gesichtsausdruck. Er berührte eines der silbernen Schulterstücke an ihrer Jacke, dabei verzerrte ein Stirnrunzeln seine Tätowierungen. Sie hatte vergessen, dass sie seine verfluchte Jacke trug. An seinem Kinn öffnete sich blinzelnd ein Auge, aus dem Blut tropfte.

Nach längerem Schweigen ließ er von ihr ab, drehte sich mit einem Schwung um und ging weiter den Gang hinunter.

Er ist tatsächlich noch genauso unerträglich wie damals, dachte sie, während sie einen zittrigen Schritt nach vorn tat und sich selbst einen Moment zum Durchschnaufen gönnte. Er war immer noch zum Aus-der-Haut-Fahren und herablassend und übertrieben überzeugt von seiner Wichtigkeit. Er war noch nicht gänzlich von der dunklen Macht verzehrt worden.

Nadya schloss zu ihm auf und versuchte, den flüchtigen Blick zu übersehen, den er ihr über die Schulter zuwarf und der erneut viel zu sehr an Malachiasz erinnerte. Sie durfte ihre Hoffnungen nicht übertreiben. Die Einzelteile des Jungen, den sie liebte, waren nicht mehr als das: verstreute Einzelteile.

Des Jungen, den sie nicht lieben durfte.

Doch Nadya konnte nur an den Jungen denken, der neben ihr an der Bootsreling lehnte, die langen Haare im Wind wehen ließ und darüber scherzte, dass er in seinem Leben noch nie jemanden gehabt hatte, der sich um ihn sorgte. An den Jungen, der hinter seiner oberflächlichen Maske furchtbar einsam war.

Ihr zwiegespaltenes Herz würde sie diesen Jungen nicht aufgeben lassen. Sogar dann, wenn sie ihn nur brauchte, um ihn endgültig zu zerstören.

Sie wusste nicht, wohin er sie führte. Jeder Gang war entsetzlicher als der vorhergehende, und der Gedanke, wohin sie führen mochten, setzte sich in ihrer Magengrube fest. Sie überlegte sich, einfach zu fragen. Als wäre sie mit Malachiasz unterwegs, der sich all ihre Fragen mit dieser höflichen, leicht überheblichen Art anhören würde, sie aber freimütig beantwortet hätte. Doch diese Genugtuung würde sie dem Monster nicht gönnen. Schließlich blieb er an einer unscheinbaren Tür stehen und sah verstohlen zu ihr zurück.

»Wohin hast du mich gebracht?«, fragte sie.

Er legte sich einen Finger auf die Lippen, um die ein Lächeln zuckte. »Geduld, *towy dżimyka,* Geduld.« Ein schmerzhafter Stich durchbohrte sie bei dem Kosewort.

Ein Schrei hallte durch die Gewölbe und Nadya schrak zusammen. Er öffnete die Tür und trat einen halben Schritt zurück, als würde er ihr den Vortritt lassen wollen, doch stattdessen schritt er in die Dunkelheit voran und entzündete mit seiner Magie Fackeln neben der Türöffnung.

Die Schatten wurden langsam verjagt, als der Geierkönig Hunderte von Kerzen aufleuchten ließ. Nadya ahnte schon, was sie zu sehen bekäme, sobald die Dunkelheit gänzlich wich.

»Du musst damit aufhören, mich in deine vergifteten Heiligtümer zu schleppen«, murmelte sie leise. Er zündete Kerzen auf einem Altar an, der überzogen war mit getrocknetem Blut. Das war ihr alles nur zu vertraut.

Langsam betrachtete sie die Steinsäulen entlang der Wände, in die unverständliche Symbole gemeißelt waren. Ein aus Knochen gefertigter Kronleuchter erhellte die gewaltige gewölbte Decke, dennoch rührte sich eine unterschwellige Finsternis in den Schatten.

Ein Strang aus widerstreitenden Mächten durchfuhr sie mit einem Ruck, während sie weiter in den Saal hineinschritt. Ihre Hand brannte.

»Sind das …« Sie hielt inne, sie hatte vergessen, dass Malachiasz nicht mehr auf ihrer Seite war.

Er lächelte sie boshaft an. Zu sehr wie Malachiasz. »Ja«, sagte er, dabei klang seine verworrene Stimme absolut zufrieden mit sich selbst.

Menschliche Knochen. Nett.

Als der Schein die Schatten fortjagte, beleuchtete er auch Wände, die von Schädeln mit an der Stirn eingemeißelten Symbolen gesäumt waren. Tränen brannten ihr in den Augen, weil sie so viel Todesmacht in einem Moment in sich aufnehmen musste.

Die Kathedrale des Schwarzen Geiers war wunderschön gewesen. Aber das hier … ihr erschloss sich nicht einmal die Bestimmung der Halle.

»Warum hast du mich hierhergebracht?«, fragte sie.

Er hustete heftig und knickte nach vorn. Als er sich wieder aufrichtete, betrachtete er das Blut, das seine Hand bedeckte. Ein Auge öffnete sich an seinem Kinn und er drückte geistesabwesend darauf, wobei ihm Blut über die Finger lief.

»Ich weiß es nicht«, sagte er schließlich. »Es fehlt etwas.«

Es ist ein Schauspiel. Er versteht sich auf Täuschungen, sogar in diesem Zustand.

»Du bist nicht wegen des Mädchens hier«, fuhr er fort. Er hustete wieder und spuckte eine Handvoll Blut aus.

Es zerstört ihn. Sie sah mit leichtem Ekel zu. »Nein. Würdest du sie gehen lassen?«

Er zuckte mit den Schultern. »Ich verliere ungern Dinge, die mir gehören.«

»Aber du bist die eine Hälfte der tranavischen Herrschaft, oder?« Sie ging vorsichtig um ihn herum und hockte sich auf eine Steinbank.

Er gab ein zutiefst beunruhigendes Geräusch von sich.

Unter ihren Füßen rumpelte etwas, ein raubtierhaftes, erschütterndes Knurren ertönte.

»Was war das?«, fragte Nadya wispernd. Sie zitterte, Angst ergriff sie. Es gab an diesem Ort Wesen, die dunkler waren, als sie wusste, und älter, als sie es sich vorstellen konnte. »Żaneta ist eine Figur im Machtspiel. Ich bin wohl kaum nur aus edlen Absichten hier.« Sie wünschte sich, dass sie es wäre. Sie wünschte sich, sie wäre hier, um Żaneta zu retten und nicht das Monster vor ihren Augen, das gar nicht gerettet werden wollte.

Er steckte sich eine schwarze Haarsträhne hinters Ohr. »Sie kann in ihrem gegenwärtigen Zustand niemandem von Nutzen sein.«

»Was ist mit ihr geschehen?«

»Warum willst du das wissen?«

Sie zuckte mit den Schultern. »Du hast sie als Fehler bezeichnet.«

Er sah sie schweigend an, eindeutig verwirrt davon, ob er ihr antworten sollte oder nicht. Wer war sie, dass sie ihm Fragen stellte?

»Manche verkraften die Veränderungen nicht gut. Sie hat sich besonders stark widersetzt und daraus sind Komplikationen entstanden.«

Nadya wurde schlecht bei der unbeteiligten Art, mit der er so etwas Entsetzliches erzählte. »Wirst du mich sie dann mitnehmen lassen?«

»Das habe ich noch nicht entschieden.«

Sie nickte langsam. Noch ein Schrei fuhr, schneidend und stechend, durch die Kapelle. Ihr schauderte und sie schlang sich die Arme um den Körper.

»Dir gefallen die Lieder der Meinen nicht?«, fragte er, wobei sich seine Lippen zu einem Lächeln verzogen.

»Was ist das?«

»Glaubst du, wir sind die einzigen Monster, die hier unten leben? Die Geier sind nur die Fähigsten darin, nach außen hin annehmbar aufzutreten.«

Ihr Blick ging zur Tür. Würde sie noch mehr Schrecken sehen, während sie hier unten war? Sie wurde bereits jetzt von Gestalten heimgesucht, die in den Schatten lauerten, gebückt wie Menschen, aber mit zu vielen Zähnen und zu vielen Augen.

Aus dem Augenwinkel heraus sah sie eine Bewegung, und als sie genauer hinblickte, tropfte Blut aus den Augenhöhlen und den offenen Mündern der Schädel entlang der Wand. Sie schloss die Augen, drückte sich die Handwurzeln dagegen.

Er atmete mit einem leisen Lachen aus. »Die meisten Menschen, die hier herabsteigen, halten es nicht annähernd so lange aus wie du.«

Ihr entschlüpfte ein leises Wimmern, aber das war alles. Die Furcht war ihr zur Gewohnheit geworden, und dieser Ort war so bösartig, auf eine schlichte Weise. Die Dinge hier fühlten sich verkehrt an, verdorben, und wo immer sie einen zweiten Blick wagte, tauchten weitere Schrecken auf.

»Bist du nicht menschlich?«, fragte sie.

Ein stumpfes Starren, doch dann nur abgrundtiefe Traurigkeit. »Niemand hier unten ist es. Nicht mehr.«

Ihr schmerzte die Brust, auf die allerseltsamste Art.

»Warum bist du sonst noch hier?«

Wegen dir, dachte sie, *weil mein Leben sich irgendwie mit einem Schrecknis verschlungen hat, sodass ich nicht entkommen kann. Und ich brauche dich, um den Weg zurück zu meinen Göttern zu finden.*

Zu den Göttern, die er zerstören wollte.

Ihr schmerzte der Kopf.

»Erinnerst du dich an deinen Namen?«, fragte sie leise.

Er wurde so still, als hätte er sich in Stein verwandelt. Nadyas Herzschlag beschleunigte sich, und sie stand kurz davor, davonzurennen. Die Anspannung zwischen ihnen war tödlich geworden.

Er wandte sich langsam um und bewegte sich auf sie zu. Sie rutschte auf der Bank nach hinten bis zur Lehne.

»Worauf spielst du an, *towy Kalyazi?*«

Sie tastete seitlich bis zur nächsten Bank und rutschte hinüber, während er sich auf eine Art näher schob, die sie in Schrecken versetzte.

»Bist du gekommen, um meine Retterin zu spielen? Eine mildtätige kalyasische Heilige läutert die Monster von Tranavia?« Seine Stimme triefte vor Gift.

»Nein«, flüsterte sie. »I…ich meine, früher vielleicht schon, aber nein.«

Sie hob eine Hand. Er kletterte auf die Bank, von der sie heruntergerutscht war, und hockte sich dorthin, die Unterarme auf den Knien und die Hände mit den langen Krallen aufgestellt.

»Ich habe in Kalyazin einen tranavischen Jungen getroffen«, sagte sie mit zitternder Stimme, sodass die Worte zu schnell herauskamen. Sie musste dieses Wagnis jetzt eingehen. »Er war seltsam und aufregend und er hat mir das Herz gestohlen. Er hat mich angelogen, ich habe ihn verloren. Ich bin hier, weil ich die Hilfe des Monsterkönigs brauche, um etwas anderes zurückzuholen, das ich verloren habe. Ich fürchte, diese Welt wird brennen, und ich brauche dich, um das zu verhindern.«

Er legte den Kopf in den Nacken. Genau das. Das war es, was sie brauchte, um sich weiter auf ihn zu stützen. Diese Neugier. Sie war der Riss in seinem Panzer. Da war es, was sie wegreißen musste. Er war hier unten geistig zusammenhängender, als sie es erwartet hatte; das musste sie nutzen.

»Warum sollte ich dir helfen?«

Warum sollte er ihr denn helfen? Was konnte sie überhaupt sagen, um ihn einerseits davon zu überzeugen, dass sie ihn brauchte, und ihn andererseits dazu zu bringen, sie nicht hier im Dunkeln zu töten.

»Weil etwas fehlt.« Sie richtete sich auf, ging in die Knie. Er erstarrte, als der schmale Abstand zwischen ihnen wegschmolz.

Sie streckte eine zitternde Hand aus und rieb ihm mit den Fingerspitzen über die Wange. Dann ließ sie die Finger nach oben wandern bis zu den Hörnern, die sich in seine Haare zurückwanden.

Er packte ihre Hand, zog sie hinunter und starrte auf die Narbe, die in ihre Handfläche geschnitten war. Sie spürte einen seltsamen Machtschub, als seine Haut die ihre berührte. War es seine Magie oder war diese Scheußlichkeit etwas ganz anderes?

»Was bist du?«, murmelte er.

Sie schüttelte langsam den Kopf. »Ich weiß es nicht.« Ihr brach die Stimme.

Ein schneller, sternförmig aufblitzender Schmerz durchzuckte sie, denn er stieß sie nach hinten gegen die Bank, wobei ihr Kopf gegen den Stein krachte, während er ihr die Hand an die Gurgel legte. »Ich werde über deine Bitte nachdenken«, beschied er.

Dann verschwand er, schritt durch das Heiligtum zurück, ohne ein weiteres Wort zu sagen. Und alle Kerzen erloschen flackernd, sodass Nadya im Dunkeln zurückblieb.

12

NADEZHDA LAPTEVA

Sie riss denen, die sich ihr widersetzten, die Kehle heraus, diese Göttin der Magie, diese Göttin des Todes.

Die Briefe des Włodzimierz

Nadya war alleingelassen in dieser Halle der Schrecken. Sie streifte durch die dunklen Durchgänge und hoffte verzweifelt auf Licht, fand aber sehr wenig. Allerdings waren es die Geräusche, die ihr zusetzten. Die Schreie und der seltsame Gesang, der im Untergrund summte: Das alles ertönte ständig und sie konnte dem nicht entkommen, war gezwungen, dem Chor der Qualen zu lauschen, der diesen Ort unablässig durchdrang. Und jedes Mal, wenn sie einen Lichtstreifen erwischte, sah sie die in die Wand gemeißelten und mit Blut bemalten Symbole und wünschte sich, sie wäre im Dunkeln. Es gab so viele Schrecken hier, dass sie die Gerüchte über diejenigen verstand, die unter die Erde gegangen und wahnsinnig geworden waren, ehe sie es an die Oberfläche zurück geschafft hatten.

Die Geier, denen sie begegnete, gingen an ihr vorbei, ohne sie anzusehen. Sie war das Spielzeug zum Quälen für den Schwarzen Geier und deshalb unantastbar. Die Geier, die sie sah, ähnelten Żywia – oder Malachiasz, als er nur ein Junge gewesen war. Einfach menschenähnlich. Nie würde man erkennen, dass sie Mitglieder eines schrecklichen, monströsen Kultes waren. Das machte sie bei ihren Nachforschungen viel zu kühn.

Żywia würde sie über kurz oder lang finden, da war sie sich sicher. Nadya betrat einen feuchten und unangenehmen Ort, der kälter war als die anderen Gewölbe, in denen sie hier unten gewesen war. Sie konnte das leise Rasseln von Ketten hören, und es erschütterte sie bis auf die Knochen. Ein Kerker. Sie linste durch die Gitterstäbe, und ihr wäre fast der Atem weggeblieben. Hinten in einer Zelle lagerte eine gekrümmte Gestalt, die sie erkannte.

Nein. Nein, ich habe ihn verloren, das kann nicht wirklich sein.

»Kostya?«, wagte sie zu fragen.

Die Gestalt hob den Kopf: dunkle, trübe Augen, ein verschmiertes Gesicht. »Nadya?« Dann war er schon an den Gitterstäben und schlang die blutigen Hände darum.

Nadya durchquerte im nächsten Moment den Kerker und griff zwischen den Stangen hindurch, um Kostyas Schultern zu betasten, seine Arme, sein Gesicht. Und er sah ... wenn auch nicht gut, doch zumindest heil aus. Abgehärmt, aber noch am Leben.

»Was tust du hier?«, fragte er ungläubig. Seine Finger fuhren ihr beinahe ehrfürchtig übers Gesicht.

Nadya öffnete den Mund und schloss ihn wieder. Zu viel war geschehen, bei den Göttern, sie hatte sich so stark verändert seit dem Tag, an dem sie aus dem Kloster geflohen war. Sie konnte unmöglich erklären, was sie tat. Was sie getan hatte.

»Das ist eine sehr lange Geschichte«, sagte sie leise. Sie lehnte sich zurück, untersuchte eingehend die Zellentür. Sie konnte keine Schlösser knacken – und hatte auch nicht das richtige Werkzeug dafür.

Aber ...

Sie ließ ihre Finger spielen und warf einen Blick auf Kostya, während sie sich von ihm löste und er sie widerstrebend freigab.

»Was tust du?«, flüsterte er und folgte ihr hinter den Gitterstäben, als sie nach dem Türschloss suchte.

»Dich hier herausholen.«

Er würde von ihrem Verrat wissen, sobald sie diese verdorbene Magie anwandte. War es das wert, seinen Zorn zu wecken?

Kostyas starke Gesichtszüge hatten Schläge abbekommen und waren mit Schrammen übersät. Die Götter bewiesen einen bizarren Sinn für Humor, da sie ihn genau dann zu ihr zurückschickten, als sie versuchte, statt seiner eine Abscheulichkeit von einem Jungen zu retten.

Ihre Finger fanden das Schloss und sie dachte nicht zweimal über das Weitere nach. Die Narbe auf ihrer Handfläche erhitzte sich, die Magie giftig und dunkel, aber sie umgriff den Mechanismus und zwang ihn, sich zu öffnen.

Das Schloss fiel klappernd zu Boden, es klirrte wie bei einem Alarm.

Schmerz bohrte sich durch Nadyas Handfläche und sie stieß ein Zischen zwischen den Zähnen hervor, während sie entsetzt beobachtete, wie sich darauf das schwarze Geäder von der Narbe her weiter ausbreitete und ihre Fingerspitzen überzog.

In Ordnung, ich sollte das nie wieder machen, dachte sie. Doch die Tür war offen und Kostya umarmte sie mit so stürmischer Freude, dass sie fast erleichtert geschluchzt hätte.

Sie musste ihm zur Flucht verhelfen.

In der Verbindung zu Malachiasz spürte sie eine wutentbrannte Veränderung. Er würde bald hier sein.

Kostya ließ sie los, doch er hatte noch dasselbe ängstliche Flackern in den Augen wie bei dem Angriff auf das Kloster. Das erfüllte sie so mit Panik, dass sie sprach, bevor er irgendetwas sagen konnte.

»Ich zeige dir den Ausgang aus der Mine«, sagte sie. »Da ist ein Trupp mit zwei Akolanern östlich von hier. Such die Akolaner, gib dich ihnen zu erkennen.«

Verwirrung stand ihm im Gesicht. »Was? Aber was wirst du …«

Sie wurde von ihm weggerissen.

»Oh, *towy dżimyka.«* Die Stimme des Schwarzen Geiers war nahe, seine Lippen an ihrer Ohrmuschel. »Schlecht gemacht.«

Kostyas Gesichtsausdruck wurde zu reinem Entsetzen. Der Schwarze Geier nahm Nadyas Hand und drückte einen Daumen gegen die Narbe auf ihrer Handfläche. Sie wimmerte, als sich ein heftiger Schmerz ihren Arm entlangbohrte, und ihr gaben die Knie nach. Sie musste sich mit dem Rücken an ihn lehnen, um nicht zu fallen.

»Es scheint, als hätten wir unser Gespräch viel zu früh beendet«, sagte er. »Und jetzt bestiehlst du mich.«

»Was …« Sie verstummte. Fuhr sich mit der Zunge über die trockenen, aufgesprungenen Lippen. »Was muss ich tun, damit er freikommt?«

»Nadya, nicht«, flüsterte Kostya.

Der Schwarze Geier erstarrte bei ihrem Namen. Nadya sah zu ihm auf, sie wagte keine Bewegung. Ein Riss öffnete sich zitternd in seinem Gesichtsausdruck und er keuchte auf. Er bebte dicht an ihrer Seite. Seine Hand wanderte an ihr Handgelenk und drückte es so fest, dass er ihr die Haut aufriss.

Er blinzelte, schüttelte den Kopf.

»Nun, *Nadya«*, sagte er und ihr stockte der Atem. »Ich schätze, wir müssen eine Vereinbarung treffen. Nur einer deiner Schützlinge wird diesen Ort verlassen. Wirst du die *slavhka* retten oder den …«, Verachtung lag auf seinen Zügen, »… Bauernjungen.«

Kostyas Tranavisch war nicht so gut wie ihres; er hatte wahrscheinlich nur verstanden, dass Nadya irgendetwas für seine Freiheit würde opfern müssen. Der edle Kostya würde das nicht dulden.

»Sperr ihn nicht wieder ein«, sagte sie schnell. »Ich komme mit dir. Ich treffe meine Entscheidung.«

Der Schwarze Geier sah sie an und nickte. Sofort war ein anderer Geier da, packte Kostya an den Armen und zerrte ihn weg.

»Nadya?«, rief Kostya flehentlich und voller Angst.

»Es wird alles gut«, log sie. »Versprochen.«

Żanetas entsetztes, hoffnungsvolles Gesicht tauchte vor ihr auf. Sie war außerstande dazu. Sie konnte diese Entscheidung nicht fällen.

Serefin brauchte sie, um Żaneta zu befreien. Sein Thron stand auf dem Spiel und das durfte sie nicht beiseiteschieben, nur um ihrem Herzen zu folgen. Kalyazin wäre besser gedient, wenn er auf dem Thron saß.

Aber sie konnte Kostya nicht zurücklassen. Ihr lief die Zeit davon.

»Komm mit, Schätzchen«, sagte der Schwarze Geier. »Das Blatt hat sich gewendet.«

Sie folgte ihm in das Knochenheiligtum, wieder hinunter in die Hölle, begab sich ergeben in die Falle, aus der sie unmöglich entkommen würde. Sie konnte nur einen retten und sie selbst war nicht einmal Teil dieses Handels, nicht, wenn er ein Stück ihres Namens kannte.

Als sie ihn wieder erreichte, ließ er gerade einen Kelch über dem blutbedeckten Altar kreisen. Sie wollte gar nicht wissen, was darin war.

»Er wurde schon vor langer Zeit in diese Tunnel gebracht«, sagte sie. »Warum ist er noch am Leben?«

Der Schwarze Geier zuckte mit den Schultern. »Ich weiß es nicht.«

»Lügner.«

Seine Augen leuchteten und die umgebende Luft lud sich gefährlich auf.

»Das Mädchen oder der Junge«, erwiderte er und wedelte mit der Hand. »Entscheide dich.«

»Es geht hier um das Wohlergehen deines eigenen Landes«, fauchte sie. »Und du willst ein Spiel daraus machen.«

Er grinste und genauso gut hätte er ihr einen Schlag gegen die Brust versetzen können. »Dann überleg dir umso besser, was auch du zu verlieren hast.«

Sie hatte keine Wahl. Sie konnte Kostya nicht wieder den tranavischen Mächten überlassen. Er war ihr bester Freund, die einzige Familie, die sie je besessen hatte. Doch eine Rettung Żanetas würde Serefin in die Lage versetzen, seinen Thron von jenen einzufordern, die diesen sinnlosen Krieg fortsetzen wollten, bis beide Länder in Schutt und Asche lagen. Es war zum Verzweifeln.

»Er ist nicht derjenige, den zu erretten ich gekommen bin«, sagte sie leise. »Aber er ist derjenige, für den ich mich entscheiden werde.« Das war die falsche Entscheidung und sie wusste es. Damit verdammte sie alle anderen. Aber sie konnte Kostya nicht zurücklassen. Er war Kalyaziner; sie musste zuerst ihre eigenen Leute retten.

Allerdings rechnete sie sich hier bei dem Schwarzen Geier noch einen letzten Versuch aus. Vielleicht würde ihr Żywia – die verstand, was auf dem Spiel stand – helfen, so wie sie es in Aussicht gestellt hatte. Vielleicht würde Żywia Żaneta aus den Minen herauszaubern und Serefins angeschlagenes Königreich retten.

Unwahrscheinlich.

Nadya hatte gerade selbst alles zunichtegemacht.

»Dann soll es so geschehen«, sagte der Geierkönig.

Sie fragte sich, ob noch andere aus ihrem Kloster hier eingekerkert waren. Es überstieg ihre Kräfte, sie alle zu retten. Sie vermochte nur wenig auszurichten. Sie besaß nur einzelne Splitter einer Magie, die sie selbst langsam umbrachte; sie konnte den Geierkönig noch nicht einmal davon überzeugen, beide freizulassen: Kostya und Żaneta. Sie konnte noch nicht einmal Malachiasz hinter dem Monster auffinden.

Verzweiflung nagte an ihr. Sie hätte nicht hier hinabkommen sollen.

Sie trat mit vorsichtigen Bewegungen näher. Sie hatte nichts mehr zu verlieren. »Du hast meinen Namen«, sagte sie, »zumindest zu einem Teil. Ich kenne den deinen, *Chelvyanik Sterevyani,* ich kenne dich. Willst du deinen Namen zurück?«

»Nein« antwortete er stirnrunzelnd. Die schwankenden Veränderungen in seinen Zügen wurden noch ungestümer als zuvor, als würde in seinem Innern ein Sturm wüten. Eine Folge von Augen flackerte entlang seines Nackens auf und schloss sich sofort wieder.

Sie brachte ihn zum Schweigen, indem sie ihm einen Finger an die Lippen legte. Er versteifte sich, ließ eine Hand nach hinten an den Altar gleiten, um sich festzuhalten, während sie näher kam. Nadya legte ihre andere Hand an seine Hüfte und ließ sie zu seiner Taille hochwandern. Seine nackte Haut war heiß unter ihrer Berührung.

Sein Blick war Dunkelheit, aber da war doch ein seltsamer, verwirrter Ausdruck auf seinem Gesicht, der es ihr erleichterte, ihr Spiel fortzusetzen. Ihm mit einem Finger über die geöffneten Lippen zu fahren, das Aufblitzen der Reiß- und Eisenzähne kaum sichtbar. Doch eine Mahnung, dass sie nicht zu weit gehen durfte. Und er auf diese Weise nicht gerettet werden konnte.

Aber vielleicht gäbe es keine Rettung mehr. Und sie müsste hier sterben. Deshalb wollte sie ihn noch einmal küssen, ehe das Unvermeidliche eintrat. Er war weit in das Reich ohne Wiederkehr vorgestürmt, und sie wusste nicht einmal, was sie retten würde.

Seine andere Hand – mit den Eisenkrallen an den Fingerspitzen, die sie so leicht in Stücke reißen konnten – streifte ihre Wange, ihren Nacken. Ihre Hand glitt nach hinten in seine verworrenen Haare.

Dann riss sie sein Gesicht zu ihrem hinunter und küsste ihn.

Er gab ein Geräusch von sich, das eine Mischung war aus Überraschung und Begehren, und machte einen zittrigen Schritt zurück, wobei er gegen den Altar stieß. Er packte sie am Hinterkopf und ließ eine Hand an ihrer Seite heruntergleiten, um sie näher zu ziehen. Sie blutete wegen dieser dummen Eisenspitzen, die von seinem Körper abstanden, außerdem gruben sich seine Krallen in ihren Rücken, und das war bestimmt Ketzerei.

Aber was machte das schon aus? Die Götter hatten sie sowieso verlassen.

Er küsste ihren Rücken mit einer solchen Verzweiflung, dass sie sich dachte: Vielleicht, vielleicht konnte er gerettet werden.

Seine Hände glitten an ihrem Körper hinunter und verbreiteten dabei eine solche Hitze, dass sie an seinem Mund keuchte. Er zog sich gerade so weit zurück, dass er sie hochheben und auf dem Altar ablegen konnte, wobei er den Kelch umstieß und überall Blut verschüttete. Sie war mit ihm auf gleicher Höhe und klemmte seine Hüften zwischen ihren Beinen ein. Er verlagerte seine Aufmerksamkeit auf ihren Nacken und ihr stockte mit einem Mal der Atem. Sie lehnte sich auf den Händen zurück, wobei sie auf dem Blut abrutschte, das den Altar bedeckte. Seine scharfen Zähne fuhren über die empfindliche Haut in ihrem Nacken und ihr ganzer Körper wand sich und sprang ihm förmlich entgegen.

Und sie ließ sich fallen. Ihre klugen Überlegungen berücksichtigten nie wirklich, welches Gefühl er von je bei ihr auslöste: als hätte sie Sterne im Blut. Sogar hier.

Ihre blutigen Hände umklammerten sein Gesicht, als sie seine Stirn küsste, die Wurzel der scharfen Nase, seine Wange und dann wieder zurück, bis sie ihm endlich, endlich die Arme um den Nacken schlang und flüsterte: »Malachiasz, bitte.«

Er erstarrte und seine Hände, die ungewöhnlich sanft gewesen waren, versteiften sich mit einem Mal, die Klauen durchbohrten ihr die Seite. Sie keuchte vor Schmerz und presste die Augen zu, aus denen Tränen flossen.

Doch sie hielt ihn immer noch; sie stieß ihn mit der Nase an der Wange an. »Dein Name ist Malachiasz Czechowicz«, sagte sie mit schmerzerstickter Stimme, während ihr sein bedrücktes Seufzen noch zehn Dolchlängen tiefer in den Leib fuhr als jede Klaue. »Du bist der dümmste Junge, den ich je getroffen habe. Du bist der Schwarze Geier, aber du bist auch mehr als das. Du bist zum Verzweifeln und sanft und verdammt schlau, mehr als dir guttut. Bitte, Malachiasz, erinnere dich.«

Es folgte ein Schweigen. Nichts außer dem Geräusch seines schweren Atems vor ihrem Gesicht. Nichts außer dem Tropfen des Blutes an ihren Seiten, der Blutverlust benebelte ihr den Kopf.

Sie schrie auf, als er seine Klauen aus ihrem Fleisch riss. Er stolperte von ihr weg.

Seine Augen leuchteten in allerhellstem Blau und sein Gesichtsausdruck war geprägt von blankem Entsetzen.

»Nadya«, flüsterte er.

Ja, ihr Götter, bitte lasst dies hier gelingen.

Seine Hand ergriff die ihre. Blutbefleckte, blasse Finger mit menschlichen Fingernägeln. Er nahm ihr Gesicht zwischen die Hände, ließ seinen Blick ungläubig über sie schweifen.

»Du bist hier«, flüsterte er und streichelte ihr mit dem Daumen über die Wange. Mit einem Blinzeln erfasste er sodann erst, wo er sich eigentlich befand. Verwundert starrte er den blutigen Altar an, dabei atmete er gehetzt und mit einem Rasseln aus.

»Nadya?« Seine Stimme klang verwirrt, als wüsste er nicht, wie es ihn selbst hierher verschlagen hatte.

Sie griff nach oben und legte ihre Hände über die seinen. »*Dozleyena,* Malachiasz.«

Ihn schauderte und er schloss die Augen bei seinem Namen. Er formte ihn für sich selbst mit den Lippen. Seine Hände zitterten.

Über seine Wangenknochen kroch schwarze Fäulnis. An seiner Schläfe öffnete sich flatternd ein Auge. Blut sickerte aus seinen Augenwinkeln, und als er sie öffnete, waren sie pechschwarz. Sein Kopf zuckte einmal, langsam und schmerzlich verzogen sich seine Lippen zu einem Lächeln.

»Nein«, murmelte er. »Nicht genug.« Er zog sich mit einer jähen Bewegung von ihr zurück und starrte sie an. Aus den Nagelbetten wuchsen ihm rasch wieder Klauen.

»Du hast noch etwas anderes, das dir nicht gehört, kleine Kalyazinerin«, sagte er und legte ihr die kalten Finger an die Wange. Dann war seine Handfläche über ihrem Gesicht, und es war, als würde ihr die Seele aus dem Körper gezogen. Sie schnappte nach Luft, zerkratzte ihm den Unterarm, trieb ihm ihre Fingernägel in die Haut, um seine Hand wegzureißen, aber er war zu stark und sie hatte zu viel Blut verloren.

Irgendetwas riss in ihrer Brust. Ein Schluchzen brach aus ihr heraus, eine Macht, die ihr nicht gehörte, verließ sie mit einem Ruck, als er den Magiestrang in sich zurücknahm, den sie gestohlen hatte.

Er zog seine Hand fort, die Fingerspitzen waren schwarz.

»Meine Neugierde ist befriedigt worden«, stellte er leidenschaftslos fest. »Dein Tod gehört nur dir, *towy dżimyka.«*

Er ging fort und ließ sie verblutend auf dem Altar zurück.

13

SEREFIN MELESKI

Svoyatovi Ivan Moroshkin: Ein Kleriker von Devonya. Wo Ivans Pfeile trafen, entfachte Feuer.

Vasilievs Buch der Heiligen

Serefin fühlte sich, als wäre er tagelang ohne Unterlass gelaufen. Ihm tat alles weh und er konnte durch sein linkes Auge nichts mehr sehen. Schließlich gab er auf, setzte sich unter einen hohen Baum und schloss die Augen.

Was passiert da gerade mit mir?

Er hatte sein ganzes Leben in fest gefügter Ordnung zugebracht. Seine eigene Blutmagie war der seltsamste Teil davon gewesen, aber das war etwas absolut Harmloses in Tranavia. Alle konnten Blutmagie einsetzen, wenn sie es wirklich wollten.

Aber das ... war mehr, als er ertragen konnte. Der Gedanke, er wäre seinem Vater zu ähnlich, schien ihm plötzlich der Wahrheit unangenehm nahezukommen. Vielleicht war der Wahnsinn ein Schicksal, dem er nicht entfliehen konnte.

Er brauchte eine ganze Weile, bevor er sich widerstrebend eingestand, dass er vollkommen allein und verlassen war. Wenn seine Umgebung der Wirklichkeit angehörte, wo waren dann die anderen? Und wo war er?

All die Enttäuschung und der Zorn, die er an Ostyia und Kacper ausgelassen hatte, erschienen ihm jetzt so unbedeutend. Er hätte es dabei belassen sollen; Ostyia wollte immer nur helfen, es war nicht ihre Schuld, dass er ein solches Wrack war. Und Kacper … er … Kacper verdiente etwas Besseres.

Eine verzweifelte Angst drohte ihn zu verschlingen. Doch Serefin hatte schon mit Schrecknissen zu tun gehabt und er würde auch diese hier überwinden. Dennoch trieb ihn die Angst, dass das hier nicht real war und dass es ihn zerstören würde.

Er schloss sein verändertes Auge. Er stand immer noch im Wald.

»So ein Dreck«, fluchte Serefin.

Er stand auf und versuchte herauszufinden, wo Osten lag, gab aber schon nach kurzer Zeit auf, nachdem er verbissen in den unendlichen Wald gestarrt hatte, wo alles gleich aussah und es keine Hinweise auf die Himmelsrichtungen gab.

Ich habe nicht so lange überlebt, nur um in einem Wald zu sterben, dachte er verbittert.

»Natürlich nicht.«

Als die dünne, näselnde Stimme neben ihm erklang, fuhr er wie vom Schlag getroffen zusammen. Diese Stimme, die er in seinem Kopf zu hören gewohnt war, klang jetzt merklich wie von *außerhalb* kommend. Langsam wandte er sich um, von entsetzlicher Angst vor dem gepackt, was er zu sehen bekäme.

Die Gestalt, die nun vor ihm stand, war groß und in Schwarz gehüllt, mit Ausnahme der Kieferknochen, die ihr an einer Schnur um den Hals gebunden waren. Ob die Gestalt menschlich war, konnte Serefin nicht sagen; der Kopf war ein Hirschschädel, von dessen zerbrochenem Geweih Moos herabhing, schwarze Löcher ersetzten die Augen, sonst war da nichts. Eine Spinne krabbelte von der einen Augenhöhle zur anderen und begann dann ein Netz in der großen, kalten Höhlung dahinter zu bauen. Die Gestalt stank nach Friedhofsmoder.

Der Schädel neigte sich nach oben, als würde er zu dem Blätterdach aufschauen.

»Ich war die tranavischen Wälder so leid«, stellte das Wesen fest.

Serefin würgte ein Keuchen hervor. Er war nicht mehr in Tranavia? Wie konnte das sein?

»Wäre es vielleicht zu gewagt anzunehmen, dass du weißt, weswegen ich hier bin?« Serefin war sich vage bewusst, wie zwanglos er mit einem ... Gott sprach?

Das Wesen hatte lange, dürre Finger, an deren Spitzen eingerissene, angeschlagene Klauen herausragten. Es drückte sich eine Hand an die Brust. »Ich? Lieber Junge, du bist auf deinen eigenen zwei Beinen hierhergelaufen.«

»Du wirkst nicht besonders ... Ehrfurcht gebietend für einen Gott«, bemerkte er trotz des erkennbaren Widerspruchs. Sollten die Götter den Menschen nicht die Augen ausbrennen, sobald diese ihrer nur ansichtig wurden? War es für die Kalyaziner nicht ein heiliges Gesetz, dass ihre Götter niemals abgebildet werden sollten, weil die Schönheit ihrer wahren Gestalten die Sterblichen überwältigen würde? Vielleicht dachte sich Serefin das auch nur aus.

»Kein Gott. Einst ein Vielleicht, jetzt ein Danach, dazwischen ein Urstoff für Veränderung und für Chaos und für die Toten, die unter der gefurchten Erde warten.«

Ein Angstschauder lief Serefin den Rücken hinunter. Wenn dieses Zwiegespräch so ausartete wie das mit Pelageya, dann wollte er besser nichts damit zu tun haben.

»Ein Gott wäre natürlich anders, da hast du recht. Stets sich wandelnd, stets sich verändernd; nie im Hier verbleibend, im Jetzt, aber in der Zukunft und der Vergangenheit und irgendwo anders: alles zugleich. Ein Anblick, der einen Sterblichen wie dich umbringt. Nun ...« Das Wesen hielt kurz inne, und Serefin konnte spüren, wie ihn diese klaffenden schwarzen Abgründe betrachteten. »Vielleicht stirbst du nicht gleich. Brenn ein Auge aus und behalte das andere, aber keiner verlässt die Stätte unbeschadet. Niemand geht unbesudelt fort.«

»Ich verstehe nicht«, sagte Serefin verzweifelt.

»Bist du bereit, zu kooperieren? Bereit zu tun, was ich von dir verlange, denn ich verlange so wenig von dir?«

Serefin blickte finster vor sich hin.

»Ah, also nein. Erst zur rechten Zeit, ich verstehe. Ich kann geduldig sein, viel geduldiger als ein Junge, der erst ein paar Jahre auf dieser Welt herumstolpert und denkt, er wisse alles. Ich kann dich überdauern, Kind. Ich habe schon so viele andere überdauert.«

»Ich wäre vielleicht geneigter, dies zu überdenken, wenn ich wüsste, was ich zu tun gebeten werde.«

»Anmaßend.«

»So sagt man.«

Das Wesen krümmte eine Hand in Serefins Richtung. »Komm.« Es begann, tiefer in den Wald hineinzugehen.

Serefin stand kurz vor dem Zusammenbruch. Wie viel Zeit war vergangen? Der Wald blieb dunkel, keine Morgendämmerung schimmerte am Horizont.

Er bereute vor allem, dass er vermutlich hier sterben würde und seine Freundschaft mit Ostyia und Kacper mit Streit belastet zurückgelassen hatte. Er wünschte sich so sehr, sie wären hier. Kacper, der sich darüber beklagte, was das für ein kopfloses Unternehmen war, und Ostyia, die versuchte, ihn wegzuziehen. Er war so grausam zu ihnen gewesen. Viel zu sehr wie sein Vater, und er wollte nicht so werden. Alles, alles, nur nicht das.

»Wohin gehen wir?«, fragte er mit heiserer Stimme und rannte keuchend der über ihm aufragenden Gestalt hinterher. »Und wirst du mir jemals deinen Namen verraten?«

Die Gestalt blieb stehen und wandte sich zu Serefin um, der zu nahe herangekommen war. Das Gefühl von wahnsinniger, unheimlicher Einsamkeit war so erstickend, dass er einige Schritte zurückweichen musste, als es ihm die Brust hochkroch, sich zwischen seinen Rippen festsetzte und auf sein Herz einschlug. Gespenstisch und dunkel.

»Bist du bereit, zusammenzuarbeiten?«, fragte das Wesen, seine näselnde Stimme war freundlich.

»Nein.«

Die Gestalt drehte sich wortlos um und ging weiter.

»Du kannst mich nicht zwingen, dir zu folgen«, sagte Serefin gereizt.

Doch die Gestalt tat genau das. Er stieß ein panisches Lachen aus und versuchte, Ruhe zu bewahren, was ihm aber nicht gelang.

»Tranavier, was weißt du über die Kleriker von Kalyazin?«

Serefin stolperte dem Gott hinterher, der offenbar kein Gott war. Er wusste nur das, was jedem Tranavier bekannt war. Alle Kleriker bis auf eine waren bis zu dem Jahr getötet worden, als er an die Front entsandt wurde. Die Kalyaziner waren bereits am Ende ihrer Kräfte gewesen.

Und während er soweit überzeugend behaupten konnte, Nadya recht gut zu kennen, wusste er zugleich doch nicht, woraus genau sich ihre Macht speiste. Das Können, das sie während des Duells mit Felicíja gezeigt hatte, entsprach keiner Blutmagie, wie Serefin sie je gesehen hatte. Und sie hatte in Tranavia gekämpft, wo den Göttern eigentlich der Zugang verwehrt war. Mussten Kleriker für ihre Macht nicht beten? Ihm fiel auf, dass er seit der Nacht in der Kathedrale der Geier nicht mehr gesehen hatte, wie das Mädchen Magie wirkte. Was bedeutete das? Und was war mit der schwarz verfärbten Narbe auf ihrer Handfläche?

Serefin kannte Blutmagie. Er hatte sich nie mit irgendeiner anderen Art von Magie befassen müssen.

Im Nachhinein betrachtet hatte er Nadya viele Freiheiten zugestanden, wenn man bedachte, was sie seinem Land hätte antun können. Aber es war auch kein schreckliches Gottesurteil über Tranavia gekommen, und so hatte er nie den Wunsch verspürt, sie für das Niederreißen des Schleiers zu bestrafen, den es angeblich gegeben hatte.

Das hatte ihren Glauben, dass ihre Götter allmächtige Wesen waren, nicht gerade untermauert. Wenn sie wirklich über so große Macht verfügten, hätten sie dann nicht eingegriffen? Wäre Tranavia für seine angeblichen Frevel nicht bestraft worden?

Nadya hatte dieser Überlegung nicht wirklich widersprechen können.

Das Wesen lachte nur, als es seinen Gedanken folgte. Sein Lachen war ein kratzendes, fürchterliches Geräusch. »Eure armseligen Leben sind in ihren Augen nur ein Zucken, nichts weiter. Diese Klerikerin hat Gewaltiges in Gang gesetzt, als sie nach Tranavia gekommen ist; ihr werdet die Auswirkungen noch zu sehen bekommen. Und sie werden sich mit der Zeit entfalten. Es ist offenkundig, dass du nichts über die Kleriker von Kalyazin weißt. Wie schade. Aber was würde dieses Wissen für dich auch bringen? Außer vielleicht mehr Verständnis, wie mit dem aufziehenden Sturm umzugehen ist.«

Serefin seufzte. Er war dermaßen müde. Wenn er noch einen Schritt weiterginge, würde er zusammenbrechen. Vielleicht war das die Absicht des Wesens, aber Serefin würde sich nicht so bereitwillig beugen. Er würde keiner Bedingung blind zustimmen.

»Was glaubst du mir abringen zu können, Junge? Eine Geschichte? Eine Erklärung? Ich schulde dir keine Antworten. Ich schulde dir gar nichts. Du schuldest mir alles. Ohne mich wäre dein Vater immer noch am Leben. Ohne mich wärst du immer noch tot.«

Serefin erstarrte und blieb stehen.

Das Wesen drehte sich zu ihm um.

Sie schienen unter genau demselben Baum zu stehen wie zuvor. Riesig und gewaltig, unwirklich in seinen Ausmaßen, mit verwelkten braunen Blättern, die trotz des eiskalt umherpeitschenden Windes noch an den Ästen hingen. Serefin drehte sich der Magen um.

»Oh, wusstest du es nicht? Natürlich nicht. Tranavier, ich vergaß. Denkst du, das würden viele überleben, was dein Vater dir angetan hat? Denkst du, viele leben mit solch einer Narbe?«

Narbe? Er hatte keine Narbe außer der einen, die über sein Auge verlief.

Das Wesen schnippte mit den Fingern. »Richtig, richtig, richtig. So wenig sehen die von deiner Art. So wenig wissen sie. Wie Kinder, die durch die Welt stolpern und mit Mächten spielen, die sie nicht verstehen. Du bist stur, aber du wirst brechen. Du bist schon dabei zu brechen.«

Serefin schloss die Augen. Er fuhr sich mit einer zitternden Hand über die Brust und seine Finger blieben an der erhöhten, glatten Haut an seiner Kehle hängen, dem Überbleibsel eines Messerschnitts, der sein Fleisch zertrennt hatte. Er erinnerte sich nicht an das, was ihm widerfahren war, nachdem Żaneta ihn in die Dunkelheit hinuntergestoßen hatte. Das war vermutlich zu seinem Besten; er wollte sich nicht daran erinnern, wie er gestorben war. Aber er hatte es nicht begriffen, er hatte die Narbe nicht bemerkt.

Wie hatte er sie nicht bemerken können?

Hatten alle in seiner Umgebung sie die ganze Zeit aus Höflichkeit übersehen?

»Ihr von eurer Art habt die Geier geschaffen, faszinierende Mischwesen, aber das bist du nicht. Du, mein lieber Junge, bist etwas vollkommen anderes, und das habe ich so eingerichtet. Ich werde dir sagen, was ich will, allerdings nicht in klaren Worten, denn dann würdest du zusammenbrechen und ich müsste dich wieder zusammensetzen, und das ist wirklich sehr ermüdend. Ich will ja nicht hinter einem Kind herräumen, das ständig auseinanderfällt.

Oh, warte, das ist doch der andere. Es ist so schwer bei euch allen, den Überblick zu behalten, ihr seht euch alle so ähnlich. Er wird einem anderen gewidmet sein, aber du, du gehörst mir. Und ich habe dieses Spiel lange genug hinausgezögert.«

Serefin ließ sich an der Seite des Baumes zu Boden plumpsen.

»Hast du die Teile immer noch nicht zusammengesetzt? Hast du noch nicht herausgefunden, worum es mir geht? Du bist sehr schlau und doch bei Weitem nicht schlau genug.«

Der Gott – der Nicht-Gott – legte seinen Kopf schief, und Serefin hätte schwören können, dass dieses teuflische Schädelgesicht grinste.

»Ich will Rache.«

Zwischenspiel III

DER SCHWARZE GEIER

Wenn nur durch blutigste Gewalt gelang, ein Wesen »ungeschehen zu machen« – wie sie sagten –, es also gänzlich auszulöschen, so war es das nackte Grauen, aus dem heraus ein solches Wesen wieder hervorgebracht, wiedererschaffen werden konnte. Die Schreie in den Salzminen, die zuvor belanglos gewesen waren, gruben sich ihm jetzt bis unter die Knochen, harkten mit ihren Klauen durch sein Inneres und ließen ihn grob neugeformt und völlig gebrochen zurück.

Das hier war ... irgendwie schlimmer als zuvor. Er wollte das nicht. Er hatte so schwer gearbeitet für das Vergessen, für seine rohe, dunkle Kraft, und er konnte spüren, wie sie ihm entglitt.

Und genauso wie er den Dämmerschlaf nicht aufgeben wollte, genauso wie er die Stille willkommen hieß, konnte er auch ihre Hände in seinen Haaren spüren, ihren Mund auf seiner Haut. Sie hatte die Tür aufgestoßen und ihn erneut in eine Gestalt hineingezwängt, von der er nicht mehr glaubte, sie je erreichen zu können. Sie machte ihn wahnsinnig und sie war mächtig – zu mächtig. Er war schon zuvor in ihrem Feuer gefangen gewesen, und es gab nichts mehr, was ihn davor bewahrte, diesmal ganz in Flammen aufzugehen.

Da waren Funken, Stückchen seines Selbst wachten auf, und er versuchte, sie wieder nach unten zu schieben, doch er wusste nicht, wie er diese Belebung aufhalten konnte.

Seine Finger kratzten über Knochen in der Wand und seine Füße gaben nach, sein Körper begehrte auf. Der leise Gesang, der immer durch die Tiefen der Minen zog, wurde quälend. Er stemmte sich wieder hoch, schob die Schultern durch die Türöffnung der Kapelle.

Sie lag in einer Blutlache – zu viel Blut. Er konnte es riechen: scharf, metallisch. Ihr Blut.

Seine Hände zitterten.

Seine Hände bluteten.

Er musste näher herangehen, aber er wollte sich der Einsicht nicht stellen, dass er das Unmögliche getan hatte. Nicht am Abgrund eines neuen Sich-Zusammenfügens. Nicht, wenn er den Schlüssel bereits vor sich sah; er war zum Greifen nah.

Sein Name war ...

Sein Name ...

Er war da, gerade noch außerhalb seiner Reichweite, und er konnte sich nicht in diese Richtung vorkämpfen. Er wollte es nicht. Doch, er wollte es, er wollte es. Wie konnte es möglich sein, etwas zu wollen und es so sehr zu verabscheuen?

Er war nah genug, um das leichte Heben und Senken ihrer Brust zu sehen und den Puls an ihrer Kehle fühlen zu können, der wie leichte Trommelschläge gegen seine Haut flatterte: Er klopfte, aber schwach, leicht, verschwindend. Ihre hellen Haare waren blutverschmiert, genau wie ihr Gesicht.

Seine Macht war keine, die zu heilen vermochte. Er war zu nichts anderem geschaffen als zu Zerstörung, Chaos, Unglück, Schmerz, Schmerz, Schmerz.

Doch sie starb und er kannte ihren Namen. Er erinnerte sich. Auf dem Boden lag Schnee und das Fell ihrer Mütze war von Eis überzogen. Die Kälte färbte ihre Wangen rot und überdeckte so die zarten Sommersprossen, die ihre Haut sprenkelten. Sie hatte die Hände auf die Griffe ihrer *voryen* gelegt und sah ihn mit einer zurückhaltenden Neugierde an, die nie zu dem Hass hochköchelte, den er erwartet hatte, den er gewollt hatte. Denn hätte sie ihn gehasst, so wäre alles Weitere einfach gewesen.

Alles wäre vollkommen gewesen.

Sie hatte es nicht so leicht aufgegeben. Hatte es nah bei sich behalten, hatte es sicher verwahrt, hatte es ihm aber trotz allem gegeben. (Wie war er hier; was hatte er getan?)

Ihre Stimme, seinen Namen flüsternd. Den einzigen Anker, den er hatte. Das einzige Unterpfand, das ihm nicht genommen worden war, das er nicht selbst weggeworfen hatte.

Bis es das Monster getan hatte.

Er wusste nicht, wie er Wunsch und Abscheu miteinander in Einklang bringen sollte. Zu wissen, dass es zu spät war, und sich doch danach zu sehnen, zurückzuschauen. Es war zum Greifen nah. Es schmerzte, es war zu viel, zu weit. Er schreckte vor den Schmerzen zurück.

Ihr Herzschlag wurde schwächer.

Er hatte gedacht, nichts würde stärker schmerzen als der Akt des Ungeschehenmachens. Doch das hier war schlimmer.

Der leiser werdende Trommelschlag war viel zu laut. Und obwohl er ein zerrissenes, zerbrochenes Wesen war, konnte er nicht zulassen, dass dieser Herzschlag erlosch.

Sie hatte ihm seinen Namen ins Ohr geflüstert. Ein Anker für etwas Menschliches.

Malachiasz erwachte.

»Verdammt«, stöhnte er und spie Blut. In seinem Kopf dröhnte es, ein greller Schmerz stach hinter seinen Augen. Er machte den letzten zittrigen Schritt zum Altar, seine Brust verengte sich beim Anblick der Zerstörung, die er angerichtet hatte, an die er sich aber nicht erinnerte.

Überaus unvollkommen.

Er vernahm immer noch das Flattern von Nadyas schwindendem Herzschlag und er konnte in keiner Weise helfen. Sie durfte nicht ausgerechnet hier sterben, das würde er nicht zulassen.

Nun, ein Heilmittel gibt es da, vermute ich. »Sie wird mich umbringen«, flüsterte er. Das Heiligtum war leer, aber er erkannte die Gebeine, die überall verstreut lagen. Blutiger Knochen, was hatte er hier getrieben?

Seine Sicht zersplitterte – ein Kaleidoskop aus gebrochenem Licht –, als er keuchend zusammenbrach. Er brauchte einen Augenblick, um sich neu auszurichten, dann bemerkte er, wie sich an seinem Handrücken ein Auge öffnete, seine Sicht zerfiel wieder, es schloss sich, er sah klar.

»Das ist ... auch überaus unvollkommen«, sagte er zu sich selbst, zog seinen schmerzenden Körper wieder hoch und spuckte noch einen Mund voll Blut aus.

Blutmagie konnte nicht heilen. Er war von daher nutzlos, und sie *starb*. Aber Blutmagie konnte hier trotzdem etwas ausrichten.

Er schnitt sich mit seinem Daumennagel den ganzen Unterarm entlang. Dabei bemerkte er geistesabwesend die klaffenden Wunden an seinen Armen, die nicht von eigener Hand stammten. Der Verfall seiner Haut fraß sich hinunter bis zum Handgelenk, wie bei einer Leiche, die monatelang im Grab gelegen hatte, und verschwand nach wenigen Momenten, sodass sein Arm glatt und heil zurückblieb und er noch unruhiger war als zuvor.

»Ich würde mich ja für diesen Eingriff entschuldigen, aber du hattest meine Magie ursprünglich gestohlen«, sagte er. Vor sich hin zu sprechen war das Einzige, was ihn davon abhielt, verrückt und damit unbrauchbar zu werden. Sobald er darüber nachdachte, wie kurz er davorstand, sie zu verlieren, würde er auseinanderbrechen.

Er berührte ihre Lippen mit seinen schwarzen Fingerspitzen und ließ Magie in sie einsickern. Hörte, wie ihr Herzschlag kräftiger wurde, als sich eine Kraft ihrer bemächtigte, die dunkler war als Blutmagie.

Als seine Sicht sich wieder verzerrte, presste er die Augen zu.

»Taszni nem, Malachiasz Czechowicz«, flüsterte er und knirschte mit den Zähnen, als er auszurutschen begann. Er war haltlos geworden, völlig aus dem Gleichgewicht gebracht und weniger menschlich als je zuvor.

Er konnte nicht hierbleiben. Er wollte nicht, dass sie ihn in diesem Zustand sah. Doch da sie bereits hier unten war ... dann hatte sie sogar Schlimmeres gesehen.

Malachiasz strich ihr eine blutverschmierte Locke aus dem Gesicht und küsste sie sanft auf die Stirn.

Er ließ sie auf dem Altar zurück und hoffte, er würde es nicht bereuen müssen.

Żywia passte ihn im Gang ab und drängte ihn in einen Durchgang, ohne auf seinen Protest zu achten.

»Sei still, sei still!«, fauchte sie und packte seinen Arm. »Hast du sie umgebracht?«

»Was? Nein.« Er massierte sich die Schläfen. Ihm schmerzte der Kopf. Jedes Mal, wenn sich sein Körper veränderte, durchschoss ihn ein Schmerz. Seine Knie wollten wieder nachgeben, Fäulnis kroch seinen Arm hinunter und Augen öffneten sich blinzelnd überall an seinem Körper. Mit einem leisen Wimmern drückte er eine Hand über einen Mund, der sich an seinem Nacken öffnete.

Żywias Griff war alles, was ihn aufrechthielt.

»Ich habe das zuvor noch nicht gefühlt«, sagte er durch zusammengebissene Zähne. Der Schleier der Macht hatte genügt, damit die Verformungen sich nicht bemerkbar machten. Das hier war eine Qual.

»Du musst das Mädchen umbringen. Malachiasz, *es stimmt etwas nicht mit ihr.*«

Vor ihm verschwamm alles und er sah Żywia düster an. »Sie ist eine Klerikerin«, entgegnete er verwirrt.

»Das ist es nicht. Es ist etwas anderes.«

Er gab einen abschätzigen Laut von sich und begann, sich loszumachen.

»Ich habe Knochen geworfen, in Eingeweiden gelesen, so, wie es meine Pflicht gebietet. Und ich schwöre dir, Malachiasz, du wirst den Pfad bereuen, auf dem sie dich entlangführen wird. In ihr lauert Dunkelheit.«

»Żyw...«

»Hör mir nur ein einziges Mal in deinem verfluchten Leben zu, Malachiasz«, sagte Żywia. »Der König hält Tranavia nicht fest in seinem Griff und Kalyazin birgt ...«

»Reliquien«, murmelte Malachiasz, unsicher, woher er das wusste.

»Die sind unser Werkzeug, Tranavia am Rande des Untergangs zu halten, während du den Orden von innen heraus erneuerst. Das ist doch das Wichtigste. Nicht irgendeine fantastische Vorstellung von den kalyasischen Göttern, sondern die Geier zählen. Wesen deiner Art. Dein Orden.«

Żywia ließ ihn los und wandte sich zum Gehen. Er packte sie mit der Hand am Kinn und riss sie wieder zurück.

»Bring sie hoch ins Freie. Und wag es ja nicht, ihr etwas anzutun.« Er beschwor die Magie, die seine Geier an ihn band, und Żywia zuckte zurück.

»Du begehst einen schweren Fehler«, murrte sie.

»Dann werde ich auch die Folgen tragen.«

14

NADEZHDA LAPTEVA

Nicht jede Geschichte ist schön. Es gab eine Klerikerin von Zlatek, Anastasiya Shelepova, die dabei ertappt wurde, als sie sich in Blutmagie versuchte. Sie wurde als Ketzerin verbrannt, nachdem Zlatek sie ihrer Magie und ihrer Stimme beraubt hatte, die von ihr vollbrachten Wunder wurden aberkannt und alle Zeugnisse über sie aus den Schriften getilgt.

Die Briefe des Włodzimierz

Nadya erinnerte sich nicht daran, auf welche Weise sie die Salzminen verlassen hatte. Sie musste einen Fuß vor den anderen gesetzt haben, Hunderte von Stufen hinaufgetaumelt sein. So ähnlich musste es vonstatten gegangen sein, denn sie stolperte zurück ins Lager, frierend und aufgrund des Blutverlustes benommen.

Parijahan sprang auf die Beine, um Nadya zu stützen, und sah sie forschend von oben bis unten an, bevor sie fragte: »Wie lang soll ich warten, bevor ich sage: ›Ich habe es dir doch gesagt‹?«

»Mindestens eine Woche«, entgegnete Nadya.

Parijahan seufzte. Ihr Gesicht wurde bleich, als sie Nadyas blutiges Kleid betrachtete. »Das ist dein Blut, nicht wahr?«

»Mein Blut? Ja. Größtenteils. Etwas ist auch von ihm. Ziemlich viel davon, um ehrlich zu sein. Ich habe keine Ahnung, wo es hergekommen ist, denn da ist so viel Blut dort unten. Es ist … es ist überall, und ich …«

»Nadya, du stehst unter Schock.«

Sie nickte nachdenklich. »Ja, das geschieht mir immer wieder.« Und sie brach zusammen.

Selbst in den seltenen wachen Momenten Nadyas in der nächsten Zeit erschien ihr alles als trüber Dunst, und jedes Mal, wenn sie in die Bewusstlosigkeit zurücksank, dachte sie sich: Vielleicht ist das jetzt wirklich das Ende. Sie wusste nicht mehr glaubhaft, wofür es sich lohnte, zurückzukommen. Zu sterben würde bedeuten, dass sie ihr Versagen nicht wiedergutmachen musste. Keine Tranavier mehr, gar nichts mehr.

Als sie schließlich erwachte, lag Nadya in der warmen Stube eines Bauernhauses. In der Ecke brannte ein Ofen, getrocknete Blumen und Kräuter hingen von den Dachsparren. Ihr Rumpf war fest mit Bandagen umwickelt und sie trug frische Kleidung.

Und auf einer sicherlich harten Holzbank lag, zusammengerollt im Schlaf: Kostya.

Nadya zog es das Herz zusammen. Ihr geisterte der Gedanke durch den Kopf, dass sie den falschen Jungen gerettet hatte, und obwohl sie ihn nicht zurücknehmen konnte, bereute sie ihn. Das war Kostya gegenüber nicht gerecht. Das war nicht gerecht dem besten Freund gegenüber, den sie schon für immer verloren geglaubt hatte.

Doch vielleicht war genau das der Grund, aus dem sie sich schwertat zu verstehen, dass Kostya zurück war. Sie hatte um ihn getrauert und weitergelebt, sie war sich nicht ganz sicher, ob er sie – so wie sie jetzt war – überhaupt erkennen würde. Und sie war nicht vorbereitet auf die Auswirkungen, die das auf ihre Freundschaft haben konnte.

Von ihren Bewegungen wurde er wach und blinzelte so verschlafen, als wäre ihm nicht ganz klar, wo er sich befand. Dann sahen seine Augen klarer und er war im nächsten Moment an Nadyas Seite.

Sie starrten sich an, die Stille lastete schwer auf ihnen.

»Grüß dich, Kostya«, sagte Nadya schließlich.

Er grinste. Er sah aus, als wolle er sie gleich umarmen, also legte sie ihm eine Hand auf die Brust.

»Das würde bestimmt wehtun«, wandte sie ein.

Er lachte ein bisschen. »Natürlich.« Über sein Gesicht huschte ein Schatten. »Ich bringe ihn um«, sagte er todernst. »Für das, was er unserem Volk angetan hat, was er dir angetan hat.«

Oh, wir kommen gleich zur Sache, oder? Das war kein Gespräch, das sie brauchen konnte. Sie war dem Ziel so nahe gewesen. Für einen schimmernden Augenblick hatte sie Malachiasz gefasst – und ihn wieder verloren. Sie war nicht besonders erfolgreich darin, die Menschen zu retten, die ihr etwas bedeuteten, überlegte sie sich. Aber sie hatte Kostya gerettet, oder nicht?

Nur hatte sie ihn auf Kosten Serefins gerettet, und nur der konnte helfen, diesen verlustreichen Krieg zu beenden. Und sie wusste nicht, wie sie mit dieser Schuld umgehen sollte, zusätzlich zu allem anderen, das sie belastete.

Sie bedeutete Kostya zu schweigen und ließ ihn ihre Hand ergreifen, obwohl sie sich an den Blick erinnerte, den er ihr vor dem Angriff auf das Kloster zugeworfen hatte. Jetzt wusste sie besser, was der bedeutet hatte.

»Das ist eine Schlacht, die an einem anderen Tag geschlagen wird«, sagte sie.

Er nickte, eindeutig unzufrieden. Sicher vermochte er noch nicht zu überschauen, wer Nadya inzwischen geworden war? (Wer auch immer das war.) Das Mädchen, das den Krieg so leid geworden war, das es nicht mehr genug gerechte Empörung aufbrachte, um die Tranavier nur einfach dafür zu hassen, dass sie auf der Welt waren. Nur weil es *erwartet* wurde.

Die frühere Nadya hätte ihm stürmisch recht gegeben. Die alte Nadya hätte nicht darauf geachtet, dass ihre Rippen nur von ein paar Fäden und Bandagen zusammengehalten wurden, und wäre zurückgerannt, um den Schwarzen Geier höchstselbst zu töten.

Doch die alte Nadya hatte ihre Götter gehabt und die Macht und war dennoch einem Monster verfallen. Und wurde am Ende mit nichts zurückgelassen.

Sie griff nach oben, strich ihm die dunklen Haare aus der Stirn. »Ich habe dich noch nie mit so langen Haaren gesehen.« Er hatte sie immer kurz getragen, hatte sich das heilige Symbol von Veceslav in die Seite rasiert.

»Es gab wenig Gelegenheit zur Körperpflege in den Salzminen«, klagte er.

Seine dunklen Augen waren ruhelos, die Zeit in den Minen hatte sich in sein abgemagertes Gesicht eingeschrieben. Ihre Hände wanderten zu ihren Gebetsperlen und da erinnerte sie sich an den Spiralanhänger. Sie hatte ihn noch irgendwo. Die Halskette, die Velyos eingesperrt gehalten hatte und die – nach den Andeutungen Pelageyas zu schließen – den ganzen Wahnsinn in Gang gesetzt hatte.

»Nadya, was ist geschehen?«

Sie schüttelte wortlos den Kopf. Sie wusste nicht, wo sie beginnen sollte. Sie konnte ihm nichts von Malachiasz erzählen. Oder Serefin. Sie unternahm einen Versuch, die Ereignisse der Monate wiederzugeben seit das Kloster zerstört worden war. Sie tänzelte um das offensichtliche Loch in ihrer Geschichte herum, weil Malachiasz darin fehlte. Sie konnte nicht erklären, wie sie es dazu gebracht hatte, so flüssig Tranavisch zu sprechen, und ebenso wenig, wie sie sich Zugang zu den Salzminen verschafft hatte, warum sie neben einem Ungeheuer so gefasst gewirkt hatte, das zu Kalyazins größten Feinden zählte.

Der Feind meines Volkes ist ein lächerlicher achtzehnjähriger Junge, dachte sie nicht zum ersten Mal.

Es war offensichtlich, dass Kostya ihre Ausweichmanöver spürte. Nadya gelang es nicht besonders gut, ihre Zögerlichkeit zu überspielen.

»Aber der König ist tot?«, fragte er, nachdem sie ihm eine verwässerte und, wenn man ehrlich war, unverhohlen gelogene Version dieser schicksalhaften Nacht in der Kathedrale erzählt hatte.

Sie nickte.

»Und der Prinz?«

»Serefin?«, fragte sie, ohne nachzudenken.

Seine Augen verengten sich.

Wenn Kostya hier bei ihr war, Serefin aber nicht getroffen hatte, wo befand sich der König dann?

»Serefin lebt«, sagte sie leise.

»Aber ...«

»Ich weiß, Kostya«, antwortete sie mit brechender Stimme. »Ich weiß.« Serefin war der Grund dafür, dass alle, die sie je gekannt hatte, tot waren. Bei den Göttern, sie hatte so fürchterliche Fehler begangen.

Zum Glück wurde sie von Parijahan gerettet, die das Zimmer betrat. »Gesegnete Mutter«, murmelte sie erleichtert. »Ich war mir nicht sicher, ob du das überleben würdest. Wie bist du ihnen entkommen?«

Nadya schüttelte langsam den Kopf. »Er hat nicht ...« Sie wies auf Kostya.

Parijahan bedachte ihn mit einem strengen Blick. Er war eindeutig nicht sehr freundlich zu ihnen gewesen.

Nadya legte die Stirn in Falten und dachte angestrengt nach. Die letzten Momente auf dem Altar der Knochenkapelle kamen ihr in undeutlichen Bildern wieder in den Sinn. Eine Hand, sanft an ihrem Gesicht. Ein Anflug von Magie, die ihren Körper erfüllte.

Obwohl sie sich lebhaft daran erinnerte, wie er sie wieder zu sich zurückgenommen hatte, konnte sie Malachiasz' Magie immer noch in sich spüren.

Nadya wendete ihre Hand, die schwarzen Adern hatten sich über die ganze Handfläche verbreitet. Kostya rührte sich, als wollte er ihre Hand ergreifen. Sie zog sie zurück.

»Es ist mir misslungen«, sagte sie zu Parijahan. »Aber ich hatte ihn erreicht, für einen Moment.«

Parijahans Augenbrauen wanderten nach unten. Sie nickte.

»Wir haben den anderen ... verloren.«

»Was?«

»Sind am Morgen aufgewacht und er war einfach ... fort.«

»Was ist mit Kacper? Ostyia?« Nadya nahm Kostyas Haltungsveränderung sehr deutlich wahr, als er die tranavischen Namen erkannte. Seine breiten Schultern wurden steif vor Anspannung.

»Sie waren schon weggegangen. Diese drei verfingen sich in irgendeinem Zerwürfnis. Es gab eine Menge Geschrei. Ehrlich, ich glaube nicht, dass es Serefin gut geht.«

Kostya wurde ungeduldig neben ihr.

»Was meinst du damit, sie sind weggegangen?«

»Nadya«, drängte Kostya.

Sie überhörte ihn und sah Parijahan eindringlich an.

»Ich wünschte, ich hätte eine Antwort darauf. Serefins Zustand hat sich sehr schnell verschlechtert, doch ich habe nicht weiter auf ihn geachtet. Ich dachte, seine Getreuen übernähmen das.«

Nadya lehnte sich zurück. Geschenk oder Fluch?

»Also, was machen wir?«

»So unerträglich diese Tranavier auch waren, sie waren unglücklicherweise auch unglaublich nützlich. Also bin ich mir nicht sicher. Für den Moment solltest du dich ausruhen.« Sie starrte Kostya unmutig an, was dieser erwiderte. »Komm, Kalyaziner, nach draußen mit dir.«

Kostya entgegnete nichts. Nadya stieß seine Hand an. »Ich erkläre es dir später, versprochen. Nur ...« Sie biss sich fast auf die Zunge, um nicht zu seufzen. »Es wird dir nicht gefallen, was du zu hören bekommst, bereite dich schon einmal darauf vor.«

Verwirrt und spürbar traurig nickte er und verließ ohne ein weiteres Wort den Raum. Parijahan sah Nadya wissend an.

»Schau mich nicht so an.«

»Und ich dachte, *du* wärst schon der Gipfel an Glaubenseifer.«

»Ich versuche wieder zu schlafen, Parj.«

Parijahan lachte und setzte sich auf die Bettkante, überlegte es sich dann aber anders und legte sich neben Nadya.

Nadya barg den Kopf an ihrer Schulter.

»Es tut mir leid, dass du nicht durchgedrungen bist.«

»Ich war ihm schon so nahegekommen«, sagte Nadya und blinzelte Tränen weg. »Er ist noch bei sich, aber gleichzeitig ist er auch vollständig verschwunden.«

Parijahan blieb ruhig, bevor sie schließlich sagte: »Wir werden noch ein bisschen länger hierbleiben müssen. Rashid hat keine Ahnung, wie du das überlebt hast. Du hast eine Menge Blut verloren. Du musst heilen.«

»Wo sind wir?«

»In einem Dorf ein paar Tage westlich von Kyętri. Ein Bauer hat uns gnädigerweise in diesem leeren Haus wohnen lassen, für den günstigen Preis von zehn *łowtek* die Nacht.«

»Du meine Güte.«

Parijahan zuckte mit den Schultern. »Ich kann es bezahlen, aber meine Mittel nähern sich dem Ende. Er hat gesagt, es gehört seinem Sohn, aber der ist an der Front und der Handel ist hier draußen fast ganz zum Erliegen gekommen.«

»Es hat sich nichts verändert«, merkte Nadya leise an. »Wenn überhaupt, dann ist alles eher schlimmer geworden.«

»Vielleicht«, sagte Parijahan. »Oder es war vielleicht nur ein erster Schritt in neues Elend und es folgen einfach noch weitere.«

»Ich bin mir nicht sicher, wie viel mehr ich aushalten kann.« Sie war bestürzt und erschöpft und konnte nicht aufhören, an Malachiasz' gequälten Gesichtsausdruck zu denken, bevor alles in diesem Gesicht ausgelöscht worden war.

Parijahan zog Nadyas befallene Hand in ihren Schoß. »Das hier sieht aus, als sollte es an erster Stelle kommen«, stellte sie fest.

Nadya bewegte ihre Finger. »Ich bin mir nicht einmal sicher, was ich deswegen tun soll.«

»Ruh dich aus«, sagte Parijahan. »Das ist alles, was du tun kannst.«

Nadya befand sich nicht mehr in dem Bauernhaus.

»Wie machst du das nur immer?«

Pelageya sah von einer Kette aus Hühnerfüßen in ihrer Hand zu Nadya auf. »Was machen?«

Nadya deutete auf ihre Umgebung. Sie waren in dem Wohnraum, in dem sie Pelageya schon zuvor getroffen hatte; durch staubige Fenster fiel etwas Licht herein. Von der Decke hingen jetzt Bündel an getrockneten Blumen neben Schädeln, die an ihren Augenhöhlen aufgefädelt waren. Nadya war in einen Sessel gepackt, ihre Hände legten sich um einen warmen Becher Tee. Ihre Flanken taten weh, aber es war nicht unerträglich.

Pelageya beachtete ihre Frage nicht. »Hast bei deiner edlen Aufgabe versagt, oder?«

»In Ordnung, schick mich zurück«, erwiderte Nadya und bemühte sich, aus dem Sessel herauszukommen.

»So empfindlich«, sagte Pelageya und schnalzte missbilligend mit der Zunge. »Wenn du weißt, was gut für dich ist, bleibst du, wo du bist.«

»Es ist doch bekannt, dass ich das nicht weiß.«

Pelageya lachte bellend.

Nadya schrak zusammen, als sie sich wieder auf dem Sessel niederließ. Sie hatte Angst, dass sich eine Naht gelöst hatte. Pelageya beobachtete sie.

»Du solltest tot sein.«

»Viele Male schon, da bin ich mir sicher«, sagte Nadya trocken. Es war leichter, schnippisch mit Pelageya umzugehen, wenn sie nicht älter aussah als Nadya selbst.

»Die Klauen von Geiern sind vergiftet. Und ich bin mir sicher, dass die von deinem Jungen schlimmer sind als die aller anderen von seiner Art.«

Nadya runzelte die Stirn. Ihre Hand schob sich an ihren Brustkorb. Wie hatte sie überlebt?

»Aber du lebst und du bestehst. Ich kann dir keine Antworten geben, nur Rat.«

»Ich habe nie um Rat gebeten«, entgegnete Nadya und ging der Schlussfolgerung nicht nach, dass Pelageya Antworten für Nadya hatte, die sie jedoch zurückhielt.

»Was wirst du tun? Du hast dein Monsterhündchen nicht, um es an einer Leine in das Land seiner Feinde zu schleifen ...«

»Und ich habe keine Magie«, murmelte Nadya.

»Hast du nie darüber nachgedacht, warum du in dieser Welt weilst?«, fragte Pelageya.

Das klingt sehr unangenehm, dachte Nadya. Sie neigte ihr Gesicht wieder in den warmen Dampf, der vom Tee aufstieg.

»Eine Klerikerin, die mit dem gesamten Pantheon Zwiesprache hält – noch nicht da gewesen – und die in einer Zeit des Unfriedens ankommt, wenn keine anderen Kleriker zu finden sind. Was macht dich so besonders?«

Nadya beachtete sie nicht. Es war nicht ihre Aufgabe zu zweifeln.

»Ich dachte, du wärst wie jede andere Klerikerin – mit einem eigenen Talent für Magie, das die Götter ausnutzen und aufblähen, damit es aussieht, als vermöchtest du nichts ohne sie, aber ich habe mich geirrt.«

»Weil ich keine nennenswerte Magie mehr habe?«

»Weil du deine Macht von ganz woandersher bezogen hast«, erwiderte Pelageya. Sie stand auf, legte die Hühnerfüße auf einen Tisch und nahm dann Nadyas Hand. Die schwarzen Ranken hatten sich ihren Ring- und Zeigefinger hochgewunden. »Was, glaubst du, ist das, hm?«

»Ich habe Velyos genutzt, um Malachiasz' Macht zu stehlen«, antwortete Nadya.

»Und das macht dich also zu einer Art magischen *kashyvhes?* Nein, Kind, da ist etwas tief Verwunschenes, das du aufgeweckt hast und das nun sucht, was es einst besessen hat.«

Ein Angstschauder lief Nadya den Rücken hinunter.

»Ich bin es nicht gewohnt, mich zu irren. Aber ich habe mich bei dir geirrt.«

Warum konnte sie nicht einfach eine dumme Klerikerin sein, die falsche Entscheidungen getroffen hatte? Das genügte doch schon. Sie wollte nicht wissen, was bei ihr anders war, denn dann war sie keine einfache Klerikerin mehr, sondern dazu bestimmt gewesen, den Krieg zu beenden, und sie hatte versagt.

»Ich weiß nicht, was ich tun soll«, wisperte sie.

Pelageya hockte sich auf die Armlehne des Stuhls, der Nadya gegenüberstand.

»Ich dachte ...« Nadya verstummte. »Ich dachte, das Zerreißen des Vorhangs würde den Kriegsverlauf wenden. Selbst wenn der Tod des Königs das nicht bewirken konnte – aber ich habe beides vollbracht und es hat sich nichts geändert.«

»Kannst du die Strafe der Götter nicht erkennen, die sie Tranavia zugedacht haben?«

»Eindeutig nicht.«

»Du denkst zu unfrei, Kind. Du dachtest, der göttliche Zorn würde mit Höllenfeuer und Zerstörung kommen? So gebärden sich keine Götter. Tranavia erleidet seine Strafe, sie trifft bloß Kalyazin ebenso.«

Sie erbleichte. *Der Winter.* Der nicht endende Winter. Er würde sie alle mit Frost überziehen; sie verhungern lassen. Und das wäre sicherlich eine Strafe für Tranavia, aber was wäre sie wert, wenn die Tranavier nicht begreifen würden, wer diesen Winter verursacht hatte?

»Du denkst, das wäre schon alles? Ein bisschen ärgerliches Wetter? Nadezhda, dafür bist du doch viel zu schlau.«

War sie das? Sie war nicht schlau genug gewesen, um Malachiasz' Lügen zu durchschauen. Oder um ihn zurückzubringen. Sie fühlte sich überhaupt nicht besonders schlau.

Pelageya seufzte. »Du denkst, dass der neue junge König Schwierigkeiten hat, seinen Thron zu verteidigen, weil er unfähig ist? Er ist genauso skrupellos und blutrünstig, wie es von einem tranavischen König erwartet wird – sogar noch schlimmer.«

»Oh«, hauchte Nadya. »Bozidarka?«

»Oder Veceslav. Jeder deiner Götter könnte die Pläne des Königs verdrehen, bis er wirklich stürzt.«

Nadya blickte nach oben zum dunklen Holz der Decke. Das ergab auf eine kranke Art Sinn. Sie hatte ein Weltgericht erwartet, aber sie hatte genau das bekommen, was sie für Tranavia gewollt hatte: Chaos.

»Du willst wirklich, dass Tranavia zerfällt?«, fragte Pelageya. »Sie stehen am Abgrund und es braucht nur einen ganz leichten Stoß, damit sie über die Kante fallen.«

»Wie?«, fragte Nadya. Es war die einzige Möglichkeit, um den Krieg zu beenden, der einzige Weg, sie selbst zu erlösen.

Die Mundwinkel der Hexe verzogen sich zu einem winzigen Lächeln. »Bald«, murmelte sie. »Sehr bald.«

Es dauerte noch ein paar Tage, bis Nadya so weit genesen war, dass sie das Bett verlassen konnte. Jede Bewegung war eine kleine Qual – sogar das Atmen tat weh –, aber wenn sie noch länger im Bett geblieben wäre, hätte sie nur noch Trübsal geblasen.

Kostya lungerte weiter bei ihr herum, aber mit jedem Tag, an dem sie ihm nicht die Wahrheit sagte, baute sich eine Anspannung auf, die darauf wartete zu explodieren.

Tatsächlich hatte sie gehofft, sich durchmogeln zu können. Sie wollte seine Enttäuschung nicht sehen.

Er setzte sich an den Tisch und schob ihr einen Becher Tee zu. Die Schrammen in seinem Gesicht heilten langsam, sie waren jetzt eher gelb als schwarz.

»Nadya, du musst mit mir reden«, sagte er leise.

Streng genommen nicht, dachte sie mürrisch. Der Regen hämmerte gegen die schmierigen Fenster und Nadya grub ihren Zeh in den Boden aus gestampfter Erde.

»Ich will nur wissen, was geschehen ist, jede Kleinigkeit. Warum warst du mit dem Prinzen unterwegs?«

»Warte!«, bat sie und hob die Hand. »Warte. Es gibt auch Sachen, die du mir erzählen musst.«

Er verstummte verwirrt.

»Dies hier wird kein Verhör werden, eher ein Austausch von Erfahrungen.«

»Ich dachte, es wäre ein Gespräch«, entgegnete er.

»Das wäre es, wenn du dich nicht so sehr darüber empören würdest, was ich dir erzählen werde.«

»Das werde ich nicht ...«

»Es ist schlimmer, als du denkst, Kostya. Es ist wahrscheinlich schlimmer als das Allerschlimmste, was du dir vorstellen kannst. Und ich lasse mich keinem Verhör unterziehen, aber ich werde es dir erzählen, wenn du zuhören willst.«

»Ich will zuhören«, sagte er ohne Zögern.

»Dann musst du auch meine Fragen beantworten.«

Er nickte, unsicher, was das bedeutete. Seine Miene verzog sich nicht allzu stark, als sie ihm erklärte, warum sie mit Serefin unterwegs gewesen war. Selbst dann nicht, als sie den anderen Grund, weshalb sie in den Salzminen gewesen war, nur leicht beschönigte. Doch ehe sie nach dem Anhänger fragen konnte, nach Velyos, war ein Klopfen an der Tür zu hören, zaghaft und leise. Sie tauschte verwirrt einen Blick mit Kostya, während Parijahan vorsichtig öffnen ging.

Nadya hörte ein überraschtes Ringen nach Luft, dann wie etwas zu Boden fiel. Mit ihrem Teebecher in der Hand stand sie auf, um nachzusehen, und erstarrte, als sie die Stimme erkannte, die da in schnellem Tranavisch sprach.

15

SEREFIN MELESKI

Niemand weiß, wodurch Lev Milekhin die Götter kränkte; niemand weiß, was geschah, als er die Pilgerreise nach Bolagvoy unternahm. Es ist nur bekannt, dass er von einem anderen Gott erwählt war, als er zurückkehrte, und nicht mehr dem angehörte, der ihn verlassen hatte. Und dass er nie wieder sprach.

Die Bücher von Innokentiy

Serefin erwachte von einem entsetzlichen Albtraum, nur um festzustellen, dass es überhaupt kein Albtraum gewesen war. Er war immer noch in dem verfluchten Wald.

Immerhin verging die ewig währende Nacht. Es war weiterhin dunkel, aber das gelegentliche Aufflackern von Licht durch das dichte Blätterdach und die Geräusche von Vögeln, die zwischen den Bäumen umherflatterten, waren eine so große Erleichterung, dass es sich nicht mit Worten ausdrücken ließ.

Er war müde und hungrig, und er verspürte keinerlei Verlangen, auf dieser verdammten Lichtung auszuharren. Also stand er auf und ging los. Die unheimliche Bedrohung war verschwunden. Der Wald wirkte … normal. Ihn zu durchwandern wäre angenehm gewesen, hätte Serefin nicht so große Angst gehabt, dass er den Weg zu seinen Freunden niemals bewältigen konnte.

Er vermutete, dass die Stimme nicht gelogen hatte mit der Behauptung, er wäre nicht mehr in Tranavia, und er verstand sogar dann nicht, wie das möglich war, als er auf den Rand eines kalyasischen Dorfes zustolperte.

Wie weit hat mich dieses Wesen mitgenommen?, dachte er entsetzt. Schnell schlüpfte er aus seiner Militärjacke und schob sie ganz nach unten in seinem Rucksack. Er wollte sich den Siegelring abziehen, hielt aber inne, als er das kalte Metall zwischen den Fingern spürte. Den Ring zu entfernen fühlte sich falsch an, auch wenn ihn das sehr gut umbringen konnte. Und falls der Ring ihn nicht verriet, würde es sein tranavischer Akzent. Die klügere Entscheidung wäre es, das Dorf ganz zu umgehen, aber er war schwach vor Erschöpfung und Hunger.

Der Winter hatte diesem Dorf hart zugesetzt: Es litt. Die Felder hätten von sprießendem Grün bedeckt sein müssen, wo die Bauern sich nach Kräften gemüht hätten, den harten Winter auszugleichen. Die Katen, an denen er vorbeikam, waren heruntergekommen, die strohgedeckten Dächer dünn und ausgebessert. Es ähnelte der Armut in Tranavia, und er versuchte, sich diesen Gedanken nicht nahegehen zu lassen.

Dieser Krieg zerstörte alle.

Als er eine Schenke entdeckte, hätte er fast vor Freude geweint, denn das bedeutete, dass ihn die Dorfbewohner nicht zu genau anschauen würden – auch wenn er sich schon einige misstrauische Blicke eingefangen hatte. Dieser Ort sah öfters Reisende, und selbst wenn die Leute hier sie nicht mochten, so waren sie daran gewohnt. Er hatte sich seine Mütze in dem Versuch, die Narbe in seinem Gesicht zu verbergen, tiefer ins Gesicht gezogen, auch wenn er wusste, dass sie kaum zu übersehen war. Seine Mütze war vom Stil her tranavisch, schon das war ein Fehler.

Er verschwand in der Wirtschaft und war dankbar, von den Dorfbewohnern draußen wegzukommen, auch wenn das bedeutete, dass er sich denen drinnen stellen musste. Es war warm, ein Feuer brannte in der Mitte der Gaststube. Serefin stach sofort der scharfe, erdige Geruch der Kräuter in die Nase, die an der Wand hingen. Diese Einkehr war ein entsetzlich dummes Wagnis, aber das kümmerte ihn nicht. Er war müde, er war im Land seiner Feinde und im schlimmsten Fall würde er als Tranavier erkannt werden und dann ... was? Gehängt werden? Ins Militär gezwungen werden? Damit würden sie ihm wohl eher einen Gefallen erweisen.

Alles sähe anders aus, wenn Kacper hier wäre. Aus hunderttausend Gründen hätte er sich Kacper an diesen Ort gewünscht, aber vor allem, weil der Getreue ein natürliches Geschick im Umgang mit versteckten Gefahren aufwies. Sie waren nie wirklich in eine solche Lage geraten, aber Kacper mochte es, Sachen zu wissen, seiner Umgebung klug voraus zu sein und die verborgenen Gefühle und Handlungsgründe der Beteiligten besser zu durchschauen als sie selbst. Kacper konnte selbst als ein unglaublich überzeugender Kalyaziner durchgehen.

Dafür bin ich nicht ausgebildet, dachte Serefin widerstrebend. Er war Soldat, kein Spion. Er konnte nichts so einfach vorspielen.

Doch er musste sich darauf einlassen.

Serefin strich mit dem Daumen leicht über das Futter seiner Taschen und zog eine dünne Geldbörse mit einer Handvoll kalyasischen Kopeken hervor. Es war nicht viel, aber es würde für eine heiße Mahlzeit und einen warmen Schlafplatz genügen. Und auch für ein stärkeres Getränk. Vielleicht zwei. Hoffentlich zwei.

Von den Wirtshausgästen, die rund um einen langen Tisch in der Nähe saßen, würdigte ihn keiner eines zweiten Blickes. Sie waren in ein heftiges Streitgespräch vertieft, das zu heftig geführt wurde, als dass Serefin hätte folgen können. Er schnappte nur Fetzen davon auf; es war eine Art Auseinandersetzung über dörfliche Rechte, und ein alter Mann mit ergrauendem Bart schalt einen jüngeren Mann und wies ihn darauf hin, dass sie in einer *korchmy* waren und die *neznichi krovitz* dort keine Macht hatten.

Serefin zog die Brauen zusammen. Lag denn eine Fürstenburg in der Nähe? Sicherlich nicht. Und warum sollte ein Fürst in einer Schenke keine Zuständigkeit haben?

Er sprach so wenig wie möglich mit dem Schankwirt und der Mann scheuchte ihn bloß an einen der langen Tische, die in der Wirtsstube standen. Serefin mied die große Gruppe. Er musste dieses Zwischenspiel hier bloß überleben und seine Freunde finden – und dem Drang Einhalt gebieten, der ihn weiter nach Westen zog, wohin konnte er noch nicht sagen. Die Stimme wollte Rache, aber an wem? Serefin wollte auch Rache, auch wenn er es eher als Gerechtigkeit bezeichnen würde, damit er nachts besser schlafen konnte. Einen Vater und einen Bruder umzubringen würde vielleicht ausreichen, um ihn um den Verstand zu bringen; wie es aussah, stand er ganz kurz davor zusammenzubrechen.

»Deine Mütze ist hässlich.«

Serefin sah von seiner Suppe auf – sie schmeckte fürchterlich, war aber warm. Immerhin war das Schwarzbrot gut und der Alkohol entfaltete schon seine betörende Wirkung, ein kleiner Trost. Eine Frau etwas weiter unten an seinem Tisch – mit einem bestickten Schal über dem Haar und einem Blick, als wüsste sie ganz genau, wo solch eine Mütze herkam – beobachtete ihn.

»Hässliche Mütze, erbeutet von einem hässlichen Soldaten«, sagte er schroff. »Kann nicht wählerisch sein bei diesem Wetter.«

Er hatte mindestens sieben Worte mehr gesagt, als er gewollt hatte, aber die Frau nickte und wandte ihre Aufmerksamkeit wieder anderem zu. Er hatte gerade erleichtert geseufzt, da wurde die Tür der Schenke krachend aufgestoßen und kalte Luft strömte in den Raum. Serefin brachte sich ohne nachzudenken in Abwehrhaltung, indem er sich den Handrücken aufschlitzte.

Irgendjemand schrie und der Tisch auf der anderen Seite der Stube wurde umgestoßen, als die Gästeschar von dem Geier fortdrängte, der die Schenke betrat. Serefins Augenlider schlossen sich für einen Moment flatternd; er war nicht in der Verfassung, einen solchen Gegner zu bekämpfen.

Und dieser war eindeutig wegen ihm hier.

So viel dazu, heil und in einem Stück aus dieser Kaschemme herauszukommen.

Er duckte sich, als ein magisch geformtes Schwert in seine Richtung flog. In seinem Kopf drehte sich alles. Warum warteten Angreifer immer, bis er getrunken hatte?

Er musste sich selbst die Schuld daran geben, weil er sich hatte betrinken wollen, obwohl von Ruminski geschickte Meuchelmörder jederzeit zuschlagen konnten. Doch hätte er mit mehr Einsicht auf seinen Rausch verzichtet? Unwahrscheinlich. Und warum ein Geier?

Vielleicht kam er von Malachiasz, nicht von Ruminski.

Er sollte hier besser keine Magie verwenden. Das würde ihn sofort als Häretiker ausweisen, weil alle wussten, dass es nur eine Klerikerin gab, die zudem weit entfernt von hier weilte. Doch der Geier kam näher. Gleichzeitig zitterte Macht unter Serefins Haut und um seinen Kopf und in seinem Haar schwirrten Motten. Außerdem erforderte es nicht die leiseste Anstrengung, in diesen chaotischen Ort einzutauchen, Sterne aus der Luft zu holen und sie geradewegs in diese gezackte Eisenmaske zu schicken. Ein fürchterlicher, herzzerreißender Schrei war zu hören, als sich das Licht durch die Maske und in die Haut des Geiers brannte, sodass das Fleisch darunter brodelte. Serefin sah lieber zur Seite, aber den Schreien, die die Luft zerrissen, konnte er nicht entkommen.

Aufschlussreich, dachte er.

Er hoffte, diese Magie würde ihm später nicht schaden. Es war nicht klug, eine Macht zu verwenden, die er nicht verstand.

Da überrumpelte der Geier Serefin und riss ihm mit seinen Klauen die Seite auf. Er trug nur ein einfaches Hemd ohne Schutz und fauchte zwischen zusammengebissenen Zähnen, Blut rann ihm zur Hüfte hinunter. Doch mit all diesem Blut kam ein ungewollter Magieschub, den er unterdrücken musste, denn falls er diesen Kampf hier überlebte, käme er deshalb in noch schlimmere Schwierigkeiten.

Geschickt wich er dem nächsten Angriff des Geiers aus, dabei drückte er sich die Hand an die blutende Seite. Mit einem Mal veränderte sich seine Sicht: Sie wurde so seltsam scharf und klar ausgerichtet auf eine Art, die ihn so verwirrte, dass er beinahe über seine eigenen Füße gefallen wäre. Einen wunderschönen, schimmernden Augenblick lang konnte er *sehen.*

Doch so schnell diese Erleuchtung gekommen war, verging sie auch wieder, und alles, was er nun sah, war entsetzlich. Diejenigen, die aus der Schenke flohen, waren Leichen mit schwarzem, verwestem Fleisch. Bis auf die Knochen abgeschabte Gliedmaßen, abgebrochene Hände und Füße, Augen, aus denen schwarzes Blut quoll. Und Serefin stand in einem Wald, dunkel, beklemmend und darauf lauernd, ihn am Stück zu verschlingen, um ihn als halbe Person wieder auszuspeien: nur eine Kreatur, nichts als ein Junge, dessen Geist in zwei Hälften zerschnitten worden war, nachdem er von Göttern erst umhergeschleudert und dann verworfen worden war.

Dann war der Wald verschwunden und Serefins Geist klärte sich.

Magie sammelte sich in seiner Hand, und er schleuderte sie dem Geier so fest ins Gesicht, dass das Monster umfiel wie ein Stein. Seine Fingerknöchel wollten beinahe bersten.

Serefin stieß lange und zittrig den Atem aus und rieb sich die Augen. Da war gar nichts gewesen. Diese Fantasien gab es gar nicht. Alles andere würde er nicht ertragen.

Er kauerte sich neben den Geier, der benommen, aber am Leben war.

»Czijow«, sagte er freundlich. Er musste sich nun nicht mehr anstrengen, kein Tranavisch zu verwenden; er bezweifelte, dass er lebendig aus diesem Dorf fortkommen würde. »Ich nehme an, du kommst von Ruminski.« Er machte eine Pause und riss dem Geier die Maske ab.

Er war ungefähr in Serefins Alter. Hellblonde Locken fielen ihm in die Stirn. Sein Gesicht blutete dort, wo Serefins Magie die Maske durchdrungen hatte, und seine dunkelblauen Augen leuchteten giftig.

»Ja? Nein? Dann der Schwarze Geier?«

Der Geier spuckte und verfehlte nur knapp Serefins Gesicht.

»Ah, du bist einer von denen, die ihn hassen, das haben wir gemeinsam. Also, Ruminski. Hervorragend. Hat er gesagt, ich wäre ein schwacher Säufer und leicht umzubringen? Er hat Schwierigkeiten, meinen Thron zu übernehmen, oder? Halten ihn ein paar *slavhki* davon ab, ihn ohne echte Beschuldigungen oder Beweise für meinen Tod zu beanspruchen?«

Der Geier blieb stumm. Mit einer Hand fingerte er an seinem Gürtel herum, aber Serefin packte sein Handgelenk, nahm ihm ein Glasfläschchen ab und ließ die Flüssigkeit darin kreisen.

»Wolltest dich umbringen, statt mit mir zu reden? Etwas übertrieben.« Er warf die Flasche über seine Schulter und hörte, wie sie zersprang. »Du wirst weiterlaufen, zurück nach Tranavia, und Ruminski mitteilen, dass ich hoffe, er durchwacht jede Nacht schweißgebadet. Dass seine Pläne nicht aufgehen werden. Falls er denkt, ich habe ihm den Thron überlassen wollen, indem ich mich aus Grazyk zurückgezogen habe, dann ist er genauso dumm, wie er aussieht. Du sagst ihm« – Serefin lehnte sich nahe an ihn heran – »dass seine Tochter in der Tat bei den Geiern schmachtet und dass keine Verhandlung oder Drohung sie zu ihm zurückbringen wird. Er kann mit dem Schwarzen Geier verhandeln. Doch das hast du schon gewusst! Du hast es ihm nur nie gesagt, oder? Er sollte besser die Zeit genießen, die ihm noch bleibt. Ich habe erst noch einige Angelegenheiten zu erledigen, dann werde ich ihn Glied um Glied zerreißen und jeden Moment davon genießen.«

Serefin pflückte eine Motte aus der Luft und schob sie dem Geier zwischen die Lippen. Der wehrte sich, schluckte sie aber schließlich mit weit aufgerissenen Augen hinunter.

»Ah, ja, das habe ich mir gedacht«, sagte Serefin mit einem verschlagenen Lächeln. »Du gehst auf kürzestem Weg zurück und überbringst meine Botschaft. Und bitte, wenn du sie noch etwas grausamer ausschmücken willst, nur zu.« Er ließ zu, dass sich der Geier auf die Beine kämpfte und wie in Trance in die Nacht hinausging.

Ich habe keine verdammte Ahnung, was ich gerade angestellt habe, dachte Serefin verhalten.

Mit Sicherheit hatte jemand den nächstgelegenen militärischen Außenposten alarmiert. Vielleicht gelang ihm die Flucht aus dem Dorf, ehe die kalyasische Armee eintraf.

Eigenartig benebelt stand er auf. Er unternahm einen Schritt und sein Bein gab unter ihm nach.

Er schaffte es wieder auf die Beine und bewegte sich zur Tür.

Und lief genau vor die Spitze einer Klinge.

Mist, dachte er, hob die Hände und ließ seinen Blick das Schwert entlangwandern bis zu dem blauen kalyasischen Mantel mit den hohen militärischen Orden am Revers. Bis zu dem schwarzen Zopf über der schlanken Schulter. Und weiter hinauf zu den scharfblickenden grünen Augen einer Frau, die er erkannte, obwohl er sich wünschte, es wäre nicht so.

»Mist«, sprach er laut aus.

Yekaterina Vodyanova, die Zarewna von Kalyazin, grinste fröhlich. »Nun«, rief sie begeistert. »Der König von Tranavia weilt fern von zu Hause, nicht wahr?«

16

NADEZHDA LAPTEVA

Die Stürme stammten nicht immer von Peloyin, diesem Usurpator, diesem Betrüger. Es gab einst einen anderen, einen und einen und einen. Rauch und Schatten und eine Stimme wie Donnergrollen, der Stamm eines vom Blitz getroffenen Baumes. Er, der alle Bewegungen der Luft beherrschte vor seiner jähen Entweihung.

Die Bücher von Innokentiy

Nadya riss die Augen auf, brennend heißer Tee spritzte ihr über die zitternden Finger. Schnell stellte sie die Tasse ab.

Malachiasz sah furchtbar aus. Er war bis auf die Haut durchnässt und mit Schlamm bedeckt; getrocknetes Blut überzog die Seite seines Gesichts, als wäre er gegen das Kinn geschlagen worden. Sein schwarzes Haar war tropfnass und er zitterte, seine Lippen waren von der Kälte blau angelaufen. Sie konnte seine Adern unter der blassen Haut erkennen. Keine Klauen. Keine Eisenzähne. Keine Metallspitzen, die aus seinem Fleisch ragten. Nur ein groß gewachsener Junge, der sich die Arme um den Körper schlang und damit unterstrich, wie spindeldürr er war. Er trug eine ausgefranste graue Tunika über einer mit Schlamm verschmierten schwarzen Reithose und über seiner Schulter hing ein schäbiger Beutel.

Nadya war erleichtert. Und dann packte sie auf einmal all die Wut, die sie bis jetzt nicht empfunden hatte. Sie war so wütend, dass sie ihn umbringen wollte.

Seine blassen Augen begegneten wachsam den ihren. Nadya ballte die Faust.

Rashid packte sie am Arm. »Nimm dich in Acht. Du wirst dir deine Wundnähte aufreißen.«

»Ich hege im Moment keinen größeren Wunsch, als ihm sein dümmliches Gesicht einzuschlagen, nimm mir das nicht, Rashid«, entgegnete Nadya, aber sie spürte ein Stechen in der Seite.

»Nähte?«, fragte Malachiasz sanft und dem Raum wurde alle Luft entzogen. Er zupfte an seinen Fingernägeln, die Finger seiner rechten Hand bluteten bereits. Er hustete heftig.

Das war der Junge, der sie so ernst davon überzeugt hatte, er würde sich um sie kümmern, nur um ihr dann ins Gesicht zu schlagen. Wie konnte er es wagen, zurückzukehren und so zu tun, als könnten sie wieder zu der angenehm seltsamen Freundschaft übergehen, die sie zuvor gepflegt hatten, wenn das doch alles nur eine Lüge gewesen war.

»Diese Nähte werden leider notwendig, wenn du einen Menschen mit allen zehn deiner gottverfluchten Fingermesser aufspießt«, fauchte sie wütend.

Fingermesser, formte er verwirrt mit den Lippen, bevor er die Hände langsam zu Fäusten ballte – nicht kämpferisch, eher schützend. Entsetzen flackerte kurz über sein Gesicht. Flehend sah er Parijahan an, aber sie ging einen Schritt näher zu Nadya. Die kaum merkliche Verschiebung von Bündnissen ließ seine Angst deutlicher hervortreten.

»Was habe ich getan?«, fragte er langsam.

Nadya ächzte höhnisch, verdrehte aber wenigstens nicht die Augen. Rashid runzelte die Stirn. Malachiasz, der zuvor an der Tür gelehnt hatte, sah jetzt so aus, als würden seine Beine gleich nachgeben.

»Das genau wolltest du doch erreichen«, sagte Rashid zu Nadya.

»Ich habe gesagt, dass ich ihn zurückbrauche, aber nicht, dass ich ihm vergeben werde«, entgegnete sie.

Malachiasz zuckte zusammen, als hätte sie ihn geschlagen. Sie beobachtete, wie er versuchte, den ängstlichen Jungen wegzusperren und dabei ... scheiterte. Er hob die Hand und begann an einem abstehenden Nagel zu kauen. Sie traute diesem Bild hier nicht – konnte es unmöglich –, aber etwas an seinem Verhalten berührte sie seltsam.

»Malachiasz ...«

Er erschrak bei seinem Namen und seine Augen schlossen sich kurz.

»Was ist das Letzte, woran du dich erinnerst?«

Er runzelte die Stirn. Schüttelte langsam den Kopf. Kostya war nach ihr aus der Stube gekommen und lehnte in der gegenüberliegenden Türöffnung, Hass strahlte in kalten Wellen von ihm ab.

»Ich bin in den Minen aufgewacht«, sagte Malachiasz. »Aber das war doch in Grazyk, in der Kathedrale. Ich ... da ist noch anderes, Erinnerungsfetzen, aber ...«

»Das Geschehen in der Kathedrale liegt sechs Monate zurück«, erwiderte sie.

Er schüttelte erneut den Kopf und fuhr sich mit der Hand durch das Haar. Seine Finger blieben an einem Knochenstück hängen, das gemeinsam mit Goldperlen in seine Strähnen geflochten war, und das verwirrte ihn noch mehr.

»In Ordnung«, räumte er leise ein. »Das war nicht das Ergebnis, mit dem ich gerechnet habe.«

Parijahan schnaubte. »Du Idiot.«

Er lächelte schwach. Sein Blick wanderte zu Nadya zurück, fiel auf ihre Halskette und sein Gesicht wurde bleich. »Ich habe nicht ...«

»Dieser großartige Plan von dir? Nein«, sagte sie mit scharfer Stimme. »Oder vielleicht doch? Wer weiß. Wir müssen reden.«

»Ja.« Er klang, als würde er alles andere lieber tun.

»Du solltest dich zuerst säubern«, schlug Parijahan vor.

Er ließ sich von Parijahan in die Wohnstube ziehen. Dort hielt er apathisch, verloren und verwirrt inne, bis sie ihn in die richtige Richtung schubste.

Rashid ging weg, um das Badehaus zu heizen, und Malachiasz folgte ihm so schnell er konnte, ersichtlich geleitet von dem Wunsch, Nadya zu meiden. So wütend sie auch war, das schmerzte sie doch. Denn sie hatte ihn vermisst, und nun war er vor ihr aufgetaucht – so nahe bei ihr –, doch sie konnte ihn nicht ertragen, weil er gelogen hatte und versuchte, ihre Götter zu zerstören, um irgendein extremes Ideal zu verwirklichen. Weil sie nicht wusste, was er war, und weil sie das Monster in der Dunkelheit nicht noch einmal unterschätzen durfte.

Sie zitterte heftig, schlang sich die Arme um den Oberkörper. Das Monster, das sie geküsst hatte. Doch er erinnerte sich nicht daran. Diesen schieren Verrat an den Göttern musste sie ertragen, allein. Musste den Blutaltar vergessen, allein. Es war ein Abschiedskuss gewesen.

Parijahan warf Kostya über Nadyas Schulter hinweg einen Blick zu. »Lass ihn in Ruhe«, warnte sie ihn.

»Nadya ...« Kostya riss sie herum, damit sie ihn ansah. Wut, Fassungslosigkeit und Verwirrung stauten sich in seinem Gesicht.

»Er war mein Freund«, sagte sie heiser. »Doch es ist etwas vorgefallen und er ist es nicht mehr, aber ich brauche ihn für etwas. Ich muss etwas Großes erreichen, etwas, das vielleicht die schützende Ordnung wiederbringen könnte, aber ich vermag es nicht ohne ihn zu tun.«

Kostya zog wütend die Brauen zusammen. »Ich verstehe nicht.«

»Ich weiß nicht, ob ich dir helfen kann, es zu verstehen«, flüsterte sie.

Eine schmerzhafte Stille machte sich zwischen ihnen breit, bis er mit einem empörten Grummeln an Nadya und Parijahan vorbei zur Tür hinaus und in den Regen ging.

Nadya biss sich auf die Lippe und unterdrückte die Tränen. »Ich hatte nicht damit gerechnet, dass das so schwer sein wird.«

»Willst du, dass ich mit Konstantin spreche?«, fragte Parijahan.

»Nett, dass du das anbietest, aber nein, ich werde das machen. Er wird sich beruhigen«, sagte Nadya, obwohl sie sich nicht sicher war, ob das stimmte.

»Und?«

»Oh, mit dem anderen spreche ich ganz gewiss auch«, sagte Nadya. »Wie kann er es wagen, sich so zu benehmen? Als wäre überhaupt nichts geschehen. Als würde er sich nicht erinnern.«

»Vielleicht erinnert er sich nicht«, warf Parijahan ein.

»Selbst wenn nicht, er erinnert sich todsicher daran, dass alles, was er mir je erzählt hat, gelogen war«, entgegnete Nadya. Das brachte allerdings eine Schwierigkeit mit sich. Wie sollte sie herausfinden können, was genau er im Schilde geführt hatte, solange er sich nicht erinnerte? Sie konnte diese fehlende Zeit nicht einfach beschönigen, die Schreckenstaten mit dem Zerfall seines *Wesens* entschuldigen. Das stimmte nicht.

Parijahan runzelte die Stirn. »Er hat gelogen«, sagte sie und ihre grauen Augen blickten zweifelnd, wie so oft. »Wirst du ihn dann mit der Unwahrheit bestrafen?«

»Er verdient, was auch immer ich beschließe.« Und das entsprach der Wahrheit, aber sie begriff, dass Parijahan etwas anderes andeuten wollte.

Sie konnte es nicht ändern. Sie war wütend auf alle. Sie war wütend auf Malachiasz, weil er gelogen hatte. Sie war wütend auf Marzenya, weil sie sich von ihr abgewandt hatte, als Nadya sie am meisten gebraucht hatte. Und sie würde ihr Vorhaben zu Ende bringen – ihn so benutzen, wie er sie benutzt hatte. Wenn sie wahrhaftig dazu bestimmt war, diesem Krieg ein Ende zu setzen, dann wollte sie lieber verdammt sein, als es nicht zu vollbringen, egal was es erforderte.

PARIJAHAN SIROOSI

Parijahan ertrug nur eine begrenzte Anzahl von trockenen Militärberichten der Tranavier, dann wollte sie das ganze Land eigenhändig niederbrennen. Sie ließ Rashid allein, der immer noch über einem Bericht brütete, von dem Parijahan ziemlich sicher war, dass er nichts bedeutete und dass Serefin ihn gar nicht hatte mitnehmen wollen. Sie ging in die winzige Küche, wo sie einen frisch gebadeten Malachiasz vorfand, der Wasser für Tee aufsetzte. Sie beobachtete ihn, sah, wie er sich beim Geräusch ihrer Schritte erst versteifte und dann die Haltung wieder lockerte.

»Parj.«

»Versuchst du es mit Bestechung, um Vergebung zu erhalten?«

»Ich«, sagte Malachiasz steif, »versuche mit Bestechung zu vermeiden, dass mir die Kehle durchschnitten oder die Nase gebrochen wird. Vergebung ist da noch nicht absehbar. Und sie setzt Reue voraus.«

Parijahan lachte und hüpfte auf den Tisch. »Du siehst erbärmlich aus.«

»Danke«, erwiderte er. »Genau das will ich jetzt hören, du weißt wirklich, womit ich mich besser fühle, Parj.«

Er hatte irgendwo Himbeeren und verschrumpelte Äpfel gefunden, die er in den Tee tunkte. Parijahan nahm allerdings an, dass er genau wusste, wo in einem kleinen tranavischen Bauernhof die Zutaten für ein beliebtes tranavisches Getränk zu finden sein mussten.

Parijahans persönlicher Rachefeldzug war ganz anders ausgerichtet als der Nadyas und sie machte sich keine großen Gedanken wegen der Monster und der Häresie – was auch immer das Wort genau bedeutete. Wäre Malachiasz irgendein reicher *slavhka* gewesen, dann wären ihre Gefühle vielleicht anders gelagert.

»Ich habe dich vermisst«, sagte sie. »Ich wünschte mir, du hättest mich in deine Pläne eingeweiht.«

»Ich befand mich nicht im geeigneten Gemütszustand, um irgendwen zu vermissen«, erwiderte er mit falscher Fröhlichkeit.

Sie war still. Sein ungezwungener Ton überdeckte nicht wie sonst alle Brüche. Die Risse zeigten sich. Sie wusste, wie einsam er war, aber sie hatte nicht begriffen, wie verletzt er auch war. Und sie wünschte sich so sehr, die Ereignisse in Grazyk hätten nicht ein so schlimmes Ende gefunden, denn – trotz allem, was in seinem Innern hauste – sie wollte ihm helfen, und jetzt wusste sie nicht, ob sie es noch konnte. Ihre Lebenslage veränderte sich in schneller Folge, und sie wusste nicht, wie viel Zeit ihr hier noch blieb. Bald würde sie ihn zurücklassen müssen.

»Dann keine Reue«, sagte sie schließlich.

Er trommelte mit den Fingern auf dem Tisch. »Ich wusste nicht, ob du mir vertrauen oder es ihr gleich erzählen würdest«, sagte er fast unhörbar leise.

Parijahan öffnete den Mund, um zu widersprechen, aber er hob eine Hand.

»Du kannst mir nicht verübeln, dass ich auf der Hut bin, wenn du mein ganzes Land gerne in Flammen sehen möchtest«, hob er hervor.

Sie seufzte.

Eine Reihe Augen, bluttriefend und in beunruhigenden Farben, öffnete sich an seiner Wange. Er stieß sich vom Tisch ab, bevor Blut herabtropfte. Es verging eine kurze Zeit, dann verschwanden die Augen wieder und er konnte das Blut abtupfen. Sie verzog das Gesicht. Es war widerlich.

Es war absehbar gewesen, dass seine tiefgreifenden Verwandlungen schauerliche Auswirkungen haben würden, aber das hatte sie doch nicht erwartet. Sie dachte an die Nacht zurück, in der sein Visier gefallen war und er ihr gestanden hatte, dass er dem Geierorden angehörte; an das Zittern seiner Stimme und daran, wie sie befürchtete, er würde gleich zu schluchzen beginnen, als sie seine Enthüllung lediglich mit einem Achselzucken aufgenommen und ihm mitgeteilt hatte, er wäre mit der Zubereitung des Abendessens an der Reihe. Sie hatte nicht erwartet, dass er schlimmer sein *wollte,* als er schon war. Ein Irrtum.

»Wir müssen reden.«

»Müssen wir?« Er klang sofort argwöhnisch.

Sie lachte. »Nicht wegen deiner ganzen Geschichte.« Sie wusste nicht recht, warum sie Malachiasz' Hilfe bei einer Entscheidung in Anspruch nehmen wollte, die ihr bevorstand – er hatte fortwährend gelogen, und woher sollte sie wissen, ob er das ihm Anvertraute nicht gegen sie verwenden würde? Es ging dabei um Macht und er war ehrgeizig, gelinde gesagt.

Ein skeptisches Nicken von ihm. Er goss den Tee in zwei hässliche, unförmige Becher und bot ihr einen an.

»Du weißt, ich bin wählerisch beim Tee.«

»Wenn du ihn nicht magst, werde ich es zu meiner neuen Lebensaufgabe machen, dir Tee aus Akola zu besorgen.«

Sie rümpfte die Nase. »Du brauchst tatsächlich eine neue Lebensaufgabe.«

»Du darfst den Tee aber nicht deshalb zurückweisen.«

Sie beschwerte sich nicht. Der Tee war viel süßer, als sie es für gewöhnlich mochte, aber die Süße war nicht klebrig, sondern angenehm.

»Ich würde sagen, du kannst deinen Narrenfeldzug weiterverfolgen.«

Er grinste. Sie musterte ihn über den Becherrand hinweg. Er ging barfuß und hatte die Haare zu einem wirren Dutt zusammengebunden: kaum das wabernde Monster, von dem Nadya regelmäßig sprach.

»Worüber wolltest du sprechen?«

Sie schüttelte den Kopf. »Nicht hier, irgendwo, wo die anderen es nicht hören können, später.« Sie wollte nicht über Akola sprechen, solange Rashid in Hörweite war, auch wenn es sich unredlich anfühlte, etwas vor ihm zu verbergen.

Er wartete, dass sie fortfuhr.

»Ich bin in Schwierigkeiten.«

»Und du brauchst meine Hilfe?«

»Ich brauche Rat.« Parijahan nahm noch einen Schluck. »Du solltest Nadya ihren Tee bringen. Sie wird dich wahrscheinlich nicht schlagen.«

Er sah sie stirnrunzelnd an. Überlegte sich, ob er weiter in sie dringen oder abwarten sollte. Doch er kannte sie; er begriff, dass sie es ihm bei Gelegenheit erzählen würde.

Denn obwohl er bewiesen hatte, dass er nicht auf gleiche Art empfand wie sie, vertraute sie ihm. So schlimm das klingen mochte: Selbst den Verrat, den er begangen hatte, glaubte sie zu verstehen. Auch wenn sie sich wünschte, er hätte zum Vollbringen seiner Bestimmung einen anderen Weg gefunden. Sie wusste, wie unbedingt er die Welt verändern wollte, wie sehr er bereit war, bis zum Äußersten zu gehen. Er hätte sie einweihen können, wenn auch nur zum Teil. Doch dann stünde jetzt nicht diese Verlegenheit zwischen ihnen, wo zuvor nur Leichtigkeit gewesen war. Sie waren aufeinandergetroffen, im wörtlichen Sinn, aber er hatte sich danach so ausgezeichnet in die seltsame Truppe von Kalyazinern eingefunden, die Parijahan um sich geschart hatte, seit sie aus Akola geflohen war. Sie vermisste diejenigen, die seither fortgegangen waren, und sie war sich der Tatsache immer sehr bewusst gewesen, dass er als Einziger geblieben war; der Tranavier, der Schwarze Geier, der Junge, der zu viel wollte und zu viel wusste und zu viel darstellte. Sie wollte ihn nicht verlieren wie die Zwillinge oder die liebe, süße Lyuba. Doch sie wollte wegen ihm nun auch nicht alles verlieren, wegen seiner unbedachten Handlungen und seinen ewigen Lügen.

Also würde sie ihm gewähren, was er nicht erwiderte, selbst wenn dies in einer Katastrophe enden konnte. Tatsächlich konnten aus ihrer Sicht die Dinge kaum noch schlimmer kommen, als sie es ohnehin schon waren.

Er nickte knapp. Und nahm, mit einem Gesichtsausdruck, als läge sein Kopf schon auf dem Richtblock, den Becher mit Tee in die Stube mit. Parijahan hörte kein unmittelbar folgendes Geschrei, also ging sie davon aus, dass Nadya beschlossen hatte, ihn zu verschonen. Vorerst.

NADEZHDA LAPTEVA

Kostya war immer noch nicht wieder aus dem Regen hereingekommen. Nadya saß am Tisch, hatte eine Karte vor sich ausgebreitet und versuchte herauszufinden, wie sie nach Bolagvoy kommen konnten, ohne dass es gleich ein halbes Jahr dauerte. Die Chancen standen nicht gut.

Sie würde achtzehn Jahre alt sein, bis sie weit genug in Kalyazin vorgedrungen wären, überlegte sie nicht ohne Kummer. Das Land war riesig und die Valikhor-Berge erhoben sich auf der entfernt liegenden Seite, ganz hinten entlang der Grenze zum Aecii-Reich mit seinen Steppen und den Pferdefürsten.

Ein frischer Becher Tee glitt über den Tisch zu ihr hin. Malachiasz setzte sich ihr gegenüber, seine Bewegungen waren langsam und vorsichtig, als hätte er deutliche Schmerzen.

Auf seiner Wange öffnete sich eine Reihe von Augen. Er zuckte zusammen, eine zittrige Hand schwirrte sofort hoch, um sein Gesicht zu bedecken. Nadya beobachtete schweigend, wie er lange und bebend ausatmete, ehe er langsam die Hand senkte. Die Augen waren verschwunden.

»Nun«, sagte sie.

Er suchte mit den Fingern die Wange ab. Er konnte nicht verbergen, was er war. Der Schutzschild des ängstlichen Jungen bekam zu leicht Risse, wenn sich das Monster rührte, das er nicht vollständig beherrschte.

Bei den Göttern, sie wollte rasen vor Wut, weil er so *traurig* aussah und sie andererseits nicht wusste, ob er sich nur menschlich gab, um zu erreichen, was er wollte.

Sie nahm einen kleinen Schluck von dem Tee und stellte fest, dass darauf Himbeersamen schwammen. Der Tee war süß und gut. Sie wollte nicht wahrhaben, dass Malachiasz die einzige Person in diesem Bauernhaus war, die Tee so zubereiten würde.

Er hatte gebadet, seine langen, schwarzen Haare trockneten verworren und wild um seine scharfen Gesichtszüge herum. Die Erschöpfung zeichnete Schatten unter seine hellen Augen und höhlte die Wangenknochen aus. Seine Gesichtszüge veränderten sich nicht mehr so wild wie zuvor, aber während sie ihn ansah, kroch ihm Verwesung über die Wange.

Er schwieg und kratzte leicht mit einem abgekauten Fingernagel über die Tischplatte, aber Nadya hatte auch gerade diese Momente nachdenklichen Schweigens mit ihm vermisst, und das ärgerte sie.

»Nadya, ich …«

»Hast du …«

Sie redeten gleichzeitig.

Nadya starrte ihn an und fuhr fort. »Hast du je bereut, was du angerichtet hast? Hattest du jemals ein schlechtes Gewissen wegen all der Lügen?«

Er räusperte sich, sagte aber nichts. Er nickte bedächtig.

»Jedenfalls nicht genug, um mir je die Wahrheit zu erzählen.«

»Ich musste zum Besten von Tranavia handeln«, sagte er heiser.

»Natürlich.«

»Ich ... bin dir dankbar. Für ...«

»Halt! Hör einfach auf, Malachiasz. Falls das alles nur ein Spiel für dich ist, dann will ich nicht daran teilnehmen.«

»Ja«, erwiderte er schneidend. »Weil ich nichts anderes bin als ein Monster. Das werde ich immer sein. Egal, wie fest du betest, egal, wie oft du mich in die Erscheinungsform von etwas Menschlichem zwängst. Das bin ich jedoch kaum. Ich konnte diese Gegensätze zuvor kaum miteinander vereinbaren und es gelingt mir immer weniger.«

Sie biss die Zähne aufeinander.

»Offensichtlich brauchst du mich aber.«

So war es.

Er seufzte. »Ich wollte dir nie wehtun.«

»Das spielt keine Rolle. Es spielt keine Rolle, was du wolltest oder nicht. Du hast auf deinem Thron gesessen und zugesehen, wie der König nicht nur mich beinahe abgeschlachtet hätte, sondern auch Serefin – du hast einen Plan ausgeführt, um meine Götter zu vernichten. Du hast all diese Dinge getan. Sie sind geschehen.« Sie hielt inne und rieb sich die Nasenwurzel zwischen den Fingern. »Ich bin deinetwegen in diese Minen hinuntergestiegen, doch nicht nur, weil ich dich brauche, aber ich kann nicht ... Ich kann das hier nicht tun. Nicht ausgerechnet jetzt.«

Er hob abweisend die Brauen.

»Allerdings hast du recht, ich brauche dich wegen dem, in das du dich verwandelt hast.«

Er zuckte zusammen.

»Hast du etwas anderes erwartet?«

»Ja.«

»Hast du wirklich gedacht, es würde um Gefühle gehen?«

Er starrte sie finster an, dabei wechselten seine Augen wieder so schnell von schwarz zu hellblau, dass es ihr beinahe entgangen wäre. Ein eiskalter Schauder lief ihr über den Rücken. Wie schnell er sich doch von einem im Regen zitternden Jungen in etwas zutiefst Boshaftes verwandelt hatte.

»Kann dir denn keiner deiner Götter helfen?«

Sie senkte den Blick, mied seine hellen Augen, die es nur zu gut verstanden, einen Teil von ihr zu sehen, den sie hoffte, sonst vor allen verborgen zu halten. Das Mädchen, das einfach nicht weiterwusste. Vielleicht war er der Grund, dass dieses Mädchen überhaupt erwacht war, vielleicht hatten seine Worte einen Ozean an Zweifeln in ihr heraufbeschworen. Und weil er *Malachiasz Czechowicz* war, musste sie ihm nichts erklären. Er riss die Augen auf und sein Gesichtsausdruck entgleiste ihm traurig.

»Oh«, sagte er auf eine sanfte Art, die sie nicht zulassen wollte, weil sie vielleicht dazu führte, dass sie ihm vergab.

»Halt«, wies sie ihn an, denn sie fühlte sich von diesem linkischen, fürchterlichen Jungen gegen jede Vernunft angezogen. Und sie musste dagegen ankämpfen. Sie würde nicht im Traum das Wagnis eingehen, dass er sie wieder anlog.

Er lächelte sie ein bisschen wild an. Dann faltete er die tätowierten Hände auf dem Tisch und lehnte sich darüber, um die Karte zu inspizieren.

»Wohin gehen wir?«

»Ich habe dir nicht gesagt, wie der Plan lautet.«

»Das wirst du noch. Ich bin mir sicher, es ist etwas besonders Abwegiges, das all meinen zarten Gefühlen zuwiderlaufen wird …«

»So etwas schlummert in dir?«

Er nahm sich einen Augenblick Zeit, um dies nachdenklich zu erwägen, ehe er wehmütig den Kopf schüttelte.

Ihr entkam ein Lachen. Und ihr Herz geriet ins Straucheln, als sich sein Lächeln in ein richtigen Grinsen verwandelte, unscheinbarer als zuvor, sein früheres Strahlen war gedämpft. Die Zähne waren ein bisschen schärfer, die Dunkelheit an seinen Rändern immer präsent. Jede kleine Facette von ihm, die zuvor ein bisschen verdorben gewesen war, war jetzt fürchterlich monströs geworden.

Sie seufzte schwer und zeigte auf eine Stelle auf der Karte. Er starrte darauf, erhob sich dann und kam auf die andere Seite des Tisches. Er beugte sich über ihren Stuhl. Sie konnte nicht sagen, ob seine Züge bleicher geworden waren oder ob seine Gesichtsfarbe im gedämpften Licht der Bauernstube einfach so übel aussah.

»Das ist auf der gegenüberliegenden Seite von Kalyazin«, sagte er, und das Kratzen in seiner Stimme bestätigte ihr, dass er doch eindeutig bleicher war.

»Ja.«

Verblüfft rieb er sich übers Kinn und fragte zerfahren: »Wer ist der Junge?«

Unsicher, ob er die Frage ernst gemeint hatte, schaute sie ihn lange an. Er hob die Brauen.

»Er heißt Konstantin. Wir sind zusammen im Kloster aufgewachsen.«

»Ah«, erwiderte Malachiasz.

»Er ist in den Salzminen gewesen.«

»Ah.«

Er zog an einem kleinen Knochenstück, das in seine Haare geflochten war, unruhig auf der Suche nach einer Beschäftigung für seine Hände.

Nadya konnte nicht herausfinden, ob das Knöchelchen von der Wirbelsäule eines Tieres stammte oder von etwas ... Größerem. Sie beschloss, nicht darüber nachzudenken. Sie rückte von ihm weg und er ging wieder zu seinem Stuhl ihr gegenüber. Anspannung durchzog erneut die Stube, als die kurzzeitige Leichtigkeit zwischen ihnen verflog.

»Hast du in Betracht gezogen, dass ich mich weigern könnte, dein gesamtes kaltes Land nur deshalb zu durchqueren, weil du gefragt hast?«

»Das könntest du, sicher«, entgegnete sie. »Und das wäre das Ende jeder Übereinkunft.« *Und das Ende dessen, was uns verband, was auch immer das war.* Aber vielleicht wäre das besser. Sie würden hier auseinandergehen und sie müsste ihn nicht mehr in seine eigene Zerstörung führen. Er würde noch ein bisschen länger überleben, so wie sie. Sie würde nicht lügen müssen.

Er schaute finster drein.

»Ich halte dich hier wohl kaum gefangen, Malachiasz.«

Jedes Mal, wenn sie seinen Namen aussprach, gab es einen Moment, in dem sich seine Augen flatternd schlossen, sein Körper zitterte und er sich ein bisschen mehr einer menschlichen Erscheinung annäherte. So konnte sie ihn ein bisschen länger in ihrer Nähe halten, bevor er einen Schritt zurücktat ins Monsterdasein.

Er hustete, als fiele seine Brust in sich zusammen. An seinen Lippen war Blut, das er hastig abwischte.

»Auf die Gefahr hin, verdächtig ernst zu klingen«, sagte er vorsichtig mit kratziger Stimme, »ich würde gerne helfen.«

»Es könnte sein, dass du deine Meinung änderst, sobald ich dir mitteile, wofür genau ich dich brauche«, murmelte sie, zur Karte hinuntergebeugt. »Und du hast recht, das ist verdächtig.«

Als sie aufsah, beobachtete er sie. Nein, er studierte sie, als wollte er die verlorenen Monate zurückbekommen, die sie getrennt voneinander verbracht hatten. Das Gefühl war lächerlich. Sie hatten einander kaum ein Jahr lang gekannt – in Wahrheit noch kürzer. Er hatte fortwährend gelogen, in allem. Alles, was darüber hinausging, war ein weiteres Täuschungsspiel, um sich bei ihr wieder einzuschmeicheln.

Nur ... was wäre der Zweck? Sie hatte bereits alles erfüllt, was er von ihr gewollt hatte.

Wenn er nun gerade ehrlich zu ihr sein wollte?

Nadyas Blick begegnete seinen eisig blauen Augen. Das würde schwieriger werden, als sie gedacht hatte.

17

SEREFIN MELESKI

Svoyatovi Arkadiy Karandashov: Als Zarewitsch von Kalyazin vereinte er Ost und West. An seinem Grab sind viele Wunder geschehen.

Vasilievs Buch der Heiligen

Er war umzingelt. Sogar als die Zarewna ihr Schwert hob und es sich mit der flachen Seite auf die Schulter legte – wobei sie Serefin von oben bis unten mit einem schiefen Grinsen musterte –, sah er keine Möglichkeit zu entkommen. Blutmagie konnte nur begrenzt helfen, wenn Schwertspitzen nur Fingerbreit entfernt vor Schlagadern schwebten.

»Das ist wirklich lustig«, sagte sie, »als jemand in den Außenposten platzte und berichtete, dass sich ein Tranavier im nahe gelegenen Dorf versteckte, habe ich einen halb toten Soldaten erwartet, aber doch keinesfalls den wichtigsten Tranavier überhaupt.« Ihre scharfen, dunklen Augenbrauen glitten in gespielter Verwirrung nach unten. »Wer hätte gedacht, dass der König von Tranavia so waghalsig ist?«

Serefin seufzte. Er wollte sich mit der Hand durch das Haar fahren und berührte die Spitze einer Klinge nur einen Fingerbreit von seinem Nacken entfernt.

»Ruhig«, beschwichtigte er. »Ich habe gerade erst einen Attentäter aus meinem eigenen Volk abgewehrt, ich will keinen weiteren Kampf.«

»Nein«, unterstrich sie besänftigend. »Natürlich nicht.«

Er löste sein Zauberbuch vom Gürtel und ließ es zu Boden fallen. »Jetzt bin ich ganz wehrlos, Gratulation.«

Sie gab einem ihrer Soldaten Zeichen und der hob es schnell auf. Serefin konnte ein leichtes Aufflackern von Angst bei dem Verlust nicht unterdrücken, aber es gab Wertvolleres, was er hier verlieren konnte.

Yekaterina musterte Serefin. »Und schneidet ihm die Jackenärmel ab.«

»Damit ich in eurem kalyasischen Winter erfriere? Wie grausam.«

»Du hast in Kalyazin auch nichts verloren«, erwiderte sie. »Und ich hoffe sehr, dass du eine gute Erklärung für dein Eindringen hast. Ich dachte nicht, dass ihr Ketzer im Verborgenen umherschleicht.« Sie wedelte abschätzig mit der Hand. »Oder wie sehr ihr euch die Finger schmutzig macht ... neben all dem Blut, nehme ich an.«

»Das ist schwer zu erklären.«

»Wie schade.« Sie wog ihr Schwert in der Hand und legte Serefin die Spitze ans Brustbein. »Ich schätze mal, dich umzubringen gereichte mir gar nicht zum Vorteil, oder? Wir haben gehört, die Lage in Tranavia sei nicht eben rosig.«

»Oh? Habt ihr so gute Spione?«

Sie grinste spöttisch. Sie hatte feine Gesichtszüge und eine helle Haut. Die kalyasische königliche Familie war vom Schicksal genauso wenig begünstigt wie die tranavische, denn soweit Serefin es wusste, hatte Yekaterina nur eine kranke jüngere Schwester. Also hatte der Zar Yekaterina an die Front geschickt, als sie noch sehr jung gewesen war, genau wie Serefins Vater ihn. Anders als sein Vater hatte ihr Vater sie aber nicht für ein Blutmagieritual ermordet. Was für eine glückliche Prinzessin das doch aus ihr machte.

Yekaterina dachte über ihn nach. Sie seufzte. »Ich werde tatsächlich mit dir sprechen müssen, oder? Uff, was für ein Pech.«

»Wirklich, es tut mir entsetzlich leid, dass ein sinnloses Abschlachten gerade nicht angebracht ist. Mir blutet das Herz.«

»Bei den Göttern, du bist schlimmer, als ich mir vorgestellt habe.«

»Fühle mich unendlich geschmeichelt.«

Sie verdrehte die Augen. Serefin fiel eine Kette aus Zähnen an ihrem Hals auf und ihm drehte sich der Magen um. Seine Nachricht würde Ruminski nie erreichen, weil der Geier es nicht mehr aus Kalyazin herausgeschafft hatte. Er hatte nicht geahnt, dass die Zarewna eine *Voldah Gorovni* war, eine Geierjägerin, dennoch ergab es auf eine irrwitzige Art Sinn.

Und es verschaffte Serefin einen fürchterlichen rettenden Einfall.

»Hast du ihn also zu deiner Sammlung hinzugefügt?«, fragte er und deutete mit dem Kinn auf die Zähne.

Yekaterina runzelte die Stirn, ihre Hand wanderte an die Halskette.

»Ich hatte gehofft, er würde eine Botschaft für mich überbringen, aber so ist das eben. Er hat versucht, mich zu töten«, fuhr Serefin fort. »Bist du sehr gut darin, Geier zu jagen?«

»Bringt den Verschlag hier wieder in Ordnung«, befahl sie und ihre Soldaten beeilten sich zu gehorchen. »Ich verhungere gleich. Bringt ihn irgendwohin, bis ich etwas zu essen aufgetrieben habe.«

Serefin wurde auf eine Bank gestoßen und seine Handgelenke wurden ihm am Rücken zusammengebunden.

Yekaterina setzte sich ihm gegenüber, in der Hand hielt sie bereits einen Teller mit Hering und Roggenbrot. Sie trug die Militäruniform eines kalyasischen Offiziers, auch wenn Serefin ihren Rang nicht daran ablesen konnte, was vermuten ließ, dass sie keinen echten Rang besaß und die Armee ihr nur wegen ihrer hohen Abstammung gehorchte.

Wie peinlich.

»Nett von dir, mich nicht gleich umzubringen«, merkte Serefin an.

»Es gibt Gerüchte, dass du deinen Vater umgebracht hast, um König zu werden«, erwiderte sie.

Er legte den Kopf schief. »In Wirklichkeit war es aber eure Klerikerin, die meinen Vater getötet hat.«

Yekaterina wurde totenstill. »Was?«

»Nadezhda Lapteva? Nadya? Wirklich ein Mädchen, das einen zum Verzweifeln bringt. Ein solch zierliches Menschenwesen sollte sich nicht so eigensinnig gebärden dürfen.«

»Die Klerikerin war in Tranavia?«

»Ich dachte, eure Spione wären gut?«

Sie errötete.

»Keine Sorge. Sie ist wohlauf. Nun ja, mittlerweile vielleicht nicht mehr. Das letzte Mal, als ich sie gesehen habe, stieg sie gerade in die Salzminen hinunter, um mit dem Schwarzen Geier zu verhandeln.« Yekaterinas Gesichtsausdruck entgleiste weiter. »Eine wirklich langweilige Geschichte und ehrlich gesagt würde ich mich meines derzeitigen Schwarzen Geiers auch liebend gern entledigen. Wahrscheinlich hat Nadya es wieder lebendig heraus geschafft. Obwohl, die beiden pflegten ein erstaunlich bizarres Verhältnis zueinander. Doch wer kann das schon wirklich sagen?«

Sie saß fassungslos da und schwieg. Serefin lächelte.

»Ah, ich sehe, ich habe etwas, was du willst.«

»Du weißt, wo sie ist?«, fragte Yekaterina mit gedämpfter Stimme.

Serefin hatte nicht die blasseste Ahnung, wo Nadya sich aufhielt, aber er musste hoffen, dass Kacper und Ostyia sie immer noch begleiteten. Er musste hoffen, dass sie in guter Verfassung waren, denn alles andere würde er nicht überleben. Er vermisste sie fürchterlich. Er vermisste Kacper, begriff er erschrocken. Er hatte sich so sehr an Kacpers ruhige und beständige Fürsorge gewöhnt und die Tage ohne ihn brachten eine ganz besonders tiefe Einsamkeit mit sich, über die Serefin noch nicht genauer nachdenken wollte.

Yekaterina lehnte sich auf ihrem Stuhl zurück. Er hörte sie leise auf Kalyasisch fluchen.

»Du hast mich in eine schwierige Lage gebracht, ist dir das bewusst?«, fragte Yekaterina.

»Seltsamerweise empfinde ich nicht sehr viel Mitleid für dich.«

»Was stimmt nicht mit deinem Auge?«

»Du bist unglaublich gewinnend, weißt du das? Sagen dir die Leute das?«

»Es gibt Gerüchte über dich ...« Sie lehnte sich wieder vor und stützte das Kinn auf die Hand. »Aber die waren so lächerlich, dass ich sie als Unsinn abgetan habe.«

»Der Krieg hat sich verändert und wir alle sehen das, aber niemand weiß, wie er beendet werden kann«, sagte Serefin. »Wofür kämpfen wir überhaupt?«

»Ihr seid Häretiker.«

»Und ihr macht euch alle was vor«, entgegnete Serefin. »Was für Gerüchte?«

»Du wärst in dieser Nacht vor deinem Vater gestorben und von einer Flutwelle aus Blut ins Leben zurückgeschwemmt worden.«

»Stimmt.«

Sie erstarrte, erholte sich aber erstaunlich schnell wieder. »Aber es hat kein Geflüster über eine Verstrickung der Klerikerin gegeben.«

»Die Ereignisse erwiesen sich überhaupt als blutrünstig. Ich habe aus offensichtlichen Gründen versucht, sie rauszuhalten.«

»Warum solltest du sie schützen?«

»Weil ich nicht herausfordern wollte, dass Kalyazin meine Hauptstadt stürmt, um sie zurückzuholen. Ich bin ein Stratege, meine Liebe, und zu wissen, wo eure Klerikerin ist, hätte eurem Volk nur noch mehr Hoffnung gegeben.«

Yekaterina dachte darüber nach. »Du bedeutest lebendig mehr Ärger, als wenn du tot bist«, sagte sie.

»Du musst mir nicht schmeicheln.« Nichtsdestotrotz zitterte er. Die Zarewna würde ihn entweder einsperren oder hinrichten lassen; es gab hier nichts dazwischen.

Sie beendete ihre Mahlzeit, stand auf und ging um den Tisch herum. Sie fuhr Serefin mit einer Hand durch das Haar und riss ihm dann den Kopf nach hinten.

»Du bist sehr hübsch für einen Tranavier«, murmelte sie.

»Danke.« Er musste von hier entkommen.

»Ein Jammer. Mein Vater sagt, ein schöner König verbirgt immer grausame Vorhaben.« Sie beugte ihr Gesicht nahe heran, sodass ihr Mund sein Ohr streifte. »Da wäre es besser gewesen, wenn du hässlich gewesen wärst.« Sie fuhr die Narbe in seinem Gesicht bis nach unten nach. »Oder wenn das hier seinen Zweck erfüllt hätte.«

Ein Schauder erfasste ihn und es zog ihm den Magen zusammen. Yekaterina richtete sich wieder auf.

»Was meinst du, hängen oder enthaupten? Sollte ich dir den Hals durchschneiden? Sieht ganz so aus, als wäre das bei dir schon einmal schiefgegangen; dann lass uns nun die Sache mit Anstand zu Ende bringen. Was für einen Tod verdient der König von Tranavia?« Sie grinste. »Eigentlich ... habe ich noch eine bessere Idee.«

Serefin schloss die Augen. Es würde unmöglich sein, sich aus dieser Gefangenschaft herauszureden.

Serefin war zu einer steinernen Kirche außerhalb des Dorfes gebracht worden. Weniger ein Bauwerk als ein riesiger, kunstlos ausgemeißelter Felsbrocken, der vor Jahrtausenden von den Bergen heruntergerutscht war und über dessen Spitzen man Zwiebeltürme gestülpt hatte.

Die Zarewna hatte sich ein schwarzes Kopftuch um das Haar gebunden, eiserne Schläfenringe baumelten zu beiden Seiten ihres Gesichts. Sie schob die Kirchentür mit der Schulter auf und nickte der Priesterin am Eingang zur Begrüßung zu. Sie küsste ihr zwei Finger und berührte eine Ikone neben der Tür zum Heiligtum.

Es herrschte eine fragile Stille in der Kirche, dünnes Eis kurz vor dem Brechen, und darunter: etwas Entsetzliches. Serefin war während seiner Zeit an der Front in vielen kalyasischen Kirchen gewesen. Aber er wusste von keiner, die sich ... lebendig anfühlte.

Serefins Sichtfeld zerbarst. Er gab Zischlaute zwischen zusammengebissenen Zähnen von sich, als sich die Ikonen verwandelten – die Gesichter herausgekratzt und unkenntlich –, die Kerzen zu Wachspfützen geschmolzen, die in die Wände gemeißelten Muster zu Knochen im Stein verformt. Er erstarrte, ein Schauder packte ihn, sodass ihn der kalyasische Soldat, der ihn bewachte, vorwärtsschieben musste.

Doch sein gezeichnetes Auge brachte weiter eigene Bilder hervor. Er wünschte sich, er könnte es abdecken und diese Sache so beenden.

Du kannst nicht mit einem geschlossenen Auge leben.

Er konnte es versuchen. Aber genau wie damals auf dem Boot weigerte sich sein linkes Auge, sich zu schließen, und er war gezwungen zuzusehen, wie fürchterliche Schatten mit zu vielen Zähnen und zu vielen Augen in den dunklen Ecken der Kirche herumschlichen.

Er war in die Domäne von etwas Riesigem und Uraltem eingetreten, das nun den Blick auf ihn geheftet hatte.

Schweiß bedeckte seine Schläfen. Seine Sicht schnurrte zusammen, ging zurück, zurück, *zurück,* bis da keine Kirche mehr war und kein Felsbrocken, aus dem sie herausgemeißelt werden konnte, nur eine Lichtung und ein uralter Steinquader, von dem an den Seiten Blut herabtropfte. Eine Klinge mit blutroten Flecken lag im Staub. Das Auge der Götter an einem heiligen Ort.

Da war eine Bewegung rund um den Altar, oder die Erinnerung daran. An Leute, die schon lange zu nichts als Staub und Asche zerfallen waren, und an ein so oft begangenes Ritual, dass sich die Knochen der Erde daran erinnerten. Ein Leben wieder und wieder geopfert auf diesem Altar, eine Spirale, die zu ihrem Ursprung zurückkehrt.

Alles, was Serefin über die Kalyaziner wusste, stellte sich als eine sagenhafte Täuschung heraus. Er hatte sie für ein frommes, rückwärtsgewandtes Volk gehalten, das jede Magie fürchtete, die nicht von ihren Göttern bewilligt war. Doch er hatte auch gedacht, dass ihre Götter nur eine besondere Art von Magie zuließen – die von Klerikern. Aber jetzt war er sich nicht mehr sicher, ob das stimmte.

Es beantwortete die Frage, warum Kalyazin ein Jahrhundert lang ein Land bekriegt hatte, das über sehr viel Magie verfügte, während die Kalyaziner anscheinend von ihren Klerikern abhingen. Aber welche Magie verwendeten sie jetzt und wie hatte ihr Ursprung so lange vor Tranavia verborgen bleiben können?

Er hatte das fürchterlich unangenehme Gefühl, dass er es gleich herausfinden würde.

»Bring ihn nach unten«, sagte Yekaterina gelangweilt. »Ich will mehr Antworten, bevor ich über sein weiteres Schicksal entscheide.«

Sein Arm wurde von einem Mann mittleren Alters gepackt. Er hatte eine unauffällige Erscheinung: blonde Haare, dunkle Augen, die Hälfte des Gesichtes im Schatten einer schief gezogenen Kapuze, eine nicht besonders einprägsame Gestalt, ganz anders als die Kultmitglieder in Tranavia.

Bis er seine Kapuze zurückschlug und Serefin einen Blick auf die Narben werfen konnte, die sein halbes Gesicht entstellten. Von Krallen geschlagen – Krallen, die vom Abstand her Finger hätten sein können. Er trug wie Yekaterina eine Kette aus Zähnen um den Hals.

»Du bist früh zurück«, sagte der Mann zur Zarewna und beäugte Serefin.

»Ja, nun, meine Pläne haben sich durch diesen Kerl da verschoben«, erwiderte sie. »Ich bin gleich wieder bei euch.«

Der Mann zerrte Serefin durch den Gang, öffnete eine Tür, von der eine Reihe von Stufen in die Dunkelheit hinunterführte. Er nahm eine Fackel von der Wand und ging voraus. Der Gang erstreckte sich immer weiter – es schien, als würden sie nie ein Ende erreichen –, doch schließlich blieb der Mann vor einer Tür stehen. Er steckte die Fackel in eine Halterung und wandte sich dann Serefin zu.

»Durch diese Tunnel ist lange Zeit niemand gegangen, der nicht zum Orden gehört. Schon gar nicht der Feind«, sagte der Mann.

»Nicht? Wie erschreckend.«

Der Mann sah ihn noch ein bisschen länger an. Serefin seufzte erleichtert. Er hatte keine Ahnung, wer Serefin war. Wahrscheinlich wusste nur die Zarewna, wie er aussah – so wie er wusste, wie sie aussah – für den unwahrscheinlichen Fall, dass sie sich im Kampf begegneten.

Er steckte genau in der Art von Schwierigkeiten, in die er ohne Kacper an seiner Seite zwingend geraten musste, weil dieser ihn sonst davon abhielt, seiner Unvernunft zu folgen. Der Mann schob Serefin in ein schwach erleuchtetes Studierzimmer. Er machte Serefin Zeichen, dass er sich hinsetzen sollte, und wartete an der Tür. Sie hatten ihm die Hände nicht mehr gefesselt, ein Fehler von ihnen, denn solange er Blut gewinnen konnte, vermochte er immer noch Magie zu wirken.

Der Mann war eindeutig ein *Voldah Gorovni,* genau wie Yekaterina. Obwohl Żywia erwähnt hatte, dass die Geierjäger wiederaufgelebt waren, hatte Serefin nicht damit gerechnet, auf sie zu stoßen. Seltsamerweise bedeutete dies genau das

Glück, das er brauchte. Es war die Waffe gegen einen Feind namens Malachiasz.

Vielleicht konnte er sich trotz allem doch aus dieser Lage herauswinden.

Yekaterina erschien kurze Zeit später. »Was weißt du über die Ereignisse in Kartevka?«

Serefin starrte ahnungslos zu ihr hoch. Was? Er dachte an den Berg von Militärberichten, die ihm Ostyia damals in Grazyk vor die Nase gehalten hatte. Vielleicht die Hälfte davon hatte er gelesen, bevor er an seinem Schreibtisch eingeschlafen war. Kacper hatte ihn geweckt und ihn sanft in seine Kammer zurückgetragen. Dabei hatte er die ganze Zeit geschimpft, dass er Serefin eigentlich so eingeknickt hätte weiterschlafen lassen sollen, damit ihn seine Nackenschmerzen am nächsten Tag daran erinnert hätten, auf sich selbst zu achten.

»Ich verstehe, dass das hier so etwas wie ein Verhör ist, aber darf ich auch Fragen stellen?«, fragte er hoffnungsvoll.

Yekaterinas Lippen zuckten. Er dachte, sie würde es ihm verweigern, aber sie nickte und bedeutete ihm fortzufahren.

»Bringt ihr tatsächlich Geier um oder gebt ihr mit den Zähnen nur an?«

Yekaterina zog eine Augenbraue hoch.

»Denn«, fuhr Serefin fort, »bis neulich habe ich nie wirklich etwas von Geierjägern gehört, was die Vermutung nahelegt, dass ihr eure Arbeit nicht besonders gut meistert. Aber lassen wir das einmal beiseite: Würdet ihr den Schwarzen Geier töten wollen?«

Sie erstarrte. »Sicherlich teilst du doch nicht die Herrschaft über dein ganzes Land mit einem Monster.«

»Mein Vertrauen in deine Fähigkeiten ist schwer erschüttert, denn deine Kenntnisse scheinen erneut unzureichend zu sein.«

Sie kniff die Augen zusammen, griff in ihre Jackentasche und warf Serefin etwas zu. Er lehnte sich vor und fing eine Kette mit Eisenzähnen auf.

»Wie widerlich«, sagte er, während er die Trophäe untersuchte. »Aber ich höre zu.«

»Monster sind Monster«, erklärte sie. »Sie können alle getötet werden.«

»Wie?«

»Du glaubst, ich werde dir unsere Geheimnisse preisgeben?«

»Ah, du hast recht, das seltsame Auge ist einfach nicht ausreichend, oder?«

Damit hatte Serefin sie am Haken. Sie wusste, was sein Auge bedeutete, auch wenn er es selbst nicht wahrhaben wollte.

»Ich hätte wirklich gern die Zähne des Schwarzen Geiers für meine Sammlung«, sann sie nach.

»Er hat wunderhübsche Zähne, versprochen.«

Doch obwohl sich das Verhör nach Serefins Geschmack entwickelte, obwohl es um Unvermeidliches ging: Serefin beunruhigte es trotzdem, ihre rachsüchtigen Worte zu hören. Er konnte an nichts anderes denken als an den dünnen Jungen mit den wilden schwarzen Haaren und dem lebhaften Grinsen, mit dem er in Kinderzeiten durch den Palast getollt war. Den Jungen, der einen Bücherstapel in sein Zimmer geschleppt hatte, um ihm daraus vorzulesen, als Serefin sich von seiner Augenverletzung erholte und keine verdammte Kleinigkeit sehen konnte. Und der ihn wahrscheinlich davor bewahrt hatte, vor lauter Langeweile wahnsinnig zu werden.

Die Gedanken an diesen schlauen Jungen lösten eine neue Welle des Bedauerns bei Serefin aus. Malachiasz hatte die starke Anlage zu einem mächtigen Verbündeten. Stattdessen hatte er sich mutwillig zum Feind gewandelt.

Sein Bruder musste sterben, und es war an Serefin, ihn zu töten, bevor das Unerhörte, das von ihm Besitz ergriffen hatte, was auch immer es sein mochte, ihn wieder in den Wald führte und in Stücke riss.

18

NADEZHDA LAPTEVA

Svoyatova Aleksasha Ushakova: Von Devonya besessen, wurde sie aller Macht entkleidet. Ihre verfluchten Gebeine ruhen unter dem Baikkle-Kloster und zerstören alle, die sie berühren.

Vasilievs Buch der Heiligen

Jemand umklammerte Nadyas Unterarm und zog sie in eine heruntergekommene Scheune auf dem Gelände des Bauernhofes. Sie riss ein *voryen* heraus. Die heftige Bewegung zog gefährlich an ihren Wundnähten und sie spürte etwas Warmes an ihrer Taille.

Sie stand genau vor Kostya. Er missachtete den Dolch, den sie ihm an die Seite hielt, und betrachtete sie mit einer seltsam leidenschaftslosen Miene.

Sie entspannte sich. »Da bist du also. Ich habe nach dir gesucht.«

»Ich wollte begreifen, was mit der Nadya passiert ist, die ich einmal gekannt habe«, sagte er.

Sie schrak zusammen. Die Kälte in seinem düsteren Blick war die eines Fremden.

»Denn«, fuhr er mit abweisender Stimme fort, »die Nadya, die ich kenne, würde niemals mit dem Feind verhandeln. Diese Nadya hat sich so sehr den Göttern verschrieben, dass sie gegen ihren Willen niemals ein Monstrum am Leben ließe.«

Nadya schloss die Augen.

»Die Nadya, die ich kenne, würde das nicht tun«, sagte er und sah sie unverwandt an. »Weißt du vielleicht, wohin sie verschwunden ist?«

Sie nickte, ohne die Augen zu öffnen. War sie ein Feigling, weil sie so völlig unfähig war, sich ihm zu stellen? Vielleicht schon.

»Ich glaube nicht, dass du es weißt«, sagte er vorsichtig.

»Kostya«, entgegnete sie mit brechender Stimme. Er wollte das Beste über sie denken und das machte die Begegnung nur noch schlimmer. Sie griff nach vorne, aber er ging beiseite. »Ich weiß.«

Sie legte sich die Hände auf die Brust und war sich dabei der klebrigen Nässe schmerzhaft bewusst, die durch ihre Tunika sickerte.

»Weißt du, was im Kloster geschehen ist, nachdem du von dort geflohen bist?«

»Nein«, flüsterte sie. Nadya hatte nicht um das Zuhause getrauert, das sie verloren hatte. Nicht wirklich. Sie hatte keine Zeit gehabt. Es bestürzte sie, dass sie einfach weitergegangen war, so verbittert, so tief gesunken. Dass es keinen Unterschied bedeutete, was Kostya sagte, sie würde gefühllos und kalt bleiben.

Er sog scharf die Luft ein. »Du blutest«, murmelte er und streckte wider besseren Wissen die Hand nach ihr aus.

»Mir geht es gut«, sagte sie. »Du wirst nicht aufhören, mir zu grollen, weil ich mir ein paar Nahtstiche aufgerissen habe.«

Er schwankte. »Ich bin nicht …« Er hielt inne. »Doch, du hast recht, ich bin wütend. Nadya, ich verstehe es nicht.«

»Ich kann dir nicht helfen, es zu verstehen«, erklärte sie langsam. »Die meiste Zeit verstehe ich es auch nicht.«

»Sie haben Anton getötet«, sagte er leise.

Nadya zog es das Herz zusammen. Kostya und sein jüngerer Bruder waren gemeinsam im Kloster angekommen, Anton war zu der Zeit erst ein Baby gewesen. Der Junge war immer hinter Kostya und Nadya hergerannt, ihnen ständig in die Quere gekommen, ein grundsätzlich unausstehlicher und liebenswerter Bruder für sie beide.

»Kostenka …«, murmelte sie, indem sie seinen Namen in eine vertrautere Koseform wandelte.

Es war dämmrig in der alten Scheune, aber sie sah Tränen in Kostyas Augen schimmern.

»Er starb, als wir noch im Kloster waren«, erzählte Kostya. »Der Prinz hat ihn als Druckmittel verwendet, als er mich gefoltert hat.«

Nadya presste die Augen zu, die Gefühle, die sie beiseitegeschoben hatte, drohten jetzt alle auf sie einzustürzen.

»Vater Alexei ist in den Salzminen gestorben«, fuhr Kostya fort. »Sie hatten keine Verwendung für ihn, zu alt, also haben ihn die Geier entsorgt. Niemand hat wirklich gewusst, was das bedeutete. Tag für Tag haben sie weitere von uns weggeschafft, bis nur noch ganz wenige übrig waren. Bis nur noch ich da war.«

Egal wie sehr sie es versuchte, nichts würde die Tränen aufhalten. Sie konnte sich in ihrem tiefsten Innern nicht vormachen, dass alle unversehrt davongekommen waren. Alle, die sie geliebt hatte. Die einzige Familie, die sie je gehabt hatte: verloren.

»Das ist es, was Tranavier machen, Nadya. Sie kennen nur Chaos und Zerstörung. So ist es immer gewesen und so wird es immer sein.«

Sie drückte sich die Handballen gegen die Augen, um die Tränen zurückzudrängen. Sie durfte hier nicht zusammenbrechen, nicht jetzt, noch nicht. Es lag immer noch ein so weiter Weg vor ihr.

»Du kannst ihn nicht entschuldigen. Nicht ihn«, sagte Kostya, aber seine Stimme war sanfter.

Sie spürte seine Hand auf ihrem Arm, als er sie näher heranzog. Sie ließ es zu und vergrub das Gesicht an seiner Schulter.

»Es tut mir leid«, flüsterte sie.

Sogar nach dieser langen Zeit in den Salzminen, sogar in seinem abgemagerten, angeschlagenen Zustand roch er noch immer nach Weihrauch. Er roch nach ihrem Zuhause und sie vermisste es. Die Welt war kalt und grausam – sie wollte zu Hause sein.

Kostya musste verstehen, dass sie nur das Unumgängliche getan hatte, dass die Schwächen ihres Herzens ihre eigenen Fehler waren und sie sich bemühte, sich zu bessern. Doch sie hatte ihr Volk enttäuscht; so einfach war das.

»Ich konnte nicht daran denken«, sagte sie hohl. »Ich musste zwischen Tranaviern weiterleben, und die einzige Möglichkeit, dies zu ertragen, verlangte ... über ihre Schuld hinwegzusehen.«

»Was geschieht gerade, Nadya?«

Sie lehnte sich zurück und zog den Anhänger heraus, den Kostya ihr in die Hand gedrückt hatte, bevor das Kloster gebrannt hatte. »Woher hattest du den?«

Alles Blut wich aus seinem Gesicht. »Du hast ihn behalten«, sagte er leise.

Sie ließ den Anhänger an seiner Schnur springen, sodass er auf ihrer Handfläche landete. »Weißt du, was das ist?«

Er nickte.

Möglicherweise waren die Dinge noch weit schlimmer, als sie angenommen hatte. »Warum hast du ihn mir gegeben?«

»Damit er in Sicherheit ist«, antwortete er. »Die Kirche ... ich meine, ich sollte ...«

»Wer hat dir das hier gegeben, Kostya?« Bei seinen Worten wurde ihr kalt. Sie hatte den Anhänger nicht verwenden sollen. Natürlich nicht. Es hatte Blut gebraucht, um Velyos aus dem Gefängnis zu befreien, und war sie nicht die großartige, heilige Klerikerin, die sich nie selbst so beflecken würde?

Was habe ich getan?

»Vor ein paar Jahren ist eine Frau zum Kloster gekommen. Sie hat darum gebeten, mit mir zu sprechen. Vater Alexei sagte, sie habe die Person verlangt, die dir am nächsten stand, damit sie ein Auge auf dich haben konnte.«

»Ein Auge auf mich haben«, wiederholte Nadya. Was hatte das zu bedeuten? Was hatte die Kirche über sie vorausgesehen?

Kostya runzelte die Stirn. »Sie hat mir den Anhänger gegeben, mir aber nicht genau erklärt, was ich damit tun sollte. Sie hat nur gesagt, dass er in Sicherheit und in der Nähe der Klerikerin bleiben musste, denn sie würde dafür sorgen, dass das fürchterlich Unabwendbare nicht geschähe. Das waren die Worte, die sie verwendete«, sagte er. »Das fürchterlich Unabwendbare.«

Nadya hatte dieses Unabwendbare freigesetzt. Schlimmer noch, sie hatte es eifrig befeuert.

»Sie hat gesagt, es wäre ebenso gefährlich wie notwendig, den Anhänger in deiner Nähe zu verwahren, aber ich habe nie herausgefunden, was sie meinte.«

Ich hätte Velyos' Macht nie verwenden sollen, erkannte Nadya. Sie begann zu zittern. *Ich hätte ihn nie freilassen sollen.*

»Du hast mir nie erklärt, warum der Schwarze Geier hier ist«, fuhr Kostya fort, dabei war seine Stimme wieder kalt.

»Ich muss seine Macht nutzen. Ich muss nach Westen gehen.«

Kostya schüttelte den Kopf. »Ich sehe keine Pflicht, die dich zwänge, dich mit solch einem Monster zu verbünden.«

»Kos…«, begann sie verärgert, aber er drang weiter in sie.

»Nein. Du erfindest Ausflüchte«, entgegnete er. »Wir müssen weg. Es geht dir gut genug, um weiterzuziehen. Wenn wir heute Nacht aufbrechen, brauchen wir nur ungefähr eine Woche bis zum Kloster in Privbelinka. Komm mit mir, Nadya, wir ziehen zusammen zurück nach Kalyazin und finden die Armee, alles wird so sein, wie es gedacht war.«

Wie es gedacht war. Aber für wen gedacht? Für die alte Nadya, die außerhalb der Klostermauern nichts gekannt hatte und die durchs Land gekarrt werden sollte als Aushängeschild und als Waffe? Dahin konnte sie nicht zurückkehren.

Sie erwiderte nichts, doch Kostya wirkte nicht abgeschreckt. Er nahm ihre Hand und seine Haltung änderte sich sofort.

Er glaubt, ich werde mit ihm gehen, dachte Nadya schweren Herzens. Wie sehr sie sich wünschte, ein Entkommen wäre so einfach.

»Kostya«, sagte sie langsam und flehend. »Ich kann nicht.«

Fassungslosigkeit huschte über seine Gesichtszüge. »Was? Natürlich kannst du. Wir stellen die alte Ordnung wieder her, Nadya, gemeinsam. Alles wird gut.« Er küsste ihr die Stirn, bevor sie ihn davon abhalten konnte, stand auf und ging in Richtung Bauernhaus.

»Verflucht«, flüsterte sie. Lange stand sie starr da, bis die Kälte sie bis auf die Knochen durchdrungen hatte. Dann folgte sie ihm endlich.

Malachiasz sah auf, als sie ins Haus tappte und sich behutsam an den Tisch setzte. Ein seltsamer, misstrauischer Ausdruck trat in seine Augen, als er das Blut auf ihrer Tunika sah.

»Er ist da hineingegangen«, sagte er und deutete auf das Nebenzimmer. »Was ist dir widerfahren?«

»Du, im Wesentlichen«, erwiderte sie trocken, während Parijahan losging, um Rashid zu holen.

»Richtig«, sagte er leise.

»Weißt du, im Großen und Ganzen war es nicht einmal dein schlimmstes Vergehen, mich regelrecht aufzuspießen.«

Malachiasz verdrehte die Augen. Sie seufzte. So würde es also laufen. Gut. Sie musste nicht befreundet mit ihm sein.

Sie musste ihn nur noch ein wenig länger ertragen, bis sie die Götter wieder versöhnt hatte. Dann konnte sie die Beziehung beenden.

Rashid kam herein, sah das Blut auf Nadyas Tunika und deutete ächzend auf Malachiasz.

»Ich habe ihn nicht geschlagen«, sagte Nadya. »Allerdings könnte ich es immer noch tun.«

Rashid ließ sich neben Nadya auf die Bank gleiten. »Darf ich?«

»Nur, wenn er wegschaut«, erwiderte sie mit scharfem Blick auf Malachiasz. Der verdrehte wieder die Augen und ließ seinen Kopf auf die Tischplatte sinken.

Rashid kicherte und zog ihr die Tunika hoch, um den Verband von ihrer Seite abzulösen und die langsam blutende Stichwunde zu reinigen.

»Halte dich stärker zurück oder diese Wunden hier werden nie heilen«, sagte er sanft.

Sie gab ein überdrüssiges Stöhnen von sich. Seine warmen Hände bedeckten ihre Wunden mit frischen Verbänden. »Ich will nicht länger müßig hier sitzen. Wir sollten herausfinden, wohin es Serefin verschlagen hat.«

Malachiasz hob den Kopf.

»Nein!«, rief Nadya.

Er ließ den Kopf mit einem leisen Zischen wieder auf den Tisch sinken. »Warum brauchst du *ihn?*«

»Ihr habt ihn nicht eingeholt?«, fragte sie Rashid.

»Unser Geier hier ist vielleicht mitverantwortlich für sein Verschwinden. Es wäre wichtig zu erfahren, ob er etwas davon wusste.«

»Ich erinnere mich an nichts«, murmelte Malachiasz niedergeschlagen. Er hob vorsichtig den Kopf. Rashid war fertig, also beschloss sie, ihm das zu erlauben. Auf seiner Wange öffnete sich eine Reihe von schmerzhaft blutunterlaufenen Augen und er schrak zusammen – seine tatsächliche Sicht musste wohl jedes Mal in sich zusammenfallen. Seine Miene war verzerrt, und sie fragte sich, ob er sich nur verstellte.

»Du merkst schon, warum es mir schwerfällt, dir zu glauben, oder?«

Malachiasz nickte verdrießlich.

»Doch es ist einfach unglaublich zweckmäßig.«

Er stützte das Kinn auf die Hände und runzelte die Stirn. Doch sie erinnerte sich an seinen Gesichtsausdruck, bevor er aus dem Heiligtum geflohen war, und seine Gedächtnislücke war nicht wirklich weit hergeholt.

Sie legte den Kopf auf Rashids Schulter. Parijahan kam in die Stube und klatschte eine Karte auf den Tisch. Kostya schlurfte hinter ihr herein, schob Nadya einen Becher mit Tee zu und lehnte sich an den Türrahmen, nachdem er festgestellt hatte, dass nur neben Malachiasz noch ein Sitzplatz frei war.

»Was machen wir?«, fragte Parijahan.

Nadya nahm einen Schluck von dem Tee. Malachiasz' Mischung war besser gewesen. Sie schloss kurz die Augen und schalt sich selbst in Gedanken aus, dann lehnte sie sich vor. Sie tippte auf die Valikhor-Berge. »Ich muss hierhin.«

»Das ist auf der anderen Seite von Kalyazin«, erwiderte Parijahan misstrauisch. »Und wofür genau brauchst du ihn?« Sie wies mit dem Kinn auf Malachiasz.

»Ich dachte, wir brauchen ihn, weil er eine schillernde Berühmtheit ist«, warf Rashid ein. »Und weil wir ihn vermisst haben.«

»Mit Schmeichelei erreichst du alles, Rashid«, entgegnete Malachiasz.

»Nur dir zu Ehren, Malachiasz.«

»Am Fuß der Berge steht ein Tempel. Es heißt, dort öffnete sich eine unmittelbare Verbindung zu den Göttern.«

»Ich dachte, die wäre bei dir von Natur aus geöffnet«, sagte Malachiasz.

Seltsamerweise nahm sie die Gehässigkeit seiner Worte viel besser auf als irgendein Mitgefühl, bei dem sie gewusst hätte, das es falsch war. Sie war sich dabei Kostyas Blick sehr bewusst, der sich von der Seite in ihr Gesicht brannte.

»Es ist sehr weit weg«, überlegte Parijahan. »Weit genug, dass mich niemand finden kann.«

Malachiasz sah Parijahan neugierig an. Sie erläuterte es nicht genauer, aber zwischen den beiden schien Einverständnis zu herrschen.

Nadya runzelte die Stirn. Sie legte ihre Hand mit der Handfläche nach oben auf den Tisch. Die spiralförmige Narbe hatte beinahe ihre ganze Handfläche schwarz gefärbt und wand sich bis nach oben an die Fingerspitzen. Kostya schnappte entsetzt nach Luft, doch sein Entsetzen war zu erwarten gewesen. In Malachiasz' Erbleichen lag dagegen etwas unendlich viel Schrecklicheres.

»Ungeachtet der Tatsache, dass ein Zusammenfügen meiner Magie mit deiner dunklen Macht eigentlich unmöglich sein sollte, habe ich jetzt gerade gar nichts. Nun, ich habe das hier, aber ich glaube, es könnte mich töten.«

Er lehnte sich über den Tisch, sah zögernd in ihre Richtung und nahm dann ihre Hand in seine. Die Narbe auf seiner eigenen Handfläche war hell und verheilt.

Der Nagel seines Daumens war eine Eisenkralle, mit deren Rückseite er ihre Handfläche berührte. Sie zischte, als sie die metallische Kälte und auf einmal noch etwas anderes fühlte. Eine Magie, die sie seit Monaten nicht mehr gespürt hatte. Er sammelte sich mit gerunzelter Stirn, dann verzog ein Lächeln seine Lippen. Er ließ die Karte sich von selbst aufrollen und kletterte auf den Tisch, wo er seine schlaksige Gestalt zusammenfaltete, um mit überkreuzten Beinen darauf zu sitzen. Er zog ihre Hand näher an sein Gesicht heran.

»Es ist, als wäre es einfach dort festgehalten worden«, sagte er nachdenklich. »Ich habe ...« Er zögerte. »Du hättest sterben müssen an diesen Wunden in den Salzminen.«

»Blutmagie kann nicht heilen«, merkte Parijahan an.

»Nein … das habe ich auch nicht versucht. Aber ich habe dir einen Hauch von meiner Kraft abgegeben, um dich am Leben zu halten.« Er sah aus seiner Wolke aus verhedderten schwarzen Haaren zu ihr auf. »Aber das Mal auf der Handfläche hätte nicht so bleiben sollen.«

»Es war schon zuvor dort«, sagte Nadya. »Es ist dort gewesen, seit ich in der Kathedrale Magie von dir gestohlen habe.«

»Habe ich schon erwähnt, wie ärgerlich das war?«, fragte er nebenbei, während er wieder ihre Hand untersuchte. Die Wärme seiner Hände an den ihren lenkte sie ab. Er nahm ihren Zeigefinger und strich mit seiner Fingerkuppe über ihren Fingernagel. Er gab ein nachdenkliches Brummen von sich und zeigte ihr dann seinen Finger.

Er blutete.

Eine schauderhafte Vorahnung erfasste sie.

»Interessant«, murmelte Malachiasz. »Dürfte ich es öffnen?«

»Es öffnen?«

Er ließ eine Eisenkralle über ihrer Handfläche schweben und hob erwartungsvoll die Augenbrauen.

»Lieber nicht«, sagte sie.

»Ich würde nicht noch weitergehen, wenn ich an deiner Stelle wäre, Kalyaziner«, sagte Malachiasz freundlich. »Das geht dich wirklich nichts an.«

Nadya sah Kostya an und schüttelte den Kopf. Sein Gesichtsausdruck war ungestüm, als er zurück zur Tür ging und die Arme über der Brust verschränkte.

Malachiasz schnitt ihre Handfläche am Rand auf. Sie biss sich auf die Lippen. Es hatte nicht wirklich wehgetan, aber ein seltsam bedrohliches, erschreckendes Gefühl erfüllte sie. Sie bebte und Malachiasz hob den Blick zu ihrem Gesicht. Ihre Hand wollte sich schließen, aber er öffnete sie sanft wieder.

»Es ist nicht meine Magie«, sagte er verwirrt.

Sie runzelte die Stirn. Sie konnte eine Macht fühlen, die nicht ihre göttliche Magie war, und hatte angenommen, sie käme von ihm. Was war das? Und war das der Grund dafür, dass sie nicht mit den Göttern sprechen konnte? Was war, wenn die Götter sie überhaupt nicht verschmähten?

Malachiasz zog ein Taschentuch hervor und wischte ihr das Blut von der Handfläche.

»Ich habe keine Ahnung, was das verdammt noch mal ist«, sagte er.

»Ich liebe es, wenn du so sprichst.«

Er lachte. Ihr Herz machte einen schmerzhaften Sprung und sie hätte sich am liebsten selbst getreten. Sie sollte hier nichts tun, was ihre Gefühle ins Spiel brachte. Nicht mit ihm, nicht noch einmal. Das war genau das, was sie vermeiden musste.

Sie zog ihre Hand nicht von ihm weg.

»Es gibt keinen Priester, den wir nach Antworten fragen könnten«, sagte Nadya mit leiser Stimme. »Wenn ich keine Antworten bekomme ...« Sie schüttelte den Kopf. »Vielleicht ist es nichts. Vielleicht überschätze ich meine eigene Bedeutung und ich habe bereits meine Pflicht abgeleistet. Aber es hat sich nichts zum Besseren gewendet. Kalyazin und Tranavia stehen immer noch im Krieg. Serefin könnte seinen Thron an eine Bande von kriegshungrigen Adligen verlieren. Du ...« Sie hielt inne und wartete ab, ob Malachiasz ihre Worte bestätigte. Seine eindeutige Zurückhaltung war vielsagend. Sie blickte ihm ins Gesicht. »Du hast etwas in dieser Welt erschüttert, und es ist nur eine Frage der Zeit, bis wir sehen, worin sich das offenbart. Ich muss zu diesem Tempel gelangen. Aber er ist umgeben von einem Wald, durch den nur die Göttlichen gelangen können.«

Malachiasz verzog sein Gesicht und rümpfte die Nase.

»Deine Wesensmacht kommt dem noch am nächsten. Aber es wird schwierig werden.« Eher unmöglich. Es würde etwas von ihm verlangen, von dem sie bezweifelte, dass er es wirklich hingeben würde.

Ihre Hand lag in seiner geborgen bei ihm auf dem Schoß. Leicht und geistesabwesend spielte er mit ihren Fingern, sodass es sich zärtlich und vertraut anfühlte.

Er hatte sie verraten. Warum konnte sie ihn dafür nicht einfach hassen? Warum kochte der Zorn niemals hoch, der bei ihr ständig unter der Oberfläche brodelte?

Warum wollte sie stattdessen, dass er seine Finger mit ihren verwob und seinen Daumen an ihre Handfläche schmiegte?

»Waffenstillstand«, sagte er, dabei war seine Stimme kaum mehr als ein Flüstern.

Sie schloss die Augen, schluckte schwer und zog ihre Hand fort. »Das reicht nicht.«

Als sie die Augen öffnete, hatte er alles weggesperrt. Sie starrten einander lange an, und ihr war sehr wohl bewusst, wie viel Empörung Kostya ausstrahlte, aber dieser Junge hielt sie wieder mit seinem farblosen Blick gefangen.

»Das. Reicht. Nicht«, sagte sie mit zusammengebissenen Zähnen.

In ihrer Brust zog sich etwas zusammen, als er seinen Kopf zur Seite legte, wobei die Knochen in seinem schwarzen Haarschopf in ihren Blick rückten. Seine Lippen verzogen sich zu einem Lächeln, wild und grausam, und er lehnte sich näher zu ihr hin. Er nahm ihr Kinn in die Hand und zog ihr Gesicht grob an seines.

»Nein, natürlich nicht«, murmelte er, wobei sein Atem federleicht über ihr Gesicht strich. »Aber nichts wird je ausreichen, oder? Ein kleines Bauernmädchen aus dem Kloster würde nichts mehr als das Erlebnis herbeisehnen, wie das Monster ihr zu Füßen liegt und sich selbst geißelt. Ich werde das jedoch nicht tun, Nadya. Ich werde dieses Spiel nicht mitspielen.«

Er hob die andere Hand. »Wag es nicht«, spie er Kostya entgegen, der noch einen Schritt vorgegangen war.

»Du wirst spielen«, sagte Nadya, ohne Kostya oder irgendetwas sonst zu beachten. Sie durfte ihn nicht völlig vergraulen, bevor er sie durch den Wald gebracht hatte. »Du hättest dich weiter in deinen verdammten Minen verkrochen, wenn du nicht mitspielen wolltest. Hast du geglaubt, du könntest einfach zurückkehren und alles genauso vorfinden wie früher, bevor du es bis auf die Grundmauern niedergebrannt hast? Nach einem Feuer bleibt immer nur Asche zurück, Malachiasz. Und du wirst mir zu Füßen liegen.«

Er kniff die Augen zusammen, doch das leichte Lächeln schwand nicht von seinen Lippen, sogar dann nicht, als die ihn umgebende Magie sich gefährlich verdichtete. Er steckte ihr eine Locke hinters Ohr.

»Wir werden sehen, Schätzchen.«

19

SEREFIN MELESKI

Svoyatova Kseniya Pushnaya: Genannt Svoyatova der Dornen, lebte Kseniya tief im Wald und schenkte denen Macht, die sie aufsuchten und die Prüfungen bestanden, die ihnen ihr Gott Vaclav auferlegte.

Vasilievs Buch der Heiligen

Es fiel ihm schwer, von den Eroberungen der tranavischen Streitkräfte zu erfahren und sich nicht offen entzückt zu zeigen. Serefin hatte sich nur bisher nicht vorgestellt, wie düster sich die Kriegslage für die Kalyaziner darstellte, wie nahe sie in Wirklichkeit dem Ende standen. Und doch drehten die Kalyaziner jetzt den Spieß um, und Serefin musste sie aufhalten, bevor sie weiter Kraft schöpften.

Die Zarewna wollte Angaben über ein Ereignis an einem Außenposten des Militärs, doch Serefin wusste nichts darüber.

»Also warst du nicht in Kartevka.«

»Ich habe gerade einmal eine blasse Ahnung, wo das überhaupt liegt.«

Yekaterina blätterte durch Serefins Zauberbuch und landete bei einem Spruch in der Mitte. Serefin konnte nicht herausfinden, welchen sie ausgewählt hatte, doch sie hielt inne und schien weiter über ihn nachzudenken. Er führte in seinem Zauberbuch größtenteils Angriffsmagie mit sich, neben einer gehörigen Sammlung an Überredungszaubern.

»Es war ein Massaker«, sagte sie. »Ich bin entgeistert, dass ihr Tranavier es nicht als schieres Wunder verkündet, bei diesem gewaltigen Monster, das es dort angerichtet hat.«

Serefin bewegte sich unruhig auf seinem Platz. Er wusste, worauf das hinauslief. »Wann ist das geschehen?«

»Vor drei Monaten oder so«, antwortete sie. »Aber schon längere Zeit davor ist die Front ständig von einer Kreatur angegriffen worden, die nur im Schutz der Dunkelheit kommt. Wir haben diesen verfluchten Krieg so ehrenhaft ausgetragen, wie ihr Häretiker es verdient, aber ...«

»Krieg ist nicht ehrenhaft«, entgegnete Serefin schlicht. »Das ist er nie gewesen. Und es ist nicht unsere Schuld, dass ihr über keine nennenswerte Magie verfügt.«

Yekaterina beugte den Kopf. »Du weißt so wenig, Tranavier.«

»Hör zu«, sagte Serefin rasch, bevor sie fortfahren konnte. »Ich bitte nicht um Vertrauen. Aber es scheint, als ließen sich unsere Ziele miteinander in Einklang bringen. Wie viele Geier wurden an der Front gesehen? Seit wann?«

»Eine Menge Fragen.«

»Du hast mich noch nicht getötet oder zum Kriegsgefangenen erklärt, also glaubst du, ich könnte noch nützlich sein.«

»Nützlich dürfte eine Übertreibung sein.«

»Aber ich will, dass die Geier entmachtet werden, wenn auch nicht gänzlich – ich bin schließlich Tranavier –, aber zumindest ein bisschen. Ich will den Schwarzen Geier tot wissen. Solange er lebt, wird es keinen Unterschied machen, wer diesen endlosen Krieg gewinnt.«

Malachiasz wollte beide Throne an sich reißen. Serefin konnte nicht zulassen, dass er seinen übernahm. Und die Verschwörung seines Bruders zur Vernichtung der Götter von Kalyazin würde nichts bewirken.

»Kartevka wurde wie im Handstreich zerstört. In dem einen Moment war die Nacht so friedlich, wie sie es an der Front eben sein kann, und im nächsten Moment riss der Himmel auf und Magie ergoss sich daraus, begleitet von einer Kreatur, die das ganze Lager dem Erdboden gleichgemacht hat.«

»Was hatte der Ort Besonderes?«

Yekaterina kniff die Augen zusammen. »Was meinst du?«

»Falls der Schwarze Geier diesen Angriff geführt hat – gibt es irgendjemanden, der überlebt hat? Irgendwelche Zeugen? Nein? Nun, er ist umsichtig – es war nicht grundlos. Er zerstört nicht einfach alles, weil es ihm gerade in den Sinn kommt.«

»Erschreckend«, merkte sie nüchtern an.

»Er ist außerordentlich schlau«, grübelte Serefin laut. »Gab es dort irgendetwas, worauf er versessen war?«

»*Vashnya Delich'niy* ...«, warnte der Mann an der Tür.

Doch die Zarewna schaute nur nachdenklich drein. »Bei den Göttern, was spielt es noch für eine Rolle, ihr wisst es wahrscheinlich ohnehin schon. Wir hatten unsere mächtigsten Reliquien und Ikonen in Kartevka.«

Wieder die Reliquien ...

»Das alles für ein paar Knochen?«, bemerkte Serefin.

Sie lächelte. »Bete darum, dass du diese Knochen nie erlebst, wenn sie eingesetzt werden.«

»Oh, ich denke, hier gab es ein sprachliches Missverständnis. Ich bin ein Häretiker. Ich bete nicht.«

Serefin dachte an die Zauberbücher, die er in einem kalyasischen Lager gefunden hatte. Da musste es einen Zusammenhang geben.

»Ungeachtet dessen, sind diese wunderbaren Schätze jetzt in den Händen des Schwarzen Geiers?«, fragte Serefin.

»Sie wurden nicht aus den Trümmern geborgen, also liegt die Vermutung nahe, ja.«

Aufschlussreich. Wofür konnten die Geier wohl eine Handvoll alte Knochen brauchen?

»Die könntet ihr zurückerhalten, wenn ihr mir helft, den Schwarzen Geier umzubringen«, sagte er.

Yekaterina schüttelte ungläubig den Kopf. »Ich verstehe nicht, welches Spiel du spielst«, entgegnete sie. Sie schob ihren Stuhl zurück und stand auf, dann nahm sie die Kette aus Eisenzähnen auf und legte sie sich um den Hals. »Bring ihn hin«, sagte sie zu dem Mann, bevor sie aus dem Raum rauschte.

Serefin wurde tiefer unter die Kirche geführt, in einen breiten Raum mit tropfenden Wachskerzen auf Halterungen an der Wand und seltsamen Buntglasscherben, die in den Stein eingelassen waren. Lichter flackerten dahinter und warfen Regenbogen auf den polierten Steinboden. In allen Ecken des Raumes standen Statuen von fremdartigen Kreaturen, die ihn schon auf den ersten Blick beunruhigten.

»Das ist heiliger Boden, zieh deine Schuhe aus«, befahl ihm Yekaterina und schlüpfte aus ihren Stiefeln.

Er runzelte die Stirn. »Heiliger Boden für wen?«, murmelte er. Sie starrte ihn weiter an. Er seufzte, band seine Stiefel auf, stieg heraus und stellte sich auf den kalten Boden.

»Ich kann mir nicht vorstellen, dass ein Tranavier göttliche Angelegenheiten versteht.«

»Du wärst überrascht«, erwiderte er und rieb sich das kranke Auge. Als er die Hand zurückzog, war sie nass von Blut. *Verdammt, nicht jetzt.*

Irgendetwas juckte ihn genau unter der Haut, eine Vorahnung, die er nicht wirklich einordnen konnte, bis Yekaterina den Raum durchquerte und eine Tür öffnete. Serefin erhaschte nur einen kurzen Blick auf den Steinaltar dahinter, bevor er von panischer Angst ergriffen wurde. Die Zarewna gab ein Zeichen und der Mann schlug ihm mit einem Knüppel auf den Hinterkopf, sodass er wie ein Stein umfiel.

Ein im Laufe der Jahrtausende abgenutzter Steinaltar. Er hatte ihn zuvor gesehen und er sah ihn jetzt.

Oder genauer, er fühlte ihn.

Seine Hände waren an den Altar gefesselt. Er zerrte an den Ketten, um zu prüfen, ob sie nachgeben würden. Nichts. Die Luft war geschwängert vom Weihrauch, mit beißendem Geruch bildete er Wolken im schwachen Licht der flackernden Kerzen.

»Die Götter haben geschwiegen, seit dein Vater gestorben ist«, sagte Yekaterina irgendwo außerhalb Serefins eingeschränktem Sichtfeld. Ihre Stimme war nachdenklich leise.

Sein linkes Auge zeigte ihm seltsame Muster in dem trüben Weihrauch über ihm. Er begann, auf der Innenseite seiner Wangen zu nagen. Er würde nicht viel Blut brauchen, nur ein bisschen, nur einen Hauch, dann würde er nach seiner Magie greifen können.

»Die alten Gebräuche sind schon seit langer Zeit nicht mehr angewandt worden. Seitdem die Kleriker zu verschwinden begannen, wird das Verlangen nach ihnen immer größer. Wir Kalyaziner haben vergessen, dass unsere Magie genauso von Blut befeuert wird wie die der Häretiker, nur dass wir es für einen göttlichen Zweck vergießen. Wir vergießen es in Unterwerfung unter unsere Götter, somit wird es als geheiligt erachtet.«

Serefin legte den Kopf zurück. »Und inwiefern unterscheidet sich ein rituelles Blutopfer von dem, was unsere Geier in ihren unterirdischen Höhlen treiben?«

Yekaterina gab ein nachdenkliches Summen von sich. »Das habe ich dir gerade erklärt.«

Er hörte das Klicken ihrer Fingernägel an der Steinplatte genau neben seinem Ohr. Dann fühlte er einen stechenden Schmerz quer über der Brust, als sie mit der Spitze ihres Dolches einen querlaufenden Schnitt knapp unter seinem Schlüsselbein zog.

Eine Wolke aus Motten entwich in die Luft. Sie trat zurück und machte mit den Fingern ein merkwürdiges Zeichen über der Brust.

Abergläubische Kalyazinerin, dachte Serefin.

»Was bist du?«, zischte sie.

Er schmeckte Blut aus seinem schmerzverzogenen Mund und erzitterte unter der Macht. Yekaterina schnitt ihm mit gerunzelter Stirn weitere Linien in die Brust, sie meißelte ein Symbol in sein Fleisch, wobei sie noch mehr Motten aufflattern ließ.

Die Zarewna murmelte auf Kalyasisch, ihre Worte quollen zu schnell hervor, als dass Serefin mitkommen konnte, aber das Dröhnen ihrer Stimme löste tief in Serefins Herzen Angst aus.

Er würde hier sterben. Verzweifelt kämpfte er gegen die Ketten an, doch sie hielten ihn fest.

Von dem blutigen Bild in seiner Haut ging eine gewaltige Macht aus, aber es war nicht seine Magie; es war keine Macht, auf die er Zugriff hatte, obwohl es sein Blut war, das vergossen wurde.

Seine Brust wurde eng; er rang nach Luft. Yekaterina beobachtete ihn ungerührt.

»Was wird dir das hier verschaffen?«, keuchte er und verzerrte das Gesicht bei den plötzlichen, heftigen Schmerzwellen, die ihm über die Haut zuckten. »Macht?«

»Ich will eine Botschaft«, sagte sie, während sie die Klinge sauber wischte und sich aufrichtete. »Ich will, dass das Ohr meiner Göttin mir zugewandt ist. Ich will ein Zeichen an Tranavia aussenden, dass wir uns nicht einschüchtern lassen von eurer häretischen Magie und dass wir diesen Krieg nicht länger erdulden werden.« Sie lächelte zaghaft. »Ich will den König von Tranavia töten. Und, du hast recht, auch den Schwarzen Geier. Das wird helfen.«

Sie hob den Dolch, um ihm die Klinge ins Herz zu stoßen.

Die Wände des Palastes erweckten in Serefin immer den Eindruck, als würde er durch das Zuhause von Riesen wandern. Alles war so hoch und laut, und er hatte die Jahreszeiten sehr viel lieber, in denen seine Mutter erklärte, die Luft in Grazyk würde sie umbringen. Dann sammelte sie Serefin auf, damit sie in ihrem Haus an den Seen nahe dem Anwesen ihrer Schwester eine unbeschwerte Zeit verbringen konnten.

»Was machst du?«

Er lag auf dem Boden in einem der großen Säle und starrte zu den Malereien an der Decke hoch. Am anderen Ende des Saals arbeiteten noch Maler an dem Kunstwerk. Erst vor Kurzem hatten sie den Abschnitt beendet, den Serefin gerade beäugte. Mehr als einmal war bereits ein Diener über ihn hinweggestiegen, statt um ihn herumzugehen.

Sein Cousin beugte sich über ihn, bevor er zur Decke aufsah. Der jüngere Knabe seufzte ergeben – als ob er ständig Wichtigeres zu tun hätte, was Serefin komisch fand, denn Malachiasz war an diesem Morgen ihrem Unterricht ebenfalls ferngeblieben und es hatte ihn niemand finden können. *Ćáwtka* Sylwia machte sich nie große Sorgen, Serefins Mutter hingegen machte es wahnsinnig.

Staub lag auf seiner Kleidung und in seinem dunklen Haargewirr, das Wiktoria, Sylvias Hausmädchen, heute Morgen tapfer zu zähmen versucht hatte, wie Serefin wusste. An Malachiasz' Händen klebte getrocknetes Blut – kaum etwas Besonderes, auch wenn beide Jungen ihre Magie nicht unbeaufsichtigt ausüben durften, vor allem Malachiasz nicht.

Serefin hatte ein Geschick für Blutmagie; in Malachiasz schlummerte etwas völlig anderes und Mächtigeres.

Schließlich ließ sich Malachiasz kurzerhand neben Serefin auf den Boden plumpsen.

Ein Diener schnaubte verärgert und stieg mit einem Tablett voll Tafelsilber über sie hinweg.

»Nichts«, antwortete Serefin, denn er hatte tatsächlich rein nichts getan. »Was geschieht dort in der Ecke?« Er deutete in die Richtung, in der die Maler arbeiteten.

Malachiasz war still, er kämpfte einerseits darum, vollkommen gleichgültig zu wirken, andererseits war da seine Liebe zur Kunst. Malachiasz mochte es, dem königlichen Porträtmaler nachzulaufen, während Serefin alte tranavische Geschichtsbücher umherkarrte.

»Geier«, sagte er nachdenklich.

Die Decke über ihnen war mit Geiern bedeckt, die Vögel waren als massige und düstere Wesen gemalt. Serefin schauderte es. Er bemerkte die mächtigen Blutmagier kaum, die in den Palastgängen herumlungerten und ihren Ordensnamen den aasfressenden Vögeln verdankten. Bei Malachiasz lösten sie zugleich entsetzliche Angst und Bewunderung aus.

»Wo warst du heute Morgen?«, fragte Serefin.

Malachiasz antwortete nicht und deutete an die Decke. »Es ist eine Schlacht.«

»Was?«

»Sie malen eine Schlacht.«

Serefin runzelte die Stirn und legte seinen Kopf schief, um sehen zu können, was Malachiasz meinte. Für ihn sah es nach einer Menge an Tieren aus, aber es war etwas Boshaftes daran.

»Die Bären sind die Kalyaziner. Die weißen Adler und die Geier sind Tranavier.«

Die Bären waren eindeutig dabei, diesen außergewöhnlichen Kampf zu verlieren. Jetzt konnte Serefin das erkennen.

»Ist es eine berühmte Schlacht, was meinst du?«, fragte Malachiasz.

Serefin wusste wirklich viel zu viel über die Militärgeschichte Tranavias und den Krieg, den sie schon seit fast einem Jahrhundert gegen ihr Nachbarland führten. Er kniff die Augen zusammen, um bestimmte Merkmale zu finden, die vielleicht auf wichtige tranavische Generäle hindeuteten.

»Kwiatosław Rzepka«, sagte er schließlich.

In der Mitte des Gemäldes stand ein weißer Adler mit nur einem Flügel und goldenen Schwanzfedern, der einem Bären, zu dessen Füßen ein Flammenschwert loderte, das Herz herausriss.

Rzepka war nicht einfach ein früherer tranavischer General, er war eine Gestalt aus Tranavias ältesten Mythen. Auch vor dem Krieg gegen Kalyazin war Tranavia nie gut mit dem größeren Nachbarstaat im Westen ausgekommen und es gab zahlreiche Kindergeschichten über Rzepka und seine Magie. Es war keine Blutmagie, sondern alte Magie: eine, die für Tranavia schon seit langer Zeit verloren war, nachdem Kalyazin seine gesamten Kräfte aufgeboten hatte, sie ganz auszulöschen.

»Warum sollte dein Vater ihn an die Decke malen lassen?«

Serefin war sich nicht sicher. Sein Vater mochte eindeutig kalte militärische Fakten lieber als fantasievolle Geschichten über einen alten einhändigen Magier, der einen Berg in der Mitte geteilt und Drachen in den Hügeln des Tieflands getötet hatte. Er zuckte mit den Schultern. Malachiasz wusste mit großer Wahrscheinlichkeit mehr über Rzepka als Serefin. Malachiasz mochte alles, was mit Magie zu tun hatte.

Sein Cousin legte den Kopf neugierig noch weiter zurück.

»Die Malereien gehören nicht gerade zu den besten«, sagte er verhalten.

»Das hier ist einer der kleinen Säle«, entgegnete Serefin.

»Ich nehme an, das erklärt alles.«

Serefin wünschte sich, sie würden nicht am Boden liegen und er könnte etwas nach Malachiasz werfen. Sein Cousin setzte sich auf und grinste ihn an.

»Ich bin hungrig«, erklärte er und stand auf. »Komm schon. Und du machst es nicht besser.«

»Wenn du nicht das Frühstück und noch dazu das Mittagessen ausgelassen hättest, wäre das kein Problem«, sagte Serefin, stand aber auf und folgte Malachiasz. »Wo warst du überhaupt?«

»Unterwegs«, antwortete Malachiasz.

»Meine Mutter wird dich umbringen.«

Er machte sich keine Sorgen wegen ihres Ausflugs zur Palastküche. Malachiasz würde keinen Ärger bekommen, das geschah nie. Es war ungerecht. Alles, was Serefin anstellte, brachte ihm nur wieder einen missbilligenden Blick seines Vaters und eine Standpauke von seiner Mutter ein.

Doch er war ein Prinz und Malachiasz war das nicht.

Sie tobten zwischen den Beinen von Dienern und *slavhki* umher, bis Malachiasz gegen eine hochgewachsene Gestalt prallte, die eine Eisenmaske trug. Er blieb regungslos stehen, während sich die Gestalt langsam umdrehte, wobei die schlichte Eisenmaske das ganze Gesicht der Geierfrau verdeckte, bis auf die grünen Augen.

»Vorsicht«, sagte sie, dabei schwang in ihrer Stimme etwas mit, das bei Serefin sofort den Wunsch zu fliehen auslöste.

Malachiasz machte einen Schritt zurück und stolperte gegen Serefin. Er wollte weglaufen, erstarrte aber noch einmal, als der Geier mit lockeren Bewegungen vor ihm in die Hocke ging und seine Hand ergriff.

»Übst du?«, fragte sie. »Du bist Czechowicz' Junge, oder?«

Malachiasz nickte.

»Zeig mir, was du kannst.«

Als er sich vergewisserte, dass Serefin noch immer hinter ihm stand, war sein Gesichtsausdruck vor Entsetzen verzerrt. »Ich habe kein Zauberbuch«, sagte er.

»Aber ich«, entgegnete sie und löste ein dickes, in schwarzes Leder gebundenes Buch von ihrer Hüfte.

Malachiasz schüttelte den Kopf. »Ich darf keine Magie verwenden.«

Eine flehentliche Bitte an Serefin, dass er eingreifen sollte.

Aber Malachiasz war sehr begabt im Umgang mit Magie und Serefin wollte keinem Geier widersprechen. Er nickte ermutigend, als der Geier eine Seite aus dem Zauberbuch riss.

»Ich …«

Plötzlich waren eiserne Klauen an ihren Fingerspitzen und sie zog Malachiasz eine davon über den Unterarm. Er schrak zusammen und seine Augen füllten sich mit Tränen. Doch sein Gesichtsausdruck wurde schnell undurchdringlich und er griff nach der Seite aus dem Zauberbuch.

Einen schrecklichen Moment lang schien es, als wäre die Zeit angehalten worden. Die Luft trübte sich weiß und vernebelt, während Serefin nach hinten an die Wand geschleudert wurde. Die Geierfrau richtete sich auf, unergründlich hinter der Eisenmaske.

»Vielversprechend«, sagte sie mit sanfter Stimme und rauschte ohne ein weiteres Wort davon.

Malachiasz stand da, Blut tropfte ihm von den Fingern und Tränen liefen ihm über die Wangen. Dann stellte er fest, dass Serefin nicht mehr an seiner Seite war.

Er wimmerte und wich zurück, als Serefin strauchelnd wieder auf die Beine kam.

»Mir geht es gut«, sagte Serefin in dem Versuch, beruhigend zu wirken, bis ihm Blut über das Gesicht lief. Sein Kopf schmerzte heftig.

»Erzähl es niemandem«, flüsterte Malachiasz.

Doch falls sie jemand in diesem Zustand sah, würde es keine Rolle spielen, ob er das Erlebte für sich behielt. Serefin packte Malachiasz am Arm und zerrte ihn in einen Dienstbotenflur.

»Du hast gerade einen Zauber von einem Geier überwunden«, stellte er fest.

Malachiasz nickte mit weit aufgerissenen Augen.

»Wo blute ich?«

»Es ist nur ein Schnitt an deiner Stirn. Es tut mir leid, Serefin. Ich hätte dich töten können.« Er war vor Angst ganz aufgelöst.

Sie mussten Andrzej mitteilen, was Malachiasz getan hatte. Der Magier würde wissen, was mit einem Jungen zu tun war, der einen Zauber von einem *Geier* so übertroffen hatte, dass der nach hinten losgegangen war. Gemeinhin unterrichteten die Geier alle königlichen Kinder in Magie, doch sie waren noch nicht alt genug dafür. Sie lernten noch bei einem sterblichen Magier und nach dem Erlebnis bei der Palastküche wollte Serefin auch in der Zukunft nicht von einem Geier ausgebildet werden.

Allerdings zitterte Malachiasz, während er tapfer versuchte, sich die Tränen von den Wangen zu reiben. Serefin seufzte.

»Machen wir uns erst sauber«, sagte er. »Dann besorgen wir uns etwas zu essen.«

»Du wirst es nicht erzählen?«

»Es muss niemand wissen.«

20

NADEZHDA LAPTEVA

Marzenya und Velyos sind erbitterte Rivalen, die eine eine Göttin des Todes, der andere ein Gott der Toten.

Die Briefe des Włodzimierz

Nadya saß mit gekreuzten Beinen da und hatte ihre Gebetsperlen im Schoß, während Parijahan neben ihr im Bett schlief. Gebete hatten ihr immer Trost gespendet, aber sie hatte früher auch stets Antworten erhalten. Es kam ihr jetzt kindisch vor, dass sie die Götter für so etwas wie ihre Freunde gehalten hatte, doch wenn sich Nadya verzweifelt gefühlt hatte, hatten sie ihr immer zur Seite gestanden, ihr einziger durchgängiger Halt im Leben.

Sie drückte den Daumen auf Marzenyas Perle, wobei sie ihre befallene Hand umdrehte. Und wenn das die Wurzel all ihres Kummers war? Und Marzenya es ungeschehen machen konnte, sodass sich alles wieder nach der früheren Ordnung ausrichtete?

Ein einfältiger und närrischer Gedanke. Es gab kein Zurück. Brächte es die Lösung, Malachiasz umzubringen? Serefin? Zwei seltsam lebhaften Jungen das Leben zu nehmen, die sie anrührend fand, weil sie sich so stark von allem unterschieden, was sie je gekannt hatte? Sosehr sie auch die

Schrecken hasste, die Tranavia hervorgebracht hatte – solche Taten fühlten sich nicht richtig an.

Sie wünschte sich einen Kodex. Sie brauchte etwas, mit dem sie sich wieder in der Erde verwurzeln konnte. Kostya genügte dafür nicht, nicht, solange Malachiasz hier war. Nicht, wenn Kostya nur über Schrecknisse sprechen wollte.

Er würde heute Nacht zu ihr kommen, und alles, was sie vermochte, wäre, ihn zu enttäuschen. Sie konnte nicht davonlaufen. Sie musste sich selbst erst neu ausrichten, ihren Weg wiederfinden. Der Tempel, die Berge, das waren die einzigen Vorstellungen, bei denen Nadya das Gefühl hatte, durch sie vielleicht wieder an ihren Ursprung zu gelangen. Nicht das Mädchen aus dem Kloster, aber eine Klerikerin aus Kalyazin – von den Göttern –, die wusste, an was sie glaubte und zu was sie fähig war. Eine, die diesen von den Göttern verlassenen, nie enden wollenden Krieg zum Besseren wenden konnte.

Sie war mit dieser Zuversicht schon zuvor gescheitert. Aber vielleicht konnte sie eine zweite Chance bekommen.

Kostya schlüpfte ins Zimmer und schien verwirrt darüber, dass sie auf dem Bett saß. Sie legte sich einen Finger an die Lippen und sah zu Parijahan, bevor sie sich ihre Gebetskette über den Kopf zog und aufstand. Sie zog ihn in die Stube nebenan.

»Was tust du? Lass uns gehen.« In seiner Stimme lag etwas Bedrohliches, das ihr Angst machte.

»Du hast mir nicht zugehört«, sagte sie. »Ich gehe nicht mit dir, Kostya.«

Seine ganze Ausstrahlung verdüsterte sich. »Wer *bist du?*«

Sie starrte ihn traurig an. Sie wollte nur, dass er erkannte, was sie zu erreichen versuchte, auch mit den Zugeständnissen, die notwendig gewesen waren. Doch sie hatte Angst, dass er niemals über ihre Verbindungen zu den Tranaviern hinwegsehen würde.

»Ich hatte vorgehabt, über das hinwegzugehen, was ich vorhin mitansehen musste, aber ... du bist offenbar verhext worden. Ich ...« Er brach ab, als sie ihre lädierte Hand hob.

»Was für eine Kreatur er auch sein mag, er weiß eine Menge über Magie. Und was auch immer das hier ist, es ist Magie.«

Kostya nahm ihre Hand, blankes Entsetzen grub sich in seine Gesichtszüge. Angewidert ließ er die Hand wieder los.

»Das bist du«, sagte er leise.

»Kostya ...«

»Sie haben dich verdorben. Ich war gewarnt, bei den Göttern, sie haben mir gesagt, du wärst beeinflussbar. Sie haben mir prophezeit, du würdest straucheln.« Er begann, auf und ab zu gehen.

»Wer hat das gesagt?« Die Frau, die ihm den Anhänger gegeben hatte?

Er schüttelte den Kopf. »Ich hätte dich nicht gehen lassen sollen. Ich habe alles zerstört.«

»Du?«

»Du hättest nicht nach Westen gehen dürfen! Du hättest auf die Götter hören sollen! Nicht auf irgendein Monster, das ...« Widerwillig machte er eine Handbewegung in Richtung ihrer Hand. »... dir das hier angetan hat.«

»Nicht gehen dürfen«, sagte Nadya ausdruckslos. »Es gab nie einen genauen Plan. Ich sollte die nächste Militärbasis erreichen, aber als das Kloster brannte, steckte ich in einem Wald fest, während Tranavier die Bergen durchkämmten. Ich habe damals so gehandelt, um zu überleben.«

»Es wäre besser gewesen, du hättest das nicht getan«, murmelte Kostya.

Sie schreckte zurück. Irgendetwas in ihrem Herz zersprang. Er konnte sie nicht mehr sehen. Sie war nur noch die Summe ihrer Fehler.

»Das meinst du nicht ernst.«

Er sagte nichts.

»Kostya, wer hat dir gesagt, dass ich straucheln würde?«

»Spielt das eine Rolle?«

Mehr, als du wissen kannst, dachte sie. Der Gedanke, dass es irgendeinen anderen, größeren Plan gab, den sie nicht kannte, machte ihr schreckliche Angst.

Sie schloss die Augen. Atmete aus. »Wenn ich dir die Wahrheit sage, versprich mir, dass du mir dann zuhörst.«

»Was könntest du mir denn noch sagen müssen?«, schrie er.

»Die Götter sprechen nicht mehr mit mir«, flüsterte sie. Sie ließ die Augen geschlossen. Sie wollte sein Gesicht nicht sehen.

»Nadya.« Sie hörte das Entsetzen in seiner Stimme. Den Zorn. Trauer über den Treuebruch.

»Ich versuche, meine Aufgabe zu begreifen«, sagte sie. »Ich versuche, meine Fehler zu bereinigen. Wenn ich mit dir gehe, kann ich das nicht tun.«

Sie öffnete die Augen. Kostya starrte sie an, sein Gesicht war ausdruckslos, die Augen hart. Er griff nach vorn und nahm sehr vorsichtig ihre Kette mit Gebetsperlen in die Hand.

»Ich dachte ...«, sagte er leise. »Ich dachte, du solltest über alle anderen erhaben sein. Vollkommen. Ich dachte, die Gerüchte über dich wären unwahr, aber ...« Sein Griff wurde fester. »Dann gibt es keine Hoffnung.«

Nadya hatte keine Gelegenheit mehr, ihn zu fragen, was das heißen sollte. Er zog fest an der Halskette, zerrte sie nach vorn und zerriss das Band. Der Aufprall ihrer hölzernen Gebetsperlen auf dem Boden klang laut in ihren Ohren.

Und irgendetwas in ihr brach.

Ihre Augen füllten sich mit Tränen. Das Einzige, was sie noch von den Göttern zurückbehalten hatte, war zerstört. »Was hast du getan?«, schrie sie, schob ihn weg und ging auf alle viere, um eine Perle aufzuheben und sie wieder auf die zerrissene Schnur zu fädeln. Doch sie schaffte es nicht, dass die Perle über das ausgefranste Ende glitt, und plötzlich drängte alles, was sie beiseitegeschoben hatte, an die Oberfläche. Würgend unterdrückte sie einen Schluchzer, indem sie sich den Handrücken vor den Mund presste.

Kostya gab ein angeekeltes Knurren von sich und stürzte aus dem Haus.

Nachdem ihr noch eine Perle durch die Finger geglitten und davongerollt war, brach Nadya auf dem Boden zusammen. Sie presste die Hände gegen die Augen und versuchte, ihre Schluchzer zu unterdrücken.

Er hatte sie nichts erklären lassen. Er hatte ihr nicht zugehört.

Sie hatte gehofft, dass ... was? Dass Kostya ihr vergeben würde? Dass er zu schätzen wüsste, wie sie ihn mit dem Monster, das ihn gefangen gehalten hatte, in dasselbe Bauernhaus gesteckt hatte?

Eine sanfte Hand strich ihr im Vorübergehen über das Haar. Malachiasz tappte barfuß durch die Stube und beugte sich dann vornüber, um ein paar Perlen aufzuheben. Er kam zurück und setzte sich vor sie hin.

Er war still. Er war gewiss die letzte Person, die sie gerade jetzt brauchte. Zwar konnte sie die ausgefranste Schnur wegen ihrer Tränen nicht sehen, aber das hielt sie nicht von dem Versuch ab, eine ihrer Perlen wieder aufzufädeln. Würde sie es jemals schaffen, sich an die Reihenfolge der Perlen zu erinnern?

»Die hier verbrennen mir buchstäblich die Hand«, sagte Malachiasz mit gespielter Verwunderung. »Bitte nimmst du sie?«

Das kitzelte ein Lachen aus ihr heraus. Sie hielt ihm die Hände hin, er legte ihr die Perlen vorsichtig auf die Handflächen und schloss ihre Finger darüber.

Er setzte sich wieder, zog ein Bein hoch und legte das Kinn aufs Knie, während er sie betrachtete.

»Entschuldigung«, sagte sie schniefend. »Ich habe euch alle aufgeweckt.«

»Du musst dich nicht entschuldigen, ich habe sowieso nicht geschlafen. Es könnte allerdings sein, dass Rashid dir den Garaus macht, sobald der Morgen anbricht.«

Irgendwie löste das ein weiteres Lachen bei ihr aus. Sie legte sich alle Perlen zusammen in den Schoß und zählte sie. Ein paar fehlten ihr noch.

»Ich dachte, ich könnte ihn dazu bringen, dass er es versteht.« Sie wischte sich über die Augen. »Wenn ich nur erklärt hätte ...« Doch da war so vieles, was sie nicht erklären konnte. »Er will von mir, dass ich in mir das Mädchen aus dem Kloster wiederfinde. Doch das habe ich schon vor so langer Zeit verloren.«

Malachiasz neigte den Kopf. »Ist das etwas, worüber du mit mir sprechen willst?«

»Nein, ich ... ich will, dass du gehst, Malachiasz.«

Traurigkeit durchzog kurz sein Gesicht, bevor er sie in sich verschloss. »Das ist angemessen«, flüsterte er. Er machte Anstalten aufzustehen.

»Ich dachte ...« Nadya verstummte. Malachiasz verharrte kurz in der Bewegung, bevor er sich langsam wieder hinsetzte. »Ich weiß es nicht. Ich bin dumm. Ich hätte nicht von ihm erwarten sollen, dass er mir vertraut.« Sie steckte sich die Schnur in den Mund, um die Fäden zu glätten, damit sie die Perlen wieder daran aufreihen konnte. »Er war mein bester Freund, und ich dachte, er würde mich kennen, aber ich schätze ...« Sie hielt ein, unfähig, auszusprechen, was sie befürchtete. Dass Kostya immer nur mit der *Klerikerin* befreundet gewesen war und nicht mit *Nadya.* Sie wollte nichts Schlechtes von ihm glauben. Er hatte ein Recht darauf, wütend zu sein. Er hatte ein Recht darauf, sich Malachiasz' Tod zu wünschen. Was sie tat, ergab für ihn keinen Sinn, es zu verstehen war unmöglich.

Sie wünschte sich nur, er hätte zugehört.

»Du bist weder dumm noch unbedarft«, sagte Parijahan, als sie sich neben ihr hinsetzte.

»Na ja, ein bisschen unbedarft«, warf Malachiasz ein.

Parijahan versetzte ihm einen Stoß.

Nadya stieß ein Lachen aus, aber es verwandelte sich schnell in ein Schluchzen. Etwas schien auf Malachiasz' Gesicht auf, über das sie nicht nachdenken wollte. Sie war dabei, wegen ihm die einzige Familie zu verlieren, die sie noch hatte, und sie ertrug es nicht. Sie wünschte sich, sie würde ihn nicht aus einem wichtigeren Grund brauchen.

Sie wünschte sich, sie würde ihn nicht begehren, den Jungen, der so viel zerstört hatte.

Parijahan nahm ihr sanft die Schnur ab. »Wenn du mir die Perlen in der richtigen Reihenfolge gibst, fädele ich sie dir auf.«

Nadya nickte. Sie gab ihr die Perle, von der sie dachte, dass sie als nächste kam, hatte aber Angst, sich zu irren.

»Denkst du, er wird wiederkommen?«, fragte Malachiasz. Er hustete in seine Armbeuge: ein raues, schmerzhaftes Geräusch.

Nadya zuckte mit den Schultern. Sie waren immer noch in Tranavia und Kostya konnte die Sprache kaum. Er würde dort draußen nicht lange durchhalten. Allerdings wusste sie auch nicht, ob er es noch ertragen würde, sie anzuschauen.

»Was ist, wenn ich nie mehr zurückgehen kann?«, fragte sie leise.

Malachiasz seufzte. Sie rieb sich die Augen, bevor sie seinen Blick erwiderte. Verständnis erfüllte diese hellen Augen und das machte ihr Angst. Nie hätte sie gedacht, dass sie sich je mit dem Gefühl der Verbundenheit mit einem Monster würde herumschlagen müssen.

Parijahan nahm den Rest der Perlen von Nadyas Schoß, und obwohl sie heilige Gegenstände waren, ließ Nadya es zu. Parijahan stand auf und legte die Schnur und die Perlen auf den Tisch.

»Komm«, sagte sie, wandte sich wieder Nadya zu und streckte ihr die Hände entgegen. »Ins Bett. Morgen früh sehen die Dinge nicht mehr so trüb aus. Der Morgen ist klüger als der Abend.«

»Aber immer noch trüb«, warf Malachiasz ein.

Diesmal trat Nadya ihn. »Das ist eine kalyasische Redewendung«, sagte sie stirnrunzelnd zu Parijahan.

»Ja.«

Sie ließ sich von Parijahan auf die Beine ziehen. Alles erschien seltsam und verkehrt. Sie sah ständig Kostyas Gesicht vor sich. Die Enttäuschung darin fraß sie innerlich auf.

Sie folgte Parijahan zurück in ihr Zimmer. Parj hatte recht. Schlaf würde helfen.

Der Morgen war klüger als der Abend. Da sah man vieles in anderem Licht.

Sie würde das Licht wieder in die Welt holen.

21

SEREFIN MELESKI

Eine langsame Zersetzung, ein großer Hunger. Aberhunderte, Abertausende in ein Grab gesperrt: lebendig, erhalten, schreiend, wartend. Wartend. Wartend.

Das Volokhtaznikon

Wieder erwachte Serefin in diesem verfluchten Wald.

Sein rechtes Auge war vollkommen blind. Angst erfasste ihn – das Herz pochte ihm wild in der Brust, denn sein rechtes Auge war das zuverlässige gewesen –, doch etwas in ihm wusste, dass das hier nicht die Wirklichkeit war.

Er konnte getrocknetes Blut auf seiner Wange spüren, aber sein linkes Auge blutete nicht. Es war kristallklar, gläsern; er war es gewohnt, dieses geschwächte Auge auszugleichen, deshalb war sein Gleichgewichtssinn gestört.

Nicht die Wirklichkeit, nicht die Wirklichkeit, dachte er und drehte sich im Kreis.

Der Wald hier war … nicht wie der letzte Wald. Der hier war nicht so greifbar.

Der Baum zu seiner Rechten war ausgebleicht und knorrig, seine Äste erstreckten sich bis in den Himmel hinauf, wo sie sich in Knochensplitter verzweigten. Da war etwas Dunkles, das langsam aus einem Astloch tropfte. Blut.

Ein Schrei hallte durch den Wald, verzerrt und gequält. Ein scharfes Knallen in der Nähe, wie von einem starken Ast, der entzweibrach. Serefin wirbelte herum. Er vergaß zu atmen. Während der Hirschschädel ihm das letzte Mal wie eine Maske vorgekommen war, wirkte er jetzt wie ein groteskes Körperteil. Efeu wuchs um seinen Nacken und in die Risse im Schädel hinein. Der Kieferknochen war verwest, die Zähne stachen spitz wie Nägel hervor.

»Ich bin überrascht, dich schon so bald zu sehen«, sagte das Wesen. »Ich dachte, du würdest dich sträuben.«

»Ich bin nicht freiwillig hierhergekommen«, erwiderte Serefin verdrießlich.

Die Kreatur – das Monster, der Gott – stützte eine dürre Hand an den Knochenbaum. Der Schädel neigte sich zur Seite. Die abgründige Dunkelheit seiner Augen war beunruhigend. Serefin musste wegschauen, doch wo er sich auch hinwandte, warteten nur weitere Schrecken.

Hatte die verfluchte Zarewna ihn umgebracht? War er danach hier gelandet? Konnte er hieraus erwachen?

»Bist du endlich bereit zu reden?«, fragte die Kreatur.

»Jedes Mal, wenn wir uns unterhalten, antwortest du mir in Rätseln auf meine Fragen und verkündest mir, du wolltest Rache. Das ist nicht besonders hilfreich«, sagte Serefin. Doch er *war* bereit zu reden. Er war bereit, diesem Schrecken einen Namen zu geben, um herauszufinden, wie er ihm entkommen konnte. Er würde nicht mehr lange in der Lage sein, gegen seinen Sog anzukämpfen.

Aber hatte er bereits aufgegeben? Hatte Serefin zugelassen, dass ihm diese Kreatur das Auge und den Verstand nahm, um mit ihm zu verfahren, wie es ihr einfiel? Es musste einen anderen Weg geben.

Er versuchte von der Kreatur wegzugehen und wäre beinahe gestürzt, weil er plötzlich sein eigenes Gewicht nicht mehr spüren konnte.

»Vielleicht fiele uns das Zusammensein leichter, wenn du mir genaueren Einblick in deine Absichten gewährtest«, sagte Serefin. »Du bist ein kalyasischer Gott, das habe ich verstanden, aber welcher?«

»Ich habe es dir doch schon dargelegt: Ich bin kein Gott. Velyos heiße ich. Du hast nicht verdient, ihn zu erfahren, aber du magst ihn in Erinnerung behalten, wenn das dein Misstrauen mildert.«

Das hatte er zuvor nicht ernst genommen. Sicher betrachteten Götter sich selbst doch stets ... als etwas anderes?

»Was dann, bitte schön, bist du?«

»Was geschieht mit einem Gott, der ein Nicht-Gott wird?«

Ein Monster also. »Also bist du verbannt worden?«

»Verbannt, verurteilt, gefangen genommen, es gibt viele Ausdrücke für das, was mir geschehen ist«, entgegnete Velyos.

»Und du willst Rache üben an dem Pantheon, das dich hinausgeworfen hat«, sagte Serefin rundweg.

Wie in aller Welt konnte er da etwas beitragen?

»Wir wollen alle etwas«, sagte Velyos. »Die Göttin des Todes will, dass diese kleine Klerikerin von ihr dein armseliges Land bis auf den letzten Baumstrunk niederbrennt, und sie wird noch zu drastischeren Maßnahmen greifen, um das durchzusetzen. Sie ist eine Göttin der Rache. Ich bin eine Kreatur von einer spezielleren Sorte.«

Grauen erfasste ihn. Er wusste, dass er Nadya nicht vertrauen durfte, auch wenn das einen gemeinsamen Weg zum Frieden ermöglicht hätte. Er bedauerte dies. Es war also nur eine Frage der Zeit, bis sie ihn von hinten erdolchte.

Doch vielleicht war genau das der Ausweg für ihn. Ein Abkommen unter Sterblichen, ein kosmisches Abkommen, sicherlich würde ihn eines davon zum ersehnten Ziel führen. Nadya wurde von ihren Göttern Macht verliehen. Vielleicht ...

»Wenn ich einen Geier töten will ...«, begann er.

Die Klauen am Knochenbaum bewegten sich, kratzten am Stamm und hinterließen dabei blutige Furchen.

»Wenn du ein Monster umbringen willst, gehst du bei dem in die Lehre, in dessen Reich die größten Monster hausen«, sagte er. »Und folglich bist du an den richtigen Ort gekommen.«

Serefin befürchtete, dass er Velyos zu viel von sich preisgegeben hatte. Aber es war zu spät, um umzukehren. Serefin hatte es mit etwas zu tun, das größer war als er selbst.

Er befürchtete, dass die Kreatur seine Gedanken durchschauen und ihm das Auge wegnehmen würde. Und obwohl es kaum sah, wollte er es in seinem Kopf behalten, wo es hingehörte.

Was versteckte sich unter diesem Schädel?

Serefin wollte es gar nicht herausfinden.

Der Knochenwald verdichtete sich zu einem massiven Steintempel. Dunkle Säulen standen herausgemeißelt vor einem Portal, das sich endlos in die Höhe zu erstrecken schien. Serefin hielt inne und betrachtete den Tempel. Er konnte die Macht fühlen, die von diesem Ort ausstrahlte, aber er konnte sie nicht einordnen. Es war nur reine, rohe Macht. Ein Schmerz in seiner Brust, in seinen Knochen. Etwas Älteres als die Erde hungerte gierig. Wartend, immer wartend, um auseinanderzubrechen und alles zu verschlingen.

»Was ist das?«, fragte Serefin.

»Du willst Monster töten«, erklärte Velyos einfach. »Ich habe dich zu dem Wesen gebracht, das dies vollbringen kann.«

Serefin wurde am ganzen Körper kalt. »Nicht du, also?« Er hatte gedacht, er würde nur in die Angelegenheiten einer einzigen kalyasischen Schreckgestalt verstrickt.

»Nicht ich, nein. Dieser eine ist stärker. Dieser eine kennt Monster. Er schläft allerdings, siehst du.«

Nun, dadurch fühlte er sich kein bisschen besser.

»Die Schwierigkeit beim Beanspruchen ...«, setzte Velyos an. Serefin hasste dieses Wort. »... eines von euch Tranaviern besteht darin, dass ihr nichts wisst«, beschwerte sich Velyos.

»Ach«, bemerkte Serefin trocken. »Ich schlage vor, du suchst dir jemand besser Geeigneten aus.«

»Lieber Junge, ich fürchte, sie ist anderswo unabkömmlich, und jetzt gibt es niemanden, der besser geeignet ist als du.«

Serefin schluckte schwer.

»Ich habe keine Zeit, dir eine Lektion über meinesgleichen zu erteilen«, sagte Velyos erschöpft. »Such dir jemand anderen, der dir dabei hilft. Mein Herrschaftsbereich war einst der Wald ... und der Tod.«

»Und was ist mit diesem anderen? Dem, der schläft?«

»Die Dunkelheit und der Hunger darin«, antwortete Velyos schlicht. »Entropie. Und Monster der Dunkelheit wurden von ihm selbst im Zaum gehalten. Sie wachen auf, weißt du. Dieser Junge, der andere ...«

»Malachiasz«, flüsterte Serefin.

»Ja. Noch ein Tranavier. Das ist witzig. Er hat eine Dunkelheit aufgeweckt, die diese Lande über viele Jahrhunderte nicht mehr gekannt haben. In allem, in ihm selbst, in einer Person, welche die Dunkelheit nie hätte berühren sollen.«

»Kann es aufgehalten werden?«

»Versuchst du das nicht gerade hier?«, fragte Velyos.

Er versuchte es wohl. Würde er mit Malachiasz' Untergang auch dem Erwachen aller dieser fremden dunklen Mächte Einhalt gebieten?

»Die Zeit ist natürlich begrenzt. Der Rest des Pantheons wird alsbald Zerstörung über dein armseliges Land hereinbrechen lassen. Vielleicht haben sie schon damit begonnen? Sie ist so bedachtsam, die Art, wie die Göttlichen diese Welt anfassen. Solch eine Zwietracht, die nur ein paar Gestalten im Laufe so weniger Jahre gesät haben. Solch ein Zorn der Götter.«

Serefin war schlecht. Er sah zu der massiven Türöffnung auf. »Was hat sie aufgehalten?«

»Die Götter können das Reich der Sterblichen nicht unmittelbar leiten. Dafür gibt es Kleriker.«

»Aber Nadya ...«

»Du meinst, die kleine Klerikerin hat ihre Macht verloren? Das Mädchen, auf das nicht nur die rachedurstige Marzenya Zugriff hatte, sondern das ganze Pantheon? Nein. Dieses Mädchen birgt so viel mehr, als es selbst weiß.«

Serefin runzelte die Stirn.

»Du solltest eine moralische Lektion nicht mit dem Entzug von Macht verwechseln. Unterschätze nicht, wie leicht das Mädchen im Weg stehen kann. Wie schnell alles im Untergang enden kann, wenn sie aufwacht. Lass sie für immer schlafen, lass sie niemals die Wahrheit erfahren.«

Serefin wusste nicht, was er mit dieser Warnung anfangen sollte. Oder ob er sich überhaupt darum kümmern sollte, wenn er es genau bedachte.

»Ich will nur den Schwarzen Geier umbringen«, sagte er. »Ich will meinen Thron einnehmen, und ich will diesen endlosen Krieg beenden. Ich will, dass unsere Angelegenheit zu einem Ende kommt.«

»Größtenteils Dinge, die wirklich werden können.«

Größtenteils.

»Ich gehe hier nicht weiter«, sagte Velyos und blieb stehen. »Es ist kein rechter Ort für mich, auch wenn er an mein Reich angrenzt.«

»Willst du denn erlauben, dass ich Macht von jemand anderem bekomme?«

»Du siehst die Dinge so schlicht.« Velyos klang belustigt.

»Ich sehe eigentlich überhaupt kaum«, sagte Serefin.

Velyos winkte mit der Hand wie zum Abschied.

Serefin wollte den Tempel nicht besonders gern betreten. Das letzte Mal, als er auf etwas großes Unbekanntes zugeschoben worden war, musste er sterben. Wenn er darüber nachdachte und die dunklen Ecken seines Gehirns absuchte, konnte er sich beinahe daran erinnern, wie es sich angefühlt hatte. Der aufblitzende Schmerz; die Dunkelheit.

Doch sein Vater vermochte kaum einen Zauber zu wirken, und damit blieb lediglich eine einzige Person übrig, die ihn getötet haben konnte. Serefin könnte es als Schutz seines Volkes vor einem entsetzlichen Grauen bezeichnen. Er könnte es Bestrafung für Verrat nennen. Oder er könnte das dazu sagen, was es war: Rache.

Mit einem letzten Blick auf die Kreatur an seiner Seite stieg Serefin die Eingangstreppe hoch.

Die Säulen waren rundherum mit seltsamen, beunruhigenden Schnitzereien bedeckt. Schädel – mit offenen Mündern – von ihren Gesichtern verdrängte Gesichtszüge. Gezackte Zähne und große, entsetzte Augen. Willkürlich und anstößig. Serefin eilte vorbei und hinauf zu den Türen des Portals, die nicht viel freundlicher aussahen. Er hielt inne.

Was immer er sich auch vorstellen mochte: Hier drinnen erwartete ihn unmöglich etwas Gutes.

Doch Serefin war der König von Tranavia. Er war der König eines Landes der Monster. Er hatte keine Angst.

Er belog sich selbst.

Doch er war weder wach noch schlief er. War er ... tot? Schon wieder? Wirklich, was konnte ihm hier schon groß geschehen?

Fürchterliche Dinge. Nun, zumindest würde Ruminski kein Geld für Meuchelmörder verschwenden müssen.

»Ich habe dir gesagt, dass er schläft, und doch trödelst du noch«, hallte Velyos' Stimme in seinem Innern, eindeutig verärgert.

»Wenn er schläft, wie kann er dann helfen?«

»Einfältiger Narr«, raunte Velyos.

Serefin verdrehte die Augen. Aber die Kreatur hatte nicht unrecht. Je länger er hier verweilte, desto mehr Zeit verging in seiner eigenen Welt. Falls das je von Bedeutung war.

Wie lange war Serefin an diesen Altar gefesselt gewesen?

Serefin legte seine Handfläche auf die Türflügel. Etwas gab nach. Etwas blieb hängen – streifte über sein Herz.

Die schweren Türflügel wichen weiter zurück.

»Wunderbar«, lobte Velyos, seltsam entzückt.

Serefin sah über die Schulter. Doch da war niemand.

»Von allen vor dir blieb nichts als ein Haufen Knochen übrig, sobald sie diese Tür berührt hatten. Ich wusste, dass ich dich mag, Tranavier.«

Serefin knirschte mit den Zähnen. Er bürstete eine Motte von einem der Türflügel. Dann schob er das ganze Portal auf.

Bei der Betrachtung von etwas Unfassbarem versucht der menschliche Geist dennoch, das Vorliegende zu begreifen oder wenigstens in einen Zusammenhang zu stellen.

Serefin tappte barfuß über Schnee, spürte aber keine Kälte. Er spürte … tatsächlich gar nichts. Das wäre unglaublich verstörend gewesen, wenn Serefin sich nicht schon bewusst von der Wirklichkeit gelöst gehabt hätte.

»Das letzte Mal, als ich so etwas erleben konnte, war ich tot«, sagte er laut und entdeckte dankbar, dass er zumindest immer noch sprechen konnte. Richtig sehen konnte er allerdings nicht. Seine Sehkraft hatte sich in die entgegengesetzte Richtung entwickelt wie sein Gleichmut. Seine Sicht war trüb und vernebelt bis hin zur Unbrauchbarkeit. Das hätte ihn eigentlich mehr erschrecken sollen.

Er hatte keine andere Wahl, als weiterzumachen.

Doch er wusste nicht, wohin er gehen sollte. Um ihn her gab es nichts. Und das war wahrscheinlich die schrecklichste Eigenschaft dieser verwunschenen Umgebung.

Völlige Blindheit würde seine Lage nicht gerade vereinfachen. Er wusste, dass er in einem weiten, offenen Raum wandelte, der von Schnee bedeckt war. Was er nicht wusste: Wie er eine Bitte an ein schlafendes Wesen richten sollte. Er mochte ja ein einfältiger Narr sein, aber doch nicht unbedarft genug, einfach loszuplappern.

Und auch die Gestalt dieses Ortes, das Innere des Tempels ergab keinen Sinn. Die Decke war sogar für ein solches Bauwerk zu hoch und plötzlich erhob sich vor ihm ein massives Portal.

Durch diese Tür durfte er nicht eintreten, das wusste er. Sie rief in ihm einen solch bedrohlichen Schrecken hervor, dass er ihn nicht abschütteln konnte. Als wüsste er absolut sicher, dass hinter dieser Tür der Wahnsinn lauerte.

Die Türflügel schwangen auf. Serefin trat einen Schritt zurück.

Oh, gut, dachte er.

Die Stimme, die aus dem finsteren Abgrund heraufdrang, war tief, kehlig, grauenhaft. Es war, als würden ihm brennende Kohlen an die Ohren gehalten, während ihm etwas Unerbittliches mit seinen Klauen über die Knochen schabte, bis sie zu Splittern zersprangen.

Sein linkes Auge blutete. Eine Erkenntnis wie aus der Ferne. Wärme, die ihm über die Wange tropfte.

Es musste doch einen besseren Weg geben als diesen hier.

Andererseits wusste Serefin im Grunde, dass es den nicht gab. Nicht nach den Vergehen, die Malachiasz begangen hatte.

»Mit Königen verhandelt habe ich schon. Toten Königen, deren Knochen an den Rändern des Waldes versteinert liegen. Alte, belanglose Bündel aus verfaulendem Fleisch, die sich selbst Menschheit nennen. Und du wagst es, vor mir zu stehen, in meinem innersten Raum, am Einlass meines Schreckensreiches, kaum ein König, nicht mehr als ein Junge. Ich weiß. Ich sehe. Es gibt nichts, was du vor mir verbergen kannst, Serefin Meleski, Sohn des Izak, Sohn des Bogumił, Sohn des Florentyn. Du trägst die Berührung des Todes auf dir. Wie lange noch, bis es deine Knochen sind, die ich an die Säume meiner Wälder schleudere?«

Serefin erstarrte. Diese Macht nagte an seinem Wesen, je länger er vor ihr stand.

All die Leichtfertigkeit halben Unglaubens im Umgang mit Velyos half ihm hier nicht weiter. Was auch immer sich da vor ihm befand ... es war anders. Riesig und uralt und erdrückend, erschreckend gegenwärtig.

»Störe meine Abgeschiedenheit nicht zu lange mit deinen sterblichen Worten«, fuhr die Stimme fort. »Wir können eine Vereinbarung treffen, du und ich. Du brauchst Macht, um den Eindringling umzubringen. Ich will den Eindringling tot wissen.«

»Was für ein Zufall«, krächzte Serefin.

Eine Hand schlug zur Tür heraus: stark und mit Krallen bewehrt und so viel größer als alles, was Serefin sich überhaupt vorstellen konnte. Und noch eine und noch weitere, bis Dutzende an kratzenden, blutenden Händen verzweifelt zu entkommen versuchten. Ziehend, reißend, den Steinrahmen zermalmend kämpften sie darum, nach draußen zu kommen, während die gewaltige, unbegreifliche Macht, die von drinnen ausstrahlte, nur weiter anschwoll. Eine unermessliche, düstere Weite, vor der Serefin so winzig klein schien.

»Was für ein Zufall, in der Tat.«

Eine der Hände packte Serefin und zog ihn in die Dunkelheit.

22

NADEZHDA LAPTEVA

Behutsam und vorsichtig ist Zvonimira, denn ihr Licht kann ein Trost sein, aber auch Zerstörung, und es gibt jene, die ihr dies Licht lieber wegnähmen.

Kodex des Göttlichen, 35:187

Jählings wurde Nadya von Parijahan wach gerüttelt.

»Hol deine Sachen, wir müssen weg«, sagte sie. Ihre schwarzen Haare waren ein einziges Durcheinander, als hätte sie kaum geschlafen.

Nadya war schon im nächsten Moment aus dem Bett und bereit zur Flucht. Ihr schmerzten die Seiten, sodass sie sich vorsichtig bewegte aus Angst, sich wieder die Wundnähte aufzureißen. »Was ist es?«

In einiger Entfernung riefen Stimmen etwas auf Kalyasisch, und sie wusste tief in ihrem Innern, dass sie zur Schlacht riefen. Doch sie befanden sich immer noch in Tranavia. Wie konnte das sein?

»Fühlst du dich besser?«, fragte Malachiasz verdächtig aufgekratzt, als Nadya die große Stube betrat.

»Ist Kostya zurückgekommen?«, fragte sie zurück.

Auf seinem Gesicht flackerte Verdruss auf. »Das ist er.«

Erleichterung erfüllte sie. Nadya hatte nicht erwartet, dass er zurückkehren würde. Sie ging zum Fenster. Sehen konnte sie nichts, aber sie kannte nur zu gut, was sie von draußen hörte.

»Dein Freund hat letzte Nacht versucht, mich umzubringen.«

Nadya sah ihn von der Seite an. »Oh. Hatte er Erfolg damit?«

Malachiasz runzelte die Stirn. »Nein.«

»Du klingst nicht sehr überzeugt davon.«

»Nun, das war ich, bevor du gefragt hast.«

»Wirklich schade, dass er versagt hat«, sagte sie, bissiger als beabsichtigt.

Er nickte, scheinbar nicht beleidigt. Sie seufzte und ließ den Vorhang wieder sinken.

»Wir werden sowieso alle sterben, also nehme ich an, dass es gleichgültig ist«, merkte er an.

»Hat Kalyazin die Front nach Tranavia verschoben?«, fragte sie unsicher. Sie wusste, dass sich der Krieg verändert hatte; Kalyazin hatte sich erholt. Allerdings war der Krieg noch nie zuvor bis nach Tranavia hineingewandert. Was hatte den Kalyazinern die Mittel verschafft, mit denen ihnen das gelungen war?

Sie war zu lange in Tranavia gewesen.

Malachiasz zuckte mit den Schultern. »Kalyazin und Tranavia haben in letzter Zeit beide ähnlich große Niederlagen erlitten.«

Er war wieder dazu übergegangen, aus dem Fenster zu starren, ohne sich dabei bewusst zu sein, dass sie ihn beobachtete. Er wirkte ein bisschen weniger abgeschlagen als zuvor, so als hätte er ungeachtet der Aufregung wenigstens eine Stunde geschlafen. Seine schwarzen Haare waren zurückgebunden, sodass sich die Linien seines Gesichts scharf abzeichneten. Er trug seine alte Militärjacke und der Verlust versetzte ihr einen Stich in der Brust. Aber die Jacke konnte sie auch nicht mehr wirklich trösten.

»Ein paar Geier waren auf den Schlachtfeldern«, fuhr er unbeirrt fort.

Nadya starrte ihn an. Er bemerkte ihren ungläubigen Gesichtsausdruck.

»Ich habe nur über die Hälfte meines Ordens Gewalt«, sagte er. »Ich habe das nicht befohlen.«

»Ich glaube dir nicht.«

Er entgegnete nichts.

»Woher weißt du von den Niederlagen?«

Er öffnete den Mund und schloss ihn wieder.

»Du lügst.« Natürlich tat er das. Natürlich. »Du kannst nicht über so viel Bescheid wissen und dich gleichzeitig seit der Nacht in der Kathedrale an nichts erinnern wollen«, sagte sie mit leiser Stimme. Da war eine Bewegung an der Tür. Kostya.

Malachiasz hob eine Augenbraue. »Wartest du darauf, mich beim Lügen zu ertappen?«

»Du tust nichts anderes.«

Seine Lippen verzogen sich zu einem reumütigen Lächeln. »Serefin hat einen ganzen Stapel Militärberichte zurückgelassen. Rashid hält sie verwahrt.«

Die Anspannung fiel von ihr ab.

Malachiasz' Lächeln wurde kalt. »Wie tröstlich zu wissen, dass du mir so gründlich misstraust.«

»Du verdienst es nicht anders«, beschied sie ihn. »Nicht, wenn jedes Wort, das du je zu mir gesagt hast, eine Lüge war.«

Er nahm eine einzelne ihrer langen Locken aus ihrem Nacken hoch. Sie erschauderte und wünschte sich, sie hätte diese Strähne beim Flechten nicht übersehen. »Nicht jedes Wort«, murmelte er. Sein Gesichtsausdruck wurde entschlossener. »Sie kommen näher. Zeit zu gehen.«

Nadya drehte sich um, sah Kostya in die Augen und schob sich sofort an ihm vorbei, wobei sie gleichzeitig ihr Bündel schulterte. Während sie das Haus verließ, hörte sie Kostyas

Stimme und Malachiasz' leise Antwort, aber sie vermochte die Worte nicht zu verstehen.

Sie konnte sich beim besten Willen nicht vorstellen, dass ein Wortwechsel zwischen diesen beiden je friedlich ausgehen würde.

Sie steckte die Hand in die Tasche und fuhr mit dem Daumen über ihre Schnur mit den Gebetsperlen. Sie konnte nicht als Halskette verwendet werden, bis Nadya eine neue Kordel aufgetrieben hatte. Außerdem wurde sie das Gefühl nicht los, dass eine Perle fehlte, selbst wenn sie bei jedem Zählen auf die richtige Anzahl kam.

Draußen war es immer noch dunkel, und es hörte sich so an, als fände der nahe Kampf südwestlich von ihnen statt.

»Kannst du dafür sorgen, dass wir nicht entdeckt werden?«, fragte Parijahan.

Malachiasz schob seinen Ärmel zurück, entlang seines Unterarms sickerte bereits zähes Blut aus einem Schnitt. Er riss eine Seite aus seinem Zauberbuch.

Nadya empfand eine seltsame Erleichterung, als sie sah, wie er Blutmagie auf übliche Art anwandte. Vollkommen ketzerisch und fürchterlich banal. Wahrscheinlich konnte er auch ganz ohne sein Zauberbuch Magie wirken. Daran zu denken war erschütternd.

Sein Kopf bog sich nach hinten, und sein ganzer Körper schien sich wie in sich selbst zu entspannen, während seine Magie sich in der sie umgebenden Luft verdichtete. Sie war bösartiger als früher, dunkler. Doch Nadya hatte sie so lange unter ihrer eigenen Haut gespürt, dass sie fast abgestumpft war.

Als sich seine Augen öffneten, waren sie pechschwarz. Nadya runzelte die Stirn und sah zu den anderen. Blitzartig packte sie ihn am Schopf, riss ihn zu sich nach unten und drückte ihm die Spitze ihrer Klinge an die Kehle.

Er erstarrte. Die Luft um ihn war seltsam und trügerisch, erstickend.

»Ich zögere hier zum letzten Mal, Malachiasz«, murmelte sie. Ihr *voryen* ritzte ihm die Haut auf, sodass ein dünnes Rinnsal Blut hervorquoll. Sein Fleisch klaffte auseinander, ein Mund mit rasiermesserscharfen Zähnen öffnete sich an dem Schnitt, den sie gesetzt hatte. Er erschrak, keuchte, seine Augen klärten sich blinzelnd. Sie ließ ihn los und er legte sich verwirrt eine Hand an die Kehle.

Sie packte ihn am Handgelenk und hob seine andere Hand hoch. Seine Nägel waren lange Eisenkrallen. Er kniff die Augen zusammen und drehte ihr die Hand um, mit der sie ihn hielt. Dadurch wurde der Knochendolch sichtbar.

»Wir brauchen den Geier nicht. Der Blutmagier wird ausreichen«, sagte sie.

Er ging nicht auf sie ein. »Woher hast du den bekommen?«, fragte er leise.

Parijahan drängte sich zwischen sie und schreckte ihn auf. »Wir gehen nach Norden«, beschied sie knapp. »Verschwendet keine Zeit mehr.«

Rashid sprang ihr hinterher. Kostya folgte, ohne Nadya anzuschauen.

»Hat das wehgetan?«, fragte sie und zog ihm die Klinge über den Unterarm. Ein Muskel an seinem Kinn zuckte. Vorsichtig ließ sie die Klinge an seinen Innenarm rutschen, teilte damit einen ganz feinen Streifen Fleisch. Schwarze Verwesungszweige wanden sich von der angerissenen Stelle aus seinen Arm hinauf.

Er zischte zwischen zusammengebissenen Zähnen, riss sich los. Seine Hand wanderte an den Schnitt. »Was ist das?«

Nadya fuhr mit dem Daumen über die flache Seite ihrer Klinge. Sie hatte nicht wirklich über sie nachgedacht, seit Pelageya ihr die Waffe gegeben hatte. Doch jetzt, da sie in ihren Händen lag und Malachiasz' Blut langsam über ihre Schneide lief, konnte Nadya fühlen, wie lebendig die Klinge war. Wie sie sein Blut geschmeckt hatte und nach mehr davon verlangte.

»Eine Reliquie, nehme ich an«, sagte sie nachdenklich.

In der Art, mit der er sich die Hand über den Arm hielt, lag eine entschiedene Vorsicht. Falten verzerrten die Tätowierungen auf seiner Stirn.

»Wie kann man einen Geier töten?«, sinnierte sie.

Ein unverfälschter Schmerz flackerte auf seinem Gesicht auf, bevor sich seine Miene verschloss. »Bist du endlich bereit, mich zu töten, jetzt, da du etwas hast, mit dem du die Tat vielleicht vollbringen kannst?«

»Dachtest du, meine bisherigen Drohungen wären nicht ernst gemeint gewesen?«

»Nadya, es ist schwer, sich wirklich vor deinen Drohungen zu fürchten, wenn deine kalyasischen *voryens* nichts weiter sind als allenfalls lästig.«

Sie betrachtete den Knochendolch in ihren Händen. »Doch das hier könnte ...«, murmelte sie.

»Du würdest mich also einfach so ohne Weiteres umbringen?«, fragte er mit einem Zittern in der Stimme, das Nadya nicht erwartet hatte. Er konnte nicht verbergen, wie ihn ihre Begeisterung, eine Waffe gefunden zu haben, die ihm schaden konnte, wirklich verletzte.

»Es wäre nicht einfach«, flüsterte sie. »Obwohl es das sein sollte.«

Er schüttelte den Kopf und ging den anderen nach. Sie folgte langsam. Sie verabscheute diesen Kampf.

»Falls du vorhast, dich die ganze Zeit zu beschweren, Mönch«, hörte sie Malachiasz auf Kalyasisch mit seinem starken Akzent sagen, als sie schließlich zu den anderen aufschloss, »die Armee liegt dort drüben. Geh und heul besser denen was vor.«

Kostya verlor die Beherrschung. Er stürzte sich auf Malachiasz, der bloß zur Seite auswich, Kostyas Arm packte und ihn auf den Rücken drehte.

»Lass uns die Vergangenheit für jetzt vergessen, oder nicht?«, fragte Malachiasz liebenswürdig. »Natürlich finde ich es eher erschreckend, wie du unsere liebe Klerikerin hier behandelt hast, aber ich will mich nicht in eure kleinlichen religiösen Zänkereien einmischen.«

Kostya sah mordlustig aus. Sein Blick begegnete Nadyas, und ehe er ihn wieder senkte, nahm sie etwas darin wahr, das sie zu gerne für Bedauern gehalten hätte.

»Ich werde dich umbringen«, knurrte Kostya.

»Das hast du schon versucht und dabei ein makellos gutes Hemd zerfetzt«, entgegnete Malachiasz trocken. Er blinzelte Nadya zu. Die Anspannung zwischen ihnen zerstreute sich, jetzt, da er einen neuen Gegner hatte. »Kreuz und quer die ganze Brust aufgeschnitten.«

»Du hast versucht, ihn zu erstechen?«, fragte sie ungläubig.

»Ich habe ihn erstochen!«, sagte Kostya. »Er ist widernatürlich, Nadya.«

»Was für eine aufsehenerregende Enthüllung!«, rief Malachiasz aus. Er ließ Kostyas Arm fallen, trat ihm die Beine zur Seite und riss ihn zu Boden. Dann setzte er einen Fuß auf Kostyas Rücken und fuhr fort. »Und eine starke Untertreibung. Wir müssen uns nicht gut verstehen, du und ich, und ich würde es sogar vorziehen, nicht mit dir auskommen zu müssen, aber wenn du noch einmal einen Anschlag wie letzte Nacht versuchst, werde ich dich umbringen, und dann wird Nadya böse auf mich sein.«

»*Das* ist eine Untertreibung«, sagte Nadya.

»Siehst du? Und davon wird auch niemand glücklich. Wenn du gehen willst, geh. Wenn du bleibst, dann halte deinen fanatischen Eifer bitte schön im Zaum, damit der Rest von uns sich wieder dem Versuch widmen kann, diesen verfluchten Krieg zu beenden.«

Nadya kniete sich hin und streichelte Kostya mit einer Hand über die Haare. »Kostenka, im Namen der Freundschaft, die wir hatten – haben –, ich kann damit nicht weitermachen …« Sie deutete mit der Hand zwischen ihnen hin und her. »… was auch immer das ist.«

Malachiasz nahm den Fuß von Kostyas Rücken. Parijahan schnaubte verärgert und zog weiter. Nadya scheuchte die anderen fort. Sie würden sie später einholen. Malachiasz blickte sie streng an, bevor er den Akolanern hinterherlief.

Nadya setzte sich neben Kostya auf den Boden. Sie stützte die Wange auf ihre Faust und seufzte.

»Ich weiß Bescheid, in Ordnung? Ich weiß: Es ergibt keinen Sinn, dass Malachiasz hier ist. Es tut mir leid, was du durch ihn hast erleiden müssen. Aber, Kostya, wir sind nicht mehr im Kloster. Wir können nicht einfach handeln nach dem Kampfruf ›Wir gegen sie!‹.«

Kostya kam auf die Knie und spuckte einen Mund voll Erde aus.

»Aber die Dinge sind schon so einfach wie gut und böse.«

»Sind sie das?« Nadya dachte an die Stimme, an ihre Träume voller Monster. Sie war sich nicht mehr so sicher.

Der verzweifelte Blick, mit dem Kostya sie ansah, durchbohrte ihr das Herz.

»Es tut mir leid«, sagte sie. »Es tut mir leid, dass ich nicht diejenige bin, an die du so fest geglaubt hast. Ich kann mir nicht vorstellen, was du alles durchgemacht hast, und vor dir bleibt mein Schicksal auch verhüllt. Aber Malachiasz hatte recht. Du kannst uns verlassen. Ich werde dich nicht bei mir halten. Ich habe dich aus den Salzminen befreit, aber du bist mir nichts schuldig. Ich habe dich vermisst, Kostya. Jeden Tag, seit das Kloster eingenommen wurde, habe ich an dich gedacht. Nie habe ich mir vorstellen können, dass ich dich lebendig zurückerhalte. Aber …« Ihre Hand wanderte zu ihrem Nacken hoch, sank aber wieder zurück, als keine Gebetsperlen da waren, an denen sie sich festhalten konnte. Kostya wimmerte. »Wenn unsere Wege uns voneinander getrennt haben, dann werde ich dich nicht dazu zwingen, in seiner Nähe zu bleiben.«

»Aber …« Kostya zitterte die Stimme. »Du entscheidest dich für ihn?«

Nadya starrte ihn an, unsicher, was sie sagen sollte, aber im Wissen, dass es schnell gehen musste. Die Stimmen aus der Ferne kamen näher.

»Wenn du ein halb göttliches, halb wahnsinniges Wesen bist, das mich durch den Dozvlatovya Wald zum Bolagvoy Tempel bringen kann, dann können wir weiterreden«, sagte sie und stieß mit ihrer Schulter an seine.

»Das hatte ich aber nicht gemeint«, murmelte er.

»Ich weiß«, entgegnete sie leise. »Aber jetzt im Moment ist das alles, worum es geht. Ich muss meinen Weg wieder finden und dafür brauche ich ihn.«

»Das ergibt überhaupt keinen Sinn.«

Sie zuckte mit den Achseln. »Ich habe ihn gebraucht, um nach Tranavia zu kommen und den König umzubringen. Und ich brauche ihn jetzt. Es ergibt keinen Sinn, aber so ist es nun einmal.«

Er stieß einen gequälten Seufzer aus.

»Ich habe genug davon, dazusitzen und dir gut zuzureden, wenn es hier gleich zu einem Scharmützel kommt.« Sie stand auf. »Falls du dich entscheidest zu gehen, verstehe ich das. Falls du kommen willst …« Sie zuckte wehmütig mit den Schultern. »Das würde mir gefallen, Kostenka. Ich erwarte nicht von dir, mit Malachiasz gut auszukommen. Verdammt, ich komme auch nicht gut mit ihm aus. Aber ich glaube, dass es sich doch manchmal lohnt, den Tranaviern zuzuhören.«

Kostya schnaubte.

»Der einzige Grund, weshalb dieser Krieg nicht endet, besteht darin, dass keiner dem anderen zuhört«, sagte sie schließlich. Sie wandte sich um, damit sie zu den anderen aufschließen konnte. »Auch wenn es sich selbst an guten Tagen nicht lohnt, Malachiasz genauer zuzuhören. So ein Ketzer.«

Ihr Zug nach Nordwesten verlief seltsam. Nadya wurde das ständige Gefühl nicht los, dass sie beobachtet wurden. Auch Malachiasz schien sehr beunruhigt und schrak bei jedem Schatten zusammen. Zumindest hoffte Nadya, dass dies der einzige Grund dafür war. Sie wusste nicht, wie sie ihn ein zweites Mal aus einer Verwandlung befreien sollte.

Er musste sich selbst davon abhalten, ein Monster zu werden, und sie war sich nicht sicher, ob er das wollte.

Während sie immer weiterschritten, wich sie ihm aus, blieb bei Kostya, der sich dankenswerterweise bemühte, höflich zu bleiben. Es war ermüdend genug, in Malachiasz' Nähe zu sein, der seine Zeit meistens nutzte, um seinen Kopf im Zauberbuch zu vergraben. Nadya war neugierig, was er herauszufinden versuchte, spürte aber, dass ihr die Antwort nicht gefallen würde. Die Gegensätze kamen in einer Art wankendem Frieden zur Ruhe. Alle spürten, dass diese lange Wanderung nur umso unerträglicher würde, je mehr sie ihrer Streitlust nachgaben. Ansonsten wirkte sie beinahe angenehm, fast wie die Wanderung von Kalyazin nach Grazyk vor einer Ewigkeit. Auseinandersetzungen zwischen Nadya und Malachiasz drehten sich nie um Tiefergehendes. Kostya hatte sich beruhigt und schien Rashids Gesellschaft zu genießen.

Nadya wusste, dass das nicht lange so andauern würde und dass die Stimmung unter ihnen auch deshalb erträglich blieb, weil sie alle kräftig ausschritten und zu müde zum Streiten waren.

Doch von Tranavia aus Kalyazin zu betreten fühlte sich für sie an, als würde sie nach Monaten zum ersten Mal wieder frische Luft atmen. In dem Moment, in dem Nadya wieder auf kalyasischem Boden stand, legte sich eine ungeheure Anspannung in ihr und sie kam zur Ruhe.

Sie wollte es nicht Hoffnung nennen, aber es war gut, zu Hause zu sein. Selbst wenn die Welt gerade auseinanderfiel.

Allerdings war es so *kalt.* Eigentlich sollte schon Sommer herrschen. Wie sollte irgendjemand da überleben? Das Kloster war immer auf das wenige angewiesen gewesen, das sie in der fortwährenden Kälte des Gebirges hatten anbauen können, und auf das, was ihnen Rudnya gespendet hatte. Doch für den Rest des Landes musste die Lage verzweifelt aussehen. Das würde sich als tödlicher Schlag für Kalyazin erweisen, egal wie es um den Krieg stand.

Es gab ein Kloster in Takni'viyesh, versteckt in den Wäldern. Von dort aus erstreckte sich ein langer Waldstreifen durch ganz Kalyazin bis hin zu der nordwestlichsten Stelle, die sie zu erreichen versuchten. Es wäre unklug gewesen, die ganze Reise durch den Wald zu unternehmen – vor allem, wenn hungrige Augen von Monstern, die einst geschlafen hatten, sie beobachteten.

Nadya hatte aus dem Augenwinkel heraus allerlei aufblitzen sehen. Das Geweih eines *leshy.* Einige Falten schwarzen Stoffes und das einzelne schimmernde Auge eines *likho.* Und andere, dunklere Kreaturen, die schon seit Langem ins Reich der Mythen und Fabeln verbannt worden waren, von denen Nadya inzwischen befürchtete, dass sie gar nicht so unwirklich waren.

Doch das Kloster war eine Bastion der Ruhe inmitten der Gefahren des Waldes. Hohe Holzmauern umgaben die Anlage, und doch packte Nadya, während sie sich näherten, unerklärlicherweise das Grauen.

Würde sich dieses Kloster wie ein Zuhause anfühlen? Oder würde es sich fremdartig und seltsam anfühlen für die Person, zu der Nadya inzwischen geworden war? Der Einfall, hier Zuflucht zu suchen, kam ihr jetzt mit einem Mal sehr schlecht vor.

Jemand lehnte sich oben über die Mauer, als sie näher kamen. Kostya sah blinzelnd hoch und verzog erstaunt das Gesicht.

»Ist das …«

Er hatte keine Gelegenheit auszureden, denn die Gestalt verschwand. Kurz darauf öffnete sich das Tor. Nadya warf Kostya einen verwirrten Blick zu.

Ein Riese von einem Mann mit einem langen, ergrauenden Bart, scharfen, dunklen Augen und brauner Haut schritt durch das Tor hinaus. An seinem Gürtel trug er offen sichtbar ein Schwert.

»Oh«, murmelte Kostya. »Ivan Novichkov.«

Nadya blinzelte verblüfft, als sich der Mann ihnen näherte. Sie kannte den Namen, aber er gehörte zu einer verschwommenen Erinnerung, wie aus weiter Ferne kommend, aus der früheren Zeit.

»Ich wollte euch gerade fragen, was euch hierher führt, da sehe ich zwei Gesichter, die ich schon seit vielen Jahren nicht mehr gesehen habe«, sagte der Mann mit unerwartet warmherziger Stimme.

Kostya war eindeutig nicht so verwirrt wie sie. Hatte sie diesen Mann schon einmal getroffen? Warum konnte sie sich nicht an ihn erinnern?

Kostya neigte den Kopf vor dem Mönch. »Ihr kennt uns noch?«

»Aus Baikkle, nicht wahr?« Der Blick des Mannes wanderte zu den anderen zurück, wurde bei Malachiasz etwas schärfer, bevor er sich wieder auf Nadya und Kostya heftete. Die beiden nickten. »Unmöglich, die einzige Kalyazinerin zu vergessen, die das mit Leben erfüllt, was ich mein Leben lang studiert habe.«

Nadya blinzelte. Ivan verbeugte sich leicht vor ihr. »Nadezhda.«

»Kennen wir uns?«

»Meine Wanderungen haben mich viele Male zum Baikkle-Kloster geführt«, sagte er. »Aber da warst du sehr jung. Du bist übrigens nicht viel größer geworden.«

Kostya lachte. Nadya zog es bei diesem Laut das Herz zusammen. Hier stand der Junge, mit dem sie aufgewachsen war, wieder einmal an der Mauer eines Klosters, eines anderen diesmal.

»Und mit welchen Gefährten seid ihr unterwegs?«

»Oh, mit einer seltsamen Truppe«, sagte sie, wobei die Förmlichkeiten ihr dabei halfen, ihre Aufregung zu überspielen. »Wir ersuchen das Kloster um Hilfe und Obdach.«

Ivan nickte, als hätte sie nicht einmal fragen müssen, rief eine Schwester zu sich und wies sie an, das Badehaus für die Reisenden zu heizen.

»Bruder Ivan«, sagte Nadya mit leiser Stimme, während sie vorwärtsging. Sie zögerte. Sie musste die Klosterinsassen vor Malachiasz warnen, aber sie wusste nicht, wie dieser Mönch die Wahrheit aufnähme. »Einer ist Tranavier.«

Seine Fassung geriet nicht ins Wanken. Auch wenn Kostyas Gesicht sich verfinsterte und er die Augen verdrehte.

Ivan schenkte Nadya ein schiefes Lächeln. »Das sehe ich. Und wie ist die kleine Nadezhda dazu gekommen, die Reisegefährtin eines Tranaviers zu sein? Sind wir nicht im Krieg, Kind?«

»Das sind wir. Es ist eine lange Geschichte.«

»Ich würde mich freuen, wenn du sie mir erzählst.«

Nadya nickte den anderen aufmunternd zu, während Bewohner des Klosters kamen und sie mitnahmen, damit sie etwas essen und sich ausruhen konnten. Malachiasz sprang sofort zu Nadya hinüber.

»Ich glaube nicht ...«, begann er auf Tranavisch, brach dann ab und ließ den Blick zwischen Ivan und dem Kloster hin- und herwandern. »Ich glaube nicht, dass ich hineingehen kann.«

Nadya packte Malachiasz am Arm und zog ihn weg.

»Das ist heiliger Boden, Nadya, ich kann nicht ...«

»Du müsstest an die Götter glauben, um dich vor heiligem Boden zu fürchten«, sagte sie.

Der verzweifelte Blick, mit dem er sie ansah, verriet ihr, dass er zu Witzen oder religiösen Spitzfindigkeiten nicht aufgelegt war.

»Was, meinst du, könnte geschehen?«, fragte sie.

Er schüttelte den Kopf. »Ich weiß es nicht ... ich habe nur ...«

»Also willst du behaupten, dass dein großer Plan aufgegangen ist und du zu einer Art Gott erhoben wurdest?«, fragte sie mit so leiser Stimme, dass nur Malachiasz sie hören konnte.

»Nein, blutiger Knochen, allein dass ich hier bin, zeigt doch eindeutig, dass dieses Vorhaben gescheitert ist. Hast du das denn noch nicht verstanden?«

Er blinzelte schnell, ängstlich, zupfte an seinen Fingernägeln, sodass sein Daumennagel sich rot von Blut färbte. Als sich an seiner Wange eine Reihe Augen öffnete, drehte sich ihr der Magen um. Sie waren umrandet von ... Zähnen.

Es wird schlimmer mit ihm.

»Ich bin mir sicher, die Götter warten auf eine würdigere Gelegenheit, um dich niederzustrecken«, fuhr sie fort.

Er starrte sie zornig an.

»Kannst du das möglichst verbergen?« Obwohl sie Abstand zu ihm halten wollte, hob sie die Hand und berührte seine Wange neben den Augen.

Er zuckte zusammen. Sie ließ die Hand wieder sinken.

»Fraglich, aber ich werde es versuchen«, sagte er und überdeckte die Stelle, riss seine Hand aber mit einem Aufschrei wieder zurück. Seine Finger waren feucht von Blut.

Er sah entsetzt aus.

»Hat dich gerade dein eigenes Gesicht gebissen?«

Er gab einen sonderbaren, erstickten Laut von sich und nickte langsam.

»Geh«, sagte sie, bevor sie etwas äußern konnte, das sie bereuen und mit dem sie alles schlimmer machen würde.

Die Schwingungen rund um Malachiasz kamen zur Ruhe, als er zu Eissplittern abkühlte. »Es besteht kein Grund für mich, dir dorthin zu folgen.«

Sie langte vor und nahm seine Hand. Er verspannte sich. »Es wird dir nichts geschehen«, sagte sie sanft und drückte ihm den Daumen an die Handwurzel, genauso wie sie es gemacht hatte, als sie frisch in Grazyk angekommen waren und er die Kathedrale gesehen hatte. Doch das hatte sich als Unwahrheit herausgestellt. War das jetzt auch eine Lüge? »Wir reden miteinander, wenn wir drinnen sind. Ich verspreche es.«

Sie war ihm die ganze Zeit über ausgewichen und das war die falsche Entscheidung gewesen. Wenn sie ihn zu heftig zurückstieß, wäre er fort und sie hätte keine Möglichkeit mehr, zu den Bergen zu gelangen. Er hatte ihr gründlich beigebracht, wie man andere manipulierte. Und sie war sich nicht zu schade, seine eigenen Schliche gegen ihn anzuwenden.

Er wollte auf keinen Fall nach drinnen gehen, aber sie stupste ihn auf eine der Schwestern zu, die darauf wartete, ihn ins Kloster zu bringen, und so ging er mit ihr. Sie kehrte zu Ivan zurück, der Malachiasz beobachtet hatte.

»Dunkelheit haftet ihm an wie ein Leichentuch«, sagte der Mönch leise.

»Ah, ja, das ist der Tranavier, und er ist merkwürdig«, stimmte Nadya zu und ignorierte damit total, dass ihr gerade fast schon so etwas wie ein Omen gegeben worden war.

Sie übersah auch den Blick, mit dem sie der Mönch bedachte. Zumindest handelte sie nicht leichtfertig und unbedarft. Ihr war sehr wohl bewusst, wer und *was* Malachiasz war. Kostya beobachtete ihn, als würde er abwarten, ob Malachiasz an Ort und Stelle verschlungen würde, sobald er die Türschwelle überschritt.

»Ich würde gerne erfahren, was euch in diese Ecke von Kalyazin geführt hat«, sagte Ivan.

Konnte sie mit diesem Mann offen sprechen, ihm vertrauen? Er vertraute ihr blind, denn sie war die Klerikerin, doch sie konnte sich nicht an ihn erinnern. Sie hatte Kostya gegenüber kaum eingestanden, was mit ihr geschehen war, konnte sie da wirklich einem anderen Kalyaziner die Wahrheit erzählen und von ihm erwarten, dass er ihr zuhörte, ohne sie zu verurteilen?

»Ich habe dir keine besonders fröhliche Geschichte zu erzählen«, sagte sie mit leiser Stimme.

Das schreckte Ivan nicht ab. »Wir leben nicht in besonders fröhlichen Zeiten, Nadezhda, aber es sollte mir dennoch gefallen, sie zu hören. Geh mit Schwester Vasilisa mit, wir werden später reden.«

Nadya wartete ab, bis Kostya gegangen war, weil sie nicht wollte, dass er Ivan erzählte, wer Malachiasz war. Kostya wusste eindeutig, was sie bezweckte, denn sie erntete noch einen seiner finsteren Blicke, bevor er das Kloster betrat.

»Gar keine fröhliche Geschichte«, murmelte Nadya, bevor sie mit Vasilisa wegging.

Zwischenspiel IV

ZAREWNA YEKATERINA VODYANOVA

Katya wischte sich das Blut des Tranaviers mit einem gewissen Abscheu von der Hand. Sie fühlte sich beinahe schlecht wegen der sich überstürzenden Ereignisse, vor allem da sie noch zwei Tranavier verhören musste, die in der Schenke gefangen saßen und sicherlich mit dem König in Verbindung standen. Doch es war nun einmal ihre Pflicht und sie schätzte die Gelegenheit zu weiterer Theatralik überaus. Sie tauchte die Hände in eine Wasserschale.

»Ihr lasst ihn einfach dort unten liegen?«, fragte die Priesterin der kleinen Kirche, Pavlina.

Fyodors vernarbtes Gesicht erschien so teilnahmslos wie immer.

»Falls er in einigen Stunden nicht nach oben kommt, ist er tot. Verfahrt mit ihm, wie es euch beliebt«, sagte Katya und trocknete sich die Hände ab. »Wahrscheinlich erholt er sich allerdings wieder und er sollte in ungefähr einer Stunde hier zur Tür heraustorkeln.«

Pavlina schürzte missbilligend die Lippen.

»Ich werde niemandem erzählen, dass es unter Eurer Kirche immer noch einen Altar für die alten Götter gibt, und Ihr werdet niemandem erzählen, dass ich in Eurem Keller eine Theorie ausprobiert und dem König von Tranavia die Brust aufgeschnitten habe«, fasste Katya zusammen.

»*Vashnya Delich'niy …*«

»Es ist gut.«

»Wenn dieser Krieg noch länger andauert, weil Ihr einer Theorie nachgehen musstet, so werden Euch die Götter nie verzeihen.«

»Die Götter«, erwiderte Katya, während sie in ihren Mantel schlüpfte, »haben diesen Krieg schon viel zu lange wüten lassen, also kann ich wirklich nicht behaupten, dass ich mir zu viele Sorgen um ihre Vergebung mache.«

Dafür erntete sie einen weiteren missbilligenden Blick; sie würde später vermutlich eine fürchterliche Beichte ablegen müssen. Nicht hier, vielleicht bei einer anderen Priesterin. Dieser hier hatte sie wirklich genug zugesetzt. Sie würde warten, bis sie zu Hause war. *»Einer Priesterin in der Einöde frech über den Mund gefahren! Die Brust des tranavischen Königs aufgeschlitzt! Eine verdammt großartige Zeit gehabt.«* Dionisiy, ihren Priester zu Hause in Komyazalov, würde das nicht so sehr belustigen wie sie.

Ehe ihr noch etwas entfuhr, das die Priesterin noch inniger für das Seelenheil der verfluchten Zarewna beten ließe, ging sie nach draußen. Sie musste sich sowieso diesen zwei verdammten Tranaviern stellen. Katya hatte genug Militärberichte gelesen, um zu wissen, wie die beiden ständigen Begleiter des Königs aussahen. Es war daher nicht gerade abwegig anzunehmen, dass diese beiden auch mit ihm in Kalyazin waren.

Katya glaubte eigentlich, sich ihre Portion Theatralik für diesen Tag schon einverleibt zu haben. Als sie zur Schenke zurückkehrte und das Zimmer aufsuchte, in dem ihre Männer die Tranavier festhielten, stürzte sie dennoch hinein und rief aus: »Der König ist tot, lang lebe die Königin!«

Sie genoss die darauffolgende entsetzte Stille vielleicht ein bisschen zu sehr. Doch dann ließ der Junge, der da saß, mit wirklich gequältem Ausdruck die Schultern sinken, und sie verspürte mit einem Mal Bedauern.

»Das war nur ein Scherz! Es sollte ihm gut gehen, obwohl er sich ein bisschen zerschlagen fühlen könnte. Ihr seid mit ihm gekommen, oder?« Sie trat die Tür hinter sich zu, ohne dabei auf die Proteste ihres Leibwächters Milomir zu achten. Sie hatten den Tranaviern ihre Zauberbücher abgenommen, es bestand für sie hier keine tatsächliche Gefahr.

Der Junge wechselte einen Blick mit dem Mädchen. »Wir haben nach ihm gesucht, ja. Was habt Ihr ihm angetan?« In seinem Tonfall schwang Zorn mit, vor allem klang er aber besorgt. Er war hübsch. Dunkle Haut, lange Wimpern, und etwas an ihm verriet Katya, dass sie sich vor ihm in Acht nehmen müsste, falls ernsthaft Gefahr für den König bestünde.

»O nein, hier stelle immer noch ich die Fragen«, erklärte sie, zog sich einen Stuhl heran, setzte sich und kippelte sofort nach hinten, sodass sie die Beine auf einem Beistelltisch ablegen konnte.

Die junge Tranavierin kauerte auf dem Bett. Sie war ebenfalls hübsch. Mit einem blassen Gesicht, in dem das eine hinreißende Auge auf sie gerichtet war. Wäre Katya nicht gerade dabei gewesen, ihre Autorität zu unterstreichen, so wäre sie von diesem Blick vielleicht ein bisschen aus der Fassung gebracht geworden.

»Euren König ganz allein umherspazieren zu lassen, während ihr euch mitten auf feindlichem Gebiet befindet, ist nicht besonders klug«, bemerkte sie.

Beide Fremden wirkten, als hätten sie seit vielen Tagen nicht mehr geschlafen. Als wären sie sehr schnell über eine sehr weite Strecke geritten. Katya runzelte nachdenklich die Stirn. Hatten sie ihn *verloren?* Sie war beeindruckt – von Serefin und vor allem von dem Gott, der ihn in seinen Fängen hielt. Wie war dies alles geschehen?

»Hat er sich in letzter Zeit seltsam verhalten?«

»Entschuldigung, wer seid Ihr?«, fragte das Mädchen.

»Oh, hat die …«, Katya deutete auf die Tür, »… Vorstellung nicht ausgereicht? Ich heiße Yekaterina, Katya für meine Freunde …«

»Sind wir Freunde?«, fragte das Mädchen.

»Sind wir das?«

»Ostyia«, sagte der Junge in beinahe missbilligendem Tonfall.

»Die Zarewna dieser eiskalten Gruselfestlichkeit steht euch zu Diensten.« Katya vollführte eine angedeutete Verbeugung, allerdings ohne aufzustehen oder ihre Beine von dem Tisch zu nehmen.

Die Tranavier wechselten einen Blick.

»Wie auch immer! Serefin! Benimmt sich seltsam mit diesem komischen Auge? Ja?«

»Ja«, sagte das Mädchen, Ostyia. Die Soldatin trug keine Augenklappe über ihrer vernarbten Augenhöhle, und ihre schwarzen Haare sahen aus, als hätte sie sich diese selbst mit einer stumpfen Klinge abgehackt.

Der Junge – Kacper, wenn ihre Berichte nicht irrten – runzelte die Stirn, verschränkte dann die Arme vor der Brust und lehnte sich an die Wand neben dem Fenster.

»Aufschlussreich. Seit er von seinem Vater getötet wurde, oder?«, fragte Katya.

Kacper zuckte zusammen.

Katya wedelte mit der Hand. »Wir haben gute Spione und eure *slavhki* sind wandelnde Gerüchteküchen.«

»Warum fragt Ihr?«, wollte Ostyia wissen.

»Ich bin kein *slavhka*«, murmelte Kacper.

Katya entging selbst diese kleine Einzelheit nicht. »Er war doch derjenige, der in mich hineingestolpert ist mitsamt all der Merkwürdigkeiten, die ihn umschwirren. Ich versuche nur herauszufinden, was davon nützlich sein könnte.«

»Nützlich wofür?«, fauchte Kacper.

Nun, er war mit Sicherheit der Feindseligere der beiden.

»Ich würde diesen Krieg genauso gern beendet wissen wie jeder andere. Aber«, schränkte sie ein, »ich verfüge nicht über diese Macht.«

»Aber Euer Vater …«

»Mein Vater wird niemals in einen Waffenstillstand einwilligen. Er will eure völlige Unterwerfung, nichts anderes«, entgegnete Katya. »Wir fordern mit jedem weiteren Kriegsjahr eine Invasion der Aecii aus dem Norden heraus, doch es gilt ...«, sie wedelte mit der Hand, »... Sieg oder Tod.« Sie hielt inne. »Bei den Göttern, das hätte ich euch aber gerade besser nicht erzählt.«

»Wo ist Serefin?«, fragte Kacper.

»Bis unsere Unterredung vorbei ist, wird er hier eingetrudelt sein. Er ist nicht tot – nun, zumindest wahrscheinlich nicht. Wenn ich mich nicht vollständig geirrt habe, dann ist er nicht tot.«

Kacper versteifte sich.

Als Katya den König von Tranavia zum ersten Mal gesehen hatte, war offensichtlich geworden, dass etwas mit ihm nicht stimmte. Sie hatte Gerüchte gehört, dass der Meleski-Erbe ein Säufer war – und als sie ihn in der Schenke gestellt hatte, war er mit Sicherheit betrunken gewesen oder auf dem besten Weg dazu –, aber da war noch mehr aufgeschienen als das. Sein Auge barg die Berührung der Götter. Sie wollte einen Beweis und sie hatte einen Beweis bekommen. Und vielleicht konnte es den Krieg beenden, wenn sie ihn hier tötete. Doch in Tranavia herrschten auch die Geier und die wuchsen sich mit jedem Tag mehr zum eigentlichen Feind aus. Der Schwarze Geier musste sterben, damit dieser Orden überhaupt aufgehalten werden konnte, und wenn der tranavische König ihn tot sehen wollte, so dachte Katya, könnten sie vielleicht zu einer Übereinkunft kommen.

Der König kam nicht viel später an als von ihr vorausgesagt. Milomir schob ihn gewissermaßen nach drinnen. Das zerfetzte Hemd hing ihm offen von den Schultern, sodass Katyas ziemlich hervorragendes Werk zu sehen war – ohne dass sie sich selbst loben wollte –, das sie an seiner Brust vollbracht hatte. Serefins Gesicht war blutverschmiert und schmutzig.

Beim Anblick seiner Freunde stieß er ein Wimmern aus, stolperte und brach beinahe zusammen. Kacper hatte den Raum schon im nächsten Augenblick durchquert, umklammerte Serefins Arm und hielt ihn fest. Serefin blieb stehen und legte Kacper benebelt eine Hand seitlich ans Gesicht. Dann trat er zurück, um sich gegen Katya zu wenden. In seinen Händen hielt er ein Messer.

»Oh, wie dumm von mir, das habe ich zurückgelassen, oder?«

»Was. Hast. Du. Getan?«, stieß er zwischen zusammengebissenen Zähnen hervor, dabei führte er das Messer an ihre Kehle.

Sie betrachtete sein Gesicht. Es ging darum: Keines der Gerüchte, die ihre Spione aus Grazyk mitgebracht hatten, ergab irgendeinen Sinn. Sie hatte gehofft, das Ritual würde das Geschehene etwas erhellen, aber sie war sich dessen immer noch nicht sicher.

Und er kannte zu ihrem Erstaunen die Klerikerin! Katya hatte monatelang mit wenig Erfolg nach ihr gesucht.

Sie sah ihn durchdringend an. Seine Augen waren wieder von diesem seltsamen Mitternachtsblau mit verstreuten Sternen statt der Pupillen.

»Velyos, hä?«, sagte sie. »Du bist von einem gefallenen Gott gefangen worden.«

Serefin blinzelte.

»Die meisten wissen nicht einmal, wer er ist«, fuhr sie fort.

»Aber du weißt es«, entgegnete er rundheraus.

»Ja.«

Serefin verzog das Gesicht. Er musterte sie, dabei legte er eine Hand zögerlich auf die Wunden in seiner Brust. »Das hier hat wehgetan, weißt du?«

Katya zuckte mit den Schultern. »Ich bin mir sicher, du musstest schon schlimmere Schmerzen ertragen.«

»Das musste er schon«, warf Kacper ein.

Serefin sah ihn verletzt an und steckte dann langsam die Klinge in seinen Gürtel.

»Was willst du?«, fragte er.

»Dass der Krieg aufhört, Reichtum und Vermögen, ohne dafür arbeiten zu müssen, die Bewunderung so vieler hübscher Leute wie möglich.«

Er ging zum Bett und setzte sich behutsam neben Ostyia auf die Kante.

»Ich denke, der Krieg wäre zwischen uns der geringste Streitgrund«, sagte sie schließlich und wurde ernst. »Wenn ich mich hier mit dir zusammensetzen und diesen verfluchten Krieg jetzt gleich beenden könnte, so würde ich es tun. Doch weder du noch ich haben die Macht dazu.«

»Ich meine, grundsätzlich habe ich diese Macht. Blutiger Knochen, frag mich nicht nach einem Waffenstillstand«, ächzte er. »Ich habe über Monate erfolglos versucht, euer Völkchen zum Zuhören zu bringen. Das liegt nicht an mir.«

Sie schüttelte den Kopf. Katya verfügte über keine echte Macht, und die bloße Tatsache, dass Serefin nach Kalyazin geraten war, bedeutete: Er gebot ebenfalls nicht annähernd über so viel Macht, wie ihm zukäme. Es wäre sinnlos, wenn sie sich hier gegenseitig umbrachten. Auch wenn der Gedanke, den König von Tranavia zu erdolchen, für sich genommen nett erschien. Katya schätzte alles Theatralische, aber das Töten mochte sie nicht wirklich. Wenn Ersteres zu Letzterem führte, wurde das in Kauf genommen. Doch den rechtmäßigen König von Tranavia in einem winzigen kalyasischen Dorf am Rande der Dozvlatovya Gemarkung zu töten war nicht besonders dramatisch.

»Warum bist du hier draußen?«, fragte sie.

Er lehnte sich auf eine Hand gestützt zurück. Sehr offensichtlich wollte er ihr nicht antworten. Sie konnte ihn auch im Schweigen übertreffen, wenn sie es musste. Oder doch nicht.

»Velyos?«

Er nickte langsam. »Und du?«

Diese Frage war schwieriger zu beantworten. Gemäß Verlautbarung war Katya an die Front geschickt worden. In Wirklichkeit war sie in einem Militärlager verwahrt worden, das an keinen Kämpfen teilnahm. Es war langweilig. Dafür war mit dem Erstarken der Geier der Orden der Geierjäger – dieses Kuriosum, dem sie sich schon mit dreizehn Jahren angeschlossen hatte – mit einem Mal nützlich und überhaupt nicht mehr langweilig gewesen.

»Ich folge immer dem, was mir am meisten Dramatik verspricht«, sagte sie und blinzelte ihn an.

Ekel zeigte sich auf seinem Gesicht. Schwer beizukommen, diesem Tranavier.

»Kalyazin kann diesen Winter nicht überleben«, sagte sie seufzend. »Und wenn ich mich nicht täusche, liegt Tranavia genauso danieder.«

Serefin sah Kacper an, der langsam den Kopf schüttelte.

»Ich habe das nicht glauben wollen«, sagte Katya leise. »Ich hoffte herauszufinden, warum es so weit kommen konnte, und mein Gefühl gibt mir Hoffnung, du könntest mir vielleicht weiterhelfen.«

»Eigentlich nicht«, entgegnete Serefin. »Sicher willst du meine Theorie nicht hören, wonach es eure Götter sind, die diese Not verursachen.«

Katya runzelte die Stirn. Das ergab keinen Sinn. Aber es klang in jedem Fall wie eine sehr tranavische Theorie.

»In der Todesnacht meines Vaters muss dem Schwarzen Geier etwas Unheimliches widerfahren sein«, sagte Serefin vorsichtig. »Es war letztendlich alles sein Plan, und was wir jetzt erleiden müssen, hat er angerichtet.«

»Das verstehe ich nicht.«

Serefin grinste, aber das Lächeln erreichte nicht wirklich seine Augen. »Was passiert, wenn ein Monster versucht, ein Gott zu werden?«

Eis floss durch Nadyas Adern. »Hatte er Erfolg?«

»Nun, das ist die große Frage. Wie sollten wir das wissen?«

»Und du willst ihn umbringen?«

»Ich denke, das müssen wir.«

Katyas Hand wanderte zu der Kette an ihrem Hals. Sie hatte mit einer gehörigen Anzahl von Geiern gekämpft, aber das war hauptsächlich in den letzten Monaten gewesen. Einst waren die Geier nichts weiter als Geschichten gewesen, die *babas* erzählten, damit die Kinder vor Angst in ihren Betten blieben. Geht ins Bett oder die Geier holen sich euer Blut, und anders als die blutsaugenden *kashyvhes* werden sie euch alles wegnehmen, sodass ihr ausgetrocknet zurückbleibt.

»Ist er in Kalyazin?«, fragte sie und fürchtete sich beinahe vor der Antwort. Sie war diesen Monstern unzählige Male gegenübergetreten, aber es hatte immer Geflüster über den Schwarzen Geier gegeben. Doch die Geschichten hatten sich immer grauenvoller gesteigert, seit dieser Neue den Thron übernommen hatte. Dieser eine hungerte mit ungleich größerer Gier als sein Vorgänger. Dieser eine hatte Abscheulichkeiten begangen von einem Ausmaß, wie sie es nie zuvor gesehen hatten.

»Nicht nur das, es ist auch überaus wahrscheinlich, dass er gerade eurer Klerikerin Gesellschaft leistet.« Er rieb sich über sein vernarbtes Auge. »Kannst du mir etwas über Velyos erzählen? Was er will? Ich kann nichts aus ihm herausbekommen, da ist nur ein rätselhafter Drang nach Westen, gegen den ich ankämpfe.«

Katya zeigte sich fasziniert. Die Verstrickungen wurden immer aufregender. Sie hätte sogar sagen können: Sie bargen eine starke Anlage zu außerordentlicher Dramatik.

»Warte, weißt du, was er plant?«

»Wer, Malachiasz?« Serefin zuckte mit den Achseln. »Er will einen Gott töten.«

Ihr stockte das Herz. »Was glaubt er, damit erreichen zu können?«

»Kommt mir ziemlich offensichtlich vor. Die Götter werden sich kaum noch in Tranavia einmischen, wenn sie tot sind.«

Katya schluckte schwer, ihr Mund war mit einem Mal trocken. »Das wird euer törichtes kleines Land zerstören, falls es ihm gelingt.«

Er erbleichte. »Was?«

»Die Götter handeln außerhalb der Zeit. Ein langsamer Tod, peinlich genau vollzogen. Strafe kommt nicht schnell, sie besteht aus vielen kleinen Unglücken nacheinander. Falls er einen solchen Krieg entfachen sollte – diese Art Reich umstürzen würde –, wäre die Vergeltung demgegenüber nicht mehr angemessen, sondern würde in totaler Zerstörung gipfeln.« Katya schloss die Augen. Das würde blutig nach Kalyazin durchschlagen. Die ganze Welt würde unter dem Zorn der Götter zerfallen.

»Wenn wir hier etwas ausrichten wollen, brauche ich Wein«, murmelte sie.

»Oh, blutiger Knochen, ich auch«, brummte Serefin.

Katya grinste, schob ihren Stuhl weiter zurück und öffnete die Tür. Milomir würde sie umbringen. »Bist du so lieb?«, fragte sie süß.

Er seufzte tief.

Nachdem er mit einem sehr leidenden Gesichtsausdruck und einer Karaffe Wein sowie Bechern für alle zurückgekehrt war, sah sich Katya ausreichend vorbereitet, um fortzufahren.

»Die Welt hat es vergessen, wisst ihr wohl, sie haben es alle vergessen. Velyos ist vor einer langen, langen Zeit verstoßen worden. Alle Hinweise auf ihn und die anderen wurden aus dem Kodex getilgt.«

»Die anderen?«, fragte Serefin.

Katya hatte vergessen, dass sie mit einem Tranavier sprach. »Es gab mehr, viel mehr. Die zwanzig, die wir jetzt verehren, standen früher nicht alleine. Velyos, Cvjetko, Zlatana, Ljubica und Zvezdan.« Sie hielt kurz inne und fügte dann hinzu: »Chyrnog.« Doch sie wollte nicht über einen der Älteren sprechen. Die gefallenen Götter waren schon genug.

Serefin runzelte die Stirn und lehnte sich auf eine Hand gestützt zurück. Katya war nur zu deutlich bewusst, wie eindringlich das tranavische Mädchen sie musterte. Sie nahm einen Schluck Wein, um die Röte auf ihrem Gesicht zu verbergen.

»Was geschieht mit Göttern, die ausgestoßen wurden?«, fragte Ostyia.

Katya zuckte mit den Schultern. »Sie sind bekannt als die Gefallenen. Und es wird erzählt, sie würden von den Klerikern der verbliebenen Götter gefangen gehalten.« Allerdings war das nicht die entscheidende Frage. »Warum wurden sie ausgestoßen, wie?«

Serefin rieb sich wieder verwirrt die Augen. Es störte sie zunehmend, wie er sich ständig mit seinem Auge befasste.

»Was kommt über uns, wenn Götter beschließen, in direkten Kontakt zum Reich der Sterblichen zu treten? Was blüht uns, wenn sie untereinander streiten, bis es in unsere Welt hineinschwappt?«

»Der Untergang?«

Katya nickte. »Genau. Der Krieg wäre dann die kleinere unserer Sorgen, denn sie wären nicht mehr daran gebunden, behutsam mit Sterblichen umzugehen. Sie würden uns niederbrennen, um zu bekommen, was sie wollen.«

Sie bemerkte den Ausdruck reinen Unglaubens auf seinem Gesicht. Wenn er wirklich Velyos getroffen hatte, wie konnte er noch an altem Denken festhalten?

»Du glaubst mir nicht.«

»Es klingt so irrwitzig, das musst du verstehen.«

»Deine Augen sind das Unmenschlichste, was ich je gesehen habe, und in deinen Haaren nisten Motten. Weißt du, was Motten für Kalyaziner symbolisieren?«

Er zuckte mit den Schultern.

»Zweierlei. Sie stehen für die Götter und sie stehen für den Tod.«

Ihn schauderte.

»Und auch *kashyvhes.* Was ein bisschen merkwürdig ist und hier wahrscheinlich weniger bedeutsam. Dreierlei, nehme ich dann an.«

Serefin nahm einen tiefen Schluck von seinem Wein.

»Die was?«, fragte Kacper.

»Striczki«, erklärte Serefin schlicht. Blutsauger.

»War das ein Scherz?«, fragte Ostyia ihn leise.

»Ich weiß es nicht«, murmelte er und lehnte sich vor, um die Ellbogen auf den Knien abzustützen. Serefin sah aus, als würde er gleich zusammenbrechen. »Er hat mir verkündet, er wolle Rache, aber er hat sich geweigert, darüber hinaus noch etwas mitzuteilen.«

Katya stockte der Atem. »Es gibt zwei Götter, an denen Velyos vermutlich Rache üben will, und das erklärt, warum er nicht versucht hat, unsere Klerikerin in Beschlag zu nehmen. Die eine ist Marzenya, der andere Peloyin.«

Serefin kniff die Augen zusammen.

»Die fünf, die verbannt worden sind, hatten ständig versucht, Peloyins Macht zu stehlen«, fuhr Katya fort. Sie war mit Geschichten über die kleinlichen Zänkereien der Götter aufgewachsen, doch die Schliche von Velyos waren nur selten erwähnt worden, bis er schließlich ganz verschwunden war. Sie hatte viel Zeit gebraucht, um die Erzählfetzen wieder zusammenzuklauben. Eigentlich hatte sie das nur aus bloßer Langeweile getan und aus dem Wunsch heraus, ihre Priesterin so ausgiebig zu ärgern wie irgend möglich.

Sie hatte nie gedacht, dass dieses religiöse Wissen nützlich sein konnte. Vor allem nicht in Bezug auf den König von Tranavia.

Vor allem nicht, um ... dem König von Tranavia zu helfen? Unterstützte sie ihn etwa gerade? So ehr ihr Verstand auch gegen diese Gedanken aufbegehrte, fragte sie sich doch, ob das nicht eben genau ihre Vorbestimmung bedeutete. Etwas hatte sie an diesen versteckten Ort in Kalyazin geführt. Etwas hatte sie hier verharren lassen, gebannt von einer Vorahnung, dass der feindliche König selbst irgendwann auftauchen würde.

Sie mochte jedoch den Gedanken nicht besonders, dass die Götter ihr Handeln lenkten. Schließlich müsste sie demnach alle ihre Verfehlungen in neuem Licht besehen, die sie in den Augen der Götter verdammen würden.

»Von den Gefallenen war Velyos der rachsüchtigste. Zwischen Velyos und Peloyin tobte ein ewiger Krieg. Marzenya war diejenige, die ihn schließlich verbannt hat. Sie hat dafür gesorgt, dass er, in eine Spirale aus Eisen gebannt, tief in einem Gewölbe unter der Erde versteckt wurde.«

»Also will er nicht einfach Rache«, sagte Serefin gedehnt.

»Unwahrscheinlich. Er will, dass er von Neuem beginnt. Dieser ewige Krieg. Und nicht diese heilige Widerwärtigkeit unseres Krieges, in der wir gefangen sind, sondern einer zwischen den Göttern. Ich möchte wetten, er verlangt von dir, dass du die anderen weckst.«

Serefin erbleichte.

Katya gefiel nicht, wohin ihre Gedanken sie führten. Wenn Velyos wollte, dass dieser Junge die anderen Verstoßenen weckte ... Nun, die ließen sich vielleicht noch überleben.

Doch die Rückkehr eines der Älteren würde niemand überleben.

23

NADEZHDA LAPTEVA

Svoyatova Nedelya Ojdanic: Als junges Mädchen hörte Svoyatova Nedelya die Stimme von Vaclav und ging in die dunklen Wälder nahe ihrem Dorf. Sie kehrte nie zurück, doch als ihr Dorf von tranavischen Kräften angegriffen wurde, bewegte ein leshy die Wälder dorthin und verschlang die Tranavier. Das wird ihrem Einfluss zugeschrieben.

Vasilievs Buch der Heiligen

Das Badehaus spendete herrliche Wärme für Nadyas müde Knochen. Nach dem Bad zog sie saubere, einfache Kleidung an. Sie schob ihre Handvoll Gebetsperlen in eine Tasche, flocht sich die Haare und drehte sie sich hinter dem Kopf zusammen. Dann fühlte sie sich, nur für einen Moment, so, als wäre sie völlig mit sich im Reinen, als wäre sie wieder sie selbst.

Doch dieses Gefühl war sofort wieder vorbei, als sie Bruder Ivan im Gebetssaal des Klosters traf. Sie rutschte neben ihn auf die Bank und sah zur Ikonostase auf. Ihr Herz zog sich zusammen und der Verlust drohte sie zu verschlingen.

Sie wollte hier ein Geständnis ablegen, zögerte aber noch. Sie wusste nicht, ob sie Bruder Ivan vertrauen konnte. Bei dem Gedanken schalt sie sich selbst; sie sollte keinen Tranavier auf Kosten ihrer eigenen Landsleute schützen.

Doch was war damit, sich selbst zu schützen?

»Ich weiß nicht, wo ich beginnen soll«, sagte sie schließlich.

»Beim Anfang ist meistens am besten«, entgegnete Ivan liebenswürdig. »Nadezhda«, fuhr er mit einem Seufzen fort, »du warst noch ein Kind, als ich dich zuletzt gesehen habe. Ich weiß, dass du dich nicht an mich erinnerst, ich erwarte es auch nicht von dir. Es ist in Ordnung. Ich würde dir einfach gern helfen, wenn ich kann.«

Nadya atmete heftig aus. »Ich habe so viele Fehler gemacht.«

Sie lebte mit so vielen Lügen und Halbwahrheiten und sie konnte sie nicht alle für sich behalten, sonst würde sie unter ihrem Gewicht zusammenbrechen.

Könnte sie sich nur irgendwo verstecken und müsste es nie jemandem erzählen, dass sie versagt hatte, dass sie Häresie begangen hatte, dass wegen ihr ein Riss die Welt durchzog und dass die Folgen von alledem nur immer schlimmer würden. So vieles war ihre Schuld, und sie wusste nicht, ob sie etwas davon ausgleichen konnte. Marzenya verlangte die vollkommene Hingabe bis zum Äußersten und Nadya hatte vor ihr versagt, sie hatte vor allen versagt.

Doch Ivan hatte recht. Sie konnte beim Anfang beginnen. Ihre Worte stockten, als die Geschichte sie in die Hauptstadt von Tranavia führte. Als sie einen Prinzen bezauberte, den sie hätte töten sollen, und sich in einen Jungen verliebte, der schlechte Witze machte und – im Nachhinein beurteilt – etwas zu hilfsbereit war.

Ivan hörte ihr angenehm ruhig zu, er stellte keine Fragen und ließ Nadya innehalten und nachdenken, wann immer die Geschichte an düstere Orte kam und sie Mühe hatte, sich genau zu erinnern.

Doch sie war vorsichtig; sie enthüllte nicht, wer Malachiasz in Wirklichkeit war.

»Folgendes ist bedeutsam«, sagte Nadya und vermied in ihrer Schilderung die Häresie, einem Monster verfallen zu sein, auch wenn sie dafür verbrannt worden wäre. Sie griff lieber gleich eine ganz andere Art von Häresie auf. »Während ich in Tranavia war, lag ein Schleier über dem Königreich, der meinen Zugang zu den Göttern fast ganz abschnitt. Er war gewebt aus Blutmagie. Ein Zauber, der schon seit Jahrzehnten über dem Land lag, vom Schwarzen Geier verfeinert, damit er noch stärker wirkte.«

Sie erklärte, wie sie die Magie umgangen hatte. Beschrieb die *Rawalyk*. Erzählte, wie sie von den Geiern entführt und ihres Blutes beraubt worden war, weil der König von Tranavia danach gestrebt hatte, selbst zum Gott aufzusteigen.

An dieser Stelle bemerkte sie bei Ivan eine Regung. Ein Schürzen der Lippen. Beunruhigung.

»Als ich in Tranavia war, habe ich ... Erscheinungen gesehen ...« Nadya wusste nicht, wie sie diesen Teil erklären sollte. Die Monster, die Velyos ihr gezeigt hatte und die nach seinen Worten die Wahrheit bedeuteten. Die Albträume, die sie seitdem jede Nacht plagten, die sie beiseiteschob und zu vergessen suchte. Das Wissen, dass etwas in ihr zerbrochen war, auch wenn sie es nicht näher benennen konnte.

»Ich bin der Ketzerei schuldig und jetzt schweigen die Götter. Ich weiß nicht, ob sie meine Gebete hören. Die einzige mir verbliebene Magie muss ich aus meinem Inneren ziehen und sie fühlt sich an wie Gift. Ich dachte, ich könnte dem Krieg Einhalt gebieten. Aber ...« Sie schüttelte den Kopf. »Und da ist noch dies hier«, ergänzte sie und umklammerte ihre Hand. »Ich weiß nicht, was ich getan habe, und ich habe Angst.«

Unterdessen rührten sich die Monster von Kalyazin. Monster, die viel tiefer geschlafen hatten als die aus Tranavia.

Monster, die nur durch den Glauben in Schach gehalten worden waren. Das bedeutete Verheerung.

Ivan betrachtete ihre Hand. Die Stille zwischen ihnen wuchs und breitete sich aus, Nadyas Gedanken rutschten immer tiefer in die Verzweiflung. Das war wirklich das Ende. Das war der Schuldbeweis, für den sie verbrannt werden würde.

Schließlich brach er das Schweigen. »Es hat eine Unruhe im Himmel gegeben«, sagte er langsam, »welche die Priester nicht deuten konnten. Du hast uns einen Teil der Antwort geliefert.«

»Werde ich gebannt werden?«, flüsterte Nadya.

Ivans kühle Finger lagen unter ihrem Kinn, hoben ihr das Gesicht nach oben. Der Mönch blieb undurchschaubar und Nadya zitterte vor Angst.

»Du bist immer ein neugieriges Kind gewesen, Nadezhda. Voller Fragen. Voller Ärgernisse. Aber du bist die einzige Klerikerin auf kalyasischem Boden in diesen Tagen«, sagte er. »Wir wissen nicht, warum die Götter niemand anderen berührt haben. Wir wissen nicht, warum ausschließlich du berührt wurdest. Vielleicht deutet das auf eine Veränderung hin, auf die wir nicht vorbereitet sind. Ich will dich vergangene Schmerzen nicht noch einmal durchleben lassen, und ich sehe keine Sünden in deiner Vergangenheit, deretwegen du sterben solltest.«

Nadya blinzelte und stieß ein überraschtes Lachen aus, obwohl ihr eigentlich zum Weinen zumute war. »Die Götter stimmen da möglicherweise nicht mit Euch überein, und ich befürchte, dass ihre Meinung doch den Ausschlag gibt.« Seine Absolution bedeutete ihr ein wenig Trost. Und sie verstand nicht, wie dieser alte Mönch sie so gut kennen konnte. »Seid Ihr oft nach Baikkle gekommen?«

»Oft genug, aber das war vor langer Zeit. Als der arme Alexei ...«

Ein Stich in Nadyas Brust. Alexei war jetzt tot.

»... ein von den Göttern berührtes Kind auf seiner Türschwelle gefunden hatte und nichts über Magie wusste, bat er um meine Hilfe.«

»Doch Ihr wusstet – wisst etwas über Magie?« Nadya richtete sich auf.

»Ich weiß so gut Bescheid, wie es jemandem möglich ist, der sie nicht voll erlebt.«

Sie streckte die Finger. »Ich glaube nicht, dass ich viel von Magie verstehe«, sagte sie leise. Und der Einzige, der es ihr beibringen konnte, war ein sehr herablassender tranavischer Junge, der alles als etwas Beherrschbares betrachtete.

»Ist es an uns, Göttlichkeit zu verstehen?«, fragte Ivan. Er hielt inne und betrachtete forschend ihr Gesicht. »Aber du hast recht, wie ich sehe, bist du kein bisschen weniger neugierig geworden.«

»Ist die Natur des Göttlichen so starr?«, fragte sie.

»Mitanzusehen, wie ein Mensch versucht, zum Gott zu werden, und daran scheitert, legt solche Fragen wohl nahe.«

»Er ist nicht gescheitert.«

Ivan wurde sehr still.

»Der König ist gescheitert, ja, richtig. Doch ein anderer hat das Ritual ausgeführt, und ihm gelang es.«

»Und?«

Sie schüttelte den Kopf und sah zur Ikonostase hoch. Sie war verziert mit Blattgold und den unbeteiligten Gesichtern von Heiligen. »Wenn die Götter wieder mit mir sprechen würden, hätte ich vielleicht Antworten, aber ich habe keine. Und sie lassen sich ohnehin ungern über die Natur des Göttlichen aus.«

»Magie und Göttlichkeit sind zwei sehr unterschiedliche Dinge, verflochten im Diesseits. Kann man Göttlichkeit ohne Magie erlangen, obwohl Magie an Göttlichkeit gebunden ist?«

»Aber man kann Magie wirken ohne jede Berührung durch die Götter«, sagte Nadya. »Sind die Tranavier kein Beweis hierfür?«

Ivan legte den Kopf schief. »Und es ist Häresie. Sie sind deshalb auch verdammt.«

Höchstwahrscheinlich sind sie das. Aber nicht so, dachte Nadya, *wie die Kalyaziner es erwarten.*

Doch was war mit Pelageya und ihren Worten, dass Nadyas Macht sich gar nicht aus ihrem Inneren gespeist hatte, sondern aus etwas anderem? Neugierde auf tranavische Magie war die eine Sache; sie konnte diesen Mönch aber nicht gut fragen, ob er sich auch noch mit Hexenmagie auskannte.

»Also glaubt Ihr, dass sogar dies immer noch von den Göttern verursacht ist?«, fragte sie und dehnte dabei ihre Finger.

Auf Ivans Gesicht flackerte etwas auf. »Woher käme es sonst?«, fragte er freundlich.

Ja, woher sonst? Es wäre so einfach, diese Antwort für wahr zu nehmen und sich von allen diesen Bedrohungen abzuwenden, ungeachtet dessen, was geschähe, selbst wenn ihr daraus Schaden erwuchs. Sie wollte keine fürchterliche Magie in sich entdecken, sie wollte, dass der Auswuchs an ihrer Hand lediglich eine neue Form göttlicher Bestrafung darstellte. Das wäre einfach zu verstehen.

Sie war nicht zufrieden, aber ihr erschöpftes Herz wollte nicht mehr streiten.

»Was ist mit dem Tranavier?« Ivan wechselte plötzlich das Thema.

Nadya seufzte. »Malachiasz«, flüsterte sie.

Ivan nickte. »Er musste überredet werden, unser Kloster zu betreten. Haben Tranavier so viel Angst vor der Wahrheit?«

»Ich … ich will Euch so vertrauen, wie es Vater Alexei getan hat. So wie es sich auch für mich gehört. Aber wenn ich es Euch erzählen soll, dann müsst Ihr mir schwören, dass Malachiasz kein Schaden zugefügt wird. Ich habe mich den Befehlen meiner Göttin widersetzt, um ihn am Leben zu halten, und ich erdulde die Folgen. Aber ihm darf nichts geschehen. Ich brauche ihn. Wenn ich irgendetwas in Ordnung bringen soll, dann brauche ich ihn.«

Die buschigen Augenbrauen von Ivan zogen sich zusammen.

»Bitte, Bruder Ivan, bitte schwört.«

Ivan nickte langsam. »Solange er deinen Schutz genießt, soll ihm nichts zustoßen, ich schwöre es.«

Nadya überging das Schlupfloch, das er in seine Formulierung eingebaut hatte.

»Wer ist er, Nadya?«

Sie zögerte. Sie wollte nicht noch jemanden enttäuschen.

»Der Schwarze Geier von Tranavia.«

Ivans Gesicht blieb vollkommen ausdruckslos.

In Nadyas Innerem tobte fast ein Krieg, denn sie kämpfte gegen widersprüchliche Neigungen an. Malachiasz bei der Hand zu nehmen und von hier fortzulaufen oder zuzulassen, dass Ivan ihn tötete und ihre Gewissensqualen an Ort und Stelle beendete. Sie sprang beinahe auf, als sich Ivan wortlos erhob und zur Tür hinausging.

Nadya kam so schnell auf die Beine, dass sie dabei fast die Bank umgestoßen hätte. »Ihr habt es geschworen, Bruder Ivan!«

Ivan hielt eine der Schwestern an. »Wo ist der Junge? Der kränklich aussehende?«

Sie folgte Ivan hinter der Nonne her zu einer der Zellen. Als die Tür aufgestoßen wurde, lief Malachiasz gerade im Raum auf und ab. Er erstarrte und riss die Augen weit auf beim Anblick des riesigen Mönchs auf der Türschwelle. Dann sah er Nadya und entspannte sich ein.

Er hatte sich gewaschen. Seine Haare trockneten bereits zu einem stacheligen Gespinst. Falls die Schwestern ihm etwas zum Anziehen angeboten hatten, hatte er es abgelehnt. Stattdessen trug er eine schwarze Tunika, die an den Ärmelaufschlägen mit roten Streifen bestickt war, und eine eng anliegende Hose.

Er starrte einen Moment lang Ivan an, und Nadya beobachtete, wie sich sein gesamtes Gehabe wandelte. Der ängstliche Junge war verbannt, und an seine Stelle kehrte der Schwarze Geier zurück. Die kalten, berechnenden und gänzlich grausamen Teile von jenem Malachiasz, der den Geierkult anführte.

»Das hat nicht gerade lang gedauert«, sagte er bloß. Der Blick, den er Nadya zuwarf, war nicht ganz der eines Verratenen, aber nahe daran.

Sie zuckte zusammen.

»Was erhoffst du dir davon, hierherzukommen?«, fragte Ivan streng. »Welche Zerstörung gedenkst du anzurichten?«

»Denkt Ihr, ich schere mich um ein Kloster mitten in der Einöde von Kalyazin?« Malachiasz legte sich die langen, blassen Finger aufs Herz. »Ich bin hier, weil *sie* hier ist, nicht mehr und nicht weniger.«

»Komm«, wies Ivan Malachiasz unwirsch an.

Malachiasz sah mit verhangenem Blick zu Nadya hin. Er hatte Könige beraten. Er konnte alles bewältigen, was auch immer Ivan wollte. Im Hinausgehen berührte sie ihn am Handrücken. Er zuckte überrascht zusammen, umschloss dann aber ihre Finger, bis sie ihm entglitten.

Nadya sah ihm nach. Ihr Herz hatte beim Anblick der Hoffnung in seinen Augen zu heilen begonnen, nachdem sie ihn so vorsichtig berührt hatte. Sie konnte sich ihrer Gefühle nicht erwehren. Und Bruder Ivan hatte ihr nicht zu geben vermocht, was sie erhofft hatte. Sie erwartete Antworten. Als sie außer Sichtweite verschwanden, ging Nadya zurück in den Hauptsaal.

Es war still, als sie sich vor den Altar kniete.

Sie stieß den dunklen Magiestrang in ihrem Innern an, sodass weiße Flammen an ihren Fingerspitzen aufleuchteten. Das war wirklich alles, was ihr noch an Magie zu Gebote stand. Sie entzündete eine Schale Weihrauch. Der Geruch von Sandelholz schlug über ihr zusammen, sie atmete tief ein und seufzte. Vorsichtig nahm sie ihre Gebetsperlen aus der Tasche und legte die an der Schnur aufgereihten vor sich ab. Sie fädelte auch die restlichen auf.

Auf der Lippe kauend suchte sie die Ikonostase mit ihren Augen ab, bis sie Marzenyas Ikone fand.

Ich bin mir nicht sicher, weshalb es sich hier richtiger anfühlt, mich dir noch einmal zu nähern. Vielleicht hat es damit zu tun, dass ich aus diesem von den Göttern verlassenen Land herausgekommen bin? Ich weiß es nicht. Warte. So wollte ich das hier eigentlich nicht anfangen. Ihr Gebet kam ins Stocken. Sie rieb sich mit den Händen übers Gesicht. Etwas, das früher so natürlich gewesen war, fühlte sich jetzt schwierig an.

Es tut mir leid. Ich weiß, das genügt nicht, aber ich bin am Ende meiner Weisheit. Sie rieb über die Narbe auf ihrer Handfläche. *Hat Velyos mir die Wahrheit gesagt?*

»Oh, Kind …«

Nadya schnappte nach Luft. Ihre Finger suchten nach Marzenyas Perle, aber sie wusste nicht, wo sie war in diesem Perlendurcheinander vor ihr. Sie unterdrückte ein Schluchzen.

Ich verstehe nicht, was geschieht, betete sie. *Ich dachte, ich würde meiner Bestimmung folgen. Ich habe seine Pläne nicht durchschaut, nicht verstanden.*

»Hast du sie nicht verstanden oder nicht verstehen wollen?« Marzenyas Stimme klang ernst.

Beides, gab Nadya zu.

»Und wie sehr willst du das wirklich wiedergutmachen?«

Ich werde alles tun.

Es folgte eine lange Pause und Nadya bekam Angst.

»Der Junge ist belanglos. Ein Wesen, das ausgelöscht werden sollte, nicht mehr.«

Aber …

»Es gibt einen anderen. Er ist der Dunkelheit entstiegen und hat Macht über euer Reich der Sterblichen erlangt. Du hast mit

ihm gesprochen. Einen nach dem anderen weckt er jene, die wir verstoßen haben, zum Schutz für dieses Reich, und der Schlimmste von ihnen beginnt sich zu rühren. Du hast den Weckenden befreit.«

Velyos.

»Verstoßen, aber er ist nicht allein, die Dunkelheit geht niemals alleine zu Werke.«

Aber was ist mit …

»Dem Ritual?« Marzenya klang bissig. *»Eine Made, die versucht, ein Drache zu werden. Erbärmlich. Er hat ein Zittern verursacht, einen Riss, ja, er spielt mit Kräften, die kein Sterblicher besitzen sollte, und du hast es zugelassen.«*

Ich wusste nicht, wie ich ihn aufhalten konnte.

»Mich anzulügen ist unklug.«

Nadya rollte die Perle zwischen ihren Fingern und dachte nach.

»Du hast versagt und musst bestraft werden.«

Nadyas Hände fingen zu zittern an. Sie senkte den Kopf.

»Aber es gibt noch viel zu vollbringen«, fuhr Marzenya fort. *»So viel ist noch zu tun und du bist immer noch mein Gefäß in dieser Welt.«*

Nadya schluckte schwer. Sie drückte sich den Daumen gegen die Narbe auf ihrer Handfläche. Die schwarzen Adern breiteten sich aus, sie wanden sich jetzt auch um ihr Handgelenk. Sie fragte sich, wie es ihr erginge, wenn sie den ganzen Weg bis zu ihrem Herz weiterlaufen würden.

Ich war unterwegs nach Bolagvoy. Ich suchte Antworten … Warum hast du aufgehört, mit mir zu sprechen?

»Setz diesen Weg fort. Wir werden wieder sprechen.«

Marzenya war fort. Nadya schmeckte Kupfer. Sie spuckte einen Mund voll Blut auf ihre Hand.

24

SEREFIN MELESKI

Begraben unter den Füßen der Sieger, herabgestoßen aus den Himmeln, eingeschlossen in Gräbern, unter Bergen, in Gewässern. Sie sind die zum Schweigen Verdammten. Sie sind die Toten. Sie wissen, der Erwählte wird kommen, um sie zu befreien, einen nach dem anderen, einen nach dem anderen.

Das Volokhtaznikon

Vom Maul eines Monsters ausgespuckt zu werden war – wenig überraschend – keine angenehme Erfahrung. Als Serefin aufgewacht war, hatte er sich völlig zerschunden gefühlt und sofort an einem Mund voll Blut gewürgt.

Er hatte mehrmals schnell geblinzelt, damit seine Sicht schärfer wurde, aber sogar das hatte geschmerzt. Als wären ihm durch seine Augen Dolche gestoßen worden. Er hatte sich seltsam gefühlt, verändert, verzittert und einfach nicht wie er selbst. Er erinnerte sich an nichts, seit er durch die Tempeltüren ins Innere gezerrt worden war. Sein Gedächtnis versagte so umfassend, dass ihm allein dies entsetzliche Angst einjagte. Er wusste nicht, wie viel er dort preisgegeben hatte, und fürchtete sich vor Erkenntnis und Reue, wenn er es unweigerlich herausfand.

Doch jetzt war er zurück in diesem kalyasischen Wirtshaus und Kacper war bei ihm, und er hatte Kacper und Ostyia so stark vermisst. Katya hatte sich entschuldigt, um gemeinsam mit dem narbengesichtigen Mann herauszufinden, was sie brauchen würde, mit welchen Mitteln der Schwarze Geier sich am besten töten ließe.

Serefin ließ sich auf das Bett zurücksinken, bis er auf dem Rücken lag. Er schloss die Augen und knetete sich mit zwei Fingern die Nasenwurzel. Ihm tat alles weh und er hatte pochende Kopfschmerzen. Sein Auftrag lautete, nach Westen zu gehen, doch er war es so leid zu kämpfen.

»Serefin, du siehst richtig abscheulich aus«, sagte Ostyia, während sie sich neben ihn auf das Bett plumpsen ließ.

»Das passt gut, denn ich fühle mich richtig abscheulich«, entgegnete er. »Dieses Mädchen hat mir nicht genug Wein verabreicht.«

Kacper hatte, abgesehen von einer anfänglichen Begrüßung, immer noch kein Wort geäußert, und Serefin versuchte, sein schlechtes Gewissen im Zaum zu halten.

Ostyia gab ein leises, bekümmertes Seufzen von sich. Ihre Hand berührte mit kalten Fingern vorsichtig seinen Nacken. Er hatte an die Narbe gar nicht mehr gedacht.

»War das die ganze Zeit an deinem Hals?«, fragte sie leise.

Er brummelte etwas Unverständliches. Ging er nach seinem Gefühl, so meinte er schon, ja. Aber eine magische Täuschung hatte darübergelegen, durch die das Mal nicht bemerkt worden war, bis Velyos diese Magie zerbrochen hatte.

»Dir ist die Kehle durchgeschnitten worden.«

»Ja, nun, ich *bin* gestorben.«

Sie war still. Er hielt die Augen geschlossen.

»Du hast nicht weiter danach verlangt, aber ich werde dir noch Wein besorgen, weil ich großmütig bin und dich vermisst habe«, sagte sie nach einem ausgedehnten Schweigen, dabei klang ihre Stimme rau und mit Gefühlen belastet, die zu würdigen Serefin momentan die Kraft fehlte.

Doch plötzlich öffnete er die Augen und packte Ostyia am Handgelenk, als sie gerade wieder vom Bett gleiten wollte.

»Es tut mir leid, wie sehr ich dich mit meinen Worten verletzt habe.«

Sie hielt inne. »Du bist nicht du selbst gewesen«, sagte sie entschieden. »Das ist zwar kaum eine Entschuldigung, und solltest du je wieder auf solche Weise mit mir sprechen, werde ich dir eines deiner Augen herausschneiden. Ich habe allerdings über den Streit nachgedacht, und du hast schon recht, ich gehe manchmal in meinem Unmut deutlich zu weit.«

»Das geschieht mir doch recht.«

»Ganz sicherlich, aber ich hatte vergessen, dass sich deine Rolle geändert hat und meine ebenso, und ich kann dich nicht frech in der Öffentlichkeit aufziehen und erwarten, dass dieser Albtraum von einem Hofstaat dich danach noch hoch achtet.«

»Es wird so langweilig sein, wenn du mich nicht mehr in aller Öffentlichkeit aufziehst.«

»Doch du wirst es überstehen, denke ich.« Sie tätschelte seine Hand, bevor sie das Zimmer verließ.

Kacper sah immer noch aus dem Fenster. Serefin war sich nicht so sicher, ob Kacper ihm nicht mehr nachtrug als Ostyia.

Serefin setzte sich mit einem Ächzen auf und fuhr sich mit der Hand durch die Haare. Er brauchte ein Bad. Er brauchte frische Kleidung statt seiner zerschlissenen. Er brauchte Beistand gegen das Gefühl, dass er gleich zu Staub zerfallen würde. Doch unglücklicherweise schien sich der gerade nicht anzukündigen.

»Kacper?«

Kacper wandte sich leicht um, sodass er Serefin kummervoll anschaute, und hob leicht die Augenbrauen. Zumindest versuchte er sich in solch einer Miene. Er war nicht besonders gut darin.

»Ich habe meinen Rucksack verloren und bin bei Weitem zu lang in dieser Kluft unterwegs gewesen«, sagte Serefin. »Kann ich mir Kleider von dir ausleihen?«

Die Anspannung in Kacpers Schultern ließ etwas nach. Erschöpfung zeichnete sich auf seinem Gesicht ab und er nickte.

Serefin stand auf, während Kacper wortlos sein Gepäck durchsuchte. Diese Spannung zwischen ihnen wirkte ungewöhnlich und fremd. Er hatte Kacper genauso grausam behandelt wie Ostyia, doch vielleicht konnte Kacper nicht so leicht verzeihen. Kacper hatte eine Menge Geschwister; er hegte gerne Groll.

»Kacper.«

Keine Antwort. Kacper zog ein Hemd und Reithosen aus dem Bündel und legte sie aufs Bett. »Kacper, es tut mir leid …«

»Blutiger Knochen, Serefin«, sagte Kacper, während er sich aufrichtete. Er klang verärgert. »Du bist ein hoffnungsloser Fall.«

Und dann wurde Serefin mit einem Mal gegen die geschlossene Tür gedrängt, Kacper umfasste sein Gesicht mit den Händen und küsste ihn.

Oh.

Oh.

Serefins Hände bewegten sich unabhängig von seinem Verstand – der hinkte immer noch hinterher, unschlüssig und überfordert. Sie packten die Aufschläge von Kacpers Jacke und zogen ihn näher. Ein einziger stechender Moment der Klarsicht und die Vergangenheit ergab plötzlich Sinn. All die Male, die Kacper zurückgeblieben war, um den betrunkenen und abgerissenen Serefin wieder aufzusammeln und ins Lager zurückzubringen, während allen verborgen blieb, dass der Kronprinz den Krieg nur schwer verkraftete. All die Male, die Kacper in seinem Zelt gesessen und ihm stets aufmerksam zugehört hatte, wie er sich in Ängsten über seinen Vater erging.

Er hatte geglaubt, Kacper wäre einfach eine erschreckend nette Person, die sich eigentlich zu schade sein sollte, jemand so entzückend Erbärmlichem wie Serefin Gesellschaft zu leisten.

Doch Kacper küsste ihn mit solch einer wagemutigen, leidenschaftlichen Hingabe, wie sie nur aus Verzweiflung erwuchs.

Vielleicht habe ich die Zeichen übersehen, und zwar sehr viele davon.

Kacper löste sich ruckartig. Sein Gesichtsausdruck war weich und er war Serefin so nahe, dass er die Narbe sehen konnte, die seine Augenbraue teilte. Er schob Serefin eine Locke aus der Stirn. »Du bist so verdammt begriffsstutzig, Serefin.«

Er hatte definitiv Zeichen übersehen. »Bin ich das?«, fragte Serefin außer Atem. »Mach das noch einmal, ich habe es nicht verstanden.«

Kacper grinste und rückte näher heran, dabei presste er seine Hüfte so gegen die Serefins, dass er ihm einen kehligen Laut entlockte. Er küsste ihn noch einmal: sanfter, behutsamer. Seine Hände verirrten sich in Serefins Haare, sein Mund bewegte sich in Küssen über Kinn und Wangen.

»Das bist du wohl«, sagte er, nachdem er sich zurückgezogen und Serefin mit wackligen Beinen an der Tür zurückgelassen hatte. »Außerdem bist du voller Schmutz und deine Augen sind grausig.«

»Ich traue mich kaum zu fragen«, setzte Serefin an. Er legte den Kopf in den Nacken und lehnte ihn gegen die Tür. »Also, nun ja, wie lange denn schon?«

»Wie lange was?«, fragte Kacper.

»Bitte.«

Kacper grinste verlegen, und es kostete Serefin alles, ihn nicht zurückzureißen und noch einmal zu küssen. Ihm pochte das Herz in der Brust und Freude mischte sich mit Ärger, als er an all die vergeudete Zeit dachte, in der sie sich schon hätten näher sein können.

»Ich gehe und lasse dir ein Bad vorbereiten«, sagte Kacper und klang dabei wie in Verlegenheit. Er wollte Serefin von der Tür wegschieben, aber Serefin wich nicht vom Fleck.

»Kacper, wie lange?«, wiederholte er mit tiefer Stimme.

»Blutiger Knochen«, murmelte Kacper und sah zur Zimmerdecke hoch. »Eine lange Zeit, Serefin.«

»Warum dann ... jetzt?«

Kacper seufzte. »Weil du fort warst. Weil Ostyia und ich dich nicht finden konnten und keiner unserer Suchzauber wirkte, weil dich einfach der Erdboden verschluckt hatte. Und dann tauchtest du tief in Kalyazin auf, so weit entfernt, und ich hätte dich verlieren können, und dann hättest du nie erfahren, was ich für dich gefühlt habe.« Er grinste schief. »Weil mir ständig Mädchen aufgedrängt wurden, wenn wir in Grazyk lebten, und ich will, dass das aufhört.«

»Nun, warum denn nicht?«, fragte Serefin unschuldig.

»Ich mag keine Mädchen, Serefin«, sagte Kacper gereizt, doch das war ohnehin sein bevorzugter Tonfall Serefin gegenüber. »Das weißt du doch.«

»Tue ich das?« Serefin hatte es tatsächlich nicht gewusst.

Kacper runzelte die Stirn. »Ich dachte, du wüsstest es. Dir ist doch bekannt, dass Ostyia keine Jungs mag.«

»Ostyia sorgt selbst dafür, dass jeder über ihre Vorlieben Bescheid weiß«, entgegnete Serefin. Er linste zu Kacper, der aber so gut wie möglich seinen Blick mied. »Ostyia«, fuhr er behutsamer fort, »will jedes hübsche Mädchen bezaubern, das ihr über den Weg läuft. Das ist schwer zu übersehen. Sie steht jetzt ziemlich sicher dort unten und tauscht tiefe Blicke mit Katya. Ich habe dich aber nie als besonders aufmerksam gegenüber hübschen Jungen erlebt.«

»Weil ich meine ganze Zeit mit dem Versuch zubringe, von einem ganz besonderen Jungen Aufmerksamkeit geschenkt zu bekommen«, sagte Kacper. Er zuckte zusammen. »Bitte verliere deshalb nicht gleich die Fassung.«

»Ich verliere ein bisschen die Fassung, aber auf angenehme Art, glaube ich«, antwortete Serefin. »Vielleicht nicht? Ich weiß es nicht.«

Kacper ächzte. »Ich habe einfach gedacht ... mit dir und Żaneta ... ich dachte ... ich habe nie etwas gesagt, weil ich dich auch nie mit einem Jungen gesehen habe, und wegen Żaneta habe ich nicht geglaubt, dass bei dir diese Art von Verbindung möglich wäre.«

Kacper ist derjenige, der die Fassung verliert, sinnierte Serefin.

»Ich mochte Żaneta vor der ganzen Verratsgeschichte«, räumte Serefin achselzuckend ein. »Ich habe mir über solche Freundschaften weder auf die eine noch die andere Art Gedanken gemacht.«

Kacpers dunkle Gesichtshaut sah seltsam kränklich aus. »Ich hätte das nicht tun sollen. Es gehört sich nicht, den König zu küssen.«

»Würde es helfen, wenn ich den Siegelring abnehme?«

»Ich schlage dich gleich!«

»Es gehört sich nicht, den König zu schlagen! Ich habe den Ring immer noch am Finger!« Serefin hob seine Hand.

»Nimm den Ring ab und sei einfach Serefin«, sagte Kacper.

Serefin zog den Ring ab und steckte ihn in eine Jackentasche. »Ich bin immer einfach Serefin«, erklärte er. »Ich denke, darin liegt doch die Schwierigkeit.«

»Nicht das Geringste ist daran schwierig«, widersprach Kacper.

»Wir sitzen mitten in Kalyazin fest und die Zarewna wartet unten, außerdem fürchte ich, dass wir uns gerade mit ihr verbündet haben. Daher kann ich nicht sehen, wie es keine erheblichen Schwierigkeiten mit sich bringt, dass ich einfach nur ich bin und den Thron übernommen habe.«

»Du hättest mit Ruminski und seiner Gefolgschaft sowieso Schwierigkeiten bekommen, gleichgültig, wann oder wie du den Thron übernommen hättest. Wie viele *slavhki* musste dein Vater hinrichten, als er den Thron bestieg?«

Serefin lehnte sich gegen die Tür zurück. »Den halben Hofstaat«, sagte er sanft.

»Und davor«, drängte Kacper.

»Mein Großvater war nachsichtig, aber nur, weil er den Großteil der Adligen ins Seenland geschickt hatte. Zuvor wurde mindestens ein Viertel des Hofstaates ausgelöscht.«

»Wie viele *slavhki* hast du erniedrigen oder töten lassen, als du den Thron übernommen hast?«

Gar keine. Serefin war still.

»Ich wollte besser sein«, sagte er. Er wollte vor allem ein besserer König als sein Vater sein. Was aber, wenn das unmöglich war?

»Ser, du bist kein besonders freundlicher Mensch. Ich weiß, du willst diese harten und schmutzigen Entscheidungen nicht fällen, aber du kannst es sehr wohl.«

Diesen Spitznamen Ser hatte sehr lange niemand mehr für Serefin verwendet, und sein Herz machte einen kleinen Sprung, als er ihn hörte.

»Du ruhst so viel mehr in dir, wenn du mir Ratschläge zum Morden erteilst«, stellte Serefin fest.

Kacper lachte. »Ich bin wohl recht gut darin, Mordempfehlungen abzugeben.«

»Du bist auch bei dieser anderen Sache recht gut.«

Kacper strich sich äußerst verwirrt mit der Hand über seine dichten schwarzen Locken. Serefin grinste ihn an.

»Bedeutet das ... Was bedeutet das? Ich habe nie erwartet, so weit zu kommen. Ab jetzt trübt sich mein Verstand, denn ich habe immer angenommen, dass du mich zurückweisen würdest.«

»Kacper.« Serefin ächzte. Serefin erinnerte sich, wie er sich bei der *Rawalyk* immer möglichst nahe an Kacper gehalten

hatte, nicht nur wegen seines Schutzes, sondern auch als hätte ihn eine Ahnung dieser Gefühle geleitet, selbst wenn seine Verstandesseite nichts bemerkte.

Er nahm Kacpers Gesicht in beide Hände. Kacper war angespannt, als würde er glauben, Serefin würde ihn aus einem Zwiespalt heraus doch noch zurückweisen.

»In meinem Kopf rumort ein uralter Gott, und du hast dir mit Sicherheit den unglücklichsten Moment ausgesucht, um mich zu küssen«, sagte Serefin. »Und, blutiger Knochen, ich bin froh, dass du es getan hast.«

Kacper brach beinahe mit einem hilflos japsenden Lachen zusammen. Serefin küsste ihn seitlich am Kopf. »Wir handeln nur in Ausnahmen aufeinander abgestimmt«, sagte er und erinnerte sich daran, wie sie sich kennengelernt hatten, nachdem Kacper gerade erst von Ostyia der Arm gebrochen worden war.

»Ich werde jetzt losziehen und mich um dieses Bad kümmern«, entschied Kacper und zog sich zögerlich zurück.

»Du bist nicht mein Diener. Das bist du nie gewesen.«

»Siehst du, ich habe immer gewusst, worauf das hinausliefe. Du verwechselst die Aufwartung eines Lohndieners mit dem, was Ostyia und ich erbringen: eine Arbeit, für die wir nicht gewürdigt werden und die wir nur schätzen, weil du uns überaus wichtig bist.«

Serefin runzelte die Stirn. »Also bin ich doch nicht ganz so schlecht, oder?«

»Ich habe es mir nach wie vor nicht zur Angewohnheit gemacht, dir nur zu sagen, was du hören willst – im Gegensatz zu dem, was du bei den Anschuldigungen, die gegen mich erhoben werden, vielleicht erwartest ...«

Serefin zog ein finsteres Gesicht. Kacper lächelte.

»Ich werde auch jetzt nicht damit anfangen. Du bist eine echte Plage, Serefin.«

»Ah.«

»Doch ich würde dich kein bisschen anders wollen«, fuhr Kacper fort, als er endlich an Serefin vorbeikam und die Tür öffnete.

»Nun, ein Bad klingt gut.«

»Du solltest wahrscheinlich …« Er runzelte die Stirn und rieb Serefin mit dem Daumen über die Wange. »Deine Augen.«

Serefin schreckte zurück und ging zum Spiegel, während Kacper aus dem Raum schlüpfte. Sein rechtes Auge glich jetzt dem linken, es war von einem tiefen Mitternachtsblau und wies keine Pupille mehr auf. Stattdessen schwirrten Lichtpunkte wie Sterne in unergründlichen Tiefen umher.

Es war beunruhigend. Grausig war eindeutig das richtige Wort dafür. Serefin seufzte. Das war nur eines von vielen schrecklichen Dingen, auf die er sich nach seinem teuflischen Abkommen freuen konnte.

25

NADEZHDA LAPTEVA

Peloyin ist ein Gott der großen Güte, des großen Zorns, der großen Stürme. Er kann die Wasser des Lebens aussenden oder die Feuer der Vernichtung.

Kodex des Göttlichen 355:23

Nadya rutschte neben Malachiasz auf eine Bank im Refektorium. Er gab vor, sie nicht zu bemerken, Anspannung lastete auf seinen dünnen Schultern. Sie stahl sich ein Stück warmes, schwarzes Brot von seinem Teller und kaute darauf herum, während sie ihre Hand in dem hellen, natürlichen Licht betrachtete, das durch die Fenster hereinströmte.

Er schob seinen Teller zu ihr. Sie verschwendete keine Zeit, zog ihr *voryen,* schnitt sich damit ein dickes Stück *tvorog* ab und zerteilte einen verkümmerten Rettich in mundgerechte Scheibchen. Es war so lange her, dass sie etwas anderes als altbackenes Brot und dünne Kohlsuppe gegessen hatte. Zugegebenermaßen war sie vor ihrem Aufbruch außerdem ein bisschen von der edleren Kost in Grazyk verwöhnt worden. Das einfache Klosteressen hatte sie aber trotzdem vermisst.

Er stützte die Wange auf die Handfläche und sah ihr zu. »Du hättest dem Mönch nichts über mich sagen müssen«, bemerkte er schließlich.

»Er hatte es verdient, zu wissen, was er innerhalb der Mauern zulässt«, entgegnete sie schlicht. Sie schenkte sich selbst eine Tasse *kvass* ein. Nach einer nachdenklichen Stille schenkte sie auch Malachiasz ein.

»Na gut«, sagte er. Sie vernahm so etwas wie Berechnung in seinem Tonfall.

»Ärgert es dich, dass dein Auftritt am Tor nicht verfangen hat?«

»Du denkst derartig schlecht von mir«, antwortete er.

»Das ist ausschließlich deine Schuld.«

»Blutiger Knochen, Nadya, sag mir einfach, dass ich gehen soll. Du willst mich nicht hierhaben, gut, das verstehe ich. Dann lass mich gehen, wenn du das lieber willst.«

Nadya kratzte mit einem Fingernagel ihrer beschädigten Hand an der Tischplatte. Er war schärfer als zuvor.

»Ich habe endlich mit Marzenya gesprochen«, sagte sie und spürte, wie er neben ihr leicht überrascht zusammenschrak. Denn, bei den Göttern, obwohl sie Abstand zueinander halten sollten, saßen sie immer noch nah genug nebeneinander, dass sich ihre Schultern berührten. »Sie hat so geringschätzig von dir gesprochen.« Sie langte an ihm vorbei, um sich einen vertrockneten Apfel zu nehmen und ihn aufzuschneiden. »*Eine Made, die versucht, ein Drache zu werden,* hat sie gesagt.«

Malachiasz runzelte die Stirn.

»Du kannst dir nicht vorstellen, wie unbarmherzig ihre Befehle waren. Wie häufig mir die zahlreichen Todesarten für dich beschrieben wurden, die ich über dich bringen sollte, und zwar als Pflicht. Über alles habe ich mich hinweggesetzt, weil ich dich aus einem bestimmten Grund am Leben halten wollte.«

»Aus einem bestimmten Grund«, wiederholte er mit matter Stimme.

Er sah sie nicht mehr an. Sie drehte ihr *voryen* um und nutzte den Griff, um sein Gesicht sich zuzuwenden.

»Ich will nicht, dass du gehst. Doch du hast mich betrogen«, erinnerte sie ihn. »Du bist der Anführer eines Kultes, der mein Volk über Generationen hinweg gequält hat, und ich kann nicht so dumm sein, ein zweites Mal darüber hinwegzusehen.«

Er betrachtete ihr Gesicht, schob dann ihren Dolch zur Seite, drehte sich auf der Bank herum, wobei er den Fuß als Hindernis zwischen ihnen aufstellte.

»Wenn ich einen Gott getötet hätte, glaubst du nicht, du wüsstest es inzwischen?«, fuhr er sie mit tiefer Stimme an. »Wenn ich etwas hätte tun können, um mein Land vor den fanatischen Fackeln deines Volkes zu retten, glaubst du nicht, es wäre längst vollbracht?«

»Nein«, sagte sie schlicht.

Er warf ihr einen ungläubigen Blick zu.

»Du hast eine groß angelegte Strategie verfolgt und mich über Monate manipuliert.«

»Damit am Ende Tranavia geholfen werden kann, diesen verfluchten Krieg zu überleben, nur dass Kalyazin inzwischen weit in mein Land vorgedrungen ist. Ich habe eine noch viel größer angelegte Strategie verfolgt, als sogar du es weißt, und sie ist fehlgeschlagen. Nadya, ich habe versagt.«

Und obwohl der Beweis für sein Versagen ihr vor Augen stand, konnte sie ihm nicht glauben. Dass er überhaupt hier war, bezeugte ja schon von alleine, dass er nicht den angestrebten Zustand erreicht hatte.

Doch was war Göttlichkeit? Was war diese Macht, die er zu erreichen versuchte, und war so etwas überhaupt möglich? Es war nicht an ihr, zu ergründen, wie ein Gott entstand, und dennoch ...

»Was hast du dir nur selbst angetan?«, fragte sie leise.

»Ich habe seit Monaten nicht geschlafen«, sagte er und klang dabei erbärmlich. »Ich erinnere mich an einige Vorkommnisse, als ich ...« Er brach ab. »... in diesem Zustand versunken war. Aber nur an Bruchstücke. Du hast auch mit anderen Sachen recht. Ich bin genauso sehr das Monster, mit dem du in den Salzminen geredet hast. Es gibt nicht *mich* und *es*. Das bin nur ich. Ich bin das Grauen, das du auf einem Altar aus Knochen geküsst hast. Das bin alles nur ich.«

Nadya wurde entsetzlich rot. Glücklicherweise hatte er den letzten Teil so leise geflüstert, dass sogar sie es kaum gehört hatte.

»Du dachtest, wenn du deine Götter in Tranavia einfallen lässt, würden sie das Land zerstören, ich weiß das. Du wolltest es so, gleichgültig, wie sehr ich versucht habe, dir zu zeigen, dass das nicht der richtige Weg war.« Seine Stimme wurde tiefer und Nadya packte die Angst.

»Nadezhda Lapteva, ich weiß so vieles.« An seinen Fingerspitzen zeigten sich eiserne Krallen, und er streichelte ihr mit einer davon vorsichtig über die Wange. »Das Ende des Königs und Niederreißen des Schleiers bedeutete nicht das Weltende. Das war vielmehr nur der Anfang. Und jetzt wird deine Göttin dich benutzen, um mit einer Abrechnung zu beginnen, die alles verschlingen wird.«

Nadya schüttelte langsam den Kopf. Marzenya war eine rachsüchtige Göttin, aber Nadya hatte ihren eigenen Willen, und sie wollte nicht, dass Tranavia zerstört wurde. Beruhigt, aber nicht zerstört. Nicht mehr.

Sie bewegte sich leicht, sodass ihre Klinge eine Haaresbreite vor seinen Rippen schwebte. Seine Lippen verzogen sich zu einem leichten Lächeln.

»Ich werde nicht zulassen, dass Tranavia stürzt«, sagte er leise. »Nicht einmal dann, wenn ich mich dir verschreiben muss, um es zu retten.« Er sah ihr forschend ins Gesicht. »Du wirst deine eigene Magie brauchen, Magie, die du auch bereit bist einzufordern, wenn du hoffst, weiter mit Kräften spielen zu können, die deinen Verstand übersteigen.«

»Warum bist du noch hier, Malachiasz?«

»Ich bin neugierig. Du hast mich gebeten, dir zu helfen.«

Er war wieder einmal ein wenig zu hilfsbereit. Aber ... was, wenn er Wiedergutmachung leisten wollte? Sie hasste diesen unsäglichen Kreis von Täuschung und Hoffnung, in dem sie gefangen war. Er sah sie noch eine Weile an, dann stand er auf und verließ den Saal. Nadya legte ihr *voryen* auf den Tisch und stützte den Kopf in die Hände.

Es gab niemandem, den sie um Hilfe angehen konnte. Malachiasz war nicht zu trauen, aber das hatte sie bereits gewusst. Sie war sich unsicher wegen Marzenya, deren Stille sie nach ihren Erlebnissen in Grazyk nur noch verwirrter zurückgelassen hatte.

Sie fürchtete sich vor dem, was mit ihr geschah. Sie fürchtete sich vor dem, was Malachiasz im Schilde führte.

Den dunklen Machtquell für sich in Anspruch zu nehmen jagte ihr eine unfassbare Angst ein. Und es machte sie beklommen, dass sie sich – trotz allem, trotz ihres Zorns und der ganzen Wut – nicht von Malachiasz fernhalten konnte. Sie brachte es einfach nicht über sich, ihn fortzuschicken. Der Gedanke, ihn zu verlieren, wirkte auf sie vernichtend, und das war falsch. Es hätte ihr gleichgültig sein sollen.

Doch er war nichts weniger.

Vielleicht legte sie es sogar darauf an, noch einmal betrogen zu werden. Vielleicht lohnte sich das Wagnis in dem Wissen, dass sie ihn unweigerlich betrügen würde.

Oder vielleicht sollte sie das alles einfach vergessen.

Sie versuchte, ihre Wissenssplitter zusammenfügen, doch sie ergaben kein zusammenhängendes Bild. Sie saß immer noch im Refektorium, als Kostya eintrat. Er gab einen besseren Eindruck ab als in den letzten Tagen.

Er zögerte bei ihrem Anblick, rutschte dann aber auf die Bank ihr gegenüber. Er hatte gebadet, die Blutergüsse aus den Salzminen waren endlich abgeheilt und aus seinem Gesicht verschwunden und sein Haar war kurz geschnitten worden, das Symbol von Veceslav in die Seite rasiert. Es zu sehen munterte sie auf. Sie vermisste Veceslav.

»*Dozleyena*«, sagte sie.

Er sah sie schief an. Aber mit dieser Miene ähnelte er so sehr dem alten Kostya, dass sich Erleichterung in ihr ausbreitete.

»Wie ergeht es dir hier mittlerweile?«

Sie zuckte mit den Schultern. Er seufzte und legte nach einer Weile beide Hände auf den Tisch. Sie zögerte, verflocht dann aber ihre Finger mit den seinen.

»Es ist schwer zu verstehen«, sagte er, »dass ich dir nicht beistehen konnte, als du mich gebraucht hast, und dass du deshalb Entscheidungen treffen musstest, zu denen kein Mensch je gezwungen sein sollte.«

»Gib dir nicht die Schuld für das, was ich angerichtet habe. Ich habe gewusst, worein ich mich selbst gestürzt habe.«

Er schüttelte leicht den Kopf. »Ich hätte dir helfen sollen. Das wollte ich auch. Stattdessen war ich in diesem fürchterlichen Loch bei diesen Monstern eingesperrt. Ich habe mich nutzlos gefühlt, schwach und habe deshalb meine Wut an dir ausgelassen. Dafür entschuldige ich mich.«

»Du hast jedes Recht dazu, wütend auf mich zu sein. Ich erwarte nicht von dir, dass du meine Entscheidungen verstehst.«

»Ich hasse diesen Tranavier mit jeder Faser«, sagte Kostya unverblümt. »Ich hasse es, dass er dir so wichtig ist.«

Sie sah auf ihre Hände hinunter; die seine lag jetzt fester um ihre.

»Aber du bist meine beste Freundin. Ich lasse nicht zu, dass er das zunichtemacht.«

Nadya war sich nicht sicher, ob sie diesen Gnadenerweis von Kostya verdiente. Sie lächelte schwach. Er rieb mit seinem Daumen über den ihren.

»Willst du zur Messe gehen?«, fragte er.

»Das will ich wirklich.«

Kostya schwieg. Er sah sie sich noch einmal genauer an, stand dann auf und wartete auf sie. Als sie ihm folgte, zog er sie in eine Umarmung.

Weil es sie einmal mehr überwältigte, wie stark er nach ihrem Zuhause roch und wie nahe sie das den Tränen brachte, klammerte sie sich für einen ängstlichen Moment an ihn.

»Ich will, dass wir wieder Freunde sind«, flüsterte sie an seiner Schulter. »Und ich habe Angst, dass sich das als unmöglich erweist.«

Er lehnte sich zurück und umfasste ihr Gesicht mit der Hand. »Unsere Freundschaft hat nie aufgehört, Nadya.« Er küsste ihr sanft die Stirn. »Komm.«

Kostya würde nie verstehen, was sich in ihr verändert hatte. Aber er hatte sich auch verändert. Er war stiller geworden, redete und scherzte nicht mehr ständig. Ernst und viel frommer. Sie konnte sich nicht ansatzweise vorstellen, was er in den Salzminen erlitten hatte. Und sie machte ihm keinen Vorwurf, weil er versucht hatte, Malachiasz umzubringen, die Götter wussten, wie sehr sie mehrmals selbst schon Verlangen danach verspürt hatte. Sie konnte ihm schlichtweg nichts vorwerfen. Sie war hier im Unrecht. Sie wusste nur einfach nicht, wie sie sich ihren Weg aus diesem Durcheinander bahnen sollte, das sie für sich selbst geschaffen hatte. Sie konnte ihr Herz nicht einmal vor der verräterischen Anziehung eines Monster bewahren.

»Es ist schön, oder?«, meinte sie, während sie Kostya auf den Hof hinaus folgte. »Wieder in einem Kloster zu sein. Ich habe es vermisst.« Sie vermisste die nächtlichen Gebete und sich in die alltägliche Stundenfolge des Klosters einzufügen, ein Muster, zu dem ihr Körper zurückzukehren verlangte, so gewohnt wie das Atmen.

»Es ist schön«, stimmte ihr Kostya zu. »Du könntest bleiben, weißt du«, sagte er nach einem ganz kurzen Zögern.

»Du weißt, dass ich das nicht kann«, widersprach sie und hakte sich bei ihm unter.

»Das finde ich nicht, Nadya. Deine Geschichte klingt für mich eher so, als hättest du alles getan, was von dir erwartet wurde.«

Sie verzog das Gesicht. Warum empfand sie dies dann völlig anders?

Er sah sie von der Seite an. »Dir war der Ruhm schon immer wichtig.«

»Ich weiß nicht, wovon du sprichst«, entgegnete sie steif.

»Meine *göttliche Berufung*«, sagte er mit einer Stimme, die ihrer täuschend ähnelte.

Sie schubste ihn lachend, brachte ihn aus dem Schritt. »Es ist aber wahr!«

»Aber es muss nicht für immer wahr sein«, sagte er und sein Grinsen verblasste zu einem ernsthaften Ausdruck.

Nadya war nicht unbedarft – nun ja, nicht unbedarfter als sonst. Sie wusste, worauf Kostya sie hinzuweisen versuchte. Doch es ging nicht einfach darum, sich vorzubeten: *Ja, wenn all dieser göttliche Unsinn vorbei ist, suche ich mir ein nettes Kloster, in dem ich bis ans Ende meiner Tage ruhig leben kann.* Ein solches Versprechen forderte nur das Schicksal heraus. Sie hatte etwas ganz anderes außerhalb der Klostermauern gekostet, und sie war noch nicht bereit, es aufzugeben. Sie war nicht bereit, Parijahan und Rashid zu verlassen. Nicht bereit, ihr eigenes Land und sogar das ihrer Feinde einem niemals endenden Krieg zu überlassen.

Sie würde ihm nichts Unhaltbares versprechen. Also zuckte sie mit den Schultern.

Sein Gesichtsausdruck verzerrte sich kurz, bevor er ihn wieder glättete und nickte.

Ein Teil von Nadyas Seele begann während des Gottesdienstes zu heilen. Sie war nicht zu Hause, aber bei diesen Ritualen fühlte es sich beinahe so an. Egal was geschah, der Ablauf der Liturgie nach dem Kodex des Göttlichen würde immer der gleiche bleiben. Manches aus ihrem Leben würde sich nie verändern, auch wenn sie es tat.

Sie rechnete nicht damit, dass sich ihre Göttin während des Gottesdienstes zu Wort meldete.

»Ich habe dich nicht verlassen, Kind«, sagte Marzenya.

Nadya versteifte sich, ihr Herz machte einen Sprung. Kostya rückte an sie heran, doch sie sah nicht auf ihn.

Was ist demnach geschehen?

»Befleckte Magie, Gift. Ich habe versucht, zu dir zurückzukehren, aber die anderen vermögen es nicht, noch nicht.«

Nadya runzelte die Stirn. Meinte sie Malachiasz' Magie? Es wäre gut denkbar, dass Marzenyas Abwesenheit seine Schuld war, aber es erklärte längst nicht wirklich alle anderen Umwälzungen.

»Du dachtest, die Tranavier hätten ihre Abscheulichkeiten beendet? Sie haben gerade erst begonnen.«

Malachiasz hatte gedroht, das wäre erst der Anfang. Nadya schauderte es. Sie erhielt einen besorgten Stupser von Kostya.

Was mache ich? Weiter nach Westen gehen?

»Weiter nach Westen«, bestätigte Marzenya. *»Das ist nicht mehr nur eine Frage der tranavischen Häresie. Sie müssen völlig von ihren Machtquellen abgeschnitten werden.«*

Nadya schürzte die Lippen, sie war misstrauisch. *Ich will nicht, dass sie zerstört werden. Ich werde nicht bei ihrer Vernichtung helfen.*

»Zerstört? Ich habe nichts über Zerstörung gesagt. Nein«, sagte Marzenya und es klang wie ein sanfter Singsang in Nadyas Hinterkopf. *»Unser Vorgehen muss sich ändern. Wir werden sie die wahre kalyasische Macht sehen lassen. Wir werden ihnen im Guten zeigen, warum sie die Waffen niederlegen sollten.«*

Das war Balsam in Nadyas Ohren. So konnte man dem Krieg ein Ende setzen ohne die gänzliche Zerstörung eines Landes, das Nadya schätzen gelernt hatte, selbst wenn sie viele Gepflogenheiten seiner Einwohner verabscheute.

Was brauche ich im Westen?, fragte Nadya.

»Eine Möglichkeit, um die anderen Götter zu erreichen. Du kannst das nicht allein vollbringen, mein gesegnetes Kind. Du musst in den Westen kommen, selbst Göttlichkeit erfahren und den Häretikern zeigen, dass ihre Zeit zu Ende ist.«

Nadyas Entschluss verfestigte sich. An ihrem Plan würde sich nichts ändern. So weit Malachiasz unterrichtet würde, musste sie immer noch diesen Tempel im Westen erreichen. Er würde nie in Erfahrung bringen, welches Ziel sie wirklich verfolgte.

Marzenya hatte recht, was sie erreicht hatte, war nicht genug. Tranavia würde sich weiter ausdehnen, weitersuchen, bis sie erlangten, was Malachiasz wollte – die alles umfassende Vorherrschaft, unabhängig von den Göttern.

»Wir werden das ein für alle Mal beenden.«

Nadya lächelte milde. Ein für alle Mal.

26

SEREFIN MELESKI

Svoyatovi Nikolay Ostaltsev: Über ihn wird nur im Flüsterton gesprochen, zerfledderte Texte erzählen von einem Jungen, der gesegnet war von Veceslav und der von den monströsen Geiern Tranavias zerrissen wurde.

Vasilievs Buch der Heiligen

Serefin schlief kaum noch. In der Nacht kam alles zu ihm zurück, was er seinem erschütterten Geist zuliebe tief in seinem Innern verstaut hatte. Der Steintempel mit seinen massiven Türen. Die vielen, vielen Hände, die nach ihm griffen.

Da war es einfacher, wach zu bleiben.

Das erleichterte auch, gegen den Drang nach Westen anzukämpfen, wenngleich wohl vergeblich.

Eines Tages würde er aufwachen und sich selbst einen Tagesmarsch weit von dieser Schenke entfernt wiederfinden, in der sie immer noch hausten. Er konnte nicht hierbleiben; er musste von hier fortgehen.

Trotzdem war er wohl doch eingeschlafen, denn er erwachte mitten in der Diele, weil Kacper ihn, sichtlich in Sorge, in Richtung ihrer Zimmer zurückzog.

»Nicht noch einmal«, sagte Kacper und nahm seine Hand, um ihn weiterzuziehen.

Serefin rieb sich mit der freien Hand über das Gesicht. Noch einmal? Richtig. Er zog sich sanft von Kacper zurück, da er es nicht aussehen lassen wollte, als wäre im seine Nähe unangenehm. Er verspürte ein seltsames Gefühl hinten im Nacken, als würde er beobachtet, als würde das Unfassbare, das ihn festhielt, nur darauf warten, sich seiner zu bemächtigen.

»Ich dachte, du hättest aufgehört, dich zu widersetzen. Wir haben eine Abmachung getroffen, du und ich. Fordere mich nicht heraus. Ich kann vieles für dich noch mehr verschlimmern.«

Serefin beachtete Velyos nicht.

»Es wäre doch schade, oder? Sterbliche sind so zerbrechlich. Es bräuchte nur einen Kalyaziner, der beschließt, dass es hier zu viele Tranavier gibt. Und meine Versicherung, dass das kalyasische Schwert das Herz dieses Jungen hier findet.«

Nein. Serefin war stehen geblieben und Kacper sah ihn erschöpft und verwirrt an. Die Müdigkeit ließ seine Gesichtszüge weicher erscheinen und sein Hemd stand offen. Serefin wollte sein Gesicht an Kacpers Hals vergraben und sich vor allem verstecken, was seine verfluchten Augen ihm zeigten. Stattdessen bedeckte Serefin sein linkes Auge zur Überprüfung. Alles war gut. Die Ränder der Welt bluteten nicht mehr. Er hatte noch immer eines seiner Augen zur Verfügung. Aber das andere hatte er ganz verloren.

»Glaubst du, dass du mich so leicht loswerden kannst?«

Serefin konnte nicht länger dagegen ankämpfen zu antworten.

Wenn ich tue, was du verlangst, werden deine Einflüsterungen dann aufhören?

»Ich werde dich sicherlich nicht weiter brauchen.«

Serefin schluckte. Sehr vorsichtig senkte er die Hand und bereitete sich auf den Wechsel zur entsetzlichen Seite seiner Bildschau vor. Es wurde schwierig zu unterscheiden, was noch wirklich war.

Er nahm Kacpers Hand und drückte sie. »Mir geht es soweit gut«, sagte er, ein bisschen zu gezwungen.

Kacpers Augen suchten die seinen. Doch dann seufzte er nur und kehrte zu seinem Deckenhaufen am Boden zurück.

»Sie sind nicht mehr im Land verstreut, siehst du wohl«, zischte Velyos. *»Einst waren sie in Naturgestalten gebannt, weggesperrt in Gräbern. Aber es gab jene, die noch treu waren. Sie brachten Reliquien nach Tachilvnik. Dort warten sie auf die Berührung eines Erwählten, dessen Magie sie befreien kann. Dort warten sie auf Vergeltung.«*

Wenn du nur einen Blutmagier gebraucht hast, merkte Serefin trocken an, *dann hättest du dir wirklich nicht mich aussuchen müssen.*

»Ich wollte das Mädchen«, fauchte Velyos. *»Das Mädchen zu senden hätte so viel Falsches berichtigt. Ich habe so lange gewartet, bis ich schließlich in ihren Händen war, aber dein kindischer Vater hat diesen Zauber gewirkt und damit einen Ruf ausgesandt, dem ich mich nicht entziehen konnte. Du wirst reichen. Du bist verzweifelt genug, weißt du. Und wir sind jetzt nicht mehr allein, du und ich.«*

Serefin bekam keine Luft. Er musste nach draußen. Er lehnte sich über die Bettkante und überprüfte, ob Kacper wieder eingeschlafen war.

Ihm zog es schmerzhaft das Herz zusammen. Er wollte Kacper die dunklen Haare aus der Stirn streichen. Er wollte zu ihm hinunterkriechen und sein Gesicht an Kacpers Schulter legen, um etwas Schönes zu fühlen.

Er glitt wieder aus dem Bett, darauf bedacht, leise zu sein. Kacper hatte einen leichten Schlaf.

Er fröstelte. Was sollte er jetzt mit sich anfangen, während er schlief?

Er suchte sich seinen Weg hinunter zum Gastraum. Zwei von Katyas Soldaten saßen an der Tür und spielten ein Spiel, bei dem sie eine große Zahl verschieden geformter Plättchen einsetzten. Einer von ihnen sah auf, als sich Serefin ihnen näherte.

Serefin hob die Hände. »Ich bin unbewaffnet und will nur nach draußen gehen. Ich weiß nicht, welche Befehle euch eure Zarewna gegeben hat ...«

»Ihr könnt gehen«, sagte der eine achselzuckend. »Kann Euch allerdings nicht versprechen, dass Euch nicht einer der Dorfbewohner von hinten absticht, wenn Ihr einmal da draußen seid.«

Er atmete lange aus. Dann wusste also jeder von seinem Hiersein. Katya wollte keinen Vorteil daraus ziehen, dass sie den tranavischen König gefangen hielt. Doch solche Milde würden andere Kalyaziner nicht walten lassen. Die Soldaten selbst sahen aus, als würden sie ihm gerne eine Klinge ins Herz stoßen.

Serefin konnte sich nicht einmal hinter seinem Vater verstecken, als der eigentlich grausame tranavische Adlige, auf den sie wütend sein sollten. Er selbst hatte ihrem Volk fürchterliche Dinge angetan während dieses Krieges. Er würde sie wieder tun. Er war nicht hier, um freundlich zu Kalyazin zu sein. Es war die Schuld der Kalyaziner, dass ihre Götter jetzt in seinem Kopf herumrasselten.

Das war der ganze Grund für diesen verfluchten Krieg. Wut kochte tief in Serefins Innerem, er stieß die Tür der Schenke auf und wankte in die Dunkelheit.

Es waren die verdammten Kalyaziner und ihre verfluchten Götter und ihm war es gut ergangen vor alldem. Er war er selbst gewesen, solange Siege auf dem Schlachtfeld und das Niedermetzeln dieser rückständigen Leute alles gewesen war, was von ihm verlangt wurde. Und Tranavia war dem Sieg so nahe gewesen. Sie waren so dicht dran gewesen, und dann war das Sendschreiben von Izak Meleski gekommen, durch das Serefin in die Baikkleberge beordert worden war – wegen Gerüchten über eine dort versteckte Klerikerin.

Er hätte das Sendschreiben nicht zur Kenntnis nehmen sollen. Es verbrennen sollen. Das wäre nicht das erste Mal gewesen, dass eine der Botschaften seines Vaters »verloren« ging. Serefin hatte Schlachten zugunsten von Tranavia gewendet, indem er die Befehle seines Vaters missachtet hatte; dieser Krieg wäre vorbei, wenn er das an diesem Tag auch so gehalten hätte.

Doch er selbst hatte die Klerikerin sehen wollen. Er hatte wissen wollen, ob dieses Mädchen, das die Kalyaziner für ihre Hoffnung und Rettung hielten, mehr war als eine Fabel.

Und dann ... das Verhängnis.

Dieser Gott hatte *sie* gewollt. Konnte er überzeugt werden, Serefin zu verlassen und stattdessen sie zu quälen?

»Dein hübscher Plan wird nicht aufgehen, Junge. Du hast es immer so eilig damit, vor deinen Dämonen wegzulaufen.«

Oh, ist es das, was du bist?

»Das wäre zu einfach.«

Serefin blieb vorsichtig, als er sich von der Schenke fortbewegte, die Warnung des Soldaten hatte ihn doch gehörig beeindruckt. Es musste einen Weg geben, um diese Verbindung zu Velyos zu trennen, ohne sich selbst zu zerstören. Er wollte sich nur ungern an die Zarewna wenden, aber wenn ihm irgendjemand helfen konnte, so wäre es die Prinzessin mit ihrem religiösen Wissen.

Das Narbenkreuz auf seiner Brust schmerzte plötzlich auffällig heftig und er deckte sein linkes Auge ab, als die Welt sich noch weiter verzerrte und verfinsterte.

»Kein Widerstand mehr, Kind.« Serefin wäre beinahe in Ohnmacht gefallen. Es war die neue, gewaltige Wesenheit. Die schleichende Dunkelheit. Derjenige, der am Rand eines mit Knochen übersäten Waldes umherstreifte. Von dem Serefin verzweifelt gehofft hatte, dass er sich nicht mehr dazu herabließe, mit ihm zu sprechen.

»Da sind Mächte im Spiel, die du nicht aufhalten kannst«, fuhr die Stimme fort. Sie war tief und knirschend, Knochen

splitternd, eine Lawine, die alles verschlang, was sich ihr in den Weg stellte. *»Wenn du nichts unternimmst. Wenn du nicht handelst. Was werden die Götter deiner Feinde tun?«*

Serefin lehnte sich mit dem Rücken an einen Baum. Er hätte sich von Velyos nicht in den Wald führen lassen sollen, aber er hatte nur noch einen Schnipsel Beherrschung übrig, und es forderte alles Verfügbare seiner Kraft, seine zitternde Hand vor dem Auge zu halten; die Schrecken dort auszusperren.

Ihr seid die Götter meiner Feinde, sagte er. Das war trotzig, aber er konnte sich nicht zurückhalten.

»Du bist so simpel. Eines Tages wirst du erleben, wie dein Zuhause zerfällt, weil alles verschwunden ist, auf das es sich immer gestützt hat. Diese Götter, die du so sehr hasst, werden die Wesen sein, denen du dich dann zuwendest.«

Kupfergeschmack füllte Serefins Mund. Der Gedanke war abscheulich. Er hatte zu lange für seine Sache gekämpft; er glaubte an sie.

Niemals.

»Du verstehst das falsch. Du hättest keine Wahl. Alles, was es bräuchte, ist nur der kräftige Handstreich einer machterfüllten Gestalt, um eine einzige Entscheidung aufzuheben und diese Welt für immer zu verändern.«

Serefin runzelte die Stirn. Beinahe nahm er die Hand von seinem Auge.

»Das Mädchen. Du hast sie schon einmal aufgespürt und sie ist entkommen. Jetzt musst du dich ihr unter dem Deckmantel der Freundschaft nähern.«

Ich dachte, du willst den Schwarzen Geier tot wissen.

»Du musst nicht begreifen, wie die Teile in diesem Spiel bewegt werden. Du kannst es nicht sehen. Du kannst nicht verstehen, wie riesig sich die Welt auftürmt und wie unbedeutend du bist. Ich will vielerlei, Junge, und du hast dich mir hingegeben, also könnte ich es mir nehmen. Halte das Mädchen auf, töte

den Jungen, oder du wirst mehr verlieren, als du dir vorstellen kannst.«

Serefin schloss die Augen. Das würde ihn zerstören.

27

NADEZHDA LAPTEVA

Svoyatova Maruska Obukhova: Schon als junges Mädchen prophezeite Maruska den baldigen Tod von Zarin Milyena und wurde dafür auf dem Scheiterhaufen verbrannt. Zarin Milyena starb nur eine Stunde nach Maruska an einem Schlangenbiss.

Vasilievs Buch der Heiligen

Nadya schlüpfte aus ihrer Zelle und betrat den Klosterhof. Sie war ungeduldig weiterzuziehen. Außerdem ließ sie ein ständiger dumpfer Schmerz ihrer befallenen Hand an wenig anderes denken und noch weniger schlafen.

Die Nachtluft war schneidend kalt. Nadya kannte diese Kälte gut, sie drang bis in die Knochen, und zwar so dauerhaft, wie sie es in Tranavia beinahe vermisst hätte. Sie ging hinauf zum Bollwerk an der Mauer und stützte die Ellbogen in den Schießscharten zwischen den hölzernen Spitzen auf.

Gedämpfte Stimmen drangen durch die Dunkelheit. Hinter dem Bollwerk konnte Nadya Parijahans große Gestalt ausmachen, die über der Mauer lehnte. Auch Malachiasz' schlaksige, hingelümmelte Gestalt war gut zu erkennen. Er saß ihr zu Füßen mit dem Rücken an der Wand.

Sie schalt sich für den schrägen Misstrauenston, der in ihrer Brust aufklang. Sie waren schon miteinander befreundet gewesen, ehe Nadya zu ihnen gestoßen war, und während Nadya mit Sicherheit wusste, dass sie Malachiasz nicht vertrauen konnte, war sie sich bei Parijahan nicht ganz sicher. Die Akolanerin hatte ihre eigenen Moralvorstellungen, die weder mit Nadyas Pflichtgebundenheit noch mit Malachiasz' schierer Missachtung in Einklang zu bringen waren.

Nadya wusste nicht, was für ein Spiel Parijahan spielte, und das bereitete ihr Sorgen.

»Oh, also schläft niemand.«

Nadya erschrak, als sich Rashid neben ihr an die Wand lehnte. Er betrachtete Parijahan und Rashid, bevor er sich Nadya zuwandte.

»Was führen sie im Schilde?«, fragte Nadya.

Rashid zuckte mit den Achseln. »Parijahan macht sich Sorgen, dass sie jemand aus ihrem Travash aufspüren könnte.«

»Die Travash sind so etwas wie königliche Familien, oder?«

»Vereinfacht ausgedrückt, aber ja. Ihr Haus ist seit drei Generationen an der Macht, was für Akola eine sehr lange Zeit bedeutet.«

»Bist du aus einem anderen Haus?«

»Das verhält sich auch etwas umständlicher.«

»Klär mich auf«, bat sie und rutschte ein bisschen näher an Rashids Wärme heran. Er legte ihr freundschaftlich den Arm um die Schultern.

»Du meinst, du kennst Akolas lange und wunderbar verwickelte Geschichte nicht?« Er tat, als wäre er entrüstet.

»Meine Bildung war weniger breit angelegt.«

Er schmunzelte. »Es waren fünf Länder: Tehra, Rashnit, Tahbni, Yanzin Zadar und Paalmidesh. Alles sehr unterschiedliche Bräuche, sehr unterschiedliche Sprachen. Ich bin aus dem Gebiet, das einst Yanzin Zadar war, Parijahan kommt aus dem früheren Paalmidesh. Ihre Familien leben näher an, nun ... Lidnado, wenn wir an Grenzen denken. Die meinen leben näher an Zentralkalyazin.«

»Das sind entgegengesetzte Enden des Landes«, sagte Nadya.

»In der Tat. Die Travasha waren ein Einigungsversuch, der …«, er machte eine Pause, um nach dem richtigen Wort zu suchen, »… größtenteils fehlgeschlagen ist. Die drei reicheren Länder haben die anderen geschwächt, als die Familien sich gegenseitig wechselweise Macht abgetrotzt haben.«

Nadya dachte darüber nach. »Also, was wir als akolanische Sprache bezeichnen?«

»Das kommt vor allem daher, dass ihr Fremden eher unbedarft seid.«

Sie schnaubte.

»Es ist Paalmideshi. Ich erwarte wirklich von keinem von euch, das zu wissen. Ihr seid ohnehin gut beschäftigt hier oben im Norden. Unsere Zänkereien arten nicht gleich in Weltuntergang aus.«

»Das ist die Untertreibung des Jahrhunderts, Rashid.«

Er gluckste.

»Also, wie bist du auf Parijahan getroffen? Das hast du nie erzählt.«

In seinem Gesicht brach sich kurz Traurigkeit. »Es gab eine Schuld, die meine Familie zurückzahlen musste. Ich habe in ihrem Haushalt gearbeitet.«

Nadya konnte auch heraushören, was er nicht preisgab. Eine ganze Welt an Geschichten, die zu erzählen der Schreiber noch nicht bereit war. Sie würde ihn nicht drängen. Sie kannte einen Teil von Parijahans Lebensgeschichte und einen Teil von Rashids. Das war genug für sie.

»Ich bin mir immer noch nicht wirklich sicher, wie Parj und ich den Weg in dieses Durcheinander hier gefunden haben«, sagte er leise. »Aber ich bin froh, dass wir über dich gestolpert sind.«

»Mit deiner Schmeichelei wirst du noch weit kommen, Rashid«, erwiderte Nadya trocken, aber er blinzelte sie nur an, wobei seine übliche Dreistigkeit mit Ernst gepaart war. »Vermisst du es je?«

»Akola? Ja. Obwohl ich dort nicht mehr viel habe. Meine Schwester ist glücklich verheiratet und meine Eltern sind an einer Krankheit gestorben, die fast die Hälfte von Irdistine dahingerafft hat. Zu dieser Zeit lebte ich in Paalmidesh.«

Nadya lehnte den Kopf an seine Schulter. »Nun, ich bin froh, dass du hier bist.«

»Ich selbst könnte ohne das Sieg-oder-Tod-Theater ganz gut auskommen.«

Parijahan fand schließlich den Weg zu ihnen herüber. Malachiasz blieb auf dem Schutzwall sitzend zurück, wo er mit in den Nacken gelegtem Kopf zum Himmel aufschaute.

»Geht es ihm gut?«, fragte Nadya, als sich Parijahan unter Rashids anderen Arm duckte.

»Nein«, entgegnete Parijahan.

Nadya seufzte. Sie wand sich unter Rashids Arm hervor und überquerte den Schutzwall. Malachiasz rührte sich nicht, als sie sich neben ihm stehend gegen die Mauer lehnte.

»Dozleyena, sterevyani bolen«, sagte sie leise.

»Czijow, towy dżimyka.« Seine Augen waren geschlossen und seine Lippen zu einem kleinen, angedeuteten Lächeln verzogen.

Sie ließ die Hand in seine Haare sinken. Ein seltsamer Machtstoß unterbrach für einen Moment den ständigen Schmerz in ihrer Handfläche – bis Malachiasz nach oben griff und seine Finger mit ihren verschränkte.

Merkwürdig.

Doch sie zog ihre Hand nicht fort. Durch ihren Streit im Refektorium hatte sie erkannt, dass sie es leid war, vorzutäuschen, sie hätte ihn nicht gern in ihrer Nähe. Wenn sie ihn am Ende betrügen wollte, würde das schlimmer oder besser werden, wenn sie ihn – nur ein bisschen – einließ? Hatte er mit den gleichen Gefühlen gerungen, als er sie hintergangen hatte?

»Au.« Sie klappte ihre Handfläche von seiner weg, als der Schmerz an der Spiralnarbe stechend wurde.

Malachiasz runzelte besorgt die Stirn.

»Da kann man nichts machen, schau mich nicht so an.«

»Setz dich«, bat er sanft.

Sie zögerte, setzte sich dann aber mit dem Rücken zur Wand zu ihm hinunter. »Du wirst nicht in der Lage sein, das Mal zu heilen.«

»Tut es jetzt weh?« Er hielt immer noch ihre Hand und hatte die Finger mit ihren verschränkt, aber seine Handfläche lag jetzt um ihren Handrücken und bewegte sich sanft hin und her.

Sie nickte und biss sich auf die Unterlippe. Er schob ihren Ärmel hoch, wobei sie zitterte, als ihre Haut plötzlich in der Kälte bloß lag.

Er lächelte, fuhr mit dem Daumen ihren Arm entlang, dann neigte er den Kopf und küsste ihre Armbeuge. Ihr stockte der Atem und sie schloss die Augen, während seine Lippen über das empfindliche Fleisch an der Innenseite ihres Unterarms wanderten. Er küsste ihr Handgelenk, und sie war sich ziemlich sicher, dass dabei ihr Innerstes vollständig von unten nach oben gekehrt wurde. Dann drückte er, sehr vorsichtig, seinen Mund auf ihre Handfläche.

Alles in ihr entflammte. Ihre Hand wanderte an seine Wange, damit sie ihn zu sich ziehen konnte. Sie küsste ihn heftig, erfreut von dem überraschten Seufzen, das er von sich gab, und von seiner Hand, die sich um ihre Seite legte und sie näher zog.

»Es ist deine eigene«, sagte er, als sie sich voneinander lösten und sich ihr warmer Atem in der eiskalten Nachtluft vermischte. Seine blasse Haut wurde rot, die Pupillen blieben dunkel und fremd. Er war auf schmerzliche Art menschlich. Er küsste sie noch einmal, zog mit seinen Zähnen so an ihrer Unterlippe, dass es wie durch sie hindurch brannte.

Sie musste sich zwingen, sich zurückzuziehen. Den Nebel zu durchqueren und darauf einzugehen, was er gesagt hatte. Sein Mund sah im Mondlicht verletzt aus, und das sorgte nur dafür, dass sie ihn noch mehr begehrte.

»Was ist meine eigene?«

»Die Magie, die sich in deiner Hand sammelt. Es ist deine eigene Macht.«

Sie schüttelte verwirrt den Kopf und hob zwischen ihnen ihre Hand hoch.

»Warum überwuchert sie dann diese Hand?« *Warum schmerzt sie?*

Seine Augenbrauen zogen sich zusammen, wobei sich die Tätowierungen auf seiner Stirn veränderten. »Ich habe noch nicht alles herausgefunden, aber könnte es daran liegen, dass du deine Macht ablehnst?« Seine Stimme hob sich hoffnungsvoll.

Pelageya hatte vermutet, Nadya würde Macht von woanders beziehen, aber selbst sie konnte nicht aufklären, was das bedeutete. Nadya berichtete Malachiasz davon, worauf er die Stirn runzelte. Er zog sie dichter an seine Seite, wo es schön warm war, und musterte weiter ihre Hand. Ihr Atem bildete Wölkchen in der Eiseskälte. Seine schlanken Hände waren rot und sie begann ihre Handschuhe zu vermissen.

»Was hat sich geändert«, fragte er, nachdem die Stille zwischen ihnen gerade angenehm geworden war.

»Nichts«, antwortete sie, während sie sich eine seiner Locken immer wieder neu um den Finger wickelte. *Marzenya will von mir, dass ich Tranavia zu Fall bringe, und ich ertrage es nicht, dich von mir zu schieben, weil ich dich am Ende ganz verlieren werde,* dachte sie. *Denn ich habe niemandem von der Gefahr erzählt, die vom Götterwald ausgeht und dich verschlingen wird, sobald du ihn betrittst.*

Er sah sie nüchtern an.

»Ich … ich weiß es nicht, Malachiasz. Ich weiß nicht, wogegen genau ich kämpfe.« Das war die Wahrheit, sie konnte ihm wenigstens so viel zugestehen.

Er gab ein nachdenkliches Brummen von sich. Er hörte nur noch halb zu.

»Es fühlt sich schon wie deine Macht an, aber doch auch anders. Dunkler. Als wärst du dies und gleichzeitig etwas anderes.«

»Woher weißt du das?«

»Ich konnte schon immer Magie erspüren. Die eigene Magie fühlt sich für jeden einzigartig an.«

Sie hatte den Blick auf ihre Hand für längere Zeit gemieden, aber während sie jetzt ihren Kopf an seine Schulter lehnte, betrachtete Nadya sie. Das Schwarze wand sich von der Narbe ausgehend um ihre Finger, wie mit Tinte gezeichnete Weinranken, um dann über ihr Handgelenk zu fließen und auf der Innenseite ihres Arms wie in Adern zu versickern. Ihre Fingernägel ähnelten beinahe Krallen. Sie wartete darauf, dass ihr übel würde, aber da war nur Neugier. Sie war nicht mehr das unbedarfte Mädchen, das vor jeder monströsen magischen Wirkung erschrak.

»Wie fühlt sich meine Macht an?«, fragte sie.

»Wenn du es bist oder bei einem deiner Götter?«

»Gibt es da einen Unterschied?«

Er nickte. »Sie fühlt sich entstellt an, wenn es ihre Macht ist. Deine fühlt sich …« Er unterbrach sich, um zu überlegen. »Sie fühlt sich warm an, hell, besteht aber nicht ausschließlich aus Licht, denn da war immer ein Strang Dunkelheit. Wie ein Feuer mitten in einem Schneesturm.«

Dunkelheit?

»Sie fühlt sich nach dir an, nicht, als würdest du etwas Fremdes weiterleiten. Wie wäre es, wenn du sie nutzt? Aufhörst, dich dagegen zu wehren?«

»Dieses Wuchern hier kannst du nicht erklären«, sagte sie und wackelte mit den Fingern in seine Richtung. »Bevor ich nicht weiß, dass es mich nicht umbringen wird, verzichte ich darauf.«

»Was ist das Leben, ohne einmal etwas auszuprobieren?«, fragte er in lockerem Ton. Sein Griff an ihrer Hand verlagerte sich, sodass er sie wieder entspannt hielt.

Bei seinem durchdringenden Blick wollte sie am liebsten davonlaufen. Doch vor allem wollte sie sich in seine Wärme drängen und ihn küssen. Und sie hasste es, dass sie in diesem Gefühl gefangen war, ihn zugleich weit weg zu wünschen und seine Nähe zu ersehnen.

Sie legte die Finger auf seine Brust. »Stimmt alles mit dir?«

Er wandte sich von ihr ab und spuckte mit verzerrtem Gesicht einen Mund voll Blut aus. Dann atmete er stoßweise aus.

»Du weißt, dass du dir keine Sorgen um mich machen sollst.«

»Ich will ja nicht stören.« Rashids Stimme schwappte von der anderen Seite des Schutzwalls herüber. »Aber wir haben Gesellschaft.«

Nadya errötete und vergrub ihr Gesicht in den Händen. Malachiasz grinste sie schelmisch an, küsste sie auf den Kopf und sprang dann auf die Beine, um sich über die Mauer zu beugen.

So viel zum Abstandhalten.

»Das ist ein Albtraum«, murmelte sie. Sie brauchte einen Moment, um sich zu sammeln, bevor sie aufstand.

»*Bin* ich«, sagte Malachiasz, als sich Nadya neben ihm über die Mauer lehnte.

»Bitte, sorg nicht dafür, dass mein Wunsch, dich über den Rand zu stoßen, noch mehr zunimmt.«

Er warf einen zweifelnden Blick nach unten. »Oh, das würde ich aber überleben.«

»Schade.«

»Warum willst du mich ins Ungewisse stoßen?«

»Der Stoß ist gewiss, ungewiss ist nur, wo ich lande.«

»Wortklauberei.«

»Bei den Göttern«, sagte Rashid zu Parijahan. »Du schuldest mir so viel Geld.«

Parijahan seufzte.

Lichtflecken tanzten im dunklen Wald, bei denen es sich nur um Fackeln handeln konnte. »O nein«, flüsterte Nadya.

»Was wettet ihr«, fragte Rashid, »Tranavier oder Kalyaziner?«

Keines von beidem war gut. Malachiasz zitterte. Welchen Zauber er auch immer genutzt hatte, um die ständigen Veränderungen auf seinem Gesicht zu verbergen, er glitt jetzt weg.

»Tranavier«, sagte er mit düsterer Stimme.

»Woher weißt du das?«

»Es ist ein Geier unter ihnen.« Seine Stimme wand sich um scharfe Eisenzähne, während seine Augen dunkler wurden.

Nadya hatte ihr *voryen* in der Hand, mit der Klinge flach an seiner Wange zwang sie sein Gesicht zu ihrem herunter.

»Wenn du dich selbst fallen lässt, kannst du dich selbst auch wieder zurückbringen?«

Er knirschte mit den Zähnen und nickte. Sie hoffte, dass er die Wahrheit sagte. Doch sie war sich ziemlich sicher, dass er log.

»Die Geier wollen dich immer noch entführen, Nadya«, sagte er. »Sie wollen an die magische Quelle gelangen, die mit deiner Macht erschlossen werden kann.«

»Aber warum haben sie mich dann nicht schon in den Salzminen ergriffen?«

Er sah sie ausdruckslos an und deutete auf sich selbst.

»Du hältst dich für ungemein wichtig«, sagte sie geziert.

»Ich bin unglaublich wichtig«, entgegnete er, schwang sich über die Mauer und verschwand.

»Er ist auch unglaublich dumm«, merkte Rashid trocken an und linste über die Mauer.

»Dieses Kloster ist befestigt«, sagte Nadya mit einem Seufzen. Umfangreiche Aufbauten aus angespitzten Holzstämmen säumten die Mauer, Sperren, die nur durch Blutmagie überwunden werden konnten. »Er hat sich dort unten nicht selbst gepfählt, oder?«

»Nein«, antwortete Rashid. »Es wirkt munter.«

»Ich hasse ihn.«

Rashid flitzte davon, um das Kloster zu alarmieren. Nadya beobachtete die Lichter in der Ferne, eine flackernde Ruhe legte sich über sie.

»Sollten wir fliehen?«, wollte Parijahan wissen.

Nadya schüttelte den Kopf. »Beim letzten Mal bin ich geflohen. Ich werde nicht noch einmal fliehen.«

Dieses Kloster war bei Weitem besser auf einen Angriff vorbereitet als Nadyas Zuhause. Es war nicht nötig, Glocken zu läuten; die hätten nur die Feinde gewarnt. Die Kalyaziner wussten, dass sie da waren.

Eine Frau kam zu den Mädchen auf den Schutzwall, ihr Gesichtsausdruck war abweisend, bis sie in Nadya die Klerikerin erkannte.

Nadya hätte sie gerne darauf vorbereitet, dass von ihr zurzeit keine Wunder zu erwarten waren.

»Wie gut triffst du?«, fragte die Frau Parijahan.

»Gut.«

Sie warf ihr eine Armbrust und einen Beutel mit Bolzen zu. Malachiasz kehrte zurück, schwarz gefiederte Flügel verschwanden in zwei Blutstreifen auf dem Rückenteil seines zerfetzten Mantels, als er auf dem Wall landete. Er stieß sich dabei eine Hand an einer der Palisadenspitzen auf, sodass Blut das Holz unter seiner Handfläche färbte. Nadya beobachtete ihn aufmerksam; er brauchte zu lange, bis sich seine Augen klärten. Mehrere Monsteraugen an seiner Wange flackerten auf, bevor sie zitternd wieder verschwanden. Er verzog sein Gesicht und legte seine Hand geschlossen an den Körper.

Nadya nahm an, dass diese Selbstverletzung für ihn ein Mittel war, um wieder zu sich selbst zu kommen.

Das Gesicht der kalyasischen Frau war so weiß geworden wie ein Leintuch, mit bebender Hand zog sie ihr *venyiornik* heraus. Malachiasz wischte sich beiläufig das Blut von der Handfläche und umwickelte seine Hand, bevor er sich die Haare zurückband.

»Und?«, forderte Nadya ihn auf.

»Drei Geier. Und eine ganze Kompanie.«

Die Frau sah Nadya mit weit aufgerissenen Augen an. *Oh, dann erwarten sie von mir, dass ich den Geier töte.*

Malachiasz rieb sich übers Kinn und verdeckte eine seltsam wirbelnde Fäulnis, die seine Haut zerfraß. »Hast du hier das Kommando?«, fragte er die Frau.

Sie nickte und ihre Furcht wich Fassungslosigkeit. »Anya.«

»Malach... eigentlich, nein, das spielt keine Rolle. Dieser Mönch hat niemandem von meiner Anwesenheit erzählt, oder?«

Anya schüttelte den Kopf.

»Hervorragend.« Er erklomm die Palisade und tänzelte auf eine verstörend grazile, übermenschliche Art über die Pfahlspitzen.

»Er gehört zu mir«, sagte Nadya erschöpft, während die Lichter immer näher kamen. Sie hatte angenommen, Ivan hätte allen von Malachiasz erzählt. »Nur ... warne deine Leute vor ihm.«

Anyas Entsetzen war noch nicht in Wut übergegangen. Hoffentlich würde sie sich vernünftig verhalten. Nadya ging dorthin, wo Malachiasz kauerte. Sein schlaksiger Körper bog sich verkrümmt und starr zusammen, das Monster hatte sich bereits unter der Oberfläche seines Wesens eingenistet.

Wortlos streckte er die Hand aus und Nadya legte ihre befallene Hand in die seine.

»Hör auf, dagegen anzukämpfen«, sagte er leise. »Wenn deine Göttin dir nicht die Macht verleiht, die du brauchst, musst du deine eigene verwenden.«

»Ich bekämpfe es überhaupt nicht«, zischte sie.

Seine Augen wirkten wie voller Schlamm, aber seine Berührung war sanft. Er hob eine Locke an, die sich aus ihrem gedrehten Zopf gelöst hatte, und steckte sie ihr hinters Ohr. Sie konnte seinen Mund immer noch auf ihren Lippen spüren.

Plötzlich schlitzte er ihr mit einer Eisenkralle die Handfläche auf. Sie schrie auf, eher vor Überraschung als vor Schmerz, und er beruhigte sie.

Als allerdings sofort Blut aus der Wunde quoll, schoss Macht durch ihren Arm hinauf und überschwemmte ihren Körper. Eine Sturzflut – früher zurückgehalten und weit entfernt. Als ihr die Knie nachgaben, griff sie nach der Wand und klammerte sich mit der anderen Hand an Malachiasz fest. Er kam nicht einmal aus dem Gleichgewicht. Er packte ihre Hand fester und hielt sie aufrecht, dabei klebte Blut zwischen ihren Handflächen.

»Blasphemie auf heiligem Boden«, murmelte er abschätzig. »Schau dir an, wie weit du es gebracht hast, Nadezhda Lapteva.«

»Blasphemie muss beabsichtigt sein«, fauchte sie. Nadya verwischte das Blut, das ihr aus der Nase tropfte, und griff in ihre Tasche, um Marzenyas Perle ängstlich zwischen den Fingern zu rollen.

Ihr wurde zum Trost schweigende Missachtung gewährt.

Malachiasz schien etwas genau über ihrem Kopf zu betrachten. *»Towy szanka«,* sagte er leise. Dasselbe hatte er in der Kathedrale zu ihr gesagt, bevor er sie verlassen hatte. *Kleine Heilige.*

»Ist es für dich nicht schmerzlich, deine eigenen Landsleute zu bekämpfen?«, fragte sie. Sie fühlte sich wackelig und überspannt, genau wie wenn Marzenya ihr einen besonders starken Zauber gewährte. Und diese Magie war ... nur die ihre? Von Natur aus? Sie hatte entsetzliche Angst bei der Vorstellung, sie könnte sich selbst von innen heraus verbrennen. Sie wusste nicht, wie Hexenmagie zu beherrschen war, wusste nicht, wie diese unbekannte Magie wirkte.

»Ich verabscheue es.« Er schwieg und fügte dann hinzu: »Mach mit den Geiern, was immer du kannst.«

»Ich glaube nicht ...«

»Mach dich nicht kleiner, als du bist, *towy dżimyka.*«

»Darin bist du doch mir gegenüber der Meister«, erwiderte sie rundweg.

Er lächelte schief, hob ihre Hand und küsste ihr die blutigen Finger. Er ließ sie genau dann wieder fallen, als Kostya neben ihr an die Mauer trat.

»Lass dich diesmal nicht von Armbrustbolzen erwischen«, sagte sie und gab ihm einen Klaps auf die Schulter.

»Sind sie wegen ihr hier?«, fragte er Malachiasz und deutete auf Nadya.

Kostya prallte zurück, als Malachiasz ihm seinen leeren Blick zuwandte. Malachiasz schien nachdenklich, er ließ eine Hand zu einem der Knochen wandern, die in seine schwarzen Locken gebunden waren, dann zuckte er mit den Schultern.

»Das kann ich nicht sagen. Es könnte eine zufällige Verlagerung des Krieges sein. Dass Geier unter ihnen sind, verweist aber auf etwas anderes.«

»Könnten sie wegen dir hier sein?«, fragte Nadya.

»Das wäre Selbstmord. Ich bin Verrätern gegenüber nicht besonders nachsichtig.«

»Wie viele aus der Kompanie sind Blutmagier?«, wollte Kostya wissen.

»Eigentlich könnten alle von ihnen Blutmagier sein«, entgegnete Malachiasz in dem herablassenden Tonfall, den Nadya nur zu gut kannte. »So was macht Blutmagie nun einmal aus.«

Kostya biss die Zähne zusammen. »Anya«, rief er über seine Schulter. »Habt ihr irgendwelche Reliquien?«

Anya hielt mitten im Kläffen von Befehlen inne. Ein Lächeln breitete sich langsam auf ihrem Gesicht aus.

»Ja, haben wir.«

»Reliquien?«, fragte Nadya. »Was für Reliquien?«

Neben ihr war Malachiasz sehr still geworden.

»Was für Reliquien?«, fragte sie nochmals, sah aber ihn an.

Er warf ihr einen brütenden Blick zu. Sie dachte an das Knochen-*voryen* und an die Verletzung, die sie ihm damit ohne Schwierigkeit hatte zufügen können, während sonst alles dabei versagt hatte. Was würde sie ihm damit antun können, zusammen mit zusätzlicher göttlicher Macht?

War das der einfache Ausweg? Göttlichkeit mithilfe eines heiligen Gegenstandes zu nutzen, der damit getränkt war, statt sich an Marzenya zu wenden? Sie vertraute nicht mehr darauf, dass Marzenya ihr die Magie geben würde, die sie jetzt brauchte. Und sie gebot über diese Dunkelheit, diese Macht, aber sie zu nutzen würde bedeuten, ihrer göttlichen Berufung den Rücken zuzukehren. Das war der Schritt auf einen Weg, von dem sie nie zurückkehren würde. Sie ballte ihre schmerzende Hand zu einer Faust und zog ihr Knochen-*voryen* aus dem Gürtel.

»Hol sie«, rief sie Anya zu. »Ich werde sie verwenden.«

»Willst du eure wertvollen, geringen Bestände magischer Waffen an eine ausgemergelte Truppe von Tranaviern fernab der Heimat verschwenden?«, fragte Malachiasz mit schroffer Stimme und dem Mund voller Eisenzähne.

»Wir werden einen von ihnen am Leben lassen, damit er daheim erzählt, dass wir es satthaben, wie sie unsere Dörfer und Kirchen dem Erdboden gleichmachen«, fauchte Kostya.

Malachiasz erwiderte Kostyas finsteren Blick, dabei wurden seine Augen immer dunkler.

Nadya spürte seinen Entschluss, schon bevor er sich bewegte. Sie streckte die Hände aus, um ihn aufzuhalten, doch ihre Finger glitten von seinem Ellbogen ab, als er von der Mauer sprang, seine gefiederten Flügel ausbreitete und in der Dunkelheit verschwand.

»Verfluchte Aasfresser«, fluchte sie.

»Wozu fliegt er davon?«, fragte Kostya.

»Die Geier warnen.«

28

NADEZHDA LAPTEVA

Svoyatova Inessa Besfamilny: eine Klerikerin, bei der nicht belegt ist, von welchem Gott oder welcher Göttin sie berührt war. Inessas Leben war ein qualvolles. Ihre Geliebte, Marya Telkinova, wurde von kashyvhes befallen und ungläubig, was Inessa zwang, sie und das ganze Dorf zu töten, das Marya ebenfalls zum Unglauben verführt hatte. Es wird gesagt, der Govanitsy-Fluss wäre Svoyatova Inessas Tränen entsprungen.

Vasilievs Buch der Heiligen

Mit zitternden Händen betastete Nadya das Reliquiar und öffnete den verborgenen Kasten. Darin lag ein mit Blut besudeltes Tuch. Macht stieg von diesem Tuch auf und in ihrer vernarbten Hand pochte es, als schlüge ein Herz in ihrer Handfläche. Die Macht, die nur ihr gehörte, erklärte nicht den Schmerz oder ihre Verzagtheit. Vielleicht log Malachiasz. Allerdings wusste sie innerlich, dass er nicht log. Etwas stimmte mit *ihr* nicht. Sie konnte es nur nicht fassen.

Vorsichtig nahm sie das Leintuch aus dem Reliquiar und schloss die Augen, als sie ein Stoß göttlicher Macht durchströmte. Sie erbebte.

Anya hielt den Atem an. Sie hielt den Blick ins Unbestimmte gerichtet.

»Kann bisher jemand solche Reliquien erschließen?«, fragte Nadya sie.

Anya schüttelte den Kopf. »Nur wenige können die Macht spüren, die zurückgeblieben ist. Kaum einer kann sie nutzen.«

Somit ließen sich Kalyazins Kleriker dadurch auch nicht ersetzen. Wie schade. Nadya wickelte sich das Stück Tuch um die Hand, dabei zischte sie zwischen zusammengebissenen Zähnen hervor, als die Macht in sie strömte. Doch sie wusste, wie sie mit großen Magieschüben umgehen musste. Schwierig wurde es, wenn sie ausblieben.

Das Tuch hatte Svoyatova Vlada Votyakova gehört. In dem Moment, in dem es ihre Haut berührte, sah Nadya die Heilige. Sie war in ihrem Alter, vielleicht wenige Jahre älter, und trug die Haare knapp unter dem Kinn abgeschnitten, Tränen liefen ihr über die dunklen Wangen hinunter, während sie sich den Stoff vergeblich auf eine blutende Bauchwunde presste.

Nadya überlegte es sich noch einmal anders und wickelte sich das Tuch stattdessen vorsichtig um ihr Haar, sodass sie die Hände frei behielt. Anya holte von einer Schwester, die sie aus der Nähe beobachtete, ein Haarband mit Schläfenringen aus dunklem Eisen, den Schläfenringen einer hohen Priesterin.

Nadya schluckte schwer und zog sich das Band über die Kopfbedeckung. Sie verdiente es nicht, dieses Band zu tragen.

»Wir haben unseren gesamten Vorsprung eingebüßt, weil dieses Monster …«

Nadya ließ Kostya seinen Satz nicht beenden, ihre Hand schnellte vor und sie packte sein Kinn, um sein Gesicht an ihres heranzuziehen.

»Du musst mich nicht auf Malachiasz' Taten hinweisen, sie sind mir nur zu bewusst. Halt den Mund und sorg dafür, dass du am Leben bleibst.«

Seine dunklen Augen blitzten. Er sah an ihren Kopf in die Ferne. Warum taten das auf einmal alle? »Ich habe die Aufgabe, dich zu beschützen.«

»Das hattest du. Ich muss nicht beschützt werden. Nicht mehr.«

Er zuckte unter ihrer Hand. Sie hielt inne und zog ihn dann weiter nach unten, sodass sie ihre Stirn an seine legen konnte.

»Sorg für deine eigene Sicherheit«, sagte sie. »Ich will dich nicht noch einmal verlieren.«

Sie ging auf die Stufen zu und zog ihr *voryen* aus seiner Hülle. Rashid packte sie am Arm, als sie an ihm vorbeikam.

»Was hast du vor?«

»Die Tranavier begrüßen«, antwortete Nadya.

Rashid sah sie finster an. »Meine Frage ist anders gemeint.«

Sie verdrehte die Augen. »Er hat es sehr deutlich gemacht. Tranavia geht vor« – sie wedelte abschätzig mit der Hand –, »was auch immer dagegensteht. Also soll es so sein.«

»Bring ihn nicht um«, rief Rashid ihr nach, als sie die Stufen betrat.

»Kann ich nicht versprechen!«, rief sie zurück.

Sie gab den Befehl, die Tore zu öffnen, und niemand stellte sich dagegen. Niemand fragte sich, warum ein zierliches Mädchen mit den Schläfenringen einer hohen Priesterin zum Tor hinauszog, um sich ganz alleine einer tranavischen Kompanie entgegenzustellen.

Macht, überlegte sich Nadya, ließ sie stets ein wenig zu kühn werden.

Sie zog ihr *voryen,* drehte das andere in der Luft und fing es am Griff wieder auf.

Votyakova war eine Klerikerin des Gottes Krsnik gewesen. Nadya war entzückt davon, endlich Zugang zu Feuer zu haben, ohne bei Krsnik darum betteln zu müssen. Doch sie wusste nicht, wie lange diese Macht anhalten würde; mit wie viel Magie war eine Reliquie noch getränkt, nachdem eine Klerikerin verstorben war?

Kalte Flammen züngelten von ihren Klingen empor und sie war schnell: Den Eingang des Klosters abschreitend zog sie eine Klinge über den Boden. Flammen schossen dort aus der Erde, wo ihre Klinge sie berührte, und schufen einen Feuerwall, den die Tranavier zu durchqueren gezwungen sein würden. Sie ging zurück zu den Toren, damit sie sich nicht einer ganzen Kompanie allein stellen musste.

Kühn musste nicht dumm bedeuten.

Sie erstarrte, als sie eine Bewegung zwischen den Bäumen bemerkte, beruhigte sich aber, als sie Malachiasz' dünne Gestalt erkannte. Er grinste sie halb wahnsinnig an und seine Augen leuchteten pechschwarz. Außerdem war er vollständig mit Blut bedeckt – soweit sie vermuten konnte, war die Hälfte davon sein eigenes. Sie packte ihr *voryen* fester, unsicher, ob sie gleich gegen ihn losstürmen müsste oder ...

Ein knurrender Schatten stieß in ihn.

Die Tranavier kamen über sie.

Es war anders, auf nur eine sehr mächtige Art von Magie zuzugreifen, statt auf unterschiedliche andere magische Formen, und dadurch wurde sie zu ungeschickt. Ein von der Spitze ihrer Klinge ausgesandter Feuerball traf nicht ganz sein Ziel, ihre Bewegungen waren so träge, dass sie der Zauber eines Blutmagiers an der Schulter traf und zurückriss.

So hatten noch die Kleriker vor ihr gekämpft, aber sie konnte etwas unter der gewohnten Hitze fühlen, das an ihrer Haut leckte, ohne zu brennen. Da war etwas Älteres und viel Gefährlicheres, nach dem sie sich ausstreckte, ein einzelner Faden unter einem ganzen Wandteppich, der eine scharf umrissene Form von Magie bildlich darstellte. Die Überreste eines Gottes, ungeklärt, pur. Der Rohstoff von Macht, den ein Gott erst abgekühlt hätte, bevor er ihn einer Sterblichen überantwortet hätte, war hier zurückgelassen worden, sodass diese Macht sich in etwas Riesigem und Unbeherrschbarem verfestigen konnte.

Ah, das meinte Pelageya also, dachte Nadya, während sie sich unter einem Machtschwall wegduckte und einen kalyasischen Mönch aus dem Weg schubste.

Das Feuer hatte es ihnen ermöglicht, sich besser vorzubereiten; ein Weg, um den Vorteil wiederzugewinnen, den sie vordem eingebüßt hatten. Allerdings wurde sehr schnell deutlich, dass die Tranavier nur aus einem einzigen Grund hier waren: Nadya.

Sie zerrte gerade an dem Magiestrang, der von der Reliquie ausging, als ein Geier durch die Flammen schritt.

Alte Magie, ungezähmt und faulig von den vielen Jahrzehnten der Einsamkeit, bebte in Nadya. Sie schmeckte Kupfer und spie einen Mund voll Blut aus. Die Maske des Geiers war seltsam, sie bestand nur aus Kieferknochen mit immer noch daranhängenden Zähnen, die mit Schnüren quer über dem Gesicht befestigt waren. Die Augen waren dunkle Tümpel.

»Kannst mich mit deiner wackeligen Zauberkraft nicht töten«, spottete der Geier.

Nadya konnte das Feuer hinter dem Geier fühlen, eine Erweiterung ihres Willens. Sie erwiderte das Grinsen und zog fest daran, sodass sie den Geier damit einhüllte. Sein Kreischen zerriss die flirrende Luft.

Da war jemand an ihrer Seite und sie wirbelte herum, aber es war nur Kostya. Er schaute zu den Flammen hin, deren Hochzüngeln die Tranavier zurückhielt und den Kalyazinern eine Trasse offen hielt, ihre Feinde mit Armbrüsten abzuschießen. Er grinste sie an.

Es war noch kein wirkliches Getümmel ausgebrochen, und Nadya fragte sich, was die Tranavier noch aufhielt. Sicherlich führten sie doch einen Magier mit, der ihren Kräften etwas entgegensetzen konnte. In jedem Fall war einer der Geier dazu in der Lage. Ein Machtstoß schoss wie zur Bestätigung durch die Flammen und Nadya gelang es nur knapp auszuweichen. Der Geier, den sie angezündet hatte, krachte gegen sie und warf sie zu Boden.

Ihre Flammen erloschen.

Es waren die Kampfgeräusche, die Nadya wirklich erschütterten. Eine laute, hässliche Musik aus Misstönen, aus Rufen und Schreien und den Schnitten der Schwerter, wenn sie auf Fleisch trafen. Dazu kam der Geruch brennender Magie. Eisen und Hitze.

Sie arbeitete sich mit den Beinen unter die Geierfrau, trat sie weg und stieß sie mit dem Rücken gegen die Klostermauer. Bei einem Angriff der Geier auf die Mönche würde keiner von ihnen überleben. Nadya musste erreichen, dass die Geier weiter auf sie ausgerichtet blieben, nur auf sie. Doch sie wusste nicht, wo die beiden verbleibenden Geier steckten. Sie hoffte, Malachiasz würde sie angreifen, statt sie zu warnen, dass Nadya über eine Reliquie verfügte, die ihnen ernsthaften Schaden zufügen konnte.

Ernsthaften Schaden jedoch nur dann, wenn sie herausfand, wie sie die Reliquie nutzen konnte. Die Macht war fließend und anders als alles bisher Gewohnte. Sie wollte sich ihrem Willen nicht beugen; stattdessen bewegte sie sich ungeordnet durch sie hindurch. Sie machte einen Schritt und der Boden unter ihr explodierte, sodass ein Steinbrocken die Geierfrau traf und ein anderer gegen einen Mönch krachte.

Sie hatte keine Zeit, sich zu entschuldigen. Die Krallen der Geierfrau schlugen nur eine Handbreit vor Nadyas Brust durch die Luft. Nadyas Feindin tropfte Blut aus den Augen, auch ihre Maske aus Kieferknochen verfärbte es rot, verklebte deren Zähne.

Nadya verspürte Unbehagen, was die Herkunft dieser Kieferknochen betraf. Sie trat aus, sodass sie mit dem Stiefel den Kopf der Geierfrau traf und ihr Hals brach. Doch körperliche Verletzungen waren nutzlos. Sie hatte gesehen, wie Malachiasz eine Geierfrau mit seinen Krallen durchbohrt hatte und diese dann davongegangen war, als wäre nichts geschehen.

Magie hingegen. Magie konnte die Ungeheuer aufhalten. Hoffte sie.

Ihr war nie dargelegt worden, wie Malachiasz den letzten Schwarzen Geier umgebracht und seinen Thron bestiegen hatte. Solch ein Geheimnis würde er ihr nie verraten, er würde sie nicht in Kenntnis setzen, wie seine Artgenossen zu Sterblichen gemacht wurden, wenn sie doch all die fürchterlichen Schrecken aushalten konnten, die ihren Körpern angetan wurden. Allerdings hatte ihr Reliquien-Knochenmesser Malachiasz verletzt und dann vermochte diese Magie das sicher auch. Die Reliquien-Macht aus Feuer wogte in ihr und strebte nach Entladung. Sie wirbelte von der Geierfrau fort, streckte eine Hand aus und versprühte einen Schauer aus weißen Flammen, der auf sich nähernde tranavische Soldaten traf. Als sich die göttliche Macht beruhigt hatte, zog sie wieder an dem alten Strang und griff nach den Urkräften.

Alles wurde weiß. Sie sah nichts mehr. Vage war sie sich des magischen Glimmens an den blutigen Händen der Geierfrau bewusst. Eine krallenbewehrte Hand griff nach ihrer Kehle. Das blonde Haar der Geierfrau leuchtete vor den Flammen, die immer noch an mehreren Stellen auf dem Boden loderten.

Die Götter waren uralt und unermesslich. Es gab ältere, tiefere Wesenheiten, aber wie viel weiter konnte das Gehirn einer Sterblichen in der Zeit zurückgehen, um zu verstehen? Wie viel weiter als bis zu Ausformungen der Ewigkeit? Nadya musste noch so viel mehr lernen über die Götter, die sie berührt hatten und sie jetzt diesen dunklen und fürchterlichen Pfad hinunterführten.

Die Reliquie enthielt die Macht der Klerikerin, die damit gestorben war; aber sie umfasste auch noch etwas anderes, und es war dieses andere, nach dem Nadya griff, als die umgebende Zeit im Schlamm versank.

Nadya schrammte gegen den Willen eines Gottes.

Alles blieb stehen.

Sie fiel zurück und atmete schwer. Aber es bewegte sich nichts. Sie griff nach oben und berührte das um ihren Kopf geschlungene Tuch. Das hier war nicht wie ihre göttliche Magie. Die war vorher verdichtet worden. Eine von Göttlichkeit gewährte Macht in mundgerechten Stücken für eine Sterbliche. Nur so viel, wie ihr empfindlicher Körper aushalten konnte. Doch das hier war viel mehr, viel mehr als ein Sterblicher je berühren sollte. Und hier war diese Macht, enthalten im Leintuch einer toten Heiligen.

Wie viele Reliquien bargen noch auf diese Art Macht? Was konnte sie mit einer Macht von dieser Stärke alles ausrichten?

Sie baute sich in ihr auf, Licht verteilte sich wie in Adern unter ihrer Haut, und diese Macht würde sie zerstören. Sie würde glatt durch Nadya hindurchschneiden, ohne jede Möglichkeit, sie wieder zusammenzusetzen. Hitze und Flamme und eine so tiefgründige Wut, dass sie das Wichtigste in ihr wurde.

Wie würde sie das überleben?

Nadya stieß die Macht aus ihrem Körper.

Die Magie entströmte ihr und formte einen Feuerball aus Nadya heraus. Der raste in die Geierfrau hinein und sie brannte. Nicht so wie beim letzten Mal, keine Hitze, die leicht abzuschütteln war. Zurück blieb nur ein Haufen verkohlter Knochen zu Nadyas Füßen.

Ihr Mund füllte sich mit Magensaft, vermischt mit dem Geschmack von Kupfer, und sie musste würgen. Sie wandte sich kurz zur Seite ab und wischte sich mit dem Handrücken über den Mund. Sie hörte den Kampf, aber er klang leiser, weniger chaotisch, so als wären die Tranavier abgewehrt worden.

Es war immer noch eine gute Handvoll Tranavier übrig, vielleicht sieben oder acht. Doch Nadyas Machtstoß hatte einige mehr als nur die Geierfrau getroffen: Verkohlte Knochen lagen über die Lichtung verstreut wie weggeworfener Unrat. Sie schlug sich die Hand vor den Mund, blankes Entsetzen packte sie. Es war unmöglich, dass sie mit diesem Schlag nur Tranavier ausgelöscht hatte. Auch Kalyaziner musste es in der allgemeinen Kopflosigkeit getroffen haben.

Sie hatte gerade so viele Wesen umgebracht.

Sie stolperte einen Schritt zurück. Die verbliebenen Tranavier warfen ihre Zauberbücher von sich. Zwei Mönche schnitten ihnen die Ärmel ihrer Mäntel ab und sie konnte das Entsetzen der Menschen ihres eigenen Volkes im Rücken spüren.

Dies alles war nicht ihre Absicht gewesen. Sie hatte nicht so viel Macht aufnehmen wollen.

»Das geschieht, wenn eine Sterbliche mit der Macht der Götter spielt.« Marzenyas Stimme war ruhig, berechnend und sehr zielgerichtet.

Nadya übergab sich erneut.

Etwas Hartes traf Nadyas Brust, sodass sie zu Boden fiel. Ihr Kopf schlug nach hinten gegen einen Stein. Als der Schmerz sie durchfuhr, wurde ihr Sichtfeld in schwarze und weiße Fetzen zerrissen.

Er sagte, wenn er in die Dunkelheit fallen würde, könnte er sich selbst zurückbringen, dachte sie verzweifelt, aber er hatte schon früher gelogen, und sie wusste tief in ihrem Innern, dass er sie umbringen würde, weil sie einen seiner Geier vernichtet hatte.

In ihrem Kopf drehte sich alles, als sie sich wieder auf die Beine rollte und nach ihrem *voryen* griff. Sein Stiefel krachte auf ihre Hand und sie unterdrückte einen Schmerzensschrei. Ihr anderes *voryen* konnte sie kaum erreichen, außerdem hatte sie der Machtstoß benommen und schwach zurückgelassen. Sie hätte an dem Machtstrang ziehen können, der von der Reliquie ausging, aber sie hatte bereits mehr getan, als sie ertrug. Allein, dass sie überlebt hatte, war unfassbar.

Die Angst jagte ihr eine fahrige Wachheit durch den Körper, während sie sich in die Hocke fallen ließ, wodurch sich sein Gewicht auf ihrer Hand verlagerte. Sie biss sich auf die Lippe, um nicht zu wimmern.

»Was habe ich dir gesagt über das Wegnehmen von Dingen, die mir gehören, *towy dżimyka?*«, fragte er in brüchigen und aufgewühlten Basstönen. Sein schwarzes Haar warf Schatten auf die sich ständig verändernden, monströsen Gesichtszüge. Blut tropfte aus seinen pechschwarzen Augen.

»Du hast gesagt, ich solle tun, was ich muss«, spie sie aus. Mit der anderen Hand kämpfte sie darum, das Knochen-*voryen* zu erreichen, aber ihr Handgelenk war von eisernen Klauen umspannt.

»Hast du geglaubt, das hätte ich wirklich so gemeint?«

Er beugte den Kopf und sprang plötzlich von ihr weg. Kostyas Schwert durchschnitt vergebens die Luft, wo er eben noch gestanden hatte.

Nadya kämpfte sich auf die Beine. Malachiasz würde Kostya umbringen. Sie bewegte sich schneller, als sie selbst es für möglich gehalten hätte, stolperte vor, um sich zwischen die beiden zu stellen. Die Jungen erstarrten. Kostyas Blick schweifte flackernd von Malachiasz' zuckendem Gesicht weg, um Nadyas Augen zu finden.

Es lag etwas Beruhigendes in seinem Ausdruck, selbst jetzt. Sie waren immer Kostya und Nadya gewesen, zwei kleine Waisen, die vergnügt allerlei Unheil in dem Kloster angerichtet hatten, in dem Nadya vor ihrem Schicksal versteckt worden war. Er lächelte schwach.

Krallen gruben sich in Kostya und blankes Entsetzen glitt über sein Gesicht, als ihn einer der verbliebenen Geier zur Seite zog. Malachiasz stürzte vor, um Nadya anzugreifen.

In ihrer Brust dröhnte es vor Angst. Sie griff an der Magie der Reliquie vorbei nach Marzenya – Feuer würde ihr hier nicht nutzen, und sie wagte nicht, die tiefere Magie noch einmal anzutasten.

Marzenya gewährte ihr etwas Magie, vorsichtig und genau bemessen. Eine klare Botschaft: Nadya drängte zu weit vor und musste sich zurückhalten. Nadya wollte das so weit annehmen. Sie langte nach der Macht aus und glitt von Malachiasz' Krallen weg, dabei keilte sie aus und ließ ihren Fuß gegen seinen Kiefer krachen. Sie hörte das Geräusch von Knochen, die unter ihrem Stiefel brachen.

»Entschuldigung«, sagte sie, als er vor Schmerz zischte und ihm das Blut vom Kinn tropfte. Sie wusste nicht, wie lange sie ihn mit solchen Mitteln aufhalten konnte. Kostya torkelte gegen sie und ihre Verwirrung verwandelte sich in blankes Entsetzen. Das Blut, das ihn bedeckte, war sein eigenes.

»Kostya?«

Alles bewegte sich zu schnell. Ein Armbrustbolzen schlug in Malachiasz' Schulter ein, dann noch einer, der ihn nach hinten gegen einen Baum stieß. Sein Kopf schlug an das harte Holz und er fiel wie ein Stein zu Boden.

Parijahan lud einen weiteren Bolzen in ihre Armbrust und schoss ihn auf den verbliebenen Geier, der einfach nur lachend zusah. Nadya zog aus Verzweiflung noch fester an dem vorsichtig abgewogenen Magiestück, das Marzenya ihr gegeben hatte, und riss ihr *voryen* hervor. Die Klinge fuhr von selbst in das Auge des Geiers und er stürzte ebenfalls.

Nicht für tot, auf so viel durften sie nicht hoffen, aber hoffentlich für lange genug unschädlich gemacht, dass sie sich sammeln konnten.

Sie geriet völlig außer sich, als Kostya fiel. Das durfte nicht geschehen. Kostya würde die Kämpfe überstehen und munter weiterleben.

Doch seine Brust war in Streifen zerfetzt worden. Nadya unterdrückte ein Schluchzen. Sie griff nach mehr Macht, nach irgendetwas, aber alles entglitt ihren Händen.

»Du wirst nicht noch mehr aushalten, Kind«, mahnte Marzenya sanft.

Das ist mir egal, fauchte Nadya. *Gib mir mehr Magie! Gib mir genug, um ihn zu retten, oder ich verwende meine eigene.* Sie griff nach dem Schmerz in ihrer Handfläche, der Macht, die unter ihrer Haut steckte. Aber die widersetzte sich ihr auch. Niemand war dafür gemacht, so viel Magie auszuhalten.

Noch ein weiteres durch sie hindurchgeleitetes Quäntchen davon, und sie wäre nur noch ein Haufen verkohlter Knochen. Doch das bereitete ihr als Allerletztes Sorge. Kostya würde sterben. Sie hatte seinen Tod schon einmal beklagen müssen, doch es war anders, mitzuerleben, wie es vor ihren Augen geschah. Zu sehen, wie das Leben langsam von ihm wich.

Sie wunderte sich, warum alles verschwommen aussah, bis sie endlich begriff, dass sie in Weinen ausgebrochen war und deshalb nur stockend atmete und nichts sah wegen der Tränen. Sie konnte Kostya nicht wieder verlieren.

»Diesmal bist du an meiner Seite«, sagte er schwach. »Ich will nicht alleine sterben.«

»Nein, sag das nicht«, erwiderte sie. »Du kommst wieder auf die Beine.«

Aber er würde nicht wieder genesen und sie wussten es beide. Alle hatten sie immer schon wie eine Reliquie behandelt, wie etwas, das man nur vorsichtig umschlich und über das man sich nur im Flüsterton unterhalten durfte. Doch Kostya hatte sie als das angenommen, was sie wirklich war: ein Mädchen, dem manchmal Dummheiten unterliefen, das auf eine schmerzliche Weise menschlich war und das ein viel zu groß angelegtes Schicksal trug.

Ihre Wege hatten sie gegeneinander aufgebracht, aber er hatte sie immer nur geliebt.

Sie unterdrückte ein Schluchzen, bettete seinen Kopf in ihren Schoß und fuhr mit den Fingern Veceslavs Symbol nach.

»Es tut mir leid, dass ich versagt habe«, flüsterte er.

»Nein, Kostenka, das hast du nie.«

Er atmete zitternd ein. »Es gibt ältere Götter, schlimmere, Götter, von denen sie dir nicht erzählen wollten, weil ...« Er hustete, kämpfte mit dem Blut, das ihm aus den Mundwinkeln quoll. »Nadya, du bist gefährlich. Sie haben Angst vor dir.«

Sie verstand nicht, warum er ihr das jetzt erzählte. Doch sie nickte weinend und strich ihm mit der Hand über den Kopf.

»Kostya, ich verstehe nicht, ich ...«

Doch da drang ein letzter Seufzer über seine Lippen und er war tot. Etwas Tiefes in Nadya zerbrach. Sie hatte gedacht, es wäre nichts mehr in ihr übrig, das brechen konnte. Als sie noch geglaubt hatte, Kostya wäre schon im Baikkle-Kloster gefallen, hatte sie gedacht, das würde ausreichen, um sie für immer zu zerstören. Doch ihn tot im Arm zu halten war um so vieles schlimmer.

Sie rollte sich an ihm zusammen und ließ zu, dass ihr Herz zersprang.

29

SEREFIN MELESKI

Gaunerei, Rache, eine Schlange im Gras, als Velyos sie beobachtete und lauerte und zu dem Schlag gegen Marzenya und Peloyin ausholte, der den Himmel erschüttern sollte. Er scheiterte und wurde in den Äther verbannt.

Die Bücher von Innokentiy

»Du darfst Velyos' Willen nicht folgen«, beschied Katya Serefin, während sie das kleine kalyasische Dorf hinter sich ließen.

Serefin musste sein Auge ununterbrochen geschlossen halten. Er hatte sich eine Augenklappe von Ostyia ausgeliehen und das hatte geholfen, dennoch verschwamm manchmal seine Sicht und die Welt nahm ein grauenhaftes Antlitz an.

»In welche Richtung gehen wir? Ungefähr nach Westen?«, fragte er.

Sie nickte mit leicht gerunzelter Stirn.

»Nun, er verlangt ja von mir, dass ich mich dorthin wende, also misslingt uns alleine schon dieser Vorsatz.«

Katya ächzte.

»Sicher gibt es eine andere Möglichkeit für uns, wieder freier entscheiden zu dürfen«, sagte Serefin.

Katya verscheuchte eine seiner Motten aus ihrem Gesicht. Sie kehrte zu Serefin zurück und umschwirrte ihn. Er hob eine Hand, worauf sie auf seiner Handfläche landete: groß und schwarz und weiß.

»Ich habe einen wunderbaren Vorschlag, aber er würde bedeuten, dass wir sogar noch weiter nach Westen gehen müssten«, erwiderte Katya. Ihre Entscheidung, mit dem tranavischen König weiterzuziehen, war von ihren Soldaten nicht unterstützt worden. Sie hatte einem von ihnen, einem mürrisch blickenden Jungen namens Milomir, erlaubt mitzugehen, aber sonst niemandem. Den Rest hatte sie nach Osten geschickt, worüber Serefin sich seine eigenen Gedanken machte – vor allem, dass er zuließ, dass eine gut gedrillte Truppe kalyasischer Soldaten ein wichtiges Kriegsgebiet als frische Kraft gegen Tranavia unterstützte. Die Lage war so viel widersprüchlicher geworden, als er es sich hatte vorstellen können.

Es war noch zu früh am Tag und so kalt, dass es schmerzte. Serefins Atem bildete Wölkchen vor seinem Gesicht. In der Nacht war Schnee gefallen. Begleitet vom Knirschen ihrer Schritte gingen sie auf einen dunklen Wald zu, der über dem Horizont aufragte. Katya zog sich ihre Fellmütze über die Ohren nach unten.

»Alles, was ich weiß, stammt aus apokryphen Schriften«, sagte sie. »Es ist ein schlechtes Zeichen, dass Velyos aufgeweckt worden ist, und es wird sogar noch schlimmer werden, wenn auch der Rest geweckt wird.«

Oh, gut, das sind diejenigen, die alle darauf warten, dass sie kommen und Krawall machen dürfen, dachte Serefin grimmig.

Ostyia legte die Stirn in Falten. Sie lungerte immer in der Nähe der Zarewna herum, wo auch immer sie sich gerade aufhielt. Serefin fragte sich, ob er die offensichtliche Schwärmerei Ostyias für das kalyasische Mädchen unterbinden sollte. Aber nein, er wollte Ostyia das Vergnügen lassen, es würde niemandem schaden.

»Es gibt Geschichten«, fuhr Katya fort. »Es ist schwer zu wissen, was von ihren Angaben stimmt, insbesondere über die Gefallenen. Wie ich schon sagte: Velyos will immer Unheil stiften und Peloyin stürzen.« Sie wedelte mit der Hand. »Das für sich genommen ist nicht besonders apokalyptisch. Wir sind immer gefangen in irgendwelchen Kriegen zwischen den Göttern.«

»Das meinst vielleicht du.«

»Ah, ihr Tranavier seid nicht dagegen gefeit«, entgegnete Katya.

»Das waren wir, bis eure Klerikerin dahergekommen ist und das zerstört hat«, sagte Serefin. Der Schleier, der Tranavia von den Göttern getrennt hatte, hatte weit mehr getan, als nur einfachen Schutz bewirkt. Sobald er gefallen war, war der Winter über Tranavia hereingebrochen, bösartig und unerbittlich. Er fragte sich, ob er ihn wieder würde aufspannen können.

Katya verdrehte die Augen. »Wie auch immer. Du hast dich inmitten eines zeitlosen Kampfes zwischen Göttern wiedergefunden. Das kannst du beim besten Willen nicht abstreiten.«

»Ich kann die Gefühle nicht abstreiten, die ich habe, wenn jemand das Wort ›Götter‹ für sie benutzt.«

»Ich bin nicht hier, um mit dir über Theologie zu streiten, Tranavier.«

Serefin zuckte mit den Schultern. »Das ist sowieso kein Thema, in dem ich sehr belesen bin.«

»Und doch schlägst du dich jetzt damit herum.«

»Das tue ich.«

Doch es war beunruhigend. Er wollte, dass es aufhörte. Sogar mit der Augenklappe wurde sein heiles Auge von Dunkelheit getrübt. Er erschrak ständig vor Dingen, die gar nicht wirklich waren. Er hörte immer wieder Geflüster hinten in seinem Kopf, das weder wie Velyos klang noch wie diese andere Stimme. Er wollte nur Stille, und wenn er sie nicht bald erlangte, würde er wahnsinnig werden.

»Seltsam ist, dass all dieses Chaos geschieht, obwohl Velyos kein Gott des Chaos ist. Von denen haben wir keine; es gab welche, aber sie sind gestorben«, überlegte Katya.

»Sie sind *gestorben?*«

»Chaos ist so etwas Launisches. Diese Götter werden gemeinhin von einem der ihren umgebracht.«

»Entschuldige bitte, aber ihr habt tote Götter? Eure Götter ermorden sich einfach ständig gegenseitig?«

»Bist du absichtlich beschränkt oder ist das eine zeitweilige Eigenschaft, mit der nur ich mich herumschlagen muss?«

»Ich bin jetzt dein Problem.«

Sie schnaubte.

»Was ist denn nun dein Vorschlag?«, fragte er.

»Es gibt eine alte Ruine, oben in den Valikhor-Bergen. Das ist der Ort, an dem Praskovya Kapylyushna ihre Macht genommen wurde. Das ist ein Grundbeispiel dafür, wie sich die Götter von auserwählten Sterblichen abwenden, dass sie sogar dazu gezwungen werden, sich abzuwenden.«

»Und du glaubst, ich kann mich selbst von Velyos lossagen, wenn ich dorthin gehe?«, fragte Serefin zweifelnd. Der Plan missfiel ihm. Jeder Schritt nach Westen war ein Schritt näher an den Ort heran, den Velyos für ihn vorgesehen hatte.

»Du hast wohl kaum die Wahl«, erwiderte sie. »Wenn du es mit etwas Uraltem und Vergessenem zu tun hast, so musst du an einen uralten und vergessenen Ort gehen, um dich ihm zu stellen. Doch zuerst finden wir die Klerikerin, denn ich denke, um zum Tempel zu gelangen, werden wir sie brauchen.«

Velyos und Malachiasz schienen auf bestimmte Weise miteinander verbunden, aber Serefin war sich dessen nicht wirklich sicher. Malachiasz hatte Macht gewollt, um die kalyasischen Götter umzubringen. Doch soweit Serefin wusste, waren keine dieser Götter durch seine Hand gestorben, aber

Malachiasz hatte Reliquien von den Kalyazinern gestohlen, bloß für welchen Zweck?

Würde eines zum anderen führen? Musste er sich auf alles vorbereiten, um dann doch bloß zu ... vergehen? Die andere Stimme – der andere Gott, vermutete Serefin – wollte Malachiasz ebenfalls tot wissen. Den Eindringling, so hatte er ihn genannt, aber das war beinahe schon verdächtig. Es war genau das, was Serefin hatte hören wollen. Er hatte Katya nichts von dem anderen, urzeitlichen Wesen erzählt. Die Heftigkeit, mit der die Verletzungen an seiner Brust schmerzten, sobald diese fürchterliche Stimme sprach, und wie unbeirrbar sie Serefin sofort überwältigt hatte, ängstigte ihn entsetzlich. Also behielt er diesen Teil der Geschichte für sich, ließ sie in dem Glauben, es ginge nur um die Auseinandersetzung mit Velyos, nicht mit dem größeren Wesen ohne Namen.

Er hatte keine Ahnung, wohin genau Velyos ihn führen wollte, also war es ein unglaubliches Wagnis für ihn, nach Westen zu gehen. Aber er musste sich für etwas entscheiden.

»Wo genau sind wir?«, fragte er Katya.

»Kurz hinter Rosni-Ovorisk.«

Der Name war ihm vertraut. Das war dort, wo sich der Krieg vermutlich zu Kalyazins Gunsten gewendet hatte. Sie war unerklärlich gewesen, diese neu aufgeflammte Kraft des Feindes. Sein Vater hatte den Feind mit seinem wilden Plan zerstören wollen, aber offensichtlich war das nicht gelungen. Und als Serefin den Thron übernommen hatte, war die Front zu ihren ständigen Schwankungen zurückgekehrt. Doch jetzt drohte ein Durchbruch der feindlichen Seite, und Tranavia lief Gefahr, den Krieg zu verlieren.

Serefin erfuhr darüber nichts Näheres, er konnte auch wenig aus den Gerüchten schließen, die er unterwegs in Gasthäusern aufschnappte. Katya gab sich keinerlei Mühe, ihr Aussehen zu verändern, wenn sie durch kalyasische Dörfer kamen. Das Land wäre zu riesig, sagte sie dann, niemand könnte sie erkennen.

»Es prangt sicherlich nicht mein Gesicht auf den Münzen«, scherzte sie dann. Trotzdem war sie eines Abends in einer Schenke plötzlich unter einem Tisch verschwunden, weil ein Fürst von niedrigem Adel durch die Tür geschritten war. Ostyia hatte ihr ohne ein Wort ihr Essen nach unten gereicht. Sie war für den ganzen Rest der Mahlzeit unter dem Tisch geblieben. Nachdem der Fürst gegangen war, war sie dann wieder hervorgeklettert und ins Bett gegangen, als wäre nichts geschehen.

Sie hatten inzwischen die Kampfgebiete der Armeen verlassen, und jetzt waren die Dörfer, durch die sie kamen, nicht mehr von Kämpfen verwüstet, sondern von der Armut nach Jahrzehnten des Krieges.

Doch die Umgebung wurde eher feindlicher, als sie sich von den größeren Siedlungen entfernten. Die Luft schien verändert und Serefin mochte sie nicht. Die Nächte waren kalt, und er hatte ständig das Gefühl, beobachtet zu werden. Doch er konnte nie etwas ertappen, was ihn ausspähte, gleichgültig wie viel Magie er in die Umgebung fließen ließ. Katya war das eindeutig aufgefallen, doch Serefin glaubte nicht, dass sie selbst über echte stärkere Magie verfügte. Vielleicht entsprang seine Unruhe jedoch einfach dem beginnenden Wahn.

So seltsam es auch war: Serefin und die Zarewna kamen gut miteinander aus. Sie teilten die gleiche Lebenserfahrung vom Aufwachsen an Königshöfen, die sich sehr wenig um ihre jungen Thronerben kümmerten und sie in den Krieg abschoben, sobald sie dazu alt genug waren. Hier wichen die Geschichten aber voneinander ab: Serefin diente als hochrangiger Offizier, wohingegen Katya sich einer kultischen Sekte von Monsterjägern angeschlossen hatte.

Sie durchquerten den Kadaver eines Dorfes. Die Häuser waren nur noch Skelette aus Holzbrettern, zum Großteil verbrannt.

»Was ist hier geschehen?«, fragte Kacper.

»Zhir'oten«, erwiderte Katya. »Wir nähern uns dem Wald der Monster. Dörfer halten sich hier nicht lange. Dieses hier wurde vor ein paar Jahren überfallen.«

Wolfswandler. Serefin schauderte es. Mussten sie sich auch noch gegen solche Kreaturen wappnen?

Die Spur der Klerikerin zu verfolgen war ein beschwerliches Unterfangen. Serefin konnte nämlich nicht herausfinden, wie weit sie noch hinter ihr ritten, und eines Tages brach der Zauber, mit dem er sie verfolgt hatte, einfach ab. Er hatte keine Ahnung mehr, wohin sie überhaupt weitergehen würde.

Sie schlugen ihr Lager zwischen den Resten des verlassenen Dorfes auf, egal, wie gruselig es war.

»Wir sind vielleicht nicht mehr in der Lage, sie wiederzufinden«, sagte Serefin, als er und Katya vor einer Karte saßen.

Milomir stritt sich mit Ostyia über ihre Vorräte und wie viel sie davon für das Abendessen verwenden durften, falls sie bald den Wald erreichten. Katya machte dem Streit ein Ende, indem sie Milomir erschöpft befahl, nachzugeben und irgendein kleines Tier zu schießen, ehe es zu dunkel dafür wurde. Er brach grummelnd auf.

»Er ist ein fantastischer Fährtensucher«, erklärte Katya und verdrehte beinahe entzückt die Augen. »Wir bekommen genug zu essen, auch im Wald.« Sie wandte sich wieder der Karte zu. Auch Serefin beugte sich darüber.

»Ich habe sie ungefähr hier verloren«, sagte er und deutete auf eine Stelle in ihrer Nähe, aber sie konnte seither auch schon weitergezogen sein.

»Valikhor ist hier oben«, bemerkte Katya und zeigte es ihm.

Kacper, der Serefin über die Schulter schaute, gab eine Art kurzes Winseln von sich.

Das Gebirge lag sehr weit entfernt und der Weg dorthin führte durch einen riesigen, lang gestreckten Wald, der Kalyazin in zwei Hälften teilte.

»Es gibt keinen einfacheren Weg zu diesem Ort?«, fragte Serefin und versuchte, sich davon abzulenken, wie nahe Kacper ihm kam.

Katya zuckte mit den Schultern. »Wenn du die Routen der Händler nehmen willst, brauchst du ungefähr ein halbes Jahr, bis du ankommst.«

Kacper verzog das Gesicht. Serefin war bereits jetzt zu lange aus Tranavia fort. Soweit er es wusste, war seine Mutter von Ruminski entthront und ins Seenland verbannt worden. Möglicherweise würde gar kein Thron mehr auf ihn warten. Dieser Erkundungszug musste Erfolg haben, nicht nur seinetwegen, sondern für Tranavia.

»Wie viel Zeit können wir gewinnen, indem wir die Straße durch den Wald nehmen?«, fragte Kacper widerwillig und stützte sein Kinn beiläufig auf Serefins Schulter.

»Einige Monate. Es wird immer noch seine Zeit brauchen, aber es ist der kürzeste Weg.« Sie hielt nachdenklich inne. »Und es ist unglaublich gefährlich. Nur sehr wenige Leute überleben einen Zug durch den Wald.«

»Nun«, sagte Serefin grimmig, »uns bleibt wohl nur diese Wahl.«

»Da wir die Spur der Klerikerin nicht mehr verfolgen können, bleibt nur diese.« Sie klang enttäuscht. Es wäre so viel einfacher gewesen, wenn sie die Priesterin gefunden hätten; göttlicher Unsinn war ihr täglich Brot, sicherlich hätte sie da helfen können. Serefin hätte sie schon viel früher darauf hinweisen sollen, wie wichtig sie war.

»Habt ihr in eurem Orden keine Möglichkeit, um Geier aufzuspüren?«, fragte er.

Katya zuckte mit den Achseln. »Wenn du über etwas verfügst, das er oft am Leib trug, könnte es mir gelingen.«

Serefin dreht es den Magen um. »Und wenn du ... wenn du Blut verwendest?«

»Ich begehe keine Häresie«, fauchte sie.

»Und wenn dir nichts anderes übrig bleibt?«

Sie stützte sich auf ihre Hände zurück und kaute leicht auf der Unterlippe. »Trägst du etwa zufällig ein Glasfläschchen mit dem Blut des Schwarzen Geiers mit dir?«

Serefin schüttelte den Kopf. »Er ist mein Bruder.«

Sie riss die dunkelgrünen Augen weit auf und ihr blieb der Mund offen stehen.

»Ein Bastard, eigentlich. Es ist verwirrend. Aber es wäre eine mögliche Verbindung, nehme ich an. Falls die Art, wie ihr Magie verwendet, unserer im Ansatz entspricht. Ich dachte, nur Kleriker könnten in Kalyazin Magie wirken?«

»Es ist verwirrend«, erwiderte Katya heiser. »Die Heiligen können Macht gewähren. Sie ist deutlich schwächer als die der Götter und die notwendigen Übungen, damit man die Heiligen überhaupt hört, sind unglaublich hart. Wir vermögen dann immer noch sehr wenig, im Vergleich.«

»Aber du bist dazu in der Lage?«

Sie blinzelte sehr schnell. »Ich denke, ich bin stark genug.«

»Gut«, sagte Serefin und zog eine Klinge aus seinem Gürtel, ohne darauf zu achten, wie sehr sich Kacper verspannte. Er bot Katya die Klinge an. »Dann lass uns meinen Bruder finden.«

30

NADEZHDA LAPTEVA

Ljubicas Tränen füllten alle Seen in Kalyazin, und noch immer sind ihre Qualen nicht vorbei.

Die Briefe des Włodzimierz

Nadya stand auf dem stillen Friedhof des Klosters und brach unter dem Gewicht ihrer Trauer zusammen. Sie hatte wieder und wieder versagt und diesmal war Kostya tatsächlich verstorben. Zehn ihrer Brüder und Schwestern hatte sie getötet, weil sie waghalsig gewesen war und ihre Magie nicht ausreichend beherrscht hatte. Nadyas Magie hatte sie ausgelöscht. Und diese Magie hatte sich wie Erfüllung angefühlt, was die Tode noch abscheulicher machte.

Die Zeit danach war wie ein Wirklichkeit gewordener Albtraum gewesen. Sie verwischte beständig ihre Tränen, aber sie flossen ohne Unterlass. Sie hatte helfen dürfen, Kostyas Leichnam für die Beerdigung vorzubereiten und Gebete an Veceslav auf das Stirnband und den Gürtel zu schreiben, mit denen die Toten beerdigt wurden. Dem Brauch nach war Marzenya diejenige, die Beerdigungsgebete erhörte, aber Kostya hätte Veceslav gewählt. Das war das Mindeste, was sie tun konnte. Die Toten wurden in schmucklosem Weiß bestattet, ohne Stickereien, damit es ihnen über die Grenzen des Sterblichen verhalf.

Nadya mochte gar nicht daran denken, dass ihr versagt bleiben würde, die gebotenen Trauertage einzuhalten. Der dritte, der neunte und der vierzigste Tag waren für das Gedenken bestimmt und sie konnte nicht so lange hier verweilen.

Was war sie noch wert, wenn sie nicht für die Sicherheit der Menschen sorgen konnte, die ihr wichtig waren? Wo sie eingriff, schuf sie nur weiteres Unheil. Ihr Kloster wäre niemals angegriffen worden, wenn sie nicht dort untergebracht gewesen wäre – alle wären noch am Leben. Kostya hätte nicht sterben müssen. So viele Menschen würden sich noch ihres Lebens erfreuen, hätte es sie nie gegeben.

Sie berührte den Grabstein, fuhr mit den Fingern erst über Veceslavs eingemeißeltes Symbol und dann über die erhabenen Lettern, die Kostyas Namen formten. *Konstantin Ruslanovich.* Er lag so weit entfernt von dem Ort, an dem sein Bruder gestorben war. So weit entfernt von allem, was ihm je vertraut gewesen war.

Nadya hatte so viel Zeit damit verschwendet, sich über ihn verärgert und besorgt zu zeigen, weil er in ihr trotz aller Späße etwas so Hohes und Reines hatte sehen wollen. So war die kurze Zeit dahingeschwunden, die sie gemeinsam verbringen konnten, seit sie zueinandergefunden hatten.

Als Ivan sich zu ihr gesellte, saß sie draußen in der Kälte. Der alte Mönch setzte sich neben sie auf die gefrorene Erde.

»Frieden, Schwester«, murmelte er, als sie sich anspannte, bereit zur Flucht.

Ihre Finger wanderten kurz an den Stein. »Es tut mir leid«, flüsterte sie, aber sie wusste nicht recht, ob sie mit Ivan sprach oder zu Kostya.

Ivan seufzte schwer. »Kind, du hast immer nur das getan, was von dir verlangt wurde.«

Er sah so viel älter aus als an dem Tag ihrer Ankunft und seine dunklen Augen wirkten erschöpft.

»Freunde mussten sterben«, sagte sie. »Wenn ich meine magischen Kräfte besser in der Gewalt hätte, dann wäre niemand tot. Kostya wäre nicht tot.«

»Wenn die Geier nicht auf dieser Erde wandelten, wäre Konstantin ebenso wenig tot«, entgegnete Ivan. »Du kannst dir selbst nicht die Schuld geben für jede Unbill, die den Menschen in deiner Nähe widerfährt.«

Oh, das konnte sie sehr wohl.

»Wenn Malachiasz nicht hier gewesen wäre, könnte Kostya noch leben«, flüsterte sie.

Sie hatte seit dem Angriff nicht mehr mit ihm gesprochen. Parijahan hatte ihr berichtet, dass sich niemand um seine Wunden kümmern wollte, sodass sich Rashid mit dem, was ihm zur Verfügung stand, darum bemüht hatte. Nadya machte sich nicht wirklich Sorgen – er war ein Geier und die konnten schlimmere Wunden überleben als einen gebrochenen Kiefer und Armbrusttreffer. Aus der Rückschau erschien die ganze Nacht nach dem Kampf verwirrend und unwirklich, als wäre sie ein Traum gewesen.

Doch es war kein Traum, den sie weiterspann, es war ein Albtraum, auch der Grabstein unter ihrer Hand war überaus fühlbar und sie konnte nicht aufwachen.

Kostyas letzte Worte bedeuteten eine ständig quälende Erinnerung für sie. Wer waren diese älteren Götter, von denen sie Nadya aus Angst nichts hatten erzählen wollen? Und warum? Und wer waren *sie?*

»Bruder Ivan, wisst Ihr von Göttern, die älter sind als diejenigen, die wir verehren?«, fragte sie und rollte nebenbei eine ihrer Gebetsperlen zwischen den Fingern.

Aus dem Augenwinkel heraus sah sie, wie er sich verspannte.

»Was meinst du?«

»Das hier gab mir jemand in meinem Heimatkloster«, antwortete sie und hob Velyos' Anhänger unter ihrem Kragen hervor. »Kostya hat gesagt, das Symbol stünde für einen

Gott, der älter ist als unsere. Und dass es noch mehrere von ihnen gibt.«

»Ich weiß nicht, wo er so etwas Unsinniges gehört haben sollte«, schnaubte Ivan. »Es gibt die Hohen Zwanzig. Nicht mehr und nicht weniger.«

»Dass wir von den *Hohen* Zwanzig sprechen, lässt aber darauf schließen, dass es auch niedrigere Wesen gibt«, hob Nadya hervor.

»Hast du dich jetzt etwa darauf verlegt, Kind? Die Worte der Ehrwürdigen zu bezweifeln?« Ivan versuchte freundlich zu klingen, aber seine Schärfe drang zu Nadya durch.

»Und wenn es doch andere gegeben hätte?«, überlegte sie laut, ohne auf ihn zu achten.

»Du bewegst dich gefährlich nahe an der Ketzerei, Nadezhda.«

Warum sagte er ihr nicht die Wahrheit? Warum dachte die Kirche, es wäre gefährlich für sie, wenn sie von den anderen Göttern wüsste? Wie lange wurde sie schon angelogen und welche anderen Lügen hatte man ihr noch erzählt?

»Wir können die Fäden nicht erkennen, aus denen die Götter diese Welt gewebt haben«, sagte Ivan. »Nicht einmal du, Nadezhda. Hätte dieser Kampf anders ausgehen können? Wie viele Geier hast du getötet, Kind?«

Er wechselte das Thema, um ihren Fragen auszuweichen. Wieso wollte er ihr nicht die Wahrheit sagen? Konnte sie irgendjemandem trauen?

»Wir haben schon immer einen Krieg gegen ein Volk geführt, das sich frevelhaft von den Göttern abgewandt hat. Die Tranavier haben nach einer Macht gegriffen, über die wir nicht verfügen«, sagte Ivan. »Und diese abscheulichen Monster sind der Beweis dafür. Ich vertraue darauf, dass du zum Besten Kalyazins handeln wirst, sobald die Zeit gekommen ist.«

Nadya schloss die Augen. Es war so viel schlimmer, von jemand anderem ihre Pflichten vorgehalten zu bekommen, als wenn sie sich selbst damit plagte.

»Wie auch immer«, fuhr Ivan fort, »Kämpfe sind nie einfach. Und das ist der Krieg. Im Krieg verlieren Menschen ihr Leben. Du, Nadezhda, du bist diejenige, die diesen Krieg beenden wird.«

»Doch wenn ich es nicht kann?«, fragte sie verzweifelt.

Ivan zuckte mit den Schultern. »Dann geht er weiter. Und es werden noch mehr gute Seelen wie Kostya sterben.« Sie hörte auch das, was er nicht sagte. *Und es werden noch mehr böse Seelen wie Malachiasz leben.*

»Marzenya will, dass ich nach Westen gehe. Zum Sitz der Götter.«

»Und was danach?«

»Ich soll die Göttlichkeit berühren und die Tranavier zur Einsicht zwingen«, erklärte Nadya.

Ivan schwieg.

»Ich weiß nicht, ob ich das überleben werde«, sagte Nadya leise.

»Wenn du es nicht überlebst, so ist Kalyazin verdammt.«

Tröstlich.

Er ließ sie allein auf dem Friedhof zurück. Sie fühlte sich noch verlorener als vorher und war auch noch verwirrter. Es hatte den Priestern lange Rätsel aufgegeben, warum sie in der Lage war, mit dem ganzen Pantheon in Verbindung zu treten. Doch erst jetzt erkannte sie, dass die Kirche ihr nicht vertraute.

Warum fürchteten sie sich vor ihr?

Ein übles Gefühl nistete sich in ihrer Magengrube ein. Es gab nur eine Lebewesen, mit dem sie sich über Magie austauschen konnte und das die Wahrheit nicht vor ihr verbergen würde. Er mochte bei buchstäblich allem anderen lügen, aber er würde sie nicht über Magie belügen. Sie musste mit Malachiasz sprechen.

Nadya hielt Malachiasz im Gang auf und schubste ihn fester an die Wand, als sie es gewollt hatte. Sie hörte ihn vor Schmerz zischen und konnte es kaum glauben. Sie legte ihm einen Arm quer über die Brust – sodass es leicht gewesen wäre, ihm ihren Unterarm gegen die Kehle zu drücken – und richtete ihr Knochen-*voryen* gegen ihn.

»Ohne dich wäre er noch am Leben.«

Malachiasz, müde und zerschlagen, zuckte zusammen.

»Kannst du sprechen?« Sie wusste nicht, wie heftig sie ihm den Kiefer gebrochen hatte.

Er nickte beinahe unmerklich.

»Gut. Wir müssen uns bereden. Aber verrate mir zuerst den Namen des Geiers, der ihn umgebracht hat.« Sie musste ein anderes Ziel für ihre Rache finden, um sich von ihm abzulenken.

Malachiasz' blasses Gesicht verfinsterte sich. Seine Gestalt bewegte sich unter ihrem Arm, als er von dem Aussehen des Jungen wegglitt und sich in das Monster verwandelte. Er sagte nichts.

»Ich verstehe.« Sie packte ihre Klinge fester, ritzte damit seine Kehle an. Schwarze Adern breiteten sich von dem stich aus, mit dem das Knochenmesser ihn berührt hatte, und sie beobachtete das dünne Blutrinnsal auf seiner hellen Haut. »Du hast sehr deutlich gemacht, worauf es dir ankommt, Malachiasz.« Sie sagte seinen Namen mit so viel Gehässigkeit in der Stimme, wie sie aufbringen konnte. »Tranavia. Die Geier. Aber nicht ich. Ich vermute, die Entscheidung war nicht zu vermeiden.«

Er lehnte seinen Kopf nach hinten an die Wand und schloss die Augen. Ein hässlicher Bluterguss zierte seinen Kiefer und wurde nur noch übler, als Verwesung darüberkroch. Es wäre so einfach, sich seiner zu entledigen. Er würde sie diesmal nicht aufhalten, wie er es vor einer Ewigkeit im Wald getan hatte.

»Warum hast du sie gewarnt?«, fragte sie. Tränen brannten ihr in den Augen, aber sie wollte nicht weinen.

Er antwortete nicht.

»Es ist dir egal«, sagte sie matt. »Ich weiß nicht, warum ich die Anstrengung unternommen habe, wegen dir nach Kalyazin zurückzugehen, denn es ist klar, dass du es nicht verdient hattest. Du willst meine Hilfe gar nicht.«

Er bebte unter ihrem Arm und sein Gesicht verfinsterte sich, er blieb aber ruhig. Sie wollte ihn am Kinn packen und zu sich herunterziehen, wollte ihm zeigen, wie viel Schmerz er ihr bereitet hatte. Ihm genauso viel Schmerz zufügen.

Für einen Moment war die Verbindung zwischen ihnen unterbrochen, dann hörte sie sein drängendes Wimmern und sein Kinn bewegte sich unter ihren immer fester zugreifenden Fingern.

»Du hast mir gesagt, du wolltest mir keinen Schmerz zufügen«, sagte sie langsam und versuchte dabei tapfer, ihre Stimme vom Zittern abzuhalten. »Doch du bist der Einzige, der mich verletzt, immer wieder. Woher soll ich jemals wissen, ob dein Schmerz mehr ist als ein bloß vorgetäuschter, damit ich dir so nah bleibe, dass du mich verletzen kannst?«

Ihm gaben die Knie nach und er fiel zu Boden. Nadya dachte nicht im Mindesten daran, ihr Schwert loszulassen oder nur von seinem Hals zu nehmen.

Er kniete vor ihr wie zu einem erzwungenen Gebet und sein Atem ging rasselnd. Das Sonnenlicht, das durch das Fenster hereinfiel, untermalte die Umrisse seiner Gestalt: Sie waren zerrissen und verfallen, aber in diesem Licht wurden sie zu etwas Wunderschönem.

Bei diesem Jungen gab es keine sich bekriegenden Gegensätze mehr. Er hatte sich entschieden, in der Dunkelheit zu versinken, und es würde keine Anstrengung ausreichen, ihn herauszuziehen. Sie konnte ihn nicht retten, und dies ständig zu versuchen würde nur in noch mehr Elend münden.

»Ich hätte einen Gott vor mir auf den Knien ersehnt«, flüsterte sie mit einer leidenschaftslosen Stimme, die ihr selbst fremdartig vorkam. »Ich habe dir gesagt, wie gern ich dich so sehen wollte.«

Eine Träne glitzerte auf seiner Wange. Er zitterte. Entsetzt von ihrer eigenen Grausamkeit ließ sie ihn los. Er war kein Gott – sosehr er es auch erstrebte. Er war ein Monster, ein Schrecknis, ein Albtraum. Er war nur ein Junge.

Er ließ den Kopf hängen und legte die Hand an seinen Kiefer. Seine dünnen Schultern wurden von Schaudern ergriffen.

»Ich ...« Sie trat einen Schritt zurück.

Seine Hand fuhr vor und packte den Saum ihres Rockes, dann ballte sich seine Faust um den Stoff. Ein Angstschauder überlief sie. Eine Hand stützend unter das Kinn gelegt und mit schmerzverzerrtem Gesicht richtete er sich langsam auf. Er zog sie näher zu sich und kämpfte sich vorsichtig auf die Beine.

Doch dann lehnte er nur seine Stirn an die ihre. Ein Augenblick verging, der Riss in Nadyas Schutzpanzer wurde breiter und die Tränen, die sie zurückgehalten hatte, begannen zu strömen.

»Das hast du«, ächzte er. »Die Grausamkeit steht dir sehr gut zu Gesicht, *towy dżimyka.*«

Sie trat einen Schritt zurück und sah zu ihm auf. Es war genauso seine Schuld wie ihre, dass Kostya tot war, und es vergrößerte nur den schmerzenden Riss, der zwischen ihnen klaffte. Eine weitere Mahnung, dass sie dem Verlangen ihres Herzens nicht nachgeben durfte.

Und dennoch fand sie es zunehmend schwer, dagegen anzukämpfen.

Sie nahm seine Hand. Sie war kalt, obwohl er sich sonst meistens warm anfühlte. Sie verschränkte ihre Finger mit seinen. »Komm mit mir«, bat sie leise und mit erschütterter Stimme. »Ich möchte mit dir sprechen.«

Das Heiligtum war glücklicherweise leer. Nadya zog ihn nach drinnen, ohne Rücksicht auf sein Zögern zu nehmen. Sie setzte sich auf die erstbeste Bank, hob die Beine und drehte sich zur Seite, damit sie ihn anschauen konnte. Die Beine zog sie zu sich auf die Bank. Er betrachtete die riesige vergoldete Ikonostase vor ihnen, die in dem abnehmenden Licht leuchtete, das durch die hohen Fenster fiel. Seine Haare fielen ihm offen und verworren über die Schultern, und er hatte keinen Zauber angewandt, um die bizarren Verformungen seiner Gesichtszüge zu überdecken.

Mehrere Augen öffneten sich auf seiner Wange. Sie waren krankhaft weiß und bluttriefend. Sofort wanderte seine Hand an die Stelle.

»Alle lügen mich an …«

»Ksawery Opalki«, sagte er im gleichen Moment. Er sah sie an, bevor er den Blick wieder senkte. »Das ist der Name des Geiers. Nadya, es tut mir so leid.«

Ihr Schutzpanzer zersprang. Sie schloss die Augen und versuchte ihn wieder zusammenzufügen. Sie brauchte einen Schutzwall zwischen ihrem Herz und ihm.

»Wusstest du die ganze Zeit, dass Kostya in den Minen war?«

»Ich bin nicht allwissend. Ich habe eine Befehlsverbindung zu den Geiern. Nun, ich hatte sie. Nein, ich wusste es nicht.«

»Doch du warst der Grund dafür, dass er noch am Leben war, oder?«

Er lachte leise. »Du weißt, dass ich nicht so nobel bin. Sein Tod war einfach sinnlos, und du verdienst es, Rache nehmen zu können.«

Das ließ eine Menge zwischen ihnen ungesagt. Er hatte ihr sein Land und seinen Orden vorgezogen und sie würde ihr Land über sein Schicksal stellen. Was aber geschähe in der Stunde der Bewährung? Was sie füreinander empfunden hatten, ginge für immer verloren.

»Warum hast du sie gewarnt?«

»Das habe ich nicht. Ich habe versucht, den Befehl zu geben, das Kloster zu verschonen. Er ist nicht sehr gut durchgedrungen.«

Nadya achtete sorgsam darauf, ihre Überraschung zu verbergen. »Ich bin mir nicht sicher, dass ich das glaube«, sagte sie.

Er nickte.

»Es tut mir leid, dass ich dir den Kiefer gebrochen habe«, räumte sie ein.

»Wollen wir nur Entschuldigungen austauschen? Denn dann sind wir buchstäblich die ganze Nacht hier«, wollte er wissen und nahm ihre übel zugerichtete Hand.

»Wie habe ich ihn gebrochen?«

»Wenn wir mit einem Schlag rechnen, so können wir ihm noch ausweichen.«

»Also, wenn es euch unvorbereitet erwischte ...«

»Es würde mich nicht umbringen«, erwiderte er frohgemut. »Es ist viel schwieriger, das zu erreichen, Nadya.«

»Aber du bist nicht unsterblich. Ich könnte dich ... zerbrechen.« Allerdings konnte er sprechen, also heilte bei ihm alles bemerkenswert schnell. Aber das hatte sie schon gewusst.

»Das bin ich nicht. Hast du vor, mich zu zerbrechen?«, fragte er mit rauer Stimme.

Bei seinem Ton schauderte es ihr.

»Ich hätte dich im Klosterkeller anketten sollen.«

Er dachte darüber nach. »Das wäre sicherlich wirkungsvoll gewesen.«

»Vielleicht beim nächsten Mal«, sagte sie ernst.

Malachiasz gab ein nachdenkliches Schnalzen von sich.

Nadya seufzte. Das hier würde sie überhaupt nicht weiterbringen. Sie zog an ihrem eigenen Magiestrang und es entzündeten sich winzige weiße Flämmchen an ihren Fingerspitzen. Doch das war alles. Größere Magie schmerzte in ihrer Handfläche, aber sie wusste nicht, wie sie diese Macht aufschließen konnte. Eine Magie, die der Verzweiflung entsprungen war, war nicht so leicht zu wiederholen.

Malachiasz hob leicht die Augenbrauen, und ein kleines Lächeln verzog seine Lippen, als er erkannte, was sie erwog. Er machte sein Zauberbuch vom Gürtel los und ließ es ihr kurzerhand in den Schoß plumpsen.

»Ich will das nicht«, sagte sie misstrauisch.

Er beachtete sie nicht. Er zog seinen Dolch aus der Scheide und bot ihr, nach einem schiefen Blick zur Ikonostase, auch diesen an.

»Den brauche ich genauso wenig.«

»Nein?«

Sie schüttelte den Kopf, kaute ein wenig auf der Unterlippe und betrachtete das Zauberbuch. Er hatte die Ikonen nicht abgerissen, die sie auf dem Einband befestigt hatte, als sie es sich in Grazyk ausgeliehen hatte. Sie fuhr mit den Fingerspitzen über Marzenyas Bild.

»Malachiasz ...« Warum hatte er die behalten?

Er deutete ihre Absicht falsch und riss die Augen ein bisschen weiter auf. »Du musst es nicht«, sagte er schnell.

Sie lachte und er entspannte sich. »Ich werde auch keine Blutmagie nutzen.« Sie begann, an einer der Ikonen zu ziehen, und schrak zusammen, als seine Hand auf der ihren landete.

»Auch das musst du nicht tun«, merkte er mit unerträglich sanfter Stimme an.

Sie zuckte überrascht zusammen und betrachtete sein Gesicht. Er war sehr darauf bedacht, die Ikonen nicht zu berühren, als er seine Hand zurückzog. Er bot ihr nichts weiter als eine Erklärung an, und sosehr Nadya auch wissen wollte, wieso er die Bilder mied, sie fragte trotzdem nicht nach.

»Die Kirche verbirgt etwas vor mir«, sagte sie. »Und ich glaube, dass es etwas damit zu tun hat, wie Magie durch mich wirkt.«

Er kaute geistesabwesend auf seinem Daumennagel herum und sah wieder zur Ikonostase auf. Nadya hätte jedes Symbol und Bildnis von jedem Heiligen benennen können. Ihr Glaube war das Einzige, von dem sie fraglos überzeugt war, und doch saß sie jetzt hier mit einem Jungen, der alles entweiht hatte, wofür dieser Glaube stand. Ihr Wissen taugte weniger, da sie gegen so vieles ankämpfen musste, das andere Grundlagen erforderte als die alte Lehre.

»Du hast mein Zauberbuch schon einmal verwendet, wenn auch aus Versehen, und hast eine bizarr unerklärliche Magieverbindung mithilfe von gestohlener Macht geschaffen«, erinnerte Malachiasz sie schließlich. In seiner Stimme schwang eine Drohung mit, die sie nicht entschlüsseln konnte, aber sie sorgte dafür, dass ihr im Nacken ganz warm wurde.

»Und?«

Er schlug das Buch auf. »Magie ist Magie«, sagte er langsam, als erwartete er, dass sie ihm widerspräche.

Sie blätterte sein Zauberbuch durch, Dutzende peinlich genau entworfene Zaubersprüche in seiner unordentlichen, krakeligen Handschrift. Sie hielt inne, als sie auf eine Seite kam, die mit fleckigen und unvollendeten Holzkohleskizzen bedeckt war.

Die Skizzen zeigten sie selbst. In seinen Zimmern in der Kathedrale hatten sich Leinwände in jeder Ecke gestapelt. Sie hatte angenommen, er würde einfach Kunstwerke sammeln. Dabei war er während der ganzen Zeit derjenige gewesen, der sie schuf. Sie spürte Hitze im Gesicht, die Liebenswürdigkeit, mit der er sie umgarnt hatte, war zu deutlich.

»Vielleicht sollten wir anders herangehen«, sagte er hastig. Er schloss knallend das Buch und legte es beiseite. Er war rot geworden und wirkte leicht beschämt.

Oh, verdammt. Ich schwebe in Gefahr, dachte sie hoffnungslos.

»Du zeichnest sehr gut«, stellte sie fest.

Seine Hand bewegte sich zu dem Buch hin und schwebte darüber. Er mied ihren Blick. »Danke«, erwiderte er knapp.

In solch einer schweren und unumkehrbaren Gefahr.

»Kostya hat gesagt, die Kirche hätte Angst davor, dass ich alte Götter außerhalb des Pantheons entdecke. Sie hätten Angst vor meiner Verderbtheit.« Sie hob ungerührt die Hand.

Malachiasz nahm ihre Hand und umschloss sie mit seiner. »Weil sie Angst davor haben, dass du mit diesen Wesen in Verbindung treten könntest?«

Das war auf alle Fälle eine denkbare Erklärung. »Ich hätte Velyos nicht befreien sollen, doch ich habe es getan. Ich werde das Gefühl nicht los, dass das miteinander zusammenhängt.«

Er zögerte. »Wenn wir ... wenn wir herausfinden, wie du deine eigene Macht erreichst, musst du dann überhaupt weiter nach Westen ziehen?«

»O ja, doch«, antwortete sie. Doch, weil sie den tranavischen Schrecken ein Ende bereiten musste. Doch, weil sie ihn opfern würde und es viel zu spät war, diese Entscheidung rückgängig zu machen. Die Falle war bereits gestellt.

Er nickte. »Nun, du hast ja ohnehin schon so viel darüber geredet, dass ich neugierig bin!« Er schob ihr den Ärmel zurück, sodass der dunkle Streifen bis zu ihrem Ellbogen hinauf sichtbar war. »Ich glaube kaum, dass dir die Erklärung gefallen wird, die wir für das hier finden werden«, sagte er und seine Augen unter den langen, dunklen Wimpern begegneten ihren Augen.

Er veränderte seine Haltung, zog die Beine auf der Bank an, sodass er eher verkrümmt darauf kauerte. »Also, wir wissen von Velyos«, stellte er fest, »und er gehört nicht zu eurem Pantheon, oder?« Er wartete auf ihre Bestätigung.

Sie nickte.

»In Ordnung. Ein gefallener Gott also, was auch immer das bedeutet. Deine Macht ist inzwischen deine eigene, gleichgültig, woher sie ursprünglich stammt. Du hast Velyos' Macht in der Kathedrale verwendet, hat sich das ähnlich angefühlt?«

»Nein. Nur wie die vertraute Magie der Götter sich anfühlen würde.«

Er neigte den Kopf und betrachtete ein buntes Glasfenster hinter ihr. Sie lächelte, während sie dem neugierigen, wissbegierigen Jungen zusah, der Rätsel liebte.

»Dann können wir ausschließen, dass es sich bei dir um die Macht eines gefallenen Gottes handelt, denn sie würde sich genauso anfühlen.«

»Dann bleibt aber nicht wirklich viel anderes. Ich bin keine Hexe wie Pelageya. Sie hat gesagt, ich bezöge meine Macht von woandersher.« Von jemand anderem. Oder von etwas anderem? Oder wenn es wirklich allein ihre Macht war, warum fühlte sie sich dann so dunkel an und so ungreifbar? Warum konnte sie nicht von ganz alleine zu ihr durchdringen? »Pelageya hat gesagt, dass sich die Magie von Hexen und von Klerikern nicht wesentlich unterscheidet, also warum kann ich mit dieser nichts anfangen? Und warum verändert sie mich?«

Die tätowierten Linien auf seiner Stirn verzogen sich, als er die Augenbrauen zusammenzog.

»Göttlichkeit schmeckt nach Kupfer und Asche«, murmelte er. Er hielt sanft ihre befallene Hand und sah lange auf sie hinab, bevor sein Blick an Nadyas vorbeiging, wie knapp über ihre Schulter.

Nadya wurde ganz ruhig. Sie legte ihre andere Hand über die seine.

»Und nach einem gebrochenen Heiligenschein ...« Er schlitzte ihr die Handfläche auf.

Sie zuckte zusammen, biss sich auf die Lippe. »Kannst du nicht fragen, bevor du das machst?«

Er antwortete nicht, sondern tauchte einen Zeigefinger in ihr Blut. Dann steckte er sich den Finger in den Mund.

»Bei den Göttern, was tust du da, Malachiasz?«

Sie wich zurück, als er mit blutigen Fingern vor ihrem Gesicht abwinkte und sie mit kleinen Pfeifgeräuschen zu beruhigen suchte. »Ich habe eine Theorie.«

»Dass du widerlich bist?«

»Nein, dafür gibt es genügend unanfechtbare Beweise«, erwiderte er mit einem Mal versonnen und starrte an ihr vorbei ins Leere. Er hielt kurz inne und flüsterte dann, mit einem dunklen Ton in der Stimme und Augen, die auf nichts gerichtet schienen: »Göttlichkeit.«

Nadya wurde es kalt, als sie ihn entsetzt ansah, während er in seinem Geist Erkenntnisse bewegte, um sie zusammenzusetzen. Sie konnte sich nicht gleich einen Reim darauf machen, was er wohl herausgefunden hatte.

»Nicht von euren Göttern, nicht von denen, die gefallen sind, etwas Weiteres, etwas Älteres. Uralt, hungrig, wahnsinnig.«

»Malachiasz?«

Er zuckte, kam mit einem Blinzeln wieder zu sich selbst zurück und sah auf das Blut hinunter, das auf ihrer Handfläche schwamm und langsam gerann. »Entschuldige«, sagte er, zog ein Tuch aus seiner Jackentasche und wickelte es ihr vorsichtig um die Hand.

Sie wartete ab, ein Grauen erfüllte sie. Er nahm ihr Gesicht zwischen seine Hände, und etwas lag in seinen Augen, was sie zuvor noch nie gesehen hatte. Es machte ihr Angst.

»Diese Macht wird dir selbst nicht schaden, wenn du sie beanspruchst«, sagte er gedämpft und beinahe feierlich und damit völlig unangemessen für diesen ketzerischen Jungen. »Du wirst nur unglaublich großartig sein.«

»Was …«

Er küsste sie. Er war ein Sturm und sie würde ertrinken. Zu früh machte er sich wieder los und ließ sie mit einem unsicheren und zittrigen Gefühl zurück. Malachiasz küsste sehr sanft die Fingerrücken an ihrer befallenen Hand.

»Alles wird gut werden, ich verspreche es«, sagte er. »Aber den nächsten Schritt musst du selbst machen. Es liegt an dir, Nadya, es liegt alles an dir.« Er stand auf, um fortzugehen, und legte ihr eine Hand leicht aufs Haar. Dann schlüpfte er aus dem Saal.

»Was?«, flüsterte sie und schlug sich die Hand vor den Mund.

Solange sie in diesem Kampf auf feindlichen Seiten standen, würden sie immer grausam zueinander sein, selbst wenn sie zärtlich sein wollten. Und wenn sie zärtlich zueinander wären, würde ihr Herz zu heftig schlagen. Es gab kein Entkommen.

Kaum dass Malachiasz gegangen war, strich Marzenyas Anwesenheit über sie hinweg.

Was bedeutet es? Was meint er damit? Was soll ich nur tun?

Die Göttin antwortete nicht gleich. Nadya stand von ihrer Bank auf und wäre beinahe vornübergefallen, bevor sie sich zum Altar vortastete, um dort ein Weihrauchstäbchen zu entzünden. *Und werden die anderen Götter jemals wieder mit mir sprechen?*

»Sie können es nicht«, entgegnete Marzenya schlicht, ohne sich dazu herabzulassen, ihre anderen Fragen zu beantworten.

Nadyas Herz setzte aus. Oh. *Aber der Schleier?*

»Ein neuer Schleier, eine neue Magie«, sagte Marzenya. *»Anders geschaffen, eine ähnliche Wirkung. Gezielter, genauer ausgelotet. Stärker. Die Tranavier haben etwas geschaffen, das Kalyazin entzweibrechen wird, wenn sie ihren Vorteil nutzen. Deshalb musst du sie umstimmen.«*

Sie umstimmen?, fragte sich Nadya. Der Krieg ging schon seit fast einem Jahrhundert. Tranavier wie Malachiasz und Serefin wollten ihn beenden. Aber Tranavia als Ganzes? Kalyazin? Wollten sie, dass der Krieg endete? Serefin hatte erwähnt, wie einträglich der Krieg für die tranavischen Adeligen war, und Nadya fragte sich, ob das für die kalyasischen auch galt.

Es machte sie so müde.

»Wir werden sie umstimmen«, wiederholte Marzenya. *»Dauerhaft. Es gibt eine Quelle, aus der du trinken musst. Wir werden Ordnung schaffen. Wir werden das Gleichgewicht wiederherstellen. Wir werden Tranavia zurückholen in unsere Gunst.«*

Nadya schluckte. Das war ein ganz anderes Lied als das, was ihr Marzenya sonst vorsang.

Weißt du, warum die Kirche mich angelogen hat? Über alte Götter, diejenigen, die abgefallen sind? Darüber, was diese Magie in mir ausmacht?

Es folgte eine lange Stille. *»Es ist nicht die Zeit, Fragen zu stellen. Es ist Zeit zu handeln. Geh.«*

Nadya sollte dankbar sein, dass von der alles verschlingenden Zerstörung nicht mehr die Rede war. Sie sollte dankbar sein, ihren Auftrag beenden zu dürfen, ohne das Land zu zerstören, das der Junge, der ihr etwas bedeutete, so sehr liebte. Selbst wenn sie ihn in Stücke reißen musste, um es zu tun.

Obwohl Malachiasz' seltsames Verhalten sie immer noch bestürzte und es ihr noch allzu gegenwärtig war, begrub sie ihre Zweifel. Sie entzündete ein weiteres Weihrauchstäbchen und verließ das Heiligtum.

Zwischenspiel V

PARIJAHAN SIROOSI

Der Brief war zu einem winzigen Viereck gefaltet und in ihrem Beutel so weit nach unten geschoben, wie es nur eben ging. Sie wusste nicht, wie der Bote sie überhaupt gefunden hatte. Der Einfluss ihrer Familie reichte eindeutig weiter, als sie gedacht hatte.

Seine Allerhöchste Majestät, der König der Könige, der Herrscher des Travash des Hauses Siroosi, in dessen Händen das Bündnis der Fünf Länder Unter Der Großen Sonne ruht, Daryoush Siroosi, liegt im Sterben. Er wird bald zwischen den Dünen wandern.
Kommt heim, Eure Hoheit.

Sie starrte ins Feuer. Sie hatten das Kloster vor ein paar Tagen verlassen und lagerten in Zelten. Zum anderen Ende von Kalyazin zu wandern, nur weil Nadya das wollte, kam Parijahans Absichten sehr entgegen. Es bedeutete nämlich, weit, weit weg von Akola zu sein.

Rashid schlief mit dem Kopf auf ihrem Schoß, und ihre Finger spielten mit seinen dunklen Haaren. Nadya war abwechselnd mürrisch und seltsam gefangen von einem Thema, worüber sie und Malachiasz stundenlange Auseinandersetzungen führten. Parijahan hörte ihre leisen Stimmen schon längst nicht mehr, wenn sie sich in dem kuriosen

Wechsel zwischen Tranavisch und Kalyasisch zankten, in den sie beim Sprechen gerne verfielen. Parijahan glaubte nicht, dass sie es überhaupt als außergewöhnlich bemerkten. Sie redeten wahrscheinlich so lange in einer Sprache, bis einer von ihnen an etwas wie eine Mauer stieß, die er in der Sprache des anderen nicht überwinden konnte. Dann wechselte derjenige in seine eigene Sprache und fuhr fort.

Ihr Vater lag im Sterben.

Kommt heim.

Sie sollte Trauer empfinden, doch sie hatte vor allem Angst davor, worauf die Ereignisse hinausliefen, wenn sie so weit weg von Akola war.

Sie schreckte auf, als sich Malachiasz neben sie setzte.

»Schläft Nadya?«, fragte sie.

Er nickte. »Hast du es Rashid gesagt?«

»Ich kann es Rashid nicht sagen.«

Malachiasz zog eine Augenbraue hoch.

»Yanzin Zadar wartet schon seit Jahrzehnten darauf, dass Paalmidesh Schwäche zeigt. Sie versuchen schon, den Paalmideshi Travash zu stürzen, seit ich mich erinnern kann. Ich darf ihm in dieser Sache nicht vertrauen.«

»Oh.« Er stützte sein Kinn in die Hände. »Ich höre mit Vergnügen, dass die politischen Ränke eines anderen Landes genauso verworren sind wie die in Tranavia.«

»Es fällt mir äußerst schwer zu glauben, irgendetwas könnte schlimmer als Tranavia sein.«

»Wie weit seid ihr gediehen mit der Unternehmung Fünf-Königreiche-Vereint?«

Parijahan schwieg.

»Siehst du, ich wusste, das wäre eine schlechte Idee. Höchstens zwei Königreiche sind beherrschbar.«

»Hätten die Fünf Väter dich nur schon vor Jahrhunderten gefragt, dann hättest du ihnen deinen unverzichtbaren politischen Rat erteilen können.«

»Es ist wirklich eine Schande, dass ich nicht gefragt wurde.«

Parijahan verdrehte die Augen. »Immerhin kennst du dich in der Staatskunst aus.«

»Was für ein Vorwurf.«

»Kein unbegründeter.«

»Ich bin bloß geduldig. Und es ist ein Spiel.« Er schwieg und gestand dann immerhin zu: »Und ich bin gut in diesem Spiel.«

Was seine Fähigkeiten anging, untertrieb er. »Ach, dann übernimm du das.«

»Sicherlich nicht. Ich hatte den Eindruck, dass du und Rashid nicht zu besorgt wart wegen der ausgesuchten Zänkereien eures Herkunftslandes«, stellte Malachiasz fest.

»Ich meine, ich weiß nicht, ob ich nur unsere Seite sehen soll. Yanzin Zadar hat das Recht, verärgert zu sein über Paalmidesh; wir waren nicht wirklich entgegenkommend zu ihnen. Und Rashid ... er hat gesagt, dass es ihn nicht stört.«

»Ah, das sagt er.«

»Wag es nicht, Malachiasz Czechowicz, du entsetzlicher Junge.«

Malachiasz lachte leise.

»Er wird mir sagen, ich solle zurückgehen«, sagte sie. »Er wird mir raten, ich solle mich für das pflichtgemäß Richtige entscheiden, weil er so verdammt edel ist.«

Malachiasz zog ein Knie zur Brust und schlang die Arme darum.

»Ich kann es nicht tun, Malachiasz. Ich dachte, sie würden mich enterben, weil ich sie verlassen habe. Auf diese Entwicklung war ich vorbereitet, und auf keine andere.«

Er legte den Kopf auf sein Knie und dachte nach. Hin und wieder zitterte ein Körperteil an ihm, als befände es sich nicht ganz in demselben Bereich des Daseins wie alle anderen. Sie hatte von Anfang an gewusst, dass er zwiegespalten war. Als er verzweifelt und allein in einem feindlichen Königreich umherirrte, war es ihm furchtbar misslungen zu verbergen, dass er ein Geier war. Diese Seite an ihm hatte sie nie gestört. Eigentlich war es eher der liebenswerte, sanfte tranavische Junge, der sie zunehmend misstrauisch machte.

Doch es war auch der liebenswerte, sanfte tranavische Junge, der stets zuhörte, wenn sie sich beschwerte, und der so tiefschürfende gute Ratschläge gab.

Er sah vielsagend zu Rashid, aber sie winkte nur ab. »Er wird nicht aufwachen.«

»Du wirst es ihm sagen müssen. Du wirst es ihnen beiden sagen müssen, ehrlich.«

Das war genau das, wogegen sie sich sträubte.

»Was würde geschehen, wenn du nicht zurückkehrst?«, fragte er.

»Ich weiß es nicht«, sagte sie. »Ich bin die Erbin eines Travash. Die beiden anderen hohen Travash werden ihren Anspruch auf den Thron bekräftigen. Ein Rat aus Adligen aus allen Häusern in Akola wird entscheiden, wer der nächste Herrscher wird. Yanzin Zadar wird vermutlich versuchen, den Rat zu stürzen. Siroosi hat Akola über eine sehr lange Zeit regiert. Es wäre ... unehrenhaft von mir, mich vom Thron abzuwenden und zuzulassen, dass er einem anderen Haus zufällt.«

»Aber du«, sagte Malachiasz und wählte seine Worte vorsichtig, »bist nicht wirklich ehrenhaft.«

Sie warf ihm einen schiefen Blick zu. »Nun, du musst das ja am besten wissen.«

Er grinste sie an.

»Du solltest vorsichtig sein«, sagte sie. »Mich warnt ein bedrückendes Gefühl vor dieser Unternehmung.«

»Sicherlich ist meine Verstrickung der wahre Grund für besagtes bedrückendes Gefühl«, merkte er an.

Ja und nein. Er hatte in Tranavia schlichtweg Verrat begangen, aber sie wäre nicht so wütend gewesen, wenn er sie von Anfang an in seine Pläne eingeweiht hätte. Große Vorhaben, sich Göttlichkeit anzueignen, um die Götter zu stürzen, waren ja schön und gut; Parijahan hasste es jedoch, angelogen zu werden. Das war ein Grundzug an ihr, der sie zu einem furchtbar ungeeigneten prasīt machte.

»Du und Nadya, ihr seid ein gefährliches Paar«, sagte sie.

Er lächelte leicht, ohne seine gewohnte bittere Schärfe. Das wilde Tier, das sich unter seiner Haut eingenistet hatte, schlief.

Heilige Mutter, er ist verliebt in sie. Sie kannte diesen Jungen gut genug, um zu befürchten, dass das nur eine Katastrophe heraufbeschwören konnte.

»Es wirbelten in dieser verfluchten Nacht in Grazyk gewaltige Magieströme durch die Kathedrale, und ich bin mir nicht so sicher, ob wir alle begreifen, was wir angerichtet haben.«

Parijahan schnaubte. Er lächelte reumütig.

»Meine eigenen Pläne eingeschlossen.«

Wie zur Bestätigung öffnete sich ein Auge an seiner Schläfe.

»Tut so etwas weh?«

»Ja«, erwiderte er munter. »So ziemlich die ganze Zeit! Ich habe ständig Schmerzen.«

Sie stöhnte und dabei brachte sie ein Lachen hervor. Sie legte ihre freie Hand auf die seine. So schlimm er auch war, er war ihr Freund und sie wollte ihn nicht so angeschlagen sehen.

»Ich habe mich gehörig verrechnet«, sagte er achselzuckend. »Das kommt eben vor.«

Parijahan glaubte ihm nicht. Leider erschienen seine geschickten Lügen nur allzu glaubwürdig. Er hatte sich überhaupt nicht verrechnet. Die Magie, mit der er und Nadya arbeiteten, war für Parijahan unvorstellbar mächtig, und sie bemühte sich erst gar nicht darum, sie zu verstehen. Akola hatte seine eigenen Magier, die sich schon deshalb klug aus dem Krieg zwischen Kalyazin und Tranavia heraushalten konnten, weil nur wenige Leute überhaupt von ihrem Dasein wussten. Sie lebten tief in den Wüsten und kamen nur selten in die Städte, um Handel zu betreiben.

»Hast du wirklich geglaubt, du wärest in der Lage, einen Gott zu töten und einfach so ein göttliches Reich zu stürzen?« Sie schnippte mit den Fingern.

»Das habe ich mir als zu einfach vorgestellt, da hast du recht. Ich habe diese Macht, aber ich weiß nicht, wie ich sie nutzen kann. Ich mache mir Sorgen, dass es mein Ende sein könnte, wenn ich sie entfessele.«

»Aber wenn du diese Macht freisetzen müsstest, um Tranavia zu retten?«

Er schwieg sehr lange und zupfte geistesabwesend an der Haut rund um seinen Daumennagel. »Dann wäre es das Ende von Malachiasz Czechowicz«, sagte er schließlich.

Parijahan atmete leise aus.

»Es ist eine Schweinerei. Ich mag ja ein Wunschträumer sein, aber ich kann mir nicht vormachen, Nadyas Plan – was auch immer er beinhaltet – würde diesem Blutvergießen ein friedliches Ende bereiten.« Er lächelte, wenngleich traurig.

»Warum hilfst du ihr dann?«

»Weil ich helfen will. Weil ich verdammt noch mal zu großherzig bin und hoffen muss, dass einer von uns diese im Unrat versinkende Welt erneuern kann. Sonst würde ich mich selbst mit dem Gewicht meines eigenen verzweifelten Schwermuts erdrücken.« Er zuckte mit den Achseln. »Weil ich mir Sorgen um sie mache.«

»Wenn du sie so sehr verletzt, wie du es schon einmal gewagt hast, werde ich dich umbringen, noch ehe sie selbst dazu kommt«, erklärte Parijahan.

»Vor dir habe ich wirklich Angst«, entgegnete er.

»Du solltest dich vor ihr genauso fürchten.«

»Es ist keine Furcht«, murmelte er. »Das ist nicht das richtige Wort dafür. Aber vielleicht sollte es das sein? Sie hat mir ein paar verstörende Dinge erzählt, die ihre Kirche über sie gesagt hat.«

»Die du in einem Streit über religiöse Moral nutzen wirst, da bin ich mir sicher«, sagte Parijahan trocken.

»Die Streitereien machen doch die Hälfte des Vergnügens aus. Und du wechselst nur das Thema, weil du nicht über diesen Brief sprechen willst.«

Sie blickte ihn finster an. »Ich weiß nicht, was ich tun soll«, gestand sie.

»Also willst du deine Familie vergessen und hoffen, dass dein schlechtes Gewissen bald verschwindet?«

»Das hat mir bis jetzt gut geholfen.«

»Parj ...«

Sie wollte nicht, dass er in diesem Ton mit ihr sprach. Er hatte kein Recht, ein Urteil zu fällen. Sie strich Rashid über die Haare und schwieg. Ihr Bein war eingeschlafen.

»Ich unternehme nichts, weil Nadya meine Hilfe braucht. Ich werde sie nicht mit dir allein lassen.«

»Das ist anständig«, gab er zu. »Aber ... er ist dein Vater.«

Verletzung und Verwirrung in seiner Stimme klangen erschreckend ehrlich. Parijahan sah ihn verzweifelt an.

»Einige von uns haben nämlich keinen«, fuhr er leise fort.

Er hatte recht. Aber es war so viel verwickelter, als er wissen konnte. Sie hatte vieles gesagt, das niemals zurückgenommen werden konnte, vieles getan, das niemals zu verzeihen sein würde.

Sie hatte angenommen, ihr Travash würde ihr Mörder schicken und sie nicht leise anbetteln zurückzukehren.

Sie schloss die Augen. Malachiasz lehnte den Kopf an ihre Schulter.

»Einige von uns schaffen sich ihre eigenen Familien«, erklärte Parijahan. »Ich bin mir nicht sicher, was ich falsch gemacht habe, dass in meiner ein Monster auftauchte, aber so ist das nun einmal.«

Malachiasz schnaubte.

Lange herrschte Stille zwischen ihnen. Malachiasz stand irgendwann auf, aber nur um Holz nachzulegen und Nadya sanft aufzusammeln und ins Zelt zu tragen, damit sie nicht erfrieren würde. Sie sah klein aus auf seinen Armen. Seine langen schwarzen Haare mischten sich mit ihren weißblonden Strähnen, als er sein Gesicht dicht an ihres brachte. Parijahan vernahm das leise Geraune ihrer Stimmen. Er kam zurück nach draußen und setzte sich wieder neben sie auf den Boden.

»Geh schlafen. Ich werde Wache halten.«

»Ich will Akola nicht regieren«, sagte sie ausdruckslos und starrte ins Feuer. »Wenn ich hierbleibe, muss ich es nicht.« Sie vergrub ihr Gesicht an seiner Schulter.

Er legte einen Arm um sie. Ihr fürchterlicher, mächtiger Freund. Als sie ihre Heimat verlassen hatte, hätte sie nie gedacht, dass sie in einem winzigen kalyasischen Dorf auf den Schwarzen Geier von Tranavia stoßen würde, einen aufgescheuchten Jungen, dem kalyasische Soldaten auf den Fersen waren. Sie wollte nicht zurückgehen. Sie konnte einfach nicht.

Zwischenspiel VI

ZAREWNA YEKATERINA VODYANOVA

Jede von den Heiligen ausgehende Magie war so erschütternd unvollkommen und das verstanden die Tranavier einfach nicht. Gewohnt an ihre so schlicht zu erwirkende häretische Magie konnten sie keine Machtquellen begreifen, die Anstrengung erforderten. Serefin hatte zunehmend verwirrt zugesehen, wie Katya den Großteil ihres Beutels ausgeleert und begonnen hatte, den Inhalt zu durchsuchen.

»Sind das …« Er nahm eine Handvoll Pilze hoch. »… blutiger Knochen, warum hast du *czaczepki towcim?*«

»Nur Kleriker verfügen über echte Magie«, sagte Katya und nahm eine kleine Keramikschale zur Hand, in die sie etwas Zaubersalbei gab. »Sei so lieb und verwende deine blasphemische Macht, um das anzuzünden, ja?«

Er runzelte die Stirn. Es herrschte einen Augenblick Stille.

»Entschuldige, habe ich das nicht deutlich gemacht? Die Götter und ich kommen nicht immer gut miteinander aus. Mich kümmert es keinen Geierdreck, woher deine Kumpane ihre Magie beziehen, aber meine Meinung ist nicht wichtig, nur die meines Vaters und der Kirche.«

Sie waren in eines der ausgebrannten Hausgerippe gezogen.

Katya schmerzte das Herz, wenn sie eine solche Zerstörung sah, vor allem wenn die durch Wesen verursacht war, von denen für kalyasische Dörfer seit Jahrzehnten keine Gefahr mehr ausgegangen war. Kalyazin hatte schon immer mit seinen Monstern gelebt. Sie lauerten in allen Ecken: Die *domovoi* bewahrten ihre Häuser, die *bannik* kümmerten sich um die Badehäuser und die *dvorovoi* um die Ställe. Doch die Monster, die Unheil, Leid und Zerstörung brachten – die *zhir'oten,* die *kashyvhes,* die *drekavac* –, waren seit langer Zeit nicht mehr gesehen worden. Und nun waren sie aufgewacht.

Velyos war einst der Gott der Unterwelt, des Waldes und aller dort hausenden Monster gewesen. Als er befreit worden war, war auch alles andere mit ihm erwacht. Die Kalyaziner hatte sich endlich aus einer Zeit der Dunkelheit und der Monster herausgekämpft und jetzt wurden sie wieder hinuntergezogen. Katya beschlich das schreckliche Gefühl, dass dieses Grauen unumkehrbar war. Selbst wenn es Serefin gelang, sich von Velyos loszubrechen, hatte die Dunkelheit sich hier ausgebreitet, um zu bleiben.

Serefin schnitt sich den Daumen an einer Rasierklinge in seinem Ärmel auf und entzündete ihre Schale. Sie bot ihm einen Pilz an. »Du kannst mit mir kommen.«

Er bedachte sie mit einem finsteren Blick. »Ich hatte schon genug göttliche Schrecken für mein ganzes Leben, danke.«

»Es fällt mir schwer zu glauben, dass du sogar ein leichtes Rauschmittel verschmähst.«

»Du kennst mich kein bisschen, meine Liebe.« Er hatte ein Fläschchen an seinem Oberschenkel befestigt. Doch er räumte ein: »Wenn Blutmagie durch Drogen gesteigert werden könnte, hätten die Geier das schon lange herausgefunden. Wenn es der Entspannung dient, ist es eine ganz andere Sache.«

Sie zuckte die Achseln. »Bediene dich.« Sie hielt die Pilze Ostyia hin, die zögerte, dann aber den Kopf schüttelte.

»Mir reicht Blutmagie«, sagte Ostyia leise.

»Blute noch ein bisschen mehr über den Salbei«, wies Katya Serefin an. »Ich will ihn dazu verwenden, den Schwarzen Geier aufzuspüren.«

Serefin rutschte unruhig hin und her. *Dumme Häretiker, so unsicher, sobald sie mit Magie in Berührung kommen, die sie nicht verstehen,* dachte sie. Was auch immer sie von Svoyatovi Vladislav Batishchev bekommen hatte, würde genügen, um den Schwarzen Geier zu finden. Aber sie würde noch andere Rituale durchführen müssen, damit sie genug Magie erlangte, einen Geier zu töten, besonders einen so mächtigen wie ihn.

Kleriker konnten jederzeit über Macht verfügen. Laien wie Katya, die Heilige dazu anriefen, mussten langwierige, umfassende Rituale durchführen, um ein Quäntchen Magie zu gewinnen. Solche schmalen magischen Stränge waren gut geeignet für die Jagd und für Einzelkämpfe, aber zu schwach für das Schlachtfeld. Diese Magie verlangte zu viel Vorbereitung und brachte zu wenig lohnenden Ertrag. Katya störte das im Grunde nicht; sie konnte es sich nicht vorstellen, mit einer Macht wie der einer Klerikerin zu leben, mit einer ständig gegenwärtigen Macht.

»Erst Pelageya, dann sie, was ist mit euch Kalyazinern nur los?«, murmelte Kacper.

»Ihr habt Pelageya getroffen?«, rief Katya ungläubig.

»Sie ist die Ratgeberin meiner Mutter«, entgegnete Serefin stirnrunzelnd.

»Wenn es eine Mutter aller Hexen gäbe, so wäre es Pelageya«, erklärte Katya. »Ich bin Pelageya begegnet. Sie ist eine der letzten Hexen, die es noch gibt. Nun, sie wird meistens für einen Mythos gehalten, also versucht die Kirche nicht allzu angestrengt, sie aufzustöbern.« Es ergab Sinn, dass Pelageya diese ganze Zeit in Tranavia verbracht haben sollte; sie würden dort weitaus freundlicher zu Hexen sein als anderswo.

Serefin beäugte Katya misstrauisch. Oder zumindest vermutete sie das. Es war befremdlich, dass sie nicht erkennen konnte, worauf er gerade durch seine gespenstischen Augen blickte. *Er* war befremdlich. Sie verstand nicht, wie ein König in eine rundum kalyasische Angelegenheit hineingezogen werden konnte. Wie war er von einem verbannten Gott in Besitz genommen worden, der Tausende von Jahren geschlummert hatte? War daran die Klerikerin schuld? Oder war Serefin hierfür schon seit Langem auserwählt, und es würde kein Mittel geben, es aufzuhalten?

Katya genoss eine tiefgründige Betrachtung von Daseinsfragen hin und wieder wirklich sehr.

»Es klingt, als hättest du keine hohe Meinung von der Kirche«, stellte Serefin fest.

»Ich liebe die Kirche, aber ich mag die Kirche nicht«, legte Katya dar. »Es ist verwickelt.«

»Offensichtlich.«

»Es klingt, als hättest du kein sehr gutes Verhältnis mit deiner Familie«, bemerkte Katya mit hochgezogenen Augenbrauen.

»Ich habe meinen Vater umgebracht und plane, meinen Bruder umzubringen«, erwiderte Serefin. »Ich weiß gar nicht, worauf du anspielst.«

Sie fächelte sich von dem Rauch ins Gesicht, zog ihn tief in die Brust ein und nahm sich dann einen der Pilze. »Ich bin gleich wieder zurück«, sagte sie mit einem schiefen Lächeln, bevor sie ihn sich in den Mund warf.

Die Wirkung trat ziemlich plötzlich ein. Und Katya fiel.

31

NADEZHDA LAPTEVA

Grigoriy Rogov war ein Mönch, der die Stimmen der gefallenen Götter hörte. Er wurde von einem der Brüder in seinem Kloster vergiftet.

Die Bücher von Innokentiy

Malachiasz verbrachte immer mehr Zeit damit, über seinem Zauberbuch zu grübeln. Das wäre beinahe eine Rückkehr zum Üblichen gewesen – er hatte es schon zuvor ständig vollgeblutet. Doch etwas an der Unnahbarkeit, mit der er sich darüberbeugte und sich abends im Lager von allen anderen fernhielt, beunruhigte Nadya. Allerdings war sie nicht wirklich davon beunruhigt, dass er Pläne schmiedete, um sie alle zu hintergehen, denn dann würde er es nicht so betont offensichtlich angehen. Außerdem bemühte er sich jedes Mal, wenn sie zu ihm kam und das Kinn auf seine Schulter stützte, ihr zu erklären, was er tat: Zauber zu bündeln, die sie unversehrt durch den Wald bringen würden. Er verbarg es nicht. An einigen Abenden kümmerte er sich auch nicht um das Buch, sondern saß im Kreuzsitz am Rand des Feuers und flickte das Rückenteil seiner Jacke an den Stellen, an denen seine Flügel hindurchgedrungen waren. Rashid tadelte laut seine Nähkunst.

Malachiasz hatte sich geweigert, genauer zu beschreiben, was er in Ivans Kloster von ihrer Macht gesehen hatte, und sie fragte sich, ob er mehr wusste, als er zugab. Ob er Legenden über den Ort kannte, an den sie gingen. Doch so schlau Malachiasz auch war: Es fiel Nadya schwer zu glauben, dass ein Junge aus Tranavia von diesem Ort wissen konnte. Dass er von Evdokiya Dobronravova gehört hatte, die nach Bolagvoy pilgern wollte, aber bei Tachilvnik auf dem Weg verschlungen wurde. Sie wurde von ihrem eigenen verfallenden Geist in Stücke gerissen. Über ihren Gebeinen wuchsen jetzt Blumen.

Mit Sicherheit aber wusste er nicht, dass Nadya ihm genau dieses Schicksal bestimmt hatte.

Sie waren schon seit Wochen unterwegs, mussten aber bis zum Übergang vom Dozvlatovya Wald in Tachilvnik immer noch weiterziehen. Dort begann das undurchdringliche Reich. Der Teil Kalyazins, der zur Gänze Monstern überlassen war. Niemand, der sich in diesen Teil des Waldes hineinwagte, kam je zurück, aber es war der kürzeste Weg zu dem Kloster. Wenn sie überlebten, so wären sie in der Hälfte der üblichen Zeit dort. Allerdings war das ein sehr großes Wenn.

Parijahan hatte sich schon länger ungewöhnlich verhalten, und Nadya war sich auch hierbei nicht sicher, ob sie etwas dazu sagen sollte. Sie machte sich Gedanken darüber, so sehr mit sich selbst beschäftigt gewesen zu sein, dass ihr Wichtiges entgangen war. Vielleicht bedrückte etwas Parijahan schon eine ganze Weile. Möglicherweise war Malachiasz immer ängstlicher geworden. Und am Ende hatte Nadya nichts davon bemerkt.

Der Verlust von Kostya war hart gewesen, aber der Schmerz darüber sollte nicht dazu führen, dass sie ihre verbliebenen Freunde von sich stieß. Sie würde es nicht ertragen können, Parijahan oder Rashid zu verlieren. Und Malachiasz … nun … da spielte es nicht wirklich eine Rolle, was ihr Herz wollte.

Parijahan und Malachiasz flüsterten, die abgerissenen Laute drangen an Nadyas Ohren. Irgendwann löste sich Malachiasz aus dem Gespräch und stapfte fort. Nadya runzelte die Stirn. Parijahan hatte die Arme vor der Brust verschränkt und mied fast herausfordernd Nadyas und Rashids Blicke.

Nadya tauchte unter den Bäumen ein, um Malachiasz zu folgen. Er versuchte gar nicht, sich heimlich davonzuschleichen, und es war einfach, seine große Gestalt zwischen den Bäumen zu finden. Als sie zu ihm stieß, war er in aufgebrachter Stimmung. Er stand am Ufer eines Flusses und starrte aufs Wasser hinunter, das trotz der Eiseskälte noch immer floss.

»Ich will nicht darüber sprechen«, sagte er, als sie sich näherte.

Nadya warf ihm einen finsteren Blick zu. Er sah sie an und seine Augen wurden weicher.

»Es ist nichts ...« Er brach ab und wedelte mit der Hand.

»Böses?«, versuchte sie es.

Er lachte. »Ist dies das Wort dafür?«

»Für dich? Ganz bestimmt, Malachiasz.«

Ihm stockte immer noch jedes Mal der Atem, wenn sie ihn beim Namen nannte, und sie versuchte, ihn so oft damit anzusprechen, wie sie konnte. Sie fragte sich, ob diese Gedächtnisstütze half, ob es überhaupt einen Zweck hatte, ihn an den schütteren Anker zu erinnern, der ihn noch an seinem menschlichen Wesen festhielt. Sie befand abschließend, dass es nicht wirklich etwas ausmachte, wenn ihre Bemühung nicht half. Es war lediglich ein Versuch in der noch verbleibenden Zeit.

Und es war tröstlich zu hören, dass er und Parijahan sich über etwas Harmloses stritten.

»Nun«, sagte sie schließlich, »ich bin da, wenn du eine Zuhörerin brauchst.«

»Stört es dich manchmal?«, fragte er. »Nicht zu wissen, woher du kommst und wer deine Verwandten sind?«

Nadya vermochte nicht zu sagen, ob das mit irgendetwas anderem zusammenhing oder nicht. Sie wusste, wie sehr ihn störte, dass ihm seine Kindheitserinnerungen genommen worden waren. Sosehr er sein Monsterdasein auch mochte, es würde immer ein Rest an Groll bleiben auf den Preis, den er dafür zahlen musste.

Sie zuckte mit den Schultern. Eigentlich dachte sie nie über ihre Herkunft nach. Ihr Zugehörigkeitsgefühl hatte innerhalb der Klostermauern immer ein festes Fundament gehabt. Erst seit sie sich an so vielen Bestandteilen ihres Glaubens gestoßen hatte, stellte sie fest, dass sie wankte. Sie wusste nicht mehr, wohin sie gehörte. Sie würde nie wieder in der Lage sein, innerhalb von Klostermauern zu leben – sie hatte zu vieles gesehen und getan –, und dieser Gedanke erschreckte sie.

Nun hatte sie zu lange geschwiegen. Sonst gehörte sie eher nicht zu den Nachdenklichen. Malachiasz sah sie neugierig an.

»Nein«, sagte sie leise. »Mich stört mehr die Befürchtung, nicht mehr zu denen zu passen, die ich früher als meine Familie angesehen habe.«

Er schwieg verwirrt, bevor ein ärgerlich selbstzufriedenes Leuchten in seinen Augen aufglomm. »Weil ich dich endlich davon überzeugen konnte, dass ich recht habe?«, fragte er mit gespielter Unschuld.

»Du hast nicht einmal ein kleines bisschen recht«, fauchte sie.

Es war nicht so, dass er recht hatte und sie sich irrte. Es ging darum, dass er Widersprüche hervorgehoben hatte, die sie nicht begründen konnte. Sie konnte die Grausamkeiten, die sie in Tranavia erlebt hatte, nicht durch Vernunft annehmbarer machen.

Sie erwiderte sein Lächeln mit einem strengen Blick und schob ihre Hände tief in die Taschen ihres Mantels.

»Ich will wissen, was mich so wertlos erscheinen ließ, dass ich einfach weggeworfen wurde«, flüsterte er schließlich.

Nadyas Herz splitterte. »Ich dachte, Tranavier sehen eine große Ehre darin, für die Geier ausgewählt zu werden.«

»Das ist auch so. Aber …« Er schüttelte den Kopf.

Wie lange würde es dauern, bis die Kleinigkeiten, die er nicht preisgab, ein neues Netz aus Lügen bildeten? Wie viel durfte sie übersehen, bevor sie es bereuen musste? Was hatte er alles angerichtet, von dem er ihr nichts erzählte? Sie fragte sich, ob Marzenya davon wusste, ob auch das vor ihr geheim gehalten wurde. Sie verstand nicht, warum sie im Dunkeln bleiben musste. Sie wollte doch helfen.

Nadya hatte von Marzenya einige weiterführende Anweisungen erhalten. Eine ausgewählte Stelle, wo sie sich einfinden sollten. Ihr Gefühl hatte sie bereits zum richtigen Ort hingedrängt, aber Marzenya ließ es so klingen, als wollte sie Nadya noch für so vieles mehr.

Und vielleicht wäre das Mädchen während ihrer Gefangenschaft in Tranavia bei dieser erbarmungslosen Änderung ihres Schicksals ein bisschen ins Wanken geraten. Vielleicht hätte das Mädchen, das mitten in der dunklen Monsterhöhle gefangen war, die Lauterkeit von Marzenyas Absichten bezweifelt. Doch die Stimme der Götter zu verlieren – alles zu verlieren –, hatte Nadya Inneres verändert. Sie konnte nicht alles verlieren. Sie konnte die Stimme der Götter nicht verlieren. Sie würde nicht nutzlos werden. Aber, oh, sie war sehr wohl wütend auf Marzenya, und wenn dieser Auftrag als Fehlschlag endete, dann wusste sie nicht, wohin sie das am Ende bringen würde.

»Ich weiß nicht«, sagte er schließlich. »Mir gefallen diese Wälder nicht.«

»Du? Weißt ich etwas nicht? Unmöglich.«

»Ich schubse dich gleich in diesen Fluss.«

»Ich kann nicht schwimmen!«

»Das ist schade. Ich schätze, dann wirst du eben ertrinken.«

Plötzlich spannte er sich an und richtete den Blick auf die Bäume.

»Nadya?«, murmelte er, dabei wurden seine Augen glasig.

Die Haare in ihrem Nacken stellten sich auf.

»Wann sollten wir Tachilvnik erreichen?«, fragte Malachiasz.

»In ungefähr einer Woche. Wir sind immer noch ein Stück zu weit südlich«, erwiderte Nadya.

Er brummte nachdenklich.

»Und dort beginnt der Wald, den nur die Göttlichen durchqueren können. Tranavia hat Seen, wir haben Wälder.«

Er sprach nichts, sondern spähte immer noch durch die Lücken zwischen den Bäumen. Obwohl es Mittag war, drang nur wenig Sonnenlicht zwischen den Ästen hindurch, so tief im Wald standen sie. Da ihre ganze Welt mitten im Winter ständig von Frost überzogen war, ließ das wenige Licht alles noch bleicher aussehen.

Nadya vermisste jetzt ihre Gebetsperlen. Sie hatte sie in ein Beutelchen in ihrem Bündel verbannt. Nur die Perle von Marzenya war in ihrer Tasche verblieben. Nadya rollte sie zwischen den Fingern, wünschte sich aber, sie könnte mit Vaclav sprechen.

Eine beißende Kälte erfasste sie, die Luft eines harten Winters. Langsam zog sie die Perle aus der Tasche. Sie strich mit der Fingerkuppe über den eingeschnitzten Schädel, nur eine Facette vom Wirkungsbereich ihrer Göttin. Tod. Magie. Winter.

Winter.

Pelageya hatte ihr erzählt, dass die göttliche Rache an Tranavia sich nicht so offensichtlich vollzöge, der Winter ein Teil davon wäre. Aber der Winter brachte auch Kalyazin um. Was verbarg Marzenya?

»Etwas beobachtet uns«, sagte Malachiasz mit Verwirrung in der Stimme. Er griff nach seiner Klinge und dem Zauberbuch.

»Blutmagier, nicht Geier«, merkte sie beiläufig an.

Er verdrehte die Augen, aber sie blieben klar.

»Die Wesen, die in diesem Wald hausen, werden unser Eindringen kaum schätzen.« Sie konnte es ebenso fühlen: Etwas Altes und Zorniges sah ihnen aus dem Schatten heraus zu.

Sie wünschte sich wirklich, sie könnte mit Vaclav sprechen. Falls es ein *leshy* war, wären sie alle in großer Gefahr. Die Wächter des Waldes waren nicht gerade für ihre Freundlichkeit bekannt.

Malachiasz zitterte. Langsam steckte er seinen Dolch in die Scheide zurück und befestigte das Zauberbuch wieder am Gürtel.

»Errege nicht unnötig seine Aufmerksamkeit. Solange das Wesen uns nur beobachtet, lass es«, sagte sie. »Wir müssen die Zeit hier durchstehen, ohne sie in unsere Nähe zu locken. Außerdem, König der Monster, sollten sie nicht eigentlich auf dich hören?«

Er bedachte sie mit einem besonders scharfen Blick.

Nach Begegnung mit den *rusałki* war sich Nadya sicher gewesen, dass sie aufgrund von Malachiasz' Magie gehorcht hatten.

Aber was, wenn es ihre Macht bewirkt hatte?

Sie warteten, bis die anderen zu ihnen aufgeschlossen waren, doch danach zog Malachiasz schon bald davon. Nadya bemühte sich diesmal nicht, ihm zu folgen. Sie passte ihren Schritt dem von Parijahan an.

»Ich werde nicht fragen, weswegen du und Malachiasz euch angefahren habt«, sagte Nadya, als sich Parijahan versteifte. »Aber du kannst dich bei mir aussprechen, wenn du das brauchst, das weißt du, oder?«

»Es ist nichts. Malachiasz war nur wieder das aufgeschreckte Durcheinander, das er halt ist.«

Nadya zog die Augenbrauen hoch.

»Außerdem will ich dich nicht mit meinen eigenen Schwierigkeiten belasten, während du hier für alles die Verantwortung trägst«, ergänzte sie.

Nadya wollte nicht geschont werden, weil sie zu kämpfen hatte. Sie wollte nicht, dass Parijahan ihre Sorgen vor ihr verbarg, einfach nur deshalb, weil Nadyas Leben in Stücke zerbrochen war.

Sie hatte ihren Mund eben geöffnet, um genau dies zu sagen, da prallte eine fremdartige Magie gegen sie. Ihr stockte der Atem. Die Magie war beinahe göttlich. Nicht weit von ihnen krachte es, als wäre ein Kampf im Gange. Nadya und Parijahan tauschten einen Blick, während Rashid in die Richtung eilte, aus der die Unruhe kam.

Malachiasz hielt ein großes, dunkelhaariges Mädchen zu Boden gedrückt. Wieder schaffte Nadya es beinahe, eine Frage auszusprechen, da bewegte sich etwas an ihrem Ellbogen und sie schlug unwillkürlich zu.

Und drosch einem verdutzten König von Tranavia ins Gesicht. Er stolperte einen Schritt zurück, fluchte und hob die Hände.

Der Schrecken schmolz zu Erleichterung um. »Serefin?«

Er blinzelte sie an, tätschelte sie leicht auf den Kopf und richtete sich dann aber sehr plötzlich auf Malachiasz und das Mädchen in seiner Gewalt aus. Nadya drehte sich um, zog ihr *voryen* und hielt es locker in der Hand.

»Wer bist du, *towy wilockna?*«, zischte Malachiasz. »Und was treibst du mit diesen Zähnen?«

Die Augen der jungen Frau blitzten und sie spie Malachiasz etwas für Nadya Unverständliches entgegen, allerdings erkannte sie, dass es auf Kalyasisch war. Malachiasz lachte düster.

»Wer hat dich angelogen?«, fragte er mit tiefer, wirrer Stimme. Eine Hand drückte er ihr ans Brustbein, mit der anderen presste er ihr eine Eisenklaue gegen die Kehle. Seine Augen verfärbten sich schlammig, in wenigen Momenten wären sie ganz schwarz. »Haben sie dir weisgemacht, dir würde eine geheime Magie übermittelt? Haben sie dich in eine dunkle Kammer mitgenommen und in einer dir unbekannten Sprache auf dich eingeflüstert, bis du dich verwandelt gefühlt hast? Haben sie dir eröffnet, du wärst etwas Besonderes, dir eine magische Klinge ausgehändigt? Dir versichert, dass du ja dermaßen gut darauf vorbereitet wärst, jemanden wie mich zu töten?«

Nadya packte Serefins Hand, als diese gerade zu der Klinge an seinem Gürtel wanderte. Sie schob sich näher an Malachiasz heran.

Das Mädchen atmete schwer, aber ein kaltes Lächeln verzog ihre Lippen.

Malachiasz grinste zurück, seine Zähne waren aus Eisen. »Du glaubst, du wärst eine Geierjägerin, kleine Wölfin? Hast du gehofft, diese Zähne, die du aus den Mündern meines Volks gebrochen hast, würden dich über die anderen erheben?« Er hob die Kette mit Zähnen am Hals des Mädchens mit einer Eisenklaue an. »Kann ich dir ein Geheimnis anvertrauen?« Sein übles Lächeln zog seine Mundwinkel noch weiter nach oben. »Ich kenne jeden Zahn an dieser Kette, und alle Geier, die du bestohlen hast, leben noch. Du bist nichts als ein Mädchen ohne Magie, mit einer stumpfen Klinge und einer Kette aus Zähnen.«

Das reicht zu diesem Thema, dachte Nadya und legte ihm ihr *voryen* unters Kinn. »Du solltest von allen Monstern am besten wissen, dass man ein Mädchen mit einer Klinge nie unterschätzen darf.« Sie klopfte ihm mit der flachen Seite gegen die Wange. »Lass sie aufstehen, du hast deine Meinung deutlich vermittelt.«

Er ließ das Mädchen sich wieder auf die Beine kämpfen. Dann stützte er die Ellbogen auf die Knie, sodass die eisernen Klauen an seinen Fingerspitzen bedrohlich sichtbar blieben.

Sie war groß und hatte feine Züge, wie aus Glas geschnitten. Sie trug eine kalyasische Uniformjacke in tiefem Meeresblau und umklammerte mit der Faust ein *voryen*. Ihre scharfen grünen Augen waren seltsam geweitet. Was für eine schillernde neue Begleitung hatte Serefin da aufgesammelt? Und was hatte er überhaupt hier zu suchen?

»Kann … kann ich das mal sehen?«, fragte Nadya und streckte ihre Hand nach dem Dolch aus. Das Mädchen ging eindeutig davon aus, er könnte Malachiasz verletzen. War er eine weitere Reliquie?

Der Blick des Mädchens schweifte kurz von Malachiasz ab und verweilte misstrauisch auf Nadyas ausgestreckter Hand. Sie sah Serefin schief an.

Er zog die Augenbrauen hoch und lehnte sich an einen Baum. Was verband Serefin mit einer Geierjägerin, die zudem eindeutig das Gehabe einer Adligen zeigte?

»Ich habe jeden Zahn selbst erbeutet«, sagte sie zu Malachiasz.

»Denkst du, unsere Zähne wachsen nicht nach?«, gab Malachiasz zurück, dabei war seine Stimme tückisch freundlich. »Denkst du, einen Zahn aus unserem Mund zu ziehen würde uns bleibenden Schaden zufügen?«

»Die Geier, denen ich sie zog, waren tot«, fauchte das Mädchen.

»Liebes, wir sind sehr gut darin, selbst das zu überleben.«

Sie legte den Kopf schief. Ihre Haltung war unglaublich entspannt für jemanden, der gerade erst von dem Schwarzen Geier zu Boden geworfen worden war.

»Gehörst du zu ihm?«, fragte sie Nadya.

Nadya legte die Hand auf Malachiasz' Haare. Ein seltsamer Magiefunke entzündete sich wieder unter ihren Fingern, aber sie überspielte das. »Ich bin diejenige, die ihn davon zurückhält, dir die Kehle herauszureißen, ja.«

»Langsam«, warnte Serefin mit leiser Stimme.

»Lass mich die Klinge anschauen«, sagte Nadya, fester diesmal.

Das Mädchen lachte. »Du gibst mir keine Befehle.«

»Nadya«, mischte sich Serefin erschöpft ein, »darf ich dir die Zarewna Yekaterina Vodyanova vorstellen?«

Aus Nadyas Gesicht wich alles Blut. *Was?*

»Katya«, fuhr Serefin fort, »das ist Nadezhda Lapteva, eure Klerikerin. Bitte, lasst mich niemals wieder zwei Kalyaziner einander vorstellen. Ich werde meinen verletzten Stolz mühsam wieder aufpäppeln müssen.«

Die Zarewna sah selbstgefällig drein. Sie drehte ihr *voryen* um und gab es mit dem Griff voran Nadya, die es wie betäubt entgegennahm. Die zukünftige Herrscherin von Kalyazin stand unmittelbar vor ihr und sie war mit dem Schwarzen Geier unterwegs. Das war schwerlich zu etwas Gutem zu wenden. Doch als Nadya genauer darüber nachdachte, erkannte sie, dass das Zusammensein mit Serefin sie gegenüber königlicher Würde recht unempfindlich gemacht hatte. Sie konnte sich genauso gut so verhalten, als wäre sie weniger beeindruckt von der Wendung des Geschehens.

»Hast du gedacht, das würde ihn umbringen?« Nadya stupste Malachiasz mit der flachen Seite der Klinge gegen die Wange. »Merkst du was?«

»Ich glaube …«

»Nein?«

»Ich glaube, du musst es mit der Spitze nach vorne verwenden«, schlug Malachiasz hilfsbereit vor. Er tat so, als würde er erstochen.

Nadya schnaubte leise. Sie wussten beide, dass das nicht stimmte. Ihre Knochenreliquie verletzte ihn schon, wenn sie ihm nur nahe kam. Das hier war nichts weiter als eine gewöhnliche Waffe. Sie gab sie Malachiasz.

Er löste sich aus der Hocke und setzte sich hin. Seine Augen klärten sich, die Klauen verschwanden, bis auf eine, mit der er sich den Unterarm aufschlitzte. Katya schrak zusammen. Er blätterte einen Moment in seinem Zauberbuch, riss dann eine Seite heraus und wickelte den Dolch darin ein. Das Papier löste sich in seinen Händen in Asche auf. Er ließ das *voryen* in der Luft herumwirbeln, fing es an der Spitze auf und bot es der Zarewna an.

»Wenn du es ausprobieren willst, kannst du mich erstechen. Ich würde überleben, aber du würdest dich dabei wohl sehr gut fühlen, *Wécz Joczocyść*«, sagte er.

Sie grinste ihn mit zusammengebissenen Zähnen an. Er warf ihr das *voryen* zu und sie fing es am Griff.

»Nun«, fuhr Malachiasz fort, »das ist ja ein netter, reizender Zufall, oder?«

»Halt den Mund, Malachiasz«, sagte Nadya.

Malachiasz blickte sie von der Seite mit verhaltenem Zorn an. Ein Angstschauder warnte sie, dass sie vielleicht zu weit ging. Doch er blieb mit gemütlich ausgestreckten Beinen sitzen. Dann lehnte er sich auf seine Hände gestützt zurück und schien zufrieden damit, die weitere Entwicklung zu beobachten.

»Was tust du hier draußen?«, fragte Nadya Serefin und war sich dabei sehr bewusst, dass die Zarewna sie eingehend musterte. Dass sie die Hand betrachtete, die Nadya auf Malachiasz' Haare gelegt hatte, und den Knochen, den sie zwischen den Fingerspitzen drehte.

Serefins eines Auge sah aus wie von einer anderen Welt, das andere war mit einer schwarzen Klappe abgedeckt; er sah fürchterlich aus.

»Er beherbergt einen uralten Gott in seinem Kopf, der dort herumrasselt. Wir versuchen, ihn davon zu befreien«, antwortete Katya für ihn.

»Entschuldige bitte, aber wodurch bist du da eingebunden?« Nadya fragte sich verwirrt, welche Rolle die Zarewna in alledem spielte. Wie war Serefin ihr über den Weg gelaufen? Standen sie nicht im Krieg gegeneinander?

Trotzdem, das Gleiche konnte man vermutlich auch über sie und Malachiasz sagen. Sie waren beide Symbole für gegensätzliche Glaubensrichtungen, dennoch waren sie gemeinsam hier.

Katya grinste. »Ich weiß eine ganze Menge über alte Götter.«

Nadya schlug das Herz bis zum Hals. Würde Katya ihr helfen können? Würde sie all die kryptischen Botschaften deuten können, die Nadya erhalten hatte? Würde sie Nadya überhaupt helfen wollen, wohl wissend, dass sie mit dem Schwarzen Geier unterwegs war? Nadya würde es ihr nicht verübeln, wenn sie den Umgang mit einer befleckten Klerikerin verweigerte.

»Wohin geht ihr?«, fragte sie.

»Tzanelivki«, antwortete Serefin. Er rieb sich unbewusst das Auge.

»Genau dorthin gehen wir«, sagte Malachiasz und klang verwirrt. Als Nadya ihn verwundert ansah, stellte er klar: »Tachilvnik.« Unzufrieden mit seiner Zuschauerrolle stand er schließlich auf. Die Zarewna verspannte sich, als er sich zu seiner ganzen Größe aufgerichtet hatte.

»Offenbar müssen wir alle zu demselben verfluchten Ort pilgern«, stellte Malachiasz mit beißendem Ton fest. »Was für ein glücklicher Zufall.«

Serefins Augen verengten sich. »Ich habe nicht vergessen, was du mir angetan hast«, sagte er leise.

»Ich wäre unglaublich enttäuscht, wenn du es vergessen hättest. Ich hatte sehr viel Mühe mit den Vorbereitungen, und du musstest mein Werk zunichtemachen, indem du überlebt hast.«

»Blutiger Knochen, ich bin zutiefst zerknirscht, dass ich den Hochverrat vereitelt habe. Wirklich, das ist ein wahrer

Jammer. Tranavia ersehnt geradezu die Regierung des bösartigsten Schwarzen Geiers, der je einen Zahn verlor.«

Ein Lächeln umspielte Malachiasz' Lippen. »Tranavia hat nur so lange überlebt, weil ich der bösartigste bin. Mach dir lieber nichts vor.«

In Nadyas Ohren meldete sich ein Schrillen, das sich nicht beruhigen ließ. All die bizarren kleinen Schrullen Serefins, die sie von je an Malachiasz erinnerten, als sie in Grazyk festgesessen hatte, wurden mit einem Mal vollkommen verständlich. Wenn sie die beiden Gesichter nebeneinander betrachtete, war die Ähnlichkeit der Profile zu groß, als dass es nur ein Zufall sein konnte. Vor allem zeigten Serefins Augen das gleiche helle Eisblau wie Malachiasz'. Sie trugen die gleichen feinen Gesichtszüge. Malachiasz war ein heruntergekommenes, schmächtigeres Abbild von Serefin, doch die Ähnlichkeit war verblüffend. *Ein Junge, geschaffen aus Dunkelheit, und der andere aus Gold.*

O Götter.

32

SEREFIN MELESKI

Er liegt unter den Wellen. Tiefes Wasser. Dunkles Wasser. Zwischen verkrümmten Händen hält Zvezdan eine Armee fest, sollte er jemals daran denken, nach oben zu blicken und den ertrunkenen Priesterinnen zu lauschen, die ihn um Gnade anflehen.

Die Bücher von Innokentiy

»Du kommst einfach hierher und bringst die kalyasische Zarewna mit dir, die rein zufällig Geier jagt …« Malachiasz warf Serefin einen gereizten Blick zu, der so viel bedeutete wie *dermaßen stümperhaft.* »Also, was hast du vor, *moje kóczk?*«

Serefin schauderte es bei Malachiasz' beißendem Tonfall.

Katya hatte Nadya beiseitegezogen und sprach eifrig auf sie ein. Kacper sah aus, als würde er Malachiasz eigenhändig töten wollen. Er saß auf einem umgestürzten Baumstamm neben Ostyia, die wohl liebend gern wissen wollte, worüber Katya und Nadya sprachen. Nach einiger Zeit stand sie allerdings auf, um sich mit den beiden Akolanern zu unterhalten.

»Was ich vorhabe?«, wiederholte Serefin. »Dass ausgerechnet du mich das fragst.«

Malachiasz verdrehte die Augen.

»Vor allem, da ich dich dasselbe fragen sollte.«

Malachiasz machte eine beiläufige Handbewegung zu Nadya hin. Während Serefin ihn leicht entsetzt ansah, öffneten sich auf Malachiasz' Wange unter Blinzeln mehrere pechschwarze Augen. Malachiasz ließ sich nichts anmerken, als sein Körper in Aufruhr versetzt wurde und sich verformte. Doch ein Zittern erfasste seine Umrisse, das Serefin vermuten ließ, er würde nicht wirklich alles von ihm sehen. Er zog langsam die Klappe von seinem Auge.

»Du bist ein einziges Durcheinander, oder?«, murmelte er.

In Form gegossenes Chaos. Malachiasz verbarg sein wahres Gesicht hinter einer schadhaften Maske. Der eigentliche Schrecken, der in ihm wohnte, umfasste so vieles mehr, und mit seinem befallenen Auge konnte Serefin alle diese Übel sehen. Vielleicht war es Malachiasz wirklich gelungen, gottgleich zu werden. Serefin hatte gewaltig unterschätzt, mit wem er es hier aufgenommen hatte.

Malachiasz runzelte verwirrt die Stirn.

»Und was hast du mit all dieser Macht bewirkt?«

Ein Riss in Malachiasz' Gesichtsausdruck. »Ich ... weiß nicht.«

Gelogen, er lügt.

»Natürlich lügt er. Er hat ein Reich aufgebaut auf Schwächen«, bemerkte Velyos.

Dann weißt du also, was er ist?

»Die Macht eines Gottes zu gewinnen und zu wissen, wie man sie verwendet, sind zwei sehr unterschiedliche Fähigkeiten«, entgegnete Velyos.

Serefin schob diesen Gedanken beiseite. Er band sich die Klappe wieder über dem Auge fest.

»Du siehst abgründig elend aus«, meinte er rundheraus.

Malachiasz grinste. »Du auch. Wer ist denn der Gott?«

»Ich will darüber nicht mit dir sprechen.«

»Es schmeichelt mir, dass du glaubst, ich wollte deine Pläne hintertreiben.«

Serefin schnaubte verärgert. »Was hast du das ganze letzte Jahr je anderes getan?«

Malachiasz' Körperhaltung schien gelangweilt, er verriet sich aber durch sein Herumzupfen an den Fingernägeln. Serefin blinzelte etwas erschreckt. Das war eine alte Gewohnheit seiner Mutter.

Er ist wirklich mein Bruder, dachte er und ihm sank das Herz.

»Eine Frage, die du besser beantworten kannst«, erwiderte Malachiasz. »Mein Gedächtnis ist im besten Fall trübe.«

Noch mehr Lügen.

»Es ist ein langer Weg bis Tzanelivki«, fuhr Malachiasz fort. »Und du bist weit weg von zu Hause. In wessen Händen hast du den Thron zurückgelassen?«

Dieses Gestichel von Malachiasz stellte Serefin die Nackenhaare auf. Woher wusste er, was passiert war?

»Richtig. Das hast ihn ausgeliefert.«

Er hatte ihn in die Hände seiner – blutiger Knochen –, *ihrer* Mutter übergeben. Doch lohnte es sich hier nicht, darüber zu streiten.

»Und was hättest du getan?«, fragte Serefin.

»Ruminski umgebracht. Sofort. Nimm den Anführer aus dem Spiel und alle anderen werden sich zerstreuen.«

»Haben wir nicht schon genug Tod gesehen?«

Malachiasz lachte. »Wir haben noch nicht einmal richtig damit angefangen.«

Nein, wahrscheinlich hatten sie das noch nicht.

»Woher wusstest du das alles?«

»Ich bin der Schwarze Geier. Ich gebiete immer noch über meinen Orden.«

»Ist das so?«

Ein Blinzeln. »Nun, über einen Großteil davon«, räumte er ein.

»Was hast du mit Żaneta gemacht?«

»Soweit ich weiß, ist sie in den Salzminen, wo sie als Mitglied meines Ordens hingehört.«

Serefin knirschte mit den Zähnen. »Du hältst sie absichtlich zurück.«

»Hast du gedacht, ich würde dir alles derartig leicht machen? Nachdem du meine Pläne so gründlich zerstört hast? Ich hielt jemanden verwahrt, den Nadya dem Ruminski-Mädchen vorzog, und sie hat eben ihn gewählt.«

»Weil sie so *leicht* irrezuleiten ist.«

Wieder ein Riss. »Sie ... folgt Gefühlen«, sagte er schließlich.

»Nicht so sehr, dass sie mir helfen würde, meinen Thron zu behalten.«

»Wie könntest du von ihr erwarten, eine Tranavierin zu wählen, wenn sie jemanden aus Kalyazin retten kann?« Doch Malachiasz runzelte die Stirn. »Es spielt keine Rolle. Żaneta hat die Umformung durch das Geierritual schlecht vertragen. Das kommt vor. Es ist am besten für sie, in den Salzminen zu bleiben, bis sie sich angepasst hat, und sie wird sich anpassen, sie braucht bloß Zeit.«

Dieses Eingeständnis war überraschend und klang beinahe so, als versuchte Malachiasz zu helfen.

Serefin hatte sich gefragt, was unten in den Salzminen geschehen war. Er wollte nicht wirklich alle Schrecknisse erfahren, aber dieser Misserfolg beruhigte ihn. Zumindest wusste er jetzt, dass die Umformung der Adligen von Anfang an so rundum verflucht gewesen war, wie er es vermutet hatte.

Er trat näher an Malachiasz heran und die weiteren Worte kamen ihm fast unwillkürlich über die Lippen. Der andere Junge blinzelte, als wollte er zurückweichen, doch er verharrte. »Du weißt, was sie tun wird, oder?«

Malachiasz legte den Kopf schief. »Warum, weißt du es?«

»Was will diese Göttin von ihr, Malachiasz?« Serefin wusste nicht, was er da sagte. Was geschah gerade mit ihm?

»Hast du geglaubt, sie würde nach Grazyk aufhören? Oder will sie doch eher ganz Tranavia in die Knie zwingen?«

Malachiasz starrte ihn finster an, aber sein Gesicht wurde blass.

»Was wird deine edle Klerikerin auf Geheiß ihrer Göttin wohl anstellen?«

Malachiasz schluckte schwer, seine Augen waren eiskalt. »Ich denke nicht, dass es so einfach ist.« Er trat einen Schritt zur Seite. Und Serefin war schaudernd entlassen.

Nadya entfernte sich von Katya, ihr Gesicht sah abgehärmt aus. Die Zarewna wandte sich einem sehr bekümmerten Milomir zu, um mit ihm zu sprechen – er nickte und verschwand zwischen den Bäumen –, und sie sprang gut gelaunt zu ihm herüber.

»Genug Zeit verschwendet?«, fragte sie.

»Wo geht er hin?«, wollte Serefin wissen.

»Milomir wird uns nicht mehr begleiten.«

»In dieser Truppe sind vier Tranavier«, hob Kacper wie zur Drohung hervor.

»Und eine Klerikerin«, ergänzte Katya freudestrahlend.

Als ob das ein gleichwertiger Austausch wäre. Nadya wechselte die Haltung, als wäre ihr unbehaglich zumute. Sie tauschte einen Blick mit Malachiasz, unausgesprochene Worte gingen zwischen ihnen hin und her.

Es war nicht Serefin gewesen, der zuerst von Nadya gesprochen hatte, aber die Worte hallten in seinem Kopf wider. Was *tat* sie? Es missfiel ihm, dass sie zu demselben Ort strebten, so als seien sie beide gleichermaßen dorthin geführt worden, denn Serefin weigerte sich, dort hinzugehen, wohin Velyos ihn zwingen wollte.

Aber wenn es bedeutete, Nadya aufzuhalten? Malachiasz aufzuhalten?

Er würde vielleicht keine Wahl haben.

Das Kitzeln in Serefins Kopf wurde beständig schlimmer. Er hatte nicht mehr gerade viel Zeit, um den Weg bis nach Tzanelivki zu schaffen, bevor er den Rest eigenen Willen verlieren würde, über den er jetzt noch verfügte.

Und wenn er den verlor, was würde man dann mit ihm anstellen? Er musste mehr in Erfahrung bringen, besonders über Nadyas Pläne. Doch Malachiasz hielt Nadya von ihm fern, so gut er nur konnte, und wenn Malachiasz nicht bei ihr war, so war es die Zarewna, und sie war genauso lästig.

Also heftete sich Serefin an Ostyias und Kacpers Fersen, übersah, wie eifrig Ostyia Katya schöne Augen machte, und ließ Kacper dafür sein Bestes geben, ihn davon zu überzeugen, dass sie dieses Unternehmen heil überstehen würden.

Zwischen Serefin und Kacper machte sich eine gewisse Entfremdung bemerkbar, der sie noch nicht recht beikamen. Etwas hing über ihnen, das sie voneinander fernhielt. Für Serefin war es das Unausweichliche – er würde wahrscheinlich sterben. Das gab ihm nicht das Gefühl, dass er der flackernden Leidenschaft, die er für Kacper hegte, nachgeben sollte. Denn letztlich wollte er nur noch sterben. Er wusste allerdings nicht, was den anderen Jungen zurückhielt. Vielleicht das Gleiche, nur aus dessen Blickwinkel betrachtet.

Kalyasische Wälder waren dunkel, das Unterholz war dicht und schwer zu durchdringen. Kurz nachdem sie sich bis nach Dozvlatovya gewagt hatten, kamen sie vom Weg ab. Sie mussten immer noch tiefer in den Wald hineingehen, so viel weiter noch wandern, und sie wurden immer beobachtet. Serefin konnte es spüren und ebenso eindeutig Malachiasz. Seine Hände und Arme bluteten ständig, da er verschiedene Schutzzauber aufrechterhielt. Serefin fragte sich ernsthaft, wie er unter so starkem Blutverlust bei Bewusstsein bleiben konnte.

Nadya war verändert gegenüber ihrer Erscheinung in Grazyk, aber Serefin konnte den Unterschied nicht wirklich bestimmen. War es die gleiche Anspannung, die auch er fühlte?

Die gleiche schwere, unabwendbare Verdammnis, die über ihnen hing? Dass gleichgültig, wohin sie gingen und was sie taten, sich dieses Unternehmen so sehr ihrem Einfluss entzog, dass es nur in einem Desaster enden konnte. Sie zankte sich ständig mit Malachiasz, aber immer nur über Alltägliches. Serefin hatte das Gefühl, dass sie es alle nur zu früh erführen, wenn diese beiden sich über etwas Wichtiges stritten.

Es dauerte ein paar Tage auf ihrer Reise, bis Serefin Nadya endlich allein erwischte. Malachiasz war losgezogen, um Wasser zu suchen, das sie zum Trinken abkochen konnten. Keiner von ihnen wollte durch ein Feuer im Wald Gefahr anziehen, doch in den meisten Nächten machte es den Unterschied aus zwischen dem Überleben und einem langsamen Tod.

Serefin ließ sich neben Nadya zu Boden sinken. Sie fädelte gerade sorgfältig hölzerne Perlen auf eine Schnur, zog sie aber immer wieder allesamt ab und begann von vorn. Bei ihrer Arbeit kaute sie auf der Unterlippe.

»Er lügt, muss ich dir sagen«, begann Serefin.

»Ich weiß.« Nadya blickte nicht auf.

Serefin sah sie von der Seite an; sie erwiderte den Blick und arbeitete dann weiter.

Wie ließ sich erklären, dass er bestimmte Dinge *sehen* konnte. Solche ohne Sinn und außerhalb des Seins. Wie erklärte er seine tief sitzende Erkenntnis, dass jedes zweite Wort aus Malachiasz' Mund eine Lüge war, selbst die ernsthaftesten – vor allem die. Wie konnte er erklären, dass dies von selbst aus ihm sprach? Malachiasz erinnerte sich an jede einzige Kleinigkeit seit seiner Flucht aus der Kathedrale. Er wusste mit völliger Sicherheit, was er anderen angetan hatte. Er wollte einfach nur nichts davon Nadya gegenüber zugeben. Warum die Tatsache offenbaren, dass ihre Beziehung nur an losen Fäden hing?

»Er erinnert sich«, sagte Serefin einfach.

Nadya verspannte sich. Ihre Finger unterbrachen die Arbeit. Sie zog die Perlen von der Schnur, ordnete zwei neu an und fädelte sie wieder auf. Fädelte noch eine weitere auf und knüpfte drei Knoten zwischen diese und die nächste. Sie arbeitete lange schweigend, bevor sie sprach.

»Das weißt du nicht«, merkte sie leise an.

»Nadya, ich weiß es.«

Ihre dunklen Augen waren kalt. Warum wollte sie ihm so sehr vertrauen? Nach dem, was er ihr angetan hatte?

»Sagen wir, er lügt tatsächlich«, fuhr sie fort, »was spielt es für eine Rolle? Es ist sogar eine recht naheliegende Annahme, dass alles, was er sagt, gelogen ist.«

»Warum duldest du ihn dann in deiner Nähe?«

»Ich brauche ihn, um nach Bolagvoy zu kommen. Keiner von uns wird ohne ihn dorthin gelangen.«

»Weißt du das mit Sicherheit?«

»Serefin, wir verlassen uns bei unseren Entscheidungen beide nur auf Mythen und Hoffnungen. Wenn die Geschichten behaupten, dass Sterbliche den Wald nicht durchqueren können, so bin ich geneigt, das zu glauben. Wir brauchen jemanden, der Sterblichkeit übersteigt, und dieser jemand ist unglücklicherweise er.«

»Das könnte auch ich sein«, murmelte er und berührte den Rand seines Auges.

Sie zog eine Augenbraue hoch. »Willst du ein solches Wagnis eingehen?«

Wagnis?

Aufschlussreich, dass es auf Kalyasisch und auf Tranavisch einen ähnlichen Namen für diesen heiligen Ort gab, den sie erreichen wollten, und dass er nicht in beiden Sprachen das Gleiche bedeutete. Und erstaunlich, dass sie ein Monster brauchten, um irgendwohin zu kommen.

»Außerdem«, sagte sie, »ist nichts vorgefallen.«

»Ich denke wirklich nicht, dass du danach entscheiden solltest, für wie harmlos du ihn hältst. Er ist nichts weniger als das. Es gab ein Massaker in Kartevka«, erklärte er. »Zahlreiche Kalyaziner fielen und es wurde ein ganzer Schatz an Reliquien gestohlen.«

Serefin wurde mit einem Schlag bewusst, dass er nicht allein aus sich heraus sprach. Diese fremde Wesenheit kam ihm plötzlich sehr nahe. Die Worte stammten immer noch von Serefin, aber da war noch etwas anderes, das ihn voranschubste. Etwas, dem es gut gefiel, dass Nadya jetzt aufschaute, weil sie in ihrer Ruhe erschüttert war.

»Nicht gut«, räumte sie ein. »Aber immer noch nicht so schrecklich wie die Untaten, zu denen er seiner Aussage nach fähig ist, oder?«

»Du würdest deine Leute für ihn opfern?«

»Nein«, sagte sie knapp. »Ich will ihm als Bedrohung vernünftig begegnen. Das ist etwas anderes.«

Serefin konnte nicht wirklich erkennen, wieso das etwas anderes sein sollte.

Sie seufzte. »Ich habe nie angenommen, dass er während dieser Monate keine Abscheulichkeiten begangen hätte. Ich hätte mich deutlicher ausdrücken sollen, Serefin. Er hat den Göttern noch nicht den Krieg erklärt, was vermuten lässt, dass er noch nicht wirklich über die Fähigkeiten verfügt, die er anstrebt.«

»Sich die Macht der Götter anzueignen oder zu wissen, was man damit anfangen kann, sind zwei sehr unterschiedliche Fähigkeiten.« Hier griff Serefin auf Velyos zurück.

Nadya blinzelte. »Was?«

Sie hatte nicht das erschaut, was Serefin von Malachiasz wahrgenommen hatte. Serefin wollte das Gefühl nicht aufgeben, Malachiasz würde selbst in seiner schlimmsten Entstellung menschlich wirken. Aber das war nicht das, dem Serefin begegnet war, als er seinen jüngeren Bruder mit seiner veränderten Sehfähigkeit wahrgenommen hatte.

»Was willst du andeuten, Serefin?«

»Ich deute an, dass du zu einfach denkst.« Serefin war in seinem Innern längst zurückgedrängt worden, seine Worte waren nicht mehr die eigenen. »Du bist in einem sehr beschränkten Blickwinkel gefangen, wo du dem, was sich vor dir aufbaut, viel zu sehr vertraust. Du schwörst auf deine Götter, wie aber, wenn sie einfach nur mächtige Wesen sind, die herausgefunden haben, was sie mit all ihrer Macht tun können?«

Sie starrte ihn an. Im Grunde wusste er über diese Fragen nichts und hatte ihr auch niemals einen Grund gegeben, das zu vermuten. Er klang demnach sicher völlig verrückt.

»Wir denken zu einfach über Macht«, fuhr er fort, weil er es musste, weil da *nicht er redete.* »Und wenn es nicht nur Blutmagie ist, sondern deine eigene …«

»Göttliche Magie«, sagte sie leise.

»Ja, das. Was ist, wenn da noch mehr ist?«

Ihre dunklen Augenbrauen wanderten nach unten. Sie sah auf die halb aufgefädelte Perlenkette und streckte die Finger ihrer linken Hand, die so seltsam gefleckt waren.

»Was, wenn die Götter, die du verehrst, überhaupt keine Götter sind?«, murmelte er unter Verwendung von Pelageyas Worten aus einer früheren Zeit. »Was, wenn alles nur auf Macht ankommt?«, fragte Serefin – nicht Serefin.

»Sprich weiter«, sagte sie, aber ihre Stimme zitterte.

»Göttliche Macht, Blutmagie, Hexenmagie, dann noch mehr, noch weiter. Monster, Wesen, die herausgefunden haben, wie sie ihre Macht nutzen können, um schäbige menschliche Grenzen zu überwinden, noch weiter …«

»Götter«, beendete sie leise seinen Satz.

»Götter«, wiederholte er. »Also, wenn einer diese Art Macht besitzt, aber noch nicht weiß, wie er sie nutzen kann …« Er brach ab. Malachiasz war am Rand des Lagers aufgetaucht und wirkte etwas verärgert.

Nadya starrte ihn an, ohne zu blinzeln.

Serefin musste wieder zu sich selbst kommen. Doch er wusste nicht, auf welche Weise. Und er fragte sich, ob das bereits sein Ende bedeutete.

Wenn er so umfassend die Gewalt über sich verlor, gab er auch endgültig seine Selbstständigkeit auf. Das Wesen – was auch immer es war – würde ihn gänzlich besitzen.

Sie drehte sich zurück und suchte sein unbedecktes Auge. »Wer ist der Gott, der dich besetzt hält?«

»Velyos.« Und als er ihr etwas über den anderen, größeren erzählen wollte, stellte er fest, dass er es nicht konnte. Etwas ließ ihm nicht die Wahl, hielt ihn vom Reden ab. Die Worte erstarben ihm auf der Zunge.

Sie bemerkte seinen inneren Kampf nicht. Sie nickte einmal, ohne dass sich ihr Gesichtsausdruck änderte. »Natürlich«, flüsterte sie mit merkwürdig gleichgültiger Stimme. »Mach dir keine Sorgen wegen Malachiasz. Schon bald wird er niemanden mehr bedrohen.«

Der Wald, durch den sie jetzt kamen, bewahrte etwas Ursprüngliches. Er war im Winter gefangen, aber dies war ein Wald, der immer im Winter gefangen war. Ständig dämmrig – die Bäume hier trugen Nadeln, keine Blätter, und sie verloren diese nicht in der schlimmsten Kälte. Sie bildeten Dächer aus Dunkelheit, unter denen sie hindurchlaufen mussten, während sie aus dem Augenwinkel sahen, dass ein Wesen ihnen auflauerte. Es lag im Hinterhalt. Eine behäbig eingerollte Kreatur, die über Jahrtausende geschlummert hatte, erwachte.

Serefins kleine Truppe merkwürdiger Gestalten war gut genug auf eine derart lange Reise vorbereitet gewesen, und er war erleichtert festzustellen, dass auch Nadya Erfahrung darin besaß, wie man durch einen solchen Wald wanderte.

Doch zu wissen, dass die ständige Dunkelheit in diesem Wald niemals schwand, machte sie nicht weniger Furcht einflößend. Auch zu wissen, dass sie sich durch einen uralten

Teil der Welt bewegten, der immer noch an den zwielichtigen Rändern des Bewusstseins lag und nur selten von den Füßen Sterblicher gestört wurde, diente nicht eben der Beruhigung.

Je tiefer sie eindrangen, desto älter und höher wurden alle Pflanzen, die Bäume, die zuvor in Gruppen zusammengestanden hatten, ragten jetzt hoch und undurchdringlich über ihnen auf.

»Es wird wie ein Enthäuten des Geistes sein. Wie wirst du es aufhalten, junger König, junger Magier? Wie wirst du abwenden können, alles zu verlieren?«

Mit jedem Tag, der verging, zerfiel Serefin ein Stückchen mehr. Und das andere Wesen – diese andere fürchterliche Stimme – nahm sich ein bisschen mehr von ihm. Und Velyos entzog ihm noch ein bisschen mehr von seiner Seele.

Serefin würde das nicht überleben.

Malachiasz ging neben ihm her. Sosehr Serefin ihm auch aus dem Weg gehen wollte, war das unmöglich während einer so langen Reise.

»Du musst uns alle für schrecklich leichtgläubig halten«, stellte Serefin fest, während er beim Gehen mit einem Stock auf den Boden einstach. »Als wärst du nur mit uns, um gut und nützlich zu sein.«

»Wozu sollen wir uns noch gegenseitig das Messer an die Kehle zu halten?«, erwiderte Malachiasz milde. »Dieser Wald wird uns umbringen, lange bevor wir so weit gebracht wurden, uns gegenseitig zu töten.«

Serefin schauderte es. Malachiasz tupfte sich geistesabwesend den Mundwinkel ab und hatte die Finger voller Blut. Er runzelte die Stirn. Seine Bewegungen wurden beinahe unmerklich zittrig. Ihn durchlief ein feines Ruckeln, von dem Serefin spürte, dass es aus kleinen Wellen chaotischer Kraft bestand, die sich Malachiasz nach Kräften zu verbergen bemühte, während er gleichzeitig innerlich zerfiel.

»Und wir wollen beide das Beste für Tranavia«, fuhr Malachiasz fort, als wäre das Blut nie da gewesen. Wie überaus tranavisch.

»Bietest du mir einen Waffenstillstand an?«

»Nicht so rundheraus, nein.« Seine Stimme war voll blasierter Abscheu.

»Du hast mich ermorden lassen.«

Er grinste. »Ich habe nur angemerkt, dass Izak einen mächtigen Magier für den Zauber opfern müsste.«

Ein Stich ging durch Serefins Brust. Sein Vater hatte ihn ausgewählt, damit er sterben solle. Er hatte seinem Vater niemals genügen können; Izak hatte die Gelegenheit ergriffen, sich seiner zu entledigen, sobald sie sich ihm geboten hatte.

»Du gäbest wohl einen sehr guten König für Tranavia ab«, fuhr Malachiasz fort. »Ungeachtet der kürzlichen Entscheidungen. Ich könnte mich davon überzeugen lassen, von einigen meiner kostbaren Pläne Abstand zu nehmen.«

»Mich verfolgt eine kalyasischer Gott, der versucht, mich von innen heraus zu zerreißen«, entgegnete Serefin erschöpft, »es gab im Grunde genommen nur einen Weg zu handeln.« Serefin war immer noch auf seinen Weg festgelegt, aber das Eingeständnis, dass der Schwarze Geier tatsächlich einen Fehler machen konnte, war erfrischend.

Malachiasz brummte gedankenverloren. »Derselbe Gott, der dich zurückgebracht hat?«

Serefin nickte.

»Aufschlussreich.«

»Nicht so sehr. Er hat sich große Mühe gegeben, mir zu verdeutlichen, dass ich nicht seine erste Wahl gewesen bin. Das war Nadya, doch die war durch die Umstände nicht verfügbar.«

Malachiasz betrachtete Nadya, die mit der Zarewna weiter vorn ging.

»Was plant sie, Malachiasz?«

»Eine Art lichthafte Vergöttlichung«, sagte er. »Aber ich denke nicht, dass sie es begreift. Mach dir keine Sorgen. Ich habe Tranavias Wohl im Sinn, Serefin. Das habe ich immer.«

Sicher. Du hast nur einen Staatsstreich angezettelt, der uns zerbröckeln lässt. Tranavias Wohl, in der Tat.

»Ich glaube, wir sollten froh sein, dass der Gott mit dir statt Nadya vorliebnehmen musste«, murmelte Malachiasz.

Serefin sah in ungläubig an, doch Malachiasz' Blick ging weit in die Ferne.

»Sie ist schon für sich genommen gefährlich genug.«

33

NADEZHDA LAPTEVA

Svoyatova Valeriya Zolotova: Eine Klerikerin aus Omunitsa. Sie ertrank in einer Flutwelle, die ihre Göttin gesandt hatte, um die antike Stadt Tokhvoloshnik auszulöschen.

Vasilievs Buch der Heiligen

Das Gespräch mit Serefin hatte Nadya erschüttert. Malachiasz log offensichtlich von jeher. Darum ging es nicht. Aber die Annahme, er hätte sehr wohl erreicht, was er wollte, und wüsste nur einfach nicht, wie er damit umgehen sollte: Nadya war sich völlig unsicher, wie sie das einordnen sollte.

Malachiasz hortete Reliquien. Malachiasz hatte ihre Brüder und Schwestern im Glauben niedergemetzelt. Magie veränderte sich.

Sie war beinahe fertig mit ihrer Gebetsperlenkette. Es war schwierig, sich an die Reihenfolge der Perlen zu erinnern. Und obwohl sie sich jeden Abend damit beschäftigte – während die anderen sich darüber stritten, ob sie sich trauen sollten, ein Feuer zu machen, und Malachiasz sich auf verdächtige Art über sein Zauberbuch beugte –, wusste sie nicht wirklich, ob die richtige Reihenfolge eine Rolle spielte.

Vielleicht würde sie aber auch den ganzen Unterschied ausmachen. Was, wenn es wirklich eine Hierarchie gab, die

Nadya nicht wahrnahm? Eine, von der sie noch nicht einmal je etwas gewusst hatte?

Außerdem wurde sie das Gefühl nicht los, dass eine Perle fehlte. Aber wessen? Wenn sie zählte, kam sie immer auf zwanzig.

»Natürlich wollte die Kirche nicht, dass du etwas über die gefallenen Götter erfährst«, versicherte Katya, als sich Nadya eines Abends neben sie setzte. »Sie wollen, dass niemand etwas darüber weiß. Die Leute werden schnell neugierig und würden versuchen, sie aufzuwecken.«

»Sie wollen zumindest vor allem nicht, dass ich mit ihnen in Berührung komme«, erwiderte Nadya stirnrunzelnd.

Katya schnaubte. »Wieso bist du so etwas Beson...« Sie unterbrach sich. »Oh.«

Lief es darauf hinaus? Hatte die Kirche Angst, Nadya könnte mit den anderen Verbindung aufnehmen, mit denjenigen außerhalb des Pantheons? Tatsächlich hatte sie das bereits getan. Dies war ein Beleg, dass die Angst der Kirche durchaus begründet war. Kaum hatte sie mit einem der gefallenen Götter gesprochen, war schon ihre erste Tat gewesen, ihn zu befreien. Freilich wäre sie nicht noch einmal so leicht zu beeinflussen.

Nur wusste sie, dass es darauf nicht ankam.

»Was aber beabsichtigst du so weit hier draußen?«, fragte Nadya, um den eigenen Grübeleien ein Ende zu setzen.

»Meinem Vater aus dem Weg gehen, vor allem«, antwortete Katya und kniff die Augen zusammen. »Und ich versuche, diesen Jungen davon abzuhalten, das Monster zu entfesseln, das in seinem Kopf lauert.«

»Eigentlich war ich es, die Velyos befreit hat«, entgegnete Nadya.

»Ich kann nicht glauben, dass dir nie jemand beigebracht hat, wer er ist.«

Alle hatten es für besser gehalten, sie zu beschützen und abzuschirmen, nur um sie danach den Wölfen vorzuwerfen.

»Velyos stellt nicht die wirkliche Bedrohung dar«, fuhr Katya fort. »Es ist vielmehr die Folgerung, die Velyos zu denjenigen führen kann, die älter sind.«

Malachiasz setzte sich neben Nadya hin. Katya zögerte erst, fuhr dann aber mit ihren Überlegungen fort.

»Und die anderen Gefallenen, nun, sie sind schlimm, aber wir haben Schlimmeres überlebt.«

»Aber es gibt Götter, die sogar älter als diese sind?«, wollte Nadya wissen.

Katya nickte. »Ich habe nie mehr darüber zu hören bekommen als bloßes Geraune. Die Namen der meisten wurden aus dem Gedächtnis getilgt. Doch es gibt einen ... Chyrnog. Der allem innewohnende Zerfall. Nur ganz wenige wissen überhaupt von ihm und genau so hat er das auch gewollt.«

Malachiasz verspannte sich an Nadyas Seite.

»Und vielleicht bin ich übertrieben vorsichtig – wir haben keinen Beweis dafür, dass sich ein älteres Wesen gerührt hat –, aber ich werde das Gefühl nicht los, dass wir hier am Anfang einer gewaltigen Katastrophe stehen. Es gibt viele Dinge, mit denen die Kirche falsch umgeht«, sagte Katya. »Und was die Götter angeht, ich hätte nie gedacht, dass ich das jemals zu unser aller Klerikerin sagen würde: Aber du scheinst es nicht besonders lange unter ihrem Einfluss ausgehalten zu haben.«

Nadya versetzte Malachiasz einen heftigen Stoß mit dem Ellbogen, bevor er irgendetwas Selbstgefälliges verlauten ließ.

»Womit geht die Kirche noch falsch um? Magie?«, fragte Nadya und hob den Arm als Drohung, dass sie ihm noch einen Stoß versetzen konnte. Er war wie ein Hund, der an seiner Leine zog; sie konnte spüren, wie gerne er sich in die Unterhaltung eingemischt hätte.

»Oh, durchaus.« In groben Zügen erklärte Katya die Magie, zu der sie Zugang hatte, und warf Malachiasz dabei die ganze Zeit über misstrauische Blicke zu.

Es ergab Sinn: die Rituale, die Gebete, mit denen Heilige angerufen wurden, die Zauber. Das alles leitete sich eindeutig von einem Verständnis göttlicher Magie ab, nur abgewandelt für diejenigen, die von den Göttern nicht im strengen Sinn berührt waren. »Und das duldet die Kirche?«, fragte Nadya, während sie eine kleine Ikone umdrehte, die Katya ihr gegeben hatte.

»Nein«, entgegnete Katya. »Es ist okkult und verflucht. Heilige sind keine Götter, also ist die Magie nicht heilig.«

Malachiasz ächzte, ließ sich nach hinten fallen und legte einen Arm über seine Augen. »Nicht noch mehr Religion.«

»Niemand redet mit dir«, wies ihn Nadya zurecht. Verwirrt wandte sie sich wieder Katya zu. »Dann also, wie?«

»Wie kann die Zarewna okkulte Magie nutzen, ohne dafür gehängt zu werden?«, fragte Katya trocken. »Die Kirche schaut weg, wenn es um die *Voldah Gorovni* geht. Irgendetwas muss diese abscheulichen Geier umbringen.«

Nadya beachtete Malachiasz' leises Schnauben nicht, mit dem er sich ganz zu Boden legte.

»Es ist keineswegs erlaubte kalyasische Magie«, schränkte Katya ein.

»Also würde jeder gehängt werden, der dabei erwischt wird, wie er sie nutzt, wenn er oder sie nicht *Voldah Gorovni* ist.«

Katya nickte, unbeeindruckt von dem Blick, den Malachiasz Nadya von seinem tiefen Aussichtsort aus zuwarf. Nadya legte ihre Hand auf sein Gesicht und drehte es auf eine Seite.

»Aber wie lange wird diese Magie schon verwendet?«

»Es ist alte, sehr alte Magie.«

Nadya runzelte die Stirn. Das ergab keinen Sinn. Ihr war beigebracht worden, dass es nur göttliche Magie gab – nur diese wurde gefördert. Malachiasz setzte sich wieder auf, langte zu Nadya hinüber und zog ihr den Handschuh von der linken Hand. Katyas Gesicht veränderte sich beinahe unmerklich, ein Schrecken, den sie sorgfältig verbarg. Nadyas

Hand war die eines Monsters: verkrümmt und von Üblem befallen. Mit einem Mal tief beschämt, führte sie die Hand nah an die Brust. Was tat er da?

»Warte«, sagte Katya, zog Nadyas Hand zu sich und zwang ihr die Finger auf. »Das ist Velyos' Symbol.«

Nadya nickte und biss sich dabei auf die Lippe. Was sie getan hatte, war so unklug gewesen, aber es hatte keine andere Möglichkeit gegeben zu handeln.

»Ich habe ihn aufgeweckt«, erklärte Nadya. Die Dunkelheit. Diese Macht, die sie vermied. Sie hatte die Reliquie dafür verantwortlich gemacht, dass sie während des Kampfes vor dem Kloster die Herrschaft über ihre Magie verloren hatte. Sie hatte es auf die Berührung eines Gottes geschoben, doch es war nicht Krsniks Macht gewesen – die hatte sie schon zuvor benutzt, sie kannte ihre Form. Das war etwas anderes gewesen.

Wie etwa eine dunkle Magie, die ihr selbst gehörte.

»Kostya hat gesagt, die Kirche befürchtete, ich würde abtrünnig werden. Sie hätten von Anfang an gewusst, dass etwas mit mir nicht stimmte«, flüsterte sie. Sie stand kurz davor zu weinen.

Und wenn sie niemals die Hoffnungsfigur gewesen war, die Kalyazin brauchte, um zu überleben? Was, wenn sie Kalyazin immer bloß Zerstörung bringen würde? So leichtfertig war sie dem Feind verfallen, hatte sie sich dunklerer Magie zugewandt, um ihr endgültiges Ziel zu erreichen. Was, wenn sie niemals von den Göttern gesegnet gewesen war, sondern bloß eine Kreatur der dunklen Macht? Wo war Marzenya bei alldem? Wo stand sie selbst jetzt? Nadya streckte sich nach ihr aus und bekam keine Antwort. Verzweiflung überkam sie.

»Es ist nichts verkehrt mit dir, *towy dżimyka*«, murmelte Malachiasz und nahm ihre Hand. Ihr Herz verkrampfte sich schmerzhaft. Sie verdiente seine Freundlichkeit nicht. Ihn zu benutzen, so wie er sie benutzt hatte, war anfangs vom Reiz der Vergeltung getragen gewesen, doch sie hatte bei ihrem Plan nicht wirklich berücksichtigt, wie wichtig ihr dieser fürchterliche Junge war.

Katya war sich nicht ganz so sicher wie Malachiasz. Gedankenverloren zog sie sich ihren Zopf über die eine Schulter und löste ihn erst mit schnellen Fingern, nur um ihn dann wieder neu zu flechten.

»Du denkst, das hängt mit den gefallenen Göttern zusammen?«, fragte Katya Malachiasz.

Er schüttelte langsam den Kopf. »Mit den anderen vielleicht.«

Nadya stieß ein winziges ersticktes Wimmern aus. Er musste sich irren. Er hatte von ihrer Macht in Begriffen der Göttlichkeit gesprochen, nicht wie von schauerlichen Schrecken, ähnlich denen, in die sich seine eigene Macht verwandelt hatte.

»Das ist schwer zu sagen«, fuhr er fort. »Es wartet ja nicht gerade ein Füllhorn voller anderer Kleriker, die dunkle Magie anwenden, um Vergleiche anzustellen.«

Katya runzelte die Stirn und musterte Malachiasz, als würde sie ihn zum ersten Mal sehen. Sie sah den Jungen, der Rätsel liebte, nicht den Schwarzen Geier. Das würde nicht andauern. Sogar während sie so gemeinsam im Dickicht saßen und das Gewicht des Waldes auf ihren Schultern lastete, konnte Nadya einen angespannten Hass zwischen Malachiasz und Katya spüren.

Er fuhr mit seinem Zeigefinger an dem Nadyas entlang nach unten und presste ihr dann seinen Fingerknöchel gegen die Handfläche.

»Die Magie verändert sich«, sagte Nadya leise.

»Ist das der Grund, weshalb du hier bist?«, fragte Katya.

Nadya nickte langsam. Ihr fiel auf, wie Malachiasz' Augenbrauen zuckten. Das war kaum gelogen. Sie war hier, um herauszufinden, warum sich ihre Magie verändert hatte …

und um etwas zu unternehmen, das diesen Krieg ein für alle Mal beenden würde.

»Göttlichkeit richtet uns zugrunde«, murmelte Malachiasz. »Wir sind nicht dafür gemacht, so viel Macht zu besitzen, ohne dass sie uns verbiegt.«

Er schauderte und mehrere Augen öffneten sich auf seiner sichtbaren Haut, wie um seine Worte zu bekräftigen.

»Aber du denkst, dass das *meine* Macht ist?«

Er sagte nichts, sondern hob nur die Augenbrauen, eine sanfte Bitte um Verständnis an sie. Aber sie wollte nicht verstehen. Sie wollte sich nicht mit der Vorstellung befassen, dass die Kirche, der sie so sehr vertraut hatte, möglicherweise einen tiefer liegenden Grund hatte, sich vor ihr zu fürchten und als so selbstverständlich anzunehmen, dass sie ins Wanken geraten würde. Wenn Göttlichkeit in Wahrheit eine Frage der Monstrosität war, was machte ihre Verbindung dorthin dann aus ihr?

Katya beobachtete Serefin, der am andern Ende ihres Lagers stand und sich mit Ostyia und Rashid unterhielt. »Du hast Velyos befreit?«

»Ja«, sagte Nadya, dankbar dafür, dass das Gespräch eine Wendung nahm.

»Warum hält er dann Serefin besetzt?«

Nun, das war tatsächlich eine drängende Frage.

Nadya wollte nicht mehr darüber sprechen. Sie hatte entsetzliche Angst, dass es Serefin nicht gelingen würde, sich gerade von dieser Gotterwähltheit zu befreien, die sie für sich selbst zurückhaben wollte.

»Was würde dieser andere Gott tun?«, fragte Malachiasz. »Wenn er freigelassen würde? Dieser Ältere, meine ich.«

»Die Sonne verschlingen«, entgegnete Katya unverblümt.

Wenn Malachiasz ihnen etwas vorspielte, so wusste er bereits vom drohenden Untergang, göttliche Kreatur, die er war. Allerdings schaute er nur neugierig. Nadya missfiel die scheinbare höhere Vorsehung, die sie alle zu demselben Ort führte. Vor allem mochte sie nicht, dass auch die Tranavier ein eigenes Wort für Bolagvoy hatten, das bei ihnen eine ganz andere Bedeutung annahm.

Sitz der Götter bedeutete es auf Kalyasisch. *Quelle.*

Auf Tranavisch *Höllenschlund.*

Wie konnte es Marzenya wagen, jetzt zu schweigen?

Katya und Malachiasz gingen bei ihrer Wanderung weite Bogen umeinander. Malachiasz war unberechenbar und seine Beunruhigung wurde mit jedem Tag deutlicher, was sogar Katya bemerkt hatte. Es war auch schwer zu übersehen, so rot und blutig, wie seine Finger ständig waren, weil er nicht aufhörte, an ihnen herumzuzupfen und die Nägel zu dünnen Streifen herunterzukauen.

Es war seltsam, mit einer anderen Kalyazinerin zu reisen, die nicht aus einem Kloster kam. Katya machte sich für ihren hohen Rang ziemlich oft über Religion lustig, und sie kam überraschend gut mit Serefin aus. Nachdem aus Tagen Wochen geworden waren, nannte Nadya sie bei sich bereits Freundin. Es war bizarr.

Letzten Endes fühlte sich all dies aber flüchtig an. Das Verrinnen der Tage kam ihr unwirklich vor. Sie waren hier an diesem Ort nur durch das Schicksal und die Umstände vereint, und sobald der Zauber gebrochen wäre, würden sie aufeinander losgehen. Malachiasz und Serefin waren der Feind, daran würden auch noch so viele sorgsam gepflegte Freundschaftsbande nichts ändern. Die Art, wie Malachiasz beim Laufen immer wieder ihre Finger mit den seinen fing – behutsame, flüchtige Berührungen –, spielte keine Rolle, ihre Zeit war begrenzt und lief schnell ab. Sie konnte nicht darüber nachdenken. Sie dachte nicht darüber nach.

Sie kamen auf eine Lichtung, auf der die gewaltigen Bäume sich zu einem künstlichen Kreis öffneten. Auf der Lichtung standen im Rund riesige Statuen. Malachiasz neben ihr versteifte sich. Sie sah genau im selben Augenblick zu ihm auf, als er auf sie herabschaute. Seine Augen waren unergründlich.

Sie mochte es nicht, wenn sein Gesicht so schwer zu deuten war.

Ihr stockte der Atem. Die Augen der Götter wendeten sich ihr noch einmal zu und sie konnte es *spüren.*

Vierzig Statuen umstanden die Lichtung.

»Oh, das ist ja kein bisschen merkwürdig«, unkte Rashid, als der Rest der Gruppe zur Lichtung aufschloss.

Kacper nahm Serefin am Arm und zog ihn zurück in den Wald. Ostyia folgte ihnen. Parijahan beobachtete Malachiasz mit genau der besorgten Vorsicht, die Nadya empfand. Katya trat neugierig neben Nadya.

Wie wäre es wohl, wie Katya ein zufälliger Beobachter des Göttlichen und Okkulten zu sein? Nichts von alldem würde sie jemals wirklich berühren. Sie würde ihre Machtstellung weiter ausbauen, bestärkt von ihrer Halskette aus Geierzähnen, während sich all dieser göttliche Wahnsinn um sie herum einfach weiterdrehte.

Einige der Statuen sahen älter aus als andere. Obwohl Nadya solche Gestaltungen noch nie gesehen hatte – seltsame, unheimliche, bizarre Figuren –, erkannte sie doch aus innerem Wissen heraus die Hälfte der Darstellungen. Das waren die Hohen Zwanzig des Pantheons. Sie hatten etwas *sehr* Altes gefunden.

Malachiasz' blasser Blick ruhte auf ihr, als sie den ersten Schritt über die Bannlinie tat, die sie zurückhielt. Es traf sie augenblicklich: die Wesensmacht auf der Lichtung, der Krieg, der um sie herum ausgefochten wurde, ohne dass es irgendjemand wusste.

Bei den Göttern, wir haben etwas Fürchterliches, dachte sie und drehte sich langsam im Kreis. Dabei betrachtete sie jede Statue einzeln.

Sie kannte zwanzig der Statuen. Jede monströse Figur. Jeden scharfen Zahn und jedes zusätzliche Körperteil. Jeder

Körper war zu etwas Überwirklichem verdreht. Jedes Gesicht unverständlich verformt. Und eine der Statuen kannte sie um so viel besser als den Rest.

Sie wollte dieses Bild aus ihrem Kopf herausbrennen. Die Zähne, die einen geschmeidigen – kaum menschlichen – Körper bedeckten, die eleganten, gewundenen Hörner. Die acht starren Augen, unfassbar in ihrer geschnitzten Ruhe. Der skelettartige Oberkörper.

Tod und Magie und Winter.

Tod.

Achtzehn Jahre hatte Nadya mit dieser Göttin gelebt, die zu ihr sprach, die durch sie sprach. Achtzehn Jahre, und endlich durfte Nadya verstehen, womit sie es zu tun hatte.

Nadya war sehr klein und sehr jung und sehr unbedeutend in den Augen dieses Wesens, das ihre Seele für sich beansprucht hatte.

Unsere hohe Frau des Todes und der Magie.

Marzenya blieb natürlich still.

Nadya hatte versucht, als die tödliche Hand zu wirken, die ihre Göttin sich gewünscht hatte, aber sie hatte immer gewankt, immer versagt. Es war nicht einmal eine Frage des Mitgefühls mit den Verdammten. Nadya hegte einfach zu viele Zweifel.

Das waren noch nicht einmal annähernd alle Schrecken, denen sich Nadya stellen musste, als sie zerbrach. Sie war nicht dafür gemacht, das hier zu bezeugen. Sie sollte es nicht *wissen.*

Es gab noch weitere zwanzig Götterbilder, mit denen sie sich auseinandersetzen musste. Das waren diejenigen, deren Figuren die Zeit angegriffen hatte. Diese Figuren grenzten an etwas, für das Nadyas Gemüt keine Worte finden konnte; ihre Augen wollten von ihnen abgleiten, sie wollte sie nicht in ihre Betrachtung einschließen. Doch sie verspürte einen Drang, sie wurde von ihnen angezogen. Und über allem schwebte der Gedanke, der sie schon seit Monaten verfolgte:

Was, wenn die Götter überhaupt keine Götter waren? Gefallen und unheimlich und *wahnsinnig*.

Was taten sie?

»Nadya.« Malachiasz' heisere Stimme riss sie aus ihren Gedanken. Sie rang nach Luft. Seine Hand lag an ihrem Kreuz. Er legte ihr die andere Hand ans Gesicht, schirmte ihre Augen von den Statuen ab und drehte sie dabei zu sich. »Komm wieder zu mir, *towy dżimyka*«, flüsterte er.

»Malachiasz?«

Er schauderte beim Klang seines Namens. Sie beobachtete sein Gesicht, sah zu, wie er jede Statue in sich aufnahm.

»Hier haust eine Menge Macht«, sagte er nachdenklich. »Jede Statue ist damit durchsetzt, bis in den letzten Finger.«

Seine Maske entglitt ihm.

Es waren zuerst nur Einzelmomente, leicht zu übersehen, denn solche Veränderungen waren schon seit Monaten vorgekommen. Sie hatte sich an die Augen gewöhnt, die sich mit einem Blinzeln auf seiner Haut öffneten, an die Verwesungmale, die seine Haut überzogen, an die Münder und seltsamen Zähne. Aber mit der Zeit war er an den Umrissen schemenhaft geworden. Was sie in den Salzminen von ihm erblickt hatte – diesen wabernden, chaotischen Schrecken –, war noch nicht einmal das Schlimmste an diesem Ungeheuer.

Serefin hatte recht.

Malachiasz hielt alle diese Macht immer in Händen. Und Nadya traute seinem scheinbaren Unvermögen, sie auch zu entfalten, nicht mehr. Sie konnte nicht glauben, dass er sich den Albtraum, zu dem er geworden war, nicht nutzbar machen konnte.

Seine Maske rückte wieder an ihren angestammten Platz, als er auf Nadya hinunterschaute. Nur ein Junge, tranavisch, wunderschön, einsam.

»Fühlst du dich besser?«, fragte er.

Sie presste ihr Gesicht an seine Brust. Seine Arme umschlangen sie, eine Hand streichelte ihren Hinterkopf. Sie musste atmen – alle Luft war von der Lichtung abgesaugt worden, und sie würde hier sterben, in der Mitte dieses Zirkels, umgeben von Göttern und Nicht-Göttern, und *was, wenn diese Götter, die wir verehren, überhaupt keine Götter sind?*

Was, wenn?

Was, wenn das nicht die richtige Frage war? Also was galt, wenn die Götter sozusagen etwas ganz anderes waren? Wenn sie von etwas Geringerem zu diesem Zustand aufgestiegen waren? Sie waren immerhin anwesend. Es war nicht der Gedanke an sie, der Nadya zur Flucht drängte.

Es waren die anderen zwanzig.

Die Gefallenen, die Verlorenen. Was war da geschehen, und was würde sich ereignen, falls sie sich erheben würden? Und was war sie, dass sie sich angezogen fühlte, nicht einmal von den Gefallenen, sondern von den Älteren? Zu denjenigen, die sich aus einer Leere erhoben hatten, aus einer so völligen und tiefen Leere, dass sie vergessen worden waren, denn sich ihrer zu erinnern hieße, wahnsinnig zu werden.

Göttlichkeit und eine undurchdringliche Dunkelheit.

»Es sind mehr Götter hier, als ich mit euerem Pantheon verbinde«, bemerkte Malachiasz nachdenklich. Er hatte sein spitzes Kinn oben auf ihren Kopf gestützt.

»Glaubt ihr, wir treffen auf das Waldvolk, das diese Steinfiguren ausgemeißelt hat?«, fragte Katya, während sie zu der Statue ging, von der Nadya *wusste,* dass es Bozidarka war. Die Figur hatte Löcher in den Handflächen und ihre Wirbelsäule war sichtbar in dem eingefallenen Torso. Das Gesicht hatte keine Augen, nur leere Augenhöhlen, auch eine auf der Stirn. Nadyas Stirn juckte. »Nicht die ursprünglichen Gläubigen, aber sicher pflegt doch jemand diese Statuen?«

»Es ist niemand hier«, sagte Nadya. Dieser Ort war nicht für Sterbliche gedacht. Es gab Geschichten über Kleriker, die diese Pilgerreise unternommen und monatelang einsam im Bolagvoy-Kloster überlebt hatten, bevor sie sich mit Zähnen und Klauen ihren Weg aus dem Wald freigekämpft hatten. Reiner Volksglaube. Niemand schaffte es je hinaus.

Katya schnaubte. »Nun, ich glaube, ich werde meinem Priester zu Hause in Komyazalov sagen können: ›Ich habe es dir doch gesagt.‹«

Malachiasz zog an einem Knochenstück in seinen Haaren. »Bedeutet das, ich habe auch recht?«

»Nein.«

Er deutete aufgeregt auf die ursprünglichen zwanzig. Nadya betrachtete sie und erbebte, als ihre Handfläche schmerzte und der plötzliche Wunsch, näher heranzugehen, in ihr aufflammte. Sie wandte sich wieder zu ihm um. Er starrte mit totenbleichem Gesicht auf etwas geradewegs hinter ihr.

»Wir sind nicht allein«, sagte er leise.

Katyas Kopf wirbelte herum und sie fluchte.

Malachiasz rollte sich die Ärmel hoch und griff nach dem Messer an seinem Gürtel. Magier, nicht Geier. Dadurch fühlte sich Nadya jedoch nur unbedeutend besser. Sie zog ihr Knochen-*voryen* aus dem Gürtel. Malachiasz nickte langsam.

»Die Reliquie wird dir hier gut helfen können«, sagte er.

Katya kniff die Augen zusammen.

Nadya griff an ihre Kette. Sie hatte das Auffädeln zu Ende gebracht gehabt, und jetzt fanden ihre Finger Marzenyas Perle. Trotz aller Entfremdung wandte sie sich immer noch zuerst an ihre Göttin.

Nur … bitte.

Nadya erhielt keine Antwort und bekam keine Magie übermittelt. Nur Stille. Nur die Erwartung vollkommener Hingabe. Nadya musste diese Gefahr allein durchstehen. Sie kaute auf ihrer Lippe und beobachtete Malachiasz. Sie hatte keine Ahnung, was sie vorfände, wenn sie sich umdrehte, aber sie mochte nichts, was Malachiasz in Unruhe versetzte.

»*Litkiniczki*«, murmelte er.

Lichni'voda, so lieferte ihr Gedächtnis ihr die Übersetzung auf Kalyasisch.

Unglück. Ein schlechtes Omen.

Allerdings nicht der Begriff. Die Kreatur.

»Beweg dich sehr langsam«, wies er sie leise an. »Auch wenn es keine Rolle spielt. Es sieht uns. Ich sehe es.«

Es gab häufig kalyasische Omen, ganz einfache. Kleine Kreaturen, die Missgeschick bedeuteten, wenn sie gesehen wurden. Doch die großen, die Monster: Wenn man eine Begegnung mit *Lichni'voda* überlebte, so würde einem das ganze Unglück des schlechten Omens folgen.

Blut tröpfelte an Malachiasz' Unterarmen hinunter. Nadya hörte, wie Parijahan nach ihnen rief, aber Malachiasz hob eine Hand.

»Geht nicht über die Grenze«, gab er zurück, gerade so laut, dass sie ihn hören würden.

Wenn das *Lichni'voda* sie nicht sehen würde, so würde ihnen das Unglück auch nicht folgen.

Nur waren Nadya, Malachiasz und Katya bereits in seinem Blick gefangen.

Parijahan streckte sich so weit vor, dass auch sie sehen konnte, was Malachiasz anstarrte. Sie zog sich mit weit aufgerissenen Augen hinter die Statue zurück.

Sie steckten in ernsthaften Schwierigkeiten.

»In Ordnung«, sagte Malachiasz sanft. »Es gibt keine Möglichkeit, auch nur einen von uns vor dem Blick dieser Bestie zu retten, also können wir sie genauso gut umbringen, oder?« Er ging näher an Nadya heran, beugte den Kopf und küsste sie.

Seine Hand war blutig und verschmierte ihr das Kinn, als er ihr Gesicht zu seinem anhob. Er tat es aus Verzweiflung: schmutzig und verängstigt. Sie konnte fühlen, wie schnell ihm das Herz in der Brust schlug. Er war in Panik, versuchte Nadya zuliebe aber, ruhig zu bleiben. Doch das musste er nicht, sie verstand, wie ernst die Lage war.

Die Bestie umzubringen war nicht die Hauptaufgabe.

Etwas in ihr hatte geglaubt, dass all die Angst vor dem Wald unbegründet war. Dass sie leicht alle Hindernisse überwanden. Serefin war ein mächtiger Magier. Malachiasz war der Schwarze Geier, der König der Monster. Und sosehr sie es auch anzweifelte: Nadya hatte auch selbst Macht.

Sie hatte jedoch nicht mit einem Wesen gerechnet, das aus so alten Mythen und Legenden stammte, dass es Berichte darüber gab, wie genau es umgebracht werden konnte. eine folgenschwere Begegnung, egal, wie sie ausging.

Sie waren verflucht und das würde sich sehr greifbar und unausweichlich auswirken.

»Es ist schon gut«, murmelte sie, »wo ist das Monster?«

Sein Blick huschte über ihre Schulter. »Es sieht einfach zu.«

»Glaubst du, wir können einfach abwarten, bis es weiterzieht? Der Schaden ist leider schon angerichtet.«

»Das würde ich eher nicht tun«, meinte Katya.

Er schrak zusammen. Das entsprach auch nicht Nadyas Vorstellung, nicht, solange sie an so einem gefährlichen Ort weilten und das Unglück schreckliche, tödliche Ausmaße annehmen konnte. Und es haftete ihnen beiden *gemeinsam* an. Es haftete der allerhöchst erhabenen Zarewna von Kalyazin an.

»Warum haben wir nicht Serefin stattdessen hierher gehen lassen?«, murrte Malachiasz.

Nadya lachte, es waren panische, heisere Laute. »Du bist fürchterlich.« Sie lehnte sich auf Zehenspitzen vor und küsste ihn noch einmal. Die Anordnung ihrer Welt verschob sich ganz leicht entlang der Hauptachse. Das Bewusstsein leuchtete auf, dass dies ein Davor und ein Danach bedeutete. Dass *Lichni'voda* keine Wesen aus Mythen waren oder dass der Mythos auf sie herabgekommen war.

»Vielleicht der Geier, nicht der Magier«, schlug sie vor.

Der Hauch eines Lächelns umspielte seine Lippen und das schmerzte Nadya. Sie wich einen Schritt zurück und sah Katya an.

»Ich würde erst einmal zurückbleiben«, riet sie ihr.

Malachiasz' Augen huschten zwischen ihr und der Stelle hinter ihr, wo das Monster lag, hin und her. Seine Pupillen weiteten sich, überdeckten seine farbigen Iriden. Seine Gestalt veränderte sich beinahe unmerklich, bis das Wandlungschaos begann, ihn zu ergreifen. Klauen wuchsen ihm aus den Fingern, Eisenspitzen stießen ihm aus der Haut, doch mehr davon und schlimmer als früher, denn er war jetzt um so vieles mehr angewachsen und um so vieles schlimmer. Er starrte auf eine der Statuen auf der Lichtung.

Dann fiel seine Maske ganz und er bewegte sich zu schnell, sodass ihre Augen ihm nicht folgen konnten, als er an ihr vorbeifegte.

Ihre eigene Macht war tief begraben, aber sie konnte sie finden. Wenn Marzenya nicht mit ihr reden wollte – oder konnte –, gut, *gut.* Doch sie würde nicht hier sterben, und sie hatten es mit einer Kreatur zu tun, die viel älter war als die gewöhnlichen Monster von Kalyazin.

Sie drückte ihre Finger gegen die Narbe und spürte den stechenden Schmerz der Macht. *Ihrer Macht. Die darauf wartete, beansprucht zu werden. Und deren Form so seltsam und unförmig war und so alt.*

Das *Lichni'voda* hatte fast menschliche Gestalt, war aber in Schatten gehüllt. Ein einzelnes schwarzes, starrendes Auge saß ihm in der Mitte des Gesichts. Die Nase war nach innen gesunken wie bei einem Totenschädel. Ein Mund voller messerscharfer Zähne.

Und die *Geräusche,* die es machte, kratzten an ihren Ohren. Nadya wollte davonlaufen.

Doch sie konnte die Macht der Kreatur fühlen. Die Streiche des Schicksals versetzten diese Macht mit Fäulnis und sorgten dafür, dass Malachiasz' Magie nicht so durchschlug, wie er es gewohnt war.

Malachiasz' Zorn wuchs, als das Wesen ihn umkreiste und seine eigene Magie nie ihr Ziel traf. Nadya fuhr mit den Fingern über ihre Halskette.

Es gab eine Hierarchie der Macht. Kleriker standen weit oben in dieser Hierarchie, aber es war ihr erschöpfend verdeutlicht worden, dass sie nicht einfach nur eine Klerikerin war. Da war eine ganz andere Macht, die darauf wartete, dass Nadya zu ihr durch die Tür trat. Nadya hatte zwar geklopft, sie klopfte immer noch, aber sie war nicht in der Lage gewesen, die Tür zu öffnen.

Nadya betrachtete die Lichtung. Sie schaute sich nochmals jede Statue an, bis etwas Scharfes an ihrem Ohr vorbeiflog und ihre Aufmerksamkeit wieder auf die Kreatur lenkte. Doch sie hatte die Zeit, die sie brauchte. Sie wusste, was sie tun musste, als sie Marzenyas Perle auf der Kette ganz nach unten schob. *Was, wenn die Götter, die ihr verehrt, gar keine Götter sind?*

Was, wenn das kein gottverfluchtes bisschen wichtig war?

Was, wenn das niemals die Frage gewesen war?

Was, wenn die Frage vielmehr lautete: Was, wenn es ein Mädchen gäbe, das die Magie der Götter herabrufen, die Macht der Dunkelheit mit Licht übergießen und mit der Magie des Waldes verschmelzen konnte?

Was, wenn es bei alldem um Magie ging, in ihrer reinsten Form?

Es ging nicht darum, wie Nadya an sie gelangt war. Nur, dass sie in der Lage war, die Magie zu berühren, ohne selbst ausradiert zu werden. Dass sie fähig war, Göttlichkeit und Dunkelheit zusammen aufzurufen, um einen König zu töten und vielleicht, vielleicht, etwas Größeres aufzuhalten. Etwas Altes und Ursprüngliches und Wahnsinniges.

Göttlichkeit schmeckt nach Kupfer und Asche, dachte sie zusammenhanglos.

Es war mehr, als sie je erwartet hatte.
Nadya stieß die Tür auf.

34

SEREFIN MELESKI

Drei Kronen für Cvjetkos Stirn, für den Wolf, den Bären, den Fuchs. Denn seine Klauen sind scharf, und seine Zähne sind zahlreich, und er kaut und er nagt und er heult.

Die Briefe des Włodzimierz

Sobald die Lichtung in Sichtweite gekommen war, war Serefin erblindet. Nichts als ein erbarmungsloses, qualvolles Weiß. Er konnte Blut spüren, das ihm aus den Augen tröpfelte. Die Klappe über seinem linken Auge schmerzte ihn plötzlich – wenn er sie noch für einen Moment aufbehielt, so würde sie sich durch seinen Schädel brennen. Er riss die Klappe ab und wäre beinahe wie ein Stein umgefallen. Er stieß einen erstickten Schrei aus, bevor Kacper ihm das Gesicht zur Seite stieß und ihn nach hinten zog, tiefer in den Wald hinein.

Was er gesehen hatte, brannte sich in seinen Geist ein, wo es weiterleben würde und sich verformen und von ihm Besitz ergreifen, bis es ihm das Innerste herausklauben und nichts übrig lassen würde.

Sie hatten es mit Mächten zu tun, die um so vieles älter und umfassender waren, als sie es begreifen konnten. Das hatte Serefin immer schon geahnt, aber es war für ihn viel leichter gewesen, es zu überspielen.

»Serefin«, murmelte Kacper. Er war vorsichtig, als er ihn bei der Schulter nahm und zu Boden drückte.

Serefin wollte seine Augen bedecken und wimmerte, als Kacper ihm die Hände wegzog.

»Du wirst dich selbst verletzen«, erklärte er sanft. Er klang verängstigt und verwirrt.

Serefin blinzelte heftig und verschaffte sich dadurch einige Augenblicke, in denen er etwas sah. Seine Hände waren rot von Blut, unter den Fingernägeln war es schon verkrustet. Er griff sich an das Gesicht und fand die von seinen Nägeln zurückgelassenen Risse.

Er schloss die Augen.

»Es wird schlimmer bei ihm«, sagte Ostyia.

»Hast du lange genug dem Feind schöne Augen gemacht, um das endlich zu bemerken?«, fuhr Kacper sie an.

»Hey, hey«, rief Serefin und hob eine Hand. »Aufhören!« Es fiel ihm schwer zu sprechen; der Schmerz in seinem Kopf war schneidend.

Die Lichtung war nicht nur eine vergessene Ansammlung alter Statuen. In diesem Rund waren Seelen abgeschlachtet worden. Tausende von Opfern gebracht worden. Es war kein Unterholz gewesen, das beim Übersteigen unter ihren Stiefeln geknirscht hatte, sondern alte, am Waldsaum verteilte Knochen.

»Wir müssen dieses Verhängnis aufhalten«, beschwor sie Serefin.

»Wir müssen herausfinden, wie wir *dich* aus dieser Sache herausholen können!«, entgegnete Ostyia. Ihre Hände lagen auf seinem Gesicht und fuhren sanft die gerissenen Wunden nach. »Du hast gerade versucht, dir die eigenen Augen auszureißen. Du kannst mir nicht erzählen, dass mit dir alles in Ordnung ist, Serefin.«

»Ist es nicht«, fuhr er sie an, »eindeutig *nicht.* Halte meine Hände fest«, bat er Kacper, weil der Drang, an seinen Augen herumzukratzen, ihn überwältigte.

Kacpers warme Hände legten sich um seine, beruhigend und sicher.

»In Ordnung«, sagte Serefin und seine Stimme hörte sich seltsamerweise gleichmäßiger an, als er sich fühlte. »Du musst mich bewusstlos schlagen.«

Kacper stieß einen erstickten Laut aus. Ein unmenschlicher Schrei hallte von der Lichtung her durch den Wald. Ostyia wollte aufstehen.

»Nein. Die anderen können das bewältigen«, versicherte Serefin durch zusammengebissene Zähne. »Malachiasz ist dort, sie kommen zurecht.«

»Ich glaube nicht …«

»Hört auf, alle beide. Hört auf, dem nachgehen zu wollen. Hört auf, es selbst in Ordnung bringen zu wollen, ihr werdet niemals dazu in der Lage sein und ihr werdet die Dinge nur schlimmer machen.«

Durch das Blut, das ihm die Sicht vernebelte, sah er, wie Kacpers Gesichtsausdruck in sich zusammenfiel, und fühlte sich sofort schuldig. Natürlich wollten sie helfen. Er hatte Schmerzen und schien in Verwirrtheit zu handeln. Doch sie waren Blutmagier; sie waren Tranavier. Sie hatten keine Ahnung, was vor sich ging.

Er zischte, als etwas an seiner Brust zerrte und ihn auf die Lichtung zurückziehen wollte. Er konnte die Wesenheiten, die er dort gesehen hatte, nicht in Worte fassen. Monster hatte er erwartet, Gestalten wie Velyos – Furcht einflößend, mächtig, aber mit Formen, die er verstehen konnte, zusammengesetzt aus Teilen, mit denen sein Verstand umzugehen wusste.

Doch *diese Statuen.* Menschliche Augen waren nicht dafür geschaffen, diese Dinge zu *sehen;* Sterbliche waren nicht dafür gemacht, vom Unbedingten zu *wissen.* Es sollte am Ende um Macht gehen. Wesen mit unermesslicher Macht. Aber wie gebärdete sich etwas, das über so viel Macht verfügte?

Wie stark würde sich eine Person verändern, in deren Blut diese Art von Magie schäumte?

Kacpers Griff an seinen Händen wurde fester. Hatte er versucht, sich zu bewegen?

»Also siehst du es endlich?« Es war die Stimme. Beinahe hätte sich Serefin stattdessen Velyos gewünscht. Diese Stimme ohne Namen und Velyos rasselten in seinem Schädel und verlangten beide nach seiner Aufmerksamkeit. Er war aufs Äußerste erregt.

»Du siehst nunmehr, was du zu bekämpfen versuchst. Aber das musst du nicht. Du musst dich mir nicht widersetzen. Du musst dich Velyos nicht widersetzen. Zu fallen wäre so einfach, so ruhig. Es ist so eine einfache Sache, sich selbst mit hinunternehmen zu lassen. Um beerdigt zu werden, musst du nichts tun, nur zustimmen.«

Serefin biss fest die Zähne zusammen und erwischte dabei ein Stückchen von der Lippe. Blut sickerte in seinen Mund, lief ihm übers Kinn.

»Serefin?« Ostyias Stimme überschlug sich vor Verzweiflung. Er wusste nicht, wie er ihnen sagen sollte, dass er vermutlich gar nicht viel Schreckliches zu befürchten hatte, weil diese Götter ihn immer noch brauchten.

Er wusste freilich nicht, was ihn erwartete, wenn er länger leben würde, als seine Nützlichkeit währte.

»Ihr kämpft alle. Diejenigen von euch, die von dem Sandkorn kommen, das ihr ein Reich nennt. Diejenigen von euch, die ihr Blut vergießen für eine Kostprobe von dem, was wir euch in Fülle gewähren könnten. Ihr werdet bald aufgeben.«

Serefin atmete mit einem Pfeifen lange und schmerzhaft ein und er hätte beinahe zugestimmt. Alles, damit dieser Zustand aufhörte.

Doch jemand drückte fest seine Hände, sodass ihm Kacper wieder bewusst wurde, der sie umklammerte und vom Gesicht fernhielt.

Du hast mich noch nicht gebrochen.

Die Stimme lachte finster. »*Wenn ich dich hätte brechen wollen, so hätte ich dir niemals die Möglichkeit gegeben, dich zur Wehr zu setzen. Du bist so nahe daran. Ich bin fast fertig mit dir. Aber wenn du dich nicht als stark genug erweist, denen ins Gesicht zu schauen, die so viel besser sind als du …*« Die Stimme verhallte.

Hier gab es nichts mehr zu deuten.

In Serefins Kopf pochte es und die Schreckensbilder von der Lichtung verschwammen langsam, sodass er sie beiseiteschieben konnte. Er bebte, seine Muskeln schienen sich in seinem Körper zu verflüssigen. Er sackte nach vorn und Kacper konnte ihn nur knapp auffangen, als er das Bewusstsein verlor.

»Was ist mit dir geschehen?«

Als Serefin erwachte, war es draußen dunkel. Er konnte die Lichtung nicht mehr in seiner Nähe fühlen, was hoffentlich bedeutete, dass sie sich weit davon entfernt hatten, während er bewusstlos war.

Er stöhnte und wollte sich die Hände an seine schmerzenden Augen pressen.

Nadya packte seine Arme. »Das würde ich an deiner Stelle nicht tun.«

Er gab nach und ließ zu, dass sie seine Arme wieder ablegte. »Wie schlimm ist es?«

»Du siehst aus, als hättest du einen Kampf mit einer sehr wütenden Katze geführt«, entgegnete sie, auf eine Art fröhlich, die vermuten ließ, dass sie selbst etwas zu verbergen versuchte. Sie tat so, als würde sie sich mit beiden Händen übers Gesicht kratzen.

Er lachte, obwohl es schmerzte.

»Hast du dir je gedacht, dass wir hier vielleicht das Falsche verfolgen?«

Er kämpfte sich selbst in eine sitzende Haltung hoch; es war für ihn schon eine mittlere Qual. »Ich habe keine andere

Wahl«, murmelte er. Er wäre zerfetzt worden und seine Überreste weggeworfen, wenn er sich Velyos und dem anderen in allem widersetzt hätte, das bezweifelte er nicht.

Sie schlang sich die Arme um die Knie. »Ich wünschte mir, der Anhänger wäre mir nie übergeben worden. Ohne mich wäre kein Gott geweckt worden.«

»Ich wäre aber tot, also kann ich an dir schlecht etwas auszusetzen haben«, stellte Serefin heraus.

»Da bist du wahrscheinlich der Einzige.« Da schwang ein Missmut in ihrer Stimme, der nicht recht zu ihrer Fürsorglichkeit zu passen schien. »Glaubst du, es wird sich je etwas ändern?«

Nadya wollte eine Versicherung, dass alles zum guten Ende finden würde, und Serefin musste glauben, dass aus den großen Umwälzungen heraus eine Hoffnung auf Frieden entstehen könnte. Außerdem hatten er und Katya sich noch nicht gegenseitig umgebracht, das war schon einmal ein gutes Zeichen.

Doch er wusste nicht, was gerade in Tranavia vor sich ging, und das fraß ihn innerlich auf. Er war nicht so einfältig zu glauben, dass ihm der Thron während seiner Abwesenheit nicht entrissen worden war.

»Ich weiß nicht.«

Sie atmete langsam aus. »Velyos will von dir, dass du die anderen schlafenden Götter aufweckst, gibt es da noch etwas anderes?«

Da ist der Namenlose, der Malachiasz tot sehen will, und ich weiß nicht, was er sonst noch will, aber es wird dich zerstören. Und er versuchte so sehr, es ihr mitzuteilen, denn er wollte dieses Mädchen nicht hintergehen, aber wie zuvor weigerten sich die Wörter, ihm über die Lippen zu gehen. Der Namenlose verlangte sein Schweigen. Wenn die schlafenden Götter erwachten, wären sie alle verloren. Wenn es Malachiasz gelang, dieses göttliche Reich der Hohen Zwanzig zu stürzen, wären sie alle verloren. Serefin musste zumindest versuchen, Tranavia zu retten.

Er schüttelte den Kopf. Ihre Augen verengten sich, aber sie gab mit einem Nicken nach.

»Ich will, dass mich deine Götter in Ruhe lassen«, sagte er.

»Du verschmähst die Macht, die sie dir verleihen können?«

»Wenn am Ende der Verwicklungen Macht für mich abfiele, würde ich mich vielleicht überzeugen lassen«, räumte er trocken ein. Alles, was ihm bisher blieb, waren Motten und Sterne und das Wissen, dass er anders war als zuvor. Doch das wollte er nicht sein. Er wollte wieder Serefin sein – allerdings der Serefin, der den wunderschönen tranavischen Jungen küsste, von dem er begehrt wurde; der Serefin, der wusste, was sein Land brauchte und wie er seinen Thron halten konnte; der Serefin, der als ein guter König regieren würde – nicht der Serefin, dem alles mögliche gespenstische Zeug anhaftete.

Nadya berührte sanft seinen Kopf, merkwürdig tröstlich, dann stand sie auf und ging zu Parijahan weiter. Das akolanische Mädchen hatte immer bleicher ausgesehen, je länger sie unterwegs gewesen waren. Serefin konnte nicht wirklich herausfinden, was sie bedrückte.

»Nun, jetzt, da du nicht mehr versuchst, dir dein eigenes Gesicht abzukratzen«, verkündete Ostyia mit einem anzüglichen Grinsen auf den Lippen, als sie Nadyas Platz einnahm. »Kacper?«

»Nicht weiter.«

Ihr Grinsen wurde breiter. »Ich wusste es.«

Mit einem Stöhnen lehnte er den Kopf an ihre Schulter.

»Ich habe jahrelang darauf gewartet, dass du es bemerkst«, sagte sie.

»Aufhören«, flehte er.

»Als du ihn befördert hast, dachte ich, dies würde etwas bedeuten, aber nein, du warst nur freundlich! Wie hätte ich dir je sagen können: Hör mal, Serefin, dieser Soldat, den du gerade befördert und in deinen glanzvollen königlichen Kreis aufgenommen hast, der ist bis über beide Ohren in dich verliebt, aber du bist zu abgehoben, um es zu bemerken.«

Er seufzte.

»Ich bin froh, dass du es noch herausgefunden hast.« Sie winkte Kacper heran. Er gab Serefin eine Blechtasse mit Tee.

»Was um alles in der Welt ...«

»Wir werden eine Weile hierbleiben«, erklärte Kacper. »Malachiasz weiß nicht, was er tut.«

»Es ist sehr verwickelt!«, rief Malachiasz auf der anderen Seite der Lichtung. Nadya hatte sich auf seinen Schoß bugsiert und studierte sein Zauberbuch mit ihm, dabei stützte er sein Kinn auf ihre Schulter. Unabhängig davon, was Serefin sonst über Malachiasz dachte: Er stellte fest, dass ihm beim Anblick der beiden in der Brust wehe wurde.

Er wandte seine Aufmerksamkeit wieder dem Tee zu. »Hast du ... hast du das mitgenommen? Hattest du das einfach bei dir?« Serefin ging zu Kacpers Beutel hinter ihnen. »Was hast du da sonst noch drin? Hast du die königliche Küche eingepackt?«

Kacper lachte und schob Serefin weg. »Blutiger Knochen, das wünschte ich mir. Ich bedauere es zutiefst, eure edlen Gerichte kennengelernt zu haben.«

»Essen Besser's gar als Bauernschmaus«, sagte Serefin feierlich.

»Das wollen wir«, stimmte Kacper zu.

Serefin runzelte die Stirn. »Kacper, das ist jetzt sehr wichtig.«

Kacper zog die Augenbrauen hoch.

»Hast du Stärkeres da drin?«

»Du trinkst aber das hier zuerst. Dann könnte ich vielleicht etwas anbieten.«

»Du bist zu gut zu mir.«

»Das stimmt wirklich.«

Während Serefin an seinem Tee nippte, versorgte Kacper die Schnitte auf Serefins Gesicht, so gut er konnte. Wenn sie sich entzündeten, würde dies Serefins Leben ernsthaft bedrohen.

»Wirst du uns darin einweihen, was hier vor sich geht?«, fragte Kacper.

Serefin trank einen Schluck, um nicht sofort antworten zu müssen. Er mühte sich selbst immer noch damit ab, es herauszufinden, und offensichtlich durfte er niemandem von dem zweiten Gott erzählen. Verzweifelte Angst nagte an ihm.

Nadya und Malachiasz stritten sich auf der anderen Seite der Lichtung, aber Serefin konnte sie nicht gut genug hören, um zu erfahren, worum es ging.

»Ich versuche nur, jeglichen göttlichen Unsinn abzulegen«, sagte er.

»Und dann?«

»Was meinst du?«

Kacper straffte seine Haltung. Serefin seufzte.

»Ich muss zuerst diese Reise zu den Göttern überleben.«

»Ich werde nicht nach Grazyk zurückkehren, wenn ich dann Ruminskis Hofstaat ertragen muss«, beschwerte sich Ostyia.

Serefin verdrehte die Augen, konnte aber nicht über ihre Worte lachen. Falls er die Ereignisse hier nicht überlebte, dann gäbe es vielleicht gar keinen Hof in Grazyk mehr, an den sie zurückkehren konnten. Dann wäre am Ende von Tranavia überhaupt nicht mehr viel übrig.

Katya gesellte sich zu ihnen. Ostyia rutschte ein bisschen, sodass sich die Zarewna zwischen sie und Serefin setzte. Ihre dunklen Haare standen ihr wild und verworren vom Kopf ab. Sie seufzte und stützte das Kinn auf die Hände, während sie Nadya und Malachiasz betrachtete.

»Hat er eure Reliquien geraubt?«, fragte Serefin.

»Ich weiß es nicht. Aber sie verfügt über eine Reliquie, die ihn umbringen kann.«

Serefin setzte sich auf, was Kacper einen Protestlaut abzwang. »Was?«

»Den Schienbeinknochen von Svoyatova Aleksandra Mozhayeva …«

»Blutiger Knochen, was seid ihr für ein morbides Volk«, merkte Serefin an.

Katya zuckte mit den Schultern. »Ich kann mir nicht erklären, wie er in ihre Hände fiel, aber wenn es je etwas gibt, das einen Geier mit seiner Macht töten kann, dann ist es der Dolch aus diesem Knochen.« Sie stützte sich auf ihre Hände zurück. »Übrigens bin ich von beider Art ziemlich überrascht.«

Alles erschien einfacher, solange Serefin an den bösen Jungen auf einem Knochenthron dachte, der König Izak dabei zugeschaut hatte, wie er auf seine Anstiftung hin den Sohn folterte, den er Stunden zuvor schon einmal umgebracht hatte. Es blieb einfacher, solange Serefin Malachiasz weiterhin als den Schwarzen Geier vor Augen hatte, mit einem grausamen Lächeln, kalten Worten und Plänen für Hochverrat.

Er wollte dem Jungen auf der anderen Seite des Lagers, der das kalyasische Mädchen neben sich so fröhlich angrinste, nichts Leidvolles antun.

»Sobald ich diesen Dolch in Händen halte, brauchen wir nur noch den richtigen Moment, um zuzuschlagen.«

35

NADEZHDA LAPTEVA

Svoyatovi Sergei Volkakov: Sogar nachdem Tranavier ihm die Hände abgehackt und die Zunge herausgeschnitten hatten, ruhte Svoyatovi Sergei nicht, sondern überrollte die Häretiker mit einem Berg.

Vasilievs Buch der Heiligen

»Das wird kein Vergnügen werden.« Malachiasz besah sich gerade die Grenze.

Es war nur noch mehr Wald. Nadya konnte die Stelle spüren, wo der Wald von sterblich zu göttlich überging. Ihre Karte war erstaunlich genau gewesen, obwohl die Macht, die von dem Gebiet beinahe in Reichweite vor ihnen ausging, auch alles andere als unmerklich war.

»Was, wenn du einfach hineingehst?«, fragte er.

Sie sah zu ihm auf. Sie saß am Boden und hatte sein Zauberbuch auf dem Schoß. Sie konnte nicht viel davon lesen – seine Handschrift war viel zu unordentlich. Hauptsächlich suchte sie nach den Skizzen, die zwischen den Seiten steckten, verborgen zwischen Zaubersprüchen. Er tat so, als wüsste er nicht, wonach sie da blätterte.

»Willst du das ausprobieren?«

»Nein, ich bin nur …«

»Ich glaube nicht, dass etwas Besonderes geschieht, wenn du dazu meine Ansicht hören willst. Ich glaube nicht, dass jeder niedergeschlagen wird, sobald er die Grenze überschreitet.«

Er band sich die Haare zurück, während er über Magie nachdachte.

»Meine Vermutung ist eher, dass jeder, der hineingeht, umgewendet wird und sich am Ende wieder im harmloseren Wald wiederfindet«, sagte sie und blätterte sein Zauberbuch weiter durch. Sie fand eine reizende Profilzeichnung von Parijahan. Aus ihrem Gesichtsausdruck ließ sich schließen, dass sie es schätzte, von ihm gezeichnet zu werden. »Oder man wird von Monstern in Stücke gerissen.«

Malachiasz schnalzte mit der Zunge. »Eine schlüssige Theorie.«

»Oh, welch hohes Lob.«

Er verdrehte die Augen. »Meinst du, ich könnte einfach hineinlaufen?«

»Ja. Du musst herausfinden, wie wir mit dir hineinlaufen können.« Vielleicht auch nicht mit ihm. Nadya war sich nicht ganz sicher, wann genau der Wald ihn für sich einfordern würde. Sie fragte sich, ob er damit schon begonnen hatte. Ob Malachiasz' leichtes, ängstliches Zittern doch nicht so gutartig war. Sanft schob sie diese Gedanken beiseite: Er war angespannt, das war alles, er musste einen aufwendigen Zauber errichten.

»Gib mir den Zauber, bei dem ich ein Eselsohr gemacht habe.«

»Du Monster.« Sie blätterte zu der markierten Seite, riss sie aber nicht heraus, sondern gab ihm stattdessen das Buch. »Ich will deine teuflische Magie nicht.«

»Nur deine eigene«, sagte er geziert. »Du bist wenigstens guter Stimmung.«

Vielleicht war sie müde. Es war so erschöpfend, die ganze Zeit über so vielerlei zu fühlen. Das schlechte Omen hing über ihnen, genau am Anfang vom Ende, und sie wollte nicht darüber nachdenken. Nur er würde sie über die Grenze befördern können und es würde ihn zerstören. Sie hatte ihn an der Hand genommen und zu seiner Zerstörung geführt. Dabei hatte sie ihn mit dem Versprechen auf Vergebung weitergelockt, die er sich wünschte, ungeachtet seiner mangelnden Reue.

»Ich habe auf der Lichtung so viel Macht ausgebracht, dass ich eigentlich tot sein sollte ... vor allem versuche ich, diesen Kampf zu vergessen«, entgegnete sie.

Malachiasz riss den Zauber aus seinem Buch und gab es ihr dann zurück. Sein Unterarm war blutverschmiert, und er verwendete seine Finger, um mit Blut über die Seite zu fahren. Er hielt den Zauber in die Luft. Ein Zittern, ein Knall, das Bild des Waldes vor ihnen zerbarst. Eine hohe schwarze Mauer tauchte auf.

Sie pfiff leise und legte den Kopf in den Nacken, um daran hochzusehen.

»Wenn du deine Theorie ausprobieren willst ...«, er gestikulierte übertrieben.

Natürlich war sie nicht versessen darauf, mit dem Gesicht voran gegen eine Mauer zu laufen. Sie starrte ihn an.

»Ich denke, du hast recht, obwohl ...«

»Oh, das höre ich gern. Das solltest du öfter sagen.«

»... sie war unmerklich, kaum aufzufinden. Wenn jemand unwissentlich dagegengestolpert wäre, so wäre er wieder nach Hause zurückgeschickt worden.«

»Oder in ein Monster verwandelt.«

»Nadya, wir werden noch viele von denen sehen, auch ohne dass du sie so begeistert herbeibeschwörst.«

Sie zuckte mit den Schultern. Sie waren ohnehin zum Sterben verdammt. Da konnten sie ihre letzte Zeit genauso gut auch unterhaltsamer gestalten. Ein Ausdruck der Unsicherheit huschte ihm übers Gesicht. »Wir kommen da raus«, sagte er sanft.

»Werden wir nicht, das Omen ist aufgerichtet, aber bitte, sei weiter so entzückend frohgemut, es steht dir.«

Seufzend wischte er sich Hände und Unterarm ab. Mit den Fingern berührte er leicht die Mauer. Dutzende an tintenschwarzen Augen öffneten sich entlang seines Arms bis zum Nacken und in seinem Gesicht. Er riss die Hand zurück und stieß ein langes Zischen zwischen zusammengebissenen Zähnen hervor.

»Wird es das wert sein?«, flüsterte er.

Tranavia zu zeigen, dass sie Kalyazin nicht mehr mit ihrer Magie niederreißen konnten? Nadya überlegte. *Diesen Krieg zu beenden? Die Gunst der Götter zurückzugewinnen?*

Ja.

Doch sie glaubte nicht, dass er wirklich zu ihr sprach. Nadya sah ihm in seine eisig blassen Augen und nickte.

»Können wir bis morgen früh warten? Ich würde die Mauer lieber nicht gleich öffnen.«

Sein Unbehagen war aufschlussreich. Allerdings wurde es schon dunkel und Nadya verstand ihn. Ihre Witzeleien über Monster kamen der Wahrheit zu nahe. Sie wusste nicht, was sie auf der anderen Seite erwarten würde, die Monster hier waren schon schlimm genug, und ehrlich gesagt ... sie wollte Malachiasz einfach noch nicht verlieren.

Sie gab ihm sein Zauberbuch. Er hängte es sich an seinen Gürtel, bevor er sich neben ihr im Kreuzsitz niederließ. Er nahm ihre vernarbte Hand auf. Die schwarzen Adern hatten sich nicht noch weiter ausgebreitet, aber sie sahen umso stärker nach Tod aus. Vorsichtig fuhr er die Spiralnarbe mit dem Zeigefinger nach. Er war seit diesem Moment im Kloster so fasziniert davon, und sie war sich immer noch nicht ganz sicher, ob das Symbol nur seine gute Seite angesprochen hatte. Allerdings schmerzte der Befall seit ihrem Einsatz auf der Lichtung nicht mehr ganz so stark. Vielleicht lag der ständige Schmerz tatsächlich an ihrer Abwehr der Macht. Vielleicht würde das Mal ihr keine Schmerzen mehr bereiten, wenn sie die Macht nutzte. Doch ... sie war sich noch unschlüssig darüber.

»Da standen eine Menge Statuen auf der Lichtung«, merkte er an.

Nadya war *nicht* bereit dazu, dieses Gespräch zu führen.

»Ja«, gab sie zu. Wahrscheinlich hatte er recht. Es musste eine göttliche Rangordnung geben, ein Aufsteigen, über das die Kalyaziner nicht sprachen – falls sie überhaupt davon wussten. »Falls du auch nur über einen einzigen heiligen Begriff etwas Abschätziges sagst, unterbreche ich dieses Gespräch«, sagte sie, eher er fortfahren konnte.

Er sah auch nur ein bisschen abschätzig aus.

»Du hast selbst gesagt, dass die Verwandlungsmagie in der Kathedrale nicht das bewirkt hat, was du dir erhofftest«, erklärte sie. »Deine Statue steht nämlich nicht auf dieser Lichtung.«

»Aber könnte ich dort Eingang finden? Wir wissen nicht, woher diese Statuen gekommen sind.«

»Doch was spielt das für eine Rolle?«

»Weil ihr zwanzig – aber nur zwanzig – der Wesen auf dieser Lichtung so viel Bedeutung zuschreibt. Was ist mit den anderen?«

»Irgendwann im Laufe der Zeit muss die Kirche ...«

»Dabei geht es nicht um apokryphes Material, Nadya.«

Sie stützte sich auf ihre Hände zurück und berührte dabei mit ihren Fingern die seinen. Er verschränkte ihre Finger miteinander, während er zur Mauer aufsah. Nadyas Gesicht wurde warm.

»Ich denke nicht, dass wir diese Sache von der richtigen Seite angehen«, überlegte sie laut.

»Wir?«

Ihr Gesicht rötete sich noch stärker. Bei den Göttern, sie hasste ihn. »Gut, Malachiasz. Du hattest verdammt noch mal recht, was die Schnittstelle von Macht und Gottheit angeht.«

Er grinste so fröhlich, dass es sich anfühlte, als hätte sie einen Schlag vor die Brust eingesteckt. Es war so lange her, dass sie ihn zuletzt so unbefangen hatte lächeln sehen.

»Das ist alles, was ich hören wollte, danke.«

»Gewöhn dich bloß nicht daran. Du irrst dich nämlich darin, dass diese Schnittstelle die Daseinsform der Gottheit untergräbt.«

»Warum, glaubst du, sind die anderen aus eurem Pantheon geworfen worden?«

Das wusste sie nicht. Offenbar hatte ein Wissen über diese Götter und ihre Geschichte überdauert. Katya wusste das eine oder andere – bei Weitem nicht genug, eher Bruchstücke –, aber das Wissen war von Nadya ferngehalten worden. Weil die Kirche Angst hatte, dass Nadya die alten Götter ausfindig machen würde? Warum sollte sie dazu verführt werden? Wäre ihr der Anhänger, in dem Velyos gefangen gewesen war, nie zugespielt worden, so hätte sie nie etwas über diese anderen erfahren.

Es sei denn … diese Fügung war vorherbestimmt gewesen.

Nachdenklich betrachtete sie ihre Hand. »Ich glaube nicht, dass das Wesentliches ändert.«

Malachiasz stieß ein empörtes Lachen aus. »Du bist so unbelehrbar. Wie sollte das nichts ändern?«

»Die Götter sind immer noch da. Ich kann immer noch mit ihnen sprechen.«

Malachiasz zog eine Grimasse. Sie verdrehte die Augen – ja, das entsprach nicht ganz der Wahrheit, aber selbst wenn sie nicht mehr unverstellt mit ihr sprachen, so waren sie doch da.

»Also, was du auf der Lichtung vollführt hast? Was war das?«

Sie hatte das Monster in die Vergessenheit hinabgestoßen, ausschließlich mit ihrer eigenen Macht.

»Ich weiß es nicht«, sagte sie.

»Zwei Ausbrüche erstaunlich gewaltiger Magie. Ich frage mich, ob du immer so viel bewirken könntest, dich aber selbst zurückgehalten hast.«

»Aus einem guten Grund! Ich kann das nicht beherrschen!« Sie hatte so viele Leute getötet in einem Moment von ... Glückseligkeit? Sie wollte nicht mehr daran denken, wie gut es sich angefühlt hatte, so viel Macht in sich freizusetzen, auch wenn sie diese überhaupt nicht hatte beherrschen können. »Ich weiß nicht, was ich bin. Ich dachte ...« Sie wusste nicht, was sie denken sollte. Wenn sie immer so Magie wirken könnte, dann sollte sie den Krieg schon längst beendet haben. Doch darum ging es nicht. Es ging nicht darum, welche Seite in diesem verfluchten Krieg am stärksten mit Macht um sich warf – wenn dem so wäre, hätte Tranavia den Krieg schon vor Jahren beendet.

Malachiasz war leise. Seine langen Finger suchten langsam die Nadeln, mit denen ihr Zopf am Kopf festgesteckt war, und zogen sie heraus. Sie öffnete den Zopf und ihre Haare fielen ihr in blassen Wellen um die Schultern. Er ließ eine Strähne davon durch seine Finger gleiten.

»Nadezhda Lapteva«, sagte er nachdenklich.

Ihr schauderte es, als sie etwas in seiner Stimme vernahm, das sie nicht einzuordnen vermochte. Sie würde ihn betrügen. Es spielte keine Rolle mehr, was ihr Herz wollte – und ein winziger Anteil von ihr wollte immer noch Vergeltung von ihm.

»Ich habe dir schon einmal gesagt, dass du diese Welt erschaffen oder in Stücke zerreißen könntest«, sagte er leise. »Das ist immer noch wahr.«

»Die Dinge mussten sich ändern«, erwiderte sie. »Doch du ...«

»Ich habe getan, was ich für notwendig hielt«, ergänzte er. »Und das hat auch nicht viel geändert.«

Sie zog die Augenbrauen hoch. *Gelogen.*

»Du hast zusätzliche Augen, die sich ständig an dir öffnen, Malachiasz, du kannst nicht wirklich behaupten, es hätte sich nicht viel verändert.«

Er lächelte traurig. »Um ganz ehrlich zu sein: Das hat mich wirklich erschreckt. Wenn eure Hohen Zwanzig sich deiner bedienen können, dann können es diese anderen auch.«

»Du denkst, sie werden versuchen, mich zu benutzen?« *Ist das der Grund, warum mich alle belogen haben?*

Er nickte.

»Die Götter können grundsätzlich keine Sterblichen zum Handeln zwingen.«

»Können sie das nicht oder tun sie das nicht aufgrund irgendwelcher moralischer Gesetze, um die sich die anderen vielleicht nicht scheren?«

Nadya runzelte die Stirn.

Er hob ihr das Kinn an. »Und was könnten diese anderen mit dir alles anfangen? Jetzt, da wir gesehen haben, wozu du fähig bist?«

»Ich erreiche nicht einmal, dass die Zwanzig, die früher mit mir gesprochen haben, mich wieder anerkennen«, sagte sie trocken. »Da bezweifle ich, dass ich die Aufmerksamkeit dieser Älteren und Ursprünglicheren geweckt habe.«

Er sah nicht überzeugt aus. Ehrlicherweise hatte sie bereits die Aufmerksamkeit von einem Älteren und Ursprünglicheren geweckt. Allerdings hatte sie diese Begegnung erzwungen. Hätte diese überhaupt stattgefunden, wenn sie sich nicht in einer so tiefen Hoffnungslosigkeit befunden hätte?

»Nadya, du bist wie ein Leuchtfeuer mit all dieser Macht. Ich habe mich von dir angezogen gefühlt, sogar als ich …«

»Als du *so* warst?«, schlug sie vor.

»Als ich *so* war«, wiederholte er.

»Komplett verrückt? Total wahnsinnig? Ein kaum mehr zusammenhängendes, seelenloses Monster?«

»In Ordnung, ich hab's verstanden.«

»Du bist alles das noch immer.«

»Vielen Dank.«

»Nur so konntest du aber mit mir darüber sprechen. Überschneidungen der Göttlichkeit.«

»Ich kann nicht herausfinden, ob meine Verwandlung das Ergebnis davon war, dass du meine Magie geraubt und mit deiner verbunden hast, oder ob es einfach daran liegt, dass ich von deinem Wesen so stark angezogen werde. Ich wäre mir nicht so sicher, dass du keine älteren, viel gefährlicheren Götter auf dich aufmerksam gemacht hast.«

Fürchterliche Angst ergriff sie. Sie zog ihre Knie an und schlang die Arme darum. Seine Angst war nichts, über das sie bis jetzt nachgedacht hatte, aber sie war berechtigt.

»Und ...« Er hielt inne und schüttelte den Kopf. »Deine Macht ist Furcht einflößend, Nadya.«

»Im Kloster ...«

»Im Kloster wollte ich herausfinden, ob du Macht von einem der gefallenen Götter beziehst, aber das ist nicht der Fall. Du beziehst deine Macht nirgendwoher, egal was Pelageya sagt. Doch das, was in dir wohnt, fühlt sich ...« Er machte eine Pause und suchte nach dem richtigen Wort. »Uralt an.«

Wortlos starrte sie ihn an.

»Wenn wir diese Mauer überwinden, weiß ich nicht, wofür du dich öffnen wirst«, schloss er.

»Nein, aber du wirst endlich einen Vorgeschmack der Macht bekommen, die du dir ersehnst«, zischte sie und wusste dabei, dass sie das nur sagte, weil er ihr Angst einjagte.

»Deswegen bin ich nicht hier und das weißt du.« Er schnaubte wütend und in seiner Stimme lag etwas gefährlich Funkelndes.

»Gefühle vorzutäuschen wird mich nicht noch einmal erweichen, das weißt du, oder?«

Seufzend legte er den Kopf in den Nacken. »Nadezhda Lapteva.« Seine Stimme klang ein bisschen nach dem chaotischen Monster und ein bisschen nach dem melancholischen Jungen.

»Wie viel von deinen Zusicherungen entspringt durchtriebenen Hintergedanken?«

Nur allzu schnell und plötzlich hatte er mit seinen Händen ihr Gesicht erfasst. Seine Berührung war sanft, erinnerte sie aber deutlich daran, mit welcher Behändigkeit er sie töten konnte. Wie schnell sich Eisklauen in ihren Schädel bohrten.

»Du dummes, wahnsinnig machendes, schlaues Mädchen«, murmelte er. »Ich will dir helfen.«

»Beleidigungen sind sicher bestens geeignet, um mein Gemüt zu erreichen. Mach weiter so, du machst das wunderbar.«

Er ächzte verärgert und legte seine Stirn an die ihre. »Du brauchst meine Hilfe«, sagte er schließlich. »Ich helfe dir. Das reicht nicht, aber ich versuche es.«

»Nichts davon reicht«, schränkte sie leise ein. »Ich weiß, dass du mich anlügst.«

»Tue ich das?«, fragte er vorsichtig.

»Ich war auch auf dieser Lichtung, Malachiasz«, entgegnete sie. »Ich weiß, was ich gesehen habe. Deine Maske hat nicht gehalten, sie zersprang, als du anderen machtvollen Wesen begegnen musstest.«

»Und was genau meinst du gesehen zu haben?«

»Ich weiß es nicht«, sagte sie und nahm nun ihrerseits sein Gesicht zwischen ihre Hände. Sie betrachtete seine Gesichtszüge, die strengen Wangenknochen und die langen Wimpern. An das Geflimmer und die Verschiebungen auf seiner Haut hatte sie sich gewöhnt, obwohl sie schrecklich waren. Aber ihr sterbliches Gemüt wollte nicht daran erinnert werden, wie er auf der Lichtung ausgesehen hatte: Das verwischte es völlig.

Was hatte all diese Macht ihm angetan? Außer dass sie ihn in ein Monster aus maskiertem Chaos verwandelt hatte. War er immer noch sterblich? Und wenn seine Vermutungen über ihre eigene Magie stimmten … was war sie?

»Kannst du getötet werden?«

»Wirst du es versuchen? Es ist jetzt schon eine Weile her, dass du mir zuletzt ein Messer an die Kehle gehalten hast.«

Sie ließ ihre Hand nach unten gleiten, bis sie an seiner Kehle lag. Sie drückte ihm den Daumen leicht gegen die Luftröhre. Er zitterte.

»Würde es dich überhaupt umbringen, dir die Kehle durchzuschneiden?«

»Das kommt darauf an, wie du es anstellst«, antwortete er, etwas außer Atem.

Sie verringerte den Druck, ließ die Hand aber noch einen Moment an seiner Kehle liegen, bis sie diese schließlich bewegte und ihre Finger in seinen Nackenhaaren vergrub.

»Du willst mich etwas fragen«, sagte er.

»Bist du unsterblich?«

Er blinzelte. »Blutiger Knochen, hoffentlich nicht. Ich denke nicht.«

»Du hast gesagt, es gäbe Geier, die uralt sind.«

»Die gibt es. Aber ich bin der Schwarze Geier. Irgendwann wird mich ein Ordensmitglied töten, um den Thron zu besteigen.«

Er sagte es so nüchtern und sachlich. Nicht, als würde es ihn stören, sondern eher als wäre es unvermeidlich. Es brach ihr das Herz.

»Aber all diese Macht muss doch auch eine umgekehrte Wirkung auf dich haben.«

Er warf ihr einen ernüchternden Blick zu. Sein Körper drehte sich ständig in sich selbst – Form gewordenes Chaos. War das nicht umgekehrte Wirkung genug? Sie erkannte, dass er vielfache Schmerzen vor ihr verbarg, und dachte, sie müsste deshalb triumphieren: Hatte er das nicht verdient für alles, was er ihr angetan hatte? Doch sie freute sich nicht darüber. Er war nur ein Junge, der Schmerzen litt.

Sie zog seinen Kopf näher zu sich, bis ihre Stirn an seiner lag.

»Ich bereue nicht, was ich getan habe«, sagte er. »Was ich aber bereue, sind die vielen Lügen, die dafür nötig waren. Du hättest nicht so hervorragend sein dürfen. Ich hätte mich nicht weiter um dich kümmern sollen.«

»Du kümmerst dich viel zu sehr um alles. Das gehört, unglücklicherweise, zu deinem Charme.«

Das würde sie umbringen. Das hier, dieser wunderschöne Junge und seine monströse Macht und seine Lügen und das Wissen, dass nichts zwischen ihnen wichtig war, denn sie würden sich am Ende immer gegenseitig betrügen.

Sie wusste nicht, wie sie das verworrene Durcheinander ihrer Empfindungen eingrenzen konnte. Das Begehren und den Ekel, den Hass und den Schmerz. Und, bei den Göttern, die überwältigenden Schuldgefühle. Sie hatte so viel verloren: ihre Familie, ihren Glauben, Kostya. Und sie wollte immer noch an diesem Jungen festhalten, der den Kern ihres Schmerzes ausmachte, auch wenn sie heimlich vorbereitete, ihn auszulöschen.

Malachiasz küsste sie sanft auf die Stirn und ging dann gähnend davon, um herauszufinden, wer die erste Wache übernehmen würde.

Nadya starrte die schwarze Wand hinauf.

Hast du Bescheid gewusst über Velyos und Serefin?

»Natürlich habe ich das.«

Halte ich besser auch ihn auf? Was ist, wenn er sich nicht selbst befreien kann? Was ist, wenn er Velyos' Willen folgt?

Marzenya war nicht besonders entgegenkommend. Nadya missfiel, dass sie auf eine wichtige Frage hin sehr wahrscheinlich Schweigen erntete oder mit einer vagen Antwort abgespeist wurde.

»Wenn du tust, was ich dir befehle, wirst du dir um diesen Jungen keine Sorgen machen müssen.«

Nadya runzelte die Stirn, konnte aber nichts entgegnen, weil Malachiasz zurückkehrte. Entspannt und schlaftrunken grinste er sie an, bevor er neben ihr zu etwas zusammensackte, das man gut als knochigen Haufen von einem Jungen beschreiben konnte.

Sie lachte. »Du schläfst nicht hier draußen, da würdest du erfrieren. Komm, ab ins Zelt.«

»Nur, wenn du mit mir kommst«, nuschelte er.

Sie verspannte sich. Er öffnete ein Auge und sah mit einem schelmisch-bösen Glitzern zu ihr auf. Das würde bedeuten, dass sie ihren Abstand nicht wahrte. Das würde bedeuten, dass sie ihren löchrigen Schutzschild, den sie schon die ganze Reise immer neu zusammenzuschustern versuchte, ganz wegwerfen würde.

Das wäre das Eingeständnis, dass ihnen nicht mehr viel Zeit blieb.

War es so schwer für ihn?, fragte sie sich zweifelnd. Was, wenn sie es ihm enthüllte? Gleich jetzt, indem sie ihm erklärte, dass er, sobald diese Mauer fiel, wahrscheinlich sterben würde. Wenn sie ihm eine Warnung zukommen ließe, sodass er die Kehrseite dieser Reise zu den Göttern sehen konnte. Es wäre so einfach, ihn zu retten. Sie war bereits so abgestumpft gegenüber der Vorstellung seiner Zerstörung, dass sie manchmal schon bezweifelte, ob es je wirklich dazu kommen würde. Doch dann merkte sie schließlich, dass sie sich selbst belog, um weitergehen zu können.

»Du bist der reinste Albtraum. Ich bin erschöpft. Komm schon.«

Er folgte ihr, bis er im Zelt wieder einen Haufen zu ihren Füßen bildete. Sie legte eine Decke über ihn und verdrehte dabei die Augen. Er nuschelte irgendetwas Unverständliches, das vage dankbar klang. Und dann zog er an ihren Kniekehlen und riss sie neben sich herunter. Sie unterdrückte einen überraschten Aufschrei, als er sie erst fest auf die Stirn küsste und dann sein Gesicht in ihren Haaren vergrub.

»Ich kann tatsächlich schlafen, wenn du in der Nähe bist«, murmelte er. »Und ich bin so müde.«

Als er sich in eine bequemere Lage drehte und die Decke sowie die Felle über sie beide zog, klaffte der längst nicht mehr hauchdünne Riss in ihrem Herz weiter auseinander.

Sag ihm die Wahrheit.

Wie hätte er sich entwickelt, wenn er nie von den Geiern geraubt worden wäre? Sie fragte sich manchmal, ob er ein besserer Mensch gewesen wäre oder ob es dieses Trauma war, das ihn so sanftmütig hatte werden lassen gegenüber den Menschen, die ihm wichtig waren. Sie konnte sich nicht täuschen über seine anderen Anteile: die Grausamkeit, die Kälte, das berechnende Ränkeschmieden. Doch der erschöpfte Junge mit dem aufregenden Grinsen, der nur das Mädchen, das er mochte, in seiner Nähe haben wollte, damit er nachts schlafen konnte?

Nadya verdammte sich selbst heftig wegen dieses Jungen.

Sie flocht ihre Finger in seine Haare. Seine Augen waren geschlossen, als sie seine Gesichtszüge nachfuhr und ihren Daumen auf seine Lippen presste.

»Danke«, nuschelte er.

»Wofür?«

»Für dein Zurückkommen. Das hat noch nie jemand getan.«

Sie schluckte gegen eine drohende Tränenflut an. »Unsere Reise wird ein gutes Ende nehmen, stimmt's, Malachiasz?«, flüsterte sie.

Verschlafen brummte er seine Zustimmung.

Aber er war ein Tranavier, ein Blutmagier, und der Schwarze Geier – um Himmels willen –, und sie war Kalyazinerin, ein Mädchen vom Land, die Klerikerin.

Überhaupt nichts würde ein gutes Ende nehmen.

Zwischenspiel VII

ZAREWNA YEKATERINA VODYANOVA

Katya wartete, bis alle anderen schlafen gegangen waren, bevor sie ihr Vorhaben in die Tat umsetzte. Sie war mit den Ereignissen immer unzufriedener geworden, hatte schon geglaubt, es wäre unmöglich, den Schwarzen Geier zu töten. Doch die Reliquie in den Händen der Klerikerin zu sehen hatte alles verändert.

Sie kannte den Schienbeinknochen von Svoyatova Aleksandra Mozhayeva. Sie wusste, was diese Klinge bewirken konnte. Sie war sich nur nicht sicher, wie sie diese Reliquie in die Finger bekommen konnte, ohne dass die Klerikerin es wusste.

Jemand setzte sich neben sie. Katya verspannte sich.

»Ehrlich, ich traue dir nicht, wenn du allein hier draußen lauerst«, sagte Kacper.

»Wenn ich deinen geliebten König bisher noch nicht ermordet habe, warum sollte ich es jetzt tun?«, fragte sie, während sie ihren Beutel durchwühlte. Sie würde Magie brauchen, um in dieses Zelt zu schleichen und sich das *voryen* zu holen, ohne dass die Klerikerin – oder noch schlimmer, dieser Geier – aufwachte.

»Eine kluge Strategin würde abwarten.«

Sie grinste. »In allen meinen Berichten steht, dass man gerade auf dich ein scharfes Auge werfen sollte.«

Er grunzte. »Und warum?«

»Das Mädchen ist eine Adlige. Nahe dem König als Soldatin zu leben bedeutet ihre Art der Rebellion. Sie ist zwar eine mächtige Magierin, aber von denen gibt es eine Menge in Tranavia. Du bist am schwierigsten zu fassen.«

»Ich versichere dir, du siehst das zu spitzfindig«, entgegnete er.

»Ich bin mir da nicht so sicher.«

»Also, worum geht es hier? Um Auskundschaftung?«

»Das wäre nur nützlich, wenn sie am Hof auf mich hören würden«, sagte Katya. »Das tun sie aber nicht.«

Kacper grunzte nachdenklich und auch ein bisschen ungläubig. »Hier schmieden alle nur Pläne, wie sie die anderen am besten zugrunde richten können«, erklärte er. »Die Klerikerin, der Geier, Serefin, dieses akolanische Mädchen.«

»Nur nicht Rashid?«

»Rashid folgt Parijahan in allem«, entgegnete Kacper. »Sie steht dem Geier nahe, also könnte das gefährlich sein.«

Von alldem hatte sie nichts gemerkt. Er war derjenige, auf den sie ein Auge haben musste.

»Was ist deine Absicht?«, fragte er.

Plötzlich durchschnitt ein Wehklagen die Luft. Kacpers Hand wanderte an sein Zauberbuch. Katya hob eine Hand, damit der tranavische Junge genauso ruhig blieb wie sie.

»Warte«, flüsterte sie.

Die Klagelaute klangen fiebrig, panisch, sie wurden zu so entsetzlichen Schreien, dass sie Katya in die Knochen fuhren. Sie verabscheute diesen Ort, bereute es, je hierhergekommen zu sein.

»Deravich«, murmelte sie.

»Was?«

»Ein Monster, das aus den Toten hervorgekommen ist. Aus jenen, die unter Schrecken gestorben sind. Bleib ruhig. Wenn es uns nicht bemerkt, wird uns nichts geschehen.«

Sie hatte auf der Lichtung gestanden und den *Lichni'voda* angestarrt. Sie hatte das unmenschliche Monster gesehen, das der Schwarze Geier in Wirklichkeit war, und die Art von Macht, wie sie die Klerikerin in sich trug. Sie war mit ihnen gemeinsam vom verderblichen Omen gezeichnet worden. Es half ihr überhaupt nichts, sich noch darüber Sorgen zu machen, aber sie wünschte sich, sie wäre nicht so neugierig gewesen.

Das Gejammer verstummte. Katya seufzte.

»Wir sind hier nicht willkommen«, stellte Kacper fest.

»Aber nicht im Mindesten.«

Sie entnahm ihrer Tasche ein Glasfläschchen. Sie brauchte nur ein wenig Magie – wobei sie leicht benommen sein musste, um einen Heiligen zu erreichen. Hoffentlich würde das schon ihrem Zweck genügen.

»Kannst du für eine Weile die Wache an meiner Stelle übernehmen?«, fragte sie Kacper.

Sie wartete Kacpers Antwort nicht ab, sondern trank die saure Flüssigkeit aus dem Fläschchen und schlich sich wie im Rausch ins Zelt.

Als sie wieder zu sich kam, stand sie schwer atmend wieder draußen und hatte das knöcherne *voryen* in den Händen. Sie konnte das Gefühl nicht abschütteln, dass der Geier um ihre Tat *wusste,* obwohl sie Erfolg gehabt hatte. Sie glaubte nicht, dass er aufgewacht war, aber es war immer alles so verschwommen, wenn sie Magie nutzte. Die Sicht verdunkelte sich an den Rändern unter verfälschten Farben. Es war ein gefährlicher Zustand, denn sie war sich nie ganz sicher, was sie währenddessen tat.

Doch nun hatte sie, was sie brauchte. Hoffentlich würde die Klerikerin zu sehr von anderem abgelenkt sein und möglichst lange übersehen, dass der Dolch fehlte.

36

NADEZHDA LAPTEVA

Sie tanzt in den Sümpfen, Zlatana, und wartet auf Wanderer, die ihre Belustigung hören. Wartet, um sie zu Dziwożona hinunterzuziehen. Denn von dem Handel mit der Hexe lebt sie gut.

Die Bücher von Innokentiy

Nadya wurde von Geschrei geweckt.

Malachiasz war schon aus dem Zelt gestürzt, bevor Nadya auch nur begriff, was genau sie aufgeweckt hatte. Noch ganz verschlafen stolperte sie hinter ihm her. Sie konnte seine Wärme noch immer auf ihrer Haut spüren, bis die mörderische Kälte sie so erschreckte, dass sie mit einem Schlag hellwach war.

Sobald sie aus dem Zelt getreten war, spürte Nadya, dass sie die Aufmerksamkeit der gefallenen Götter bereits auf sich gezogen hatten. Nadya hatte anfangs gedacht, Velyos wäre anders geartet – er hatte ihr eröffnet, er sei kein Gott, und dummerweise hatte sie das für bare Münze genommen. Serefin hatte sich mit Velyos' Zugriff auf seinen Geist herumschlagen müssen und das konnte Nadya fühlen. Doch zeigte sich etwas anderes, etwas Dunkleres, Tieferes, das schwerer zu verorten, schwerer zu bestimmen war. Ihre neugefundene Macht hielt sie an einem göttlichen Strang, sodass sie die umgebende magische Welt immer fühlte. Doch das hier war andersartig. Das war ein anderer Gott.

Malachiasz streckte den Arm aus und hielt Nadya vom Näherkommen ab. Sie schlug sich die Hand vor den Mund.

»Wir haben es mit Mächten zu tun, die unser Verständnis weit übersteigen«, murmelte er. »Ist das Velyos?«

Es fühlte sich nicht wie Velyos an, doch es gab keinen Grund, die anderen noch mehr zu verängstigen. »Ich denke schon.«

Serefins Körper wurde von Krämpfen geschüttelt und aus seinen Augen floss Blut. Nadya griff nach ihrer Halskette und Marzenyas Perle.

Ich muss ihm helfen, betete sie.

»Wir können ihm schon lange nicht mehr helfen, Kind«, entgegnete Marzenya.

Nadya wollte sich mit einem Nein als Antwort nicht begnügen. Sie ließ sich zu Boden gleiten, wo Kacper Serefin festhielt, damit er sich nicht die Augen auskratzte.

»Ich brauche ein Tuch«, sagte sie. Malachiasz sah sie an und ging dann seine Jacke holen, aus der er ein frisches Tuch zog, das eigentlich dafür gedacht war, dass er sich damit das Blut von den Händen wischte.

Nadya ging näher an Serefin heran, wich dabei aber vorsichtig den wilden Schlägen seiner Arme und Beine aus. Sie musste an den Vorfall auf dem tranavischen Boot und seine blutenden Augen denken. Sie schob sich hinter ihn und fing seinen Kopf mit den Händen ab, bevor er auf den Boden gekracht wäre.

»In Ordnung, du grandioser Narr«, murmelte sie, während sie ihm das Tuch fest über die Augen band. »Du wirst dies hier überstehen. Kämpf dagegen an, wenn du das musst, aber es ist auch keine Schande aufzugeben«, flüsterte sie mit ihren Lippen dicht an seinem Ohr. »Lass mich sehen, womit wir es zu tun haben.« Sie legte ihm die Handfläche an die Stirn und schloss die Augen.

Sie wagte einen kurzen Blick auf das Entsetzliche. Etwas Altes und Faules umklammerte Serefins Seele. Nadya konnte nichts dagegen ausrichten, sie war vor einem riesigen Steintempel auf ihrer Stelle erstarrt, während sich eine massige Hand durch die Tür nach draußen schob. Eine weitere Hand folgte, bis Dutzende von Händen verzweifelt herausdrängten.

Sie riss die Augen auf und nahm die Hand von Serefins Stirn. Das war keine Verbindung, die sie auflösen konnte. Sie sah zu Malachiasz auf, der in der Nähe stand, und schüttelte den Kopf.

»Was ist es?«, fragte Kacper mit Verzweiflung in der Stimme.

»Etwas Uraltes.« Sie kreuzte im Sitzen ihre Beine und schob sich vorsichtig mit dem Schoß unter Serefins Kopf. »Wenn er diesen Bann Velyos' nicht durchbricht, wird er darin verschlungen.« Doch schon während sie sprach, war sie sich sicher, dass dies gar nicht Velyos war. Allerdings konnte sie auch nicht bestimmen, wer sonst, und das jagte ihr einen fürchterlichen Schrecken ein.

Was war über ihn gekommen?

»Was machen wir jetzt?«, fragte Ostyia verängstigt.

Malachiasz rieb sich das Kinn, der düstere Ausdruck auf seinem Gesicht war beunruhigend.

»Hat er den Eindruck erweckt, als wüsste er, wie er diesen Einfluss unterbinden kann?«, fragte er Kacper.

»Kaum.«

Was will er?, fragte sie Marzenya.

»Was meinst du, Kind? Wir haben ihn vor sehr langer Zeit verbannt. Was könnte er schon wollen?«

Rache.

»Genau das.«

»Die Ruinen …«, setzte Katya an.

»Er will Serefin genau an diesem Ort hier wissen«, fiel Nadya ihr ins Wort. »Da liegt es doch nahe, dass wir auch genau seinem Plan folgen, wenn wir Serefin jetzt noch näher an das Waldheiligtum heranbringen.«

Nadya zitterte. Sie hatte ihren Mantel nicht mitgenommen, als sie hinausgeeilt war. Malachiasz schlüpfte aus seiner Jacke, legte sie ihr um die Schultern und kauerte sich neben sie.

»Wir können nichts anderes tun, als weitergehen«, sagte er. »Wir müssen einfach hoffen, dass unsere derzeitige Ausrichtung die richtige ist.«

Nadya runzelte die Stirn und nickte. Sie handelten auf der Basis von Mythen und Hoffnungen. Die war kaum mehr als läppisch, aber ihnen bot sich nichts anderes. Zum Umkehren war es zu spät. Sie stand behutsam auf und Kacper nahm ihren Platz ein. Er bettete Serefins Kopf mit sanften Händen in seinen Schoß. »Weckt ihn nicht auf«, sagte Nadya. »Wir können warten.«

»So weit wäre es nie gekommen, wenn du dich nicht in Tranavia eingemischt hättest«, fuhr Ostyia sie an.

»Das ist passiert, weil euer letzter König und er hier ...«, sie deutete auf Malachiasz, der den Anstand hatte, schuldbewusst dreinzuschauen, »... mit Mächten herumgespielt haben, von denen sie nichts verstanden. Ich hatte damit gar nichts zu tun. Ich will ihm helfen. Wir helfen ihm, indem wir weitermachen.«

Nadya befürchtete, es wäre zum Überwindungszauber gegen die Mauer mehr Blut nötig, als Malachiasz' Körper überhaupt aufbringen konnte. Sie wartete die ganze Zeit darauf, dass er ohnmächtig würde, aber er tränkte den Zauber einfach immer weiter mit Blut. Dabei veränderte sich seine Gestalt ständig, die Maske zersprang und fiel von ihm ab, als er in den Anfangsgründen seiner Göttlichkeit magisch wirkte und sie ihn freilegte, um der Welt zu zeigen, was genau aus ihm geworden war.

Am Schluss befand er sich mit gesenktem Kopf und zitternd auf den Knien, und kurz befürchtete Nadya, das wäre sein Ende. Doch dann kämpfte sich dieser schreckliche, hochbegabte, monströse Junge wieder auf die Beine und schlug mit der Hand gegen die schwarze Mauer.

Und die gesamte Wand zerbrach wie eine Glasscheibe.

Er schwankte auf den Beinen, als die Magie von ihm abfiel und eine uralte Macht in einer Sturzflut an ihnen vorbeirauschte, die sogar bei jenen auf der Haut gebrannt haben musste, die nicht ständig mit Magie in Berührung kamen.

Malachiasz' Jungengestalt kehrte nicht mehr zurück. Sein Kopf zuckte und an den Seiten spreizten sich klauenbesetzte Finger.

Oh. Der Wald nagte bereits an seinem Verstand. Das war dann wohl das Ende. Er war gegangen. So schlicht und endgültig. So viel einfacher, als wenn sie selbst das Messer hätte führen müssen.

Nicht weniger schmerzhaft, überlegte sie sich. Ihre Brust war wie zugeschnürt.

Sie scheuchte die anderen zurück und schritt auf Malachiasz zu, dabei griff sie nach ihrer Machtquelle. Sein Kopf fuhr hoch, als sie sich ihm näherte, und er starrte sie mit schwarzen, unergründlichen Augen an.

»Dozleyena, sterevyani bolen«, sagte sie und streckte eine Hand nach ihm aus. »Du wirst von dort wieder zu uns herabschreiten, nicht wahr, Malachiasz?«

Ein Schaudern beim Erklingen seines Namens aus ihrem Mund. Ein scharfes Zischen zwischen eisernen Zähnen hindurch. Angst breitete sich tief in Nadyas Innerem aus, anders als damals in den Salzminen. Sie konnte die Reste seines zusammenhängenden Wesens nicht mehr spüren.

Dieser verbindende Strang zwischen ihnen barg etwas Tierisches und Raues. Etwas Mächtiges und urtümlich Grausames.

Er trat von einem Bein aufs andere. Nadya schrak vor Angst zusammen und hätte beinahe die Flucht ergriffen. Er tat einen Schritt auf sie zu. Blinzelnde, pechschwarze Augen: So viele von ihnen glitten derart unheimlich über seine Gestalt, dass sich ihr der Magen umdrehte. Es war der Schrecken aus den Salzminen, nur weitergetrieben, da die kleinen Stücke des menschlichen Malachiasz, die diesem Wesen noch immer angehaftet hatten, jetzt fortgespült waren.

Dann verschwand er im Wald.

»Verdammt«, murmelte Nadya und starrte die Stelle unter den Bäumen an, wo er verschwunden war.

Sie hatte ihn geradewegs über den Rand des Abgrunds gestoßen.

SEREFIN MELESKI

Serefin hielt es nur wenige Momente ohne das über die Augen gebundene Tuch aus. Er hatte das linke Auge ganz verloren und das rechte schwankte so fürchterlich in der Wahl der Bilder, dass er nur wenige Schritte auf Nadya zugehen konnte, ohne sich wegen der Schrecken am Rand seines Sichtfeldes übergeben zu wollen. In seinem Kopf pochte ein blindwütiger Schmerz, als er sich langsam dorthin bewegte, wo die Mauer gefallen war.

»Denkst du, wir haben etwas Fremdartiges entfesselt, indem wir sie zerstört haben?«, fragte er liebenswürdig entrückt und spähte auf das wenige, das er durch den dünnen Stoff sehen konnte.

Nadya schluckte schwer. »Daran habe ich nicht im Mindesten gedacht«, flüsterte sie.

Malachiasz war verschwunden, was Serefin nicht sonderlich überraschte, doch Nadya war deutlich erbleicht. Hatte sie wirklich gedacht, er stünde in noch so heiler Gänze, dass er ihnen helfen konnte?

»Er …«, begann sie und unterbrach sich, ihre Stimme bebte gefährlich. »Er war noch so vertraut zuvor. Ich dachte nicht …«

Serefin legte ihr sehr vorsichtig eine Hand auf die Schulter – vorsichtig, weil er sie nicht wirklich sehen konnte – und drückte sie sanft. Sie langte nach oben und legte ihre Hand über seine.

»Dein Zustand ist auch ziemlich schlecht«, sagte sie.

Er zuckte mit den Schultern, hauptsächlich um sein blankes Entsetzen zu überspielen. Sein Zustand war erbärmlich, doch was konnte er dagegen tun?

»Du wirst die Restlichen freilassen«, zischte Velyos. *»Überlass alles andere mir. Diese beiden werden sich gegenseitig zerfleischen und die Arbeit für uns beenden.«*

Ich werde dich *davonjagen.*

»Ich sehe dir sehr gerne bei dem Versuch zu. Hilf mir, dann wirst du deine Gelegenheit bekommen, diese Kreatur zu töten.«

Kann er getötet werden?

»Lieber Junge, alles kann getötet werden. Sogar Götter.«

Er sah zu Katya, deren Züge glatt und seltsam sorglos geblieben waren.

Es würde keine lange Wanderung zum Tempel am Fuß des Gebirges sein. Höchstens eine Woche, hatte Nadya geschätzt. Doch es konnte sich eine Menge ereignen, sobald sie die Grenze einmal übertreten hatten, die diesen ganzen göttlichen Wahnsinn in Schach hielt.

Kacper ging näher an Serefin heran und legte behutsam den Arm um dessen Taille.

»Du brauchst Hilfe«, murmelte er ihm ins Ohr. Er strich mit der Nase über seine Wange. »Lass mich dir helfen.«

Serefin lehnte sich bei Kacper an und nickte erschöpft. »Sie sind … er ergreift von mir Besitz«, stammelte er. Nadya auf seiner anderen Seite verspannte sich. »Wenn ich anfange, seltsam zu klingen, oder wenn ich … etwas tue, bei dem ich … nun, nicht *ich* bin, dann – schlagt mich bewusstlos. Es ist fürchterlich, wenn ich schlafe, aber so könnte es einfacher sein, mit mir umzugehen.«

»Serefin …«, murmelte Nadya.

»Da ist nichts zu machen«, sagte Serefin aufgesetzt fröhlich. »Sollten wir los?«

Nadya steckte sich eine Haarlocke hinters Ohr. Sie hatte sich die Haare nicht geflochten und sie hingen ihr lose über die Schultern. Sie hob Malachiasz' Zauberbuch von der Stelle auf, an der es zu Boden gefallen war, starrte es an und übergab es dann Parijahan. Rashid zog sie in eine Umarmung.

»Ich habe ihn gebrochen«, hörte Serefin Nadya sagen. »Ich hätte es von ihm nicht verlangt, wenn ich wirklich geglaubt hätte …«

Rashid küsste sie seitlich am Kopf. »Er war bereits gebrochen. Er wollte helfen. Das hat er uns geschenkt.«

Sie nickte, trat zurück und wischte sich schnell über die Augen. Dann wandte sie sich Serefin zu. »Lasst uns gehen.«

Kacper nahm ihn an der Hand. »Vertrau mir einfach«, murmelte Kacper. »Wir werden diese furchtbaren Hindernisse überwinden, so, wie wir es immer schon geschafft haben.«

Kacper stupste mit der Stirn an Serefins Schläfe und ihre Lippen trafen sich in der Andeutung eines Kusses. Serefin griff nach hinten und vergewisserte sich, dass die Augenbinde fest um seinen Kopf gewickelt war. Dann zog Kacper ihn vorwärts.

37

NADEZHDA LAPTEVA

Eine Messerklinge, die im Leib der Göttlichen herumgedreht wird, während er wartet, während er beobachtet, während er weiß, dass sie stürzen werden, sie stürzen immer, nichts ist ewig außer der Dunkelheit.

Das Volokhtaznikon

Im einen Moment war Nadya noch bei den anderen und suchte sich mit ihnen einen Weg durch den Wald, durch den schon seit Jahrhunderten niemand mehr gekommen war. Im nächsten Augenblick war sie völlig allein.

Panische Angst ergriff sie, als die Stille in ihren Ohren plötzlich unerträglich laut wurde. Es war schwer, Serefins so unbeholfene Schritte nicht zu vermissen, schließlich war er nur von Kacpers Hand geführt worden. Sie drehte sich langsam um, hatte Angst, was sie hinter sich entdecken würde.

Da war nichts.

Nadya griff an ihre Gebetsperlen. Sollte sie allein weitergehen? Sollte sie versuchen, die anderen zu finden? Es ließ sich nicht sagen, was der Wald mit ihnen anstellen würde, bevor er sie an ihr Ziel kommen ließ – falls er sie dorthin ließ.

Hätte es sie vor der Willkür des Waldes gerettet, wenn sie Malachiasz noch ein bisschen länger bei sich gehabt hätten, oder war sie unvermeidlich?

Was soll ich tun?

»Du gehst weiter.«

Marzenyas Anwesenheit war hier stärker und Furcht einflößender. Etwas an ihr, fühlte sich ... verändert an. Nadya wusste nicht, was sie davon halten sollte. Aber ihre Göttin hatte recht.

Sie musste weitergehen.

Die Bäume hier waren breit, in das Heiligtum des Klosters, in dem sie aufgewachsen war, würde nicht ein einziger von ihnen hineinpassen. Unvorstellbar groß. Es war ständig dunkel, ständig kalt und Nadya fühlte sich seltsam. In ihrem Blut summte es verwirrend.

Sie konnte fühlen, wohin sie gehen musste, vermochte aber nicht voranzuschreiten. Sollte sie nicht besser nach den anderen suchen?

Sie kommen selbst zurecht, dachte sie, auch wenn das nicht einmal ein kleines bisschen der Wahrheit entsprach. Serefin war ein Wrack und auf Hilfe angewiesen. Und Parijahan und Rashid verfügten über keine Magie, an einem Ort, an dem Magie überall war.

Sie machte sich Sorgen, aber ihre Entscheidung war gefällt. Sie musste weitergehen und beten, dass es den anderen gut erging.

Beten, dass sie nicht auf Malachiasz stießen.

Beten, dass sie selbst ihm auch nicht begegnete.

Nadya zog sich Malachiasz' Jacke enger um den Körper und rollte die langen Ärmel hoch. Sie roch wieder nach ihm, aber das war ein schwacher Trost.

Er hatte nur versucht zu helfen, und damit war das wenige zerbrochen, das ihn noch ausgemacht hatte.

War das ein Teil des Fluches? Das böse Omen, das auf ihnen lag, würde irgendwann zuschlagen. Doch nein. Sie hatte gewusst, dass es ihn in Stücke zerreißen würde, diese Mauer zu überwinden, und sie hatte es trotzdem von ihm verlangt.

»Willst du, dass der Fluch daran schuld ist? Wäre sein Ende dann leichter für dich zu ertragen?«

Nadya seufzte.

»Um ihn solltest du dir keine Sorgen machen. Du hast viel Bedeutenderes, worum du dich sorgen musst, als diesen Wurm.«

Ich finde wirklich, deine Beleidigungen für ihn könnten einfallsreicher sein.

»Sei dankbar, denn er ist immer noch am Leben, Kind«, entgegnete Marzenya trocken.

Nadya lächelte schwach. Das war fast so eine Unterhaltung, wie sie sie früher mit Marzenya geführt hätte. Zwar vermisste sie den Rest des Pantheons, aber Marzenyas Rückkehr war genug. Fast. Der Unterschied bei Marzenya war allerdings beunruhigend. Immer ein wenig kalt, ein wenig grausam, doch Marzenya bewahrte keine Geheimnisse – die waren Vaclav zugedacht. Ihre Worte waren bissig, doch ihr Ton ohne Leidenschaft, als würde sie zu einer Fremden sprechen und nicht zu dem Mädchen, zu dem sie schon sein ganzes kurzes Leben sprach.

Doch ihr Lächeln verschwand. Sehr lange würde er aber nicht mehr leben, oder?

Es war beklemmend, wie der Wald lebte und atmete und Nadya *austreiben* wollte. Das Unterholz war dicht und schwer zu durchdringen. Es war voll mit wurmigem Laub und gebleichten Knochen und sie musste sich ihren Pfad jedes Mal neu suchen, wenn sie einen der breiten Bäume umrundet hatte. Alles roch dunstig und verrottet, durchschnitten von der scharfen Kälte.

Es dauerte nicht lange, bis Nadyas Erschöpfung ihre Schritte verlangsamte und sich die Einsamkeit um ihr Herz legte. Es war schwer, das Ende der Ereignisse abzusehen und zu glauben, dass sich etwas zum Besseren wenden würde.

Lag es an einem weiteren Versagen von ihr, dass sie Serefin verloren hatte? Falls er wankte, wären Nadya und der

Rest der Welt verloren. Sie konnte sich nicht selbst belügen – sie wusste, tief in ihrem Innersten, was mit ihr geschehen würde, wenn die gefallenen Götter freigelassen würden. Sie würden von ihr Besitz ergreifen, und sie wäre nicht stark genug, sich zur Wehr zu setzen.

Vielleicht sollte sie doch versuchen, ihn zu finden.

»Geh weiter.«

Sie kaute auf ihrer Lippe und starrte zu dem dunklen Blätterdach auf, das den Himmel verdeckte. Sie vermisste die Sonne; sie war schon viel zu lange in der Dunkelheit.

Sie schob sich auf eine Lichtung hinaus. Malachiasz lungerte auf den tief hängenden Ästen eines Baumes herum und zupfte an seinen Fingernägeln. Nadya verspürte ein Stechen in der Brust. Das war der Malachiasz, wie sie ihn von der Nacht in der Kathedrale kannte. Die blassen Augen waren mit Kajal umrandet, was sie sogar noch farbloser und seltsamer erscheinen ließ, und in den schwarzen, zerzausten Haaren hingen Goldperlen und Knochenstücke.

Er trug die Kleidung, in der er verschwunden war. Eine schwarze Tunika über schwarzen engen Hosen. Und in seinen Augen lag ein grausamer, abgeklärter Blick, als er zu ihr hinuntersah.

Sie wusste nicht sicher zu sagen, ob er wirklich dort war.

»Wohin, denkst du wohl, wird uns das in Wahrheit führen?«, fragte er gedehnt.

»Was?«

Er wedelte mit der Hand. »Das alles. Der Tempel, die Götter, diese ganze Geschichte mit Serefin. Wofür das alles?«

»Um den Krieg zu beenden«, sagte sie ruhig. »Serefin muss sich von Velyos befreien. Ich brauche Antworten. Marzenya ...«

»Das Miststück, das dich herumkommandiert.«

Nadya erstarrte. »Wie bitte?«

»Du hast mich gehört«, entgegnete er langsam. Ein Lächeln verzog seine Lippen, als er sich mit genauso eleganten

Bewegungen wie immer zu Boden fallen ließ. »Du brauchst sie nicht, aber du hörst auch nicht auf die Vernunft, also gibt es wirklich keinen Grund für die ganze Mühe, die hier aufgewendet wird. Du wirst unbelehrbar weiterfrömmeln, dieser Krieg wird weitergehen, es wird sich nichts verändern.«

»Wovon sprichst du?«

»Gib auf, kleine Klerikerin. Du hast verloren. Du hast den König von Tranavia getötet und es hat sich nichts verändert, nur dass dich deine kleinlichen Götter verstoßen haben, weil du es gewagt hast, eigenständig zu denken. Kalyazin wird niemals siegen. Sie haben zu wenig Macht und sind nicht in der Lage, auch nur an die Blutmagie heranzukommen, die schon ein tranavisches Kind wirken kann.«

Sie wich einen Schritt zurück, als er sich stückchenweise näher schob und sie dabei wie ein Raubtier belauerte. Sie stieß mit dem Rücken an einen Baum und war gefangen.

Er legte die Hände an den Baum – seine langen und scharfen Eisenklauen klopften neben ihrem Kopf an den Stamm. Er lehnte sich näher heran. »Ich hatte recht und ich werde immer recht behalten. Du bist nichts weiter als ein Mädchen mit einer Klinge.«

Er war nur eine Armlänge entfernt und sie meinte Falschheit in der Luft wahrzunehmen. Ihr Herz stolperte mit angsterfüllten, rasenden Schlägen, die sie sich nicht erklären konnte, denn selbst in seinen schlimmsten Momenten – als er Herzen herausgerissen und gegessen hatte – hatte er in ihr keine solche Urangst ausgelöst. Vielleicht, weil sie bisher noch nie geglaubt hatte, er würde sie wirklich töten, nur hier ... war sie sich nicht so sicher.

Sein Ärmel rutschte ein klein wenig zurück. Nadya sah erst auf seinen Arm, dann in sein Gesicht. Sie fuhr ihm mit dem scharfen Fingernagel ihres linken Daumens über die Wange, wodurch sich ein blutiger Schnitt öffnete.

»Du würdest uns alle verdammen«, flüsterte sie, »nur für deinen Rachefeldzug. Doch natürlich weißt du ohnehin alles,

Malachiasz Czechowicz …« Sie wartete. »Genau wie du weißt, dass du niemals ein Mädchen mit einer Klinge unterschätzen solltest.«

Sie griff nach ihrem Knochen-*voryen,* und Entsetzen breitete sich in ihr aus, als sie ertastete, dass es verschwunden war. Ihre Finger schlossen sich um einen ihrer anderen Dolche, sie zog ihn aus der Scheide und hielt die Waffe locker vor sich.

Ein Moment des Zögerns – *wenn sie sich irrte* –, nein, wenn sie sich irrte, würde es ihm nichts anhaben.

Sie stieß ihm die Klinge zwischen die Rippen und ins Herz.

Blut strömte ihr über die Hände, warmes Blut und nicht von ihm, *nicht von ihm.* Sie hatte recht – sie musste recht haben.

Die Augen des *Telich'nevyi* wurden weiß, sein Gesicht verzog sich vor Angst und Verwirrung. Es packte den Griff ihrer Klinge und stieß dabei vor Schmerzen ein leises Stöhnen aus, das klang wie *er.* Nadya schloss die Augen, denn sie konnte nicht mitansehen, wie Malachiasz Qualen litt. *Das ist nicht er, das andere hat ihm bloß das Gesicht gestohlen.*

Es fiel vor ihren Füßen in sich zusammen. Sie erbebte. Sie stand mit blutigen Händen auf der Lichtung und zwang sich zur Ruhe, bevor sie sich wieder bewegte und den Körper mit ihrer Stiefelspitze anstieß.

»Nadya?«

Sie wirbelte mit erhobenem *voryen* herum. Malachiasz starrte an ihr vorbei zu der Leiche vor ihr am Boden. Selbst Nadya hatte ihn niemals bleicher gesehen als in diesem Moment. Vermutlich war es besorgniserregend, wenn man über seine eigene Leiche stolperte. Doch, ihr Götter, er war es wirklich. War es wirklich er? Oder war das nur ein anderes *Telich'nevyi?*

Solche Wesen gehörten auch zum Reich der kalyasischen Märchen und Sagen. Gestaltwandler, denen schon eine Haarsträhne ihres Opfers genügte, um es so überzeugend nachzuahmen, dass der Betrug selbst geliebten Menschen nie auffallen würde.

»Warte einen Moment, es wird sich verändern«, sagte sie bewusst leise, denn sonst hätte ihr die Stimme versagt. Schließlich konnte diese neue Gestalt hier tatsächlich Malachiasz sein.

»Hast du es getötet?« Seine Stimme klang rau.

»Das habe ich.«

»Hat es da schon ausgesehen wie ich?« Leiser, jetzt.

»Ja, das hat es.« Sie begann zu zittern. Sie hatte ihn erstochen. Nicht ihn, aber doch ihn. Das Wesen hatte sein Verhalten meisterlich nachgeahmt, nichts hatte die Täuschung verraten. Sie hatte auf gut Glück zugestochen.

»Oh.« Eher ein verhaltenes Ausatmen als ein echter Laut.

Sie wischte sich das Blut von den Händen und suchte im Unterholz nach etwas, womit sie die Klinge säubern konnte.

»Woher hast du, oh, woher ...«

»Woher ich wusste, dass ich nicht dich umbrachte?«

Er schluckte schwer und nickte.

Ich habe es nicht gewusst, bei den Göttern, das habe ich wirklich nicht. Sie starrte ihn an. Er wurde sogar noch blasser.

»Nadya«, sagte er leise, mit Verzweiflung in der Stimme.

Sie schüttelte den Kopf. »Es ... Deine Augen sind ihm nicht richtig gelungen. Und du verfällst in dieses kleine Zittern, wenn du deinen Namen hörst, das hat es auch nicht vollführt.«

Er konnte seinen Blick nicht von der Leiche abwenden. Sie sah immer noch aus wie er. Nadya drehte ihm das Gesicht zur Seite und strich ihm über die Stelle an seiner Wange, die sie bei dem *Telich'nevyi* aufgekratzt hatte.

»Dieser Ort will, dass wir uns gegenseitig zerstören«, sagte sie. Sie küsste ihn, eine sanfte, beruhigende Berührung. »Wir können das nicht zulassen.« Wie einfach es doch war, ihn anzulügen.

Seine Hand lag an ihrer Taille, zitternd krallten sich seine Finger in den Stoff ihrer Jacke – seiner Jacke. Sie wollte weitergehen, doch als sie einen Schritt tat und seine Hand sich von ihrer löste, wurde ihr das Herz schwer. Sie wandte sich um. Sie war allein.

»Geierdreck«, fluchte sie.

SEREFIN MELESKI

Die Stimmen waren jetzt ständig zu hören. Die Gottheiten, die er aufwecken sollte, wurden mit jeder Stunde lauter. Ihre Stimmen trafen auf die beiden anderen, die in seinem Hinterkopf herumrasselten. Das Ganze steigerte sich zu einem Sturzbach unerträglicher Misstöne. Er verlor den Überblick, wie viele Stimmen jetzt noch schrillten, denn sie hatten jede Unterscheidbarkeit verloren und verbanden sich zu einem fürchterlichen Chor.

Er dachte nicht, dass er dieses Geschrei noch viel länger würde bekämpfen können. Das Beste wäre zu gehorchen und zu hoffen, er würde bis zum Ende dieses Albtraums überleben.

Seine Augen schmerzten. Kacpers Hand, die fest um die seine gelegt war, tröstete ihn mit ihrer Wärme, auch wenn er seinen rasenden Puls spürte und wusste, dass Kacper verzweifelte Angst hatte.

Kacper führte ihn in die falsche Richtung. Er wusste, wohin er gehen musste; wusste, wo die Gefallenen schliefen. Serefin riss seine Hand weg. Im selben Moment stand er alleine da.

»Warte!«, rief er und schritt vor, als könnte er Kacper von dort zurückreißen, wo er verschwunden war. Doch um ihn herum war nichts als dunkler Wald.

Er atmete heftig und schnell. Mit zitternden Händen griff er hinter seinen Kopf und band das Tuch von seinen Augen los.

Der Albtraum, der ihn während der ganzen Zeit umgeben hatte, erwachte zum Leben.

Er stand in der Mitte eines Gigantenfriedhofs, ihre riesigen Knochen lagen überall verstreut und bildeten einen weißen Wald. Um ihn herum schwirrten die Motten aufgeregt in die Höhe, doch sie wirkten unnatürlich. Schwarz-weiß gefleckt, mit Totenschädeln auf den Flügeln.

Serefin presste sich die Hände auf die Augen. Als er sie wieder herabnahm, waren sie blutig. Er versuchte, nichts Überstürztes aus Verzweiflung zu wagen, denn dann wäre er verloren. Er musste nachdenken.

Er musste die Schlafenden aufwecken.

Nein. Er war hier, um dieses Gebot zu brechen. Er musste fortschreiten, denn das war die einzige Möglichkeit, Velyos und den Rest loszuwerden.

Velyos drängte ihn weiter durch den Friedhof der Knochen. Er umwanderte Schädel, die so groß waren wie der Thronsaal in Grazyk. Einige davon wirkten fast menschlich, nur dass sie zu viele Augenhöhlen aufwiesen, die Formen zerdehnt waren, die Kieferknochen zu lang. Andere erinnerten an Tierschädel: Rehe, Wölfe, Ratten, Schlangen. Und einer sah entsetzlicherweise aus wie der Schädel eines Drachen.

Glänzende Spinnweben überspannten die leeren Augenhöhlen. Eine von Serefins Motten hatte sich in einem dieser Netze verfangen, und er beobachtete voller Schrecken, wie eine Spinne von der Größe eines Wolfes aus dem Inneren des Schädels herauskroch, um sie zu verschlingen.

Als ich gestorben bin, hast du mir doch Visionen gezeigt vom möglichen Schicksal dieser Welt, oder?, fragte er vorsichtig. Das brennende Grazyk. Kalyazin als kahles Ödland. Blutregen, der vom Himmel fällt. Doch was wäre der Auslöser für diese Art von Apokalypse? Untätigkeit? Eine Fortführung des Krieges?

»Das habe ich«, erwiderte Velyos. *»Du bist nur einen Hauch von meinem Reich entfernt. Ein Schritt zur Seite und du bist dort.«*

Wo bin ich jetzt?

»Das gehört auch zu mir, wenn auch in einer anderen Form. Du hast eine außergewöhnliche Macht, Tranavier, aber du ernährst dich von einem Quäntchen Magie. Das Mädchen schluckt so viel mehr davon.«

Und Malachiasz?

Es herrschte Schweigen, während Serefin weiterging, unter seinen Stiefeln knirschten die Knochen.

»Er hat die Macht eines Gottes«, sagte Velyos schließlich. *»Und das ist der Grund, warum er sterben muss.«*

Etwas Ähnliches wie Bedauern erfüllte Serefin. Er erinnerte sich immer noch an den Jungen mit den zerzausten schwarzen Haaren, der in der Dienerschaftshalle gestanden hatte: mit tränenüberströmtem Gesicht und völlig verängstigt von seiner eigenen Macht. Dachte immer noch an seinen Bruder, wie er neben ihm gegangen war und dem er einen Waffenstillstand angeboten hatte. Er wusste nicht, ob er das am Ende noch würde tun können.

»Wenn du das verhindern willst, was ich vor dir habe aufscheinen lassen, so musst du weitergehen. Ich hatte die Stücke des großen Werks schon vor so langer Zeit zusammengesetzt und unterwegs wieder viele verloren. Doch schließlich habe ich die Teile gefunden, die uns die richtigen Wege weisen, und wir stehen so kurz davor, sage ich dir, so kurz vor einem echten Wandel.«

Serefin hielt inne. Im Laufe des Jahres, das Velyos schon in seinem Kopf herumrasselte, waren seine Tiraden schlüssiger geworden. Weitaus verständlicher als beim ersten Mal, da er mit ihm gesprochen hatte, nachdem er getötet worden war.

Velyos erstarkte. Jeder Schritt nach Westen hatte ihm mehr Macht verliehen.

Serefin wollte nur, dass seine Augen zu schmerzen aufhörten, dass sie zu bluten aufhörten. Er wollte seinen Thron zurück. Er wollte Tranavia retten.

Er wollte schlafen.

Er war sich überhaupt nicht sicher, ob er stark genug war, den Bann dieses Gottes zu brechen.

Wie wecke ich die anderen auf? Besser, ich vermeide es, dachte er. Er versuchte, mit einem Schritt von dem durch Velyos vorgeschriebenen Weg abzuweichen, konnte es aber nicht. Als einziger Ausweg blieb übrig, seinen Befehlen bis zum bitteren Ende zu folgen.

»Du wirst es wissen. Es wird einfach sein; du bist fast dort. Du hast die Umwälzung schon in Gang gesetzt und hast es nicht einmal gewusst! Sterbliche, so flüchtig, so rasch, aber wenn ihr in die rechte Richtung geschubst werdet, stürzt ihr euch kopfüber in den Abgrund, ohne euch auch nur umzusehen, und das ist gut, so gut. Wunderbar, dass das Lied nun weiter ertönen kann.

Der Gesang war abgerissen, muss ich dir sagen. Vor sehr langer Zeit. Hier und da war ein Ton zu hören, aber das Lied muss bis zum Ende erklingen, und wir sind so nahe daran, noch ein paar Instrumente, ein bisschen mehr auserlesene Folter, und wir werden es erreicht haben.«

Schreckliche Angst schnürte ihm die Brust zu. Als er einen Schritt vorging, klang das Knirschen der Knochen nur zu laut in seinen Ohren.

»Ich wollte die Vier. Ich wollte sie alle, siehst du. Denn, oh, die Dinge, die ich, wenn ich das Mädchen, das Monster, den Prinzen und die Königin in meinen Händen hielt. Aber es wird auch so gehen. Ich bin erfinderisch. Du bist so nützlich für mich gewesen, junger Prinz, der zum König wurde, der zum Werkzeug wurde und zum Omen. Wir stehen so kurz davor. So kurz vor einem Anfang, so kurz vor der Vergeltung.«

Willst du Vergeltung an den anderen kalyasischen Göttern üben? Serefin versuchte, Velyos' Worten mit Vernunft beizukommen.

»An wem sonst?«

Zwischenspiel VIII

KACPER NEIBORSKI

Serefin war verschwunden.

Wieder einmal.

Er hatte Serefin ein weiteres Mal verloren.

Und nicht nur das: Er hatte alle anderen verloren. Die Kalyazinerin sollte zur Hölle gehen, um die machte er sich keine Sorgen, aber Ostyia war allein irgendwo da draußen. Er musste ruhig bleiben, doch er wollte nur aus diesem verfluchten Wald fliehen, nach Tranavia zurückgehen und so tun, als wäre nichts von diesem Erkundungszug je geschehen. Als wäre er nie der persönlichen Begleitung des Prinzen zugeteilt worden. Als wäre er nie mit Ostyia in Streit geraten, weil sie ihn vor den anderen Soldaten mit seiner Schwärmerei für Serefin aufgezogen hatte. Als wäre er nie in den engsten Kreis um Serefin aufgenommen worden.

Nichts von diesem ganzen Wahnsinn hätte sich jemals ereignet.

Er war nur ein Junge vom Land. Könige, Geier und göttlicher Unsinn waren nicht seine Welt. Er war geschickt in Blutmagie, aber wie viele waren besser. Und Blutmagie war so etwas Grundlegendes, so etwas Alltägliches. Was auch immer aber das hier sein sollte: Alltäglich war es nicht.

Blutiger Knochen, er hoffte, dass es Serefin gut erging. Doch er verspürte tief in seinem Bauch immer mehr eine Ahnung, dass bald etwas unfassbar Schlimmes geschehen würde und er nichts würde tun können, um es aufzuhalten. Er war nicht in der Lage gewesen, Serefins Verschwinden zu verhindern. Er hatte Serefin nicht helfen können, als diese Unwesen sich anschickten, ihn zu zerreißen. Er hatte nur voller Schrecken mitansehen können, wie seine Augen zu bluten begonnen hatten und er sie sich hatte auskratzen wollen, obwohl er sich dafür durch seinen eigenen Schädel hätte graben müssen.

Kacper wünschte sich, er hätte sein Zuhause nie verlassen. Hätte den Bauernhof von seiner Schwester übernommen. Hätte seine Pflicht an der Front erfüllt und wäre heimgekehrt, sobald sein Vertrag ausgelaufen wäre. Doch er hatte ja einen lächerlichen Prinzen treffen müssen, mit hellen Augen und einem Grinsen, das eine ganze Scheune voller müder Soldaten, die nur nach Hause wollten, in ermutigendes Licht tauchte.

Einen Jungen, der zu viel trank, was ihn zu vertrauensselig machte. Der dann auf dem Boden seines Zeltes lag und sich bei Kacper darüber beschwerte, dass er nur an der Front Serefin sein konnte, zu Hause aber still bleiben und so eng mit dem Hintergrund verschmelzen musste, dass er seinem Vater nicht auffiel.

Kacper wusste nicht, ob er einen Verlust Serefins überleben konnte. Er hatte seinen Stern am Himmel des Prinzen zum Leuchten gebracht, und wenn der Stern fiel, so wäre es auch sein Untergang. Er hatte das einzige Gebot unterlaufen, das man ihm stets eingetrichtert hatte: Er hatte sich weit über seinen Stand verliebt.

Manchmal blendete ihn Serefins Genialität. Kacper hatte gesehen, wie er Schlachten nur durch eine überlegene Strategie gewonnen hatte. Kämpfe, bei denen sie in der Unterzahl gewesen waren und weit weniger gut ausgerüstet als der Feind. Serefin war klug; er wusste, wie er auch eine schwierige Lage zu seinen Gunsten wenden konnte. Und zu sehen, wie alles Serefin Umgebende zerfiel, brachte ihn um.

Er besah sich seine Umgebung. Alles begann gleichförmig auszusehen, und das bisschen Licht, das noch geschimmert hatte, verblasste.

Ich werde keine Nacht hier draußen überleben, dachte Kacper von Angst gepackt.

In seiner Nähe ertönte ein Krachen. Kacper wirbelte herum und fuhr mit der Hand an das Zauberbuch. Gemeinhin zog er eine Klinge als Waffe vor – Ostyia und Serefin waren bessere Magier, und im Feld war es klüger, jemanden an der Seite zu haben, der ohne Magie zuschlagen konnte. Doch gegen irgendeinen kalyasischen Schrecken, den der Wald gegen ihn ausspuckte, wäre eine Klinge nutzlos.

War das eine Schicksalsprüfung? Oder trieb dieser uralte Wald einfach ein grausames Spiel mit ihnen? Denn sie waren in den Höllenschlund gesprungen und sahen sich jetzt seiner Gnade ausgeliefert.

In Tranavia machten Geschichten über diesen Ort die Runde. Die hatten sie alle missachtet, weil es Serefin unter Zwang hierher verschlagen hatte.

Und deshalb würden sie alle sterben.

PARIJAHAN SIROOSI

Parijahan umrandete einen Sumpf. Sie hörte beständig ein Flüstern, Worte, die manchmal kalyasisch klangen, manchmal tranavisch, doch manchmal hörte sie auch Paalmideshi und beim Klang dieser Sprache wollte sie am liebsten weinen.

Was tat sie?

Sie war allein. Sie war nicht besonders überrascht gewesen, als sie aufgeschaut hatte und die anderen plötzlich verschwunden waren. Einschließlich Rashid – und sie war schon sehr lange nicht mehr ohne ihn an ihrer Seite gewesen. Sein Fehlen bildete einen Stachel in ihrem Herzen.

Bitte, überlebe das, betete sie, auch wenn die Götter ihrer Heimat sehr weit weg waren und die Kalyazins sich nicht um sie kümmerten. Hier durchwanderte sie ein Reich von Göttern, denen sie nicht zugehörte, und es war wirklich die reinste Ironie, wie sie just ihre Feigheit so weit hatte führen können.

Wie weit noch, bis sie endlich aufhören würde davonzulaufen?

Sie ließ ihr Bündel fallen und setzte sich an den Rand des Sumpfes. Den konnte sie unmöglich überqueren. Und sie konnte das magische Spiel nicht mitspielen, das die anderen beherrschten. Sie hatte nur eine Handvoll Waffen und ihre eigenen fünf Sinne, und sie befürchtete, dass sie damit in dieser Umgebung nicht lange bestehen würde.

Der Brief lag noch immer ganz unten in ihrem Beutel. Sie hatte versucht, nicht an ihn zu denken. Hatte mit Malachiasz' Zuspruch versucht herauszufinden, wie sie sich entscheiden sollte. Doch er konnte ihr auch nur bis zu einem gewissen Grad helfen und hatte ihr seltsamerweise geraten, ihrer Pflicht als Tochter zu folgen.

Ein Rätsel, dieser Junge.

Ihre Pflicht verlangte von ihr, sich wieder ihrer Familie auszusetzen. Und dass sie einen schütteren Frieden gefährdete, der nur zustande gekommen war, weil sie mitten in der Nacht aus dem Palast geflohen war und die akolanische Grenze nie wieder übertreten hatte. Es würde bedeuten, dass sie sich einer Familie auslieferte, die sie wohl eher töten würde, als sie willkommen zu heißen und ihr den Travash zu übergeben. Sie wollte den Travash ja nicht einmal.

Ihn nicht anzunehmen bedeutete allerdings, dass sie Akola zu einem Bürgerkrieg verdammte, der schon seit Jahrzehnten an den Fürstentümern des Landes rüttelte. Sie musste sich entscheiden zwischen ihrer Freiheit und ihrem Land.

Und mit Vorbildern wie Nadya und Malachiasz unterwegs zu sein wirkte auch nicht eben ermutigend. Denn die beiden würden nur zu bereitwillig für ihr Land sterben, Parijahan hingegen konnte sich nicht zur selben Haltung zwingen. Vielleicht war sie zu eigennützig. Aber sie konnte sich nicht so einfach den Freunden angleichen, die sie in diesem kalten und harten Land gewonnen hatte.

Etwas platschte in der Nähe und Parijahan verspannte sich. Sie war närrischerweise mit dem Glauben in diesen Wald eingedrungen, dass sie an diesem Ort der Magie zumindest Sicherheit durch ihre Begleiter genießen würde.

Sie wühlte in ihrem Beutel und zog den Brief heraus. Sie las ihn erneut, obwohl sich die Worte schon in ihr Gedächtnis gebrannt hatten.

Bevor sie es sich anders überlegen konnte, knüllte sie den Brief zusammen und warf ihn in das schlammige Sumpfwasser. Das Wasser durchtränkte ihn und ließ die Tinte verlaufen. Sie stand auf. Sie musste die anderen finden.

38

NADEZHDA LAPTEVA

Die Welt, die sie sich wünschen, besteht aus gebrochenen Knochen und Blut – immer Blut.

Das Volokhtaznikon

In den Ruinen von Bolagvoy fand man einen Altar und eine Quelle und einen Ort, an den andere vor ihr gekommen waren, um untergegangene Riten wiederzuerwecken. Sie hatte gedacht, dass sie vor dem Altar knien und um Vergebung ihrer Sünden bitten würde und um eine Rückkehr zu dem, was ihr vertraut war.

Doch sie musste zuerst Göttlichkeit erfahren.

Nadya weigerte sich zu schlafen. Sie ging immer weiter, sogar als die Nacht anbrach. Sogar als es in ihrer Umgebung so dunkel wurde, dass sie kaum mehr etwas sah. Sogar als ihr Körper vor Erschöpfung wankte. Sie musste dieser Eingebung folgen und dann erhielte sie Antworten. Vielleicht würde ihr vergeben werden und sie könnte ihren Frieden finden. Etwas, *irgendetwas* würde sich vielleicht verändern.

Das Unterholz knirschte unter ihren Stiefeln, Marzenya trieb sie in das Herz des Waldes, auf die Berge zu. Was war sie denn außer einem Gefäß für den Willen der Götter? Welchen anderen Zweck hatte sie? Was war da sonst noch?

Nichts und nichts und nichts.

Und so ging sie weiter. Jedes Mal, wenn sie die Augen schloss, schien in der Dunkelheit hinter ihren Lidern nur ihre Dolchklinge auf, wie sie sich in Malachiasz' Brust bohrte. Wie sich der Vertrauensbruch in seinen Augen spiegelte, bevor sie trüb geworden waren, schwarz und still.

Sie hatte kaum gezögert, bevor sie zugestochen hatte.

Was könnte sie ihm sonst noch antun? Wie viel war er ihr noch wirklich wert?

Er war alles; er war nichts. Sie war in tausend Richtungen zerrissen worden, doch es gab nur noch eine Richtung und die hieß vorwärts. Es gab nichts anderes, nur das.

Nur das Blut an ihren Händen, seine Wärme vortäuschend – nur dass es von einem Monster gestammt hatte. Aber er war ein Monster. Und wie lange würde es noch dauern, bis er sich so ungestüm gegen sie wenden würde, dass sie gezwungen wäre zu handeln?

Sie konnte das nicht noch einmal tun. Sie konnte das nie wieder tun.

Aber sie wusste nicht, was die Zukunft ihnen noch bringen würde, und sie waren verflucht worden. Das war vielleicht das Schlimmste von alledem. Oder vielleicht sollte das Schlimmste erst noch kommen.

Die Monster ließen sie in Ruhe, als würden sie von einer großen Hand zurückgehalten. Doch sie sah sie im Vorbeigehen. Einen *leshy,* der auf einem Steinaltar saß und ihr nachsah. Einen massigen und urtümlichen Bären, der vor ihr schwerfällig in die gleiche Richtung tapste. Auf den Berg zu, immer weiter auf den Berg zu.

Nichts spielte eine Rolle mehr, außer zu dem Berg zu gelangen.

Dem Sitz der Götter. Der Quelle der Göttlichkeit.

Dem Höllenschlund.

Nadya schluckte die in diesem Wort eingeschlossene Angst hinunter, denn sie war tranavischen Ursprungs und gehörte nicht zu ihr. Sie war Kalyazinerin und von den Göttern berührt, und vielleicht war das auch gleichgültig, aber sie musste versuchen, sich zu reinigen.

Sie würde zu ihrer Göttin zurückkriechen.

Sie hatte den Jungen getötet, den sie liebte. Hatte ihm ins Herz gestochen. Er irrte dort draußen umher, mehr Monster als irgendetwas anderes, und sie überließ ihn diesem Schicksal, denn sie musste sich auf die große Zeitenwende vorbereiten.

Aber sie würde es erst dorthin schaffen müssen, zum Berg. Sie konnte nur einen Fuß vor den anderen setzen und weitergehen.

SEREFIN MELESKI

Er würde ihn verschlingen.

Inzwischen hatte er den vorbestimmten Ort erreicht; der Zug auf seiner Brust hatte sich beruhigt. Und sobald er mit den Augen blinzelte, war er in einem grauenvollen, dunklen Wald, und dann verschwamm alles und es lagen nur noch Knochen verstreut, so weit das Auge reichte.

Und er setzte sich zu Boden, weil er so fürchterlich müde war. Er hatte so lange gekämpft. Er wollte schlafen. Sicherlich täte es ihm gut, wenn er schliefe. Nichts würde ihm schaden – sie brauchten ihn, Velyos musste sich seiner bedienen, um diejenigen aufzuwecken, die noch schliefen.

Er legte sich hin.

Und der Wald, er hungerte. Er wusste, wer ihn betreten hatte, wusste um jene gewaltigen Mächte, die in ihm hausten, im Innern der Bäume und unter und zwischen ihnen, und hegte große Pläne für die kleinen Insekten, die von ihm beobachtet umherwimmelten.

Serefin wusste nicht, wie er den Wald *fühlen* sollte. Er schloss die Augen. Als Moos über seine Hand zu wachsen begann, bemerkte er es nicht, und auch nicht, dass die Baumwurzeln seine Beine umschlangen und ihn immer tiefer nach unten in die weiche Erde drückten. Plötzlich konnte er den alles beherrschenden Hunger spüren. Den nagenden, übersteigerten Hunger, der Malachiasz das Innerste nach außen stülpte. Diesen Schmerz, der in der Mitte eines jeden Wesens hauste, das sich selbst als Gott bezeichnete, das sich für älter als die Erde selbst hielt. Diesen Wunsch, gebraucht zu werden und gewollt und etwas zu *tun,* während sie doch so weit in der Ferne waren und nichts tun konnten außer Vorschläge zu machen, sich zurückzuhalten und geduldig zu sein.

Das Moos kroch weiter Serefins Arm hinauf.

Es war dieser Hunger, der Serefin von innen heraus aufzufressen begann. Der Hunger war nicht natürlich für ihn, er wollte ihn nicht. Doch für einen Moment verstand er, was es bedeutete, wie Nadya zu sein: eine Geweihte, die ihren heiligen Platz einnahm in diesem Reich göttlicher Macht, das viel zu riesig war, um es je zu fassen.

Und er verstand, was es hieß, wie Malachiasz zu sein, der immer weiter ausgriff und versuchte, alle Teile richtig zusammenzusetzen, nur um dann mitansehen zu müssen, wie sie ineinanderstürzten. Der sich seinen Weg erkämpfte, um unsterbliche Größe zu erlangen, und der diesen Schmerz kannte und der noch weiterwollte, der sich dieser Qual immer wieder unterzog, in der Hoffnung, alles würde sich zum Guten wenden, wenn er es auf dem Weg nur noch ein bisschen weiter schaffte.

Er konnte Kacper spüren in seiner Angst und Fassungslosigkeit und mit der unermüdlichen Liebe für ihn, Serefin, die er in seinen Augen nicht verdiente. Und Parijahan – *die Königin* –, wie sie sich selbst aus dem Lied tilgte. Wie sie allem den Rücken zukehrte und eine Entscheidung traf. Ein Misston dröhnte schmerzhaft durch ihn hindurch. Die Zarewna, die den Wald im Gegensatz zu ihren Begleitern mit einer seltsamen Ruhe durchquerte. Die wusste, dass dieser Ort sie nicht anrühren würde, weil sie den Moment ihres eigenen Todes kannte, und dieser war noch nicht gekommen.

Er sank tiefer.

Sollte er nicht doch irgendetwas bekämpfen?

Er war Serefin Meleski, und der Kampf war alles, was ihm noch blieb, denn der Wald nahm ihm alles andere – Velyos nahm und nahm mit seinen bleichen Fingern und stierte aus unergründlichen Augen, die von einem Hirschschädel herabschimmerten. Als er Serefin in brauchbare Stücke zerlegte und ihn immer tiefer hinabstieß, bis die Bäume über ihm wuchsen, und er nichts war und alles und alles das noch einmal geschah, *wie konnte das noch einmal geschehen?*

Er war zu müde, um sich zu wehren. Er ließ es geschehen.

Das Aufgeben war der Schlüssel. Es war keine durchschlagende, feierlicher Handlung, diejenigen aufzuwecken, die Tausende von Jahren geschlafen hatten. Alles, was es dafür brauchte, war Schicksalsergebenheit. Alles, was es brauchte, war ein Junge, der sagte, dass er genug hatte, und der alles niederlegte.

Und der sich vom Wald zerlegen ließ.

Er wusste nicht, ob er wieder zusammengesetzt werden würde, am Ende, falls es ein Ende gab, falls irgendetwas jemals enden würde, oder ob das hier immer weitergehen und er den Wald für immer füttern würde.

»Du bist ziemlich wehleidig, hoffentlich weißt du das.«

Ein Flackern in seinem Bewusstsein. Serefin war immer noch halb verstreut, viele Stückchen vom Wind verweht, kaum dass der Umriss eines Jungen noch erhalten war.

»Du kannst die Zeitenwende nicht einfach verschlafen«, sagte Velyos. *»So verlockend das auch klingen mag. Steh auf, König von Tranavia, König des Goldes, König des Blutes, König der Motten, es gibt noch so viel mehr zu tun.«*

Doch die ersten Schritte waren getan. Der Wald erzitterte, als diejenigen begannen, ihre Augen aufzuschlagen, die er so lange in seinem Griff gehalten hatte.

Da war Velyos, der sich schließlich, nach Jahrhunderten, seinen Weg an die Sonne freischaufelte. Er war schon erwacht gewesen, als er noch gebunden war, zwar wahrnehmungsfähig, aber noch gefangen. Und jetzt war er frei, um Rache an denjenigen zu üben, die ihn gefesselt hatten. Der Gott der Unterwelt und der Flüsse und der Betrüger.

Und Cvjetko, der an Velyos' Seite gestanden hatte, als sie das letzte Mal nach Peloyins und Marzenyas Thronen gegriffen hatten. Nach ihren Kronen aus Erde und Knochen und Blut. Ein Gott mit drei Köpfen und drei Wesen und drei Elementartieren, die sich untereinander nicht vertrugen, sondern in einem ewigen wütenden Sturm gegeneinander lebten.

Zlatana, Göttin der Sümpfe und des Dickichts und der Monster, die in den dunklen Winkeln der ungezähmten Welt lebten. So wütend, dass sie so lange, so fürchterlich lange gefangen war, wegen so geringer Schuld.

Zvezdan, Gott der Dunkelheit und der Gewässer.

Ljubica, Gottheit der ewigen Tränen. Tränen und Trauer und Kummer und Dunkelheit, Dunkelheit, Dunkelheit.

Und ... Chyrnog, der Letzte und einer sehr anderen Art der Dunkelheit verpflichtet.

Serefin war verwirrt. Es warteten hier mehr Götter, als er gedacht hatte.

»Fünf Geringere im weiten Feld der Dinge. Wir, die wir unter denen sind, die über uns stehen, oder, in diesem Fall, darunter«, sagte Velyos verschlagen. *»Chyrnog ist der größte, der älteste, er hat am längsten geschlafen. Er ist derjenige, der diese Welt umwälzen und sie erneuern wird. Er ist derjenige, der dir beim zweiten Teil deiner Aufgabe helfen wird, junger König. Er wird dir deine Krone zurückgeben.«*

Serefin spürte, wie sich etwas Verheerendes zu regen begann. Und nicht zum ersten Mal fragte er sich, ob er vielleicht einen fürchterlichen Fehler begangen hatte.

Serefin wurde hinuntergezogen.

39

NADEZHDA LAPTEVA

Anzunehmen, diese Umstände wären im Verlauf der Zeit falsch ausgelegt worden, wäre zu einfach. Dass Magie eine simple Frage der göttlichen Verbindung zwischen einem Sterblichen und einem Gott ist, wäre eine gewagte Vermutung. Denn was ist mit Tasha Savrasova, die von keinem der Götter berührt war – ihre Gestalt verzerrte sich in etwas, das den tranavischen Geiern ähnelte – und die doch Göttlichkeit zwischen ihren Händen hielt? Was ist mit ihr?

Die Briefe des Włodzimierz

Als Nadya die Tore von Bolagvoy erreichte, kam es ihr vor, als wäre sie jahrelang allein durch den Wald gelaufen. Sie hatte einen Tag und eine Ewigkeit zugleich erlebt. Das hölzerne Gebäude mit seinen breiten Zwiebeltürmen ragte hoch und machtvoll vor ihr auf. Es stand schon seit Anbeginn der Zeit und es würde weiterbestehen, noch lange, nachdem alles wieder zerfallen wäre.

»Mein Kind, du bist nun schon so weit gekommen.« Marzenyas Stimme war sehr nahe. *»So viel weiter als irgendein anderer Sterblicher, den ich gesegnet habe. Ich wusste, dass du alles verändern würdest; dass du diese zerbrochene Welt wieder aufrichten würdest.«*

Nadya schluckte. Das Innere der Kirche schien hell. Am Fuß des Berges konnten die Bäume der Sonne nicht so leicht den Weg versperren. Ikonen rahmten den Eingang. Alle Heiligen, die je Wirkung entfaltet hatten, fanden innerhalb dieser Mauern einen Platz. Gewächse schlängelten sich am Boden entlang und die Wände hinauf: üppig und grün.

Dies war wunderschön anzuschauen, aber Nadyas Gefühl hier drinnen sprach von Verzerrung und Frevel, als bräuchte sie nur zu blinzeln und würde dann etwas völlig anderes sehen, allerdings war sie sich nicht sicher, was sie erwartete.

Was soll ich jetzt tun?, fragte Nadya. *Ich will es nur verstehen. Wenn ich so etwas Besonderes bin, so anders, warum bin ich dann so streng behandelt worden?*

»Oh, Kind, hast du es denn nicht gewusst?«

Nadya war auf die Türen zum Heiligtum zugegangen, blieb jetzt aber stehen, denn sie erkannte Marzenyas Tonfall nicht wieder. *Was gewusst?*

»Wir haben uns nie abgewandt, Kind. Hast du gedacht, der Junge, der diesen magischen Schleier aufgespannt hat, um sein Land von unserer Berührung abzuschirmen, würde da schon aufhören?«

Nadya wurde kalt. Ihre Hand ballte sich zur Faust. Das konnte nicht stimmen.

Was?

»Der Junge, der die Grenzen zu unserem Reich abschreitet und die Macht innehat, sie zu überqueren, nur nicht das Wissen, der Junge, der hofft, etwas Größeres zu erlangen, als ihm bestimmt ist. Hast du gedacht, er würde dich in Ruhe nach unseren Wünschen leben lassen? Hast du gedacht, du hättest nichts weiter Großartiges aufgegeben, indem du ihn gewählt hast?«

Nadya schüttelte den Kopf. Malachiasz hätte ihr das nicht angetan. Sie hatten ihre Auseinandersetzungen, grundsätzlich widersprüchliche Einstellungen, aber er war ihrem Glauben an die Götter immer nur mit einer vorsichtigen – wenn auch etwas spöttischen – Achtung begegnet.

Und doch ergab es schrecklicherweise Sinn. Natürlich würde er es vor ihr verbergen, wenn ihm gelungen war, sie von ihrem Pantheon abzuschirmen. Ihre Götter hätten sie nicht im Stich gelassen.

Doch das erklärte nicht alles. Was war sie?

»Du warst dazu bestimmt, immer von den Göttern gesegnet zu sein«, sagte Marzenya. *»Spielt alles andere eine Rolle?«*

Ja, ja, es spielte eine Rolle. Sie hatte geglaubt, sie wäre eine einfache Klerikerin, doch sie war wohl so viel mehr und es war Furcht einflößend.

Was soll ich für dich vollbringen?

»Wenn ich dich bitte, den Jungen zu töten, restlos und endgültig, würdest du es tun?«

Nadya schwankte. Sie biss sich auf die Unterlippe, Tränen traten ihr in die Augen. Auch wenn ein Monster wie er ihre Tränen nicht verdiente.

Stellst du mich vor die Wahl?, fragte Nadya. Sie stand in der Sonne, die durch die Fenster drang, und zitterte unter dem Gewicht der Göttlichkeit. *Stellst du mich vor die Wahl zwischen euch und ihm?*

»Ja.«

Kostya – ihr Kostya – hatte ihr dieselbe Grundfrage gestellt, weil ihr Schwanken nicht ewig so weitergehen konnte. Nadya würde sich zwischen Malachiasz und ihrer Hingabe für die Götter entscheiden müssen. Ihre Liebesneigung bedeutete eine Sünde, die sie nicht beschönigen konnte.

Nadya schloss die Augen. Sie dachte an Malachiasz' lebhaftes, von der ihn umgebenden Dunkelheit abgeschwächtes Grinsen. An seine Wärme, wenn er ihr nahe war, die Art, wie seine Hand ihren Hinterkopf kraulte, wenn er sie festhielt. Sein reines Entzücken, wenn er einen absolut schlechten Witz gemacht hatte.

Ein lächerlicher Junge aus Tranavia, der nicht schlafen konnte und sie in seiner Nähe haben wollte.

Nadya legte die Hand an die Tür.

Sie waren verflucht, durch Zufall in Kalyazin zusammengeworfen, durch die Umstände voneinander angezogen, doch vom Schicksal für gegensätzliche Wege bestimmt.

Sie dachte an seine hellen Augen, die von Grausamkeit durchbrochen waren. Das sich verändernde Chaos seines Körpers und seiner Gesichtszüge. Seinen zersprungenen Geist. Sein Verlangen nach Kräften, die ihre Welt zerstören würden, von denen er aber dachte, sie wären der Ausweg aus dem Krieg.

Doch sie war Kalyazinerin, und es gab mehr in dieser Welt als den Jungen, den sie darin so liebte.

Nadya schob die Tür auf.

Marzenyas Beifall überschwemmte sie. Vor ihr lagen einige Stufen. Verunsichert, wo sie hinführen würden, runzelte sie die Stirn.

Die Stufen führten in die Dunkelheit hinab, unglaublich tief hinab. Alles um sie herum summte auf eine Art, die Nadya vertraut vorkam, die sie aber nicht zuordnen konnte. Sie konnte das Summen nur mit einem Jucken genau unter ihrer Haut in Verbindung bringen, mit einem Schrecken, einer vagen Unruhe. Sie wusste nicht, wie viel Zeit vergangen war – ihre flachen Atemzüge und die Wände, die sie langsam einzuschließen schienen, waren ihre ganze Orientierung –, bis sie schließlich in einem Steintempel ankam. Den Boden bedeckten leuchtend weiße Blüten, die den Raum in ein sanftes, unheimliches Glühen tauchten. Sie strich mit der Hand über eine davon, die sich daraufhin von selbst schloss und sich erst wieder öffnete, als Nadya zurückgetreten war.

Am entgegengesetzten Ende des Raumes war ein tiefes Becken in den Boden eingelassen. Alles an diesem Ort fühlte sich so viel älter an als die Ruinen darüber. Hier herrschte uralte Macht. Sie konnte die Fußabdrücke derer sehen, die vor ihr hierhergekommen waren. Die meisten von ihnen waren hier verstorben, ihre Knochen lagen zwischen den Blüten verstreut. Aus einem Brustkorb wuchsen Weinranken heraus, die sich um jede Rippe wanden und an deren Enden blasse Blüten sprossen.

Sie ging näher an das Becken heran.

»Du wolltest Antworten«, erklärte Marzenya. *»Es ist Zeit. Es gibt nur einen Weg, um sie zu erhalten. Und mit diesen Antworten musst du etwas für mich tun.«*

Alles, sagte Nadya eilig. Sie hatte sich diese Heiligung so lange ersehnt. Sie kniete sich an den Rand des Beckens und strich mit den Fingern über die in den Stein gemeißelten Symbole.

Wasser wäre zu harmlos gewesen, sinnvoll, doch ohne Kraft.

Das Becken war mit Blut gefüllt.

Nadya unterdrückte ein Schluchzen.

Sie hielt eine Hand über das Becken. Das war es, wofür sie gekommen war, das war, was sie gewollt hatte. Doch zu welchem Preis? Was würde ihr das abverlangen?

Was hatte sie noch zu verlieren?

Alles, wiederholte sie. *Ich würde alles tun.*

Und sie bewegte sich, tauchte den Fuß in das Becken mit Blut. Es war ekelerregend warm und sie schluckte die Galle hinunter, die ihr in die Kehle gestiegen war. Es gab Stufen am Rand des Beckens. Wie viele vor ihr hatten sie wohl betreten? Wohin würde sie das führen?

Bevor sie weitergehen konnte, durchlief eine Erschütterung das Fundament des Berges. Marzenyas Aufbrausen erfasste sie. Die Göttin wandte sich von ihr ab und etwas anderem zu.

»Was hat dieser Junge getan?«, zischte Nadyas Göttin.

Nadya drehte sich der Magen um. Serefin oder Malachiasz? Es war unmöglich zu sagen und sie musste weiter hinabsteigen.

Sie glitt bis zu ihren Waden in das Becken und stellte sich hin, dann machte sie einige zittrige Schritte hinunter. Das Blut reichte ihr jetzt bis zu den Hüften, durchdrang den Stoff ihres Kleides. Hastig zerrte sie sich Malachiasz' Jacke vom Leib. Sie führte sie sich ans Gesicht und nahm seinen verblassenden Geruch in sich auf, dann warf sie das Erinnerungsstück in eine Nische des Gewölbes. Sie konnte den Gedanken nicht ertragen, die Jacke zu besudeln. Nadya strich mit der Hand über die Oberfläche des Blutes. Sie unternahm einen weiteren Schritt, das Blut stand ihr jetzt an der Brust. Mit dem nächsten Schritt würde sie untertauchen. Sie zögerte. Der Anblick der zerknitterten Jacke in der Nische verursachte ihr einen Stich.

Und wenn sie am Ende doch die falsche Entscheidung traf?

Doch Nadya war von den Göttern berührt worden, ausgewählt für ebendiese Umwandlung.

Sie atmete tief ein und ließ sich fallen, ließ sich ganz verschlingen von dem Becken voll Blut.

»Und so wagt der kleine Vogel das Vergessen.«

Das war die Auslöschung.

Die Erfahrung, auseinandergenommen und aus dem Gewebe der Zeit herausgelöst zu werden. Das Lied der Gegenwart zu hören und zugleich alles Gewordene vor sich zu sehen. Zu sehen, wie das wahre Leben ohne Unterlass weiterging.

Dann lagen darin vielleicht die gewünschten Antworten: kein bizarrer Aufbau unterwegs vorsichtig aufgeklaubter Einzelstücke, nein, es war eine tückische Überwältigung. Eine Hierarchie der Macht, die durchbrochen werden konnte, die niedergerissen werden konnte, gestürzt, verändert. Die Götter waren wahrhaft gegenwärtig – aber auch ausgezeichnet als gütige Wesen? Kaum. Sie konnten das große Lied außerhalb des sterblichen Reiches umdichten, aber sie konnten die Grenze nicht überschreiten, die sie vom Vergänglichen trennte. Und einige gaben sich freundlich, einige waren grausam, sie kämpften gegeneinander. Dennoch hielten sie sich an ein mit Bedacht geknüpftes Bündnis und eine Grundregel musste befolgt werden: Sie konnten zusehen, sie konnten etwas vorschlagen, doch sie durften den Fortgang des sterblichen Reiches nicht durchgreifend beeinflussen.

Magie war eine schwerfällige Bestie, beinahe unbezähmbar, doch es gab jene, die ausreichend Macht besaßen, sie zu beherrschen. Und da waren jene, die Magie in kleinerem Umfang nach ihrem Willen zu verformen wussten. Sterblich, mächtig, erfüllt von Magie.

Doch was war mit jenen, die zwischen den Welten stehen konnten? Die sich von einer Seite zur anderen schoben, die sich selbst in zusammenhängende Wesen verwandelten inmitten des Wahnsinns, wenn sie das sterbliche Reich inmitten seiner Kämpfe berührten? Sie beobachteten. Sie warteten. Sie leiteten die Sterblichen auf Pfade wie Ameisen. Was waren sie einst gewesen? Sterblich oder magisch oder vielleicht gar beides? Gefallene Götter oder Menschen, die einen gewissen Grad der Heiligung überschritten hatten?

Das erschien am Ende als kein so großes Mysterium mehr, wie es vor einem Jahr vielleicht gewirkt hatte.

Götter waren Götter waren Götter, und es war keine großartige Frage mehr, denn ja, ein Sterblicher konnte diesen Aufstieg erlangen, aber zu welchem Preis? Die wenigen, die überlebten, waren so stark verändert, dass jede Spur ihrer Sterblichkeit verschwand.

Konnte man einen Gott töten?

Alles konnte getötet werden.

Und unter alldem ertönte das Lied der Dunkelheit. Unter dieser sorgsamen Hierarchie lag ein riesiger Ozean aus Macht, der aufschäumte und uralte, unvorstellbare Kreaturen in sich barg. Und sie kniete auf der Klippe über diesem Meer und dachte darüber nach, was es bedeuten mochte, dass sie in diesen Ozean aus Macht tauchen wollte und sie ganz in sich aufnehmen wollte – dass sie diese Macht bereits vollständig in ihrem Innern fühlte.

Sie war alles und nichts, und doch schmerzte die Narbe an ihrer Handfläche nur einmal kurz, als Antwort auf diesen misstönenden Ruf. Und sie ließ sich selbst nach unten greifen. Sie ließ sich selbst die Oberfläche dieses dunklen Wassers berühren.

Der sie umgebende Raum veränderte sich, er war kein Lied mehr. Und Nadya erwachte in einem abgedunkelten Gewölbe, in dem Blut von den Wänden tropfte und der Steinboden mit Schnee überzuckert war. Sie zitterte und schlang die Arme um sich. Vor ihr standen reihenweise seltsame Gläser, daneben lagen verschiedene Knochenstücke wie in einer Apotheke – oder in einer Hexenküche.

»Die Magie verändert sich.«

Nadya sprang auf. Eine junge Frau stand neben ihr und musterte die Regale mit den Gläsern. Sie zeigte seltsam auseinanderstehende Gesichtszüge und trug einen langen schwarzen Zopf, der neben ihren nackten Füßen über den Boden strich. Sie nahm eines der Gläser hoch.

»Die Welt verändert sich, aber so ist sie beschaffen. Magie allerdings, Magie sollte nur in eine Richtung fließen, doch das geschieht nicht mehr.«

Nadya runzelte die Stirn. »Ein guter Freund würde sagen, es ist alles dasselbe.«

»Im Kern ist es das«, stimmte ihr das Mädchen zu. »Bist du nicht der Beweis dafür?«

»Bin ich das?«, fragte Nadya verzweifelt. »Was bedeutet all das hier?«

»Kleinigkeiten von allem und nichts. Großes geschieht. Eine Veränderung der Welt, verursacht von so vielen kleinen Katastrophen, so viele Entscheidungen zusammen genommen haben uns an diesen Moment gebracht. Das Göttliche und das Ketzerische sind vereint, um einem Jungen den Anschein eines Gottes zu geben.«

Nadya atmete scharf ein.

»Unmöglich zuvor, möglich jetzt. Tu nicht überrascht, du wusstest, was er betrieben hat. Eure Leute betreiben es auch in aller Heimlichkeit. Die Magierin in dir, die der Dunkelheit anheimfiel, war weggesperrt, was wirst du jetzt tun, da sie erwacht ist?«

Dieses Mädchen schien ihr vertraut, obwohl Nadya sich nicht an sie erinnern konnte. Nadya zog ihre verletzte Hand zu sich.

»Eine abscheuliche Kreatur, und doch ...« Das Mädchen hielt nachdenklich inne. »Vielleicht etwas mehr. Beides zu sein ist unmöglich. Beides ist Öl und Wasser, und da ist doch dieser Junge. Da bist *du.*« Das Mädchen nahm ein Glas auf, in dem zum Bild erstarrt war, wie ein Tropfen Blut in Milch fiel, ohne dass die Farben dieser Flüssigkeiten bereits ineinanderliefen. »Im Grunde willst du genau dies.«

Doch Nadya wurde von einem silbernen Krug angezogen, um dessen Hals eine Kette aus Zähnen gewickelt war. Sie nahm ihn hoch und war sich dabei bewusst, dass das Mädchen sie beobachtete.

»Was werde ich finden?«, flüsterte sie.

»Wonach suchst du?«

»Ich will wissen, wer ich bin.«

Das Mädchen zuckte mit den Schultern.

Vorsichtig öffnete Nadya das Gefäß. Sie bekam, was sie sich gewünscht hatte.

Ein Mädchen. Wie jedes andere. Ein Mädchen, das über Macht verfügte, die einen anderen Sterblichen verdammte. Ein Bauernmädchen aus einem Kloster tief in den Bergen von Kalyazin. Ein Mädchen, das Einsamkeit gekannt hatte und Hunger und Krieg. Ein Mädchen, das geliebte Menschen verloren hatte und einen Geliebten gefunden und das staunte.

Ein Mädchen, das gezweifelt hatte.

An allem und an nichts auf Dauer.

Doch diese Geschichte kannte sie bereits. Sie stieß einen enttäuschten Seufzer aus.

»Gib ihm einen Moment«, sagte das Mädchen.

Dieser Ozean, dieser Ursprung, dieses riesige, unruhige Chaos der Macht. Unheil und Dunkelheit und Wahnsinn. Von der Narbe auf ihrer Handfläche ging nochmals ein bekräftigendes Brennen aus. Ein Kitzel der Bestätigung.

Sie verschloss den Krug wieder und stellte ihn in das Regal zurück.

»Du stellst nicht die richtigen Fragen«, merkte das Mädchen an. »Du weißt, wer – und was – du bist. Das hat sich nie verändert.«

»Was hat sich dann verändert?«

Etwas hatte sich verändert. Etwas hatte sie diesen Pfad zur Zerstörung hinabgeführt, wo sie so vieles verwüstet hatte in dem Glauben, recht zu handeln.

Das Mädchen legte Nadya eine Hand um das Kinn. »Vielleicht warst du niemals dazu ausersehen, die Welt zu retten, Tochter des Todes, vielleicht führst du bereits genau das aus, was dir entspricht. Du hast auf dem Grat zwischen Dunkelheit und Licht getanzt und bist gefallen. Du wärst immer gefallen. Die Dunkelheit hätte dich immer vereinnahmt. Davon gab es kein Entkommen. Es war genau das, wofür du geboren wurdest.«

Das konnte nicht möglich sein. Wortlos reichte das Mädchen Nadya eine gläserne Urne.

»Das wird Tranavia nicht zerstören, oder?«

»Sei nochmals versichert«, entgegnete das Mädchen, »Zerstörung liegt nicht in meiner Absicht.«

Nadya ließ das Gefäß aus ihren Händen fallen und sah zu, wie es in zahllose Scherben, sogar in einzelne Kristalle zersprang. Mythen und Hoffnung und Glaube.

40

NADEZHDA LAPTEVA

Diese Welt erwartet eine Wende, einen Aufstand, eine Abrechnung. Sie hat gegrollt und gespien und sich selbst in etwas Andersartiges verwandelt, völlig abweichend von dem Plan, den die Ersten, die Alten, die Toten für die Welt auslegten. Nehmt nicht an, dieser Plan sei gut und gerecht gewesen. Geht niemals von Freundlichkeit aus. Eher versinkt ihr in Vergessenheit.

Das Volokhtaznikon

Mit einem heftigen Ruck kam Nadya würgend und nach Luft schnappend an die Oberfläche. Malachiasz zog sie aus dem Becken, Panik lag in seiner Stimme, als er wieder und wieder ihren Namen rief.

»Es ist gut«, sagte sie, spuckte einen Mundvoll Blut aus und wischte es sich aus den Augen. »Mir geht es gut.« Sie zögerte, bevor sie zu der Stelle vor sich aufsah, an der er kauerte.

Er war zur Hälfte fort. Die Maske war heruntergerissen worden, doch er hatte sich noch an Teilen von ihr festgeklammert. Seine schwarzen Haare standen wild ab, seine Gesichtszüge verflossen. Schwarze Hörner wanden sich nach hinten in seine Haare. Doch seine Augen waren hellblau und er schob ihr sanft die blutgetränkten Haare aus dem Gesicht und wischte ihr das Blut von der Haut.

»Was hast du getan?«, murmelte er.

Ohne ein Wort schüttelte Nadya den Kopf. Sie hatte aufgegeben. Sie hatte sich für Marzenya entschieden. Wie konnte er sie dann hier erwarten, und das in überwiegend heilem Zustand?

Er betrachtete ihr Gesicht, und sie hatte entsetzliche Angst, dass er ihr die Veränderung ansehen könnte, wenn er zu genau hinschaute. Er würde entdecken, wie sie sich entschieden hatte.

Sie ergriff sein Gesicht und küsste ihn heftig. Erst war das nur als Ablenkung gedacht, doch dann gab er ein Seufzen von sich und Hitze durchfloss Nadya bis in ihr Innerstes. Sie wollte diese Nähe, sie wollte ihn. Wie viele Lügen hatte sie sich selbst erzählen müssen, als sie ihn von sich gestoßen hatte?

Er erwiderte ihren Kuss mit demselben verzweifelten Hunger, den auch sie empfand. Sie rückte näher, schob ihm die Beine auseinander und wickelte ihre Hände in seine Haare.

»Nadya«, stöhnte er. »Das ist kein guter Moment für ...«

»Sei. Still. Malachiasz«, sagte sie zwischen hastigen Küssen. Sie wusste nicht, ob sie ihn aus Bedauern küsste oder ob sich das als Abschied entpuppte oder ob sie sich einfach in Erinnerung rufen wollte, dass es ihr trotz allen Bemühens niemals gelingen würde, sich von diesem fürchterlichen, wunderschönen tranavischen Jungen fernzuhalten.

Keiner dieser Gründe entsprach ihrem eigenen Wunsch. Sie hatte sich für Marzenya entschieden, weil sie dazu gezwungen gewesen war. Aber sie liebte Malachiasz, fürchterlich, schmerzlich, verzweifelt. Und was war, wenn sie sich doch für das Falsche entschieden hatte?

Seine Hand an ihrem Gesicht wurde fest. Er umfasste ihr Kinn und unterbrach den Kuss, indem er ihr derb den Kopf zur Seite drehte und erst ihr Kinn, dann ihren Hals mit dem

Mund absuchte. Als seine spitzen Zähne über ihr Schlüsselbein kratzten, keuchte sie auf und vergrub die Finger an seinem Hinterkopf. Mit der anderen Hand fuhr er ihre Wirbelsäule nach unten, legte sie dann an ihr Kreuz und zog Nadya so nahe an sich wie möglich.

Entschieden zu viele Stoffschichten trennten sie. Nadya packte eines seiner gewundenen Hörner, um ihm den Kopf zurückzulegen, damit sie ihn wieder küssen konnte. Dabei zog sie seine Unterlippe zwischen ihre Zähne und hörte das Stöhnen, das aus seiner Brust drang. Er stützte sich auf einen Ellbogen zurück, als sie ihr Gewicht auf ihn legte. Die weißen Blüten, die den Boden bedeckten, wurden von ihren Bewegungen zur Seite gefegt. Jede Stelle, die er berührte, brannte noch lange, nachdem er weitergewandert war; der Druck seiner Lippen eine erlesene Folter.

Seine Hand schob ihren Rock hoch, um ihren Oberschenkel zu umfassen, und sie war schon zu weit gegangen, als dass sie das eigene Wimmern noch erschreckt hätte oder die Art, wie ihre Hüften an seine drängten. Sie küsste ihn fester, und seine Lippen öffneten sich, als er ihr die Führung ließ. Sie schob ihre Hände unter den Saum seines Hemds und zeichnete auf seiner heißen Haut die Linien seines Körpers nach.

Er erstarrte. Nadya küsste seine Wange, seine Nasenwurzel, die Tätowierungen auf seiner Stirn. Dann erst merkte sie, dass er sich an ihrer Seite nicht mehr rührte. Sie lehnte sich ein bisschen zurück.

Er kniff die blassen Augen zusammen, sein Blick war scharf, doch er schien nicht wirklich auf sie gerichtet. »Nadya«, flüsterte er mit Panik in der Stimme, »was hast du getan?«

»Ich …«

»Was hast du getan?« Er packte sie schmerzhaft am Oberarm.

Sie schloss die Augen, um die drohende Tränenflut zurückzuhalten. Sie wusste nicht, was sie getan hatte. Sie hatte nur die Befehle ihrer Göttin befolgt. Sie hatte sich für ihre Göttin entschieden.

»Ich habe getan, was mir auferlegt wurde«, flüsterte sie.

Mit einem Mal sah sie sich von seinem Schoß geworfen, als er sich auf die Beine kämpfte. Vor Entsetzen entglitten seine Züge schnell und fahrig bis zu einem Grad, dass die Verformungen entschieden schmerzhaft aussahen. Bis sich die Krämpfe verringerten und aufhörten und schließlich einfach ein schlaksiger großer Junge vor ihr stand, gebrochen und verloren.

»Nein«, flüsterte er. »Sie nimmt es ganz. Sie nimmt alles.«

Was habe ich getan?

»Die entweihte Magie wird nie mehr eingesetzt werden«, antwortete Marzenya in selbstgerechtem Ton. *»Wie können sie verwenden, woran sie sich nicht erinnern?«*

Die ganze Welt wankte. *Oh.* Voller Angst vor dem, wohin Malachiasz sich nun wenden würde, stand sie auf. Sie hatte ein Stück des Gewebes des Universums zerrissen. Sie hatte Tranavia das Wissen über Blutmagie entzogen.

Sie hatte die Welt verändert.

Sie hatte das Einzige vollbracht, das den Krieg beenden konnte.

Doch zu welchem Preis?

Malachiasz lachte. Es war ein fürchterliches, angsterfülltes Geräusch, seine Augen bluteten und verdunkelten sich, bis sie pechschwarz waren. Seine Gestalt veränderte sich, und Nadyas ganzer Kampfgeist erlosch, als sie dem Schwarzen Geier gegenüberstand.

»Nein, o nein, es ist nicht so einfach«, sagte er. »Schlau, das schon, du bist ein schlaues Mädchen«, spie er ihr entgegen. »Auge um Auge. Verrat rächt sich, ich verstehe.«

Er trat einen Schritt auf sie zu. Sie wich einen Schritt zurück, aber das Becken mit dem Blut war dicht hinter ihr und sie wollte sich nicht noch einmal der Wucht seiner Magie ausliefern.

»Blutiger Knochen, ich habe dich unterschätzt«, erklärte er mit tiefer, erstickter Stimme. »Dieser Fehler unterläuft mir nicht noch einmal.«

»Malachiasz, bitte, ich …«

»Du hast genug angerichtet«, stieß er zwischen den Eisenzähnen hervor, packte ihr Kinn mit einer Hand und zog sie näher zu sich. Seine Augen flackerten noch für einen Moment hell auf und der Schmerz über den Verrat, der darin aufglomm, brach ihr das Herz. »Du hast gedacht, das würde die Häresie beenden, oder? Keine teuflische Magie mehr?«

Sie schloss die Augen. Sie hatte nicht vorhersehen können, dass die Blutmagie ausgelöscht würde, aber sie hatte in Kauf genommen, dass es ihn vernichten würde, wenn sie ihn hierherbrachte. Dass es Tranavia zerstören würde. Sie hatte genau das bewirkt, was sie sich gewünscht hatte.

»Diese ganze Zeit«, murmelte er. »Hast du dieses Spiel gespielt. Du hast überhaupt nicht nach Antworten gesucht. Du hast mich vorgeschoben, damit du mich von hinten erdolchen konntest.«

»So, wie du es mit mir getan hast«, zischte sie. Sie würde ihn nicht vergessen lassen, wie er sie vorher benutzt hatte.

»Geht es hier um Rache?« Er klang ungläubig.

Darum ging es nicht. Es war nie um Rache gegangen.

»Würde es das leichter machen?«, fragte sie leise.

Er starrte sie an, verletzt und wütend. Sie konnte die Tränen nicht zurückhalten.

»Wäre es leichter, mich als die Schurkin zu betrachten, die dich nur zur Vergeltung verletzen wollte? Wenn du nur als Monster meine Albträume beherrschtest? Wenn ich das alles nur als ein Spiel gespielt hätte, um dir mein Messer ein bisschen fester hineinstoßen zu können? Du weißt, dass nichts davon wahr ist.«

»Nadezhda, hör auf«, sagte er.

»Du weißt, dass ich mich immer für meine Göttin und mein Land entscheiden werde, genau wie du dich immer für deine Geier und Tranavia entscheiden wirst.«

»Nadya.«

Ihre Göttin hatte sie belogen, sie hintergangen, hatte sie glauben lassen, sie vermöge nichts ohne sie – und das stimmte nicht. Und doch konnte sich Nadya nicht von der einen Wesenheit abkehren, an die sie immer geglaubt hatte.

»Sag mir, dass du diesen Betrug nicht beabsichtigt hast«, flehte er. »Sag mir, dass du nicht schon die ganze Zeit über meinen Untergang geplant hast.«

Sie blieb stumm.

Würgend stieß er die Luft aus und ließ sie los. Eine seiner Hände wanderte in seine Haare und löste ein Knochenstück, das in den Strähnen hing. Dann ein weiteres. Er fingerte so geschickt und flink in seinen Haaren herum, dass er schließlich einen ganzen Haufen kleiner Knochen auf seiner Handfläche liegen hatte.

»Gut gespielt, *towy dżimyka«*, sagte er, »aber du und ich, wir sind zu verschieden, und du hast vergessen, weiter nach vorne zu schauen. Du glaubtest, dieses Spiel sei schon zu Ende. Sollte der Gedächtnisverlust auch mich treffen?«

»Malachiasz ...«

»Mir alles wegnehmen, was mich noch ausmachte? Die einzige Fähigkeit, die dieses wertlose Leben wenigstens ein bisschen bedeutsam erscheinen ließ?« Er rollte ein Wirbelstückchen zwischen den Fingern. »Ich bin schon so viel weiter.«

Jedes seiner Worte traf wie ein Schlag.

»Ich bin so viel mehr«, flüsterte er, als würde sein Herz zersplittern. Dann, kälter: »Ich bin ein Gott. So vortrefflich du dieses Spiel auch spielen mochtest: Du hast verloren. Denn natürlich wollte ich nur zu gerne helfen, natürlich musste es so überraschend enden ... Du hast mich genau an den Ort gebracht, wohin meine Göttlichkeit strebte.«

Und sie war von der Unfassbarkeit seiner Worte zu sehr gefangen, um sich noch zu erschrecken, und seine Worte waren unvermeidlich gewesen. Der Verrat war unumgänglich. Mehr stand in Wirklichkeit nicht zwischen ihnen – die Entschlossenheit, sich gegenseitig zu hintergehen, um die eigene Bestimmung zu erfüllen. Sie war eine Närrin gewesen, dass sie geglaubt hatte, Nähe und Liebe könnten hier irgendein Recht einfordern.

Sie hatte ihn mit einem Netz umsponnen, doch sie war niemals von dem Gespinst losgekommen, in dem er sie gefangen hielt, und das hatte er ausgenutzt. Sie hatte es erlaubt.

Er zerdrückte die Knochen zwischen den Händen. Das monströse, gottgleiche Wesen, das er geworden war, in Form gegossen, aufwachsend. Seine Umrisse erzitterten.

Nadya überlegte fieberhaft. Es gab Wesen mit mehr Macht und sie warteten an den Grenzen dieses Reiches. Sie hörte, wie oben Türen zuschlugen, aber es war zu spät, sie war zurückgewichen, zurückgesunken in das Becken voll Blut. Zurück in das Vergessen.

SEREFIN MELESKI

Serefin spuckte einen Mundvoll Erde aus. Er kämpfte sich auf die Beine, in seinem Kopf drehte sich alles.

»Du bist nicht fertig, Junge«, zischte diese Stimme. Chyrnog. *»Es gibt noch mehr für dich zu tun. Sie sind im Tempel. Ich will den Jungen.«*

Serefin stöhnte und drückte sich die Hände gegen die Stirn. Was hatte er getan? Und die Götter hielten ihn immer noch besetzt, er war nicht entkommen.

Chyrnog lachte. *»Hast du gedacht, du würdest jemals frei sein? Nein. Das ist dein Schicksal. Du hast aufgegeben. Du bist gefallen. Du bist uns verfallen.«*

Serefin versuchte sich zu wehren. Er versuchte, Gewalt zurückzugewinnen über ... irgendetwas. Aber ihm blieb nichts mehr übrig, damit zu kämpfen. Er ging los, doch auch das Gehen erfolgte kaum noch auf sein eigenes Betreiben hin.

Bald würde er in Schlaf fallen dürfen.

Doch erst musste er Tranavia von dem Verräter befreien, ihn aufhalten, bevor er etwas Unheilvolles in Gang setzte. Nur noch eine Aufgabe zu erfüllen.

Beunruhigend war, dass Serefin nicht wirklich selbstständig seine Beine gebrauchte. Und doch bewegte er sich durch den Wald – der, dankenswerterweise, wie ein völlig gewöhnlicher Wald aussah. Doch wer wusste schon, wie lange das so bleiben würde.

Serefin hatte nichts mehr zu bestimmen. Die Götter führten in an rein nach ihrem Gefallen.

»Nein«, rief er in die Stille hinein und versuchte, seine Beine zum Anhalten zu zwingen, versuchte, seine sonstige Bewegungsfreiheit wiederzugewinnen. »Nein, ich werde dich das nicht tun lassen.«

Es folgte eine lange Stille. Der Wald blieb unheimlich ruhig.

»Gut. Arbeite an deiner Erlösung.«

Da entstand ein seltsames Brummen in seinem Hinterkopf, das Gefühl von etwas Falschem. Was ihm lächerlich vorkam, denn natürlich war etwas falsch, alles war falsch. Das war die Welt, die aus ihrem verletzlichen und unsicheren Gleichgewicht gebracht worden war. Da stob eine so allgewaltig große Veränderung auf, dass Serefin sie sogar im Vorbeistreifen spüren konnte. Obwohl sie ihn nicht ganz berührte.

Obwohl er verschont blieb.

Eine fürchterliche, unergründliche magische Sturmflut wollte sie erfassen. Niemand von ihnen hätte an diesen Ort kommen sollen.

Der Wald spie Kacper und die Zarewna aus. Kacper landete hart vor Serefins Füßen, Blut tropfte ihm aus der Nase und bedeckte seine Hände.

Serefin wollte vor Erleichterung zusammenbrechen. »Kacper«, hauchte er und fiel vor ihm auf die Knie.

Kacper sah benebelt aus, er starrte durch Serefin hindurch. Dann blinzelte er und seine Augen klärten sich ein wenig. »Serefin?«

Serefin legte ihm seine Hände ums Gesicht und fuhr seine Ohrmuscheln nach, dabei strich er mit dem Zeigefinger über einen Schnitt, der über der Wange nach unten verlief. Er hätte beinahe geschluchzt. *Was war mit ihm passiert?*

Wollte er es überhaupt wissen?

»Wir müssen hier raus, Serefin«, sagte Kacper und langte mit den Händen nach ihm. Dabei erwischte er mit den Fingern Serefins Hemd und zog ihn näher. »Dieser Ort ist böse. Wir müssen fliehen. Verloren, ich habe ...« Er schüttelte langsam den Kopf. »Ich kann mich nicht erinnern. Ich kann mich nicht daran erinnern, was ich verloren habe, aber es fühlt sich ungemein wichtig an, und doch ist es fort, und ich weiß nicht einmal mehr, was es war.«

Serefin musterte Kacper erstaunt, sofern es seine verbliebene Sehfähigkeit erlaubte. Sein eines Auge blieb so weit in eine andere Welt hineingezogen, dass es Kacper vor sich nicht einmal wahrnahm. Aber er hatte immer noch das andere. Er hatte sein rechtes Auge nicht verloren.

»Kannst du es spüren?«, fragte Kacper verzweifelt.

Serefin nickte, aber er hatte keine Ahnung, was sein Freund meinte. Kacper unterdrückte ein Schluchzen. Serefin zog ihn zu sich und vergrub das Gesicht an seinem Hals. Kacper klammerte sich an Serefin, sodass seine zittrigen Atemzüge auch ihn erschütterten.

»Ich bin hier noch nicht fertig«, murmelte Serefin an Kacpers Hals. Er küsste ihn. »Es gibt noch eine Aufgabe, die ich zu Ende führen muss.« Er ließ Kacper los, um nach seinem

Zauberbuch zu greifen. Dabei sah er zu Katya auf, die wie benommen dastand. An ihrer Wange waren drei lange Schnitte zu sehen und ihr rechtes Bein war blutbesudelt. »Könnt ihr Ostyia finden? Und Götter, auch die Akolaner, sie haben es nicht verdient, hier zurückgelassen zu werden. Also, ich wirke einen Zauber, mit dem wir einander nicht mehr verlieren.« Er riss die Seite aus seinem Zauberbuch und hielt es Kacper hin.

Kacper starrte auf seine Hand.

»Worauf wartest du? Er ist einfach durchzuführen, versprochen.«

»Serefin ...«

Durch irgendetwas in Kacpers Stimme wurde es Serefin kalt. Er konnte es nicht benennen, die nackte Angst vermischt mit schierer Verwirrung.

»Was soll ich damit anstellen?«, fragte Kacper vorsichtig, feinfühlig, als würde er versuchen, Serefin nicht zu beleidigen, und als spürte er andererseits, dass er eigentlich genau wissen müsste, wozu die Buchseite diente.

»Was meinst du damit? Du weißt doch, was zu tun ist.«

Doch Kacper schüttelte langsam den Kopf. Er rutschte von Serefin weg und nahm ihm die Seite nicht ab. »Ich ... ich weiß, wo der Tempel steht. Ich suche die anderen und treffe euch dort.«

»Kacper?«

Kacper war bereits auf die Beine gekommen und zwischen den Bäumen verschwunden. Serefin zerknüllte langsam das Papierstück in seiner Faust, Furcht ergriff ihn.

Was war vorgefallen?

Er begegnete Katyas Blick. Sie hielt einen langen Knochendolch in Händen.

»Ich denke«, sagte sie leise, »wir werden alle hier sterben.«

Serefin lachte keuchend.

Sie drehte die Klinge in ihrer Hand herum und hielt sie Serefin mit dem Griff voraus hin. »Kannst du ihn umbringen? Was auch immer das war, es wird noch mehr kommen.«

Serefin nahm das *voryen.* Der Griff erwärmte sich in seinen Händen. Er konnte das leise Dröhnen der Macht in diesem Knochen spüren.

Sie hatten alle ihre Messer hinter den Rücken der anderen versteckt gehalten. Nun war es Zeit, den Dolch ins Ziel zu stoßen.

41

NADEZHDA LAPTEVA

Ein Knochen, zerbrochen unter dem Gewicht von tausend sich windenden Würmern, begierig aufzusteigen, wild nach Licht. Um zu hungern, zu verschlingen, zu vertilgen.

Das Volokhtaznikon

Für Nadya war dieser Ort nicht bestimmt. Obwohl sie eine magische Kreatur war, stand es ihr nicht an, durch dieses Reich zu wandern. Sie sollte beständig in der Welt der Sterblichen bleiben; das Vergessen sollte kein dauerhafter Zustand sein. Doch sie musste Malachiasz aufhalten.

Das war der nächste Schritt in seinem großartigen Plan, der Wirklichkeit geworden war. Die Knochen in seinen Haaren, über die sie nicht weiter hatte nachdenken wollen, hatten die Magie enthalten, die sie die ganze Zeit über gespürt hatte. Reliquien, die er von ihrem Volk gestohlen hatte in dem Wissen, dass er etwas mehr Magie brauchen würde, um zu dem angestrebten Ort zu gelangen.

Er hatte sie einmal mehr belogen. Und wieder hatte sie ihm geglaubt, hatte so unbedingt glauben wollen, dass sein Versuch zum Teil gescheitert war; dass er nicht dazu in der Lage wäre, das von ihm ersehnte Chaos in Gang zu setzen. Dass er stattdessen Chaos geworden war.

Es war alles Verstellung gewesen. Er hatte die ganze Zeit über gewusst, was sein nächster Schachzug war, wo er am geschicktesten auftauchte.

Seine schüchterne Hilfsbereitschaft war rein vorgetäuscht gewesen. Er hatte gewusst, dass Bolagvoy genau der Ort war, über den er zu den Göttern gelangen konnte, die er zerstören wollte. Sie war wieder getäuscht worden.

Verrat rächt sich.

Sie war eine Närrin. Vielleicht lag darin der Fluch, den die Kreatur auf der Lichtung über sie gebracht hatte. Oder es rächten sich nur ihre eigenen tausend Lügen.

Obwohl sie ihm hätte misstrauen müssen, war sie seinen Lügen dennoch aufgesessen. Was aber hatte sie ihm dafür abgerungen?

Vielleicht würde er ihr nie vergeben. Vielleicht verdiente sie dies auch nicht. Vielleicht war das die Grenze, die sie beide nicht übertreten konnten. Es hatte am Ende wohl so ausgehen müssen.

Ihre Annäherung war nie auf Dauer angelegt gewesen.

Das Reich, in dem sie sich jetzt wiederfand, überlagerte die Welt der Götter und Monster, die Nadya kannte. Sie zog sich aus dem Becken, stieg in das Gewölbe und fand alle Wahrnehmungen leicht verschoben. Der Steintempel war jetzt aus Knochen geschnitzt. Die Blüten waren zerdrückte schwarze Flecken auf dem Boden, auf denen Maden herumkrabbelten. Als sie die Treppe wieder emporstieg, bestand die Holzkirche aus poliertem Marmor und die Stufen führten bis in die Berge hinauf.

Es war eine üble Ironie des Schicksals, ein grausames Wenden des Messers in ihrem Herzen. Sie musste die Stufen nicht zählen, die sich die Berge hinaufzogen, sie wusste, wie viele es waren.

Siebentausend.

Siebentausend Stufen, um sie dorthin zu bringen, wo ihr unglücklich Geliebter sich nach Kräften bemühte, die Götter in die Tiefe zu stoßen, denen sie ihr Leben gewidmet hatte. Wie die siebentausend Stufen, die von dem Kloster, das sie ihr Zuhause genannt hatte, hinab zum Fuß des Berges geführt hatten.

Sie zog ihr *voryen* aus der Scheide und begann mit dem Aufstieg.

Hätte sie dieses Ende vorauszusehen vermocht, wäre sie dann trotzdem auf die gleiche Weise vorgegangen? Sie kannte die Antwort auf diese Frage nicht. Was auch immer zwischen ihnen gewesen war, musste hier enden.

Sie hatten sich gegenseitig betrogen.

Und die ganze Welt würde darunter leiden müssen.

Doch Marzenya hatte sie auch angelogen, sie hatte ihr auch nicht vertraut. Alle hatten Nadya angelogen.

Der Boden wackelte tückisch. Nadya hatte ihr ganzes Leben in den Bergen verbracht, und sie wusste wie fürchterlich, wie schnell eine Lawine heranrollen konnte. Sie unterbrach den Anstieg und wartete ab, ob dies der Ort sein sollte, an dem sie ihr Ende ereilen würde, oder ob ihr noch ein bisschen Zeit blieb.

Ein paar lose Schneebrocken rutschten vor ihr die Stufen hinunter.

Doch die Erschütterungen gingen weiter. Nach jeder hielt sie einen Moment inne und fragte sich, ob sie nun verebbten. Mit Sicherheit war das nicht Malachiasz' Werk. Er arbeitete nicht mit heftigen, umfassenden Machtstößen, das war nicht …

Nun, das war nicht Malachiasz, allerdings wusste sie auch nicht, wie dieser Gestalt gewordene Gott des Chaos handeln würde.

Das Beben konnte sie nicht aufhalten. Wie oft war sie die siebentausend Stufen ihres Heimatklosters schon hinaufgerannt. Sie konnte es hier auch, wenn sie es musste.

Ihre Zweifel waren verschwunden. Sie beruhigte sich nicht mehr damit, dass er seine eigenen Fähigkeiten unterschätzt hatte und dieses Zerstörungswerk nicht zu Ende bringen würde. Sie wusste nicht, wie sie Malachiasz aufhalten sollte. Sie hatte nicht die Macht einer Göttin. Sie war nur ein Mädchen mit ein bisschen Magie und einer Klinge.

Aber ein Mädchen, das er ständig unterschätzte.

Sie stieg weiter und immer weiter, während die Berge um sie herum bebten, während die Welt zu zerbrechen begann. Etwas Andersartiges war erwacht. Die mit ihr verbundene Umwälzung durch göttliche – und dunklere – Magie war nicht die einzige, die hier ihren Anfang nehmen sollte, und dieser Gedanke entsetzte sie.

Serefin hatte versagt. Sie hatte in sich schon immer gespürt, dass er scheitern würde. Und vielleicht hätte sie ihm Einhalt gebieten können, aber vielleicht hätte das die Welt der endgültigen Verdammnis überantwortet.

Doch Serefin war derjenige, den *Nadya* unterschätzt hatte. Serefin, der Säufer, der König wider Willen, der floh, statt sein Tollhaus von einem Königreich wieder zur Ordnung zu zwingen. Er hatte sich im Netz eines Gottes verfangen, den sie freigelassen hatte. Und sie war zu sehr in ihren eigenen Nöten gefangen gewesen, um zu begreifen, dass sie vielleicht zuerst ihm hätte helfen sollen.

Es war zu spät. Donnergrollen ertönte um sie her; Teile dieses Berges stürzten in sich zusammen. Etwas Unversöhnliches und Wütendes war entfesselt worden. Die Folgen ihrer Handlungen und dessen, was Malachiasz und Serefin in ihrer Götterwelt angerichtet hatten: alles ein grandioser Albtraum. Was würde sie vorfinden, wenn sie den Gipfel erreichte? Wie würde sie je zurückgelangen in ihr eigenes Reich begrenzten Daseins?

Würde Malachiasz mit ihr kommen? Oder würde er jetzt an diesem Ort für immer verharren? Wollte sie überhaupt, dass er mit ihr zurückkehrte?

Nadya fühlte sich seltsam. Sie gehörte nicht hierher. Oder vielleicht war in ihrem eigenen Inneren eine Veränderung vorgegangen, deren Folgen sich erst noch zeigen würden.

Ihre Hand schmerzte nicht mehr. Die Narbe hatte sie völlig überzogen und schwarz gefärbt, als hätte Nadya sie in Tinte getaucht. Ihre Fingernägel waren geschärft, ähnlich wie Malachiasz' eiserne Klauen, unnatürlich scharf. Doch das dunkle Geflecht hatte aufgehört, sich weiter über ihren Körper auszubreiten. Es lief ein bisschen ihren Unterarm hoch, dann verblassten die Äderchen.

»Du hast es vermasselt.«

Nadya erstarrte. Auf den Stufen saß eine Gestalt. Sie war menschenähnlich, doch obwohl sie saß, konnte Nadya ausmachen, dass sie sehr groß war. Ihre langen Haare sahen aus wie ein Nichts, mit blinkenden Sternen in den Tiefen, und ihre Stimme klang unsäglich traurig. Dieser klägliche Klang weckte in Nadya den Wunsch, sich sofort zu Boden fallen zu lassen und für jetzt und immer aufzugeben.

Nadya ballte die linke Hand zu einer Faust. Das Wesen sah zwischen seinen Haaren zu ihr auf – seine Augen zeigten eine ähnlich öde, saugende Leere.

»Sie wollten, dass du makellos bist. Das warst du nicht.« Die Gestalt zuckte mit den Schultern. »Jetzt wütet in dir der Kampf der magisch Verfeindeten. Das muss schmerzen.«

Nadya schüttelte den Kopf. »Nicht allzu sehr.«

»Sie werden dich aber nicht ziehen lassen.« Die Gestalt legte den Kopf schief. »Das ist das Sonderbare.« Xier schloss die Augen und lächelte leicht. »Das verfügen sie, wenn deine Magie aus derselben Quelle fließt wie meine, so nehme ich an. Weißt du, sie haben mich eingesperrt, und auch diejenigen, die wie ich sind. Sie mögen es nicht, wenn Magie nicht ihren heiligen Gesetzen entspricht.«

Ein Eisbrocken trudelte vorbei, und als Nadya die Gestalt umrunden wollte – es blieb keine Zeit –, streckte sie die Hand vor, um sie aufzuhalten.

»Ich heiße Ljubica«, sagte xier. »Du und ich werden uns in Zukunft oft sehen. Irgendjemand muss dir doch deine Fragen beantworten, oder nicht? Halte an deiner Sterblichkeit gut fest, kleine Klerikerin – ja, immer noch eine Klerikerin, auch nach allen Schicksalswendungen, aber vielleicht an eine andere Art von Göttern gebunden – denn du wirst sehen: Sterblichkeit ist das Einzige, was du unmöglich verlieren willst.«

Das Wesen löste sich in Nichts auf. Nadya runzelte die Stirn. Sie griff sich mit der Hand an die Brust, und sie überkam ein Gefühl äußerster Dringlichkeit. Sie musste weitergehen. Die Welt veränderte sich unter ihren Füßen, das Gewebe, aus dem sie gemacht war, verformte sich.

Das obere Ende der Stufen ging einfach in eine Bergtrasse über, also stapfte Nadya durch den Schnee, während der Boden verräterisch abfiel und der Himmel sich unheilvoll in ekelhaftes Grün färbte.

Blutige Spuren verliefen im Schnee, Abdrücke von nackten Füßen. Nadya folgte ihnen zögerlich und betete, dass sie nicht zu spät kam. Sie hätte es gefühlt, wenn er verloren war, oder nicht? Sie vernahm ein Geflüster durch die Luft, das Blut, von dem sie durchweicht war, trocknete steif und unangenehm an ihren Kleidern. Mit jedem Schritt brachen kleine Stückchen von ihr ab.

Inmitten des Schnees und umgeben von Berghängen geriet Nadya in einen Schneesturm. In das Herz eines Sturms, eines Krieges der Natur, der um sie herum wütete, den sie aber nicht sehen konnte, weil sie immer noch zu menschlich war.

Nadya legte die Finger an ihre verwandelte Handfläche. Eiskristalle bildeten sich auf ihren Wimpern. In ihrem Innern wogte eine Quelle der Macht: gespenstisch, dunkel, wahnsinnig. Göttlich. Sie wusste immer noch nicht, was genau das bedeutete, aber sie war verzweifelt und sie würde diese Macht nutzen. Sie tauchte in den wirbelnden Strudel der Macht, der nach Gift und Kupfer schmeckte – Kupfer und

Asche – und fegte sie selbst über ihre Knochen, bis ihr Blut in Flammen stand. Sie streckte die Hand aus …

… der Sturm um sie herum erstarrte.

Und noch einmal entdeckte sie die blutigen Fußstapfen im Schnee. Nicht mehr weit zu gehen; nicht mehr tief zu fallen.

Vielleicht ging es nicht darum, woher diese Macht kam oder was es bedeutete, dass sie damit ausgezeichnet. Sie war so lange angelogen worden und vielleicht blieben ihr nur sie selbst und diese Macht. Vielleicht war das auch alles, was sie wirklich brauchte. Kein Vertrauen mehr zu hübschen tranavischen Jungen mit einem gequälten Lächeln, kein Gehorsam mehr gegen eine Göttin, die so wenig Gutes spendete für eine so leidenschaftliche Hingabe.

Der Schnee begann langsamer zu fallen und die Fußabdrücke zeichneten sich deutlicher ab. Da lag so viel Blut im Schnee, schwere Tropfen davon führten zu einem Schauplatz, von dem Nadya am liebsten wieder davongelaufen wäre.

Ihr Geist vermochte nicht zu fassen, wozu Malachiasz geworden war. Das Chaos fand seine passende Form just in diesem fahrigen, ängstlichen Jungen. Es war, als würden alle die bekannten Gestaltwandlungen zehnfach verstärkt. Er wand sich als ständig neu verzerrender Schrecken – doch blieben diese immer noch gering gegen die Schrecken, die ihn selbst peinigten mit ihrer starren Monstrosität.

Er trat keiner Abordnung des gesamten göttlichen Reichs entgegen. Sie hielten ihn nicht für wichtig genug. Er war lästig. Ein vermessener Sterblicher, dem man seine Strafe zuteilte. Allerdings erkannte Nadya die Gottheit, die vor ihm aufgebaut stand.

Tod und Magie und Winter.

»Kind des Todes, du bist genau da, wo du sein solltest.«

Nadya befand sich zu weit weg. Die beiden Gegner wirkten so nahe, doch jeder Schritt, den sie ging, schob sie nur noch weiter von ihr. Sie konnte ihn nicht aufhalten, wenn sie nicht mit ihm sprechen konnte.

Doch ihr Herz wusste, dass sie keiner Vernunft mehr zugänglich waren. Dass sie schon über nackte Gewalt hinaus waren. Sie verstand nicht, warum sie ihr so unerreichbar blieben, warum sie nicht den Kragen von Malachiasz' zerrissener Tunika packen konnte.

Niemand sah den Göttern ins Gesicht und überlebte es. Niemand – halt. Nadya hatte gedacht, ihre Träume von Monstern mit vielen Gelenken und reihenweise Zähnen wären das denkbar schrecklichste Verhängnis: verdammt zu unterbewussten Streifzügen einer gequälten Erfahrung. Doch das hier war Wirklichkeit. Sie hatte Göttlichkeit und Vergessenheit erfahren und überlebt. Sie war eine Klerikerin der Götter, wenngleich geboren aus Dunkelheit.

Und wenn sie Malachiasz nicht aufhielt, gäbe es keinen Schutz gegen das, was Serefin in Gang gesetzt hatte, worauf immer es hinauslief. Sie konnte nur ihre eigenen Götter aufbieten gegen jene, die Serefin geweckt hatte.

Magie umbrauste sie in einem Sturm, bis sie schließlich durch das hindurchbrach, was sie in einer Blase festgehalten hatte – bis ihr plötzlich Zutritt gewährt wurde –, und ihre Finger tastend nach Malachiasz' Arm griffen …

… nur um ins Leere zu fassen, denn der Arm war verschwunden.

Dann rollten da zu viele ausschwingende Körperteile, denn er verformte sich ständig.

Es war nichts mehr von dem Geierjungen übrig, an dem sie sich hätte festhalten können. Fort war der abtrünnige Blutmagier, der Berater von Königen, die verängstigte, lächerliche Seele, die sie so verzweifelt zu retten versucht hatte.

»Man kann mit dem Chaos einfach nicht vernünftig streiten«, dröhnte Marzenya hinter Nadya.

Nadya drehte sich nicht um, das musste sie nicht. Die acht unvorstellbaren Augen. Die durchscheinende, fahle Haut. Die Rippen aus Zahnreihen und die Finger mit Tod bemalt.

Ihre Götter waren glorifizierte Monster. Das stand bereits außer Frage. Über dieses Rätsel war sie hinausgewachsen. Sie stand jetzt vor einem anderen Rätsel und suchte die Lösung.

Kümmerten solche wie sie diese Enthobenen überhaupt? Oder mussten sie nur als Spielfiguren ihres göttlichen Wahnsinns herhalten?

»Chaos ist unvermeidlich. Es ist ein Sturm, der ewig über die Welt hinwegfegt. Und wir hatten das Chaos für eine sehr lange Zeit nicht in unseren Reihen.«

Die Kälte des Todes streifte sie an der Schulter, Marzenyas Fingerkuppen schwebten über ihrer Haut, Blutergüsse bildeten sich auf der Spur unter den Fingern der Göttin, obwohl sie Nadya nicht einmal wirklich berührten.

»Was für eine tragische Kreatur er ist, aber stark.«

»Du hast es gewusst«, flüsterte Nadya entsetzt. »Du wusstest, dass er so weit gehen würde.«

»Natürlich wusste ich es.«

Nadya versuchte, nach Malachiasz auszugreifen, aber das knurrende Monster schnappte nach ihr, wobei ihm Blut aus dem mit Nagelzähnen gesäumten Mund strömte. Tränen gefroren ihr auf den Wangen, Blut lief aus ihrer Nase.

»Also das war dein Plan? Mich hierher zu bringen, ihn zu benutzen, die Götter abzulenken, damit ... was geschieht?«

»Das Zeitalter der häretischen Magie ist erloschen«, zischte Marzenya. *»Die Zeit sündhafter Abscheulichkeiten ist abgelaufen. Es mussten Opfer erbracht werden, um ein Ende zu erreichen, das von Wahrheit durchdrungen ist.«*

Malachiasz fiel auf ein Knie. Seine Wirbelsäule brach durch seine Haut hindurch. Nadya schlug sich die Hand vor den Mund, um ein Aufschluchzen zurückzuhalten. Marzenyas Finger umklammerten ihren Hinterkopf und zwangen sie zuzusehen. Blut sammelte sich, wo die Göttin ihren Kopf berührte. Sie musste mitansehen, wie seine Knochen brachen, sich bogen und neu formten, nur um dann zu zerspringen. Als Blut aus seinen Augen strömte. Und seine Augen, seine Augen, da waren zu viele, so viele, und es schmerzte hinzuschauen, es schmerzte, es nur zu sehen.

Sie liebte ihn. Sogar jetzt, sogar hier, sogar nachdem er den letzten Teil seines monströsen Plans umgesetzt hatte, voller Hass auf sie. Sein Betrug als Ausgleich für ihren Betrug.

Er würde hier sterben. Er hatte die Macht eines Gottes, das Wissen, wie er sie entfalten konnte, aber, ach, er war so jung – ein Kind –, und sie wussten, wie sie seine eigene Macht des Chaos gegen ihn wenden konnten. Sie hatten schon zuvor Götter des Chaos in ihren Reihen gehabt und jeden einzelnen von ihnen hatten sie ausgemerzt, so wie sie jetzt Malachiasz ausmerzen würden.

Er würde es nicht überleben.

»Du bist so gut, so nützlich für uns gewesen«, flüsterte Marzenya. *»Ich liebe dich, meine Tochter.«* Sie strich Nadya mit einem Finger über die Wange, ohne ihren Hinterkopf loszulassen. Nadya zuckte zusammen, als sich ihre Haut unter den Zärtlichkeiten der Göttin öffnete.

Nadya drehte ihr Gesicht Marzenya zu, sodass es von ihr berührt wurde. »Und ich liebe dich«, flüsterte sie und ließ ihre verdorbene Hand von der Brust, wo sie gelegen hatte, nach unten sinken. Dann drehte sie die Handfläche Malachiasz zu.

Marzenyas Hand glitt von Nadyas Kopf zu ihrem Rücken hinunter. Es bräuchte so wenig, ein einziges fahriges Streichen ihrer tödlich kalten Finger, dann würde Nadya sterben. Ihre Nützlichkeit hatte sich erschöpft, denn wie treu sie sich auch bewährt haben mochte, stellte sie doch immer noch zu viele Fragen. Sie zweifelte immer noch zu viel. Sie war immer noch verliebt in ein Monster.

Kann man einen Gott lieben? Nein, solch eine Herzensbindung war unmöglich.

Ein bloßes Schimmern, ein Blitzen von Schärfe in Malachiasz' pechschwarzen Augen.

Seine Hände umklammerten ihre – Grauen umfasste Sterblichkeit – und seine Eisenklauen durchdrangen mit glattem Schnitt ihre Handflächen. Ein explodierender Schmerz, der sich weit entfernt anfühlte, als sie die dunkle Quelle ihrer Magie aufriss und ihn damit überschwemmte. Er war Dunkelheit, er war entsetzlich und wahnsinnig, am Ende umschimmerte ihn sogar ein gebrochener und schmerzlicher Heiligenschein aus Göttlichkeit, befleckt von der Gischt über einem Ozean der Schrecken – genau wie sie.

Marzenya schob sie weg, als Malachiasz auf die Beine wankte. Ein Monster – Chaos –, aber in eine schärfere Form gebracht. Eine stimmige Form. Der Schwarze Geier und ein Gott mit Gewalt über die Magie, die in ihm brodelte. Der sie sich nur unterwerfen konnte, weil Nadyas dunkles Dröhnen von Macht die Kanten seines Chaos geglättet hatte. Eine zerrissene Bindung; eine neugeknüpfte Verbindung.

»Rette dich, lauf«, spie Nadya ihm durch einen Mund voll Blut entgegen.

Er bedachte sie mit einem kurzen Blick, als Marzenyas Gebieten über den Tod fühlbar wurde. Und mit einem irrwischhaften Lächeln schlug er der Göttin seine Eisenkrallen in die Brust.

Der Tod einer Göttin war, als würde ein Stern in sich zusammenfallen, bis nur noch ein Sturm gleißend heller Funken übrig war. Ein einzelner Moment des Glanzes und dann Leere.

Nein. Sie hatte ihm Macht übertragen, damit er floh, damit er davonrannte, aber nicht, damit er einen solchen Frevel beging.

Doch der Moment einzugreifen war vorüber, ehe Nadya auch nur begriffen hatte, dass Malachiasz zugeschlagen hatte. Und alles, was nun übrig blieb, war der Schnee, der in einem Sturm um sie herum wütete, und eine vollkommene Leere.

Die anderen Götter blieben verschwunden. Keiner von ihnen wollte den Zorn dieses Göttermörders auf die Probe stellen.

Nadya wich durch den Schnee kriechend zurück, als sich Malachiasz gegen sie wandte. Sie hatte ihn nur befreien wollen. Und der Lohn für ihr Erbarmen wäre der Tod.

42

SEREFIN MELESKI

Ihre Namen sind mit der Zeit dem Vergessen anheimgefallen. Diese Götter des Chaos, diese Wesen aus Verrat, Täuschung und Zufall. Doch diejenigen, die sie herabstürzten, leben weiter: Marzenya, Veceslav, Peloyin und Alena. Jene niederschlagend, die sie durch ihre bloße Natur niederschlagen würden. Und so dreht sich der Kreis unablässig weiter.

Die Bücher von Innokentiy

Serefin umklammerte den Knochendolch so fest, dass er fürchtete, der Griff könnte abbrechen. Die Szene hatte ihn gezeichnet. Ein waberndes und mit Spitzen bewehrtes Monster mit scharfen Zähnen und Klauen erschlug dasjenige aus Eis, Schnee und Tod. Ein Gott entstand, eine Göttin wurde ermordet.

Serefin hatte nur noch eine letzte Pflicht zu erfüllen, bevor er schlafen konnte. Geschwunden war alle Hoffnung auf eine Rückkehr nach Tranavia, um seinen Thron wieder zu beanspruchen. Aufgegeben sogar die Absicht, auch nur diesen Berg wieder hinabzusteigen. Wenn er sich nur noch um dieses Monster vor sich kümmern würde, die Welt von seinem jüngeren Bruder befreite, könnte er schlafen. Er könnte für immer schlafen.

Das klang gut für Serefin, richtig aufmunternd sogar. Eine Motte flatterte ihm an die Schulter. Gedankenverloren wischte er sie weg. Sie kehrte zurück, belästigte ihn.

Er zerquetschte sie in der Hand. Für derlei war jetzt keine Zeit.

»Malachiasz«, rief Serefin, dabei klang seine Stimme in seinen eigenen Ohren verstellt.

Das Monster drehte sich langsam und widerwillig um, ließ die Klerikerin dort allein zurück, wo sie keuchend und blutbedeckt im Schnee lag.

»Komm jetzt«, sagte Serefin leiser. »Ich weiß nicht, ob du es schon länger vermutet hast, ob du es ohnehin weißt oder ob es magisch überhöhte Zeiten und Räume verlangt, um Erinnerungen hervorzuholen, nachdem die Geier sie in dir verödet haben, aber wir müssen uns aussprechen, du und ich. Es ist der Mühe nicht wert, diese dort hinten zu bekämpfen. Na ja, vielleicht wäre es schon geboten, denn sie ist die Feindin, aber du würdest es doch bereuen.«

Nadya ließ ihren Kopf in den Schnee zurücksinken und bedeckte das Gesicht mit den Händen.

Malachiasz machte einen Schritt auf Serefin zu. Sich drehende, aufgewühlte, schäumende Zähne und Gliedmaßen, Chaos und Wahnsinn. Bis Ruhe einkehrte.

Ruhe.

Kleiner werdend, langsamer und leiser, bis alles, was noch vor Serefin stand, ein Junge war, größer als er, jünger als er, verängstigt und verwirrt.

Der Junge aus dem Saal in Grazyk mit Tränen, die über die staubigen Wangen liefen, als ihm aufging, was genau seine Macht bedeutete. Serefin hatte an diesem Tag nicht verstanden, was er angerichtet hatte. Malachiasz zu zwingen, diesem Geier seine Macht zu zeigen, hatte seinen Bruder dem Verhängnis preisgegeben. Serefin hatte ihn verdammt. Und vielleicht war Malachiasz wirklich für die Geier vorbestimmt gewesen, aber ohne ihn hätte er einfach ein adliger Junge bleiben können, der am Hof von Grazyk aufwuchs. Malachiasz und er hätten dann sicherlich bald zugetragen bekommen, dass sie Brüder waren.

Serefin zog sich das Herz zusammen. Er trat noch einen Schritt näher heran.

»Es ist dir gelungen unsere Feinde aufzureiben«, fuhr Serefin fort.

»Es ist nicht vorbei. Ich bin noch nicht fertig«, entgegnete Malachiasz verzweifelt. »Das war nur eine von ihnen, und es gibt so viele ...«

»Und was geschieht dann?«

Malachiasz blinzelte. Er öffnete unschlüssig den Mund, leckte sich über die aufgerissenen und blutigen Lippen.

»Was kommt nach, wenn du dieses göttliche Reich zu Fall gebracht hast?«

»Ich mache es besser«, sagte Malachiasz. »Ich mache Tranavia besser.«

»Das liegt nicht in deiner Macht«, erwiderte Serefin.

Wie Malachiasz ihn anstarrte: voll Schmerz und Wut und gespeist aus einem so tiefen Quell der Traurigkeit. Er wusste es.

»Es war eine lange Zeit«, sagte Serefin leichthin. »Ich habe dich vermisst.«

»Nicht genug«, spie Malachiasz und wich einen Schritt zurück. Er drückte sich die Hände an die Schläfen. Seine Gesichtszüge änderten sich immer noch – Augen öffneten sich blinzelnd, Zähne durchstießen seine Haut, wo keine hingehörten, nur um sogleich wieder zu verschwinden –, aber das schien nichts im Vergleich zu seiner monströs aufwachsenden Göttlichkeit. »Hat die Sehnsucht nie ausgereicht, um es mir zu sagen?«

»Ich wusste es doch selbst nicht.«

»Du bist ein Lügner.«

»Das bin ich.« Serefin zuckte mit den Achseln. »Ein Lügner. Ein Mörder. Ein Säufer. Und du bist nicht besser. Ein

Lügner. Ein Mörder. Ein Monster. Was für ein Duo wir doch sind. Die Könige von Tranavia: ein Duo nichtsnutziger Brüder.«

Malachiasz zuckte zusammen, als wäre er geschlagen worden. Serefin schritt vorsichtig vor, bis er vor dem anderen Jungen stand. Malachiasz zerpflückte verängstigt seine Fingernägel, seine Umrisse zitterten, als stünde er ganz kurz davor, wieder zum Monster zu werden.

Malachiasz schluckte schwer. In seinen blassen Augen schimmerten Tränen. »Bruder«, murmelte er.

Die hohle Leere in Malachiasz' Stimme und die Tränen, die ihm über die blutbefleckten Wangen liefen, rissen das, was von Serefin noch übrig war, in Stücke. Er war nicht so grausam, wie er gedacht hatte. Serefin brachte es nicht über sich. Der Junge vor ihm war nicht nur ein verräterischer Geier, der versuchte, sein Leben zu zerstören. Er war mehr als das. Serefin besaß nur noch so wenig Familienangehörige, er wollte nicht den Bruder umbringen, den er nie wirklich gekannt hatte. Malachiasz hatte ihm in der Zwischenzeit das Leben gründlich zur Hölle gemacht, doch traf es Serefin nicht unverschuldet und er konnte es ihm nicht mit einem weiteren Mord vergelten.

Serefin ließ seine Hand von dem Knochendolch an seinem Gürtel sinken.

»Ich bin ziemlich sicher der letzte Mensch, von dem du derlei jemals hören wolltest«, sagte Serefin. »Und, ganz ehrlich, ich hätte mich für meinen kleinen Bruder besser schlagen können, aber …«

Er war überrumpelt, als Malachiasz ihn in eine Umarmung zerrte und seine Schultern dabei von Schluchzern geschüttelt wurden. Serefin stand wie angewurzelt da, gefangen darin, wie sehr er Malachiasz vermisst und ihn zugleich verabscheut und gehasst hatte, es aber nicht ertrug, ihn so gebrochen zu sehen. Er erwiderte die Umarmung.

Seine Welt flammte auf und verzerrte sich, als Serefin die Gewalt über sein linkes Auge verlor. Es war eine langsame Einblutung, Schatten krochen in die Ecken seines Sichtfeldes, seine Hand umfasste den Griff des Dolches und zog ihn aus der Scheide.

Nein. Ich habe dir genug gegeben. Du hast genug genommen, dachte Serefin und mühte sich, die Klinge fallen zu lassen. Er wollte Malachiasz vermitteln, sich von ihm zurückzuziehen, damit er die Gefahr erkannte und zumindest noch ausweichen konnte.

Aber die Lage entglitt ihm. Er war völlig hilflos, konnte nur zusehen und fühlen, wie seine Hand den Dolch fest umklammerte. Sein anderer Arm lag noch in Malachiasz' Umarmung.

»Auf Wiedersehen, Bruder«, flüsterte sein Mund Malachiasz ins Ohr.

Ein Reißen, als er von Malachiasz zurücktrat und ihm den Dolch in die Brust stieß. Malachiasz versteifte sich, atmete schmerzvoll aus. Warmes Blut rann über Serefins Hand.

Er wich einen Schritt zurück. Er schluchzte. Das war nicht seine Absicht gewesen – er hatte Malachiasz nicht umbringen wollen.

Undeutlich nahm er Nadyas gequälten Schrei wahr.

Er musste wieder die Oberhand gewinnen. Ihre Geschichte durfte so nicht enden. Er wollte mit diesem Scheitern nicht weiterleben. Welcher Sinn läge noch in einem solchen Fluch?

Jedes Mal, wenn Velyos oder Chyrnog mit ihm gesprochen hatten, wenn sich etwas Seltsames oder der Götterwelt Entsprungenes ereignet hatte, hatte es auch sogleich begonnen: Sein linkes Auge hatte geschmerzt und angefangen zu bluten und er hatte nur noch verschwommen gesehen. Sein linkes Auge war der Störenfried.

Es gab keinen Zauber und keine Magie, um diese Verbindung zu lösen. Die Göttlichen waren zu stark und Serefin immer noch sterblich. Eine Motte landete über Serefins Auge, sodass er es schließen musste. Das Auge hungerte danach zu schauen und Serefin zu befehligen und ihn noch weiter zum Töten anzustiften, zum Zerstören dieser Welt, damit es sich über das Leid freuen konnte.

Er musste es ausmerzen.

Es war ein Quälgeist, ein irrsinniges, rasendes Untier. Und niemand schenkte ihm Beachtung. Niemand bemerkte, wie seine Hände sich über sein Gesicht nach oben schlängelten. Es würde nicht viel Kraft brauchen. Augen waren empfindlich und dieses war schwächer als die meisten.

Das würde dies zu Ende bringen.

Es bestand die sehr greifbare Gefahr, hier oben zu verbluten. Und genauso gut schien wahrscheinlich, dass Nadya ihn hier oben verrotten ließ, so wie er es verdient hatte.

Aber er musste sich des Auges entledigen.

Das Auge herausstechen, die Götter herausstechen. Es war so einfach. So simpel. Hätte er es nur getan, noch bevor es ihn an diesen höllischen Ort verschlagen hatte. Bevor das Schlimmste bereits geschehen war.

Schmerzen waren Serefin vertraut. Was bedeutete schon ein bisschen mehr Schmerz?

Er zögerte. Zögerte weiter. Dieser kleine, menschliche Trieb, der den Körper davon abhielt, sich selbst zu schaden, schubste ihn zurück.

Aber er fühlte sich seinem linken Auge ausgeliefert.

Es gehörte nicht einmal mehr ihm.

Und wenn es nicht ihm gehörte, was hatte es dann in seinem Kopf verloren? Er musste es rauskriegen. Er musste es austreiben.

Er musste es herausgraben.

Und seine Finger schoben an seiner Augenhöhle herum und diese leise, stechende Stimme verstummte. Dieser kleine, vorsichtige Schutztrieb gab auf. Er ließ Serefin kratzen, ließ ihn bluten, ließ ihn herumwühlen, bis etwas nachgab. Da war so viel Blut – *so viel Blut.* Serefin wurde schwindlig, denn sogar die grausame Schmerzwelle hatte nicht gereicht, ihn in eine Ohnmacht zu befördern. Er hatte zu vieles überlebt. Die quälenden Schmerzen waren nicht genug, um ihn niederzustrecken und ihn endlich schlafen zu lassen. Vielleicht würde er niemals schlafen. Vielleicht lag darin sein Fluch. Dass er sich sein eigenes Auge auskratzte und niemals mehr schlief, niemals träumte, niemals einen Moment der Ruhe fand. Er war von diesen Göttern in Besitz genommen worden – *eingefordert* –, und er würde niemals frei sein.

Irgendetwas riss.

Es hatte nicht reißen wollen. Körper: so verletzlich, so menschlich und doch so widerstandsfähig, wenn man sie starken Kräften aussetzte. Sie wollten nicht zerreißen. Doch es zerriss, das Stück Fleisch, das sein Auge in der Höhle gehalten hatte, das ihn hatte sehen lassen, hatte fühlen lassen, riss entzwei.

Und, das erste Mal seit Monaten: Stille.

Serefin brach die Verbindung zu den Göttern ab.

Sein linkes Auge rollte zu Boden, ein Gewirr von Sternen.

43

NADEZHDA LAPTEVA

Gierig ist er, Chyrnog, gierig danach, sich an allem gütlich zu tun, was er begehrt. Alenas Macht ruht im Himmel und er schmachtet danach, er hungert. Gelänge ihm die Flucht, gelänge es ihm, die Fesseln zu sprengen, die ihn halten, so würde er Alena verschlingen.

Das Volokhtaznikon

Ihre Trauer würde sie gänzlich verschlucken. Ihre Göttin war fort. Sie streckte sich weiter nach Marzenya aus, versuchte sie zu erreichen, aber da war nur ein Nichts: leer und still.

Durch ihre Tränen sah sie Serefin kaum, als er sich Malachiasz näherte. Mit einem Mal waren sie so nah beieinander.

Das gequälte Zittern, das über Malachiasz' Gesicht wanderte, erschreckte sie bis ins Mark. Er wich stolpernd von Serefin zurück, und Nadya brauchte einen Moment, bis sie das Blut bemerkte, das seine Hände bedeckte. Den Griff eines Dolchs an Malachiasz' Brust.

Nein.

Der Boden neigte sich, der Rest von Nadyas Welt wurde zerstört. Sie kroch auf Malachiasz zu, als dieser gerade auf die Knie fiel. Von ihrer Umgebung nahm sie nur ein schmerzhaftes Aufblitzen wahr. Tränen rannen Serefin über die Wangen, während er sich mit einer blutigen Hand durch die Haare fuhr. Glasige, von den Göttern berührte Augen starrten ins Nichts. Die fürchterliche Leere in Malachiasz' Gesicht. Ihr eigenes Herz, das ihr vor wilder Angst bis zum Hals klopfte.

Aber Malachiasz war der Schwarze Geier. Sie hatte schon einmal gesehen, wie er erstochen wurde und überlebte. Das hier würde ihm nichts ausmachen. Er würde sich davon erholen. Es war beinahe unmöglich, einen Geier umzubringen, und er war noch viel mehr.

Nadyas Hand näherte sich dem Griff des Dolchs, und sie konnte die Macht spüren, die von der Waffe ausging. Sie kannte diese Klinge. Sie wusste, was sie vermochte.

Eine schreckliche Furcht erfasste sie. Sie glitt vor Malachiasz auf die Knie, und, bei den Göttern, da war so viel Blut vor ihr und seine Atmung war flach, und das konnte doch nicht sein, *das konnte nicht geschehen.*

»Malachiasz, schau mich an«, flüsterte sie, verängstigt und zitternd. »Bleib bei mir.«

Seine Augen waren ins Leere gerichtet, als er nach vorn stürzte. Nadya konnte ihn gerade noch an den Schultern packen und auf dem Boden ablegen, damit sie seinen Kopf in ihren Schoß betten konnte. Sie strich ihm die Haare aus der Stirn. Sicherlich konnte sie irgendetwas tun. Ihre Magie vermochte zu heilen. Aufgeregt griff sie danach – und fühlte eine unermessliche Leere, weil Marzenya ihr Gebet nicht mehr hören konnte. Dann drückte sie ihre Hand auf die Wunde. Gut. *Gut.* Sie würde ihre eigene Macht verwenden. Sie war verzweifelt – mehr als verzweifelt –, doch er durfte nicht einfach sterben. Sicher würde sich ihr die eigene Magie fügen. Sicher erwies sich diese Machtquelle als nützlich und heilsam.

»Nadya«, murmelte Malachiasz und die Dringlichkeit in seiner Stimme lenkte sie ab. Aber sie ahnte bereits das Schlimmste, *wusste es.*

Sie würde nichts ausrichten können. Sie hatte die Macht, über die sie verfügte, aufgebraucht, um ihn von Marzenya zu befreien. Es gab nichts mehr, was sie tun konnte.

Was auch immer diesen Dolch ausmachte, welche Macht auch immer seine Klinge enthielt: Es gab keine Möglichkeit, seine vernichtende Wirkung aufzuhalten. Da waren Gift und Magie eingeschlossen, und wenn die Klinge selbst nicht schon eine tödliche Wunde geschlagen hatte, dann würden Magie und Gift das abscheuliche Werk vollenden.

Nicht das. Nicht jetzt, nicht nach allem, was geschehen war. Sie konnte nicht ihre Göttin und ihn auf einen fürchterlichen Schlag verlieren.

»Nein«, sagte sie grimmig. »Du wirst mir jetzt nicht sterben.« *Ich bin noch nicht dazu gekommen, mich für das zu entschuldigen, was ich dir angetan habe. Außerdem hast du meine Göttin getötet, du gewissenloser Bastard.*

Er schnappte nach Luft und reckte die Hand nach oben, wobei seine Finger blutige Spuren auf ihren Wangen und Lippen hinterließen.

»Malachiasz, bitte«, sagte sie mit brüchiger Stimme. »Wegen allem, was vorgefallen ist …«

»Ich liebe dich«, fiel er ihr ins Wort. »So sehr. Ich wollte …«

Er brach ab, sein Gesicht verzerrte sich und aus seinen Mundwinkeln rann Blut.

»Nein«, wimmerte sie. Sie umklammerte seine Hand, spürte seinen schwächer werdenden Puls unter der Haut.

Das Schicksal war nicht gerecht. Sie hatte diese unglaubliche Macht erhalten und hier, als es darauf ankam, war sie doch machtlos. Sie konnte ihn nicht retten.

»Ich wollte dir Frieden schenken«, flüsterte er schließlich.

Die Kraft ihres Herzens erschöpfte sich, es würde mit ihm sterben.

Er atmete ein letztes Mal aus. Seine hellen Augen trübten sich, das Licht darin erlosch.

Nadya wartete darauf, dass sich dieser klägliche Augenblick als ein großer Scherz des Universums herausstellen würde. Dass er gleich über sie lachen würde, weil sie ihre Gefühle so übertrieb. Doch als seine Hand in ihrer erschlaffte, wurde sie langsam vom Unabänderlichen eingeholt.

Ein fürchterlicher, verzweifelter Schluchzer entrang sich ihrer Brust. Eine Trauer, zu groß, um sie in Worte zu fassen, überschwemmte sie. Er konnte nicht gestorben sein, das war gar nicht möglich. Sie hatte sich über die Maßen angestrengt, um ihn der Dunkelheit zu entreißen, um ihn menschlich zu halten – zu menschlich am Ende, zu sterblich.

»Nein«, flüsterte sie und küsste seine tätowierten Finger. »Nein, nein, komm zurück, bitte komm zurück.«

Sie legte ihre Stirn an seine, sodass ihre Tränen nicht so weit zu fallen hatten. Sie wusste nicht, was sie tun sollte. Jemand zog an ihrem Arm und mahnte wie aus weiter Ferne, dass sie gehen müssten. Aber sie würde Malachiasz nicht zurücklassen, sie konnte es nicht.

Den wunderschönen, fürchterlichen Jungen, der am Ende nur Frieden gewollt hatte.

Er konnte nicht gestorben sein.

»Nadya.« Ihr Gesicht wurde zur Seite gewendet, es war nur knapp von Parijahans tränenverschmiertem Gesicht entfernt. »Wir müssen von hier fort.«

Sie schüttelte den Kopf und vergrub die Finger in Malachiasz' Haaren.

Parijahan nahm Malachiasz' Dolch von seiner Hüfte und steckte ihn zu dem Zauberbuch in ihrer Tasche. Mitgefühl sprach aus ihren Gesichtszügen und sie streckte die Hand aus, berührte Malachiasz' Wange und schloss ihm vorsichtig die Augen.

»Ade, geliebter Narr«, flüsterte sie.

Etwas Tiefes zersprang in Nadyas Innerem. »Parj, ich kann nicht.«

»Er hätte nicht gewollt, dass du auch hier stirbst.«

»Wir können ihn nicht einfach hierlassen.«

Der Boden schwankte. Parijahan kam taumelnd auf die Beine. »Wir werden zurückkehren, um ihn so zu bestatten, wie er es verdient hat, wenn irgend möglich, das schwöre ich dir. Aber Nadya, wenn wir noch länger bleiben, sterben wir alle. Bitte. Ich weiß, es hört sich unmöglich an, aber wir müssen uns in Bewegung setzen. Dieser Berg wird unter uns einstürzen und wir müssen sofort hinuntergelangen.«

Wenn sie jetzt fortgingen, würden sie niemals wiederkommen können. Sie musste ihn hier zurücklassen.

Nadya nickte sehr langsam. *Tu, was getan werden muss.* Sie küsste seinen leblosen Mund ein letztes Mal. Nahm ihr *voryen,* ergriff eine seiner Haarsträhnen, in die eine goldene Perle geflochten war, und schnitt sie ab.

»Ich liebe dich, Malachiasz Czechowicz«, flüsterte sie. »Und das habe ich dir nie gesagt, und jetzt muss ich für immer wütend auf dich sein, und das werde ich dir nie vergeben.«

Sie legte die Hand um das Heft des Dolches, der in seiner Brust steckte, konnte sich aber nicht dazu bringen, den nächsten Schritt zu unternehmen. Sie musste wissen, was diesen Tod bewirkt hatte, wie der Junge, der so viel überlebt hatte, durch diese Waffe gestorben war. Sie wurde von einem weiteren Schluchzer geschüttelt.

Parijahan umfasste Nadyas Hand und riss den Dolch heraus.

Nadyas Qualen suchten nach etwas, an dem sie sich festhalten und in das sie sich verbeißen konnten, und verfielen auf den, der die Klinge geführt hatte, mit der Malachiasz' gebeutelter Körper vom Leben abgeschnitten worden war. Nadya würde ohne Zögern einen weiteren tranavischen König töten, wenn sie es musste, sie würde diesen verfluchten Kreislauf für immer am Laufen halten.

Aber er war verschwunden. Eine blutige Lache war alles, was an seiner Stelle zurückgeblieben war.

Nadya erinnerte sich nicht daran, wie sie zum Fuß des Berges hinuntergelangt war. Auseinandergerissen und wieder zusammengesetzt zu werden hatte sie zu sehr erschöpft. Sie bemerkte es nicht, als der Berg entzweibrach und sich ihre Götter endgültig abwandten.

Nadya fand sich in einem warmen, trockenen Bett wieder. Das war nur ein kläglicher Trost, als sie sich darin zusammenrollte in dem schwachen Versuch, sich selbst vor dem Schmerz des Verlustes zu schützen, der sie vermutlich nie wieder verlassen würde.

Die Luft fühlte sich verkehrt an. Etwas Grundlegendes war zerborsten und sie würden wie in einer Spirale immer schneller auf das Chaos zukreisen. Der Verlust der Götter – der Verlust von allem –, ein überall zu fassendes Gewicht, ein immerwährender Stich in den Farben der Welt.

Die Tür öffnete sich. Sie hörte Parijahan seufzen. Das Bett gab nach, als das akolanische Mädchen neben ihr hineinkroch.

»Ich weiß, dass du wach bist«, sagte sie.

Nadya erwiderte nichts. Sie schloss die Finger ihrer geschwärzten Hand zu einer Faust, die sie an die Brust zog.

»Und ich weiß, dass du für immer hierbleiben willst, bis du dich in nichts aufgelöst hast. Ich will dich in deiner Trauer nicht bedrängen.«

»Dann tu es nicht«, sagte Nadya, drehte sich schließlich um und setzte sich auf. Parijahans schwarze Haare lagen über das Kissen ausgebreitet und ihre Augen sahen müde aus.

Parijahan setzte an zu sprechen, doch Nadya streckte eine Hand hoch. »Sag mir nicht, was der Götterkampf angerichtet hat. Sag mir nicht, wie sehr sich die Lage verschlechtert hat. Ich kann es nicht ertragen. Wo sind wir?«

»In einem Dorf außerhalb von Dozvlatovya, im Westen. Es hat sich herausgestellt, dass Tachilvnik eigentlich nicht mehr als einen schmalen Waldstreifen darstellt, wenn er nicht gerade versucht, dich für immer magisch festzuhalten. Nadya, ich kann es auch spüren. Das … das Auseinanderbrechen.«

Nadya schüttelte den Kopf. »Und Serefin?«

»Das weiß niemand. Wir haben Katya und Ostyia gefunden … Rashid geht es im Großen und Ganzen gut, er hat sich das Handgelenk gebrochen … aber nicht Kacper oder Serefin.«

Nadya konnte kein Bedauern aufbringen für den anderen tranavischen Jungen. Serefin hatte Malachiasz umgebracht. Vielleicht war er zu Tode gekommen, als der Berg zusammenstürzte. Eine Aufgabe weniger zu erledigen.

»Gut.«

»Nadya …«

Nadya vergrub den Kopf in den Händen. Sie hatte sich noch nie so verlassen gefühlt.

»Es ist ein Priester hier, der dich sprechen will«, kündigte Parijahan vorsichtig an.

»Nein.«

Parijahan nickte einfach.

»Er hat mich gehasst, als er gestorben ist«, behauptete sie mit ausdrucksloser Stimme.

Er hat dir gesagt, dass er dich liebt, tadelte sie sich gleich darauf selbst. Aber er hatte das nur im Angesicht des Todes gesagt. Sie konnte ihren Verrat nicht wiedergutmachen. Sie starrte ein Blumengemälde an der Zimmerwand an, nahm es aber kaum wahr. »Ich habe etwas sehr Schlimmes getan, Parj, und …«

Parijahan hieß sie, still zu sein. »Nicht, Nadya, das ist es nicht wert.«

Nadya zog die Knie an die Brust und legte das Gesicht auf die Arme. Sie hatte einen Kloß im Hals. Sie hatte ihre Göttin verloren – hatte alle Götter verloren – und den Jungen, den sie liebte, und sie wusste nicht, um wen sie zuerst trauern sollte, wegen wem von ihnen sie mehr Schmerzen haben sollte. Denn gerade jetzt schien alles an ihr zu schmerzen. Sie hatte nichts mehr vorzuweisen. In welch kurzer Zeit hatte sie ihr Zuhause verloren, Kostya, Malachiasz, alles, alles.

»Er war auf jede Weise fürchterlich, aber dann wieder so gutherzig«, sinnierte Parijahan. »Und du und ich, wir wissen beide: Er würde nicht wollen, dass du hier verkümmerst, weil er gestorben ist.«

»Wir wissen beide: Er würde wollen, dass wir ihn so dramatisch wie möglich betrauern«, entgegnete Nadya schniefend.

Parijahan lachte, aber es war etwas Klägliches dabei, und Nadya konnte die auf sie einstürmenden Gefühle nicht einordnen. Wut, weil sie so viel verloren hatte: Wie konnte es da jemand anderer wagen, auch zu trauern. Mitleid, weil Parijahan und Malachiasz sich nahegestanden hatten und Parj genauso wie sie jedes Recht hatte, am Boden zerstört zu sein.

Fahle Momenteindrücke sanken in sich zusammen. Und Nadya blieb mit nichts zurück. Erinnerungen, die verblassen würden. Aber für den Moment wollte sie an ihnen festhalten. Seine sanfte, ernste Art auf ihrem Vormarsch zum Wald – und sosehr die auch Teil seines Täuschungsspiels gewesen war: Sie wusste, dass seine Zuneigung und Sorge auch echt gewesen waren. Seine Lügen waren seine Wahrheiten und deshalb war er so unerreichbar gewesen. Sie hatte ihn gehasst und sie hatte ihn geliebt, und jetzt war er fort.

»Was wollte der Priester?«

»Nein«, sagte Parijahan. »Nein, soll ich dir etwas sagen? Du willst dich sicherlich in etwas hineinstürzen, um dich abzulenken, und das wird dich umbringen. Schau mich nicht so an, es ist mir gleichgültig, was dir lieber wäre. Du und ich, wir werden beide hierbleiben, und du wirst bis zur Besinnungslosigkeit trauern, wenn dir das hilft. Denn ich weiß, Nadya, ich weiß, wie sehr du ihn geliebt hast, und es tut mir leid.«

»Ich habe auch Marzenya verloren«, flüsterte Nadya.

Parijahan setzte sich sehr langsam auf. »Was?«

»Malachiasz hat sie umgebracht. Er hat bekommen, was er sich gewünscht hat: Er hat eine Göttin getötet.« Nadya schüttelte den Kopf. »Ich habe nichts mehr, wofür ich kämpfen könnte. Die Götter haben sich von uns abgewandt und es ist meine Schuld. Kannst du es nicht fühlen?«

Parijahan erschauerte. »Ich habe nicht gewusst, was es bedeutete.«

Nadya schloss die Augen, wollte die Leere spüren. Überrascht stellte sie fest, dass sie etwas anderes ausmachen konnte. Es war viel älter. Ein Funken ging von etwas aus, das sie erreichen und mit dem sie sprechen konnte. Es kam nicht von ihren Göttern, aber es war wie sie. Die gefallenen Götter waren erwacht, doch was das bedeutete, erschloss sich ihr nicht. Aber was war mit den dunkleren Geschöpfen? Was war mit ihr?

Vielleicht war ihre Vorbestimmung noch nicht erfüllt.

Oder vielleicht würde alles um sie herum ohnehin auseinanderbrechen.

Sie wusste nur, dass sie hierbleiben und für immer vergessen werden wollte. Niemand würde jemals vom weiteren Schicksal der Klerikerin erfahren, die Verdammnis über die Welt gebracht hatte. Vom Schicksal des Mädchens, das den falschen Jungen geliebt und deshalb alles verloren hatte.

»Du und ich werden uns in Zukunft oft sehen«, hatte Ljubica gesagt. Nadya atmete langsam aus. Sie wusste plötzlich mit brennender Gewissheit, dass das große Spiel der Götter noch nicht zu Ende war.

Nadya hatte angenommen, nur die ihr bekannten Götter würden das Spiel spielen, doch als sie sich weiter ausstreckte, fand sie noch etwas anderes, das jüngst entfesselt worden war. Etwas, das seine sterblichen Teile schon seit sehr langer Zeit umherstieß.

Dieses Wesen war im Begriff zu siegen.

Dieses Wesen würde alles zerstören.

Es klopfte an der Tür, doch es wurde auf der anderen Seite nicht auf eine Antwort von Nadya oder Parijahan gewartet.

»Die Zarewna verlangt unverzüglich Eure Anwesenheit.«

44

SEREFIN MELESKI

Svoyatovy Maksim und Tsezar Belousov: Beide erwählt von der Göttin Bozidarka, die Brüder prophezeiten Tranavias endgültigen Untergang und Kalyazins Sieg über die Häretiker. Ihre Prophezeiungen wurden verworfen und aus den Schriften getilgt, nachdem Maksim Tsezar erst blendete und dann ermordete.

Vasilievs Buch der Heiligen

Wäre der Berg unter ihm eingestürzt und hätte ihn ganz verschlungen, so wäre es Serefin eben recht gewesen. Er war sich unschlüssig, ob er mit seiner Schuld weiterleben sollte.

Falls er überlebte.

Falls ihn nicht zuvor schon der erbarmungslose Kopfschmerz und das Fieber umbrächten, die in seinem Körper wüteten. Es hatte sich als nicht besonders ratsam herausgestellt, sich das eigene Auge mit blutigen Fingern herauszureißen.

Aber Serefin konnte Velyos nicht mehr in seinem Innern fühlen. Die Motten umflatterten ihn zwar immer noch; er würde nie der Tatsache entkommen, dass er von einem Gott berührt war. Aber der Gott war fort und konnte nicht mehr über ihn bestimmen. Chyrnog war ebenfalls verschwunden, und das war, gelinde gesagt … beunruhigend. Er wusste nicht, wohin sie sich zurückgezogen hatten; es kümmerte ihn nicht. Er musste nach Tranavia zurück. Er musste heimgehen.

Denn etwas Unerhörtes war auf dem Gipfel dieses Berges geschehen, und Serefin wusste nicht, was es war, nur dass es ihm eine fürchterliche Angst einjagte. Er fühlte allerdings, dass sich irgendetwas Wesentliches verändert hatte, ohne dass es für ihn ganz deutlich wurde. Da lauerte zudem eine unheilvolle Bedrohung, die ihn nicht losließ, und er wusste, dass diese Eindrücke zusammenhingen.

Was hatten sie losgebrochen?

Die ganze Welt fühlte sich auf eine Art verkehrt an, die Serefin schwer fassen konnte. Als wäre der Wirklichkeit etwas entzogen worden; als wären alle Farben gedämpft worden. Vielleicht lag es auch nur an seinem geschwächten Augenlicht, das jetzt in einem gewissen Sinn zugleich besser und schlechter war als zuvor. Doch er wusste: Das war nicht die Ursache. Er und seine Gefährten hatten etwas Grundlegendes verändert, etwas *zerstört.*

Ostyia hatte er irgendwo in diesem Wald verloren, aber er musste hoffen – musste darauf vertrauen –, dass sie sich gut daraus hinauskämpfen würde. Er konnte nicht zurückgehen, um sie zu suchen. Er wollte nicht zurückkehren zu diesem entsetzlichen Spielplatz der Götter.

Zum Glück verblieb ihm Kacper, doch der verhielt sich sonderbar. Immer wieder zeigten sich bei ihm Erinnerungslücken und Serefin konnte sich das nicht erklären.

Sie wanderten weiter, selbst als Serefins Fieber in seinem Körper loderte und seine Schritte immer schwankender wurden, während er sich langsam daran gewöhnte, endgültig mit nur noch einem Auge vorliebzunehmen. Immerhin war es das, das schon immer ein bisschen klarer gesehen hatte. Was für ein Segen.

Falls er sterben würde, so wollte er es nicht in Kalyazin tun. Doch er war sich nicht sicher, ob ihm diese Auszeichnung gewährt würde.

Als seine Schwäche weiter zunahm und er kaum noch gehen konnte, zerrte Kacper ihn in ein kalyasisches Dorf, um einen Heiler zu finden. Der einzige Ort, wohin sie sich wenden konnten, war die Kirche, wo bekanntermaßen eine alte Priesterin durch irgendeinen Heiligen oder Ähnliches über Heilkräfte verfügte.

Die Zeit drängte, weder ließ sich verbergen, dass sie Tranavier waren, noch konnten sie über Serefins Rang hinwegtäuschen.

Die Priesterin öffnete die Tür der wackeligen Holzkirche und warf einen Blick auf die blutverschmierten, erschöpften Jungen. Dann nickte sie und bat die Ankömmlinge herein. Serefin war zu zermürbt, um an seinem Grundsatz festzuhalten, dass er eigentlich nie mehr eine kalyasische Kirche hatte betreten wollen, also ließ er sich von Kacper hineinziehen.

»Was in aller Welt hast du mit deinem Gesicht gemacht, Junge?«, fragte die Priesterin, während sie mit wettergegerbten Händen sein blutiges Gesicht berührte und sich die entzündete leere Augenhöhle ansah. Dass sie ihn bis jetzt noch nicht umgebracht hatte, schien das reinste Wunder zu sein. »Diese Kratzer auf deinem Gesicht werden sehr wahrscheinlich vernarben. Falls du überlebst«, fügte sie hinzu.

»Bitte«, flehte Kacper leise und traurig.

Die Frau zuckte bei Kacpers Akzent mit keiner Wimper. Sie seufzte, nickte und verließ den Raum, dabei murmelte sie irgendetwas von Heilwerkzeug, das sie herbeiholen müsse, und dass sie hoffte, die Heiligen würden sich eines tranavischen Häretikers erbarmen.

Kacper setzte sich neben Serefin auf die Bank und lehnte seinen Kopf an dessen Schulter. Serefin zitterte heftig und hatte das schreckliche Gefühl, es könnte mit ihm zu Ende gehen.

»Ich wollte ihn nicht umbringen«, erklärte er, »meinen Bruder. Ich habe nicht ...«

»Spricht da das Fieber aus dir oder bist du es?«, fragte Kacper.

»Das bin ich.«

Kacper nickte. »Du wirst es schaffen. Und wir werden nach Tranavia zurückgehen und das alles hinter uns lassen.«

Das vermochte Serefin nicht. Er konnte nichts von alldem vergessen. Ostyia war immer noch dort draußen – irgendwo, so hoffte er, denn er wollte sie sich nicht wirklich tot vorstellen. An seinen Händen klebte das Blut seines Bruders, und er hatte sich das Auge herausgerissen, um die Verbindung mit einem kalyasischen Gott zu durchtrennen, der verheerenden Schaden anrichten würde.

Und Kacper konnte sich nicht mehr daran erinnern, wie man Magie einsetzte. Serefin wusste sich darauf keinerlei Reim zu machen, aber es ängstigte ihn bis ins Mark. Warum konnte er sich erinnern, Kacper aber nicht?

»Ihr jungen Herrschaften solltet in euer Land zurückkehren«, sagte die Priesterin, als sie wiederkam. »Früher hätte ich euch zur Garnison geschickt, damit ihr für eure Sünden büßt, aber die Blutmagie in Tranavia ist erloschen. Vielleicht hat euer Volk endlich eingesehen, wie verderblich eure Lebensweise ist.«

Kacper schaute verwirrt. Serefin versuchte sich aufzurichten, das Blut wich ihm aus dem Gesicht. Das war ein Traum, ein Fiebertraum, die Schmerzen trübten ihm den Verstand, das war alles.

»Was meint Ihr?«, fragte Serefin und versuchte, nur beiläufig neugierig zu klingen. Ihm war aber bewusst, dass er wegen der Schmerzen lallte, als wäre er betrunken. Wie sehr wünschte er sich, er wäre betrunken!

»Die Kämpfe sind zum Stillstand gekommen«, sagte die Priesterin. »Ich nehme an, das habt ihr so weit hier draußen noch nicht gehört. Was habt ihr hier eigentlich verloren?«, fragte sie mit plötzlichem Argwohn.

»Wenn ich Euch verraten würde, dass wir Spione sind, würdet Ihr uns dann schneller töten?«, wollte Kacper niedergeschlagen wissen. »Die Wahrheit ist zu lang zum Erzählen und ergibt wenig Sinn.«

Die Priesterin wischte seine Worte beiseite. Sie beäugte die beiden, während sie in einer kleinen Steinschale einen Brei für einen Wickel mischte. »Eure Bande hat einfach aufgehört, Blutmagie zu verwenden.«

Wieder sah Serefin Kacper fragend an, doch der zuckte nur mit den Schultern.

»Es ist, als hätten die Tranavier endlich das Licht gesehen«, grübelte sie. »Ich frage mich, was sich geändert hat. Vielleicht wird der Krieg nun ein Ende finden. Denkt ihr, euer König hat endlich die Wahrheit des Glaubens erkannt?«

Serefin zuckte zusammen, als ein feuchtes Tuch sein Gesicht berührte. Sie reinigte seine Wunde, so gut sie es konnte, und das war weitaus schmerzhafter als das ständige wunde Klopfen, das jetzt schon seit Tagen auf seinen Kopf einhämmerte.

»Ich bezweifle es«, entgegnete er schließlich. »Der König hat zu viel Schreckliches gesehen, als dass er je so leicht aufgeben würde.«

Die Priesterin schnaubte abschätzig, verstummte aber dann, während sie arbeitete.

Serefins Gedanken rasten. Was auch immer mit Kacper passiert war: Es war auch allen anderen so ergangen.

Tranavia würde nie überleben ohne die Blutmagie, auf die es aufgebaut war.

Sein ganzes Land würde untergehen.

Epilog

DER JUNGE, VERLOREN IN DER DUNKELHEIT

Es war anders dieses Mal. Dunkelheit war etwas sehr Vertrautes für ihn; Dunkelheit machte ihm nichts aus. Er hatte in der Dunkelheit gelebt und gearbeitet und gelernt. Hier gab es für ihn zugleich mehr und etwas ganz anderes.

»Ich habe sehr lange auf dich gewartet, Junge.«

Die Stimme war alterslos und unendlich. Sie kratzte an seinem Inneren, zerriss ihn. Aber er war schon zuvor in Stücke gerissen worden. Das war nichts anderes. Er konnte nicht noch tiefer fallen.

(So dachte er, aber ehrlich, was blieb ihm noch übrig?)

Doch das war nicht so, wie es sein sollte. Denn er hatte diesmal immer noch ein Stück von sich selbst und das hielt er fest. Er wollte es nicht wieder verlieren. Er wollte nicht in den Sumpf aus purem Hass fallen, der ihn am Ende des Abhangs erwartete.

Sie hatte versucht, ihm das Einzige zu nehmen, das ihm je wichtig gewesen war, und zu hassen wäre so einfach. Also wartete er am Rand des Abhangs, er wartete darauf zu fallen, er wartete darauf, dass dies hier – welcher Ort auch immer es war – zu dem Vergessen verschmolz, das er kannte. Denn dieser Dolch in seiner Brust hatte das Einzige bewirkt, das nichts und niemand sonst erzwingen konnte. Doch mit dieser Klinge hatte es eine besondere Bewandtnis, und obwohl sie seinen Lebensfaden durchtrennt hatte, hatte sie auch … etwas anderes angerissen.

Diese Stimme, diese einzelne Stimme, die nicht seine war und nicht hierhergehörte, die aber flüsterte und flüsterte, unablässig flüsterte, bis er dachte, er würde die letzten Stücke seiner selbst zwischen seinen Händen zermalmen, damit sie aufhörte.

Aber er konnte das nicht tun, noch nicht, denn etwas war falsch.

»Bist du noch nicht bereit zu gehen, Göttermörder?«

Er runzelte die Stirn. Er hatte das getan, oder? Zu wenig und zu spät.

»Ich könnte dich hierbehalten ...«

Ihm wurde das Herz leicht, aber er unterdrückte die Empfindung. Hier galt anderes. Tod war Tod war Tod, und er war unvermeidlich für ihn; er hatte immer gewusst, dass ihn der Tod eher früher als später holen würde. Es stand ihm nicht zu, sich zu weigern.

»Natürlich musst du einige Dinge für mich tun ...«

Es gab noch so vieles, was er tun wollte ... Es gab so vieles, was er noch nicht beendet hatte. Er war nicht fertig. Aber nein, nein, er war an der Reihe. Er war an der Reihe.

Aber da war eine Sehnsucht inmitten des Hungers. Da war ein Bedürfnis neben dem Einverständnis. Er *wollte* nicht gehen. Er trat zurück – der Tod war nichts, von dem er sich abwenden sollte.

»O Junge, du verstehst es nicht. Ich lasse dir keine Wahl.«

Malachiasz erwachte im blutbesudelten Schnee.

Und mit ihm erwachte die Entropie, das Totengeläut für die Welt.

Danksagung

Ich war gewarnt vor dem zweiten Buch, das war ich, aber ich glaube wirklich nicht, dass man auf das außerordentliche Ringen, das damit einhergeht, vorbereitet sein kann. »Unforgiving« hat wirklich sein Bestes gegeben, um mich kleinzukriegen, und das Jahr 2018 wurde deshalb so etwas wie ein Schwarzes Loch. Ich werde mich nach Kräften bemühen, allen zu danken, die mir geholfen haben, den Kopf über Wasser zu halten. Aber ich bin mir sicher, dass ich so vergesslich sein werde wie immer. Also, falls du mir in diesem Chaos beigestanden hast, vielen Dank dir.

Ich danke Vicki, die alle meine schrägen Ideen völlig ungerührt aufgenommen hat und die es irgendwie geschafft hat, dass ich noch schräger werde.

Danke dir, Thao, für immer und ewig, du größte Meisterin und beste Cheerleaderin, und dem restlichen SDLA-Team.

Danke dir, DJ: Entschuldige, dass ich so viel mit Serefin angestellt habe. Ich weiß, er ist dein Liebling. Ich danke Meghan, der außergewöhnlichen Pressesprecherin. Eines Tages werde ich daran denken, mir alles in meinem Kalender aufzuschreiben. Jenny, Olga und dem Rest des Teams von Wednesday Books: Ich fühle mich jeden Tag so geehrt, dass ich dieses Buchprojekt mit euch allen machen darf. Dank an das Marketingteam: Ihr Typen schaukelt das Ding. Und wieder einmal vielen Dank an Mark für die starke Black-Metal-Illustration. Ich danke Anna, die dem ersten Band das wunderbar auffälligste Packaging verpasst hat. Ich danke Melanie, die mit mir um all meine polnischen Ż gestritten hat. Und ich danke dem Team des Creative Service dafür, dass sie sich ganz der Metal-Goth-Ästhetik gewidmet haben: Das bedeutet so viel für dieses Metal-Goth-Buch.

Der Schreibprozess bei »Unforgiving« war viel einsamer als bei »Unholy«, aber ohne die frühen Ratschläge von R. J. Anderson, R. M. Romero und Jessica Cooper wäre ich draufgegangen. Vielen Dank an die Durchhängegruppe: Ihr wisst, wer ihr seid. Dank an Stephanie Garber, Roshani Chokshi, Margaret Rogerson, Robin LaFevers, Adrienne Young und Rosamund Hodge für eure wundervollen Worte und eure frühe Unterstützung. Danke Marina, Lane, Tatra, Diana, Dana, Ashley und Hannah, ihr seid immer noch hier!

An die Korrekturtruppe: Margaret Owen, L. L. McKinney, Linsey Miller, Adib Khorram und Laura Pohl, danke für die Atempause vom Chaos des realen Lebens und für den großen Dungeons-&-Dragons-Spaß.

Danke an Christine, Rory, Claire und Nicole: Dieser wilde Trip wäre ohne euch vier so viel trüber. (Außerdem, Claire, beende dein Buch.)

Ich danke allen Bloggern, die dem ersten Band so viel Liebe entgegengebracht haben, danke für alles, was ihr tut. Ich wurde von eurem Enthusiasmus und eurer Unterstützung förmlich mitgerissen, und das hat mir alles bedeutet. Dank an die Buchhändlerinnen und Buchhändler, die von Anfang an die Werbetrommel dafür gerührt haben – Allison, Sami, Shauna, Kiersten, Jordan, Meghan. Ihr seid wundervoll. Dank an alle Künstler, die immer wieder meine seltsamen Kinder aufnehmen und Meisterstücke daraus machen.

An meine Büchereifamilie: Danke, dass ihr mich ertragt. Ich weiß, dass ich manchmal fürchterlich durcheinander bin, aber ihr alle macht meinen täglichen Job so spaßig. Danke Tim, Kara, Kyle, David, Sadie und Matt, mit eurer Hilfe bleibe ich auf dem Teppich.

Wie immer danke ich meiner Familie für ihre ungebrochene Unterstützung.

Und an alle anderen, die mein Goldfischgehirn vergessen hat: Danke. Jetzt lasst uns weiter schräge Kunst machen.